比较文学与世界文学

学术名作导读

【上册】

主编 刘林

执行主编 王秀香 王允诺

中国社会科学出版社

图书在版编目（CIP）数据

比较文学与世界文学学术名作导读：全二册 / 刘林主编. -- 北京：中国社会科学出版社，2024.10.
ISBN 978-7-5227-4118-5

Ⅰ. I106

中国国家版本馆 CIP 数据核字第 202449C9F0 号

出 版 人	赵剑英	
责任编辑	王小溪	
责任校对	师敏革	
责任印制	戴　宽	
出　　版	中国社会科学出版社	
社　　址	北京鼓楼西大街甲 158 号	
邮　　编	100720	
网　　址	http://www.csspw.cn	
发 行 部	010-84083685	
门 市 部	010-84029450	
经　　销	新华书店及其他书店	
印　　刷	北京君升印刷有限公司	
装　　订	廊坊市广阳区广增装订厂	
版　　次	2024 年 10 月第 1 版	
印　　次	2024 年 10 月第 1 次印刷	
开　　本	710×1000　1/16	
印　　张	46.25	
字　　数	703 千字	
定　　价	136.00 元（全二册）	

凡购买中国社会科学出版社图书，如有质量问题请与本社营销中心联系调换
电话：010-84083683

版权所有　侵权必究

总 目 录

前言 …………………………………………………（1）
凡例 …………………………………………………（1）

上册　比较文学

吉尔伯特·海厄特
　《古典传统:希腊—罗马对西方文学的影响》(1949)…………（3）
罗伯特·斯科尔斯
　《叙事的本质》(1966) ………………………………………（91）
乌尔利希·韦斯坦因
　《比较文学与文学理论》(1968)……………………………（162）
苏珊·巴斯奈特
　《比较文学批评导论》(1993)………………………………（219）
加亚特里·查克拉沃蒂·斯皮瓦克
　《一门学科之死》(2003)……………………………………（276）

下册　世界文学

埃里希·奥尔巴赫
　《摹仿论——西方文学中现实的再现》(1946)……………（307）
恩斯特·R. 库尔提乌斯
　《欧洲文学与拉丁中世纪》(1948)…………………………（416）

总目录

罗伯特·阿尔特
　《圣经叙事的艺术》(1981) ……………………………………（535）

帕斯卡尔·卡萨诺瓦
　《文学世界共和国》(1999) ……………………………………（590）

大卫·丹穆若什
　《什么是世界文学？》(2003) …………………………………（674）

后　　记 ……………………………………………………………（725）

目 录

前 言 …………………………………………………… （1）
凡 例 …………………………………………………… （1）

上册　比较文学

吉尔伯特·海厄特
　　《古典传统:希腊—罗马对西方文学的影响》(1949)………… （3）
罗伯特·斯科尔斯
　　《叙事的本质》(1966) ………………………………… （91）
乌尔利希·韦斯坦因
　　《比较文学与文学理论》(1968)………………………… （162）
苏珊·巴斯奈特
　　《比较文学批评导论》(1993)…………………………… （219）
加亚特里·查克拉沃蒂·斯皮瓦克
　　《一门学科之死》(2003)………………………………… （276）

前　言

　　开卷有益。这话对高校学生或教师来说，总不会有错。读书历来是研究或治学的根本途径，舍此恐无他法。在成为合格的作者之前，最好先做合格的读者。任何经得起时间考验的成果都像地上的小草、田里的庄稼、树上的果实一样，自然而然地孕育生长，揠苗助长只会适得其反。批量生产科研成果，或者难免覆瓿之讥，或者日后悔其少作。

　　欧洲文学史上卓有成就的作家、诗人、批评家、理论家反复强调读书的重要性，埋头苦读的事迹史不绝书。奥古斯丁在传记里记载他每次去拜访他的老师安波罗修都会看到他"静静地阅读"；蒙田说"与其说我塑造了书，毋宁说书塑造了我"；福楼拜说"阅读才能生活"；弗吉尼亚·伍尔夫说阅读莎士比亚构成读者的精神成长传记，因为这一阅读"不断评论着我们对世界的了解"；萨特说"我在书里与世界相遇"。有意思的是，书籍不仅在比喻意义上成为精神食粮，还被人干脆视为"食物"。《圣经·新约·启示录》第十章说约翰在天使指引下吃下经卷；弗兰西斯·培根说"读书造就充实之人"，但"少数书须细嚼慢咽和消化吸收"；拉伯雷《巨人传》说读书就像狗啃骨头：狗只能折断、嚼碎骨头，才能最后品尝美味的骨髓。可见，读书也只能按部就班，细致体味，方能与作者心通神交，在作者启发下获得新知，认识社会，体味人生。卡夫卡曾将书籍比作"敲开我们内心冰冻之海的斧头"，"读书就是为了向世界提问"。虽然沧海桑田，时过境迁，但卡夫卡说的"提问"无疑在不断激励甚至困扰着一代又一代的读者，迫使人们日思夜想，诚如尼尔·波兹曼所说："答案总

前　言

在变。好问题长存。"（"Answers change. Good questions endure."）

比较文学与世界文学学科历经数百年发展演变，中外学界的重要成果群星璀璨。但至于哪些著作堪称学术经典，业内尚无成说。我们在选定阅读书目时主要考虑了以下几个方面：首先，应选在学科发展史上起到奠基作用的起源性论著；其次，应反映本学科学术研究的新趋势、新动向、新热点；再次，尽量平衡比较文学与世界文学两个研究方向；最后，应兼顾趣味性、知识性与实用性，帮助读者熟悉本学科研究的基本脉络、主要术语、方法框架，掌握公认的研究范式。不难设想的是，若能有十余部名著烂熟于胸，自会触类旁通，锦心绣口，不再忐忑于论文写作了。读书破万卷，下笔如有神。以此为依据，我们初步选定十部经典，并就每部经典逐章写出导读。

不言而喻，入选本书的学术经典都在尝试以各种方式回答波兹曼说的"好问题"，业已取得多方面成就。首先，作者们学识渊博，论述雄辩，开辟新领域、确立新论题、探究新方法，基本奠定了本学科的主要话语体系。如吉尔伯特·海厄特的《古典传统》论述欧洲古典文学对后世文学的重大影响，不失为这一研究领域的代表作。库尔提乌斯的《欧洲文学与拉丁中世纪》探讨古代文化遗产如何存活于欧洲中世纪，是一部广为流传的中世纪文化史和文学史。罗伯特·斯科尔斯等人的《叙事的本质》从古代史诗叙事开始，勾勒出欧美叙事文学的主要路径和论题领域。丹穆若什的《什么是世界文学？》、卡萨诺瓦的《文学共和国》提出当今国际学界流行的世界文学理论，影响广泛，将沉寂半个世纪的世界文学理论研究推向21世纪文学研究的前沿。若有志于从事本学科的专业研究，上述基本著作恐怕无论如何都不能不熟稔研习。

其次，这些论著前后相继，构成对话关系，展现出具体研究课题的历时演变。各方在这场未曾谋面、以文会友的学术对话中立场不同，观念迥异，在善意讨论、理性争辩中平等对话，取长补短，读者也可在互文语境中对照阅读。韦斯坦因认为奥尔巴赫对但丁的比喻文体做出"令人信服的论述"。罗伯特·阿尔特认为奥尔巴赫一方面表现出"敏锐的批评本能"，将圣经叙事还原为一种"深奥而非原始"

前　言

的艺术，但另一方面，圣经叙事中也有"前台化"艺术描绘，读者若想到《圣经》如何描述人工制品、服装式样、宫廷礼仪等就不得不对荷马风格/圣经风格、前台化/后台化的二元对立公式做出重大调整和修改，阿尔特的《圣经的叙事艺术》对"圣经后台化风格"提出诸多质疑。丹穆若什批评卡萨诺瓦《文学共和国》中的世界文学是"法语语境中的文学共和国"，并进而指出，所谓的"全球视野"实际上并不存在，因为任何视野都只能是"某一处的视野"。这些学术洞见挑战权威，质疑经典，在解构经典中成为新的经典，在你来我往、攻守之间展现出研究观念与方法的发展轨迹。

最后，读者还可以根据最新学术思潮来加深对学术名作的理解。如奥尔巴赫《摹仿论——西方文学中现实的再现》主张古希腊文学恪守文体分用：悲剧等"崇高文体"只能用于帝王将相、公主贵妇等上等阶层，而喜剧等"低俗文体"只能用于贩夫走卒、士兵仆役等下等阶层；欧洲文学的主要进程可以概括为在下等阶层人士身上发现崇高。若用解构主义术语来说，这一文学史进程实则是对高雅文体/低俗文体、悲剧/喜剧、崇高/低俗等二元对立的质疑和拆解过程。其结果是，上等阶级未必高雅崇高，下等阶级也未必粗鄙低俗，在任何人身上都可能发现崇高。如"鸡鸣前三次不认基督"的圣徒彼得比任何达官贵人更有神圣性；《李尔王》中的宫廷弄臣比国王更有生活智慧，更能洞察人性；巴尔扎克笔下的巴斯蒂涅比法国贵族阶层的遗老遗少们更具有面对现代平民社会的生活勇气。又如《摹仿论——西方文学中现实的再现》第十六章大段引用了伏尔泰哲理小说《老实人》的结尾部分并做出阐释。在他看来，通过构建梅毒从哥伦布的同伴到神父，再到侍从、侯爵夫人、骑兵上尉、老伯爵夫人等的传染链条，"这段描写只谈到事情发生的自然根源，在道德层面也只对神职人员的伤风败俗进行了讥讽"，但忽略或掩盖了个人因素，把社会现象解释成自然现象，并赋予其道德含义。这一解读意在论证伏尔泰缺乏历史主义眼光，尚未看到个人性格与社会历史之间的密切联系。但我们也可注意到，小说描述的传染过程，正如奥尔巴赫所说，是"诙谐迅捷"的，梅毒从哥伦布的同伴迅速且无间断地传播到欧洲上层社会，

前　言

这与小说描写的一系列灾难接踵而至相吻合。更重要的是，梅毒起源于哥伦布的同伴，他或他们从美洲原住民那里带回欧洲人从未见过的性病。如果追根溯源的话，欧洲之外的"劣等"民族难辞其咎，正是这些民族祸害了欧洲人——其中透露出强烈的欧洲中心论倾向，可谓是"善则称人，过则称己"的反面。在当今现实语境中，后殖民主义解读或许更能启人深思。

上述学术名著虽然内容丰富，含义隽永，论述精深，但限于卷帙浩繁，多数读者恐怕无暇通读，上述十部学术经典的英文版近四千页，中译本可能更多。本书意在以较小篇幅逐一介绍每部专著的背景语境，梳理论述思路，聚焦论辩主题，综述学术影响。这些内容想必对读者不会毫无助益。

本书编纂缘于山东大学文学院比较文学与世界文学专业举办的学术经典读书会。本读书会采用中英对读、专人领读与集体讨论相结合的方式进行，并在研读讨论的基础上由领读者撰写各章导读。我们历时五年，奇文共欣赏疑义相与析。初步完成本学科十部专著的内容研讨和导读撰写工作，涉及比较文学和世界文学两个研究方向，前者包括《古典传统：希腊—罗马对西方文学的影响》《叙事的本质》《比较文学与文学理论》《比较文学批评导论》《一门学科之死》，后者包括《摹仿论——西方文学中现实的再现》《欧洲文学与拉丁中世纪》《圣经叙事的艺术》《文学世界共和国》《什么是世界文学？》。读书会成员借此机会，领略经典风采，陶冶读书兴致；况且，取法其上，仅得其中；取法其中，仅得其下。熟知学术大师的论证思路，无疑会为未来的论文写作奠定基础。当然，笔者本人也在阅读中获益良多。

本书既然名为"导读"，自然不敢奢望代替原作，唯望读者假一斑而窥全豹，由本书入手培植兴趣，助益学识。需要说明的是，本书为集体合作的成果，虽经笔者统一体例、修订梳理、补苴罅漏，仍难免错谬失误，在此恳请各位专家读者不吝赐教。

（执笔：刘林）

凡　　例

一、本书精选十部比较文学与世界文学专业的学术名作，就每部专著逐章写出导读，厘清论述路径，概括核心论点，并提供史实性、资料性信息。

二、本书所选篇目均为专著，不收录单篇论文或论文集。

三、本书所选的专著均出自欧美学者之手。国内时贤宏论，因限于篇幅，只能割爱。

四、凡由多位作者合著的专著，为求行文简洁，在标题和目录中只标明首位作者。

五、若原书章下分节，本编大体遵循原书设置；若原书章下无节，为论述方便流畅，本编则依据原文主要内容划分小节。具体情况已在注释中作出说明。

六、本书导读的撰写采用中英文对读方式。凡引用英文版之处，使用 p. xx. 的方式；凡引用中译本，则用"第某某页"。以上注释均随正文标出。中译本个别值得商榷之处均以"附录"为题，置于各章导读文末。

七、本书为集体合作的成果，参与撰稿的作者较多，为示文责自负，各位作者之名均见各章导读正文之下，以仿宋字体印出。

上 册

比较文学

吉尔伯特·海厄特

《古典传统：希腊—罗马对西方文学的影响》（1949）

《古典传统：希腊—罗马对西方文学的影响》（1949）主要章节

第一章　导言
第二章　黑暗时代的英国文学
第三章　中世纪的法国文学
第四章　但丁与古代异教文化
第五章　走向文艺复兴：彼得拉克、薄伽丘、乔叟
第六章　文艺复兴时期的翻译
第七章　文艺复兴时期的戏剧
第八章　文艺复兴时期的史诗
第九章　文艺复兴时期的田园作品和传奇
第十章　拉伯雷与蒙田
第十一章　莎士比亚的古典学
第十二章　文艺复兴及以后的抒情诗
第十三章　转型
第十四章　书籍之战
第十五章　对巴洛克的注解
第十六章　巴洛克悲剧

第十七章　讽刺作品

第十八章　巴洛克散文

第十九章　革命时代

第二十章　帕尔纳索斯和反基督

第二十一章　学术的世纪

第二十二章　象征主义诗人和詹姆斯·乔伊斯

第二十三章　对神话的重新诠释

第二十四章　结语

第一章　导言

《古典传统：希腊—罗马对西方文学的影响》是20世纪美国古典学者吉尔伯特·海厄特的代表作，获得很高的学术声誉，多次再版，并被译成各种语言。该书以"希腊—罗马对西方文学的影响"为副标题，意在强调以古代希腊罗马为核心的古典传统对欧洲各国民族文学产生了决定性的影响。在该书作者看来，尽管还有其他因素参与了欧洲文学的起源、演变和发展历程，"但希腊—罗马人的影响无疑是最强烈和最广泛的"[1]。的确，这种影响之深之广都独一无二，在很大程度上超出了"影响"的含义，具有"塑造""构建"的意味。正如作者所说，"在许多方面，我们的近代世界是希腊和罗马世界的延续"[2]（第1页）。"延续"提醒读者，虽然后代各国民族文学语言各异、体裁不同、发展路径千差万别，但其主要内容和基本形式早在古

---

[1]　［美］吉尔伯特·海厄特：《古典传统：希腊—罗马对西方文学的影响》，王晨译，北京联合出版公司2015年版，第1页。下文引用此著作，均随正文注明页码。

[2]　Gilbert Hight, *The Classical Tradition*: *Greek and Roman Influences on Western Literature*, New York: Oxford University Press, 1957, p.1: "Our modern world is in many ways a continuation of the world of Greece and Rome." "modern"一词多译为"现代"或"近现代"。

《古典传统：希腊—罗马对西方文学的影响》(1949)

代世界就已被创立出来。因此，论述古代文学的奠基之功并非该书重点，该书也不研究"古典传统"本身，不是对古希腊罗马文学的专题论述，而是聚焦古典传统如何存活于后代文学之中，一代又一代欧洲作家诗人从这一传统中汲取了哪些养分以及如何汲取。该书副标题"希腊—罗马对西方文学的影响"正是此意。换言之，"就我们大部分的思想和精神活动而言，我们是罗马人的孙辈，是希腊人的重孙"（第1页）。可以说，作者以"古典传统"为核心重新书写了一部欧洲文学史，空间上遍及英国、法国、德国、意大利、西班牙等主要欧洲国家（仅少量涉及俄国）文学，时间上从公元700年到1949年（据作者"前言"），除展现作者在欧洲文学领域的渊博学识外，还对但丁、彼得拉克、乔叟、莎士比亚、拉伯雷、乔伊斯等中国读者耳熟能详的一流作家做出精彩阐释。

本书第一章为"导言"，在阐述全书主要观点基础上，勾画出欧洲民族文学兴起时期的历史脉络。中世纪开始之前，罗马帝国国力鼎盛，法律和秩序、教育和各项技艺都得到广泛传播，也几乎受到所有人的尊重，但随后连绵不断的战争、瘟疫和社会变革摧毁了文化，致使希腊和罗马文明走向衰亡，欧洲步入被称为"黑暗时代"的中世纪早期。

但即使在中世纪，欧洲文明也未完全消亡。就古代语言来说，希腊语是东罗马帝国的官方语言，借助东正教影响了俄罗斯、东欧与巴尔干地区；拉丁语则流行于西罗马帝国，并借助学校、图书馆、教会等途径留存下来，人们对拉丁语的了解不断扩充和改善。由于罗马帝国的分裂与其后的东西方教会分裂，希腊语在西欧逐步被人遗忘，（第4页）这为文艺复兴重新发现光辉灿烂的古代希腊文化埋下了伏笔。此外，这一时代的进步主要体现在教育上，其首要标志之一是对古典思想、语言和文学理解的扩展和深入。人们创立或改造了一系列教育机构，通信和旅行也推动了当时的学术活动，"中世纪的人是伟大的旅行者"（第9页）。

中世纪之后的文艺复兴时代是一个探索的时代，"特点在于其不可思议的速度"（第11页）。在文学领域，人们如饥似渴地四处搜寻古代作品，欣喜地发现了大量抄本："那些抄本用求助的目光看着他，仿佛它们是他被困在医院或身陷囹圄的活生生的朋友。"（第11页）同时，艺术大师拉斐尔担任罗马的古物总监，"发掘埋在花园、房舍和废墟下的无数宝藏"（第12页）。其中，以拉奥孔雕像最为著名。在所有"发现"中，最重要的是重新发现了古典希腊文。意大利人彼得拉克、薄伽丘学习希腊语，后者还第一次将"荷马史诗"翻译成散文体的拉丁语。15世纪东罗马帝国覆灭前夕，大量希腊语抄本被帝国流亡者们带回意大利。

在上述因素共同作用下，欧洲古典学术有了突飞猛进的发展。罗曼语和英语词汇得到扩充，诗人、演说家和散文家的风格得以改进和丰富。人们发现了古典文学体裁，古典历史和神话为西欧的作家们提供了庞大的新素材。（第15页）最后，在古代艺术品和文学作品的共同培育下，欧洲审美水平有了显著提高，"美感作为一种批判性和创造性的能力得以复生，这是希腊和罗马精神的最伟大成就之一"（第15页）。

（执笔：刘林）

第二章　黑暗时代的英国文学

随着罗马帝国的灭亡，欧洲文明几乎毁灭殆尽。文学和艺术成为难民，藏身于偏远地区和教会的羽翼之下。在黑暗时代，很少有欧洲人能识文断字，更别提著书立说了，用普通民众的语言写成的作品很少流传下来。然而，在作为国际语言的拉丁语的帮助下，那些具备读写能力的人还是写出了自己的作品，将基督教素材和希腊罗马思想融合在一起。后来，新的语言逐渐出现，其中最早留下自己成熟的文学作品的是盎格鲁-撒克逊语，或者说古英语。本章阐述的便是黑暗时代的英国文学，作者将其分为两个部分，即盎格鲁-撒克逊诗歌和盎格鲁-撒克逊散文。

《古典传统:希腊—罗马对西方文学的影响》(1949)

一 盎格鲁-撒克逊诗歌[①]

本章根据古典传统与盎格鲁-撒克逊诗歌的结合程度,概述这一时期英国诗歌的发展历程,将其划分为五个阶段。

第一阶段是异教诗歌的出现与发展,包括《贝奥武甫》及篇幅较短的英雄诗歌和残篇。这些作品没有希腊—罗马影响的痕迹,它们只受到了来自拉丁语世界的基督教微弱影响。如把古英语史诗《贝奥武甫》与"荷马史诗"进行一番比较,我们就会发现,虽然它们都呈现了一个由部落政权、突袭部队和英勇酋长组成的混乱世界,但存在着明显的不同:《贝奥武甫》所描绘的欧洲文明的发展阶段显然要早于希腊人和罗马人。《贝奥武甫》中的冲突主要发生在人类和比人类低级的怪物之间,而《荷马史诗·伊利亚特》中,战争的双方是希腊部族和亚洲城市特洛伊。并且,《贝奥武甫》的世界比"荷马史诗"的更为狭小和简单,习俗、艺术和人物个性等都远不如"荷马史诗"的复杂。(第18页)在艺术上,与"荷马史诗"相比,《贝奥武甫》更为粗糙且缺乏技巧。

由以上对比可知,这一阶段的盎格鲁-撒克逊诗歌与希腊罗马诗歌相比,在语言、结构和技巧等方面都相差极大,因此,二者素材上的相似只是一种巧合。这一阶段的《贝奥武甫》和其他盎格鲁-撒克逊世俗诗歌并没有受到古典传统的直接影响,它们展示出一个迥异于希腊—罗马文明的世界。不过,《贝奥武甫》受到基督教的少量影响,但这种影响十分有限,并不涉及诗歌的主体构思。(第19页)《贝奥武甫》虽以纯粹的异教徒葬礼作为开篇和结尾,但其中出现了一位游吟诗人演唱有关创世前五天的歌曲的内容。这种异教内容和基督教内容的混杂反映出,教会在黑暗时代进行着开化野蛮人的活动,基督教理念逐步改变着异教理念。《贝奥武甫》中仅有一两个地方用到《旧约》典故(这些基督教的内容来自拉丁语《圣经》),被嫁接到异教传

[①] 本章小节标题依据原书。

7

统上。这反映出古典传统在这一阶段的影响微乎其微。

第二阶段，公元 7 世纪下半叶的凯德蒙依照盎格鲁-撒克逊的传统风格用拉丁文《圣经》为题材创作诗歌。在凯德蒙之后，其他诗人也开始阅读拉丁文《圣经》，并对其中一些基督教色彩不太浓重的篇章进行自由改编。凯德蒙的故事见于比德的《英格兰民族教会史》。该书记载，凯德蒙是一位牧人，原对诗歌一窍不通，后来他突然受到神启，便以学者们转译的拉丁文《圣经》为素材从事创作，把《圣经》故事和训诫改编为盎格鲁-撒克逊诗歌。他的改编反映了盎格鲁-撒克逊和拉丁两大传统的交汇。（第 21 页）在他之后，陆续有其他诗人将《圣经》传统同盎格鲁-撒克逊的风格和感情结合起来，创作出古英语诗歌篇什。

第三阶段，大约公元 800 年，基涅武甫将拉丁文基督教散文作品改编成盎格鲁-撒克逊诗歌。基涅武甫是凯德蒙之后的一位代表诗人。与凯德蒙一样，基涅武甫的作品也结合了盎格鲁-撒克逊的诗风和经由罗马传来的基督教思想。不过，凯德蒙的作品主题来自他人诵读和翻译的新旧约经文，而基涅武甫的主题来自关于基督教教义和历史的晚期拉丁文作品。因此，与上一阶段的凯德蒙相比，基涅武甫代表的是不列颠岛在基督教化和古典知识渗透过程中更为深入的阶段，其风格更为规整和流畅，掌握了源自古典文化的新词汇和思想结构。（第 22 页）

第四阶段，对拉丁文诗歌和拉丁文基督教散文作品进行富有想象力的自由翻译、融汇和扩展，如诗歌《凤凰》。（第 24 页）这一作品体现出古典和英国传统的奇异结合。该诗对拉克坦提乌斯的拉丁语诗歌进行了扩充，诗歌寓意主要来自关于基督复活的布道文，还加入了《旧约》和比德等人作品的内容。它对原作进行改编，将原作中悲观厌世的感情基调转变为对上帝奇迹力量的赞颂和对不朽的暗示。并且，诗人对原作加以自由发挥和扩展。他无视原作的拉丁文诗歌写作规范，运用古英语的写作习惯。为了迎合读者，他调整了原作中一些不合时宜的内容，增添了与盎格鲁-撒克逊人生活相关的内容。诗人的出色改编使《凤凰》一诗超越了原作。同时，这也是第一首将古典

《古典传统:希腊—罗马对西方文学的影响》(1949)

文学翻译成近代语言的作品。

第五阶段,在《十字架之梦》中,英语诗人创造了全新的原创作品,它的主题是拉丁基督教传入不列颠。(第27页)与前面几个阶段的诗歌不同,《十字架之梦》既非翻译也非改写,而是完全彻底的原创作品。这首诗歌极富个人色彩,诗歌中的某些元素是此前英语文学作品中从未出现的,它们宣告中世纪的到来,如对感官之美的描绘、对十字架的崇拜等。

通过作者的梳理,我们可以大致把握盎格鲁-撒克逊诗歌的发展脉络。由于教会的活动,盎格鲁-撒克逊诗人逐渐将拉丁文《圣经》、拉丁文基督教散文作品、拉丁文诗歌等作为素材,对它们进行改编、翻译和扩展,将古典传统融入本民族诗歌中。希腊罗马文化通过基督教的改造,古典传统伴随着盎格鲁-撒克逊诗歌流传下来。

二 盎格鲁-撒克逊散文

与诗歌相比,"散文则更重视当下,反映的是自己时代的需求、问题和力量"(第27页)。因此,这一时期的英语散文主要是教诲性质的。散文的目的是开化英国人,鼓励他们同野蛮主义做斗争。为了实现这些目的,散文主要使用两种工具,一种是《圣经》教义和基督教教义,另一种是古典文化。这一时期的散文没有轻浮、虚构和幻想的内容,完全是宗教、历史或哲学的。

在盎格鲁-撒克逊散文发展的初始阶段,它不断受到英国教会和罗马教会冲突的影响,时时体现着两大教会的矛盾或融合。这一时期留存下来的散文都是拉丁文作品,但文化水准相当之高。

其后,一位伟大的作家——"可敬的比德"(约672—735年)创作了《英格兰民族教会史》,这部作品实现了古典和近代传统的结合。(第29页)它记录了从公元前55年凯撒入侵到公元731年的史实,是最早描述罗马帝国衰亡后文明重新征服野蛮的重要记录。它是真实的历史,侧重基本真相而不是诱人的细节和说教内容。

此时,盎格鲁-撒克逊人一定程度上被开化和基督教教化,新的异教徒又开始入侵。公元878年，阿尔弗烈德（公元848—901年）和丹麦人达成合约。由于异教的入侵，几乎所有的凯尔特教会、罗马传教士和教师的成果都不复存在，不列颠的宗教和文明遭到严重破坏，很少有人能够听懂英语弥撒或能翻译拉丁语书信。于是，阿尔弗烈德采用多种方法来复兴不列颠的文明和文化，其中最值得一提的便是翻译。他选择了四部重要拉丁语书籍，在他人的帮助下将它们翻译成盎格鲁-撒克逊语，用以教化子民，提高其文明程度，涉及四类主题：（1）关于基督教守规的《牧羊人之书》，译自教皇格里高利一世为牧师写的手册《教牧法规》；（2）"可敬的比德"所著的《英格兰民族教会史》，它的重点是基督教的历史和英格兰人作为一个民族的持续存在，同时还涉及英格兰在丹麦人入侵之前达到的文化水准；（3）5世纪西班牙作家奥罗修斯的《反异教徒史》，它从基督徒的角度出发，讲解和阐释了世界的历史和地理；（4）波伊提乌的《哲学的慰藉》，它对道德哲学和神学的关系做了概括。（第31—32页）

在这四部作品中，波伊提乌的《哲学的慰藉》对欧洲思想的影响远大于前三部作品。波伊提乌是一位罗马帝国晚期的哲学家，《哲学的慰藉》在他被判处死刑后写成于囹圄，分为五个部分，称为五"卷"，在形式上兼具柏拉图对话录和墨尼波斯讽刺作品①的特点。该作讲述波伊提乌在牢房中同"哲学"这位自己的"护士和医生"的对话，全书个性鲜明，充满感情。在内容上，该作内容极为丰富，综合多个伟大思想领域重要的大量成果，如希腊—罗马哲学，特别是柏拉图主义。书中虽没有表达基督教理念，但整本书的灵感与之关系密切。这本书还极富有教育力量。（第34页）这些特点都使波伊提乌的影响在黑暗时代和中世纪广为人知。

以上事实也是阿尔弗烈德选择此书进行翻译的原因。在具体翻译过程中，阿尔弗烈德对原作进行改编以迎合目标读者。他省略了许多过于困难的部分，并加入了许多基督教内容，如天使、魔鬼、《旧约》历史和基督教义等，使整部作品更具基督教色彩。同时，阿尔弗烈德

---

① 这是犬儒派哲学家墨尼波斯使用的一种混合了散文体和诗体的哲学批判文体。

《古典传统：希腊—罗马对西方文学的影响》(1949)

在本书中的许多解释非常幼稚。这反映了在比德之后，英国本土的学术水平因战争遭遇了大滑坡。

总结来说，这一时期的盎格鲁-撒克逊散文创作，仍然与拉丁文或基督教关系密切。盎格鲁-撒克逊散文的发展，不断受到教会冲突、开化与基督教教化、异教入侵等的影响。在文化上，英国是欧洲最先进的国家，不列颠拥有相当高的俗语文化水准，古典学术的传播非常广泛。(第36页)此后，丹麦人的入侵和诺曼人的征服首先阻碍了英国的发展，然后又在英国与欧洲大陆的拉丁文明地区建立了更宽广的桥梁，把它和欧洲大陆文明更紧密地联系起来。

（执笔：张敏萱）

第三章　中世纪的法国文学

本章集中论述古典传统对中世纪法国文学的影响，认为法国所接受的古典文学的影响在欧洲国家中是最为显著的，"但正是在法国，中世纪思想和文学的辐射作用形成中心并达到极盛"[1]。本章内容分为三个部分：(1)聚焦中世纪法国文学中的骑士历险传奇；(2)论述中世纪法国文学中的浪漫爱情概念；(3)专门论述中世纪最重要的爱情传奇《玫瑰传奇》。

一　骑士历险传奇[2]

在骑士历险传奇方面，本章认为法国中世纪英雄史诗的代表作

---

[1] Gilbert Hight, *The Classical Tradition: Greek and Roman Influences on Western Literature*, New York: Oxford University Press, 1957, p.48: "But it was in France that the radiation of medieval thought and literature centered and grew strongest…"

[2] 本章小节标题依据原书。

《罗兰之歌》中的古典文化痕迹并不显著，只有两处体现了古典文化的影响，一处是对埃涅阿斯前往冥府的故事的影射，另一处则提到了维吉尔和荷马的名字。（第 38 页）

在《罗兰之歌》之后，传奇开始越来越多地汲取古典文化的素材，所描绘的对象转变为希腊人、罗马人和特洛伊人，表明中世纪法国文学受古典传统影响加深。公元 11—12 世纪古典传统的影响逐步扩大，越来越多的文学作品以古典文明作为素材，以及许多重要的希腊罗马著作首次被翻译和传授。

伯努瓦的《特洛伊传奇》是以古典题材写成的最伟大作品。（第 39 页）它以特洛伊战争为题材，但显示出了与荷马极为不同的写作取向，这主要是通过其所借鉴的史料来实现的。《特洛伊传奇》参照来自特洛伊邻邦弗吉尼亚的达雷斯所写的《特洛伊城覆亡史》以及克里特人迪克图斯写的《特洛伊战争日记》，虽然这两部史料的作者都自称权威，实际均是伪作。伪书与"荷马史诗"出入很大，如拔高特洛伊人而贬低希腊人，抹杀对埃涅阿斯的负面评价，以及引入"荷马史诗"中原本不太突出的爱情元素，等等。伯努瓦重视两部伪书，背离"荷马史诗"并不是出于其个人喜好的孤立行为。达雷斯和迪克图斯的著作不仅通俗易懂，同时许多其他的特质也使它们成为中世纪诗人的重要借鉴对象，如丰富的细节和大量的事件记录，对于浪漫爱情的描写，还排除了"荷马史诗"中的异教神祇，等等，这都增加了其可接受性。（第 41 页）

《特洛伊传奇》对古典历史和传说的继承不是临摹式的，而是让希腊和罗马神话带有了浓厚的时代特色，推动古典历史和神话的传播。《特洛伊传奇》影响深远，使近代民族开始积极寻找与古代民族之间的谱系联系，这是一种曾盛行于古典时代的习惯的回归。《特洛伊传奇》还催生了数量众多的译作和仿作，借鉴《特洛伊传奇》而写成的《特洛伊毁灭史》甚至相比前者的译本更多，流传得更广。（第 42 页）以《特洛伊传奇》为代表，在中世纪的法国还存在众多以古典历史和传说为主题的传奇，这些传奇与《特洛伊传奇》的质量和功能类似，都是将古典素材与时代紧密地联系起来，如《埃涅阿斯传

《古典传统：希腊—罗马对西方文学的影响》(1949)

奇》《忒拜传奇》《亚历山大传奇》《亚里士多德之歌》，这些作品中有的也以疑似伪作的材料作为参考。

总的来说，古典传统对于中世纪法国文学的影响在传奇这一体例中体现得较为充分，而传奇对古典主题的继承往往是颠覆式的，具有中世纪的时代特色。此外，本节中还突出论述伪作在中世纪传奇的颠覆式书写中的重要作用，它们在一定程度上成为中世纪古典主题传奇与古典历史和传说的中介。

二 奥维德和浪漫爱情

中世纪法国文学中的浪漫爱情概念由多种力量推动形成，奥维德的诗歌作品就是其中之一。（第46页）奥维德青年时期的诗歌基本以爱情为题材，并描绘过具有奇迹色彩的变形和历险。奥维德在中世纪之所以广为流行，是因为在现实因素影响下，法语传奇中战斗元素的重要性越来越低，同时爱情和奇迹的重要性越来越高。在当时的中世纪社会中，人们已经可以从多方面感受到奥维德爱情诗歌的影响，如阿贝拉尔在与爱洛依丝的通信中，引用奥维德《恋歌》中的句子，而爱洛依丝的回信则引用奥维德《爱的艺术》中的句子。（第47页）

奥维德的爱情故事的影响也表现在欧洲文学中，如《变形记》中关于普拉莫斯和提斯贝的故事以及关于菲罗墨拉的故事都被欧洲作者们多次改编和重塑，形成了流传甚广的文学传统。另外在公元13—14世纪，奥维德的《女杰书简》《变形记》《爱的艺术》等作品中的故事也经过翻译和推介进入欧洲文学，这些都体现了奥维德的爱情题材故事对欧洲文学产生的影响。

三 《玫瑰传奇》

《玫瑰传奇》完成于公元1270年，由纪尧姆·德·洛里和让·德·莫恩两人写成。莫恩所著的第二部分体现出更为明显的古典影响，具体表现在内容和形式两个方面。

在形式上，虽然第一位作者洛里在开篇的梦境中提到了某位古典作者，但本章认为此处梦境表达了一种直白而强有力的性象征，这种表达是古典的而不是近现代的。（第50页）《玫瑰传奇》中的梦境本身不具有古典色彩，但在梦境里发生的战斗中，冲突双方并非人类而是拟人化力量的理念，这一点可追溯到古典时代。用真实战斗来象征精神冲突的做法来自4世纪的拉丁语诗人普鲁登提乌斯，这种处理方式是对荷马与维吉尔的继承和更新，洛里对普鲁登提乌斯的借鉴也意味着对荷马和维吉尔的借鉴。

在《玫瑰传奇》中，相较于战斗的描述占比更大的是谈话，在采用对话体的谈话中最重要的交谈者是"理性"这一人格化的抽象概念，"理性"是对波伊提乌"哲学女士"的效仿，这种观念来自《哲学的慰藉》，这一处古典影响的痕迹出现在莫恩所著的第二部分。再有，在整部传奇中多次出现了对奥维德的引用和影射，有大量的篇幅来自奥维德的《爱的艺术》，其中，莫恩的引用比起洛里来说，数量更多也更详细。

不过，《玫瑰传奇》并没有单纯地效仿奥维德从教诲和实用的角度论述爱情，而是填补了奥维德在爱情的精神方面的理论空白。莫恩没有像奥维德一样将爱情当作科学来看待，从物质和现实的角度探讨爱情，而是将爱情当作哲学来看待，因而抽象意味更加浓厚。（第52页）虽然莫恩探讨爱情的方式与奥维德的是对立的，但这不代表他因此就舍弃了古典传统。一方面，莫恩在探讨爱情哲学时受到尤维纳尔的罗马讽刺诗影响，更具讽刺意味；另一方面，莫恩对爱情的形而上学的探讨来自当时的哲学，而当时的哲学正是希腊哲学的直系后裔。更何况莫恩对爱情哲学的关注与奥维德对爱情技艺和科学的关注一样，都是对爱情的深层次的带有学术性的讨论，莫恩和其他中世纪诗人对爱情心理的深入分析的意识仍然来自奥维德和维吉尔。《玫瑰传奇》从精神层面对爱情的讨论也一直影响着后来的法国文学，使其对爱情始终持有与其他民族不同的学术角度的兴趣，这样的特质自然是来自奥维德所代表的古典传统。

本章从梦境描写、战斗的象征意义、对话体中的抽象概念、关于

《古典传统:希腊—罗马对西方文学的影响》(1949)

爱情的学术性探讨这几个方面谈论了《玫瑰传奇》在形式上受到的古典传统的影响。作者也指出《玫瑰传奇》整体上缺乏合理和谐的比例关系,这种形式的欠缺不符合古典传统,(第52页)但似乎又跟讽刺诗的凌乱和随心所欲有一定重合的地方。

从内容上看,《玫瑰传奇》的第二部分受古典传统影响更深,体现在说明性的故事、论断和描写中。(第53页)莫恩在作品中用说明性的故事进行自我批判,利用历史和神话中的事例进行道德教育的传统起源于"荷马史诗",通过引用伟大英雄来让后来者模仿他们的美德,这种传统也影响了几乎所有古典作品。洛里和莫恩都继承了这种传统,用古典故事说明自己的观点,他们引用过奥维德、维吉尔、李维、波伊提乌等人。来自古典传统的论断主要出现在第二部分,如莫恩的厌女态度来自尤维纳尔的著名厌女讽刺诗中的相关论断,在描写方面的典型例子是对奥维德关于黄金时代的描绘的改编。在两位作者中,莫恩关于古典传统的学识要超过洛里,他所借鉴的古典素材要多于洛里,这也能解释为什么第二部分受到的古典影响要比第一部分更深。《玫瑰传奇》在后世有着较为深远的影响,不仅诞生了众多抄本的译本,也引发了热烈的讨论,可以称得上是一部重要的艺术品。(第54页)

(执笔:耿庆睿)

第四章 但丁与古代异教文化

本章主要论述古典文化对但丁的影响。本章首先提到但丁对古典文化的认识,随后以但丁选择维吉尔作为向导的原因为切入点分析维吉尔对但丁的影响,最后阐释古典文化与中世纪文化在《神曲》中的融合。

一 但丁对古典文化的理解与误解①

但丁不同于他人之处在于，他能认识到古典传统的伟大。但丁的人生目标是将古希腊罗马世界与自己的世界相联系。在但丁所处的时代，意大利处于四分五裂的状态，人们缺乏整体的概念；同时，中世纪在基督教的统治下，将耶稣诞生作为起点，割裂了与之前世界的联系。这两种因素导致当时的欧洲人对古希腊—古罗马文化持有偏见，他们否认古典的伦理观念、哲学思想等，并将其视为异教。而但丁则认识到古典文化与自己世界之间的联系。在他看来，"近代世界的自我实现离不开古典世界，后者是人类进步过程中必不可少的先决阶段"（第55页）。在这种观念的指导下，但丁作品呈现出整合性的特征，融合了古典与中世纪文化，这是《神曲》的成功之处。而且，这种对古希腊—古罗马文化的客观、辩证的态度，正是但丁的伟大之处。

但作者也强调，如同中世纪的其他人一样，但丁对古典文化尤其是一些术语概念的理解经常出现偏差。此处，本章以但丁对"comedy"一词的误解为例。《神曲》的题目为 *The Comedy*，但丁之所以取这个题目，是因为他认为他创作的是一部喜剧。人们今天所理解的喜剧是戏剧体裁中的一种，语言不似悲剧般庄严，掺杂俚语、俗语；题材一般取自日常生活，多讽刺政治和社会。《神曲》显然不是通常意义上的喜剧。但丁认为，喜剧是开局严肃、结尾欢乐的诗体叙述，语言质朴平实，且具有欢乐结局。（第56页）由此可见，但丁并不能准确把握古典文化。虽然但丁对古典文化术语理解有误，但这并不影响他意识到古希腊—罗马传统的伟大，不影响他在创作中对古典文化养分的汲取。

二 但丁与维吉尔

但丁深受维吉尔的影响。《神曲》中，主人公但丁在亡灵世界进

---

① 本章小节标题由笔者自拟，下文同样情形者不再注出。

《古典传统:希腊—罗马对西方文学的影响》(1949)

行游历,选取维吉尔作为向导,而非中世纪的人。作者指出这一选择的原因是:让但丁得以目睹和描绘永恒世界的想象力和艺术要归功于拉丁诗歌,特别是维吉尔。(第57页)作者比较论证维吉尔与但丁在多方面具有相似性,这种相似性是但丁选择维吉尔作为向导的重要原因。

维吉尔是古典文化与基督教文化间的桥梁,他是古罗马文化的代表,但又与基督教有某种隐秘的联系,作者从内外两方面指明了这种联系。从外部看,维吉尔预言了耶稣的诞生。在维吉尔的《牧歌》第四首中,消除罪恶、新世纪的开启等语句都预言了耶稣的诞生,维吉尔也被称为"基督降临前的基督徒"(第57页)。从内部看,维吉尔也意味着对真正精神事实的表达。维吉尔的时代,战乱不断,人们渴求安定与平稳的生活,憧憬和平。维吉尔期待世界的统治依托神的善,而非人类欲望主导,正是这种真诚的期待,为之后基督教的传播铺平道路。因此,他被看作基督教的宣示者。在基督教统治的中世纪,作为异教文化代表的维吉尔依旧受人崇敬,在他身上,异教文化与基督教文化不再是对立的,这与但丁的人生目标不谋而合。

维吉尔身上具有对尘世生活的短暂而不真实的忧郁感。(第58页)他对永恒的看重与但丁的思想尤为契合,《神曲》的世界实则是一个永恒世界。另外,但丁与维吉尔对罗马帝国的看法一致,他们都相信罗马的永恒。维吉尔在《埃涅阿斯纪》中宣示了罗马帝国的诞生。在《埃涅阿斯纪》的开头,他谈到罗马的起源时,提到命运、上天的意志,维吉尔对罗马起源的宣示说明了罗马存在的永恒。同时,他也将古罗马与今天联系到一起,直到今天,罗马依旧存在。而但丁始终相信他所在的世界依旧被统一的帝国所统治,即神圣的罗马帝国。而且,但丁与维吉尔都爱国。维吉尔爱意大利,他的《农事诗》体现了这一点,但丁同样爱意大利;维吉尔服务于古罗马,但丁也致力于让罗马的理念传遍意大利,从而使其复兴。

在文学创作上,但丁从维吉尔的《埃涅阿斯纪》中借鉴颇多,可以说,没有维吉尔,就没有《神曲》。但丁继承了维吉尔的"美丽风格"。"美丽风格"具体指想象力的宏大,思想上持久的高贵。(第60

页）构建彼岸世界、关注人的本质赋予《神曲》崇高性，而这种崇高正是古典的。《神曲》的最伟大之处是古典传统造就的。《神曲》和《埃涅阿斯纪》都有对彼岸世界的构建。维吉尔对亡灵世界的描写以荷马为模板，同时又结合俄耳甫斯主义、柏拉图主义以及神秘理念，最终在作品中注入新的思想内容。但丁在此基础上，融入亚里士多德的伦理观和阿奎那的神学，使亡灵世界的形象更加清晰。

此外，维吉尔与但丁都是流亡者。维吉尔在家乡田产被征收后，流亡到意大利南部，追随屋大维，成为最受尊敬的诗人。但丁因党派之争被放逐，他或许也希望自己能像维吉尔一样有所成就，这种精神暗示使他选择维吉尔作为向导。维吉尔身上承载着中世纪的和古典的双重文化，但丁才将其作为通往天堂的向导，意在说明，在走向永恒世界中，古典文化是必不可少的。

三　但丁融合古典文化与基督教文化

但丁不是对古典文化进行纯粹的模仿，而是将两种文化掺杂、融合。《神曲》中，但丁对罪恶的分类明显体现了这一点，他在分类时既依据基督教文化，也依据亚里士多德的伦理和物理体系。（第61页）此外，各种人物形象的混搭，如神话人物与历史人物、古典人物与中世纪、基督教人物，还有古典引文与《圣经》引文的混杂，都说明了但丁对两种文化的整合。但丁通过整合表明过去的古希腊、罗马与自己所处时代并非两个独立的文化，二者归属于一个整体。

本章最后借用莫尔的《但丁研究》的分析，罗列对但丁有影响的古希腊、古罗马人，包括亚里士多德、维吉尔、奥维德、卢坎、西塞罗与斯塔提乌斯。作者还强调但丁有意或无意地避开了尤维纳尔和贺拉斯的讽刺诗，晚期古典作家和早期基督教诗人，以此说明但丁能找到古典文化的最精彩之处。在这种过人的辨别能力下，但丁能更好地接受古典文化的滋养。

（执笔：曹书婧）

《古典传统：希腊—罗马对西方文学的影响》(1949)

第五章　走向文艺复兴：彼得拉克、薄伽丘、乔叟

文艺复兴时期，由于大量曾经失落的希腊罗马时期的艺术品和书籍重见天日，带来了丰富的精神养料，使延续自中世纪的对野蛮主义的开化过程进一步扩大。最早摆脱中世纪黑暗阴云、找回曾经失落的古典文明的西方国家是意大利，这得益于弗朗切斯科·彼得拉克以及乔瓦尼·薄伽丘二人的努力。他们对古典文明的独到见解以及为其复归所做出的巨大努力，使古典文明的曙光得以到来。除此之外，本章也谈及英国诗人杰弗里·乔叟，认为他代表这一时期英国文学对古典传统的借鉴状况，其创作体现了古典传统训练对当代文学创作的重要价值。本章便是通过对三位代表文艺复兴时期欧洲古典文明状况的重要人物的论述，展现这一时期古典与现代相互协调的双重变奏。

一　彼得拉克[①]

本节通过比较彼得拉克与但丁的异同展开论述。彼得拉克与但丁虽是同时代的意大利人，但在许多方面都有不同，象征着横亘在两个文化阶段之间的鸿沟。（第65页）

首先，或是出于嫉妒，或是出于对俗语写作的鄙视，又或是出于对但丁式禁欲风格的排斥，现存的论据都导向这样一种态度：彼得拉克不喜欢但丁的诗歌。这实际上体现了二人在创作观念上的差异。除此之外，创作观念上的差异还体现在二人对待原创的态度上。实际上，成功者的首要目标是制造出原创作品，做到传统继承与当代创新并重。但丁没有因循前人的创作，实现了古今融合，而彼得拉克则认为检验自己想法的标准是作品是否成为古代文化的准确翻版，因此导

[①] 本章小节标题由笔者自拟。

致彼得拉克《阿非利加》和《凯旋》的失败。

其次，二人的另一差异是对离开家乡的态度不同，这影响了二人的关注点。虽然他们都长期漂泊在外，但由于离乡原因不同，看待漂泊的态度也不同。但丁中年被驱逐，心灵遭受创伤，始终希望重返佛罗伦萨，作品多关注内心；而彼得拉克在流亡中出生，习惯于漂泊，享受漫游各地、广泛交友，这使其关注外在世界，开创了收集国际通信的传统，也为他广泛搜集古典书籍奠定基础。（第65页）

最后，二人对待基督教的态度有异，对宗教的信仰程度不同影响他们对古典知识的吸收。但丁是虔诚的基督徒，虽把古典知识放到与神圣知识几乎持平的位置上，但他认为古典知识由于缺乏神的启示，所以还是不及神圣知识。彼得拉克也是基督徒，但对神学问题并不那么感兴趣，也并非确定的异教徒，在并不狂热笃信基督教的心态下，他更容易接受古典知识，对二者的价值评判也更为理性。

以上第二与第三点差异导致二人在藏书规模及类型上迥然不同，可用书架与图书馆的区别来加以描述。藏书的差异实际上反映的是阅读量的差异，可以推断彼得拉克对古典知识的了解远超但丁。本章认为：藏书"不仅是收藏，而且是真正的文化成就"（第66页）。丰富的藏书也正是彼得拉克的贡献所在，一方面有助于古典文献的保存，另一方面通过自身有效吸收古典传统，实现古典文明的代际传承。

彼得拉克和但丁也有相同之处：二人都同时用拉丁语和意大利语写作，也都集希腊罗马传统与近代欧洲文化于一身，这体现了邻近文化阶段之间存在衔接的特点。彼得拉克虽在创作上不及但丁，但精神上更加进步；彼得拉克更重视古典，也更加现代，他充分发挥了古典传统的现代价值，实现了传统与现代的结合，由此开始了对欧洲的再教育。

二 薄伽丘

薄伽丘既是古典的也是现代的，古典和非古典的元素在薄伽丘的作品中几乎完全融合。

《古典传统:希腊—罗马对西方文学的影响》(1949)

首先,他同彼得拉克一样同时用拉丁语和意大利语写作。其次,他虽极钦佩但丁,但由于人生经历的差异,他的创作更大众化、更粗俗。《十日谈》具有现代性,其题材源于当时的下层社会,书中的角色经常流露出对基督教教士的鄙视;(第 71 页)它又具有古典性,许多地方的行文风格显得高雅、从容、和谐和复杂,节奏上明显借鉴意大利古代散文家西塞罗。再如《忒修斯记》,形式和主题是古典的,格律由于借鉴了普罗旺斯的八行体格律,因而是现代的。为薄伽丘确立了其近代小说奠基者地位的长篇故事《菲亚梅塔》也同样如此,从表面上看这是一部中世纪的而非古典的作品,使用散文体近代俗语,刻画同时代人物,主题是浪漫爱情;但其中的整个构思背景是希腊—罗马式的,里面大量引用了奥维德作品中的人物及其背景故事,风格技巧借鉴古典诗歌,作品创作于基督教时代,宗教却是异教的。

薄伽丘的其他成就也体现了他自身古典与现代融合的特点。他是近代西欧历史上第一个掌握希腊语的人,他鼓励翻译荷马作品,发现众多佚失但很有价值的古代书籍。在对宗教的态度上,他是为希腊—罗马异教而放弃基督教的第一位现代伟大作家,他肯定希腊和罗马人的神明观和道德感,认为它们更接近尘世生活的现实,是"更好、更自由、更真实的……不显得那么苍白、禁欲和厌世,也更加欢乐,更富有人性"(第 73 页),而这种宗教观本身就结合了古典与现代。即使他于 1361 年重新皈依基督教后,仍是一位古典主义者。他专注于学术,只用拉丁语写作;他的现代性表现在,他并非老学究式地接受古典传统,他的作品充满了激情和活力,使人感受到爱欲的力量和情欲的慵懒。(第 73 页)

三 乔叟

14 世纪的英格兰同样遭遇了中世纪的黑暗,"但它发展出一种静谧深沉的性格并一直保存了下去"(第 74 页),最佳例证就是乔叟,他的作品也体现出古典与现代的融合。

乔叟的学识范围有限,对古典传统并没有很深刻和透彻的了解,但他对有限的几位拉丁语作家非常熟悉，这得益于他掌握法语和意大利语，由此接触到源头上多为希腊—罗马的文学，并接受了许多丰富的思想和情感启迪，如中世纪的爱情传奇对其诗歌形式产生了最大影响；但丁的宏大风格以及维吉尔的作品影响了《声望之殿》（也译为《名誉之堂》）的整体构思；他对奥维德的了解远超其他作家，借鉴过《变形记》《女杰书简》等作品；他对维吉尔的了解仅限于《埃涅阿斯纪》；波伊提乌的《哲学的慰藉》是乔叟最重要的哲学思想来源；斯塔提乌斯影响了乔叟作品中一些插曲和装饰性的称谓；晚期拉丁语诗人克劳迪安、西塞罗、弗拉库斯和尤维纳尔等人也对他产生影响；另外，他对同时代的拉丁语诗人、历史学家和百科全书作家也有广泛涉猎，他最喜欢薄伽丘的《异教神谱》以及"博维的樊尚"（第82页）的《历史宝鉴》，这些书籍是对中世纪学者知识的总结，并为文艺复兴做好准备。

乔叟一生对三个领域最感兴趣：同时代英国的生活、法语和意大利语浪漫情诗、古典学术——主要是诗歌和神话、哲学。本章认为，文学作为一种技艺，可以通过在效法受到良好训练的作家的过程中得到锻炼；古典学术提供了丰富的爱情故事素材，提高了他的语言表达能力，丰富了他的历史和传说知识，启发了他的想象力，升华了他的艺术观，还让他在智慧上远超混乱而肤浅的民间信仰，因此，可以说乔叟在创作上的成就得益于他通过借鉴而习来的古典传统训练。

（执笔：赵航）

第六章　文艺复兴时期的翻译

众所周知，文字能承载精神与思想，因此翻译在古典文学渗入现代民族的过程中是一个十分重要却易被忽略的渠道；现代民族文学通过翻译古典文学，在语言、文化上汲取了诸多养料。本章着重介绍文

《古典传统:希腊—罗马对西方文学的影响》(1949)

艺复兴时期的翻译情况,认为翻译导致了中世纪用不同的方言和民族语言撰写的民族文学和新旧拉丁语撰写的国际文学并存的情况,二者相互渗透与彼此融合才能产生伟大的作品。

一 翻译

"古典文学主要通过三个渠道渗入现代民族文学,它们是翻译、模仿和赶超。"(第84页)"模仿"可分为两类,一类是以维吉尔等人为模板、以拉丁语来创作诗歌(如彼得拉克),另一类是"用母语严格模仿自己欣赏的拉丁语或希腊语作品的形式"(第84页)。"赶超"则意味着"近代作家不再全盘接收古典形式和素材,……而是加入许多自己的风格和主题,其目的在于创作出与古典文学相媲美的作品"(第84页)。最后,翻译是最直接的渠道,它在杰作频出的文艺复兴时期发挥了重要作用。

二 文学翻译的准备活动

欧洲历史上第一次重要的文学翻译活动出现在公元前250年——李维乌斯·安德罗尼库斯将《奥德赛》翻译成拉丁语,作为希腊语诗歌和传奇的教材。李维乌斯不仅"在不同的语言和文化框架内重塑一件艺术品"(第84页),而且促使学习和翻译外国文化语言成为教育的重要组成部分,其后的每个欧洲国家,学习和翻译某些外国文化语言在其教育中所承担的重要性越强,其知识水平就越高。

希腊和罗马文化的完美融合形成了第一个伟大时代。但在这个伟大时代之后是漫长的文明衰落期:先是西罗马帝国不再学习和使用希腊语,文明衰落;中世纪早期,只有僧侣、教士和学者能够运用本民族语言与拉丁语,希腊语几乎消失。直到中世纪中后期及文艺复兴时期,拉丁语甚至希腊语才被实实在在地用于学习、交流和创作。"希腊—罗马传统与近代欧洲文化在文艺复兴时期的融合"(第85页)创造了第二个伟大的时代。从此,欧洲各民族的文学发展在很大程度上依赖外语教育,这里的外语指的是承载了富饶文化思想的语言。但作者认为最崇高和富饶的文化，也就是古典传统文化，是由拉丁语和希腊语写成的。

三　翻译的价值

翻译的价值体现在以下几个方面。首先，就思想价值而言，翻译可以引进伟大的理念。其次，翻译在艺术语言上产生巨大价值，"翻译过程经常为译者的母语带来新的词汇"（第85页）。希腊、拉丁语是丰富的语言，而近代欧洲民族语言是贫瘠的、口头的语言，在由前者转向后者的过程中，无法进行一一对应的翻译，因此必须由译者从拉丁语和希腊语吸收词汇来扩充西欧语言，这是进入文艺复兴前最重要的准备活动之一。在这方面，本章举出3个例子：（1）拉丁语（和希腊语）进入法语，法语与拉丁语所具有的天然亲缘关系，以及"法兰西民族在当时和后世拥有良好的品位"（第87页），使拉丁语和希腊语的词汇被引入和吸收，主要包括抽象名词及其相关的形容词，与更高级的技术和艺术文明有关的词汇；（2）拉丁语（和希腊语）进入英语，乔叟等人引入拉丁语和希腊语词汇，主要包括抽象名词和形容词，或者文化和技术词汇；（3）通过引入来自拉丁语的抽象词汇和一些希腊语，一些已存在的西班牙语被修改为更接近古典拉丁语的样子。英、法、意三国的语言吸收了大量拉丁语和希腊语以后，表现力和灵活性都显著增强。

再次，翻译可丰富译者的语言风格。译者会学习原作的写作形式（如格律）、意象、用词技巧等，好的译作中的这些技巧又会被原创作家吸收，成为完全母语化的资料。比如，"希伯来文化的意象通过《旧约》的翻译大量进入了英语"（第90页）。为了达到拉丁语六音步和三音步作品的效果和表现范围，意大利诗人发明了无韵诗。译者们在翻译古典作品时引入了高潮、对仗、顿呼、三句排列等修辞手法，这些修辞手法被成功使用，流传后世。

最后，翻译可催生创新。充满活力和强烈感染力的古典文化，借由翻译活动激励了艺术家。语言承载了思想，古希腊、古罗马的伟大思想催生了新的伟大思想。

《古典传统:希腊—罗马对西方文学的影响》(1949)

四 文艺复兴时期的翻译

在欧洲历史上,"文艺复兴是翻译的伟大时代"(第91页)。古典作家及其作品重新被西欧公众认知,逐渐普及。其原因在于当时人们对古典传统与日俱增的了解和兴趣以及印刷术的发明。

在当时的欧洲国家,如将西欧国家翻译作品的数量和价值排名,那么法国居首,英国和德国次之,再次是意大利和西班牙。法国的翻译作品"数量庞大而且精彩纷呈"(第91页);英国充满活力,但常转译而且没有达到学术的严谨水平;意大利致力于使用拉丁语或意大利语撰写原创作品,或是将希腊语翻译为拉丁语;德国出现拉丁文的原创作品、对罗马喜剧的改编、翻译古典作品,但没有实现本民族文化与罗马艺术思想的有效融合。

在翻译的热潮中,有哪些重要的希腊语和拉丁语作品被翻译成现代语言呢?被翻译的史诗作品有《伊利亚特》《奥德赛》《埃涅阿斯纪》《变形记》以及卢坎的作品;史学作品有希罗多德的《历史》、修昔底德的著作、色诺芬的《远征记》、普鲁塔克的《希腊罗马名人传》、凯撒的《战记》《高卢战记》、萨鲁斯特和苏维托尼乌斯的作品、李维的作品、塔西陀《编年史》《阿古里科拉传》《日耳曼尼亚志》《编年史》;哲学作品有柏拉图的作品、亚里士多德的作品、普鲁塔克的《道德论集》、西塞罗的《莱利乌斯论友谊》《老加图论老年》《论责任》《西庇阿之梦》、塞内卡的《书信集》《慰马基雅》《论恩惠》;戏剧作品有索福克勒斯的《厄勒克特拉》《安提格涅》、欧里庇得斯的《赫卡柏》《美狄亚》《腓尼基妇女》等、阿里斯托芬的《财神》、普劳图斯的诸多作品、泰伦的作品、塞内卡的《十大悲剧》等;演说词有德摩斯梯尼的《奥林托斯演说词》、伊索克拉底的《致尼科克勒斯》、西塞罗的十篇演说词;中短篇作品有亚里士多德的《诗学》、忒奥克利托斯的《田园诗》、琉善的诗篇、希腊传奇、西塞罗和友人的书信、维吉尔的《牧歌》、贺拉斯的诗作、奥维德的短篇作品、佩尔西乌斯的讽刺诗、普林尼的《博物志》、马提亚尔的警铭诗、维纳尔的作品、

25

阿普莱伊乌斯的《金驴记》。

在以上诸多翻译作品中，"史学可能是文艺复兴时期翻译中最重要的领域"（第96页），尽管容易被忽略，但它提供了古典传统中洞察历史事件的能力、政治经验和故事宝库。

（执笔：林媛）

第七章　文艺复兴时期的戏剧

在文艺复兴时期，重新发现的希腊、罗马戏剧成为各国剧作家模仿、竞争甚至超越的对象，对近代戏剧的发展产生深刻的影响：它不仅带来创作风格、技巧的进步与剧种的革新，还重新确立戏剧的独立地位，并直接催生出拉丁语的原创戏剧、民族语言的原创戏剧等。此外，戏剧创作中的统一标准"三一律"的形成，也与古典传统息息相关。

一　古典传统对文艺复兴时期戏剧的影响

文艺复兴时期艺术家们对古典戏剧的重新发现，确立了戏剧的艺术地位。在此之前，中世纪普遍流行滑稽剧和宗教训诫性质的表演剧，此类表演符合普通民众的审美，未经雕饰，本质上属于技艺而非艺术。随着对古希腊罗马戏剧的创作和表演技巧的效仿，形态上有别于民间戏剧的新戏剧在宫殿与大学里发展起来。新型戏剧的创作者大多出身高贵且熟悉古典文化。与此相适应，剧本语言多使用拉丁语和希腊语，因此，戏剧的地位随着戏剧整体风格的高雅化趋势逐渐确立起来。

本书上一章曾提到但丁对喜剧悲剧概念的误读。这种概念混淆的现象在中世纪对古典作品的解读中较为普遍，直到文艺复兴时期，戏剧才真正复归为独立的文学门类。学者们根据业已发现的古典创作归纳出了戏剧的一般结构，并且使用希腊语名字（comedy，tragedy，

《古典传统:希腊—罗马对西方文学的影响》(1949)

drama）指称喜剧、悲剧与戏剧。（第106页）在实际创作中，大量译作与仿作在这一时期出现。然而，复制希腊罗马戏剧并不能实现戏剧的真正发展。文艺复兴时期的剧作家们在内化古典戏剧的基础上进行原创，才可以视为近代戏剧发展的真正标志。

兴建剧场和剧场布景的原则在文艺复兴时期基本形成。（第106页）中世纪原本没有剧场，戏剧都是在花车等临时场所表演。文艺复兴时期重新建立戏剧表演的固定场所。一方面，由于戏剧普及度的提高，观者数量增加，需要妥善安置观众；另一方面，模仿古典戏剧的舞台布景，属于学习古希腊和罗马戏剧表演形式过程中的一环。这一时期兴建了很多闻名后世的剧场，如维琴察的奥林匹克剧场，具有浓郁的古典特色。

在借鉴与模仿的过程中，近代戏剧的结构规则在归纳和总结工作中形成。（第107页）首先明确的结构规定戏剧须有适当的长度规模，这一点脱胎于亚里士多德《诗学》中的观点：戏剧的长度应该由戏剧本身表现的情节来决定，不应过长或过短。其次，曲折的情节也是希腊人的理论遗留，戏剧要着重表现冲突、思想的复杂性和悬念。最后是戏剧分幕的原则，将戏剧分为对称性的三四幕或五幕，每一幕与情节的安排对应。歌队作为希腊戏剧的独创，现代戏剧中叙事性或抒情性的合唱，都是它的直系后裔。戏剧诗这一形式的产生同样离不开古典戏剧的示范作用，正是对十二音节抑扬格的模仿才催生了意大利和英国的素体诗。

对近代戏剧产生直接影响的古典理论家和剧作家包括亚里士多德、欧里彼得斯和索福克勒斯，以及罗马悲剧家塞内卡、滑稽喜剧家普劳图斯、泰伦斯、贺拉斯等。其中，塞内卡的悲剧创作在莎士比亚的戏剧中实现了继承与发展，如对冷酷无情的暴君、冤魂等特殊形象的描绘，以及对巫术、酷刑、摧残和肢体等超自然力量阴暗面的热衷，都在《哈姆雷特》《麦克白》中得到了回响。

二 欧洲近代戏剧的发展脉络

意大利是欧洲近代戏剧的发源地，最早接受古典传统的影响，创作出近代喜剧、悲剧、歌剧、田园剧和批评理论。（第110页）随后，意大利的戏剧复兴激励了英国和法国的剧作家，戏剧变革的余波进一步影响到西班牙。在这一过程中，近代戏剧不再单纯模仿或翻译古典作品，不仅诞生了与本土精神交融汇合而成的拉丁语戏剧，还出现了使用现代语言的原创戏剧。

具体说来，意大利在15世纪下半叶率先将古典译作搬上舞台，最早的记录是上演普劳图斯的喜剧《孪生兄弟》，悲剧的搬演稍晚一些。同时期的法国最初仅仅翻译了部分原作和意大利语的改编戏剧，其后逐渐意识到民族原创戏剧的重要性，开始按照古代模板创作近代法语戏剧。在西班牙、葡萄牙，翻译基础上的戏剧改编非常普遍。与此同时，原创拉丁语戏剧在英国开始出现，并逐步在全欧洲流行起来，甚至拉丁语戏剧在德国被认为是最高雅的戏剧形式。

原创拉丁语戏剧的创作标志着戏剧的一大发展。拉丁语戏剧一度流行，与拉丁语普及性较高有关。在人文主义旗帜之下，各个民族都存在一致的精神根基，作为国际性语言，用拉丁语写作意味着超越民族差异，实现更加广泛的交流。在实际的创作过程中，拉丁语戏剧逐渐脱离翻译和改编的初级形态，越来越多的原创主题的优秀作品应运而生。

随着各民族语言体系与功能的完善，民族语言不再逊色于拉丁语，表达功能越来越强。现代语言戏剧的发展，是与时代特点相结合产生的自然结果，这也是近代戏剧发展的起点。（第112页）意大利出现了第一部用意大利语创作的戏剧《俄耳甫斯》，以及最早的意大利语喜剧《匣子》。鲁科维多借鉴了普劳图斯和泰伦斯的作品，接受了古典喜剧的结构、情节线索和人物，同时对其加以革新，结合本人的经历与思想，在主题上实现突破。第一部有巨大影响力的意大利语悲剧是《索福尼斯巴》，取材于真实历史事件而非远古神话。最早的法语悲剧是《被俘的克娄奥佩拉》，具有浓重的塞内卡式色彩，最早的法语喜剧《欧仁》则展示了普劳图斯以及泰伦斯的部分影响。第一部英语悲剧是《高布达克》，主题是俄狄浦斯之子手足相残的故事，从中可以看到塞内卡式创作的影子。第一部正规的英语喜剧《拉尔

《古典传统：希腊—罗马对西方文学的影响》(1949)

夫·罗伊斯特·多伊斯特》，其中有趣的笑话借鉴普劳图斯，其他方面则展示了英国本土的幽默品格。西班牙的戏剧理论家洛佩主张创作前将规则抛之脑后，摆脱传统格套的束缚，按照大众的标准来写作，他对古典文化较为激烈的抵触态度是其作品未能产生巨大影响力的原因之一。

在喜剧、悲剧之外，诸多其他戏剧类型的发展，也受到了古典传统的影响。假面剧在戏剧布景和演出方法上得到了古典戏剧的启发；现代歌剧与民间滑稽剧则是希腊悲剧、罗马喜剧的直接后裔。

近代流行的戏剧批评标准"三一律"也是在文艺复兴期间发展起来的。（第118页）"三一律"对剧本的时间、地点与主题都提出明确要求。批评标准得以建立的一个原因是对戏剧创作实践中新形式的实验总结，另一原因是在对古希腊罗马文学理论的探讨中自然形成的。亚里士多德在《诗学》中首次提出，戏剧演出时间的长度应当限制在太阳的一次循环之内。16世纪意大利理论家基拉尔底·钦提奥认为太阳的一次循环也指戏剧剧情的时间。其后，洛德维加·卡斯特尔维屈罗在注释《诗学》时进一步阐述了剧情时间与演出时间必须一致的观点，并认为戏剧必须固定单一地点，以保证戏剧所营造的真实性。文艺复兴时期"三一律"的出现，在当时的时代背景下是较为合理的，它对规范当时剧作家散漫随意的创作手法，增加剧情的曲折性产生巨大作用，值得肯定。

（执笔：张婷）

第八章　文艺复兴时期的史诗

本章的主要研究对象是文艺复兴时期的各国史诗。该时期的史诗创作受到古典诗歌的哪些影响？又具备什么特色呢？这都是本章要研究和回答的问题。为方便论述，本章首先将文艺复兴时期的俗语史诗划分为四类：(1) 对古典史诗直接模仿的史诗；(2) 关于同时代英雄冒险的史诗；(3) 关于中世纪骑士的传奇史诗；(4) 基督教宗教史诗。本章以大量例证分析不同作品中古典影响的表现、力度和深度，并指出该时期史诗诗人之所以能够写出具有高度思想力度和恢宏气魄的作品，不仅在于他们对古典作品的借鉴，更重要的是诗人自身所具备的丰富原创生命力和鲜明的个体特色。

一 文艺复兴时期的史诗概况

本章依照主题和所受古典影响的类型将俗语史诗，即非拉丁语史诗，划分为四类：(1) 对古典史诗的直接模仿（direct imitation of classical epic），这类作品的特点主要是数量少，代表作只有一部，即1572年皮埃尔·德·龙沙出版的《法兰克记》（*The Franciad*）；(2) 关于同时代英雄冒险的史诗（epics on contemporary heroic adventures），这类作品主要或全部按照古典模式创作（in the classical manner），代表作有《卢济塔尼亚人之歌》（*os Lusiadas*）和《阿劳坎人之歌》（*La Araucana*），这两部作品颇多相似之处，如作者都有探险经历，作品内容都与探险相关等；(3) 关于中世纪骑士的传奇史诗（romantic epics of medieval chivalry），该类史诗受古典影响明显，主要包含三种成分"对很久以前的骑士历险经历的详细叙述""始于中世纪并在文艺复兴得到延续的浪漫爱情故事传统""各类的希腊—罗马元素"（第120页），代表作包括卢多维克·阿里奥斯托的《奥兰多的疯狂》（*Orlando Furioso*）(1516年)、德蒙·斯宾塞（Edmund Spenser）的《仙后》（*The Farie Queen*）、托尔夸托·塔索的《耶路撒冷的解放》（*The Liberation of Jerusalem*）和乔万·乔吉奥·特里西诺的《从哥特人手中解放的意大利》（*La Italia liberata da Gotti*）等四部作品，其中后两部自成一派，都严肃地宣扬基督教教义和基督教超自然力量，而其中的《从哥特人手中解放的意大利》则是失败之作，原因完全是诗人的水平问题：诗句乏味、情节枯燥、想象力贫乏；(4) 基督教宗教史诗（Christian religious epics），它们取材于犹

《古典传统:希腊—罗马对西方文学的影响》(1949)

太人和基督教历史及神话,布局几乎完全遵循古典手法,代表作主要是约翰·弥尔顿(1608—1674年)的《失乐园》(共12卷)、《复乐园》(共4卷),以素体诗讲述人类的堕落和耶稣在荒野中遭受诱惑的庄严故事。

从以上可以看出,古典传统对上述所有作品的影响都是全方位的:虽然并非总是占主导,却是其主要前提之一。无论如何,古典思想和想象渗入所有的文艺复兴史诗,因此,要想读懂和正确理解它们,就必须了解希腊—罗马文学,而要想读懂弥尔顿的全部作品那就得是古典学者了。

二 古典传统影响的主要体现

古典传统对上述作品的影响主要体现在以下四个方面:作为精神背景的超自然力量、作为崇高背景的希腊罗马文化、翻译和模仿希腊罗马诗歌中的难忘表达以及引入拉丁(希腊)模板的词汇和表达。

首先,"超自然力量是史诗的基本元素,为英雄行为带去了精神背景"(第122页)。在同时代题材的史诗中,几乎所有的超自然元素都是希腊—罗马神话贡献的。传奇史诗中的超自然力量大多来自中世纪的幻想,古典神话起到了辅助作用。在基督教史诗中,几乎所有超自然元素都来自上帝、耶稣、天使、魔鬼,但行为和外貌描写借鉴古典史诗诗人发明的手法,如弥尔顿笔下大天使的形象穿着由希腊彩虹女神浸染的"紫色战袍",天使干预人间事务的行为方式也和古典史诗中的次要神祇相似。从行为上来看,弥尔顿笔下的上帝更像宙斯和朱庇特而非耶和华。

其次,"诗歌中随处可见作为崇高背景的希腊和罗马文化"(第125页)。比如,近代史被视为希腊—罗马历史的延续,黑暗时代则被略去或遗忘,人们习惯于把近代英雄事迹同希腊—罗马史诗和传奇中的英雄事迹相提并论;对自然的描绘经常用到古典元素(当然,有时运用得很不恰当),史诗中经常将令人震撼的景象与古典诗歌中的美丽形象联系起来,如《失乐园》对伊甸园的描写,以及众魔鬼建造的"万魔宫"更像希腊神庙；史诗模仿和借鉴来自希腊—罗马英雄诗歌的情节，如《仙后》中红十字骑士折下的一根树枝让人联想到维吉尔笔下的冤魂和但丁笔下的自杀者树林。此外，维吉尔和荷马等人作品中的英雄历险和盛大群像场面也常被借鉴，荷马式的比喻手法也出现在上述每一部作品中，文艺复兴史诗中最鲜活的角色有好几个是模仿希腊罗马史诗中的人物，如站错队的女武士、女英雄以及向希腊缪斯乞灵等。

再次，文艺复兴时期"更为认真的那部分诗人还翻译和模仿了希腊和罗马诗歌中许多令人难忘的表达"（第130页）；但这在今天的读者看来好像没有多少价值，其原因有二：一是浪漫主义传统理论认为好的作品是完全"原创的"，二是学术滥用和古典知识的衰弱，今天读者认为不必和诗人一样博学也能理解诗歌，还理直气壮地认为追求"影射"和"模仿"会毁了诗歌的生命力，使其有抄袭和剽窃的嫌疑。但本章对此持批评态度，指出能毫不费力地理解和辨识出"唤起式引用"的读者无疑能获得更多的阅读快感，对作品主题拥有更全面的理解。因此，作者认为对古典传统不感兴趣的读者不是成熟的读者，不能清楚理解作品更重要的意义。（第131页）

最后，本章指出："在效法古典诗歌时，诗人们不可能不对希腊语和拉丁语的力量和灵活性心生艳羡。"（第132页）因此，诗人会通过引入以拉丁文（有时也包括希腊文）为模板的词汇和表达方式来丰富自己的风格。如将弥尔顿的《失乐园》和《复乐园》与维吉尔的作品相比较，我们就会发现弥尔顿在借鉴维吉尔的同时也创造了自己的新风格，他的作品主旨宏大（grand）、唤起式（evocative）、铿锵有力（sonorous），暗藏玄机，但也导致其曲高和寡。

综上所述，文艺复兴时期的伟大诗人虽然大量借鉴古典作品，却不是剽窃者：其作品彼此风格迥异，不同于希腊和罗马的史诗；其作品气度恢宏，思想力度高。史诗对力度、丰富性、想象力、哲学内涵等所有要求，文艺复兴时期的伟大诗人都有所认识，他们认同希腊—罗马神话的权威、领略古典诗歌的杰出之处，意识到希腊罗马的世界并未消亡，他们的世界正是活生生的古典传统历史的延续。因此，他

《古典传统:希腊—罗马对西方文学的影响》(1949)

们强调这种延续性。但成功与否要看是沉湎于历史而忘记现实,还是用古典的光辉来丰富现实。

(执笔:韩云霞)

第九章　文艺复兴时期的田园作品和传奇

田园作品(pastoral)和传奇(romance)自古就有,是诞生于古典时期的文学样式,但在文艺复兴时期获得了发展可能性。文艺复兴的田园作品和传奇通过将田园和传奇两种文学样式与各类文学体裁融合,继承古希腊文学将朴素、快乐、自然和真实的东西理想化的力量。(第148页)

一　田园作品和传奇的起源及其传统

田园作品在文艺复兴之前已经形成独特的理想内涵,即田园传统。田园作品最早起源于古希腊亚历山大里亚的诗人们。忒奥克里托斯《牧歌集》展现了诗人家乡西西里岛美丽的乡村风光和乡间生活,尤其是牧羊人的爱情和哀伤。(第136页)在创作诗歌时,诗人生活在宫廷,这意味着他是从城里人的角度来描写记忆中的乡村生活的。此时的田园还是指描写乡间牧场上牧民、牧童、羊倌们幸福田园生活的一种文学作品。

维吉尔《牧歌》发展了田园风格的文学,他在翻译和套用忒奥克里托斯的基础上,塑造了他理想中的故乡阿卡迪亚[①],将其塑造为一片乡间生活的理想乐土:青春是永恒的,爱情虽然残酷却是世界上最甜蜜的东西,音乐萦绕在每位牧民的唇边,即使是最不幸福的恋人也

[①] 伯罗奔尼撒中部荒凉的山地,保留着古老而野蛮的习俗。

能得到乡间善良精灵的同情。（第137页）此时的田园已经发展为对诗人理想中乡间乐园、人间乐土的描绘。值得一提的是，《牧歌》的第1首和第4首分别开创了田园牧歌文学的两大传统，即社会批评和预言传统。在第1首中，维吉尔将乡村与城市对照，抨击暴政和战争对田园乐土的倾轧，由此形成了田园牧歌的政治批评维度：田园愈是和美丰足，愈能反衬出外部力量的暴虐，愈能揭示政治与古典神话中黄金时代（the Golden Age）的巨大反差。在第4首中，诗人预言说一个"天神的骄子"的诞生将开启一个新的光荣时代，而这一诗歌被奥古斯丁等阐释为维吉尔预言了耶稣基督的诞生。

现在所知的最早传奇作品是罗马帝国时代用希腊语写成的，可能在被记录下来之前已经口头流传了好几个世纪。（第137页）传奇是近代对长篇散文体爱情和历险故事的称呼，主要特征是"猎奇"，主要元素有：其题材主要描写年轻情侣的长期分离、在遥远异域的旅行；其情节极为复杂，包含了许多嵌套故事，例如绑架、海难、野人和野兽的突然袭击或出乎意料地继承了大笔财富和头衔，被搞错和隐藏的身份；其风格极为优雅，包含大段独白以及大量对自然美和艺术品的详尽描写。（第137页）文艺复兴时期著名的希腊语传奇有叙利亚人赫利奥多罗斯的《埃塞俄比亚记》、阿喀琉斯·塔提乌斯的《克里托芬和硫基佩》和隆戈斯的《达夫尼斯和克洛娥》，后者描写了一对弃婴在莱斯博斯岛上的牧民和农民间的历险，成功地将动人的传奇历险和田园氛围的魅力结合起来。

田园作品和传奇拥有不同的起源、历史、技法和目的。田园作品的理想是平静的乡间生活，生前惬意，身后无忧；而传奇小说的理想是野性而不可预见的冒险，随着作品越来越长，越来越复杂，它们与真实生活的距离越来越远。田园作品多为诗歌、戏剧，而传奇多为长篇散文。但仅据此，我们还不能断定二者毫无联系。田园作品和传奇是相关的文学样式，有时甚至合而为一，它们在希腊—罗马文明末期和文艺复兴时期共同造就了许多成功之作。更为重要的是，它们在深层次的心理方面相互联系：它们不是像悲剧或史诗那样占据全部心智和灵魂的高雅文学，它们是避世文学，帮助人们满足心理需求，让生

《古典传统:希腊—罗马对西方文学的影响》(1949)

活中不尽如人意的方面变得理想化,为呆板和粗糙的文字加入诗性的幻想。(第138页)文艺复兴的田园作品和传奇传承的古典传统正是这样一种以田园乡间为依托,带有理想主义基调,将朴素、快乐、自然和真实的东西理想化的田园传统。

二 田园作品和传奇继承古典传统的方式

文艺复兴的田园作品和传奇通过多种方式传承并发展了田园传统。第一种方式是田园作品和传奇的融合。文艺复兴时期出现了大量仿照希腊罗马田园作品与传奇写成的重要作品,有的属于其中一种,有的则将二者合而为一。例如,薄伽丘《阿德梅托斯》(约1341)是第一部俗语作品,属于后者,它将一种过于崇高的讽喻融入田园诗,讽喻的味道切断了田园和牧人的联系。(第140页)雅可波·桑纳扎罗的《阿卡迪亚》充满了来自英雄诗歌、传奇,甚至哲学对话中的典故,其模板是《阿德梅托斯》,但作者去掉了隐喻内容,同时插入大量关于乡间生活和景致的鲜活细节,由此形成了"阿卡迪亚传统"[1]。若尔热·德·蒙特马约尔的《狄安娜》是一个连续的故事,包括一条爱情主线和若干次要的爱情故事,情节复杂,并且作者让爱情凌驾于其他一切事物之上。菲利普·西德尼爵士的《彭布罗克伯爵夫人的阿卡迪亚》出现过危险和血腥的争斗。于是,阿卡迪亚的田园生活和传奇历险这两大希腊潮流在这部作品中融为一体,和其他虚构元素一起,它们按照新的比例被调和起来,由此缔造出的故事成为近代小说的源头之一。

第二种方式是将田园和传奇与其他文学体裁融合,其结果主要是田园牧歌和田园戏剧。田园牧歌是由拉丁文和各种民族语言写成的大量效仿古人的牧歌作品。田园牧歌作品往往带有浓厚的个人元素,例

---

[1] 阿卡迪亚文学传统的主要特点为:爱情占据中心地位,情节基本围绕爱情展开;阿卡迪亚成为诗人的领地,是艺术和想象力的产物,外部世界不过是诗人心灵或意识的延展;阿卡迪亚的艺术趣味是贵族式的,阿卡迪亚的居民并非现实的乡间人物,牧羊女有时和仙女同义,最出色的牧人往往是来乡间游玩的贵族青年,而最美的牧女原来是年幼时流落民间的贵族小姐。阿卡迪亚传统表现出遁世特征,它与强调社会关注和道德信念的中世纪传统背道而驰。

如把略加掩饰的自己和朋友安排成作品中的角色，讲述他们的生活和爱情故事（此为忒奥克里托斯开创的传统，维吉尔、桑纳扎罗的作品中都有类似的内容）；作者讽刺自己不认同的人或事物（来源于维吉尔，在文艺复兴时期，这种讽刺多为神学讽刺，批评教会的胡作非为）；田园哀歌以痛惜友人早逝为主题，为了突出其年轻和纯洁，死者们会被安排在野外的树林中，接受牧人、猎人和自然精灵的哀泣，其源头来自忒奥克里托斯对因爱情而死的达夫尼斯的哀悼，以及献给另一位田园诗人比翁的匿名希腊语哀歌。（第145页）田园作品与戏剧的融合主要体现为田园戏剧、田园假面剧和田园歌剧。田园戏剧充斥着以牧人的赛歌、"斗嘴"和相互辱骂为主要内容的对话以及偶尔的爱情对话，维吉尔等人的作品为其创作提供了田园框架。与传统歌剧相比，田园歌剧吸收民俗曲调和民俗韵律，由此突出了自然情感和朴素表现。

田园传统在此后的革命时代也得到了延续，仍然活跃在现代诗歌和各种艺术中。本章认为希腊和诗歌的真正魅力在于将朴素、快乐、自然和真实的东西理想化的力量。

（执笔：费诗贤）

第十章　拉伯雷与蒙田

本章将拉伯雷与蒙田并列，聚焦文艺复兴时期这两位著名作家，论述一个在今天看似老生常谈的论题：文艺复兴的精神成就——人文主义。

一　拉伯雷[①]

拉伯雷给人一种难以理解和推崇之感，而这源于其作品中相互矛

---

① 本章小节标题依据原书。

《古典传统：希腊—罗马对西方文学的影响》(1949)

盾的元素所造成的不和谐。（第 149 页）这种不和谐是他本人在个性和生活中的深层次矛盾的反映。这种矛盾不是一种独立的个体现象，而是一种普遍现象。这种矛盾的心理学起因，正是来自文艺复兴所带来的巨大刺激。文艺复兴突然改变了根深蒂固和强有力的理念与体系，它是一场精神革命，而发生的场地就在每个个体的灵魂之中。

本章将文艺复兴前期的主要矛盾大致归纳为以下五种：（1）天主教与新教之间的矛盾；（2）罗马教会内部的自由派和保守派之间的矛盾；（3）上层阶级和自行其是的中产阶级之间的矛盾；（4）科学和迷信、传统哲学及神学权威之间的矛盾；（5）包含了前述社会矛盾、科学矛盾并超越它们的是权威与个体之间的矛盾。（第 150—151 页）以上矛盾导致这一时期各方面的变革都非常剧烈，文艺复兴前期的大多数人物都不可避免地存在困惑、怀疑和矛盾，而前期作品在形式与内容、人物和风格上也存在诸多冲突和损耗。在这方面，拉伯雷显得非常突出。他之所以能协调上述矛盾，让它们为作品的成功同时做出贡献，更多地应该归功于文艺复兴带来的巨大乐观情绪。

具体而论，《巨人传》有两个方面的不协调。一方面，《巨人传》创造了"一个充斥着大胆哲学思想的同时代乌托邦"（第 152 页），但这个乌托邦是"置于幼稚童话框架内"（第 152 页）的，这表明拉伯雷一只脚踏入了文艺复兴，另一只脚仍留在中世纪。这里的"充斥着大胆哲学思想的同时代乌托邦"主要指，小说主人公高康大和庞大固埃生活的世界或多或少是与作者同时代的、被理想化的法国。作品中充满了各种文艺复兴时期的"幽默、活力、旅行、欢乐、思想创新、讽刺、艺术和知识"（第 152 页）。同时，《巨人传》"包含了大量的**梦想成真**"（第 152 页，黑体字为原文所有），涵括了人生的多个方面，反映文艺复兴时期特有自信的极度扩张和人类与生俱来的机能的热爱。"置于幼稚童话框架"是说两个国王的形象都借鉴了中世纪的英雄诗歌和神话故事，两位巨人的事迹以及他们的宫廷和侍从形象则受到了以中世纪英雄为主题的意大利喜剧史诗的影响，和高康大原型一样，这些史诗脱胎于幼稚的民间想象。拉伯雷的作品无疑是所有文艺复兴作品当中最幼稚的。

而另一方面,作品内容本身同样是不协调的。它在具有大量的古典知识和最新的科学哲学思想的同时,又拥有数量同样庞大的不雅笑话,这两者都构成了他的突出特征。大部分笑话的源头是非古典的,来自中世纪的底层社会的精神世界,本质上是反文化的,与文艺复兴的精神背道而驰,与第一个特征形成了反差与不协调。(第153页)

在关注上述种种不协调的同时,我们更应重视拉伯雷的古典知识以及这些知识对他作品的影响,即《巨人传》中的两个主要古典元素:一方面虽然主要角色和整体架构源于中世纪,但配角的名字经常是古典式的;另一方面,很多重要主题也包含了古典元素。(第153页)最重要的古典主题之一是波洛克拉特对高康大的人文主义教育。高康大成为哲学王,教育方式秉承柏拉图的教诲,修道院对应于《理想国》中的护卫者阶层,论教育的书信也采用古典风格。虽然高康大所受教育中有一些中世纪残余,但他对教育、学习一切语言、阅读一切伟大作品和掌握一切有用知识的热情是文艺复兴时期的特色。而这也是拉伯雷本人的特色。本章在这里强调了《巨人传》的故事与拉伯雷本人的关系:《巨人传》带有拉伯雷强烈的个人色彩。

最后本章梳理了拉伯雷所受到的主要古典影响:文集和文摘方面有伊拉斯谟的《箴言集》,对他影响更大的是散文体作家,而非诗人;是罗马人而非希腊人;主要是写实作家而非虚构作家。《巨人传》在情节上借鉴了琉善,他是拉伯雷的精神伙伴,两人的笑声只为愉悦,不含谴责。拉伯雷为自己和世界的困境提供了两种解决之道:教育与享乐。(第154页)

二 蒙田

本章将蒙田的特点及经历在与拉伯雷的对比中展开:拉伯雷吸收了大量思想和经验,将不协调的元素挤进一部作品,却并没有调和,让人费解和不适,说明他并不认同古典文化的理想;蒙田则相反,他了解古典作家,其精神深受他们的影响,他的教育思想建立在古典文

《古典传统：希腊—罗马对西方文学的影响》(1949)

化之上，他对古典作家也做了更多的思考，"蒙田远远超越了所生活的时代与国度"（第155页）。

蒙田对古典材料的阅读有两个特点：他的阅读是为了愉悦身心，快乐是他的标准，但这不等于消遣，而是高层次的美学和思想活动；他精通拉丁语，对希腊语知之甚少，这解释了为何我们常感觉蒙田思想不够严谨，对古典理想认识不深。（第156页）

影响蒙田的重要古典作家主要有：散文体作家有塞内卡，蒙田经常不加出处地引用他，此外还有普鲁塔克、西塞罗；诗人则有维吉尔、贺拉斯、泰伦斯等。同时，蒙田前期的随笔经常只是引用关于某个一般性观点的例证，不对观点本身进行探讨，可能抄袭了当时流行的格言集，尤其是伊拉斯谟《箴言集》。这表明，蒙田可能不仅受到塞内卡等人系统性的哲学讨论的影响，也受到了文艺复兴时期人文学者们收集的零星哲学片段的影响。

但蒙田与书籍的关系是有机的，他的广征博引非常自然、令人舒适。非常重要的一点是他只想做蒙田，他并不想模仿古人，也不想成为披着现代人外衣的古典作家。蒙田吸收、使用、实践着古典作品，把古典作品当作创造自己作品的工具和材料，并因为它们有这样的功能而热爱它们。

蒙田文学素材的使用方式有三种：（1）将其作为普遍哲学原理的来源，他选出特别符合真理和有价值的句子，用自己的知识、书籍或生活对这些格言加以探讨和阐释；（2）将其当作例证的宝库，在提出某种普遍真理后，对其加以检验，寻找能证明它的实例，从而证实或解释它；（3）找到某些小问题的论据和观点，没有哪位近代哲学家为这些小问题花费这么多精力，有时候他会从熟悉的作品中的不同段落抽取句子组合起来。（第159页）

本章最后主要讨论了两个问题：蒙田发明了现代随笔，这个观点从何而来呢？他是最早的现代自传作家之一，这种创新的源头和动机来自何处？关于第一个问题，从《随笔集》前两卷的主题上来看，随笔大多涉及伦理学的抽象问题，有的涉及单一道德概念，与塞内卡以及普鲁塔克的道德论文颇有相似之处，标题也同样如此。同时，蒙田在创作关于教育的书信时借鉴了塞内卡哲学论文中致友人书信的形式。关于第二个问题，《随笔集》因为主观性而带有自传意味。这种主观性蒙田也提供了一个古典先例：罗马的讽刺诗人会在讽刺诗中展现自己的全部人生和性格。蒙田也可能借鉴了贺拉斯，他的《书信集》同样混合了哲学的冥思和个人的性质。

综上，《巨人传》和蒙田的随笔都是文艺复兴的产物，催生它们的是对自由的向往。拉伯雷将自己变成力量、爱心和学识上的巨人，巨人的统治基础也是他们自身——他们的伟大身体与头脑；蒙田不喜欢一切未经检验的事物，只有在无可辩驳的事实面前才会相信它们，体现了文艺复兴时期人们对道德和思想自由的感知。而正是缘于这种对人类基本尊严的肯定，文艺复兴的成就才被称为人文主义，蒙田正是最伟大和最具人性的人文主义者之一。

（执笔：王嘉倩）

第十一章　莎士比亚的古典学

本章围绕以下两个论题展开：（1）古典文化通过何种途径影响莎翁创作；（2）古典文化对莎翁的作品产生了怎样的影响。本章内容可分为导言（莎翁作品分类和特点分析）、主体（莎翁古典学分析及影响莎翁的古典作家）、结论等三个部分。

一　导言：莎翁作品分类和主要特点分析

作为文艺复兴时期的著名戏剧家，莎士比亚重古典文学而轻中世纪文学。

首先，我们可将莎士比亚作品进行主题分类（见下表），从中不难发现，其作品中屡见不鲜的地理与史实矛盾并不影响作品特点，即

《古典传统:希腊—罗马对西方文学的影响》(1949)

典型英国式。作品主题的分类彰显出其作品灵感的三个主要来源:西欧的文艺复兴、英格兰的君主贵族、希腊罗马的历史传说。

罗马历史	6 部
希腊背景	6 部
英国历史	12 部
文艺复兴时期的欧洲	14 部:作品主题是古代的/古典的(antique)
同时期的英格兰	1 部《温莎的风流妇人们》
莎翁的时代和国度	1 部《十四行诗》

莎士比亚作品的主要特征有以下几个方面。第一,他主要使用英国人的民族语言,反映英格兰的民族特色、地理风貌、人物天性与谈吐,即典型英国性(Englishness)。(第163页)第二,他将英国人与意大利人的形象特点加以糅合,最好的作品中有意大利奸商的形象,如《奥赛罗》中的伊阿古(Iago)、《辛白林》中的伊阿基摩(Iachimo),也有幽默优雅的意大利人形象,如《哈姆雷特》中的奥斯里克(Osric)。第三,他大量使用希腊语和拉丁语作品中的意象和修饰性典故,如《冬天的故事》将佩尔蒂塔(Perdita)的花环与朱诺的眼睛与西塞利娅的气息进行比较("… violets dim. /But sweeter than the lids of Juno's eyes/Or Cytherea's breath."[①])。第四,文艺复兴的其他作家精神同属于两个世界:或是中世纪的浪漫传奇历险元素,或是希腊罗马神话与艺术,而莎士比亚几乎无视中世纪的世界,极少提及中世纪思想,作品中的当代元素超过中世纪元素,流传下来的谚语和歌谣中只有少许中世纪的回响。例如:描述法尔斯塔夫之死时,作家用亚瑟王之怀抱代替亚伯拉罕的("He's in Arthur's bosom…"[②])。

二 莎翁的古典学分析;影响莎翁的古典作家

本章从三个层面对莎士比亚的古典学进行梳理及分析。首先,通

---

① Gilbert Highet, *The Classical Tradition Greek and Roman Influences on Western Literature*, New York: Oxford University Press, 1957, p.195.
② 此处是指莎翁在其作品中把"in Abraham's bosom"改为"in Arthur's bosom"。

过分析希腊—罗马文化在莎翁作品中的不同表现，我们可以看出他重罗马轻希腊。（第167页）就主题而言，他创作的罗马题材戏剧更多；罗马主题戏剧中有更多真实细节；悲剧中的罗马精神大于希腊精神。古典意象方面，他运用大量的古典意象使其语言鲜活生动，其作品中的类比和隐喻对象大致归于日常生活、自然、家庭生活、动物、学问，而莎翁的语言"少谙拉丁，更鲜希腊"[①]。

其次，分析莎士比亚戏剧引用古典作品的情况。他的引用量少质量高，以想象力丰富见长。如将他的引用与弥尔顿、琼生的进行比较就会发现，前者引用较少却极具创造性，后者引用频繁却多是镶嵌拼接或者照搬。弥尔顿的《快乐的人》曾有一处讽刺莎士比亚，这可证明莎士比亚引用的独创性。[②]

最后，本章论及莎翁的古典学知识及使用方式。莎士比亚直接或间接地受过古典教育，并深爱古典作品。他的古典训练帮助他成为一个完美的诗人和完善的人（a complete poet, and a whole man）。伟大诗人们可能产生相似的想法，也可能是从不同的作品中借鉴不同元素，莎士比亚具有从身边的古典氛围中吸收古典理念的能力。如将本·琼生的引文和学问看成棍棒，而莎翁的想象力则是利剑。在琼生与莎翁的持续论战中，棍棒不断被重塑并锻造成轻盈的利剑而为莎翁所用。

那么，哪些古典作家影响了莎翁的创作呢？本章认为主要有四位作家：奥维德、塞内卡、普鲁塔克与普劳图斯。首先，奥维德的《变形记》为莎士比亚敲开了故事世界的大门。奥维德是莎翁最喜欢的古典作家，莎翁也被称为奥维德的化身。（第170页）《维纳斯与阿多尼斯》故事来自《变形记》，《驯悍记》故事来自《女杰书简》。莎翁也经常借鉴或直接引用奥维德作品，或者通过戈尔丁的译

---

① 这是本·琼生对于莎士比亚所受教育的评价。

② "... an Ariel warbling his native woodnotes wild" 来自 John Milton, *L'Allegro*: "I'll to the well-trod stage anon, If Jonson's learned sock be on, Or sweetest Shakespeare, Fancy's child, Warble his native wood-notes wild, singing his native songs with abandon（随心所欲/缺乏节制）." 弥尔顿借此暗讽莎士比亚在创作上的恣肆风格。

《古典传统：希腊—罗马对西方文学的影响》(1949)

文改写奥维德的作品，如朱丽叶的独白（《罗密欧与朱丽叶》）引自《爱的艺术》，普罗斯佩罗的咒语（《暴风雨》）借鉴了《变形记》中美狄亚的祈祷等。

其次，莎士比亚的悲剧理念深受塞内卡的影响，借鉴了塞内卡重要的戏剧技巧元素，并帮其催生很多金句。莎翁悲剧基调中的绝望的宿命论比希腊悲剧更悲观，这种阴郁部分来自塞内卡的斯多葛式悲观主义。（第174页）但塞内卡式哲学倡导冷漠，冷漠地或骄傲地服从于不可抗拒的命运，而莎翁则偏好于愤怒的反抗，如哈姆莱特的咒骂、提蒙的诅咒等。在写作技巧方面，莎翁的悲剧人物性格塑造受到塞内卡悲剧人物影响，并且通过塞内卡的作品，莎翁接受希腊人的"轮流对白"（stichomythia）这一台词技法，此技法在塞内卡作品中像是哲学家的辩论，在莎翁作品中更像击剑中的出剑和反击。此外，莎翁与塞内卡在思想、意象、结构方面具有对应或者相似之处，例如塞内卡的《淮德拉》中希波吕托斯哀叹"即使伟大的天父拿来整个太平洋，也洗不清这样的罪孽"，而莎翁的《麦克白》中麦克白夫妇企图用"大洋里所有的水，能够洗净我手上的血迹"。

莎翁的《尤里乌斯·凯撒》标志着剧作家步入创作生涯的顶峰，转向伟大的悲剧殿堂，此剧与《克里奥拉努斯》《安东尼奥与克娄佩特拉》《雅典的提蒙》均取材于普鲁塔克的《希腊罗马名人传》。莎翁对拉丁语懂个大概，不通希腊语，但古典文化的激励使莎翁的剧本借鉴素材焕发出内在的生命力，其心理描写体察入微，文字更活跃，想象和意象更出色，展现了莎翁本人非凡的语言禀赋。作者以莎翁笔下凯撒性格的重塑和克娄佩特拉的登场为例。

最后，莎翁从拉丁原文中阅读了普劳图斯的喜剧，改编后的情节构思更巧妙，人物刻画更微妙，内容更丰富感人，如莎翁的早年作品《错误的喜剧》改自普劳图斯的《孪生兄弟》等。普劳图斯给莎翁的另一个影响是将各种巧合和复杂情况组合成长篇故事。在语言方面，虽然莎翁没有读懂普劳图斯语言的机智诙谐，但他运用自己的语言表现了其真情实感。（第181页）所以，莎翁可以被称为重生的奥维德，浪漫化的普劳图斯（"Ovid reincarnated, Plautus romanticized."①)。

本章通过以上论证，认为古典文化的重生给予文艺复兴的伟大诗人们激励和挑战，而莎士比亚在这方面做得最好。回应本章聚焦的两个主题：古典文化影响莎翁的实现途径和古典文化对于莎翁作品的影响。莎士比亚生活在熟悉并推崇古典文学的人之中并汲取灵感；早期作品改编自希腊—罗马人，并运用非凡想象力发扬光大；创作生涯中坚持阅读希腊语和拉丁语译本。莎翁12部最经典的作品均涉及古典题材，古典意象始终贯穿其作品，古典文学为其提供修辞和戏剧技巧、提供丰富素材，展现了高贵人性和完美艺术。

（执笔：王秀香）

第十二章　文艺复兴及以后的抒情诗

作为歌曲的抒情诗从各民族为自己创作的舞蹈韵律、民歌韵律和口头歌曲体裁中发展而来，它与歌唱和舞蹈密不可分，而歌曲和舞蹈是人类本能的产物，因此由它们所缔造的近代抒情诗并不会深受希腊和罗马抒情诗的影响。在黑暗时代，几乎所有的希腊和罗马抒情诗都被摧毁或遗失了。中世纪，西欧对希腊抒情诗一无所知，贺拉斯颂诗的读者是学者和少量的诗人。后来，当幸存的拉丁语和希腊抒情诗被广泛阅读和刊印时，近代西方国家的抒情诗已高度发达。因此，希腊—罗马传统对抒情诗产生影响的时间较晚，效果也很有限。不过，随着抒情诗的逐渐发展，它们的思想变得更微妙，体裁更复杂，便从希腊—罗马抒情诗中借鉴新的风格和意象技巧。拉丁语和希腊语作品（后者尤甚）对近代正式的抒情诗体裁的建立发挥了一定作用，其中

---

① Gilbert Hight, *The Classical Tradition: Greek and Roman Influences on Western Literature*, New York: Oxford University Press, 1957, p. 215.

《古典传统:希腊—罗马对西方文学的影响》(1949)

最重要的类型是颂诗,近代标准抒情诗的模板主要来自品达和贺拉斯。

一 品达派与贺拉斯派

古希腊抒情诗人品达(约公元前522—前442年)创作了极为成功的赞歌、凯歌和节日抒情诗。他的作品富有想象力、旺盛的幻想和永恒生命力,拥有取之不竭的词汇与句式。诗歌多为四卷合唱凯歌,主题是庆祝每年希腊运动会上的优胜者,内容多为赞美优胜者的家族,颂扬各种社会、身体、美学和精神上的高贵。品达的诗歌不是被朗诵,而是由大型歌队演唱,配有品达亲自谱写的曲调和优美的舞蹈,以便强化这些卓绝词句的效果。(第187页)最伟大的罗马抒情诗人贺拉斯(公元前65—前8年)的诗歌多采用韵律齐整的四行诗节或双行体(后者较为少见),这一备受其偏爱的体裁脱胎于希腊抒情诗人阿尔开俄斯和萨福所创造的诗体。(第191页)

现代标准抒情诗中最重要的两种理想之间的分歧即为品达派与贺拉斯派。品达派追求灵感、激情、大胆和奢华;贺拉斯派则追求反思、温和、平静与有序。品达派并无固定规则,贺拉斯派则建立在舒缓、精练和均衡的体系之上。(第191页)品达派与贺拉斯派相互补充而非彼此对立,在某些诗人的作品中可同时看到这两种风格,如弥尔顿的品达体颂诗和贺拉斯体十四行诗等。(第192页)

抒情诗早在文艺复兴开始前很久就已在欧洲流传,但近代抒情诗的出现并不是品达、贺拉斯和其他古典抒情诗人被重新发现的结果。对于已经掌握了各种韵体和许多复杂诗节形式的诗人来说,需要从古典作品中借鉴的东西并不多。他们吸收的主要有主题素材与希腊—罗马神话提供的各种意象。(第194页)并且,他们以品达与贺拉斯的颂诗为模板,丰富自己的语言,使其进一步远离平实的散文和传统的民歌用语,抒情诗变得更加高贵,带有更多仪式感和赞美诗的色彩。这是古典影响给现代抒情诗带去的最重要的改变,即更加庄严和高贵的精神。

为了突出这种影响及其同古典作品的普遍关系，文艺复兴时期的抒情诗人经常借鉴和改编品达与贺拉斯等人的诗歌形式，并把更加严肃和有抱负的抒情诗称为颂诗。接下来，本章分别阐述品达与贺拉斯两位诗人对近代抒情诗发展产生的影响。

二 品达的作品及其影响

贺拉斯的作品在整个中世纪都有流传。品达的作品则失传已久，而且他的诗歌更加怪异、炫目和充满激情，因此它们的重见天日对文艺复兴诗人的影响更为深刻。近代标准抒情诗变得更接近品达而非贺拉斯，至今仍是如此。并且，贺拉斯对品达的夸赞也激起了诗人们纷纷对品达的颂诗进行模仿与挑战。

首先用俗语模仿品达的是意大利人。路易斯·阿拉玛尼的赞美诗（1532—1533年发表）可能是最早的此类作品。

对于挑战品达做出最响亮的回应的是法国七星诗人皮埃尔·德·龙沙。龙沙是古典式高雅抒情诗的鼻祖，他一次性出版了包含94首颂诗的诗集《颂诗前四卷》，其中最引人瞩目的是品达体颂诗。

然而，龙沙对品达的模仿并没有取得成功。（第197页）首先，从主题来看，品达的诗歌洋溢着希腊运动会的胜利、喜悦和成就感，而龙沙虽尝试更崇高的主题，但大多数作品仅是写给友人或恩主的赞美诗，并非为了庆祝特定事件，有时显出冷冰冰的恭谦。其次，就想象力和风格的丰富而言，龙沙远不如品达。龙沙的句子直截了当，接近带韵的散文。他引用的神话完全不是直白和传统的，故意将其编排得非常晦涩，缺乏品达的炽热感染力。最后，就格式来说，龙沙的颂诗也如品达体诗歌一般，分为节、对节、尾节，但不是为歌队和舞队的表演所写，显得多余和造作。但他的模仿并非全无价值。他把法语诗歌从复杂的诗节格式中解放出来，抛弃了俗套空洞的民歌，把古典诗歌中有价值的词汇和风格引入法语，证明了法语抒情诗可以是高贵和思想深刻的。

另一位模仿品达的是意大利诗人加布里埃罗·齐亚布雷拉

《古典传统:希腊—罗马对西方文学的影响》(1949)

(1552—1638年)。他的品达体诗歌部分属于独立创作,部分借鉴龙沙等七星诗人的诗歌。他的作品《英雄歌集》收录了约100首颂诗,其中12首品达颂诗分为节、对节、尾节。除了没有与舞蹈动作对应的三节体循环,在整体效果上与品达的颂诗非常相似。他的某些作品写于海战胜利后,庆贺了真正的胜利。但作品无法表现出品达那样火山爆发般的炫目,传递的只是柔和而怡人的暖意。并且,在他的诗中,我们已经可以看到巴洛克诗歌的典型弊病,即把古典典故作为想象的替代品,而不是用来支持自己的创新。(第199页)

现代抒情诗的创造是非常缓慢的,它在弥尔顿和本·琼生的笔下才刚刚诞生。(第201页)颂诗结合了个人情感和对内涵宽广或广受关注的主题的深刻冥想。它或者被献给某个个体(人或神),或者是对某个具有特定意义场合的有感抒发,其感染力更多来自情感而非思想,但反思可以中和情感的激动,使其得到有序表达。激发和维持颂诗情感的是某一种或几种人类生命中较为崇高和持久的事件。

随后,配乐的品达体颂诗出现了。为了提升作品之美,诗人或为其配乐,或用文字再现音乐的律动与和谐。代表作品是约翰·德莱登的《亚历山大的宴席》。但巴洛克时代的大部分品达体颂诗不是配乐式或典礼式的,诗人们以品达为模板庆祝、纪念表现时代荣耀和气度的公共事件,产出一系列夸张而空洞的失败之作,为比肩品达而写出的糟糕诗歌要超过古典领域的任何其他仿作。因为巴洛克诗人没有能力感受和表达出真正的热情,试图从品达诗中剽窃体现真正诗性感动的主题和表达,创作"场合式"诗歌时并无个人感情,只是出于职责要求。"真正伟大的品达体颂诗将有力而迅捷的精彩表达与深刻的真情实感统一起来"(第204页),但在巴洛克时代很少有人成功做到这一点。

三 贺拉斯的作品及其影响

与品达相比,模仿贺拉斯更为困难,也更难让人提起兴趣,需要诗人投入大量时间。因此,近代文学中的贺拉斯体抒情诗数量少于品达体颂诗，但质量更高。

贺拉斯的抒情诗已流传于中世纪，但从未大受欢迎。彼得拉克曾把贺拉斯的思想和优美的表达引入其作品，但未将其当成模板。直到15世纪后期，佛罗伦萨学者兰蒂诺及其弟子波里提安才推崇贺拉斯，为他树立了声望。（第205页）

西班牙诗人最早在抒情诗中大量使用贺拉斯诗体，自16世纪初开始模仿其颂诗。加尔西拉索·德·拉·维加创作了最早的西班牙语贺拉斯体抒情诗。最伟大的西班牙语抒情诗人路易斯·德·莱昂翻译了贺拉斯的二十多首颂诗，好几首原创作品均以贺拉斯和维吉尔为模板，如《塔霍斯河预言》。1531年，贝尔纳多发表了意大利最早的品达体颂诗，采用更加纯粹的古典形式，引领了诗歌革命。法国诗人龙沙也模仿贺拉斯创作诗歌，他的《颂诗前四卷》中最早的作品以贺拉斯为主要的古典模板，素材大多来自贺拉斯与维吉尔。

在英国，本·琼生是第一位贺拉斯体诗人，（第208页）他模仿贺拉斯的讽刺诗和书信，翻译《诗艺》并以其为基础确立了自己的批评原则。其作浸透着贺拉斯诗歌的精神，仅仅称其为仿作是不够的。安德鲁·马维尔的《克伦威尔从爱尔兰归来》被称为用英语写成的最好的贺拉斯体颂诗，他将阿尔开俄斯体等优秀的古典格律应用到重音体系中，继续保持原先的思虑和庄严之美，但作品的俏皮字眼太多，太过散文化。弥尔顿通过贺拉斯学会了浓缩的艺术，在最小的空间内注入最多的思想。（第209页）他把自己的领悟带入英语十四行诗，从贺拉斯那深刻的道德、政治和教育主旨中获得灵感。

在巴洛克时代，诗人无法模仿"品达式疯狂"，纷纷转向贺拉斯的风格，有时甚至完全模仿其格律。新的活力、华美、更强烈的自我肯定被注入颂诗，两大主流仍然清晰可辨，贺拉斯和品达都有各自的追随者，但某些最伟大的作品把二者合为一体。

品达的继承者有歌德、雪莱、雨果、华兹华斯、荷尔德林等。（第210页）品达体颂诗在形式上非常自由，韵律更强更多样化，在内容上更富激情，情感变得更加灵活和多变，更符合希腊特色。

英语浪漫主义颂诗通过与贺拉斯的风格相结合，大幅颠覆了品达

《古典传统:希腊—罗马对西方文学的影响》(1949)

的初衷,变得更加柔和。但希腊和罗马抒情诗的许多基本特色都被保留下来,只是外表发生了变化。犀利而充满想象力的生动细节描写、超越日常生活的伟大而非凡的幻想、强烈的精神狂喜、对美的爱慕和对崇高理想的赞颂——通过颂诗传统,这些诗歌元素被从品达和贺拉斯那里传递给现代诗人。在这些抒情诗中,歌曲和庆典舞蹈消失了,颂诗的结构反映的是孤寂人类灵魂更加微妙的激动。

从 19 世纪中叶开始,出于对原创性的渴求和对传统的憎恶,出现了一股日益强大的潮流,人们试图打破规则的诗歌格式,使它听上去完全是自然的随性之作。这些想法传达了这样的理念:"真正的诗歌总是自由的,最好的希腊艺术代表了自由。"(第 214 页)

(执笔:张敏萱)

第十三章　转型

在文艺复兴之后,以美国法国革命和工业革命为标志,欧美文学步入近代发展阶段;伴随 19 世纪剧烈社会变动,1859 年后欧洲文学发生重大变革,创造出重要的文学形式。本章随后论述教育的扩展对古典传统的影响和对欧洲文学发展的作用,最后回顾导致文艺复兴结束的倒退时期。

一　欧美文学自文艺复兴后至今的时代划分

不同于历史学界以启蒙运动作为文艺复兴后近代欧美文学的分界线的一般看法,本章以文明的本质及古典文化对其施加的影响所发生的真实变化为依据,将文艺复兴结束后至今的欧美文学划分为两个阶段:第 1 阶段从 1600 年左右到 1770 年左右,称为君权时代(the age of monarchies)或者反宗教改革时代(the age of Counter-Reformation），也称巴洛克时代；第 2 阶段是真正意义上的近代，从美国法国革命和工业革命至今。

19 世纪的各种伟大创新，即政治、经济、社会、教育等方面的巨大变化创造了 1850 年后欧洲文学的整体基调、大量创作目的和创作技法的重要革命，这些都形成剧烈且永久的转向。文学上的变化包括以下几个方面。首先，新的文学作品数量大大增加。其次，文学的商业化。从 1900 年前后开始，所有文学类型都放宽了自身的标准，重点转向人民大众所能接受的文学标准，转向能够影响尽可能多的付费顾客和接受者的艺术类型；诗歌本来在与散文的竞争中早已处于下风，此时受到进一步的打击；人们不再创作教诲诗，但出现了数以千计的"严肃非虚构作品"；史诗湮没在历史长河中，小说则盛极一时。人们对风格要求降低，追求"力量"和"吸引力"。大量非常流行的全新文学体裁应运而生——大都缺乏严格性，旨在迎合文化水平相当低下的广大民众：如侦探电影和侦探故事、音乐喜剧、许多电台节目中不相关笑话的串烧、记者对稍纵即逝事件的现场报道。（第 216 页）再次，一些坚决反对追求大众影响的艺术家对作品进行了极端的专业化或"小团体化"，如专属语言、费解的象征、个人素材、怪异神话、难忘的引文、晦涩的象征、深奥的书籍、宗教习俗、无人了解的事件、新发起的宗教崇拜等。对作品的这种处理方式反映近现代作家作品与古典传统的密切联系，T. S. 艾略特及其《荒原》是个著名例证。最后，随着文学找到了更多表达途径、并获得了更加广泛而深刻的题材，文学的活力和精神力量都大大加强，这毫无疑问都是积极的变化。（第 216 页）

二　教育的扩展对古典传统普及的推动

除去近代社会变革所体现出的古典传统对文学的影响，希腊—罗马文化的扩散和渗透力量超乎想象，由此可以看出教育的扩展有助于古典传统的普及，进而对欧美文学产生影响。

教育的扩展是过去三四百年的欧洲文明最关键的要素之一。全体

《古典传统:希腊—罗马对西方文学的影响》(1949)

国民都有机会受到教育是相当晚近的事,从文艺复兴开始,各地各国的教育就再未出现过倒退,在整个西欧和美国都得到了缓慢但持续的扩展。在1600—1900年左右的时间里,学习古典语言和文学一直是中高等教育的核心。(第217页)

在美国、比利时、法国、德国、英国、荷兰、波兰和其他文明国家,所有稍微正规点的学校几乎都把拉丁语作为必修课,把希腊语作为选修课——在学院或大学更是如此。直到第一次世界大战前,社会公众对古典学的了解都在日益加深。人们不仅在该领域取得了许多新发现,而且至少在1900年前,接触过古典作品的人也越来越多。(第217页)总的来说,从1600年至今,受到古典传统最直接和最强烈影响的是法国的生活和文学,在文学上结出最多硕果的是英国,在学术上取得最多成就的则是德国。(第217页)

三 倒退时期加速文艺复兴的结束

本章把文艺复兴的结束期称为倒退时期,主要指16世纪下半叶。此时诗人们变得粗俗,英雄不光彩地死去,充满希望的社会和崇高的作品被暴力扼杀,压迫性的法律和组织取代了自由,甚至曾经代表了激励和解放的古典作品也变成了规则和法律,成为新束缚。(第217页)但另一方面,文艺复兴之后的倒退并不完全意味着人类精神毫无补偿地被削弱。在一些国家,这意味着文学、艺术和人类思想在疯狂而无序的扩张后进入了有序发展的阶段。

在这个倒退时期欧洲大陆发生了大量内战和国际战争,对民众犯下了不折不扣的罪行。16世纪晚期的历史充满了人生的悲剧:学者们惨遭杀害,或因站错了队而背井离乡。生命、财产、艺术品和知识成果被白白浪费……由于发现古代作品的抄本拉开文艺复兴的序幕,但佩特罗尼乌斯的大部分抄本直到1650年才被找到。因此,若非受到战争、劫掠和政治压迫的影响而停止,文艺复兴并不一定会在16世纪寿终正寝。本章列举了这股逼退文艺复兴浪潮的逆流中的高峰——一系列战役(以洗劫罗马之役为首)和反宗教活动。在这些逆流中，有的完全是军事或政治原因造成的，即上面所谈到的倒退时期的逆流高峰；另一股非常重要的思想逆流则遭到诗人、学者、思想家的反对。双方的冲突持续将近一个世纪，几乎势均力敌且至今未彻底分出胜负，（第219页）这就是下一章所要阐述的主题：书籍之战。

（执笔：范益宁）

第十四章　书籍之战

本章介绍发生在17—18世纪的书籍之战，"一场发生在17至18世纪的旷日持久的著名争论"[①]，包括书籍之战的主要论题及书籍之战的历史过程，随后是作者对书籍之战的总结和评价。书籍之战是传统和现代的战争、权威与原创的战争。换言之，它是围绕对希腊罗马的古典传统应采取何种态度而展开的论争。本章的研究重点不是论战的事件年表和代表著述，而是论战的实质内容。

一　现代派攻击古典作品的主要论点及原因

书籍之战中现代派攻击古典作品的主要论点有四项：（1）基督教优越论，（2）人类知识进步论，（3）艺术永恒论，（4）古典作品缺陷论。这些论点沿着三个维度展开，（1）从宗教维度出发，（2）与（3）从事物发展规律这一维度出发，但彼此对立，（4）则从更为具体的文本批评的维度出发。

首先，基督教优越论。（第221页）这一论点认为基督教在精神

---

① Gilbert Highet, *The Classical Tradition Greek and Roman Influences on Western Literature*, p. 261: "… a very famous and very long-drawn-out dispute in the seventeenth and eighteenth centuries."

《古典传统：希腊—罗马对西方文学的影响》(1949)

和道德上相对异教有绝对优势，这种精神层面上的优势无法用艺术技巧弥补，因此诞生于基督教背景下的现代作品要优于古典作品。实际上，确有许多优秀作品，如《神曲》《失乐园》等受到基督教思想的支配，但在这些作品中异教文化所起到的作用也同样不可忽视。中世纪教会内部同样存在肯定、否定异教两种倾向，并且通常更倾向于前一种。不过，需要指出的是教会对异教的肯定和宽容态度局限于一定范围内，异教文化的价值在于它可为基督教服务，这就自始至终没有将异教文化摆到与基督教文化平等的地位上。随后在巴洛克时代，古典文化依然受到基督教人群的肯定。

其次，人类知识进步论。（第222页）这一观点认为，因为人类知识总在进步，所以现代优于古代。它主要基于不断积累的科学成就，并没有充分考虑同样的原则对于文学艺术是否适用。对人类知识进步论的反驳主要从三个方面展开：第一，科学上的进步论无法完全适用于艺术，尤其是文学，因为文学所关注的问题是亘古不变的；第二，许多艺术和技艺会失传，这就造成知识的退步；第三，文明具有相对性，整个世界不是由同一个文明构成，它由数量众多的不同文明组成，在评价文明的发展现状时，不能以时间先后而应该以所处的具体文明的发展阶段为标准。（第225页）

再次，艺术持久稳定论。跟其他三个论点比，艺术持久稳定论较为和缓，只是想要说明现代作品与古典作品一样优秀，其根据在于艺术的素材是永恒的，所以艺术也有自身的稳定性。这一论点有其合理性，但缺陷在于忽略了艺术要受到种种外部条件的影响，同样的素材并不意味着同样的艺术形态和创作水准。外部条件对艺术的影响来自物质和精神两个方面，因为每一件艺术作品既要由物质提供载体，也要由精神提供具体内容。如果某个地域缺乏某一类艺术所需要的物质材料，那么这种艺术不会得到发展。同样地，外部条件还可以对人的思想造成影响，这种影响也会体现在艺术作品中。

最后，古典作品缺陷论。这一观点认为，过度崇拜古典作品，会引起对古典作品的批评，如古希腊罗马作品的主要问题在于愚昧和粗俗，前者表现为将神祇引入现实的人类冲突中，以及在历史和传奇中由于故事移植出现的许多不符合实际情况的矛盾和错误,再有就是因为华丽风格导致的夸张和不合理;后者在于描绘日常世俗和使用并不高雅的词汇。但本章以为这一指责并不客观。首先,"荷马史诗"之类的古典作品虽然描写日常事务,但具有一种真实的魅力,不能被归为粗俗;其次,古典作品中那些被视作粗俗的词汇使用得较少而且恰到好处,更何况现代作品也不能摒弃非高雅的成分,也经常使用粗俗的词汇。(第229页)

本章在论述批评古典作品的四个主要论点后,指出类似批评来自五种偏见:(1)将巴洛克时代的品位视作最高标准,这种评价标准由读书不精的女性制定,局限较大,无视诗歌的非理性之美,并拒绝接受对日常生活的描写;(2)通过培育民族语言来强化民族主义这一现实需要使人们拒斥拉丁语和希腊语写成的古典作品,但他们没能认识到艺术不应该受到民族和国界的束缚;(3)有人认为通过反抗传统的权威可以化解其束缚,从而促进创新,产生属于新时代的进步和成就;(4)现代人认为古典作品的崇高风格与注重形式带来了一种不真实,相比之下还是现代直接表达现实的方式更胜一筹;(5)由于糟糕的译本对古典作品导致很多误读,这是最没有道理的一种偏见。

二 书籍之战

书籍之战肇始于17世纪意大利人塔索尼根据上述论点(4)对荷马的发难。书籍之战的第一阶段则主要发生在法国,以法兰西学院为中心。在学院的现代派中,剧作家布瓦罗贝尔首先用论点(4)对古典作家提出指摘,(第234页)更持久猛烈的攻击来自让·德马雷·德-圣-索尔兰,他试图创作出比异教史诗成就更高的基督教史诗来显示现代作品的优越性,但他对古典作品的态度很成问题,且在攻击古典作品时也有自相矛盾的地方;再有封特内尔用虚构对话的形式运用论点(2)、(3)、(4)攻击古典作品。来自现代派真正的攻击由佩罗尔发起,他用论点(3)和(4)抨击荷马,并对许多法国当代作家寄予厚望,随后佩罗尔将火力升级,使用全部4个论点,涉及众多主

《古典传统:希腊—罗马对西方文学的影响》(1949)

题。(第 236 页)

在古典派这边,外交官卡里埃尔在戏仿史诗《新近爆发的古今之战的史诗》时,以古人的胜利作为结尾,可看作声援古典派。(第 236 页)不过以布瓦洛为代表的真正的古典派却处境不妙,古典派一直没有对现代派的攻击做出回应,而因为对帕斯卡尔看法不同,布瓦洛失去了耶稣会的支持,使形势更加严峻;虽然布瓦洛随后对佩罗尔的批判完全正确,却被其学究气削弱了效果。第一阶段的结果是现代派完全占据上风,布瓦洛做出妥协,承认了当代较之古典时代更伟大。

书籍之战的第二个阶段发生在英国,这在一定程度上与英法文学界的密切联系有关。在现代派方面,外交官威廉·坦普尔的《论古今学术》故意用荒谬夸张的语气强调了古典作品的优势地位,反过来用论点(2)和论点(3)攻击现代派,他推崇现代的二流人物,并通过赞美伪作"法拉利斯的信札"来讽刺古典文学。在古典派方面,威廉·沃顿对坦普尔的《反思古今学术》反驳了论点(1)和(2);理查德·班特利的《论文》指出"法拉利斯的信札"等伪作的缺点,从反面为古典文学辩护,但班特利本人高傲和激烈的口气削弱了其作品的受欢迎程度,这样反而对现代派有利。这一阶段还出现了调和者,论战的旁观者乔纳森·斯威夫特对双方都既同情也鄙视,他的《书籍之战》提出蜘蛛和蜜蜂争辩的寓言,表达古人重借鉴的优点和今人重原创的缺点,这使他成为古代人的辩护者。斯威夫特重视原创性,但他同时对古典作品抱有肯定态度,在斯威夫特身上展现了一种调和的倾向,即就算是强调原创性的现代人也可以正确认识并重视古典作品,并且看到强调原创性所带来的弊端,古今之间的关系并非势同水火。由此可见,在第 2 阶段,古典和现代两派已经有了调和的倾向。

书籍之战的第 3 阶段返回法国,争执的焦点与过去差别不大。作为古典派的达西耶夫人重译《伊利亚特》,重现原著之美,并在序言中坚决反对论点(4);作为现代派的乌达尔·德·拉莫特用《伊利亚特》的节译本批评她,重新肯定了论点(4),此后两人进一步相互反击,最终在调停下和解,不过争议并未得到解决。

三　评价和影响

就古代派来说，他们的某些观点得到认可，书籍之战使古典作品得到了更客观的评价，这提高了文学批评标准，对浅薄文化做出宣判，捍卫文艺复兴的传统。就现代派来说，虽然他们没有能够真正证明现代文学优于古典文学，但在书籍之战中也通过拒绝盲从权威而确认了原创性，且对原创性的强调不是盲目膜拜式的，还同时看到原创性的局限。总的来说，双方都没有真正赢得这场书籍之战，但都在一定程度上得到了自己想要的；而这场战争对古典作品和现代作品也都各自具有积极意义，而其消极意义在于它造成学者和大众之间更大的鸿沟。

（执笔：耿庆睿）

第十五章　对巴洛克的注解

本章概述文艺复兴后出现在欧洲文坛上的巴洛克文学。作者首先从词源上解释"巴洛克"一词的含义，指出"巴洛克"的张力美；然后在下文详细论述其特点，并列出各类艺术的代表；最后，作者阐明了古典文化对巴洛克文化的影响。

一　"巴洛克"的词源

"巴洛克"（baroque）源于西班牙语 barroco，意为"不规则的、大的珍珠"，后引申为表示"受压制但几乎冲破桎梏的美"（第 242 页）。"巴洛克"一词早期带有贬义色彩，人们普遍认为文艺复兴时期的文学艺术才是完美的，而巴洛克则是畸形的。本章认为，"巴洛克"具有矛盾的张力美，体现强烈的情感与社会、美学、思想、道德、宗教之间的相互作用和影响。

《古典传统:希腊—罗马对西方文学的影响》(1949)

"巴洛克"的张力是激情与理性之间的矛盾造成的,这种矛盾是当时时代的特点。路易十四与孟德斯班、曼特农两位夫人的故事以及麦考雷笔下的威廉三世都带有这一时代特征。孟德斯班夫人代表激情,曼特农夫人代表理性,路易十四在两人之间斡旋;威廉三世表面严肃而平静,其实内心具有强烈的激情。可以看到,理性与激情的矛盾在当时随处可见,这一矛盾形成的张力体现在各类艺术中,巴洛克文学艺术呈现出张力之美:讽刺诗、警铭诗在刻薄的同时显得彬彬有礼;悲剧既热情又生硬;雕像既呈现迷醉的一面,又严格遵循礼仪规制;建筑既有严谨的结构,又有华丽的装饰;音乐如巴赫的作品,自由丰富的情感与严格的形式、严谨的思想并存。

当时具有代表性的巴洛克艺术当推亚当的建筑、阿桑兄弟的室内装潢、巴赫的音乐、贝尼尼的建筑、布瓦洛的讽刺作品、波舒哀的演说词、丘里古埃拉的建筑、高乃依的悲剧、德莱登的悲剧、讽刺作品、菲尔丁的戏仿英雄小说、吉本的散文体历史作品、贡戈拉的诗歌、埃尔·格列柯的绘画、亨德尔的音乐、吕利的音乐、梅塔斯塔西奥的悲歌剧、莫里哀的喜剧、蒙特威尔第的音乐、蒲柏的讽刺诗和诗体书信、普桑的绘画、普赛尔的歌剧、拉辛的悲剧、鲁本斯的绘画、亚历桑德罗和多梅尼克·斯卡拉蒂的音乐、斯威夫特的讽刺作品、提埃波罗的绘画、提香的绘画、雷恩的建筑等。(第244页)

二 古典文化与巴洛克文化

巴洛克文化受到古典文化影响,见诸以下四个方面。

首先,古典文化为巴洛克文化提供了题材。如拉辛笔下的希腊公主、普赛尔歌剧中的狄多与埃涅阿斯,吉本的《罗马帝国衰亡史》等,都取材于古希腊古罗马文化。

其次,古典文化为巴洛克文化提供了形式。如悲剧、喜剧、讽刺诗、人物素描、雄辩、哲学对话、品达体和贺拉斯体的颂诗。

再次,古典文化作为一种约束力量融入巴洛克文化。巴洛克时期的人反感肆意妄为的行为,他们感受到激情的危险,于是寻求合适的手段对其加以控制。古典文化通常与尊严、纯洁联系，它蕴含的道德伦理因素被看作强有力的约束。人们相信，古典文化可以帮助人们"忘记内心的鄙俗或将其最小化，甚至以明显的个人牺牲为代价来实现崇高"（第245页）。因此，古典文化被运用到教育、文学等领域，但这种做法也带来了矫枉过正的问题。人们在严格遵循古典文化的原则时不知变通，导致艺术僵化，古典主义就是其产物，这一点也是巴洛克文学的最大弊病。

最后，古典文化促成了欧洲和南北美洲的思想统一。古典文化"为世人提供了一个共同的想象和探讨平台，让受到语言、空间和信仰阻隔的人们能够平等地交流"（第245页）。"与黑暗时代和中世纪的罗马天主教会一样，希腊和罗马文化以帝国的形式在西方人的灵魂中"（第245页）获得精神重生。

（执笔：曹书婧）

第十六章　巴洛克悲剧

巴洛克时代的诗体作品中，最重要的是英语、法语和意大利语悲剧，首推皮埃尔·高乃依1635—1674年的作品、让·拉辛1664—1677年的作品以及后期的两部《圣经》题材的作品和约翰·德莱登1664—1694年的作品。此外还有一些有趣的独幕剧，如弥尔顿的《斗士参孙》(*Samson Agonistes*)、埃迪森的《加图》(*Cato*)、约翰逊的《伊雷内》(*Irene*)和梅塔斯塔西奥的大量歌剧式戏剧。这一时期悲剧中的古典因素有两点：（1）形式上接近古希腊罗马悲剧；（2）许多作品都从希腊神话或罗马历史中借鉴主题。围绕古典传统因素，本章对巴洛克时代悲剧的发展背景、社会评价和失败原因做出分析评判。

《古典传统:希腊—罗马对西方文学的影响》(1949)

一 巴洛克悲剧的发展背景

(一) 悲剧作家的古典教育情况

与文艺复兴时期的悲剧作家相比,巴洛克时代的作者更多地接受古典教育。高乃依师从耶稣会教士,接受过扎实而人性化的古典学训练,个性上如罗马人一般骄傲、单纯、相当不善辞令。虽然他是该时期三大悲剧作家中学识最浅的一位,但他对古典文学的了解仍远胜"少谙拉丁,更鲜希腊"(第247页)的莎士比亚:他批判借鉴了古希腊罗马悲剧元素,创造出法语古典悲剧。另一位剧作家拉辛在王家码头修道院接受专门研究希腊语作品的冉森派教士极为精良而细致的教育,是一位出色的希腊学家,个性上类似敏感、缜密和复杂的希腊人,创作主题对古典作品多有借鉴。

约翰·弥尔顿是这一时代唯一了解和消化三大希腊悲剧诗人作品的人。不同于巴洛克时代的其他剧作,弥尔顿的《斗士参孙》纯粹再现了希腊悲剧,将古典技法与情感通过希伯来和基督教思想融为一体;不足之处在于表演力不足,只是供人研读的案头之作,缺乏戏剧表演的张力。约翰·德莱登受业于威斯敏斯特公学和剑桥大学的三一学院,对古代文学相当熟悉,推崇备至,他翻译的希腊和罗马古典作品具有"纯粹性"。约翰逊是一位出色的拉丁语学者,在希腊语方面造诣不高,用诗歌体把蒲柏的《弥赛亚》译成拉丁语,成名之作是对尤维纳尔第三首讽刺诗的改编。埃迪森毕业于查特豪斯公学,后在牛津大学莫得林学院任教,写出令人称道的拉丁语诗歌,早期作品涉及古典领域的有维吉尔《农事诗》第4卷的翻译和在意大利之行中完成的考古学论文《论奖章》。梅塔斯塔西奥12岁将《伊利亚特》译成意大利语,14岁就完成了一部塞内卡式的原创悲剧。

(二) 观众接受

观众们的教育水平比文艺复兴时期有所提高,但仍远远不及同时期的剧作家。贵妇们的品位是决定戏剧成功与否的重要因素，但很少有人了解作品背后的古典典故，而绝大多数的绅士也是阅读范围极有限的业余学者。因此，古典传统的影响使巴洛克悲剧采用对同时代观众而言相对过高的艺术标准，虽未引起观众的反感，但创作者与接受者之间古典文学接受程度的差异，还是在一定程度上导致了巴洛克悲剧的接受困境。

（三）社会背景与审美风尚

巴洛克时代虽缺乏文艺复兴时的许多鲜活和富有生命力的特质，但新的时代因素促进了新的戏剧风格的发展。新的因素包括城市化、审美趣味的转变等。这一时期西欧社会的城市化程度加深。以英国、意大利、法国等国为代表的西欧社会从罗马帝国衰亡以来第一次开始把大型首都城市作为核心，其腹地坐落着王宫；这些城市的有闲阶级成为戏剧作家的长期观众。"这是一个展示雄伟的时代"，"恢宏成了西欧的理想"（第248页），具体表现为崇尚繁复、华丽、恢宏的审美风向。在建筑上出现如罗马城般前所未见的规模；室内装潢、社交和外交仪式繁复，令人头晕目眩；流行假发、蕾丝和饰剑等非功能性的装束；训练有素的大型歌队，它多使用管风琴向上帝致敬；道具、装饰和戏服在繁复和奢华程度上达到新的巅峰。恢宏与热烈、形式与情感，共同构成了巴洛克时代最真实的表达。

二　巴洛克悲剧的社会性评价

巴洛克悲剧大受赞赏，引发了很好的社会效应，男女演员和歌剧演员一道极大提升了整个行业的地位。在舞台设计和制作上的成就无与伦比，留下了一些有趣的批判性讨论、几部了不起的戏剧和许多优美的对白。但就整个时期来看，巴洛克悲剧不能算是成功的，产生的佳作完全无法抵消这一时期数量庞大的劣质作品，代表作家也在创作生涯结束前就离开舞台，透露出失败感。虽然它在社会上取得了很好的社会效应，但是就其受众和艺术性来看，它仍是失败的。

《古典传统:希腊—罗马对西方文学的影响》(1949)

三 巴洛克悲剧失败的原因

巴洛克悲剧的失败可以归咎于相互关联的两个原因。首先是社会和文化方面的,其次是美学方面的。首先,从前者来说,巴洛克悲剧的受众群体过于狭小,而且受到进一步限制,观众被限制为"宫廷和首都"(第250页)的上层阶级的一部分,主题是反映君主制社会结构。巴洛克作家受到的社会和政治限制远远超过古代作家,反映出当时社会公众"对无政府状态的恐惧和对社会政治秩序的依恋"(第253页)。

其次,剧作家的学识又疏远了观众。剧作对受众的古典学识的要求超过大多数人的能力,表现出将艺术看作教育和将其视为娱乐活动这两种观点间的根本冲突。这在作品中具体表现为:用词上禁止使用"低级"词汇,排斥所有劳动阶层用语;回避使用鲜活的意象。这种现象背后的原因既包括人们不愿陷入文艺复兴式的放肆,也包括以人物性格和情感为中心的要求;修辞很少,即使出现比喻,也多为陈词滥调;格律上极为严苛,限制了作品的表现内容;作品缺乏丰富的情感,读来乏味而单调,只能通过雄伟的装潢、繁复的服饰和舞台特效等技巧来加以弥补;形式上追求对称性,角色划分的对称性显而易见(爱与恨,心腹与对手);创作规则上强调"三一律"。

总体看来,"巴洛克舞台上最出色的成果来自法国"(第253页)。法国剧作家莫里哀的喜剧是巴洛克时代里最成功的舞台作品,因为他的创作既保持了"古典的形式精确",又明确抵制过分崇尚古典传统的迂腐做法。

(执笔:赵航)

第十七章 讽刺作品

本章介绍罗马、中世纪、文艺复兴时期以及巴洛克时期古典主义的讽刺作品，指出罗马讽刺作品对近代欧洲同类作品的影响，并且对巴洛克时期的讽刺作品进行评价。

一 讽刺作品介绍

这一部分介绍罗马、中世纪和文艺复兴时期的讽刺作品。"讽刺作品是唯一一类由罗马人发明的文学体裁，赋予其现代意义和主旨的也正是一位罗马讽刺作家。"（第254页）这位罗马作家指的是琉善。

（一）罗马讽刺作品

欧洲文学史上具有抨击功能的讽刺作品由罗马人发明。从词根上分析，"讽刺（satire）一词和萨梯（satyrs）无关，而是和saturate拥有一个词根，意为塞满不同事物的'大杂烩'"（第254页）。因此讽刺作品和古希腊的萨梯剧并无关系。

罗马讽刺作品大体上可分为两个流派。第一个流派是讽刺诗人，其特点在于"善于让被抨击对象清晰可辨地出现在作品中，或者只对其略加掩饰"（第254页），留存至今的所有完整诗篇都采用了六音步，其鼻祖为卢基利乌斯，紧随其后的杰出诗人有贺拉斯、佩尔西乌斯和尤维纳尔：贺拉斯最初的作品是尖酸的社会批判，成熟后转向哲学和美学漫谈；佩尔西乌斯的作品极富现实主义色彩，风格怪异、生动、乖戾和俚语化；尤维纳尔创作了有史以来最为辛辣和最富感染力的社会讽刺诗。第二个流派是墨尼波斯式的讽刺作家，主要用散文体创作，间杂多为戏仿之作的短诗，其开创者为墨尼波斯，这些作品用来取笑哲学上的反对者，现已亡佚。以后的代表诗人有塞内卡和佩特洛尼乌斯。

上述两个流派在艺术功能上都抨击或讽刺现实；而在艺术特征上，后者"更加松散和俚语化"（第255页），有时严肃性和感染力不如前者。此外，罗马讽刺作品从希腊文化中受益良多。但另一方面，"讽刺作品中的道德严肃性、直接的攻击和刻薄性更多来自罗马人而非希腊人"（第255页）。本章以琉善为例，认为琉善的讽刺作品兼有

《古典传统:希腊—罗马对西方文学的影响》(1949)

哲学性、虚构性和批判性,启发拉伯雷、斯威夫特、贝热拉克等人。

由上可见,讽刺作品可被定义为:"或者是整段诗歌,或者是诗文混杂,它具有相当的篇幅,风格和主题极其多样化,但普遍特征是使用日常语言,经常受到作者个性的影响,强调诙谐、幽默和反讽,描写极为生动和具体,主题和语言的低俗令人震惊,基调上显得即兴,话题多与时事相关,普遍目标是通过揭露罪恶和愚蠢来改良社会。它的本质可以概括为'偕中带庄'。"(第256页)

(二)中世纪的讽刺作品

中世纪的讽刺作家虽然对古代讽刺文学作品及其技巧了解不多,但仍写出很多讽刺作品。拉丁语的讽刺作品超过俗语讽刺作品,因为有学问的教士掌握拉丁语,他们更善于批判,而且拉丁语古典作品提供了思想和言语上的素材。当时拉丁语讽刺作品代表作为克吕尼修道院的僧侣"莫瓦尔的贝尔纳"的讽刺诗《论对尘世的鄙视》。这部作品堪称对社会道德腐败最有力的谴责之一,情感强烈,语言精妙;但也有布道意味浓重的缺憾,存在大段描写和题外话,导致讽刺的力量被稀释和减弱。

中世纪的俗语讽刺诗几乎都是对时事的嘲讽,被包装成民众最喜欢的形式(佚文集、动物寓言集),代表作为《蒂尔·乌伦施皮格尔》《列那狐》。

(三)文艺复兴时期的讽刺作品

文艺复兴时期的创作者意识到讽刺作品的体裁与机智短句的强大抨击效果。其原因有三:(1)对罗马讽刺诗人的研究;(2)阅读马提亚尔的警铭诗;(3)能更有经验地认知或判断风格的微妙之处。在使机智短句发挥强大抨击效果方面,尤维纳尔是佼佼者,他用几个词来点评某个永恒的问题,比如政治问题("面包与竞技")、死亡和情感(愤怒),影响了多恩、豪斯曼等诗人。

二 罗马讽刺作品对近代讽刺作品的影响

这一部分评介文艺复兴时期和巴洛克时期近代讽刺作品的发展史，并论述罗马讽刺作品对近代作家的直接影响。

就体裁来论，古典讽刺诗的影响要远大于古典讽刺散文。其原因在于：古典散文的数量少，不足以吸引大批近代作者对其加以效法；体裁本身过于模糊和松散，无法提供切实可行的技术标准。古典讽刺散文的代表作家是中世纪的圣克拉拉的亚伯拉罕——"他不失为出色而令人难忘的作家和巴洛克时代的重要声音"（第258页），其作品"'偕中带庄'的教育方法完全遵循了希腊和罗马讽刺作品的传统"（第259页）。此外，琉善也对近代讽刺散文具有直接影响。

大多数近代讽刺诗的灵感直接来自罗马讽刺诗人的形式或内容。在文艺复兴极盛时期，讽刺诗相对较为罕见。由于讽刺诗是一种奇特而艰深的体裁，常与萨梯剧相混淆，直到1605年才被完全理解，因此受文艺复兴影响不大的西班牙和德国等地并没有出现重要的讽刺诗人。在其他国家中，文艺复兴时期和巴洛克时期古典主义的讽刺作品对罗马讽刺作品均有所继承，比如意大利出现了路易吉·阿拉曼尼、弗朗切斯科·贝尔尼等出色的讽刺作家，他们写出风格多样的杰作；阿尔萨斯出现了塞巴斯蒂安·布兰特，他是一位出色的拉丁语诗人和神圣罗马帝国的狂热支持者，其代表作为《愚人船》；而在英格兰，由于没有模板，罗马风格的讽刺诗出现时间很晚；法国则迎来几波讽刺精神的爆发，分别诞生了拉伯雷的《巨人传》《墨尼波斯式的讽刺诗》《悲剧集》，以及第一位真正的法语讽刺诗人马蒂兰·雷尼耶的诸多作品。

在巴洛克时期，大多数优秀的巴洛克讽刺诗都遵循古典传统，并吸收源自近代的理念。法国和英国诗人表现出色，代表人物为法国的布洛瓦，以及英国的德莱登、亚历山大·蒲柏、塞缪尔·约翰逊和意大利诗人朱塞佩·帕里尼，这些作品受到的古典影响都值得认真考察。比如，德莱登的作品就具有鲜明的原创性：首先，他最早将政治

《古典传统:希腊—罗马对西方文学的影响》(1949)

犯或笨蛋作为主人公,诗中的角色对应那些被滑稽模仿的英雄,并且写出规模较大的古典戏仿史诗;其次,他的人物素描更为独立和丰满,人物刻画具有作者的个人色彩,且源于中世纪晚期的幽默故事,以及文艺复兴时期对个人心理状况的关注。这些都体现了近代讽刺作品的进步。

三 对巴洛克讽刺作品的评价

这一部分从格律、词汇和题材三个方面,比较罗马讽刺作品与巴洛克讽刺作品,并对巴洛克讽刺作品进行了评价。本章指出巴洛克讽刺作品与罗马讽刺诗相差很大,其弱点并非完全来自对罗马讽刺诗的效仿。

巴洛克讽刺诗人往往采用极为僵化的韵律形式,在诗歌和情感表现方面比较狭窄,过多使用温和与抽象的词汇,素材的范围也相对较小。这种局限并非源于罗马讽刺诗,而是由当时的两个原因所致:(1)巴洛克时代的诗人们认识到古典作品的高水准源于精妙韵律、精确词汇和堪为典范的对思想和情感的压缩方式,为了达到类似水准,他们力求"形式的规则和紧凑以及语言的纯洁"(第271页),但这并不适用于讽刺诗;(2)巴洛克时代的贵族和权威式社会结构导致语言和题材受到限制。

(执笔:林媛)

第十八章 巴洛克散文

巴洛克时代的散文作为知识分子表达愿望的作品,在借鉴古典散文结构与风格的同时,融入文人群体的生活与爱情旨趣,特别是他们对美德与理性的极度推崇。需要注意的是,本章语境中的"散文"概念,外延指涉较广,包括狭义的散文、小说与历史在内的文学作品。

一　散文风格[①]

古希腊—罗马以降，散文就有西塞罗式与阿提卡式这两种主要风格。顾名思义，西塞罗式散文源自西塞罗本人最有力、最擅长的散文风格：华美雄浑、夸张造作、情感饱满，形式精巧，讲求对称，使用长句子以及华丽的词汇。阿提卡风格来自希腊形容词 attikos，又被称为反西塞罗风格，特点是充满思想，简明有力，甚至怪异晦涩，形式上多使用短句和普通词汇，甚至刻意追求不规则的美感。

西塞罗风格在文艺复兴时期被视为散文的标准，欧洲各国的外交公文严格模仿西塞罗演说词的语言、词汇和抑扬顿挫方式，甚至认为现代作家不能使用西塞罗作品中没有出现的词语和结构，这就完全超越了造句手法的层次，演变成过度尊崇权威。随之而来的便是对这种权威的挑战：反对者认为西塞罗风格过于造作，修饰太多，因此主张以阿提卡散文为写作榜样，这一主张具有与权威相抗衡的不驯色彩。

17 世纪的许多重要散文家采用阿提卡风格，但到 18 世纪，不驯变得温和，阿提卡散文向礼貌的半正式对话靠拢，最终演变成轻盈散文，审美转向了平实、直白和质朴。这一时期，很多我们熟悉的作家都可以在两种散文风格的针锋相对中找到自己的位置，阿提卡派的代表作家包括培根、弥尔顿、蒙田等；西塞罗风格在这一时期也得到了继承，代表作家有巴尔扎克、斯威夫特等。

古典传统对西塞罗风格派和阿提卡风格派的散文都有助益。一致的文化取向、丰富的想象以及思想素材，成为人们连接思想的中介或纽带，并使这些作品因被人引用而超越了当下语境。具体而言，古典传统的助益主要来自以下几个方面：（1）古典作品为散文创作提供了大量典故，用典使散文在情感上与诗歌相媲美；笔者认为用典一方面让读者在感知本意时增加了认知的层次，另一方面，典故代表文化传统所赋予某件事或某个意象的感情，用典会强化散文表达的情感内涵；

[①]　本章小标题依据原书。

《古典传统:希腊—罗马对西方文学的影响》(1949)

(2)借鉴使用短词汇、重复等措词技巧;(3)从古典传统借用了系统化的谋篇布局,在句子和段落中追求对称效果,等等。(第282页)

二 小说

这一部分聚焦《忒勒马科斯》《帕米拉》《弃儿汤姆·琼斯的历史》等三部小说,论述古典传统对小说创作产生哪些影响以及如何产生影响。

《忒勒马科斯》的作者费内隆[①]是路易十四王位继承人的老师。这篇作品本是费内隆为自己的学生勃艮第伯爵所作,因此具有强烈的教育性。小说主要情节是奥德修斯之子忒勒马科斯在雅典娜的建议下出海寻父途中的冒险经历,这一情节本身就具有浓郁的古典色彩。《忒勒马科斯》的旅行冒险与史诗《埃涅阿斯纪》十分相似,同时还在希腊悲剧以及一些其他体裁的古典文学作品中借鉴了许多场景描写与动机描写。由于作者的教育目的过于明显,小说叙事充斥着说教,智慧女神雅典娜陪伴忒勒马科斯,常像老师一样随时出现,为其提供道德教导。这种劝诫在雅典娜的教育对象勃艮第伯爵看来,显得缺乏激情、肤浅枯燥;但当被教育者变为普通民众时,这部书就演变成了对包括国王在内的王室贵族的绝妙嘲讽。除对时代的隐晦反思之外,小说有趣的冒险故事也是它流传至今的原因之一。《忒勒马科斯》在民间大受欢迎,甚至成为18—19世纪启迪性历史传奇的榜样,这些作品都致力于挖掘与修饰更为生动的古代历史,影响至今。(第287页)

《帕米拉》同样是一部受到民众欢迎的作品。作者是18世纪英国作家理查森[②]。理查森经营着伦敦最好的印刷厂,在经营出版业的同时从事写作。他的写作风格影响了包括卢梭在内的许多著名作家,开创感伤主义文学的先河。《帕米拉》主要讲述了女仆帕米拉坚决抵制诱惑,最终获得幸福婚姻的故事。小说主要刻画女主人公坚守美德的

[①] 弗朗索瓦·费内隆(1651—1715年),法国古典主义的代表之一,曾任路易十四的孙子勃艮第伯爵的教师和冈布雷教区的大主教,代表作有《忒勒马科斯历险记》《寓言集》。

[②] 塞缪尔·理查森,18世纪中叶著名英国小说家,对英国文学和欧洲文学都产生过重要影响。

性格特征：她出身贫困却正直矜持，多次拒绝男主人的放荡要求。经过许多周折，男主人被帕米拉的贞洁品德感动，对她产生了发自内心的尊重，双方终成眷属。《帕米拉》与《忒勒马科斯》存在关联性，《帕米拉》不仅屡次提及《忒勒马科斯》，（第288页）而且二者在"受到诱惑、拒绝诱惑"的行动模式和道德主旨上高度一致，这一点无疑受到了费内隆的影响。此外，女主人公帕米拉的形象明显借鉴文艺复兴时期散文体传奇《阿卡迪亚》中贞洁正直的女神帕米拉。

菲尔丁[①]出身乡绅家庭，博览群书，具有很高的古典文学素养，他评价自己的代表作《弃儿汤姆·琼斯的历史》（也译为《弃儿汤姆·琼斯史》）为散文体史诗，本质与《伊利亚特》和《奥德赛》十分相似。但这一自我评价并不恰当，因为这部小说戏仿的体裁是传奇而非史诗，爱情故事和旅行冒险的情节设计都是希腊语传奇的惯用手法。但在菲尔丁的评价中，隐含着一种新的判断和文学发展的指向，尽管史诗的体裁在近现代消亡了，但它所蕴含的英雄主义、成长与教育等精神力量，以及结构方式、场景描写手法、宏大的规模、对政治与历史的思考与崇高性，在后世的其他作品（如托尔斯泰的《战争与和平》）中都将得到恢复和新生。（第291页）

三 史学

爱德华·吉本[②]的《罗马帝国衰亡史》共6卷，是讲述罗马帝国后期和整个拜占庭帝国历史事件的巨幅史书，结构上分为两大部分：第一部分包括第1到第4卷，描写罗马帝国1200年相对稳定的时期；第二部分包括第5、6卷，写拜占庭灭亡800余年的历史，最后以16世纪欧洲宗教改革结束。《罗马帝国衰亡史》是希腊—罗马世界与现代世界相互渗透的象征，是对从400年前开始为西欧国家持续注入生

---

① 亨利·菲尔丁（1707—1754年），18世纪最杰出的英国小说家、戏剧家，启蒙运动的代表人物之一，是英国最早运用完整的小说理论来从事创作的作家，被沃尔特·司各特称为"英国小说之父"。

② 爱德华·吉本（1737—1794年），近代英国杰出的历史学家，是启蒙时代史学研究的卓越代表。

《古典传统:希腊—罗马对西方文学的影响》(1949)

命力的希腊—罗马艺术、政治智慧与人文主义的最高赞美。

该书的突出特点是规模宏大,不仅囊括了西罗马帝国和拜占庭的历史,还细致描绘了罗马帝国覆灭的入侵者和继承者。吉本以超凡的笔力将庞大而混乱的材料组织起来,规模恢宏,富有条理。该书的缺点首先在于结构不完整,(第293页)第一部分篇幅过重,第二部分过于简略,缺乏对重要事件的描绘。其次,行文句式单调,语言节奏比较贫乏。此外,吉本还在写作中犯下了一些客观历史错误,如对基督教的偏见等。然而,瑕不掩瑜,《罗马帝国衰亡史》将现代人的眼光与古典传统充分结合起来,是史学研究的巅峰之作。

(执笔:张婷)

第十九章　革命时代

本章主要介绍古典传统在革命时代的德国、法国、美国、英格兰和意大利的境遇、继承和发展状况。作者不同意其他批评家提出的"该时期的伟大诗人鄙视和冷落希腊语和拉丁语文学"(第299页)的观点,以实例论证"古典文学并未受到冷落,相反地,它得到了……重新的诠释,并从不同的侧重点和更深刻的理解出发被重新解读"(第299页)。

一　革命时期的文学发展背景

革命时代的古典学得到重新诠释,并被研究者从不同侧重点和更深刻的理解出发重新解读。革命时代不是希腊和罗马理想的崩塌以及古典时代的终结;恰恰相反,希腊和罗马共和国典范是革命运动最重要推动力量之一,如革命者的领袖拿破仑正是以罗马人的方式加冕的。

但另一方面,将对古典传统的反抗看作革命时代特色也并非完全错误，因为古典传统对文学造成的某种不利影响在该时期也受到批判。但反抗所针对的并非古典传统本身，而是巴洛克时期特有的文学想象力匮乏的现象。该时期所推崇的某些情感和艺术理想与希腊罗马的生活和文学理想背道而驰。但革命时代的伟大作家们对感情有深刻的体悟，同时懂得如何控制表达，大多数革命作家比其前辈更热爱古典文学，对其理解也更为深入。革命时代重新发现古希腊具有重要意义：希腊代表了诗歌、艺术、哲学和生活中的美和高贵，代表了自由的理想，对自然的崇拜使人们更能理解自然，懂得如何崇拜和描绘自然。

二 革命时代欧美各国的古典传统影响

首先，德国的古典传统影响。当15、16世纪其他国家经历文艺复兴和宗教改革的时候，德国只经历了宗教改革，文艺复兴的火种被宗教改革领袖路德掐灭了，根本就没燃烧起来。三十年战争之后，虽然古典理想和体裁慢慢渗入德国生活各方面，但文学作品并未被催生出来。直到200年后的18世纪中叶，德国文艺复兴才姗姗来迟，虽然被称为"浪漫主义运动"，却呈现出"狂飙突进运动"的势头。（第310页）

德国文艺复兴的起点是视觉艺术，而非文学。其发起者是约翰·约阿希姆·温克尔曼。温克尔曼的著作体现了良好趣味和思想能量。他亲赴罗马研究而非依赖他人评述的做法对德国产生深远影响。在诗歌方面，席勒推崇希腊哲学的高贵，深受希腊传说力量的感染，但未能写出任何古典题材的大型诗作。荷尔德林在所有革命时代的德国作家中受希腊文化影响最深，其创作生涯与席勒相仿，却并非抄袭。他对尘世极端厌恶，对希腊无限爱慕，未得到席勒和歌德应有的重视。这与英国诗人济慈惊人相似。（第317页）在对歌德思想产生影响的诸多事物中，影响最大的是希腊罗马文学。歌德对古典文学作品进行了大量模仿、效法、引用，直至创作生涯的终点，"歌德是德国的代言人"（第325页）。值得一提的还有古典学教授弗里德里希·奥古斯特·沃尔夫。他认为并不存在一个名叫荷马的史诗诗人，只有一些"诵诗人"（rhapsode）或游吟诗人创作的一系列规模小得多的短诗，

《古典传统:希腊—罗马对西方文学的影响》(1949)

他的目标是为荷马的作品找到正确的历史定位,描绘作品诞生后经历的各个传播阶段。(第321页)

其次,法国与美国的古典传统影响。这时期法国艺术作品表现出自信而有力的精神、在压迫面前无畏、为人类而献身的英雄或悲剧式气概、讲求英雄主义和对称性,洋溢着对情感的高尚隐忍。在音乐方面,格鲁克成功缔造了新式悲剧,以希腊人对感情和结构的理想为基础,让音乐成为抒情和悲剧情感的主要载体。文学(道德)方面可以卢梭为代表。他提出革命等式:"朴素而守纪律的共和国=完美美德。"(第330页)随着革命者掌权,罗马和希腊式的象征开始在法国随处可见。诗歌方面,安德雷·舍尼埃被认为是现代诗人中第一位复活的希腊人。作为大革命的晚辈,维克多·雨果是大革命时代的继承者,他不仅打破从巴洛克时代就支配和制约法语诗歌的对韵律形式的严格限制,更重要的是,他还扩充了诗歌词汇,打破语言的社会阶级,在诗歌界引发了一场新的法国大革命。

在美国,这时期的革命象征和制度明显体现出希腊罗马的启迪。如"参议院""国会山"之名即来自罗马,"国父"译自拉丁语,《联邦党人文集》列举若干与希腊罗马相关的历史事例,美国国徽上镌刻拉丁文"合众为一"等。(第333页)总体上说,北美最初是蛮荒之地,后来才发展起来的文明或文化源自希腊和罗马。

再次,英格兰的古典传统影响。希腊和罗马的土地及其文明只是促使英国革命作家们创作出各种伟大作品的诸多动因之一,且影响因人而异,这方面可以华兹华斯为例。他是自然的观察者和自然之人,其风格完全不见模仿和效法的痕迹,他脱离了古典传统,创造了一类新的田园诗,而从对待情感的态度来看,他本质上是一位古典主义者,他的诗歌理想是"静谧中的情感回忆"。另一位代表人物拜伦,"很可能对古典主义者的称号不屑一顾,却把最后的足迹留在了希腊,为那个国家献出了生命"(第345页)。拜伦对古典文学抱有复杂甚至尴尬的态度:他经常戏仿古希腊神话,用炽热的诗歌并最终用自己的生命宣示希腊的理想仍然活着。

另一位诗人济慈则被誉为"革命时代的莎士比亚",他同样吸收古典文学和传说中的主题并加以大大丰富。希腊雕塑深刻影响了济慈，壮丽的雕塑式场景经常出现在他的诗歌中。对他来说，美即真理，真理就是永恒的现实。"如果说济慈是19世纪文艺复兴的莎士比亚，那么雪莱就是弥尔顿。"（第349页）雪莱深受古典传统的影响，研究过希腊—罗马的雕塑和建筑，在罗马生活过，对他而言，自由是希腊精神最重要的礼物。他和古希腊人一样，对人类天性予以充分肯定。

最后，意大利的古典传统影响。革命时期的意大利"在痛苦中孕育和诞生了意大利之歌"（第354页）。年轻作家们在寻找光明的道路上遭遇了更大的困难，他们的作品深深地浸透了悲观情绪，是悲剧式的、哀歌式的、抒情诗式的。维托里奥·阿尔菲利伯爵悲剧的最大价值在于将革命信息注入了古典形式，他三分之二的剧作都以希腊和罗马历史和传说为主题，风格接近古典悲剧，其创作形式间接源自希腊和罗马的悲剧，概括了革命时代最可贵的品质，重塑了古典悲剧的精神。诗人乌戈·弗斯科洛是出色的古典学者，他的著名哀歌《致坟墓》，形式上继承希腊罗马哀歌，而对时间永恒性的冥想继承但丁的《神曲》，他号召意大利人摒弃自己可鄙的懒散，将自己塑造成一个新的民族，配得上自己同严谨的罗马人和英雄的希腊人联系起来的伟大历史。（第359页）贾科莫·莱奥帕尔迪伯爵是意大利最具悲剧色彩的抒情诗人，他是出色的希腊语学者，其思想原创性强，很难区分哪些是现代的哪里是古典的，一切都经过了他头脑的熔炼和改造；他的对话集形式上是希腊的，诗歌则是对意大利抒情诗做了自由改编，语言经常体现出拉丁语的特色，朴素而高贵。

（执笔：韩云霞）

第二十章　帕尔纳索斯和反基督

帕尔纳索斯和反基督是19世纪出现的两种古典化艺术和思想，

《古典传统:希腊—罗马对西方文学的影响》(1949)

产生原因在于此时出现的宗教压迫、乏善可陈的社会传统、封建主义的残余等扼杀人类的精神;同时,工业革命与城市化对人类生存环境的破坏让人们将目光投向古典时期那遥远、美丽而充满活力的地方。

一 当代文化中的帕尔纳索斯

帕尔纳索斯山是古代祭祀太阳与美术之神阿波罗和缪斯①之地。1866—1876年间,一群法国诗人创办杂志《当代帕尔纳索斯》并在其上发表自己作品,这群法国诗人被称作"帕尔纳索斯派"(或译为"高蹈派")。实际上,"帕尔纳索斯"成为一个时代的标识,象征着宣扬希腊罗马美学理想、反对19世纪物质主义的浪潮。他们提出了三点主张:(1)是"情感的控制",表达上的限制对希腊诗歌中真实而强烈的情感表达毫无影响,反而比用激烈方式所表现的情感更加真实和集中,因此他们批评雨果三部爱情小说过于激情澎湃而缺乏真实感;(2)是在创作技法上强调形式的严谨,强调对形式的控制,避免过度、含糊和不均衡,讲求精确和清晰,采用规范和传统,而非新潮或夸张的风格,法国诗人何塞-玛利亚·德·埃雷迪亚十四行诗集《战利品》的名句"看到了一片海,上面是溃逃的战船"描写安东尼和克娄佩特拉的爱恋场景,其中"溃逃的战船"暗示安东尼已然知道自己将败给屋大维,通过着意刻画这个事件中最为关键的时刻和场景,像电影的特写镜头,在结尾推出一个巨大、鲜明的形象;(3)是艺术理念,主张"艺术是一种独立的价值"("为艺术而艺术"),其基础是反物质主义,而物质主义认为人类所需的只是食物、住所和药品,或只满足于炫耀自己的财富。

值得一提的是,本章认为让艺术变得不道德与宣称它无关道德仅仅一步之遥。那些认为文学无关伦理标准的人大多希望摒弃当下的伦理标准,并引入新的标准。例如斯温伯格和奥斯卡·王尔德两人用自

---

① 希腊神话中掌管诗歌、历史、哲学、科学、戏剧等文明中一切超越物质的内容的女神。

己的作品传授以性问题为重点的新道德准则，这与希腊罗马美学理念相悖[①]。帕尔纳索斯派在古典作品的翻译和再创作上取得丰硕成果，阿尔弗雷德·丁尼生、沃尔特·萨维奇·兰多、沃尔特·勃朗宁、乔苏埃·卡尔杜齐等大多深谙拉丁语和希腊语，翻译诸多希腊作品，并仿照译作进行文学创作。

帕尔纳索斯对古典的追寻在某种程度上被人质疑为避世主义或失败主义。本章认为在一定程度上的确如此，但绝非全部。一方面，希腊和罗马的物质面貌更加美丽，它们的美激发诗人的想象力，唤醒被肮脏现实遮蔽的优美有力的语言；另一方面，希腊和罗马在道德上更加高尚，在经历了法兰西第二共和国的失败后，帕尔纳索斯派的诗人们认为自己的时代在道德上是卑劣的，因而转向希腊罗马的世界，反对表现任何同时代人的肮脏行为。除此之外，古典人物能够更加清晰和有力地表达共同情感。希腊罗马背景尤其适合性激情的表达，不仅显得自然，而且优雅动人；因时代遥远，人物的形象、经历都具有模糊性和传奇色彩，故而可以激发诗人的想象力，对其进行诗性的阐释。在遥远而高贵的人物上，困扰诗人自己的问题能得到更加清晰的表现，社会问题的张力也会有所缓和。例如阿诺德的《恩培多克勒在埃特纳》。根据传说，恩培多克勒[②]宣布有朝一日他会升天成神。就在这一天，他神秘地失踪了。人们认为，他为了可以使人相信他的预言已经实现而跳入了埃特纳火山口。阿诺德借用恩培多克勒这一模糊、传奇而普遍的形象在读者心中激起共鸣。但运用遥远时代的形象同样面临着风险，无知的读者或许会忽视人物的名字或意义；寻找新主题时，作者们可能会选择乏味而鲜为人知的神话，既无法激起他们自己的想象，也无法打动读者。（第 377 页）

---

① 柏拉图认为美感作用的对象是人的心灵，目的是教育。教育用体育和音乐进行，艺术应该服务于政治，艺术不可以与道德分离。

② 恩培多克勒（Empedocles，约公元前 495—约公元前 435 年），生于意大利以南西西里岛上的西西里阿克拉噶斯（今阿格里琴托城），他出生的家庭是当地的望族。据说他在考察埃特纳火山时罹难。

《古典传统:希腊—罗马对西方文学的影响》(1949)

二　反基督与质疑反基督

反基督是19世纪兴起的另一艺术思想潮流,其主张大致体现在三个方面。其一是民族主义(反犹主义)立场:基督教不是欧洲传统的一部分,它来自东方,因此是野蛮和可憎的。由于绝大多数犹太人拒绝承认耶稣就是犹太教信仰的弥赛亚("救世主"),在《圣经·新约》中已出现对犹太人的贬低性描述。而公元391年基督教成为罗马帝国的国教后,原先犹太人与基督徒在神学上的争论上升为国家政策。犹太人的宗教与生活开始逐渐受到限制,享有的政治和公民权利被一步步剥夺。例如438年的"提奥多西法典"规定犹太人禁止与基督徒通婚,不得修建新的犹太会堂等。在阿那托勒·法郎士的《犹大总督》《塔伊斯》和王尔德的《莎乐美》中,都有丑化犹太人的形象。

其二是人道主义立场:基督教意味着压迫,异教意味着自由。反基督认为基督教压迫了人类精神(自由与进步:科学、现代工业、性自由)。卡尔杜齐的《致撒旦》《在克里图姆努斯泉边》相信科技进步能让自己从思想警察的控制中解脱出来,现代工业进步是罗马精神的复兴;勒孔特·德·里尔的《大众基督史》抨击了教会及其堕落,揭露基督教暴徒的恶性,反对针对人类精神的暴力;路易·梅纳尔的《希腊多神教》为希腊宗教辩护,认为多神教代表一个有序的宇宙,而耶和华则代表了暴力的统治;皮埃尔·路易士的《比利蒂斯之歌》将东方式的激情与放纵放到了懂得自我约束的希腊人身上,所表现的性开放远超现实生活中的希腊人所能允许和推崇的程度。

其三是异教立场:基督教懦弱而苍白,异教有力而强烈,尼采的主张可为代表。他认为古希腊艺术产生于日神冲动和酒神冲动。日神阿波罗是光明之神,而酒神则象征情欲的放纵;人生处于痛苦与悲惨的状态中,日神艺术将这种状态遮蔽,使其呈现出美的外观,使人得以存活下去。希腊神话就是这样产生的。酒神冲动则把人生悲惨的现实真实地揭示出来,揭示出日神艺术的根基,使个体在痛苦与消亡中回归世界的本体。尼采推崇希腊艺术的强度、难度和贵族气质,认为基督教是虚弱、方便和庸俗的。只有少数权势人物的道德价值才是值得尊重的，而基督教却要强者服从弱者的法则，扼杀自己的才能，埋没天生的优越性，可称之为"道德奴隶主义"。

在反基督潮流兴起之时，仍有许多19世纪的作家欣赏早期基督教朴素的信仰、道德的纯粹性及其活力和勇气。他们认为将异教世界描绘成地上天堂的诗歌和小说不真实，对道德构成了威胁。他们依旧相信福音书能拯救世界。散文体虚构作品的兴起催生出一系列以古代文献为基础，描绘罗马帝国时期基督教和异教理念冲突的流行小说，如布维尔-利顿的《庞贝城的末日》、查尔斯·金斯利的《许帕提亚》、刘易斯·华莱士的《宾虚》、亨里克·显克微支的《你往何处去？》等。值得一提的是沃尔特·佩特《伊壁鸠鲁主义者马略》，它描写马略如何实现"异教徒——伊壁鸠鲁主义者——斯多葛主义者——基督徒"的信仰转变，小说展现了漫长而艰难的皈依过程，向我们展现了希腊罗马精神生活中最重要的元素如何被基督教吸收和转化。（第388页）

（执笔：费诗贤）

第二十一章　学术的世纪

18世纪至19世纪初，在学者们对古代希腊—罗马的发现与日俱增的同时，古典知识的传播却经历了先扬后抑。到20世纪70年代，古典学开始丧失在教育中一直以来不容撼动的至高地位，这种现象的出现可能有好几个方面的原因，本章稍后对此进行讨论。在此之前，本章首先讨论导致古典学知识增长的主要原因。

一　自然科学方法的运用

导致19世纪古典学知识的增长和深入的最重要原因在于，自然

《古典传统:希腊—罗马对西方文学的影响》(1949)

科学的方法应用到了曾被认为属于艺术和哲学的领域。这种应用主要表现在六个方面。

第一,实验科学的直接探索方法的应用催生出新的知识科目。(第390页)例如考古学曾经主要服务于艺术,但特洛伊和迈锡尼遗址的发现,证实了"荷马史诗"中的城市并非虚构,而是真实存在的。

第二,随着科学方法的应用,现有的古典学知识科目得到了修正和丰富。比如埃及、古巴比伦和原始欧洲的记录以及整部中世纪史和近代史都被置于显微镜下而非讲台或书桌上加以讨论,强调了学术研究的科学性、科学方法在其中的运用。

第三,分散在古典学门类中的众多知识被整合和汇总起来,更加便于获得。各种大型参考指南被出版,内容上力求无所不包。

第四,规模化生产方法让大众得以接触古典书籍。标准版本的古典文本、学术作品、为学生设计的注释版纷纷出现。

第五,19世纪发展起来的科学和工业专业化技术被应用到包括古典学术研究在内的所有知识门类。(第392页)此时出现数量巨大的各类文章,涉及研究的方方面面;各类刊物被创立以收录研究成果,组织研究活动。

第六,为了将上述活动整合起来,欧美各地成立了各种学会。但在写作本书的战争背景下,海厄特对这种状况是否能够恢复国际学术交流表达了很深的担忧和疑虑。

二　新力量的影响

古典学术研究中出现的新力量影响了史学、翻译和教育,其中教育最重要。本章"史学"部分介绍几位有代表性的史学家。巴托尔德·格奥尔格·尼布尔强调一手信息和二手信息的区别,学者们在其影响下接受了这样的理念:史学家对任何相距久远的事件的描述都不可靠,即使该描述是唯一的权威记录,也不能全盘接受。他的另一原则是将社会进化的概念应用于古典世界:国家在其生命周期内和人类一样也会经历发展和变化,从后期发展状况的已知事实出发,参考其他民族的相似状况，可以倒推和重构其早期状况。

特奥多尔·蒙森是19世纪最伟大的古典历史学家，著有三卷本《罗马史》《罗马宪法》《拉丁铭文集》，但他完成《罗马史》后没有继续进行罗马帝国历史的写作。至于其中缘由，可能是由于蒙森的政治理想。蒙森希望在当时的德国能出现一个如凯撒那般行动果敢、具有领袖精神的人，从而建立一个统一而强大的帝国。而他之所以不继续写罗马帝国的历史，可能是因为罗马帝国毕竟失败了，他不愿将这个结论应用到新生的德意志帝国身上。

努马-德尼·弗斯特尔·德·库朗热是尼布尔的另一位继承者。他认为任何关于古代史的断言必须能在希腊或罗马人的记录中找到佐证才能成立。他的缺陷在于，他不批判文档本身，没有认识到同时代人的记录也可能有错误、谎言和篡改。

爱德华·迈耶是这一时期最后一位伟大史学家。他融合了吉本和尼布尔的理念，认为虽然各国的发展史相对独立，但它们都从属于人类文明史这一共同过程，彼此孤立的观点是偏颇的。奥斯瓦尔德·斯宾格勒、汤因比等秉承普遍史观的史学家是他真正的继承者。

其次，本章谈及翻译的重大作用。19世纪和20世纪初出现了许多古典作品的译本，一些新的翻译理论也被付诸实践。虽然不乏令人瞩目的成绩，但整体效果却难以令人满意。与古典学术和一般性文学的其他分支相比，翻译艺术在该时期的进步并不那么快速和显著。

本章此处讨论"荷马史诗"的翻译问题，以马修·阿洛德和纽曼的论争为切入点。蒲柏的许多继承者视荷马为卖艺歌手，用欢快的格律和歌谣的古朴语言翻译其作品，纽曼就是这一流派的杰出代表。但阿诺德对纽曼的翻译提出了尖锐批评。（第399页）他反驳流行观点，即"荷马史诗"是某一时期历史真相的记录，是荷马希腊语语法的纪念碑，是埃奥里亚方言的遗存。他强调史诗是伟大的诗歌，荷马是伟大的诗人；他认为荷马的语言是平实而直接的。事实上，荷马的语言晦涩而怪异，他会使用其他诗人从未使用过的词汇、怪异的动词形式、小词组合和韵律技巧，古老字母以及一些用语非常不自然。

不过，荷马的思想倒是平实而直接的。《荷马史诗·伊利亚特》

《古典传统:希腊—罗马对西方文学的影响》(1949)

的人物、人物动机、故事主线都平实而直接,背景和器物却怪异而晦涩,这并非因为它们与我们距离遥远,而是因为这些背景和物品本身就混乱和不相容。关键在于,如何在英语语句中表现"荷马史诗"给人的极端复杂的印象呢?荷马拥有迅捷的叙事、宏大而准确的修辞、浩瀚的广度和深度;但同时,它的语言有时怪异而晦涩,细节也难以理解。

本章认为史诗的情况可以英王詹姆士钦定版《圣经》为参照。古希腊人对"荷马史诗"从小就读,一生接触,有些表达尽管听上去与众不同,他们即使不了解确切意义,仍然能够领会。《圣经》也是如此,它同样包含怪异表达,但人们能理解它们大部分的意义和全部感染力。这种相似性为寻找荷马译文风格提供了一种答案:参照"钦定本",将其翻译成有力、生动、高贵和充满韵律感的散文,让译文不时显得怪异和古奥,但仍不失通俗和趣味。这也是19世纪末大部分有影响的荷马英译者采取的方案。比如安德鲁·朗通过与古典学家的合作,翻译《奥德赛》和《伊利亚特》,其风格庄重而不浮夸,译本使用詹姆士"钦定本"的词汇和语法,尽可能像原作那样多变而怪异,高贵而易懂。他的缺陷在于用散文体翻译史诗。

但情况此后有了更多的变化。塞缪尔·巴特勒的《〈奥德赛〉的女作者》认为《奥德赛》的作者是年轻公主娜乌西卡。虽然这个说法缺乏历史依据,但促使人们摒弃"荷马史诗"是由歌谣拼凑而成的观念,强调只有一位作者。托马斯·爱德华·劳伦斯也认为"荷马史诗"是单一作者讲述的单一故事,但是这个人不是公主,而是老学究,史诗是伪托古人之作。他试图用散文体表达原作惯用的表达方式,但效果并不理想。

学者们对荷马作品中的矛盾和疑难之处一般有两种解释:一是作品采用了截然不同和相互独立的材料,却没有整合成单一的结构;二是作者另有其人,并非"荷马"。但本章提出另一种可能性:比如哥特式大教堂经常出现不协调的现象,是因为人们在修建过程中经常会中途修改,人们既想更精彩地把该方案呈现出来,又想保持对传统的尊重。"荷马史诗"可能也是如此。

最后，本章论述"教育"的作用。19世纪最重要和最有趣的翻译理念恰恰来自业余译者，而出自古典学者之手的译本往往读来乏味，令人难以忍受。这种矛盾反映了19世纪和20世纪文化中根深蒂固的弊病，在教育界和古典研究的衰败中，该弊病体现得最为明显。

三 古典学术衰退的原因

在本章所引的几段对于古典教育的回忆中，我们可以发现，古典教育枯燥、乏味、琐碎、单调，更重视句法、语法的细枝末节，对古典作品的美和更重要的意义视而不见。而这些回忆与批评完全是出自古典文化的真正热爱者。由此呼应了本章开头提到的问题：为什么古典知识的传播开始衰退？

有些衰退的原因其实和古典文化本身完全无关。（第409页）比如科学的快速进步、工业化和国际贸易的发展；新学科地位的确立；普遍教育的引入，对全体学生教授希腊语和拉丁语不切实际。在民主理念下，中学教授和重视的课程是所有人都能掌握的，教育开始的时间被推迟了。还有些原因与古典文化本身有间接的关联，比如糟糕的教育方式，在教学过程中对准确性的过度强调。其他原因还包括过度专业化导致老师和学生的脱节等。但古典教学必须具有纯粹和科学的客观性，这一理念要对19世纪下半叶公众对古典学兴趣的消退负很大责任。这也意味着古典学者更多地把发展知识而非传播知识当作自己的任务和职责。学者和公众拉开了距离。

综上所述，本章表现出先扬后抑的态度转变，对历史、翻译、教育三个领域，作者的态度渐渐负面。最后他总结了他认为的现代古典学术的错误：根本性的错误在于重研究而轻解释，在于对获取知识的兴趣超过了传播知识的兴趣，在于拒绝承认古典学术研究工作与当代世界的联系。

（执笔：王嘉倩）

《古典传统:希腊—罗马对西方文学的影响》(1949)

第二十二章 象征主义诗人和詹姆斯·乔伊斯

本章主要论述古典传统对象征主义诗人的影响,重点介绍及论证乔伊斯对于古典文化的借鉴情况。为方便阅读起见,我们将本章概括为三个部分:(1)象征主义概述,(2)古典体裁被扭曲或者碎片化,(3)象征主义对于古典传统的借鉴。

一 象征主义概述

在象征主义诗人看来,具体事物或者人物只有通过象征手法才能获得永恒价值和意义。具有想象力的艺术家在细微的日常生活中看到崇高意义,而象征主义中大多经典意象源于希腊神话。本章列举5位象征主义作家及其作品:马拉美的《希罗底》(1869)与《牧神午后》(1876);瓦莱里的《年轻的帕尔卡》(1917)、《那喀索斯残篇》(1922)、《德尔斐女祭司》(1922);庞德的《角色》(*Personae of Ezra Pond*,1917)、《诗章》(*Cantos*,1933—1947);艾略特的《普鲁弗洛克和其他观察记录》(*Prufrock and Other Observations*,1917)、《现在我请求你》(*Ara Vos Prec*,1920)、《荒原》(*The Waste Land*,1922)、《斗士斯维尼》(*Sweeney Agonistes*,1922);乔伊斯的《一个青年艺术家的画像》(*A Portrait of the Artist as a Young Man*,1916)、《尤利西斯》(*Ulysses*,1922)。(第415页)

虽然象征主义强调想象力,但这一想象力并非古典式的想象力。希腊神话重陈述本质(essentials),由读者填充内容细节(details);而象征主义不侧重陈述本质,重在描述细节。从德彪西的音乐(《牧神午后前奏曲》[1])与莫奈的油画(《鲁昂大教堂》)看来,象征主义

---

[1] 《牧神午后前奏曲》作于1892—1894年,取材于马拉美的同名诗作《牧神午后》。它被公认为音乐界的第一部印象派作品,不同乐器各自的音色和性能在其中都得到充分利用。这部作品是德彪西(1862—1918年)将印象主义艺术特征与象征主义特征运用到音乐艺术中的一个典范。

将想象力赋能给听众（观众），使其自身成为艺术家从而感受艺术；象征主义者喜欢通过细节来理解深刻理念或者美，更契合东方的审美观，即以小见大，一叶知秋；象征主义者具有极端的敏感性和细微的心理意识，往往逃避主动、庸俗、直白，转向私密、避世、理想的晦涩。

由此可见，现代象征主义的形式和逻辑是非古典式的，希腊神话注重均衡有序，对称、连续、流畅、和谐、逻辑，而象征主义则偏向精准的细节和不清晰的逻辑，偏爱突兀、意外、随意的过渡。

二　古典体裁被扭曲或者碎片化

古典体裁在当代作家那里表现各异。艾略特的《斗士斯维尼》戏仿"阿里斯托芬式情节剧残篇"（第417页），其创作意图为讽刺悲剧（mock tragedy），使现世的污浊与古典时代的高贵形成反差。诗人笔下的人物为典型的粗俗英美人，作品中的对话充斥着酒吧宴会中的胡言乱语，并夹杂着噩梦般的爵士合唱。虽然该作品具有纯正的对称的古典艺术形式，但它是一部未完成的作品的片段。同样，马拉美的《希洛迪亚》包含着迷你希腊喜剧的三个片段，也有未完成的特点。瓦莱里的《那喀索斯残篇》在思想上完整，但在形式上不完整。

本章随后详尽分析乔伊斯的《尤利西斯》，认为象征主义作家总是不由自主地套用某种已有形式，而这些形式的源头大多是古典式的。（第417页）乔伊斯需要宏大的模具来囊括都柏林浮生绘，便模仿《奥德赛》并对时间和地点进行了统一。《尤利西斯》的主要情节是阅历丰富的中年漂泊者经历辛苦跋涉后回家寻亲，年轻人在寻找父亲的途中也经历了社会磨难，最后两人结成父子关系。在人物设计和表现元素上：《尤利西斯》与《奥德赛》只是细节上的对应关系，艺术上并没有对应关系。首先，乔伊斯只成功模仿了《奥德赛》的简单构架，《奥德赛》具有高超的谋篇布局和情节推进，而乔伊斯把故事分成十八个部分，结构松散，部分之间常以巧合相互关联。其次，在情

《古典传统：希腊—罗马对西方文学的影响》(1949)

节和人物设计上，《尤利西斯》并非一个具有明确目标的寻找故事，布鲁姆和迪达勒斯在都柏林毫无目的地漫游，巧合之中找到对方结成父子关系。整条故事主线凌乱，并没有确定性的走向。例如，《尤利西斯》开端聚焦的人物巴克·穆里根（Buck Mulligan）在几章之后消失；作品中的插入故事对无关紧要的人物和琐碎的细致描写；布鲁姆太太在作品最后的突然出场以及莫名其妙的内心独白等。（第419页）

三 象征主义对于古典传统的借鉴

尽管古典文化在象征主义作品中受到一定程度的扭曲，变得碎片化，象征主义诗人仍借鉴了古典神话。希腊神话在象征主义手法中起到重要作用。首先，象征主义者引用古典神话的形象来象征某种精神态度，可能是基于此种理念：神话形象能脱离庸俗的现实来表现最真实和生动的精神态度；通过艺术和死亡剔除生活中不必要的属性才能达到这一理想状态；人类复杂的感情借由神话形象使其永恒。马拉美《牧神午后》中的牧神（Faun）就兼具凯利班（巫婆）和爱丽儿（精灵）的特点。牧神睡梦中梦见仙女，象征男性对于女性的情色梦想，包含动物性的欲望、对纤弱之美的尊崇、对缥缈理想的憧憬。而马拉美笔下的希罗底[①]（Herodias）正是牧神的反面，象征着高贵的贞洁之美，又因为贞洁的恐惧而冷酷无情。（第420页）再如瓦莱里在《年轻的帕尔卡》中的帕尔卡，虽为命运三女神之一，却表现了一位年轻女子在人生危机前的疑惑、焦虑、绝望、懊悔、平静；乔伊斯《尤利西斯》中的斯蒂芬·迪达勒斯以代达洛斯为原型。（第421页）

其次，五位作家运用希腊故事诠释了重要的精神体验、信仰和憧憬。（第422页）以访问冥府的故事为例，奥德修斯在女巫喀耳刻的建议下，去冥府向先知提瑞西亚斯请教回家路线；维吉尔的埃涅阿斯

[①] 希罗底，一生邪恶，首先嫁给希律王二世（Herod II），邪恶的大希律王（Herod "the Great"）之子，继而又背叛了他，嫁给比他更邪恶的哥哥希律·安提帕。当时施洗圣约翰指责希罗底和希律·安提帕的结合，这触怒了希罗底。她怂恿其女莎乐美向国王要求取下圣约翰的头颅作为礼物。

在西比尔的指引下造访冥府，从父亲的鬼魂口中看到将来的罗马城以及家园；但丁在维吉尔的指引下穿越地狱，最终回到天堂。庞德的《诗章》在作品开头重述奥德修斯拜访冥府；乔伊斯《尤利西斯》中的迪格纳穆的葬礼对应着奥德修斯的冥府之行、巫婆狂欢节对应奥德修斯造访喀尔刻的海岛。

那么，象征主义作家借鉴古典文化的目的是什么呢？象征主义作家用希腊神话来贬低当下的生活，对比古典传说的美和英雄主义来凸显现代社会的庸俗和污秽。《尤利西斯》的基调是反英雄的，艾略特的诗歌反映了庸俗的物质主义和脆弱的精神生活之间的反差，后者"虽然不至于消亡，但会变得残疾或扭曲"（第425页）。这种反差在《荒原》中获得呈现，菲洛墨拉和普洛克涅因为复仇变成了夜莺和燕子，先知形象提瑞西亚斯也象征了这种对立。

综上，本章通过大量例证，论证古典传统对现代象征主义作家的重大影响。象征主义作家用古典文学激发想象力，"并将其视作对生活中的压力、危险和庸扰的美学慰藉"（第428页）。实际上，作品中的扭曲变形就是希腊精神的产物，它使作家在污浊的生活中得到慰藉，激励他们飞跃生活本身。

（执笔：王秀香）

第二十三章　对神话的重新诠释

现代思想和文学中的古典影响最有趣的发展趋势莫过于希腊神话的复兴和对它们的重新阐释。本章从文学、心理学和哲学三个领域入手，围绕神话的主角、神话的定义、重述神话等几个方面展开论述。本章最值得一读的不仅在于其阐释的丰富性和全面性，更在于其列举的庞大而丰富的作品中的众多神话情节。

《古典传统：希腊—罗马对西方文学的影响》(1949)

一 神话的主角

许多神话的主角是人类或者以人类形象出现的神：它们可几乎原封不动地被诠释为对历史事件的记录。这种诠释的发源地是希腊，首创者是欧赫墨洛斯（Euhemeros），（第430页）把神话解读为对历史之反映的做法后来称为欧赫墨洛斯主义。此外，一些基督教作家相信，异教神祇的传说实际上是在耶稣基督的启示出现之前，来往于大地的魔鬼们的故事。（第431页）这正是弥尔顿在《失乐园》中的诠释。还有一些学者相信，阿喀琉斯、阿伽门农、埃阿斯这一代的英雄武士是把敌对部落的拟人化，他们的胜利和死亡代表了大迁徙中对这个或那个部族的征服。（第431页）宗教史学家认为，神话包含了宗教革命的遗迹，暗示对某个神祇的崇拜被另一种崇拜所取代。众多传奇被认为记录了文明的伟大创造和进步，如"文化英雄"狄俄尼索斯或巴库斯发明葡萄酒，普罗米修斯象征了火、金属和手工艺等文明基础……

二 神话的定义

对神话的诠释主要依据三种原则：(1) 把神话看作具体的历史真相；(2) 对永恒哲学真理的象征；(3) 对不断重复的自然过程的反映。当然，依据对神话的不同理解，学术史上出现了众多流派。

19世纪的某学派认为，神话不是单一事件的回响而是深奥哲学真理的神秘象征。（第432页）该学派兴起于德国，开山之作是克罗伊泽（G. F. Creuzer）的《古代民族的象征学与神话学》（*Symbolik und Mythologie der alton Wölker*，1810—1812年）。希腊神话不再仅仅是美丽的洛可可式的装饰，它在法国帕尔纳索斯派眼中成为对深奥真理的宏大而美丽的表达。

神话还被认为象征了外在世界或灵魂内部的重要过程。马克斯·穆勒（Max Müller，1823—1900年）认为几乎所有的神话都象征了物质宇宙中最宏大的现象，并将其解读为太阳神话。该理论可以追溯到杜普伊（C. F. Dupuis，1742—1809年）。此外，弗雷泽爵士（Sir J. G. Frazer）

的《金枝》认为，神话描绘生殖和农业生产过程，"以及在原始人头脑中二者的联系"（第432页），秘仪中的德墨忒尔（Demeter）、珀耳塞福涅（Persephone）神话、圣诞故事均与此类神话有关。

今天的心理学家则把神话理解为对永恒但不被承认的精神态度和力量的表达。（第433页）弗洛伊德指出，在流传广泛的著名传说与梦境符号间存在许多相似元素，它们（在可接受的掩饰下）代表了强烈的本能冲动。如我们所熟知的俄狄浦斯情结、厄勒克特拉情结、那喀索斯症等。神话中的人物形象与其说是历史人物，不如说是人类共同的愿望、热情和期冀的投影。欧洲乃至世界的全部人类历史和文学中反复出现了相似的伟大神话甚至伟大象征。荣格称其为"集体性的"（第434页）：它们是人类共有的，是人类灵魂的共同发展模式。他认为它们代表了人类内心最深处的思想和感情，因此（按照人类的标准）它们是不朽的。

三　重述神话

（一）现代作家对希腊神话的重新诠释

一些现代作家在戏剧或故事中重新讲述了希腊神话——有时会为其安排现代背景，但更多时候还是保留了古代的场景和人物。这场重述神话运动的基地在现代法国，旗手是安德雷·纪德。引导纪德成为新希腊主义作家的是优秀的古典学者奥斯卡·王尔德。

在"一战"前及其期间，德国出现了几部希腊神话主题的戏剧：胡戈·冯·霍夫曼士塔尔的《厄勒克特拉》；弗朗茨·魏尔菲尔《特洛伊妇女》；瓦尔特·哈森克勒弗尔《安提戈涅》。在美国，尤金·奥尼尔的《厄勒克特拉的悲悼》、美国人罗宾逊·杰弗斯和法国人让·阿努伊对《美狄亚》的改编展现了性压抑和性冲动的可怕力量。（第436页）

另外两部改编自希腊神话的作品则以不幸的英雄主义为主题：意大利诗人劳罗·德·波西斯的悲剧《伊卡洛斯》展现了代达洛斯和伊

《古典传统:希腊—罗马对西方文学的影响》(1949)

卡洛斯父子的不幸命运;当代哲学家阿尔贝·加缪则在他的几部小说和戏剧以及随笔集《西绪弗斯的神话》中表达了生命"荒诞"的想法。

卡尔·施皮特勒(Carl Spitteler)完成了现代人对希腊神话最有力的一次改编,普罗米修斯是他的主要灵感来源。他创作的《普罗米修斯和厄庇墨透斯》(*Prometheus und Epimetheus*,1880—1881 年)是一部晦涩而复杂的作品,讲述了古代神话中"先见"和"后见"两兄弟的故事。① 他 20 年后的史诗《奥林波斯之春》(*Der Olympischer Frühling*,1990—1906 年发表,1910 年修订)为他赢得了诺贝尔文学奖。这部作品用六音步双行韵体写成一篇壮丽故事,讲述奥林波斯诸神如何在命运的召唤下从地下长眠中觉醒,如何登上奥林波斯山,等等。

(二)现代剧作家到希腊神话中寻找情节的原因

近年来,在诗歌、散文和戏剧中还出现了其他许多重述希腊神话的作品,(第 440 页)其中最有意义的一类作品要数现代法国剧作家创作的新希腊戏剧。那么,为什么如此之多的现代剧作家都要到希腊神话里去寻找情节呢?

首先,他们寻找的是能够用极其简洁的手法处理的主题——这些主题本身具有足够的权威,无须大量现实主义或"印象主义"的细节让它们变得可信。其次,此类主题虽然外表简洁,但内涵深刻而富于启示——新希腊戏剧的剧作家在这点上与心理学家不谋而合,即对于包括自己时代在内的所有时代的人而言,每个伟大的神话都有深意。(第 440 页)此外,通过让神话更接近人性使古老传统显得更加真实。由于法国知识分子一直排斥奥林波斯诸神,而纪德和科克托等人对某些令人生畏的古老传统进行了剖析,让它们变得人性化甚至庸俗化。另一方面,他们发现神话仍是取之不竭的诗歌源泉。用改编后的希腊神话来表现当代问题,就可以取得诗化效果,在一定程度上缓和了当代戏剧缺乏想象力的严重缺陷。

---

① 普罗米修斯和厄庇墨透斯的名字在希腊语中分别意为"事先思考者"和"事后思考者"。

(三) 现代作家如何重述神话？

现代法国剧作家创作的新希腊戏剧在形式上受到限制，但并不僵化地遵循古典传统，其基本方法是作家在保留基本神话情节轮廓的基础上，"同时赋予其新的含义"（第 441 页），用新奇和有趣的方式来解释事实真相，另辟蹊径地表现相关人物，或者通过重构价值、动机和结果来强调人类生活的无限不确定性和复杂性。（第 441—442 页）

首先，这些作品表现出必要的情节统一性，它们几乎都保留了所依据的神话的轮廓，可供改动之处很少。人们只能接受凯撒被谋杀或特洛伊陷落的故事。但普罗旺斯作家让·吉奥诺是个例外。他在几部作品中试图以散文体的方式重现在古典文学中感受到的田园气息和充满灵性的氛围，将作品的细节安排成反英雄式的，如《奥德赛的诞生》（*Birth of the Odyssey*，1938）。

其次，现代法国的小说家和剧作家们都保留了传说的轮廓，但通过重新演绎加入了出人意料的真相。（第 442 页）如吉罗杜剧中人物更像来自现代的德国和法国，而非青铜时代的希腊；阿努伊的《欧律狄刻》的背景完全是现代的，但想要理解作品又离不开相关神话。（第 443 页）科克托的《地狱机器》对神话动机做出最惊人的重新诠释。由此可见，这些剧作家都是出色的心理学家，都为神话传统中记录的行为找到了全新但可信的动机。

正因为所有上述作家都不喜欢让剧作显得过于遥远、古老或不真实，所以他们在对神话的重述过程中会尽可能使用现代语言，经常插入粗俗的细节和描写。如纪德故意追求平庸，因为他认为英雄气概显得虚伪，只有平庸才是真实的。（第 445 页）由此可见，在神话和前人模板的激励下，法国的新希腊主义剧作家们成功运用某些手法升华作品。这些手法包括充分运用想象和情感因素；超自然元素——如预言、神祇、善灵和恶鬼等。这些剧作家并不满足于模仿希腊戏剧中的超自然的传统形象，而是更喜欢创造出新的形式。

综上，本章论述现代剧作家选择希腊神话传说作为主题的原因：神话是永恒的，它们涉及最重大的问题，这些问题没有改变，因为人

《古典传统:希腊—罗马对西方文学的影响》(1949)

类没有改变。(第 447 页)爱情、战争、罪恶、暴政、勇气和命运等问题都从不同方面描绘了人与神的关系,神有时显得非理性,甚至很残忍,好在有时也是公正的。

(执笔:范益宁)

第二十四章　结语

《古典传统》以 700 页(英文版)的篇幅,跨越 1500 年,纵横英、法、意、德、西、俄、美等多个国家,详尽论述古希腊罗马对欧美文学的重大影响,以"古典传统"为核心构建起一部独具特色的欧美文学史。本书的"结语"部分首先将本书对古典传统的巡礼视为一条"长河":它源远流长,迂回曲折,奔腾不息,塑造着 20 世纪和将来无数个世纪的欧美文学。

正如本书反复强调的那样,欧美文学艺术家们从不讳言古典传统的关键作用。美国诗人惠特曼喜欢坐着公共马车在百老汇大街上来回兜风,在马车上高声朗诵"荷马史诗";托尔斯泰说:"不懂希腊语就是没受过教育。"(第 449 页)接受教育的标志是有能力超越当下的生活,"进入一个更加宽广的宇宙"(第 451 页),意识到那里汇集着永恒不朽的人类思想和生活智慧。在欧洲文学史上,这些思想的杰出代表首推柏拉图对话、大卫诗篇、保罗书信和莎士比亚戏剧。

如果说柏拉图对话代表古典传统的话,那么大卫诗篇和保罗书信则代表与这一古典传统相冲突的基督教文化传统。虽然古典传统影响巨大,但本书无意将其界定为塑造欧美文学的独一无二的力量。事实上,欧美文学史经常呈现出两股力量相互冲突的局面:"在这场冲突中,真理并不完全站在任何一方。而是属于那些撷取了异教文化的精华,将之与最崇高的基督教思想混合,从而完成了对其改造的人。"(第 452—453 页)由此看来,欧美文学史不仅是冲突的历史,而且是改造和融合的历史。本书第十一章以较大篇幅论述了莎士比亚的古典学修养,但为避免误解,作者仍在结语部分不失时机地补充上基督教传统的影响因素。

本书的另一结论是:"文明是心灵的生活。"[1] 物质固然重要,但只有通过心灵或精神生活,人才成为真正的人。现代世界之于古典世界,正如古代罗马之于古代希腊。罗马人富甲天下却深感苦闷,直到他们借鉴了古希腊人的"心灵的面包",才意识到精神高于物质,人类文明的核心要义在于精神生活。罗马的百万富翁们早就被人遗忘了,唯有西塞罗、维吉尔、贺拉斯这些创造了精神产品的罗马人才能永垂后世,即使西塞罗出身贫寒、维吉尔来自乡村、贺拉斯生而为奴。虽然现代社会科学昌明、实业发达,创造出大量财富,但只有创造出"一整套崇高的精神理想",才能真正造福后代,"人的真正职责并非罔顾需求地扩张权力和积累财富,而是丰富和享受他唯一不朽的财富:灵魂"(第454页)。

(执笔:刘林)

---

[1] Gilbert Hight, *The Classical Tradition: Greek and Roman Influences on Western Literature*, New York: Oxford University Press, 1957, p.547: "*Civilization is the life of the mind.*"(斜体为原文所有)中译本译为:"文明是思想的生命。"(第453页)

罗伯特·斯科尔斯

《叙事的本质》(1966)

《叙事的本质》(1966) 主要章节

第一章　叙事传统
第二章　书面叙事的口头传统
第三章　现代叙事的古典传统
第四章　叙事中的意义
第五章　叙事中的人物
第六章　叙事中的情节
第七章　叙事中的视角
第八章　叙事理论，1966—2006：一则叙事

第一章　叙事传统

《叙事的本质》由罗伯特·斯科尔斯与罗伯特·凯洛格合著，全书共7章，初版于1966年，半个多世纪以来一直畅销学界，曾被译成多种语言，2006年牛津大学出版《叙事的本质》"50周年纪念版"，作者由2人变为3人，新增的当代著名叙事学者詹姆斯·费伦负责撰写第八章"叙事理论，1966—2006：一则叙事"，中译本即根据该版

翻译。据第一作者罗伯特·斯科尔斯为中译本写的"致中国读者的话",他曾在青年时代访问香港,从当地居民那里了解中国叙事文化,这启发了他对叙事研究的兴趣。

作为一部叙事学名作,《叙事的本质》主要考察叙事的古典传统及其演变过程,俨然一部欧美叙事学的发展史。但凡叙事主题、母题、寓意、视角、人物形象等,作者都将其置入欧洲文学的宏大视野中,追根溯源,缜密分析其演变路径。在作者看来,虽然现代叙事学以小说分析为重点,但叙事自古即有。在"小说的兴起"之前,叙事在多种文学形式中早已蔚为大观,因此,该书论述的"叙事的本质"远非小说独具。这在很大程度上挑战了叙事学研究中的"小说中心论"。该书的另一优长之处在于学术视野开阔,将文学叙事置于历史学、哲学、神学等宏大文化语境中加以考察。最后,该书对现代主义文学持有"同情的理解",并对叙事形式的未来发展持有开放态度。

该书新增加的一章回顾该书初版后 40 年来叙事学研究的主要成果,以经典叙事学、认知叙事学、女性主义叙事学、修辞性叙事学的嬗变演进为线索,围绕人物、情节、视角等叙事话语展开,详细讨论该书的得失优劣。我们从中不难看出,该书历经时间洗礼,其核心论辩——小说是继欧洲古代史诗之后的另一叙事综合体,从史诗分离出来的各种因素重新聚合在小说之中——并未受到严峻挑战或质疑,这或许是该书多年来声誉不衰的原因所在。

本章认为,叙事研究目的在于探讨叙事文学的一些种类,寻找叙事形式在历史发展中的模式,研究叙事艺术当中连贯或反复出现的要素,并借此探究这五千年传统中一些具有连续性的线索脉络,这些因素可分为"经验性因素"和"虚构性因素"两种。本章通过回溯欧美叙事研究的学术历程,对当时叙事研究中盛行的"小说中心论"提出质疑。

一 叙事文学研究中的"小说中心化"问题[①]

在过去的两个世纪中,小说一直是西方叙事文学的主导形式。因

---

① 原书各章均未分小节,小标题皆为笔者自拟。

《叙事的本质》(1966)

此，要书写西方叙事传统，就有必要探究小说发展的源流。但是，研究叙事传统不等于只研究小说，小说只是叙事文学类型之一。本章认为我们应使小说回归原位，继而从总体上把握叙事本质与西方叙事传统，将小说仅仅视为诸多叙事的可能性之一。事实上，真正的叙事文学传统在欧洲文学中古已有之。西方世界的叙事传统绵延五千年，而小说只有几个世纪。因此，要想就叙事传统获取恰如其分的判断，就不得不首先解决一个具体问题，即必须设法避免将小说这一文学形式当作顶礼膜拜的对象。

所有现存的文学传统都有一个特点，即当代叙事文学会逐渐挣脱新近历史中的叙事文学。具体来说，20世纪的叙事已经表现出对现实主义宗旨、取向及其技法的剥离，这一点在乔伊斯、普鲁斯特、福克纳等人的创作中表现得很清楚。但从总体上看，评论者对这种新文学尚带有敌意，如埃里希·奥尔巴赫对现实主义文学过度热心的关注使他不愿或无法接受20世纪的小说，尤其像伍尔夫、普鲁斯特和乔伊斯的作品。

目前学界对当代文学的态度同样也制约着对过去文学的看法。这种用19世纪现实主义标尺衡量所有小说的倾向也会妨碍我们理解其他各种叙事文学。为使叙事研究摆脱小说性方法的局限性，必须打破那些常用于叙事讨论过程中，诸如时间、语言及狭隘文类划分的条条框框。必须考察所有西方世界的叙事形式，在其发展过程中所共有的要素——口头与书面、韵文与散文、事实与虚构。在这方面，克拉拉·里夫于1785年出版《穿越时代、国家与风尚的传奇之旅》是第一部真正致力于叙事传统研究的英文著作，具有启发性，但最棘手的部分在于她试图对类似"史诗"这种描述的概念赋以价值评判，这与现代批评中的一个最大问题相关，即将描述性与评价性术语相混淆的倾向。在我们这个时代，理解叙事文学的最大障碍在于"小说"这个词本身已经被诸多价值观念所包裹。到了20世纪中叶，我们的叙事文学观念几乎沦为小说中心化。读者们对叙事文学作品的期望源于他们的小说阅读经验，对叙事的判断来自对小说的理解。

作者指出:"小说中心论对叙事文学研究而言是不幸的。"① 我们与历史上的叙事文学和文化割裂开来,也将我们与未来的文学甚至今天的先锋创作割裂开来。因此,要重塑历史,要接受未来,就必须真正还小说于原位。当然,我们不必为此放弃任何对现实主义小说的景仰。

二 从史诗综合体到两类背反叙事:经验性叙事与虚构性叙事

在西方,书面叙事文学往往出现在相似的条件之下。它源自口头传统,一度保留了许多口头叙事特征。我们将它所惯常采用的英雄体诗歌叙事形式称为史诗。在其背后存在形形色色的叙事形式,如宗教神话、准历史传奇和虚构性民间传说,它们已经融合成一种传统叙事,即神话、历史和虚构的混合体。

早期书面叙事的最重要层面是传统本身这一事实,史诗的故事讲述者叙述的是一个传统故事。促使他讲故事的主要动因不是历史性的,也非创造性的,而是再创造性的。他在重述一个传统的故事,因此,他最需遵守的并非事实,也非真理或娱乐,而是保留于传统之中的由史诗的讲述者加以重新创作的"神话"故事自身。在古希腊,"神话"这个词的精确含义正是如此:一个传统故事。故事中必然有情节,即各种事件的轮廓。"情节"这个词的所有意义都在于表明叙事框架。这样,一则神话便是一个得以传达的情节。

在书面叙事史中,一个明显的重要发展进程,便是逐渐摆脱那种以传统情节讲故事的神话趋向所主导的叙事。在此进化过程中,叙事文学朝两个相反的方向发展。也就是说,发端于史诗综合体的这两类背反叙事类别——经验性叙事与虚构性叙事,二者均可视为对故事叙述过程中传统强势加以回避的方式。

经验性叙事用对现实的忠实取代对神话的忠实。我们可将经验性叙事趋向细分为两个主要构件:历史性的和模仿性的。其中,历史性

---

① [美]罗伯特·斯科尔斯、詹姆斯·费伦、罗伯特·凯洛格:《叙事的本质》,于雷译,南京大学出版社2015年版,第6页。下文引用此著作,均随正文注明页码。

《叙事的本质》(1966)

构件专门对事实之真和具体历史保持忠实，而非受制于历史在传统中的再现。它的演绎要求具备时间与空间的准确丈量方式和以人与自然为媒介、而非通过超自然手段达成的因果概念。

在欧洲历史上，希罗多德[①]和修昔底德[②]最早与"荷马史诗"划清界限，前者认为历史就是对过去的研究，其中包括两个基本要素：一是"证言"（或证据），即对事实的忠实陈述，不是史诗或戏剧中的神话传说；二是对事实真相的探究，因此他从各个方面广泛地搜集各种文字的和口头的资料，把一切他认为有价值的事情都当作历史写作的素材；后者的《伯罗奔尼撒战争史》记录了公元前5世纪前期至公元前411年发生在斯巴达和雅典之间的战争。修昔底德因其严格、标准的证据收集工作，客观地分析因果关系而被称为"历史科学"之父。

与历史性叙事不同，经验叙事中的另一部分模仿性叙事保持忠实的对象不是事实之真，而是感受与环境之真，它依赖于对当下的观察而不是对历史的调查。其赖以发展的条件是通过社会学及心理学意义上的观念去审视行为与心理过程，就像亚历山大时期的"哑剧"。"哑剧"源自希腊语，意为"模仿者"。公元前3世纪，罗马已有哑剧演出。"哑剧"不用台词而凭借形体动作和表情表达剧情，形体动作是其基本手段，它的准确性和节奏性不仅具有模仿性，还应具有内心的表现力和诗的意蕴。传记和自传均为经验性叙事形式。在传记中，历史性趋向起着决定性作用；而在自传中，模仿性趋向则占据主导地位。

与经验性叙事不同，虚构性叙事以对理念的忠实取代对神话的忠实。虚构性叙事趋向也可细分为两大部分：传奇性与讽喻性。如果说经验性叙事着眼于某种真实的话，那么虚构性叙事则着眼于美或善。

古代传奇世界是理想的世界，所有语言的艺术与修饰都被用以渲染叙事。模仿性叙事旨在对精神过程加以心理学意义的再现，而传奇

[①] 希罗多德（约公元前480—前425年），古希腊作家、历史学家，他把旅行中的所闻所见，以及第一波斯帝国的历史记录下来，著成《历史》一书，素有"历史之父"的美誉。

[②] 修昔底德（约公元前460—前400/396年），古希腊历史学家、文学家，以《伯罗奔尼撒战争史》在西方史学史上占有重要地位。

叙事则以修辞形式表露思想。在古代世界，希腊传奇以其修辞化与情欲化之间的协调性成为传奇叙事的典型。我们可以看出，史诗在从《奥德赛》到《阿尔戈》的演进过程中变得越发文学化和虚构化，直到出现公元3世纪希腊传奇作家赫利奥多罗斯的传奇作品《埃塞俄比亚遗事》[①]。由这部作品可以看出，传奇是定义近代长篇散文体爱情和历险故事的术语，主要情节包括：（1）年轻情侣的长期分离；（2）在诱惑和考验前坚贞不屈，女主人公保住贞洁；（3）极为复杂的情节，包含许多嵌套故事；（4）由机缘而非选择决定的激动人心的事件，如绑架、海难、野人和野兽的突然袭击、出乎意料地继承大笔财富和头衔；（5）被搞错或隐藏的身份，如掩盖真实性别，主人公的出身最后被揭开。传奇作品往往包含极为优雅的风格、大段独白、对自然美和艺术品的描写等。

讽喻性的虚构文学类别，也可以称为寓言。如果说传奇由美学趋向操控，那么寓言则由知识及伦理趋向所操控。讽喻作品可以借助传奇来进行叙事表达，如古希腊历史学家、散文家色诺芬的《居鲁士的教育》。这部作品属于半虚构性的政治传奇，讲述了波斯帝国君主居鲁士大帝作为一代英明统治者所接受的教育。寓言也可与反传奇相结合，如《梅尼普讽刺集》，该作品为古罗马学者瓦罗的作品，现已失传。

三 新的叙事综合体：小说

史诗综合体在瓦解过程中衍生了两种对立流派，随后形成一种新的叙事综合体，这是文艺复兴之后叙事文学的主要发展路径。其渐进式历程的起点最晚可从薄伽丘算起，而它的真正蓬勃发展是在17—18世纪的欧洲。生活在16、17世纪之交的作家塞万提斯的作品清晰体现了这一新的叙事综合体，"力图在经验性与虚构性两种强大的趋

[①] 该作品讲述埃塞俄比亚公主卡里克列娅因母亲怀她时凝视白色大理石雕像而生来肤白，其母为避免通奸嫌疑，将她送给他人抚养。成年后，这位公主经历了与男主人公的爱情，以及接踵而至的磨难，关键时刻身世被揭开，继而与男主人公终成眷属。

《叙事的本质》(1966)

向之间寻求平衡"(第 13 页)。小说作为一种文学形式的出现正发端于塞万提斯所开创的这个综合体。

具体说来,史诗在其诞生过程中,远古传说、民间故事和宗教神话等也都发生过创造性的融合。与此相似,小说不是通常所认为的传奇的对立物,"而是叙事文学中经验性和虚构性元素联手打造的产物"(第 14 页)。在小说中,模仿、历史、传奇和寓言进行合成,共同构建一个综合性文学形式。时至 20 世纪,就像史诗经历的那样,小说必然也会为新形式让出位置,因为它是个不稳定的聚合物,它的瓦解必将分离出当中的组成元素,而各个流派的作家纷纷做出反应,如乔伊斯、普鲁斯特采用极端的手法与之抗衡,伊萨克·迪内森和劳伦斯·杜雷尔寻求传奇的回归等。小说在其不稳定之中能够体现出总体上的叙事本质,它在直接的话语者(或抒情诗的作者)与戏剧对行动的直接展现之间,在对现实和理想的忠实之间寻求平衡:"它比其他文学艺术形式拥有更大的极限发挥,当然也因此付出了代价——沦为不尽完美的形式。"(第 14 页)

总之,叙事文学从历史上看来始终都是文学门类中最具多样性、最富于变化的一种,也是最具生命力的艺术形式。尽管叙事文学不乏瑕疵,但从史诗到小说,叙事文学是最受欢迎、最具影响力的文学类型,它比任何其他文学形式都更能赢得最广泛的读者,更能对文学性之外的影响做出积极回应。

(执笔:张敏萱)

第二章 书面叙事的口头传统

本章对前人成见提出质疑。首先,前人将神话、传说、民间故事等人们熟知的类别或文类强加于以"荷马史诗"为代表的早期叙事文学,这一做法是错误的,因为史诗是一个综合体;其次,前人将体现文明作为书面叙事与口头叙事的区分标准，本章对此说法存疑，因为二者虽在形式上有差异，但在文化意义上没有任何差别，下文将对此点做出详细论述。本章指出，文字、书写并非文明的标志，也并不是"文盲"的判断标准。比如，图提发明文字的故事、古希腊的B类线性文字，不识字者不一定是文化的贫乏者，而识字的不一定能创造文学。近代以来，读写技能成为人们普遍掌握的技能，书籍是人们获得知识的主要途径，于是书籍凌驾于人之上，这实则是本末倒置的行为。文字、书写与文学的产生没有必然的联系，因此在文化意义上，书面叙事与口头叙事也无任何差别。

在研究前人论著的基础上，本章点明将要着重阐述的两个问题：一是通过考察古代希腊及北欧口头叙事来关注书面叙事的传统，尤其着重探讨口头叙事诗对此后书面叙事形式的影响；二是研究口头叙事与书面叙事的形式差异。在论述过程中，作者聚焦口头叙事的四个特征：(1) 口头叙事具有程式化特征；(2) 母题与情节在主题意义上保持一致性；(3) 口头叙事是综合体；(4) 其叙述者为权威性的可靠叙述者。

一　程式化特征

口头叙述具有程式化特征，程式（formulas）指"在相同的格律条件下得以反复运用的一组词，以表达某个恒定的核心理念"（第19页）。为说明此点，作者提到帕里的研究成果。"荷马史诗"中出现许多重复的固定饰语，即程式化的语汇，这是其口头创作的证据之一。另外，口头诗人创作必用程式。在南斯拉夫语口头史诗研究中，帕里发现同一位吟唱诗人对同一首歌曲的表演前后不一致，但使用了相同的程式。这表明，传统程式是识别口头创作的依据。

本章在帕里研究的基础上做出进一步的推论。首先，口头叙事诗无作者。这一观点可以解决许多遗留的问题，如荷马问题。荷马是歌者或表演者，而非作者；吟唱诗人表演是程式化的，而程式是非个人的，因此无法将诗归属于具体的诗人。因此，口头叙事诗并不存在现

《叙事的本质》(1966)

代意义的"作者",基涅武甫①的文本中的如尼文(runic)签名亦是如此。口头叙事诗不是一个具体诗人的创作,文本上的签名也就不是作者的签名。其次,诗体叙事在口头传递的过程中不会发生"受损"的情况。(第22页)口头传递过程中,传递的是诗歌的诸多元素,如情节、片段、人物观念语汇等,而不是整首诗歌。吟唱者只需要牢记这些元素,便能吟唱史诗甚至比原曲更长、更精致的作品。口头传递是完善的过程,文本性损伤在口头叙述中不会出现。

虽然口头叙述依赖程式,但程式并非一成不变,它可能随时变化,具体表现在"它可以调整自己适应诗歌所再现的外在文化及物质世界……甚至对诗歌赖以构建的语言形式的变化也能做出反应"(第23页)。例如,荷马作品的语言是阿卡狄亚-塞浦路斯语和爱奥尼语(古语)与阿卡提语(方言)的糅合,在保留古语的同时,保持了作品的当代性和可读性。另外,"口头诗歌传统也可对旧的程式进行类推,从而生成新的程式"(第23页)。例如在"贵族之梦"的基础上,出现了"天使之梦"。在程式之外,还有更稳定的程式模板,程式模板指"在思想及语汇层面足够相似的一组短语"(第24页),是某一类型的程式,是比程式更稳定、普遍的存在。

二 母题与情节在主题意义上的一致性

母题与情节在主题意义上一致。这一观点涉及重新定义主题、母题等概念术语的问题。"主题"一词意义丰富且复杂,使用该词会造成诸多困扰,于是可用"论题"(topos)代替"主题"。论题包含母题与主题,当论题指示外部世界时,其含义是母题;当论题指示无形的观念和概念世界时,其含义就是一个主题。在口头叙事的"论题"中,既定的母题与既定的主题间通常会建立起恒定联系。

此外,口头叙事诗的论题常呈现为模式化序列,即"一个'论题'会挑选另一个'论题',抑或作为一个整体的系列'论题'会挑

---

① 据中译本注释,基涅武甫为公元9世纪盎格鲁-撒克逊诗人。

选另一个整体系列'论题'"（第26页）。如《奥德赛》的母题是：凌辱—责难—认出，其对应的主题是经过伪装的再生之神未被卑劣之徒认出反而遭到后者的拒斥，相互联系的母题与主题构成了论题，而这一论题又在史诗中反复出现。这说明："篇幅处于单个'论题'与整部诗歌之间的结构性元素可以掌控逐个'论题'的编排。"（第27页）我们可用神话myth一词指代论题的这种铰链序列，它包含叙事含义的两个基本层面：母题和主题。再现层面是情节，阐释层面是主题。随着现代意义上的读写时代的到来，原本综合两个层面的神话分化成多个独立的体裁，阐释层面演变为寓言和推论式的哲学写作，再现层面演变为历史和其他经验化的叙事形式。

三　史诗是综合体

史诗是综合体，首先体现在史诗包括再现层面和观念层面，既有寓言式写作，也有经验化叙事。另外，史诗还保存了文化中的宗教、政治、伦理价值观等多重要素。史诗与宗教神话、世俗叙事相比差异很大，神话脱离世俗世界，世俗叙事发生在世俗世界的内部，包含道德伦理，而史诗则囊括二者的所有要素，它既涉及世俗世界也涉及超世俗、非世俗的世界。在其后文学演变中，史诗作为综合体分化出多种现代文类。这一论点可通过考察口头传统（希腊、希伯来、日耳曼、罗曼语）及其早期书面文本（史诗、萨迦）演变过程得到证实。

（一）从古希腊口头史诗传统到经典荷马文本

"荷马史诗"依采风者的要求，经由吟唱者和抄写员的配合，形成书面文本。于是出现三种叙事方法：真正的口头传统、书面文本、重新建立的文本传统中所衍生出的伪"口头传统"。在"荷马史诗"文本传播的过程中，口头传统与书面文本此消彼长。由"荷马史诗"获取书面形式的过程可知，古希腊由口头传统向书面文本的过渡，"是在主导文学文化内部渐进发展的，即一种形式在某种程度上自愿让位于另一种形式"（第30页）。

《叙事的本质》(1966)

（二）希伯来口头传统与《圣经》

《圣经·旧约》文本中有很多源于口头传统的证据。因此，古代希伯来人可能也经历过从口头到书面叙事的长达数世纪的演化过程，最终使《圣经·旧约》（希伯来《圣经》）成为权威性文本。

（三）盎格鲁-撒克逊本土叙事传统与基督教诗歌

基督教文化入侵之后，盎格鲁-撒克逊的本土叙事传统经过调整不仅适应了普通读本文化，也应和了《圣经》读本文化。凯德蒙和无名氏撒克逊神谕诗人可以运用传统程式及"论题"去表达全新的情节与观念。

（四）盎格鲁-撒克逊口头史诗传统与《贝奥武甫》

在基督教文化侵袭之前，与基督教诗歌相同，《贝奥武甫》也同样产生于盎格鲁-撒克逊口头史诗传统。在基督教进入北欧之前，史诗综合体正值分化之际，由此产生法律、宗谱、神话、宗教仪式及世俗叙事小说等独立门类。而且，《贝奥武甫》具备史诗传统的特点：关注某些民族之间的关系"所代表的更广泛的社会与政治意义，或是一位明君的必备道德素养"（第35页）；其创作者同样描绘了一位在现场进行表演的口头吟唱诗人；具有统一的母题与主题；受众及作用与"荷马史诗"相似。

（五）罗曼语、日耳曼语口头史诗传统与《罗兰之歌》

《罗兰之歌》是一部用古法语写成、脱胎于日耳曼语口头史诗传统的英雄史诗；它大致描绘了催生其创作的那种贵族式、英雄式文化；发挥了英雄体诗歌鼓励将士的作用；而且，"小 S.G. 尼科尔斯在调查数部古法语'武功歌'的程式模板及'论题'时得出结论：《罗兰之歌》文本乃形成于'口头程式化的传统语汇'"（第38页）。

《罗兰之歌》体现了日耳曼口头传统与罗曼语口头传统的融合。《罗兰之歌》产生于激进的文化融合，查理曼大帝促使口头传统转向

101

书面，同时使口头史诗传统中的主题和形式元素跨越语言壁垒，实现其从日耳曼语到罗曼语的传播。此时，日耳曼传统一方面正成为教会的服务工具，另一方面也正以书面形式被记录下来；而罗曼语史诗传统则得以成功地在查理曼开创的新世界中幸存和兴盛。

此外，《罗兰之歌》中的情节与真实历史事件存在诸多差异，由此可看出历史事件和传统神话、"论题"之间的关系。历史事件不仅侵扰了传统神话与"论题"素材，还进而要求传统做出某种适应性调整，而非反向而行。历史事件替换传统神话和"论题"的程度决定着体裁：如果完全再现历史，传统就变成了格律化的历史纪事；如果没有发生任何显著的替换，传统会演化为宗教神话或者传奇。由于史诗走的是"中间路线"，所以部分替换必会产生，这种替换会影响"论题"以及人物行动。

（六）古法语史诗的衍生作品

以《罗兰之歌》为代表的古法语史诗与传奇相互融合，最终衍生出一种诗歌类型，代表作为文艺复兴时期的《乡绅梅尔德伦传》，其间的作品有《布鲁斯本纪》和《威廉·华莱士列传》等书面英语诗歌。

从叙事风格和人物行动来看，《熙德之歌》深受《罗兰之歌》的影响，是历史纪实与英雄体诗歌的综合体。与《罗兰之歌》《贝奥武甫》、埃达歌谣不同，《熙德之歌》的受众是大众，与《乡绅梅尔德伦传》不同，《熙德之歌》描写的是民族英雄。《布鲁斯本纪》和《威廉·华莱士列传》虽然是具体作者的书面创作，但延续了旧式史诗传统的内核并有所创新，试图将新经验叙事的内容与旧虚构叙事的风格加以综合，被称为"纪事性诗歌"或"格律化传记"。

由此，作者又阐明了史诗传统、纪事性诗歌、小说之间的关系。史诗传统解体产生的两极是散文体历史与格律化传奇，"纪事性诗歌"与"寓言式解剖"就介于两者之间。纪事性诗歌介于传奇和历史之间，这一条路线引领史诗走向小说。在所有以口头传统循此路线发展的中世纪叙事形式中，要数冰岛的家族萨迦走得最远，而后才被拉丁典籍和《圣经》所超越。

《叙事的本质》(1966)

（七）冰岛口头传统与家族萨迦

家族萨迦的风格在具体文本之间表现出明显的一致性和程式化，这种相似性是口头传统因素。冰岛的三种口头传统为口头诗歌传统、法律和历史。

冰岛的家族萨迦、历史传记、古代萨迦、奇幻萨迦等诸多散文类别，"既说明口头史诗传统在适当的条件下如何能够产生出裂变的巨大能量，同时也说明不同的叙事趋向如何能够快速渗透到各个独立的叙事类别中"（第46页）。冰岛的史诗综合体不仅像希腊模式那样让位于历史和传奇，而且家族萨迦中蕴含着一种融合神话与模仿的新综合体——现实主义的虚构叙事。这是因为冰岛并不具备古希腊的哲学理性思想，在历史传记作品中，法律传统起到了替代作用。法律从事者的实用主义要求完全剔除神话。家族萨迦也利用了历史学典型的谱系构架，法律传统也扮演了同样的角色。

家族萨迦的代表作为《尼雅尔萨迦》，它是口头传统的母题（家族世仇）与当下素材（民法兴盛）的融合，虚构与经验这两种趋向的融合。因此，家族萨迦是散文化的史诗，它一方面大幅度缩减神话及寓言性元素，另一方面又"大力强化历史与摹仿的重要性"（第49页）。

由上可见，从家族萨迦身上，我们可以看到口头诗歌（吟游诗歌）、历史、法律传统的融合。它将历史和法律这一层面与传统史诗这一层面加以融合，而史诗的"论题"及神话又几乎总是让位于代表理性及世俗现实的主题、情节和母题。因此史诗只得以诗歌的身份被更具"诗性"的吟游诗所代表。基于这些传统要素的融合，家族萨迦意味着冰岛产生了类似于小说的、旧式史诗与新的经验形式组合而成的二次综合体。随着中世纪的到来，在历史作品和家族萨迦的发展过程中，史诗叙事的纯虚构传统逐渐消亡。

此外，本章还特别指出，在文学批评中，"萨迦"应指冰岛的家族萨迦，以及其他类似的、达到小说篇幅的现实主义传统散文体叙事。"传统"指的是带有口头创作之形式特征及修辞特征的叙事，它将"萨迦"与小说区分开来。

总之，在口头传统演变为书面形式的过程中，传统母题和神话在书面叙事中逐渐让位于历史、模仿的叙事。史诗传统的解体产生两个极端：散文体历史与格律化传奇，而介于两者之间的格律化传记与萨迦（散文体史诗），将旧的史诗形式和新的经验叙事相结合，使史诗走向小说。

四 权威性的可靠叙述者

口头叙事多采用可靠叙述者。这一叙述者处在全知视角，能从所有角度对行动、人物进行观察。过去人们习惯于将全知叙述者等同于作者，也习惯于认为全知叙述者是客观的，因为人们认为这一叙述者讲述的不是叙述者自己的故事，还因为在叙述者"与作者之间或在其自身的关注与故事所隐含的关注之间并不存在反讽性的差异"（第52页）。此处"并不存在反讽性的差异"指的是全知叙述者仅负责忠实讲述故事，并不能获得言外之意。因为口头叙事不存在"反讽式的差异"，所以就没必要区分作者与叙述者，应该关注全知叙述者以及故事、受众之间的关系。

在修辞层面上，口头叙事包括讲述者、故事、隐含读者，而书面叙事包括模仿或再现的讲述者、故事、隐含读者。模仿或再现的讲述者意味着作者的存在，作者在文本中设置讲述者，书面叙事由于作者的引入，"反讽性的差异"被运用到极致。通过对比可以发现，因为作者的引入，书面叙事视角的修辞具有复杂性。本章在此基础上提到了两种现代写作的趋向。一是把作者从叙事中撤回。"像创世纪里的上帝……身处其创造物之中或背后或之外或之上，踪影不见，形骸不存，似有修剪指甲时的那份淡然之态。"（第54页）如浪漫主义多采用"同情化想象"（sympathetic imagination），促使作者、修辞性反讽淡出文本。乔伊斯在写作中也试图撤回作者，他对叙述者讲述故事这一过程进行模仿。这种淡出作者的技巧又与书面叙事中引入作者的观念呈现矛盾。

《叙事的本质》(1966)

二是叙事呈现的根基日趋转向印刷。本章引用弗莱对两种叙事呈现根基的看法：史诗"进行叙事呈现的根基是作为口诵人的作者或行吟诗人，而观众则是其所面对的聆听者"；虚构是"以印刷或书面文字为呈现根基的文学，如小说和随笔"（第55页），读者面对的是作者虚构的讲述者。这些区分至今仍是有效的。以中世纪传奇为例，其创作虽在一定程度上依赖程式，但它增加了作者与叙述者的距离，如乔叟笔下的"骑士的故事"，叙事呈现的根基开始转向印刷，可以说中世纪传奇是口头叙事转向书面叙事的过渡。

综上，区分口头叙事与书面叙事的特征之一为作者与叙述者的距离。虽然书面叙事自近代以来占据了主导地位，但口头叙事并未彻底消失。本章最后提及口头叙事在现代社会的特殊存在形式，即歌谣和民间传说，它们在现代时期占据最佳口头文类的地位。在讨论长篇叙事形式时，人们不应将歌谣和民间传说视为书面文学的口头传统因素，因为它们是书面叙事的竞争对象，而不是其影响的实例，也就是说，它们是书面叙事之外的另一独立的存在形式，而非这个整体的要素。歌谣和民间传说作为独立的口头叙事形式一直持续到浪漫主义运动。

（执笔：曹书婧、林媛）

第三章　现代叙事的古典传统

古典文学提供了后世几乎所有叙事形式的原型及其互动和演化过程的主导范式。（第58页）史诗具有艺术形成初期真实与虚构二者非自觉性混合的特点，是叙事形式的原型。随着历史性叙事和虚构性叙事逐渐分离，经验叙事以历史、传记为代表，虚构叙事以传奇为代表，在希腊罗马时期形成了各自独立的发展源流。（第59页）

105

一 现代叙事的原型：史诗

作为叙事原型的史诗，是从口头叙事向书面叙事演化的关键节点，既可视为口传文学的巅峰，又能作为书面叙事的开端。（第58页）史诗反映了艺术形成初期的统一性趋向，包含宗教、社会、历史等各个方面（虚构与经验）的信息。与此同时，这种统一性的形成以古人对各种素材的幼稚化理解为基础，无法自觉区分虚构和现实因素。随着人类认识水平的提高，以史诗为代表的混合体土崩瓦解，真实与虚构开始分化并变得泾渭分明，逐渐形成事实性与虚构性两大叙事流派，此后历史和传奇两种体裁各行其道。在现实主义的助力下，小说这一新兴的文体获得自觉性，日益成熟，将两种要素重新汇合起来。

二 希腊罗马时期的经验叙事

生活于公元前565年至公元前473年的哲学家色诺芬尼率先把叙事中的真实因素与虚构因素加以区分。色诺芬尼创立的埃利亚学派认为真正的神是抽象的、普遍的、固定的而且总是留在记忆里的，他们强烈抨击古希腊诗人荷马和赫西俄德把人类的种种丑行和罪恶强加到神的身上。"色诺芬尼尤其批判了一切原始宗教神话背后的拟人神观念。"（第60页）他认为希腊人把神描绘成人的观念十分可笑。色诺芬尼的观点集中反映了人在认识自我与思考世界过程中的自觉性。作者认为，色诺芬尼的尝试并没有完全成功，证据是他和他的门徒始终没能创作出可以媲美"荷马史诗"并流传后世的替代品。

在前亚历山大时代，以希罗多德、修昔底德为代表的史学家们达到了17、18世纪前理性主义和经验主义所能达到的巅峰。（第62页）希罗多德被称为"历史之父"，他的代表作《希腊波斯战争史》描写公元前492年至前479年发生的希波战争，具有理性主义的求知精神。该书的写作材料大多来自希罗多德的实际考察，他的足迹几乎遍及古代希波战场。在旅行过程中，希罗多德亲自观瞻古迹名胜，考察地理环境，了解风土人情，这些都成为写作的丰富材料。除战争本身

《叙事的本质》(1966)

的描述之外,该书还囊括许多同正文关系不大的传说、故事、地理等记述。值得注意的是,原来使用多里斯方言的希罗多德使用伊奥尼亚方言来写作,也就是用荷马的方言写作,可见希罗多德在写作时并没有完全脱离口头叙事的影响。

《希腊波斯战争史》展示了希罗多德区分真实与虚构的自觉意识,不仅体现在以实地考察作为写作基础这一点上,还体现在作者贬低诗性叙事的态度上。在作品开头,希罗多德首先道出自己的名字、研究方法和研究目的。与此同时,他还时常揶揄希腊人喜欢在毫无事实根据的前提下编故事。然而,与希罗多德预先表明的态度相矛盾的是,《希腊波斯战争史》每一卷都以希腊神话中的一位缪斯女神的名字来命名标题,且描述历史事件时喜欢以直接引语的形式营造戏剧性场面。希罗多德的探究性思维使其具有强烈的理性倾向,同时作为一种平衡机制,他也在自己的叙事中追求动人而不乏条理的一面。(第61页)

在希罗多德之外,修昔底德是另一位古代历史写作的理性主义巅峰人物。作为雅典十将军之一,修昔底德同时以《伯罗奔尼撒战争史》在西方史学史上占有重要地位。该作品讲述了修昔底德生活的年代中雅典与斯巴达长达30年的战争。由于伯罗奔尼撒战争这一历史事件其本身极具悲剧色彩,这就使修昔底德的历史书写也充满了悲剧色彩。修昔底德曾切身参与过此次战争,也在被罢官后以平民身份前往伯罗奔尼撒各地进行实地考察,甚至亲自从雅典的俘虏口中问询信息。雅典和阿尔哥斯、曼丁尼亚以及爱利斯签订条约的内容,可能就是他亲自从奥林匹亚的石柱上抄录下来的铭文。虽然修昔底德声称自己杜绝虚构,但受到历史客观条件的制约,除战争本身的戏剧性发展外,悲剧的盛行也在很大程度上影响了希腊人的思维方式和看世界的角度,修昔底德也不例外。这一情形,恰与希罗多德类似。因此,修昔底德常在叙事中根据语境编造演说词,间或使用悲剧的写作技巧,例如继承了索福克勒斯的悲剧《波斯人》中傲慢者会遭到惩罚的程式等。如修昔底德所说:

在这部历史著作中,我利用了一些现成的演说辞,有些是在战争开始之前发表的,有些是在战争时期中发表的。我亲自听到的演说词中的确实词句,我很难记得了,从各种来源告诉我的人也觉得有同样的困难;所以我的方法是这样的:一方面尽量保持接近实际上所讲的话的大意,同时使演说者说出我认为每个场合所要求他们说出的话语来。①

历史叙事本应在希腊人的努力之下开始剥离艺术,转向科学。但罗马的历史学并未朝着这一方向发展,反而遭到了人为的遏制,甚至希罗多德与修昔底德的作品被罗马人视为可供参考的文学传统而非史学模板。(第63页)因此,非经验叙事的实创性并没有在罗马时代取得新的发展。

总体看来,罗马时代的历史创作尽管没有超越希腊,但也在经验叙事上做出了历史书写从片段化走向整体化的初步探索。亚里士多德曾在《诗学》中提到,历史和诗的区别在于历史叙述已发生的、个别的事,诗描述可能发生的、普遍性的事。所谓普遍性的事,指某一种人按照可然律或必然律说出的话及做出的事情。亚里士多德由此进一步得出写诗比写历史更富于哲学意味,更值得被严肃对待的结论。显然,亚里士多德对历史的理解是有些片面的,历史可以通过筛选出一条叙事脉络去处理多个时期,从而让历史获得统一性,只不过可以做出如此处理的史学家,在亚里士多德时期还没有出现。罗马时代的历史学家们进行了描述整体化历史的尝试,在爱国主义的驱使下,他们具有高度的主人翁意识,将罗马视为中心,将罗马发展的历史作为主要情节,同时关注社会、经济、政治制度的演进。

出于艺术效果的考虑,罗马历史学家故意将虚构因素重新引入历史叙事之中。希腊的历史叙事在其早期的发展阶段,一直建立在对史诗加以疏离的基础上,在抵制史诗传统的过程中找到了自身演化的条件,这是史学叙事发展的客观规律。相比之下,尽管罗马的历史叙事

---

① [古希腊]修昔底德:《伯罗奔尼撒战争史》(第1卷),徐松岩译注,上海人民出版社2017年版,第22页。

《叙事的本质》(1966)

在选择自身的传统时远比希腊自由，但罗马史学家并没有延续前人探索的道路，而是选择再次将虚构性因素与经验叙事糅合，将历史推向了修辞。因此经验叙事在罗马时期无可避免地萎缩，史学作品质量和数量不断下滑。其结果必然是经验叙事的衰落，"在文学史上，一旦某种形式得以固定下来或无法进行自然演化，那么它往往会产生萎缩并最终消亡；或即便有所产出，也会是极度苍白无力之作"（第66页）。

历史叙事另一分支是传记，即所谓的身世类作品。传记作品的主题一般是真实的，主要围绕一位现实人物的成长进行叙事。但传记又是高度虚构的，为了更生动地展现人物的性格或气质，形成感染力和教育性，作家往往不再关注历史重大事件，不自觉地倾向于选择不起眼的日常行为加以描述。如果在经验主义的影响下，传记会对事件进行甄别，一旦这种思维模式不再产生影响，真实与虚构之间的界限的划分更加随意，传记就会逐渐脱离生活真实，无限趋近于传奇。罗马时期之后，传记形式当中所包含的事实性或模仿性叙事潜能大体上处于未开发的状态，直到17、18世纪方有所改观。（第68页）

三 希腊罗马时期的虚构叙事

与经验叙事相同，史诗也是虚构叙事的原型。当希腊的"故事记录者（散文纪事家）"（logographoi）正致力于对其叙事进行"去虚构化"（de-fabulization）之际，"史诗创作者们"（epopoioi）则在对史诗叙事进行"去历史化"（de-historicizing）的处理。（第68页）

在希腊时期，史诗中的虚构因素逐渐增多，并最终发展成为"传奇"这一重要体裁。在史诗《泰列格尼》（*Telegony*）中，忒勒戈诺斯误杀父亲奥德修斯，娶珀涅罗珀；忒勒马科斯娶了忒勒戈诺斯的母亲。这则故事的对称化谋篇（symmetrical plotting）并非遵循传统而是依靠创造。

公元前4世纪，一种新的虚构理念得以演化，并显出相当的重要性：以实际历史人物为原型，融入虚构性以达到作者的某种哲学关注的叙事形式。色诺芬《居鲁士的教育》故意为历史上的一位统治者虚构了身世。此外，在阿波罗尼奥斯的《阿尔戈》中，也出现了诸多神话素材和修辞描写。而希腊传奇的渊源，可追溯到《尼努斯传奇》，因其出现了"爱情"这一传奇的重要因素。

留存至今的重要希腊传奇大多数可回溯至公元 2 世纪，它们包括：卡里同的《凯勒阿斯与卡利罗亚》、色诺芬[①]的《哈布罗科姆斯与安蒂亚以弗所传说》、赫利奥多罗斯的《提亚哥尼斯与卡里克列亚》（《埃塞俄比亚遗事》）、朗戈斯的《达夫尼斯与赫洛亚》、阿喀琉斯·塔提奥斯的《琉基佩与克勒托丰》。此类传奇的共同特点是情节高度程式化：一对年轻恋人相爱，天各一方，种种灾难置他们于极度危险之中，他们的爱情无法修成正果，但在叙事的结尾处依然守住贞洁，毫发未损，继而终成眷属。在此类叙事中，虚构性因素起着主导作用。其侧重点在于情节而非人物，在于陌生离奇而非司空见惯。尽管"机械降神"[②]（deus ex machina）可能会插手到情节中，但其焦点依然在人而不是神。（第 71 页）比较传奇叙事与历史学家的叙事，其相同之处是对历史与虚构的差异有所认识，它们都将显性的神话内容从叙事中清除出去；不同之处在于传奇不受制于或然性的束缚与现实世界的羁绊，虚构出令人愉悦而又充满惊异的事件和纠葛。

罗马时期，虚构叙事有了继承和创新两种发展路径。罗马人由于多少受其希腊崇拜思想的驱使而演化出一种以希腊模式为效仿对象的延展性文学，这主要体现在他们对希腊原创形式及素材的继承。（第72 页）例如，维吉尔模仿荷马所有那些被称为"意外因素"的东西，如重复出现的缀语、"史诗性"比喻，通常的口头诗歌修辞等；卢坎《法萨利尔》（*Pharsalia*）选取凯撒内战这一相对现代的历史主体，

[①] 色诺芬，2—3 世纪希腊传奇作家，不是《居鲁士的教育》的作者色诺芬（公元前5—前 4 世纪）。

[②] "机械降神"英文为 God from the machine，来自希腊古典戏剧，指意料外的、突然的、牵强的解围角色、手段或事件，在虚构作品内，被突然引入来为紧张情节或场面解围。在古希腊戏剧，当剧情陷入胶着，困境难以解决时，利用起重机或起升机的机关，将扮演神的下等演员载送至舞台上。

《叙事的本质》(1966)

重返"塞内加式的悲剧"①；奥维德的《变形记》借用一系列希腊素材与形式，其中包括希腊的神谱记传统、神话文集、博伊奥斯的《化鸟记》。

关于叙事形式的创新，罗马人的独特贡献是确立了第一人称叙事形式。在罗马时期，所有的见证性叙事形式（eye-witness narrative forms，包括大多数早期叙事讽刺文学）——而不仅仅是讽刺文学——最终形成了其第一次重要发展。（第75页）在罗马之前的文学中，鲜见第一人称叙事。色诺芬（生活于公元前5—前4世纪）《远征记》、凯撒《高卢战记》、维勒哈杜因《君士坦丁堡征服记》等作品中，作者本人都参与了历史事件，却不自觉地使用第三人称叙述，因为他们将第三人称与史诗及历史性正式叙事相联系，并将自己的作品归于此类叙事。需要注意的是，第一人称是非正式、亲和而随意的，多用于书信和备忘录等松散的个人叙事形式，使用者多为业余人士而非职业作家。罗马帝国的散文体作家们以一种艺术形式开创了第一人称旅途叙事，并树立了心灵旅途（inward journey）的模式：自传，其惯常的形式有两种——辩护和忏悔。（第76页）

裴特洛纽斯的《塞坦瑞肯》开创了流浪汉叙事，（第77页）由一个游手好闲之徒讲述他在世界的亲身经历，作品的主要关注点投向社会和社会性讽刺，并且包括一则微型史诗和一些纯属荒诞的诗歌素材，形成叙事混合体。作品更加注重对当代社会品性的把握。虽然有夸张、滑稽的成分，但是在细节上是逼真的，曲折反映当时的罗马社会。阿普列尤斯的《金驴记》是一部带有道德劝喻性质和神秘色彩的长篇小说。全书共11卷，以主人公琉基的"变形"经历为基本情节线索。琉基是个喜欢冒险的青年，阴差阳错变成了一头驴。它先是被强盗拉去驮赃物，后又被多次转卖，成了祭司、穷苦菜农的牲口，接着士兵抢走了它，又卖给当奴仆的兄弟二人。琉基虽成了驴身，但仍

---

① "塞内加式悲剧"指流血悲剧，剧中充满了流血场面和复仇举动，故事情节相对简单，通常使用大段对白与对话、隽语以及隐喻等，风格浮夸，多表现谋杀、魔术、鬼魂等种种可怕事件。

保持着人的意识。它的灵性使奴仆和主人吃惊。作品叙述者从人变成驴,这就减少了模仿的成分而突出了主人公的道德重构,作品表现了忏悔风格与流浪汉风格的交融。同时,《金驴记》的叙述者名字就叫卢修斯·阿普列尤斯,这部作品将第一人称叙事转向了心理层面,是趋于心理导向的忏悔文学。

卢希安的《真实故事》(*True History*)借用了梅尼普斯①作为主角,是一部讽刺当时流行的离奇古怪的游记作品,戏仿古往今来的诗人、历史学家、哲学家的奇怪言论。小说写卢希安带着 50 名伙计乘船航海,最后到达酒神停留过的岛屿。该岛屿景色十分奇妙,女人甚至与葡萄树连为一体,他们还见到了一条腹内可以容纳一个城市的大鱼。虽然文中有夸张、滑稽的成分,但在细节上是逼真的,可以从作品中投射出当时罗马社会的品性。作品运用第一人称游历性叙述者,发展出仿游历体(mock journey)形式,着眼在知识和讽刺,而不在于模仿和虚构。(第 81 页)此外,作品还将叙事推向荒诞的境地,摒弃了传统意义上的人物与情节,力求作品在智性上有所表现。

除以上 3 部作品外,圣奥古斯丁以心理描写和第一人称自传为代表的《忏悔录》开辟了第一人称长篇自传的先河。全书共分为 13 卷,在忏悔自己的同时讴歌天主之爱。第 1 卷忏悔自己童年时代所犯的罪恶;第 2 卷回顾自己少年时期的罪行;第 3 卷记述他在迦太基上学时期所犯的罪行;第 4 卷批判自己 19 岁到 28 岁的荒淫生活;第 5 卷反思自己教书生涯的过错;第 6 卷写自己逐步迷途知返;第 7 卷展现自己思想转变的过程;第 8 卷描述他皈依基督教的思想斗争;第 9 卷再现他受洗基督教的场景和母亲去世前后的事迹;第 10 卷记述他写作本书时的思想状态;最后 3 卷是对《圣经·旧约》的诠释及天主颂歌。除了将长篇自传体形式最早用于忏悔文学,《忏悔录》在人物心理的描写、形象的深度塑造以及基督教讽喻文学的发展上都有着独特

---

① 梅尼普斯,公元前 3 世纪的一位犬儒派哲学家,最早对哲学主题进行喜剧化演绎的作家之一。在瓦罗的作品中,梅尼普斯讽刺的突出特点是将散文和韵文加以混合的做法。卢希安《真实故事》里也借用了梅尼普斯作为主角,所以梅尼普斯讽刺也代表卢希安风格的特点,以时空之旅为主线形成奇幻讽刺叙事。

《叙事的本质》(1966)

的贡献,"若没有一个叫作奥古斯丁的人,我们便不可能拥有一个名为弗洛伊德的人"(第83页)。

古典时代末期,欧洲叙事呈现出历史性叙事和虚构性叙事逐渐分离的趋势。(第84页)首先,将虚构与历史、神话与模仿融为一体的史诗综合体逐渐瓦解;其次,情节与人物在叙事文学中显著分离:历史和传记占有人物,传奇专享情节,但二者经常互相借鉴以形成新的融合;最后,第一人称叙事形式虽然出现,但直接呈现叙述者内心世界的做法仅限于忏悔文学。由上可见,在罗马没落之前的欧洲叙事当中,"所谓的基本叙事形式几乎全都被运用过,当然也有某些形式,如自传,则尚未得到充分开发"(第85页)。

(执笔:张婷、费诗贤)

第四章　叙事中的意义

在英文版和中译本中,本章均分为两个部分,即第一部分的"现实问题:例释与再现"与第二部分的"控制问题:讽喻[①]与讽刺"。第二部分篇幅很长,为论述方便,笔者将该部分分为3节:(1)控制问题:讽喻与讽刺;(2)神话的理性化:讽喻与模仿小说;(3)现代小说的讽喻。本章题目中出现的关键词"意义"的定义是:"叙事作品中的人物、行为及虚构世界的背景等具体元素,能够与那些为我们用来认识和理解现实的规约性普遍类型及观念建立某种泛化的、思想性的关联。"(第107页)比如,读者如果对现实抱有乐观主义态度,就会痴心于作品中宣传乐观主义的部分。但叙事作品本身除了宣教训诫的讽喻性成分,还包括历史性、模仿性、美学性等多种元素,这使作品构成一种"意义的结构"(第108页),它们都会渗透到作品中,

---

[①] 英文为"allegory",中译本译为"寓言",本章均改译为"讽喻"。

113

本章研究的话题正是它们之间的比例关系。

一 现实问题：例释与再现

本章承接上文，指出叙事作品中的意义是一个功能问题，是作品的虚构世界与"实际世界"的关系问题。但这是"谁"的"实际世界"呢？本章并未就此做出说明，读者结合下文可知，它既与作者相关，也与读者相关。

根据第二章的论述，口头文学没有固定文本，歌者与听者分享了同一世界，身处同一时空，每次歌咏都是再创造；歌者能够理解的，读者也可理解；而书面文学中的文本则相对固定。那么，读者如何理解古代作品呢？读者如何理解同时代的异国他乡的作品呢？只能依赖历史研究或"学问"。当然，依据文学阐释学的观点，无论读者的"学问"积累到多么丰厚渊博的程度，也不可能回到古代，即使莎士比亚专家也无法让自己生活或"穿越"到伊丽莎白女王时代；而且，文本意义并非其本来就有的，它在时间、传统中辗转演进，不断生成，也是在读者阐释中呈现的。

本章认为，读者之所以能够理解虚构世界，是因为虚构世界与实际世界相互联结，其关系为"再现的"与"例释的"，前者为模仿而后者为象征。（第88页）所谓"再现的"，意味着文学犹如造型艺术、绘画艺术一样都在复制现实。[1] 再现艺术在19世纪的现实主义中达到高潮。本章在批评奥尔巴赫的《摹仿论》以"现实主义"的单一概念组织欧洲文学史之后，指出再现的三种形式，即记录具体历史事实、表现具体事实的类似之物（如《格列佛游记》表面上就是一个历险的游记）、塑造一个虚构典型，以此来代表同一类型的人物。

与"再现的"相反，"例释"并不复制现实，它表现现实或生活本质中的某些侧面，如伦理的、形而上的真理而非历史学的、心理学

---

[1] Robert Scholes & Robert Kellogg, *The Nature of Narrative*, London and Oxford: Oxford University Press, 1979, p. 84: "... to create a replica of actuality; to duplicate reality."

《叙事的本质》(1966)

的、社会学方面的真理。例释人物可分为两类：假扮人的模样的抽象概念（如真善美）与人类心理的片段（如爱恨情仇）。

"再现的"与"例释的"人物形象在文学中均有大量例证。如文学中表现吝啬鬼，古希腊哲学家泰奥弗拉斯特斯（Theophrastus）写过 30 种性格的幽默随笔集，其中就有"吝啬"这一性格，堪称"高度概括化的摹仿"（第 92 页）；莫里哀笔下的吝啬鬼是"更为具体化的人物形象"，是类型化的形象；巴尔扎克的高老头也很吝啬，"是高度个性化的性格"，相比于莫里哀创造的形象，他更加突出个性特征，主人公对他人的吝啬和对女儿的慷慨、极度的吝啬和偏执的父爱相互对立。就其共性来说，这三种表现吝啬鬼的方式都是经验式的："他们可以（或有可能）在生活中得到经验性的理解，并根据心理学或社会学原理在文学中加以呈现。"（第 92 页）显然，他们都生活在此岸世界、世俗世界，和例释的形象形成对比。例释的形象也有很多，如斯宾塞《仙后》第二章中的贪财者是贪婪本身，《天路历程》具有众多的例释形象，如犹豫、虔诚等，这些抽象品质都短暂地获得人的外形。

对再现与例释方式采取"骑墙"态度的作品也有很多，最典型的是霍桑和乔伊斯。霍桑具有"统一的感受力"①，取消再现与例释的区分而不是沟通二者，其作品"不能分别在几个层次上阅读而只能在两个层次之间阅读"②；相反倾向的代表者是乔伊斯，其创作历程展现从现实主义向象征主义的转变，融合了再现与例释，既是再现的又是象征的："既完全保持自然主义和再现性叙事的张力，同时又诉诸一种照应策略，使处于文学前景当中的小物件和人物能够对英雄体及普遍性类型与原则加以例释。"（第 94 页）如《尤利西斯》结尾处的莫莉的长篇独白便是如此。

欧洲中世纪的文学传统是讽喻的。乔叟的"巴思妇的故事"最初

---

① 原文为"unified sensibility"，中译本译为"统一情感"（第 93 页）。

② Robert Scholes & Robert Kellogg, *The Nature of Narrative*, London and Oxford: Oxford University Press, 1979, p. 90; "... to present not a work that can be read on several levels but a work that must be read between two levels."

115

表现了"再现的"对"例释的"冲击。这一形象来自《玫瑰传奇》的"老妇人",她是象征性的例证,用来说明女性社会行为的抽象概念。《坎特伯雷故事》中的巴思妇五次结婚,正在寻找第六个丈夫。《新约·约翰福音》第四章写一个结过五次婚的撒玛利亚妇人,皈依耶稣,耶稣就是她的第六个丈夫。但巴思妇不会皈依信仰,她是推崇女性至上的那类女性的代表,"甚至是女性气质的抽象概念"(even the abstract concept of femininity)。女性至上是上下颠倒,来自原罪发生时的亚当与夏娃。撒旦引诱夏娃,夏娃说服亚当偷食禁果,导致两人一起堕落,亚当的理性屈从于夏娃的感性(肉欲)。(第99页)《坎特伯雷故事》中的神父对这一故事的讽喻解读是反女性主义的。巴思妇则代表了具有自我意识(性意识,慕男狂,盲目的力量)的女性个体,以实例说明了性欲的力量超过了理性与意志,因此她既是模仿的又是讽喻的。本章指出"罪行与罪者的分离":

> 痴情女人身上所体现出来的人性的感染力,以及那种不加掩饰的情欲所表现出来的震撼力提醒我们,邪恶与罪孽只是存在于恶者与罪者的行为之中,反过来说,罪行与罪者的分离足以使我们在厌恶罪行的同时仍可以喜爱罪者。(第102页)[①]

这段论述将罪恶(抽象品质)与罪人(模仿的具体个人)区分开,这就意味着读者可以恨罪恶却爱罪人,这符合宗教信仰也符合人文主义(爱恶人或爱罪人)。但人们如何才可做到这一点呢?结合上下文,笔者认为可以从三个方面来理解。首先,巴思妇具有不可遏制的欲望(传统的解决办法是皈依宗教),这符合人们的生活经验,作

---

① 引文依据英文有改动。Robert Scholes & Robert Kellogg, *The Nature of Narrative*, London and Oxford: Oxford University Press, 1979, pp. 97-8: "The appealing humanity of the man-hungary woman and the awesome power of the blind force of concupiscence, by their fusion in the same character remind us that vice and sin do not exist in the world save through the actions of vicious and sinful human beings, and, conversely, that the sin and the sinner are nonetheless separate enough for us to hate the sin and love the sinful human being."

《叙事的本质》(1966)

品当然可以模仿生活中的此类女性（并非女性全体）；其次，人物的性欲被抽象化，来自夏娃的"上下颠倒"与星象作用，她受到这些作用的影响，因此她是无辜的，不应对此负责；最后，性欲是"盲目的力量"（the blind force），她是这一力量的牺牲品，读者对她是同情的而不是厌恶的，乔叟的作品对她是讽刺的（没有皈依宗教），但不是否定的。

虚构和实存世界的联系有可能是非常微弱的，甚至微弱到似乎并不存在这种联系的程度。在纯粹罗曼司中，人物既不是个体，也不是类型或抽象概念，也就没有意义，仅仅借用了人类的外表来行动，其作用在于唤起读者的美学反应。就具体作品来说，《弃儿汤姆·琼斯传》中的韦斯顿虽然是模仿的，但他"过于典型化的品质使其丧失了摹仿的实质特性"（第105页）。为何如此呢？按照本章的论述，这一形象从纵向上来说是人类心理类型的代表；从横向上说，则是某种社会阶层的标签。因此，这些原因致使这个人物丧失个性，或使个性湮没在更广阔的代表性当中，而真正模仿性的人物的个性既复杂又矛盾。理查逊擅长塑造这样的复杂性格，但菲尔丁对此并不理解，他与理查逊的争论就以此为焦点展开。

二 控制问题：讽喻与讽刺

根据上文的论述，历史的、自传的、传记的叙述形式都是经验式的，都和这个实存的世界直接相关；而当叙事要想突破自身，说出更多的、更有概括性的事情的时候，它就变成了虚构。此时，虚构受到两种力量的制约，一是情感上的，一是理性上的，前者的极端例子是罗曼司，后者的极端例子是训诫性作品，它主要包括讽喻与讽刺。从古至今多数作品带有训诫性，此处的训诫性应做宽泛的理解。

讽喻与象征的关系是长期争论的问题。本章认为，我们不应当把作家分成象征的与讽喻的，而应当考察在每部作品中例释的、再现的、审美的三种冲动之间的相互关系。"象征的"指的是任何意象的例释的侧面；"讽喻的"强调的是任何性格、背景和行动的例释的意义。在此意义上，斯宾塞是讽喻作家而普鲁斯特不是，但他们都是训诫性的（依照上文所说的宽泛理解）。乔伊斯致力于构建"现代主义讽喻"，[①]他和普鲁斯特相比更是一位讽喻作家，但乔伊斯的训诫性反而不如普鲁斯特。斯宾塞与但丁都精通讽喻艺术。《仙后》与《神曲》结合了再现的、例释的、情感的三种品质。举例来说，但丁离开维吉尔的场景是虚构的，但读者深受感动。当读者意识到，维吉尔是理性的讽喻形象时，就会想到但丁随后进入天国却没有理性指引，这该有多么可怕。

讽喻叙述为读者提供了一种思考作品意义的模式，它同时也是讲述故事的一种模式，讽喻与故事之间充满了"健康的张力"（a healthy tension）[②]。讽喻从字面故事中获得意义而不是相反。比如，早期讽喻故事是发现哲学真理的工具，这些真理如果用一般词汇讲述出来就不可能被发现或理解，只能运用讽喻。据此看来，讽喻可以表达多种含义。斯宾塞是更为理性的，他从古代搜集众多意象，赋予它们承担神学、政治哲学的含义；乔伊斯则是更为经验的，运用"荷马史诗"表达"其他"含义。因此，"讽喻的决定性本质不在于意义的性质而在于意象的丰富例释特征"[③]。换言之，叙事作品什么意义都可以表达，只要它是例释性的。

如果说讽喻是从现实世界走向理想世界，那么讽刺就是从理想世界走向现实世界。讽刺源于理想世界与实存世界的差距，前者是善的而后者是恶的。在从以道德为导向的世界到以经验为导向的世界的转变过程中，讽刺最为兴盛。《堂吉诃德》是这两个世界的冲突，但后来逐步倾向于模仿现实的实存世界。文学史上的常见现象是以讽刺开始而以模仿结束小说，如《艰难时世》。另一方面，《格列佛游记》同

[①] 刘林：《欧美文学的讽喻传统》，中国社会科学出版社2023年版，第371—381页。

[②] Robert Scholes & Robert Kellogg, *The Nature of Narrative*, London and Oxford: Oxford University Press, 1979, p. 109.

[③] Robert Scholes & Robert Kellogg, *The Nature of Narrative*, London and Oxford: Oxford University Press, 1979, p. 111: "The determining characteristic of allegory is not the nature of its meaning but rather the heavily illustrative quality of Its imagery."

《叙事的本质》(1966)

时包含讽喻罗曼司和现实主义小说成分,其第 4 部分将再现的、例释的、情感的三种因素融为一体。格列佛既区别于"雅虎"的彻底堕落,也不同于"智马"的绝对理性,他是具有复杂性格的再现性的个体。他被"智马"驱逐,表明理性不能彻底解决人类堕落问题。这表明作品对理性的怀疑态度,理性并不适用于堕落的人类。

从历史上说,希腊的哲学讽喻与犹太教—基督教的《圣经》讽喻同样重要。在柏拉图之前,公元前 6 世纪,勒基乌姆学者提亚金尼斯(Theagenes of Rhegium)[①] 最早发明了讽喻,为"荷马史诗"中不够雅致高尚的地方辩护。苏格拉底对此批评说:年轻人不能区分哪些是讽喻,哪些不是讽喻,"荷马史诗"中的暴力场景给年轻人留下不可磨灭的坏印象。柏拉图认为诗歌是丑陋的谎言,是对实存世界而非理念的表现(模仿),如果诗歌变得美丽,那么,它越美丽危害就越大,他最理想的诗歌是道德寓言和示范故事。诗歌的真实性或许在"样板"(typos)意义上是真实的,但不一定在模仿的意义上也是真实的。这一观点在古代世界一直长盛不衰。《理想国》第 7 卷中的"洞穴讽喻"、色诺芬的《回忆录》中的"赫拉克勒斯的选择"都是哲学讽喻,诗歌是哲学话语的诗性成分,里面的主人公是修辞性的但不是哲学性的。除哲学讽喻之外,另一种讽喻是把抽象概念(如"恐惧")加以人格化,这两种情况延续到古代结束。

亚里士多德的现实观念与柏拉图不同。诗歌之所以能够模仿现实,"并非因为它能够对现实本身加以再现,而是因为它能够对典型事物加以再现"(第 125 页)。诗歌描述可能发生之事,行动符合或然率或必然率的规约。诗歌写的是规律,是那些人物在某种条件下可能或必然采取的行动。可见,即使字面意义是虚假的或虚构的,诗歌仍然能够揭示真理。因此,诗歌不需要讽喻意义也能揭示真理,这就决定了亚里士多德不会从诗歌的讽喻意义上来分析文学作品。

在《圣经》传统中,《圣经》历来被视为"神启"之作,其阐释

[①] 也译为"利根姆的忒根尼斯"。参见刘林《欧美文学的讽喻传统》,中国社会科学出版社 2023 年版,第 32 页。

者不同于古希腊学者，他们认为《圣经》文字和历史都是同样真实的。斐洛、奥勒根等人将古希腊讽喻引入圣经阐释，但从未质疑《圣经》记录的历史真实性。奥古斯丁《论基督教信仰》认为，上帝是《圣经》的作者，而且是一位讽喻作者，将其寓意蕴藏在《旧约》的历史记载中。

《圣经》阐释中的"唯实论"（realism）[①]促使《圣经》神学没有重蹈古希腊哲学的覆辙，没有在物质和精神世界之间造成分裂，如说上帝创造光，那么上帝既创造了这个名词，也创造了光这个实体。"圣经阐释学"把《圣经》视为一个物质与精神结合的整体，一个在时间中逐步延展的从物质到精神的过程、预言或记录。因此，亚伯拉罕、雅各、大卫、参孙等人都有个人发展历程，都是耶稣的类型或"预表"（预先表述）。比如，《旧约·创世记》中的以撒被献祭一事就有三种阐释：首先，耶稣基督是典型（antitype），以撒是一种类型（type），他是耶稣基督的预先表述（typological）；其次，假如读者把自己想象为以撒，那么这种关系就被替代成读者与耶稣之间的"预表"关系，这是对读者的道德训诫含义；最后，类型服从于典型，这预言了时间终结时个人与上帝的最终融合，这是这个故事的"神秘寓意"，它并不经常构成单独一层含义，因为时间的终结并未到来，而且信徒已经在圣餐中参与这一融合中。

就其历史观念来说，希腊人的历史理论是循环论理论，个体代表永恒不变的普遍人性，而《圣经》的历史观则是进化论的，从时间的开始直到其结束，从上帝创世到末日审判。奥古斯丁的《忏悔录》记载了这一进化过程。他属于"浪子回头"这一类型，同一类型还包括大卫和圣保罗。这不是人性的类型，而是精神的类型，他的心理演变过程既没个体特征也没有受到社会影响。那么，他如何实现转变呢？显然，实现演变的推动力量来自上帝启示。《忏悔录》轮番展现了纯粹的精神（如何皈依信仰）和纯粹的实际生活，前者涉及基督教教义而后者关乎人类的情感或心理，二者之间构成张力。《忏悔录》

[①] 此处中译本译为"现实主义"。

《叙事的本质》(1966)

既是神秘主义作品，又是一部成长小说。

"将奥古斯丁的释经法转化为对想象性叙事的解读，是西方艺术史上最重要的发展之一。"（第133页）但这一转变的机制还很不清楚。尽管如此，我们仍然可以通过几部作品研究这一机制的关键之处。维吉尔《埃涅阿斯纪》的后世评论表明希腊讽喻传统与希伯来神学传统的汇合。但奥德修斯或阿伽门农是不是耶稣的预先表述？负责任的神学家不会这么说。但我们仍不难发现，世俗诗人可运用经过《圣经》阐释的古代文学资源。赫拉克勒斯将大力神从地狱里拖出来，这一画面表达了希腊神话的肖像画或偶像意义（描绘了古代神话的画面）。但对不懂希腊神话的基督教画家来说，这意味着上帝将亚当拽出了地狱；（第137页）而对后世批评家来说，这可能同时意味着两种含义，运用讽喻因此成为文学艺术作品创造多重含义的主要方式。

尽管其他民族的历史观和希腊人、犹太人不同，但都保留了祭祀仪式，它们和自然万物的出生—成长—死亡—复活相联系。仪式将神圣时间与世俗时间重叠起来，没有神圣时间就没有实存世界之上的现实。仪式的功能在于打破历史时间并将它和神圣时间并置起来，通过这一联系，人类的日常生活获得意义，人们的行为超越历史获得神圣或神秘性，"如果不存在一种永恒的、超越历史影响的宗教时间，那么也就不会存在凌驾于实际生活之上的现实"（第141页）。

总之，神话无论多么非理性，都是人类想象和精神生活的产物，代表了普遍化的人类心理模型，（第143页）可以细分为四种类型：（1）基督教神学的阐释，情感形象是耶稣基督这一典型的模糊不清的提前表述；（2）世俗生活中的讽喻阐释，神话是例释的象征，象征着作者规定或控制的抽象观念；（3）模仿小说的做法，神话是历史上的真人真事，是实际世界的再现性形象；（4）乔伊斯《芬尼根的守灵夜》的做法，神话是无意识的原型，是"人类曾经梦想到的所有意象"（第167页）。下文将具体分析这些类型。

三　将神话理性化：从讽喻到模仿小说

上文提及乔叟《坎特伯雷故事》中的巴思妇的故事，它表明人们可从权威和经验中获得训诫。但二者之中哪个更重要呢？乔叟提供的答案各不相同，如书中人物牧师认为，故事是糟糠、外壳、麦皮，而训诫则是小麦、核心、内核、麦仁等。乔叟将二者的对立关系替换成娱乐（delight）与意义（meaning）的关系：

> 对于中世纪的叙事艺术家来说，他们都会面临着一种挑战，即如何将最大的乐趣与最佳的教寓融合在一起。他们既对故事的教寓性有所意识，当然也同样知道"小麦"仅仅构成了故事的一半。①（第146页）

中世纪无疑继承了古罗马贺拉斯"寓教于乐"的传统，但"乐趣"来自何处呢？古代作家回答说来自诗歌的修辞，诗歌修辞足以带来感官愉悦。凡人琐事用诗歌来表达就会产生韵律之美，因此，中世纪的诗歌是修辞学的一部分。诗歌合法性来自用动人语言或故事来劝说读者相信真理。在他们看来，意义就是现实，但现实不是感官看到的实际世界，而是超越感官经验之上的、经过理性与哲学传统提炼过的普遍的现实。② 换言之，意义是被事先规定好的，这与下文乔伊斯的观点形成对比关系。由此得出的结论是：诗歌修辞负责虚构故事，提供快乐，哲学负责意义，二者结合即为诗歌。那么，如何使二者相互协调呢？第一种方法是运用古代讽喻和《圣经》阐释中积累起来的丰富的"主题"（topoi）和意象；第二种是高级风格适合于英雄罗曼司与讽喻罗曼司中的理想化的伦理价值，而低级风格适用于讽刺诗或带有讽刺的动物史诗；第三种是讽喻形象因为语境而各有含义，具体如何决定则依赖每位艺术家。事实上，正是其独创性（即维持虚构与

---

① Robert Scholes & Robert Kellogg, *The Nature of Narrative*, London and Oxford: Oxford University Press, 1979, p. 140: "As for medieval narrative artists, ... they confronted the challenge of combining the best teaching with the greatest delight. They were consciously didactic, but they were also conscious that the whete made only half a story."

② Robert Scholes & Robert Kellogg, *The Nature of Narrative*, London and Oxford: Oxford University Press, 1979, p. 141.

《叙事的本质》(1966)

复杂观念)给人带来快乐。

随着时代的变迁,艺术家体验、认识到新的心理与社会类型,通过再现它们来"例释"普遍的、抽象的伦理与神学思想。毫无疑问,每一天都是新的,每一时代也是新的,新时代的万事万物自然会用独特方式来获得意义;但在新经验背后,仍能发现传统的例释性的各类象征。比如,奥古斯丁的上帝之城与人类之城并没有随着奥古斯丁时代的结束而结束,它们在但丁的佛罗伦萨、郎格兰①的英格兰政治社会宗教机构中仍然能够得到例释。《神曲》既有再现形象也有严肃意义;《农夫皮尔斯》通过再现人物类型(如国王)来获得启示意义,其作者郎格兰将讽喻的内核放在再现性的外表之中;但丁则将讽喻放在历史和传记之中。②

从统一的神学观念过渡到个人经验,可以通过对比斯宾塞与弥尔顿看出。前者人物(如"绝望")是抽象观念的例释,《失乐园》中的亚当与夏娃则再现虚构的个人形象。亚当不是"男性"理性的代表,因为他同意堕落,并与夏娃一起堕落,而理性是不能堕落的。同样,亚当也不是人类的代表,因为这种处境或选择困境(奥尔巴赫说是problematic)不是人人都能遇到的。约翰逊博士分析亚当夏娃堕落故事时说,这一故事隐含的真理"因为缺乏新意而无法产生非同寻常的内心感受;我们过去已知的东西,自然无须去学;而意料之中的东西,当然只会让人感觉平淡无奇"(第157页)。反过来说,人们只有经过学习才能获得新体验和新知识。如果说,中世纪与文艺复兴时期的叙事作品要求在修辞外表和内含的哲学教条之间达到协调,那么,新的现实观念不是事先就规定好的,而是作家发现的。现实主义小说要求在虚构世界和新的现实世界观念之间取得协调。那么,现代人能够获得新观念吗?

四 现代讽喻的创造

传统叙述者无所不知,站在客观立场上叙事,现代思想对此深表

---

① 威廉·郎格兰,14世纪英格兰著名诗人,代表作为《农夫皮尔斯》。
② Robert Scholes & Robert Kellogg, *The Nature of Narrative*, p.145.

怀疑，我们通过自己的"模型"（mold）来理解现实。既然不存在绝对的真理，那对行为的判断便不会根据事先规定好的真理而只能根据个人的眼光。现代人本身从崇高的地位上跌落下来，"他们总是不如过去想象中的那样崇高、理性和自制"（第159页），"现代人心目中的理想世界不过是真实现实的怪诞扭曲的版本"[1]。

如果说人类生存的原始材料永远不变，那么，他获得意义和公认的外表模型则依赖经验叙事与戏剧艺术家持续的重新创造。现代人必然需要重新观察生活，这与他的视点、主体、观众都有关系。在这一方面，卢梭和乔伊斯都贡献非凡。如果分析卢梭的遗产，我们就会发现，即使叙述主人公与叙述者同为一人，时间距离也会拉开他们之间的距离，其中的反讽关系值得小说家探索；卢梭表现出对语言的怀疑、不信任的态度，他笔下的英雄其实是"反英雄"。乔伊斯《芬尼根的守灵夜》启示研究者，要理解这部小说就需要阅读乔伊斯读过的所有著作。因为艺术家可以自创讽喻，讽喻再也不是文化传统事先规定好的，而是由艺术家独创的，"对于乔伊斯来说，各种现实的全部类型不过是各类讽喻的象征，如果讽喻不变成象征就无法说明"[2]。

（执笔：刘林、谭志强）

第五章　叙事中的人物

本章主要分析人物观念在叙事中的发展、不同的人物塑造方式以及人物心理活动的不同呈现方式，同时帮助读者甄别两类动态人物的

---

[1] Robert Scholes & Robert Kellogg, *The Nature of Narrative*, London and Oxford: Oxford University Press, 1979, p.154: "… an absurdly inverted version of the true reality."

[2] Robert Scholes & Robert Kellogg, *The Nature of Narrative*, London and Oxford: Oxford University Press, 1979, p.159: "All the types of all the actualities are for Joyce but the symbols of an otherwisely inarticulate allegory."

《叙事的本质》(1966)

塑造：发展性人物塑造和时间性人物塑造，区分"内心独白"和"意识流"这两个概念，分析独白中的修辞和心理、心理与性别的关系，并用丰富例证论述具有代表性的现代作家进行人物心理刻画的不同方式。

一 詹姆斯：人物与事件的关系

亨利·詹姆斯在说明人物与事件之间的相互依赖时，所选择的事件是一种"詹姆斯式的事件"，所塑造的人物是"詹姆斯式的人物"，即他的论断基于他自己创作的小说或者那些最接近他本人的作家创作的小说中的人物。所以，对于小说大师，不敢问罪，但也不能轻易苟同。文学读者都拥有属于自己的人物观与事件观，这些观念作为读者在无意识中向其求助的试金石，影响着他们对文学作品的评价，而读者一般倾向于选择那种狭隘局限的评判标准。"那种认为人物塑造类型存在伯仲之分的观念是愚蠢的，而认识到其差异的存在则是智慧的开端。"（第170页）比如，阿喀琉斯的人物塑造既无典型性也无或然性，既无包容性也无细节性。只有"愤怒之情"。阿喀琉斯的性格呈现方式为：其愤怒之情的强弱起伏，以及受到不同刺激时其愤怒之情所表现出的品性嬗变。

由此可见，人物的内在发展具有至关重要的作用。前基督教化时期的史诗类英雄体叙事关注流芳百世的英雄壮举，其文学总会关注人物的外在属性；在叙事文学的基督教化时期，人物内在发展至关重要，以前英勇功勋的公共概念被个体灵魂与上帝之间的秘密关系所取代。（第175页）但如果关注人的内在体验中所包含的其他层面，这就意味着更重视、更关注内心体验。而在古代希伯来文学或希腊原始叙事文学中，内心活动仅仅是一种表现而非呈现，人物不可捉摸，即他们的心理晦暗性成为其特点。

二 动态人物塑造的方法

上文提及的人物塑造的晦暗性具有一种轻描淡写（understatement，低调陈述，陈述不足）的功效，能在冷漠客观的叙事语调与人物内心在读者想象中所表现出来的激荡之间营造出反讽性的张力。这种反讽手法明抑暗扬，批评家视其为"古典性局限"（classic restraint）。但在本章看来并非如此。它实际上是所有英雄体叙事创作中的必然之物。（第176页）基督教的内趋性（inwardness，内在性、灵性）为关注内心体验开辟了一条通道，其他方式则是叙事发展过程中自然衍生的产物，一般通过叙事实验的展开和非叙事文学对叙事的影响，如希腊悲剧和"第二诡辩学派"的演讲术修辞。

在基督教观念与晚期凯尔特传奇发生融合之际，发展式人物开始出现于西方虚构性叙事中。沃弗兰的《帕西瓦尔》被译者称为西欧文学中第一个展示"主人公内心发展"的故事，其中最重要的发展是将帕西瓦尔作为一位发展式主人公来呈现，以发展式手法处理人物的内心活动，对其加以事无巨细的展示。（第177页）发展式设计本身是一种情节设计，而非人物设计。变化是对人物塑造加以模仿性处理的一个层面，而发展实际上属于道德母题（moral motif），接近神话模式或传统故事线索，人物自身的挖掘受到程度上的限制。

动态人物塑造可分为两种：发展性（developmental）人物塑造与时间性（chronological）人物塑造。前者的个性特质被弱化，彰显其在以道德观念为基础的情节线索中所历经的发展；后者的个性被复杂化，凸显人物在以时间为基础的情节线索中所历经的渐进式变化，这类人物往往具有高度模仿性。现代叙事艺术家们的做法则倾向于将叙事聚焦于一位重要人物，既可运用传统方法，也可采用新方法。比如，乔伊斯通过突出不同的人物塑造类型使斯蒂芬的形象在《一个青年艺术家的画像》与《尤利西斯》中表现出明显的差异。

三　人物心理活动的呈现方法

区分人物与情节的标准是人物的内心体验。詹姆斯用以解释情节或事件的例子是"那位女性将手搭在桌上张望着"（第180页），在戏剧中，这不算是一个事件，因为戏剧用语言或行动揭示人物；在电影

《叙事的本质》(1966)

里,这算是一个事件,因为电影以特写镜头揭示人物心理;在小说里,这是最可能出现的事件,因为在叙事中才能真正触及人物的内心体验。人物塑造的最核心的元素正是这种内心体验。福斯特说:"小说家在此拥有真正的特权。"(第180页)成功的叙事若不详细呈现和强调内心体验,则需用其他叙事元素加以补偿,如情节、评述、描绘、暗示、修辞、诗歌等。

一位叙事艺术家可以用多种方法呈现人物的精神世界,最简单的做法是直接做出叙事性陈述,如在《尼雅尔萨迦》这部作品中,叙事者直接用"冲动"和"任性"来简单直接地告知我们哈尔盖德的关键特征,加上重要的身体细节,再加上"盗贼的眼睛"和"长长的金发",这些就构成我们理解其性格所需的一切。萨迦文学的特点在于萨迦文学对人物极为关注:人物塑造的描述语汇丰富又灵活,但从不试图探入人物内部,即它只描述言语和行为,而不分析人物思想。与史诗一样,萨迦中的人物是在情节意义上加以构思的,"人物不会被赋予任何与当下情节无关的属性"(第183页)。萨迦的人物塑造技法介于英雄体史诗与社会风俗小说之间。但问题是,直接窥视人物心理、对人物思想(而非对其言语和行为)加以戏剧化处理或分析的观念在萨迦文学中出现过吗?探讨这个问题,并不意味着萨迦文学完全排斥心理描述,而是其叙事者们不知该如何呈现,正如文艺复兴之前的画家不了解透视法一样。(第185页)他们的解决方法往往是超自然手法,如"机械降神"。这种处理人物思维过程的方式本质上是神话性的,不是模仿性的,但也颇有几分现实主义效果。

另一种呈现人物精神世界的做法是"内心独白"(interior monologue)。作为一个文学术语,内心独白近似"无声的自语"(unspoken soliloquy),它在叙事文学中可以无须任何介入性的叙述者而直接、即兴地呈现人物所未言传的思想,是叙事文学中的戏剧性因素。它只存在于叙事文学中,广泛应用于现代文学。作为叙事手法,内心独白的历史比意识流更悠久。(第187页)意识流是一个心理学术语,是一种描述思维过程的模式,表示文学中得以呈现的任何不合逻辑、违背语法的现象,基本属于联想性的人类思维模式(口述,无言均属于这种情况），其根源可追溯到洛克就思维的内在机制所提出的理论以及英国小说家斯泰恩在《商第传》中对洛克思想的应用。

四　独白手法的开创与应用发展

古代开创并利用独白手法的作者包括荷马、阿波罗尼奥斯、维吉尔、奥维德、朗戈斯和以弗所人色诺芬。荷马将程式化行为（formulaic behavior）与充分的随意性和灵活性融合在一起。比如在《伊利亚特》中，一半的内心独白都在关键时刻反复提及一整行诗句："但我的内心为何与我如此争辩？"（第188页）人物思想得以从无价值或不恰当的顾虑或情感转向有价值或恰当的顾虑和情感，展示出人物从感到恐惧到获得勇气的心理变化。荷马式内心独白中所使用的thymos一词在意义上接近于内心或思想，与个体人物的意志（dielexato）相互争执，于是人物心理分成自我和超我，这种心理分裂的概念十分重要，为后世叙事艺术的追随者们提供一个重要的实用概念。荷马创作中的"小戏剧性程式"（little dramatic formula）指一个人物似乎即将妥协于其"内心"的怂恿，但随即又通过那个程式化的诗句来实现理智的复苏，继而做出正确抉择。

荷马的做法代表了古代文学的创作倾向：把思想仅仅看作消除声音的言语，而"思想即心灵的对话"（第190页）的观念在近几个世纪之前的岁月中始终是关于思想本质的主导思想，直到17、18世纪的欧洲，出现新的理论：思想或许并不仅仅是非口述性话语，而完全是另一种言语表达形式。该理论引起了人物塑造领域的革命，并为意识流小说的创作铺平了道路。

在古代文学中，真正使叙事文学中的内心独白技法得以改良和发展的人应该是阿波罗尼奥斯。他开创的传统是，将独白本身推至中心地位，通过思想而非行动来突出人物塑造，并最终导致独白技法本身的程式化。这方面的例子是阿波罗尼奥斯分析《阿尔戈》中的美狄亚所处的两难境地：她一方面刚刚获得爱情，想帮助恋人伊阿宋；另一方面又要对父亲忠诚，守护金羊毛。这使她无法向人倾诉心事，试图

《叙事的本质》(1966)

通过自己与自己展开争论来解决这一困境。（第192页）

自西方叙事早期发展以来，性别与心理就不可避免地建立了一种相得益彰的关系：从阿波罗尼奥斯的美狄亚—维吉尔的狄多—安娜·卡列尼娜到莫莉·布鲁姆，对于心理层面的叙事性的关注往往聚焦于那种沉浸于情欲之中的女性所经历的内心体验，（第193页）原因是古代叙事受一种流行观念的影响：女人比男人更富于情欲。例如，奥维德的《变形记》捕捉到了《阿尔戈》中最有意思的部分，即美狄亚的两难并进行发挥，然后用了三个相关传说加强和诠释了长篇内心独白。

独白技法营造出强烈的修辞功效，思想斗争模式有可能是当时修辞家接受标准化训练的内容之一。古代叙事对白中的人物内心活动最强烈之处，不是心理而是修辞。修辞主导着人物塑造中的内心独白，存在于从古希腊到文艺复兴的全部西方文学之中。独白中的修辞"以形式外衣为包装的语言，以读者或观众为聚焦点，关注他们的反应，为感染他们的情绪而对文字进行艺术化处理"（第195页）。独白中的心理是一种重现思维言语过程的真正尝试，文字的组织模式并非诉诸言辞的艺术性，而是要关注实际的思想，聚焦人物而非受众。意识流强调采用心理趋向模式，内心独白则要求进行修辞性展示。

传奇以散文体创作，不关注记录于传统当中的历史性传奇人物或事迹，主要内容是男女平等共享的爱情。随着史诗中的男性英雄形象被传奇中更具情欲倾向的人物所取代，男性人物的爱情独白与传统的女性爱情独白得以联袂登场。传奇中这类独白的出现往往是在人物坠入情网的那一刻。

薄伽丘是尝试在人物塑造中对心理与修辞加以协调的先行者，（第199页）《十日谈》第八天第七个故事情节简单明了，但它具有与众不同的特点，即关注细节、挖掘人物情感与思想状态。有意表现小姐所遭受的痛苦，表现那种有质感的痛，同时使读者对那位学者怀揣同情，其中的原因可能是这则故事在某种层面上是自传性的。（第200页）

在叙事中采取自传性姿态的现实主义倾向不仅是区分小说人物塑

造与所有早期叙事人物塑造类型的主要层面之一，同时也密切关系到人物呈现在修辞性方法与心理性方法之间的差异。劳伦斯·斯泰恩是第一位使"意识流"成为小说创作重要因素的作家，他为正在兴起的小说叙事提供了认识论工具。"斯泰恩认为，小说的叙事表达可以借助于洛克的联想模式来进行。"（第202—203页）与此相关，劳伦斯·斯泰恩之后的威廉·詹姆斯提出"意识流"，这一术语本身即源自以休谟和洛克为鼻祖的经验主义哲学。在18世纪以后的叙事文学中，用于呈现人物内心体验的两种主要手法与阿波罗尼奥斯们所采用的手法完全相同，而内心独白在19世纪末之前尚未发展出任何为其自身所独有的句法模式。

五　人物独白的现代性及现代作家的不同做法

由上可见，人物独白显露出来的真正现代性特征在于以联想性语言模式去实现意识流的连贯性，（第204页）最有说服力的例证是乔伊斯。他或许学习杜丹亚，但也可能借鉴了《安娜·卡列尼娜》：莫莉的最后独白在技术层面上与安娜的终极独白所表现出的亲缘性超乎寻常。乔伊斯生性敏感，具备女性心理学方面的广博知识，受到过荣格的称赞，这可能都有助于他写出莫莉的独白。从乔伊斯开始，叙事文学中的人物独白传统可以追溯到托尔斯泰、司汤达、乔叟、薄伽丘、奥维德、维吉尔、阿波罗尼奥斯。

与上述小说家不同，福楼拜的做法是采用实体对应物（physical correlatives）。《包法利夫人》并不滥用内心独白，它时而诉诸叙事性分析，时而采用实体对应物的方式去象征性地表现人物思想状态。在叙事性分析中，他超乎寻常地热衷于评述并直接操控读者的反应。福楼拜展现人物内心体验的另一做法是，通过利用实体对应物去表现爱玛的思想过程，从而为他解决了一个问题：如何在对爱玛进行现实主义呈现之际，不至于使她的思想语言受到修辞的强化，继而背离他对爱玛性格的构思——超凡的情感能量与一种极其寻常的智性相结合。（第207页）

《叙事的本质》(1966)

　　与福楼拜相比，英国小说家乔治·艾略特的做法是更为直接的叙事性分析。《米德尔马契》中到处都充斥着分析性段落，故事的推进因此而表现出一种反刍式的节奏，但慢工出细活儿，叙述者可以在分析性段落中不断从对人物的具体观照，转到以第一人称复数视角从而实现细致入微的道德升华。（第208页）劳伦斯是乔治·艾略特的信徒，但他选择了象征主义。他在众多较为出色的小说中之所以诉诸象征主义，主要是要提供一种工具以向读者表现人物的本质，因为这些人物自身多少都不善言表。（第210页）在叙事性分析中，劳伦斯对其人物的认同和反感往往会显得极其强烈，从而使读者有可能做出与叙述初衷刚好相反的回应。对劳伦斯而言，象征常常是比分析更为有效的工具，其原因仅仅是他无法保持一种冷静的叙事性同情。

（执笔：韩云霞）

第六章　叙事中的情节

　　本章指出，叙事文学中动态的、连续的元素称为情节。（第219页）叙事中的人物，或任何其他元素，一旦表现出动态特征，便是情节的一个组成部分。根据情节与人物的不同地位，情节可分成以亚里士多德为代表的"绝对化情节观"和以E. M. 福斯特、亨利·詹姆斯为代表的"相对化情节观"。亚里士多德认为情节是模仿性文学作品的灵魂，其"绝对化情节观"在于强调情节的核心地位；福斯特将人物的重要性置于情节之上，亨利·詹姆斯则试图淡化情节与人物的差异，认为人物决定事件，事件阐释人物，实际上强调了人物的地位。本章的结论偏向"相对化情节观"，认为情节只有在表现人物行动时才可实现。

一 史诗与小说中的"情节"

《吉尔伽美什》《贝奥武甫》《伊利亚特》等原始性史诗的叙事平衡于两种世界之间：一是仪式与传说，一是历史与虚构。（第220页）与之对应，情节本身也处于一种过渡阶段，一方面是民间传统的简单情节构思，另一方面是传奇和历史具有自觉艺术性或自觉经验性的片段性、时序性的情节构思。史诗起初作为英雄事迹的文选式记录，依照时间的先后顺序展开，具有统一性：在时间上，按照先后顺序联结事件；在主题上，通过人物前后一致的性格以及所必然引发的相似情境来联结事件。史诗随后发生了传奇化演变，即英雄事迹的无限衍生，初期史诗的简单线性情节被传奇文学的多瓣性（multifoliate）情节取代，单个情节不断丰富。追求精彩故事的审美趋向使情节本身的故事性受到关注，自觉的甚至虚构的叙述构思不断增多，情节本身得以丰富。《伊利亚特》优于《贝奥武甫》之处，就在于虚构性创作的构思方式，也就是在使整部叙事在不介入传奇文学领域的前提之下，实现了虚构的最大化，达到了叙事的平衡。

尽管小说可能是迄今演化出来的最伟大的叙事形式，但依然只是诸多古代及现代叙事形式中的一种。我们理应对小说之外的古代及现代叙事形式给予关注和善意的理解，这既得益于它们自身所具备的价值，同时也由于它们能够帮助我们揭示小说的本质。"流浪汉叙事的片段式情节是小说中所采用的最原始的形式。"（第221页）小说由于缺乏其自身的形式，一直以来都是从先于它的文学形式中汲取营养。因此，考察早期叙事形式特点时应贯穿这一思想，即由原始史诗（英雄纪事）到流浪汉叙事再到小说片段式情节的演变。原始史诗的简单线性结构影响了后来的流浪汉叙事，单个主人公从英雄换成小人物，观察世界、讲述人生故事，但不一定都具备清晰的出生、死亡的情节边界。

二 历史性情节形式

依照本书前几章的论述，古代叙事具有分裂式发展的趋向，传统

《叙事的本质》(1966)

史诗形式分解出经验性与虚构性因素：经验性叙事突出人物塑造（历史性和模仿性），虚构性叙事注重表现历险（传奇性和讽喻性）。经验性因素又发展为历史化形式和传记体形式。历史性情节形式出现比较容易，接近原始英雄体叙事，情节属于时间性序列，能够根据主题的要求涵盖任何时间段，纪事和年鉴是最简单的历史叙事形式。历史化形式基于历史上一个具有前因后果的事件或一组相互联系的事件序列，将其从那些次要的、偶然的环境因素中剥离出来，并以一则叙事的形式独立存在。由于情节包括开始、中间和结尾三部分，因此就历史叙事来说，这意味着必须从历史中发现一个主题，它能排除仅存在时间关联的次要内容。波斯与希腊的冲突、犹太战争等都是这样的主题。（第224页）

以上所论也适用于虚构性叙事。比如色诺芬的《居鲁士的教育》用传记方法创作出教寓性传奇，对传记形式和教寓、传奇元素进行开创性组合。随着现代历史学在18及19世纪的发展，又进一步出现了"科学性"和"艺术性"的历史学家之间的明显分化：科学性历史学家将情节和人物纳入社会及经济影响因素的客观考察之中，而艺术性历史学家坚持在作品中保留情节和人物，艺术性历史叙事处于科学性历史的高度经验主义与小说的传奇化经验主义之间。

传记体形式以人物的出生到死亡为叙事构架。自传体形式的独特之处在于叙事视角为第一人称视角，其结局不可能来自主人公的死亡。因此，达到叙述平衡的方式要么是悬而未决、未完待续，要么是使自传体叙事的情节线索获得某种具有审美快感的终结方法。（第225页）自传的自然终结点并非死亡，而是主人公接受自我、认识其本性、承担其使命的那一刻。然而一旦自传体作品超越了作者接受其使命的那一刻，那么它的关注必然会转向外部，进而使其形式也必然会表现出开放性结局。

情节还可从读者接受的角度来考察。情节依赖于紧张与缓解，任何叙事，只要能留给读者此番心境，便可谓拥有一个情节。（第225页）叙事中最常见的情节是传记型（从生到死）和传奇型（从欲望到圆满实现欲望），因为它们与情节所要求的紧张或缓解构成了最为显著的对应。历史故事之所以令人心动,原因之一就在于"工整性"(neatness),即松弛有度。读者通过"工整性"获得阅读后的平衡感,即由激情到平静的内心体验。

乔伊斯、华兹华斯、肖恩·奥凯西等人的创作表明,虚构性作品和纪实性作品各有不同的审美原则。(第 228 页)虚构性作品含有作者有意图的叙事创作,如果理解其虚构性,便不会对其真实性过分要求;而创作纪实性自传的作家无须要求自己进行有意识的创作发挥。

本章通过分析肖恩·奥凯西、乔伊斯的自传,指出更为有力的叙事表达是基督教寓言模式。奥古斯丁曾将它视为其个人历史的体现,而如今该模式已被世俗化,用以构建艺术家或作家的生平故事。奥古斯丁通过这一叙事表达展示出情节模式如何能够在长篇叙事中与内心感悟相结合。(第 227 页)乔伊斯既利用整个基督教讽喻传统,又利用关于艺术家如何走向成熟的叙事传统。因此,乔伊斯的叙事创作尽管看上去似乎是围绕诸多片段所进行的一种松散的时间性组合,实际上却有如天主教礼拜仪式一般规范化和模式化的形态。

由此看来,模式化叙事与纯粹时间性叙事之间的关系是自传体情节构思的一个方面,它能够说明历史性叙事的总体状态。科学性与艺术性往往相背离。追求艺术性的历史和传记作品,常常摒弃纯粹的时间性叙事而追求艺术性,借助虚构性表达方式以牺牲科学性,"为了实现其艺术性而不惜牺牲科学性"(第 229 页)。读者的专业性和学术性水平影响历史学家或传记学家的艺术化趋向。随着读者水平的提高,创作者无须过分追求作品的吸引力以吸引读者。历史性叙事与小说一样,虚构性和经验性两种因素导致了其不稳定性。

三 神话性情节形式

弗莱的研究大量运用神话,但破坏了叙事历史的事实。虽然弗莱的定义突出了神话的超自然属性,但神话的传统理性应得到更大的关注。在更为原始的神话叙事中,神就像凡人那样须接受自己的命运。诸如《金枝》提及的阿提斯、阿多尼斯、奥西里斯和塔穆兹从未从事

《叙事的本质》(1966)

"达到或近乎达到人类欲望最大极限"(第 231 页)的行动，表现出来的不只是人类的强烈愿望，还投射出恐惧。因此，神话性叙事借助故事表达深层的人类忧虑、恐惧和欲望，神话故事的情节成为相应叙事元素的储藏库，更接近读者并能深深打动他们。

借鉴布罗尼斯拉夫·马林诺夫斯基的原始社会研究，本章明确区分出三种不同的原始传统（神话）叙事：（1）想象性民间故事，旨在娱乐受众；（2）传奇，讲述寻常事件或奇异事件的准历史性故事；（3）宗教神话，用以表达并解释原始神学、风俗和伦理。具体而论，历史上出现过以真实历史形态出现的传奇和以娱乐形态出现的民间传说，史诗性叙事对此类原始叙事模式进行混合处理，表明后史诗叙事在经验性体系和虚构性体系之间产生分化的倾向。

其中的宗教神话作为宗教真理的体现，不受理性或经验性模式的挑战，无须对自然现象加以解释。（第 232 页）当神话遭遇理性主义批判时，其中的超自然因素便会萎缩，或是有意识地通过虚构性或讽喻形式得以呈现。同时，传统故事也得以经受理性化、人本化、夸张的变更或改编。就其内容来看，神话所描绘的仪式旨在通过模仿自然界的循环过程，从而为那些过程提供魔幻的促进作用。宗教神话种类中最重要的是围绕生长循环所进行的庆祝仪式，在弗雷泽看来，生殖仪式依赖的基础是循环性时间概念，而非线性或前进性时间概念。在原始社会中，时间主要被当作划分年度的手段，以表示生殖与贫瘠、生命与死亡，乃至于善与恶等势力之间的对抗。这些元素，用盖斯特的术语来说，就是"禁欲、净化、生机和欢庆"仪式。（第 233 页）该季节模式的部分或全部内容可以通过宏大叙事得以呈现，从而将年度性的魔幻仪式转化为一种永恒、超验的形态。

从叙事文学情节来说，生殖仪式及其相关的宗教神话中存在两个至关重要的层面，二者均关系到对神话产生影响的演化进程：一是随着某一文化中的时间运动概念，从原始的循环论转变为更复杂的线性论，神话产生变化；二是当神话从仪式中被剥离开来而仅沦为文学的权宜之需时，它也会发生改变。（第 234 页）要考察上述两种变化，就必须对照生殖仪式的基本形态。禁欲、净化、生机和欢庆等是一种

135

循环过程,这种循环可以随时终止。叙事形式的神话及神话戏剧正是衍生于诸如此类的仪式。但由于叙事与戏剧之间存在固有的文学差异,所以这两种形式对于宗教素材的处理方式存在区别,且两者均在一定程度上会受到其他文学形式(叙事形式的民间传说与传奇)影响。以上讨论表明,叙事性神话在形式上与叙事性民间故事及传奇具有相似之处,又在相当程度上与仪式产生了剥离,于是叙事文学在古代文学中获得了其最伟大的发展——以史诗这种融神话、传奇与民间故事于一身的形式。

与史诗相比,戏剧在形式上非常接近仪式,自然保留了更多的仪式性模式。F. M. 康福德在《古希腊戏剧源流》中总结,对西方戏剧乃至西方文化产生深远影响的仪式有四种:(1)送走死神;(2)夏天与冬天的战斗;(3)年轻的与年老的国王;(4)死亡与复活。喜剧与悲剧之间的差别正是针对这些宗教素材产生的不同态度,二者在侧重点上存在差异:悲剧往往专注于禁欲和净化,喜剧往往专注于生机与欢庆。埃斯库罗斯经常采用循环三部曲,但后世戏剧家倾向于转向个体化戏剧创作——突出季节中令人生畏的一面,以一连串导致死亡或社会放逐的事件为基础,喜剧中强调的是季节模式中欢快的一面,典型的情节往往终结于婚姻、欢庆以及与社会的重聚或妥协;悲剧直接影响叙事性历史的情节构思,喜剧影响传奇文学的情节构思。而小说则是最终对悲剧、喜剧程式的兼收并蓄。

喜剧性和悲剧性情节的上述分离是神话素材在摆脱仪式性神学之际所经历的最重要的变化。对叙事文学极为重要的另一变化是:循环时间语境中的神话向线性或进步性时间语境中的神话发生转化。在犹太教及基督教的宗教神话中,人类的整个旅程处于"创世纪"与"启示录"之间。(第236页)基督教和犹太教的宗教神话受到进步性时间观念的支配,生殖仪式的年度循环模式变成了一种有始有终的线性螺旋模式。就宗教神话而言,其整体叙事模式既包括至善状态的丧失——对应于仪式中的禁欲与净化和戏剧中的悲剧模式;也包括实现新的理想状态——对应于仪式中的生机与欢庆和喜剧模式。

上述变化也见诸希腊悲剧和喜剧:它们背离宗教神话,倾向于实

《叙事的本质》(1966)

现文学上的尽善尽美，少了普适性而多了人本性，采用了其他类型的模式来取代仪式化类型的模式。在这一过程中，悲剧对叙事原料中最具神话性的素材情有独钟，喜剧则主要关注当代素材而非历史素材；在悲剧展示神话的地方，喜剧展示"逻各斯"或主旨思想；悲剧的情节为传统所操纵，在人物塑造方面有所作为，喜剧以复制当下生活的人物形象为基础，转向准现实主义的人物塑造；（第237页）悲剧形式的尽善尽美在于对具体人物或情节加以发掘或改编，使之契合自负、缺陷、沦落、领悟构成的模式，喜剧形式的尽善尽美在于将当下生活中具有典型意义的泛化人物，与那种基于错综复杂的关系及终成眷属的灵活情节相结合。

四 虚构性情节形式

如果说在纯粹的传奇作品中我们发现一种经过改良和替换的生殖仪式层面，那么，在西方教寓性小说或预言中则可发现一种朝向宗教神话素材的回溯。就对西方文学产生影响的方式而言，相比于情节设计模式，诸如伊甸园和新耶路撒冷这样的观念发挥着更为复杂的作用。（第238页）例如新耶路撒冷的观念，即认为人类会走向上帝之城的看法对西方叙事，尤其是对世俗化形式的乌托邦叙事，产生巨大影响。从线性时间观念得以演化之日起，新耶路撒冷就被确立为人类生存的未来疆界，新的叙事可能性便出现了——叙事展现通向未来的时间之旅。这在当代蓬勃发展的科幻小说中表现得最明显，不管从事训诫性小说创作的作家还是从事虚构性传奇创作的作家都参与进来。（第239页）

探讨未来的情节曾被广泛用于英雄传奇，强调远行之旅（《埃涅阿斯纪》）、还乡之旅（《奥德赛》）、探寻之旅（《阿尔戈》）都是英雄体传奇所采用的典型情节，它介乎原始史诗和爱情传奇之间。文艺复兴时期诸多传统的传奇叙事往往注重对英雄素材与爱情素材的组合。其实，自古希腊诗人阿波罗尼奥斯（《阿尔戈》）起，将探寻故事与爱情故事结合起来的模式便已经确立并成为一种叙事手法。（第240页）

五　模仿性情节形式

在古代戏剧中，我们可以清楚地看到，模仿性叙事在其情节方面正好与神话性叙事相对。就情节设计而论，"哑剧"作为古代戏剧中的一种再现形式与悲剧及新喜剧均存在显著差异。就像"狄奥佛拉斯特式的人物"那样，古代哑剧所关注的是普遍的人物类型，而非独特的个体形象。"狄奥佛拉斯特式的人物"（第241页）所包含的典型形象并非个体人物，而是代表一种社会畸形，进而恰如其分地通过喜剧方式被呈现并按照社会规范被嘲讽。（第241页）

模仿性情节多见于伟大的现实主义叙事，它把针对个人的悲剧性关注与针对社会的喜剧性关注结合起来。伟大的严肃小说之所以表现出问题化品性，是因为力求将个体化人物置于典型情境当中。于连、拉斯柯尔尼科夫、爱玛·包法利、安娜·卡列尼娜等人物都是在模仿领域中演绎其神话命运模式的个体形象。（第242页）就其总体而言，"小说的巨大优势在于确立了一种方法，将围绕个体人物的悲剧性关注和围绕社会的喜剧性关注结合起来"（第242页）。这并非对"现实"加以再现的终极手段，而仅仅是一种新的规范。这一规范在叙事文学中比在戏剧文学中更容易实现，而且本身也会随着针对个体人物及社会的新的构思方法的出现而发生变化。

综上所述，我们探讨的数种情节模式可概括为：历史性叙事会因为科学化而变得缺乏生机；模仿性叙事会因为变得社会学化或心理学化而成为学术性的个案史，模仿性情节的终极形式是"生活的切片"，近乎"无情节"，自然主义小说家常常采用，将叙事文学引入社会学家的研究领域当中；训诫性叙事会变成激励性的或形而上学的创作。对于传奇来说，虽然它是唯一具有艺术必然性的叙事形式，但由于过度疏离观念世界或现实世界，往往会导致其吸引力的减弱。相较于以上各种叙事形式，小说的长处在于它能够实现不同叙事类型或元素的有效组合。

《叙事的本质》(1966)

六 小说：不同叙事类型有效组合

一般认为，小说围绕现实社会中的个体人物形成不断发展的现实主义构思，但实际上，小说在其叙事表达中也利用了神话性、历史性及传奇性模式。小说作为一种受模仿性趋向操控的形式，往往会从其他形式那里汲取情节素材，主要体现在以下几个方面。

首先，19世纪小说家对悲剧情节程式的运用。18世纪小说所遵循的是流浪汉式、历史—传记式以及情爱式的情节程式。它们回避以惨烈死亡或遭社会遗弃为终结的悲剧情节程式，而这一程式却屡屡为19世纪现实主义小说家在最伟大的作品中加以运用。最能代表欧洲大陆现实主义小说之伟大时期的作品——《红与黑》《包法利夫人》《罪与罚》《安娜·卡列尼娜》《父与子》——都会反映对古代悲剧程式的严密遵循。(第246页)

其次，古代程式显得太过神话性，或者也太过舞台表演性，小说家们致力于寻找契合新式现实主义悲剧观的情节设计。现实主义小说家们试图为新式悲剧树立理论上的依据。比如，阿诺德·本奈特在《老妇人的故事》中，试图以一种更为寻常的情节结构去呈现新型的寻常悲剧："他并未诉诸悲剧和喜剧的神话模式，而是通过时间性模式让读者去体验那些经过平淡再现的人生中的沉与浮。"(第247页)

再次，随着20世纪的到来，叙事中的情节设计以前所未有的方式受到了时间的操纵。各种历史性叙事的传统程式在非历史性叙事中大显身手，接着出现以时间重构为基础的情节。例如高尔斯华绥《福赛特世家》重新使用冰岛家族萨迦的传统时间模式，讲述了家族几代人的故事。

复次，传统心理学的兴起为以发现真正使命为内容的传统自传情节模式提供了一些新的变体。在弗洛伊德的学说广为流行之后，心理化情节几乎成为与古希腊传奇同样重要的程式。也就是说在喜剧程式上，除了以神话为参照系，叙事艺术家们拥有了自我发现、心灵创伤的愈合这类以心理学为参照系的新型程式；而在悲剧程式上，则拥有了心灵创伤所导致的个人毁灭的新模式。仪式性—传奇性的圣杯追寻也转化为对身份的心理探求。

最后，从绘画与音乐中汲取情节建构的技巧。严肃作品强调经验性地捕捉人物，而历险故事则抓住情节。比如乔伊斯《尤利西斯》对于"荷马史诗"的结构只是大致上遵循，真正关注的对象乃是人物而非情节。音乐也受到叙事艺术家们的征用，以寻求表现叙事张力和情节化解的新花样。比如普鲁斯特小说的节奏感和音乐性。（第250页）

综上，从各种情节模式（历史性情节模式、神话性情节模式、模仿性情节模式、小说情节）相互演进来看，情节在叙事层面并不是最重要的，就大致轮廓来说，它也最少发生变化，我们对事件多样化的要求就多于对情节多样化的要求。"最伟大的叙事作品之所以能引起我们的响应，乃是因为它当中那种由人物塑造、行为动机、描写及议论所构筑的语言能向我们传达其思想品性，也即它所蕴含的理解力和感知力。"（第251页）归根结底，叙事作品的灵魂并非情节，而是思想品性。

（执笔：赵航、王嘉倩）

第七章　叙事中的视角

本章主要讨论视角在叙事文学中的历史演变、叙事艺术中的术语分类、阐释与论证。本章的主要论点是，叙事情景固有的反讽来自视角的差异；读者从叙事文学中所获得的愉悦源于视角差异或反讽。从古代文学叙事传统权威到经验性叙事形式，从中世纪传奇虚构文学到现代叙事角度的复杂化，小说家们试图在传统性或纯粹虚构性叙事模式与显著经验性模式之间寻求妥协。随着叙事艺术的日趋复杂，艺术家们力求在经验性叙事和虚构性叙事取得平衡。本章主要引用文学作品包括"荷马史诗"和《堂吉诃德》，以及康拉德、詹姆斯与

《叙事的本质》(1966)

乔伊斯的经典作品等。根据论述思路，本章可大致分为五个部分：（1）绪论；（2）目击者（the eye-witness）；（3）"博学家"（histor）及其他叙述立场；（4）全知概念（omniscience）；（5）当代叙事艺术中的电影叙事。

一　绪论

叙事艺术固有的本质问题是视角问题。叙事的反讽性营造叙事效果，而叙事反讽产生于不同视角之间的差异，这些视角包括人物的视角、叙述者的视角、读者的视角、第四视角（叙事者与作者之间衍生出来的清晰差异）。赫克托耳（Hector）故事中的简单反讽（simple irony）表明，叙事视角的功能在于操控叙事的反讽性。这一视角操控问题在整个叙事文学的历史演变过程中均不难发现，艺术家们的实践推动着叙事艺术的发展变化。而且这一过程并非稳步渐进，而是迅速增殖。（第253页）视角操控技术的真正伟大实验和发展在"小说的兴起"之后，来自如何有效结合经验性与虚构性叙事技法的尝试。

在古代叙事文学中，叙述者权威产生于神话性或传统性叙事，"受述事件总是处于久远的历史，传统本身即具备其固有的权威性"（第254页）。史诗诗人同时扮演艺人（entertainer）和历史学家。传统赋予他权威性，但是缺乏灵活性。希腊史诗诗人（如荷马）借助缪斯使权威从传统让渡给史诗的创作者，解脱传统禁锢，发挥诗人个性和创作自由，也使叙事创作更趋于虚构化。

希腊历史学家的叙事方式想要取代传统权威，需借助于新的叙述者权威，即叙述者的"博学家"身份。"博学家"是一位调查员，将历史中的事实从神话中分离出来。以修昔底德为例，他是古代"博学家"的完美典型，从收集的证据中基于事实推导结论，其结论的准确性树立了新的叙事权威。

叙事权威之外，见证者权威也是经验性叙事文学中重要的方面。前罗马时期，那时的叙述罕用第一人称。《远征记》的第一卷第八章仅见随意简单的自我介绍；修昔底德《伯罗奔尼撒战争史》第五卷只

141

表现少量的见证者特征;《犹太战争史》《高卢战记》基本采用第三人称叙事,因为第三人称叙事在历史性作品中使"博学家"的叙述显得可靠、真实和非个人化。

古代叙事中的第一人称叙述,通常表达不可靠的、单方面的"辩护",以自传体模式为主。例如,罗马时期的佩特洛纽斯的虚构之作运用第一人称叙述,奥古斯丁在高度经验性的《忏悔录》中也加以运用。希腊传奇则大量使用第一人称叙事,如《埃塞俄比亚遗事》等作品并不强调叙述者是否见证事件的发生,因为传奇作品满足于自身的虚构性,无意追求逼真性或者可靠性。如朗戈斯的《达夫尼斯与赫洛亚》(Daphnis and Chloe)说作者看到一幅画,并找人对其进行了解读,因此书写下来;(第257页)再如塔提奥斯的《琉基佩与克勒托丰》结合两种技法,即标准的传奇文学技法(作者—叙述者本人呈现故事大框架下的第一人称叙事)与自传式叙述(真实见证叙事)。

以上论述说明,叙事艺术在其发展过程中所衍生的新的视角操控方法,并且能在与旧的方法融合后获得进一步完善。那么,艺术家如何既能抓住经验性叙事的"面包",又能兼得虚构性叙事的"蛋糕"(to have the empirical bread and eat their fictional cake too)呢?答案是:艺术家们在显著经验性的模式与实足虚构性或传统性的模式之间做出妥协。(第258页)主人公叙事者的目击证据穿插传奇插曲或者有趣故事,如阿普列尤斯在其叙事中引入丘比特与赛姬(Psyche)的美丽传奇,同时卢修斯又作为目击者为叙事提供证据。

当叙事艺术发展到罗马时代末期,其叙事权威途径出现了多维局面:描述过去的事件的人,或为历史学家或为有灵感的诗人,或者两者兼备;描述近代的事件的人,既可用自己的名义呈现个人的见证性描述(如奥古斯丁),也可用一个人物的名义进行虚构性描述(如佩特洛纽斯),或者是两者之间的某种描述方式(如阿普列尤斯),叙事文学正是在不断变化的叙事形式发展中才获得不朽性。(第259页)

中世纪的叙事情景则针对叙事权威进行了延展与多样化处理。在中世纪传奇中,与传统型和历史性叙事相对,个体作家通常出于美学目的去创作虚构作品。此一时期,乔叟的《坎特伯雷故事》呈现新的

《叙事的本质》(1966)

叙事特点：故事是传统的，叙事框架设计是创造性的，更接近创造性或传奇性叙事。可以说，中世纪传奇的权威性源于其中的神话性叙事传统，《高文爵士和绿衣骑士》是传统叙事转向真正的虚构文学的典范。（第261页）在中世纪，"博学家"及见证者难得一见，叙事是纯粹虚构性。文艺复兴时期又涌现了新的叙事形式：见证性叙述者出现在不同的语境中。见证性的第一人称叙事乃是模仿性叙事的天然形式，其天然功能包括叙事的详尽、逼真等现实主义特性。因此，见证者或自传式叙述者可以就被讲述的事件轻松营造现实主义色调。如流浪汉叙事形式所具有的权威是讲述自身经历的流浪汉叙述者，从最初的流浪汉小说作品到《哈克贝利·费恩》或《麦田守望者》无一例外。其叙事与自传式的见证性叙事形式有紧密的亲缘关系。至此，传统中心化叙事艺术经过数世纪发展之后，经验性和虚构性相结合的趋向在西欧发展起来。

文艺复兴时期的创作者尝试虚构形式，却很难利用史诗程式，更倾向于模仿经验性散文叙事的创作者——历史学家。"伴随经验主义思想的发展，希罗多德曾提出的那一古老区分再次出现了：一边是说谎话的诗人，另一边是以散文体进行创作、讲实话的历史学家。"（第263页）叙事类型的两极趋向之间的矛盾解释了《堂吉诃德》这部作品的创新之处。如何处理诗人与历史学家权威的矛盾呢？塞万提斯的创作技法堪称一绝，他时而坚持事件记录的历史真实性，时而坚持创造的自由；先采取虚构性立场，后来转向"博学家"的姿态。这种"叙事改良"（第264页）既坚持叙事的史实性，又维护了创作者的自由想象。如塞万提斯说他参照了熙德·阿梅德·贝南黑利（一位阿拉伯历史学家）的历史文献，而文献作者是阿拉伯人（善于撒谎），不会用虚构的素材美化历史纪实。由此可见，塞万提斯在经验性和虚构性之间实现了二者兼得，他攻击传奇作家的过度理想主义，也提防历史学家过度侵入自己的虚构王国。通过熙德·阿梅德·贝南黑利，塞万提斯找到了理想的叙事手段：一位不可信赖的历史学家。作家可随意切换叙事者视角，从贝南黑利到塞万提斯自己，充分利用历史性事实姿态，又保持创造者的虚构特权，在虚构与经验主义的两极趋向之间实现富有张力与活力的融合。

二 见证者（the eye-witness）

在叙事文学中，见证者手法的运用方式多变。若叙事视角向内转，自身便成为叙述内容；若视角向外转，其他人物或者事件就成为关注点。当叙述性人物有别于作者时，就会产生反讽差距；当叙述性人物有别于自身成为事件的参与者时，产生另一种反讽差距。如在《格列佛游记》中，视角差异存在于格列佛和斯威夫特之间，读者倾向于站在斯威夫特一方；在《远大前程》中，视角差异存在于事件参与者匹普和叙述者匹普之间，读者很容易站在叙述者匹普一方。（第267页）

在自传体的见证性叙事形式中，往往出现一个棘手的问题，即真实与虚构的问题。事实性与虚构性自传在实践中的差异主要来自两个方面：对读者的意义和对作者的意义。若自传性人物存在于现实世界，读者更容易关注真实的事件。18世纪的自传文学往往采用事实性的自传性文献形式从事小说创作，笛福在《鲁滨逊漂流记》中可非常自由地变通事实，鲁滨逊的历险比真实的赛尔柯克的漫长而刺激。（第268页）事实性自传与虚构性自传有不同衍生方式和动因，但共同的叙事性趋向使两者可以紧密结合。

对于外聚焦见证性叙事形式（视角向外转，其他人物或者事件成为关注点）来说，此类见证者受到叙事讽刺作家及乌托邦作家的青睐。斯威夫特将格列佛当作见证者，讲述的是事实化的细节，但叙事创作又总是受到虚构性的驱使，叙事要呈现的是可能说过的话或者可能发生的事件。由此可见，叙事艺术是讲故事的艺术，往往驱使以事实为代价寻求美和真的创造力；叙事艺术又是妥协的艺术——"艺术家们必须常常在枯燥无味和花言巧语之间做出调和"（第270页）。

见证性叙述在叙事中往往获得强大功效，但其本身的限制性（见证者无法了解一切）迫使小说家在经验主义与虚构之间做出妥协。如《包法利夫人》中，福楼拜开篇以见证性描述报道了包法利先生在学

《叙事的本质》(1966)

校报到,以营造逼真感,但数页之后,见证者的视角就无缝对接其他视角(直接报道的视角和全知视角)。康拉德的《胜利》开篇推出一位本土见证者后,引导读者亲临岛上聆听人物对话。《追忆似水年华》通过叙述者马赛尔在无数场合告知读者其他人物的思想和行为,巧妙地超越见证性视角。普鲁斯特不断提及经验性的局限因素,竭力维护记忆和想象等非实体性因素产生的非凡效果。上述例子都表明了妥协的必要性:见证者的叙述者与创作者的叙述者之间不存在排斥。

第二种妥协为典型的康拉德式妥协(Conradian compromise)。在见证叙述者层面,见证者(马洛)讲述主人公(库尔兹、吉姆爷)的故事,并对其经历进行想象性的参与,进而理解主人公。主人公生活的事实性或经验性层面成为叙述者认识过程中的附属品,想象才是文本的核心。同样,菲茨杰拉德的《了不起的盖茨比》的叙事者是盖茨比的人生兴衰的见证者,还注入了盖茨比本人无法描述的领悟。在分裂式人物的呈现问题上,从傻子或者受骗者切换到觉醒状态,这种突发式切换也可通过见证者完成。福克纳对见证性视角所做的实验最为彻底,在其汪洋恣肆的处理手法中,他完全不顾及逼真性,直接让杰生·康普生进行自我揭示。(第274页)

规避经验性见证式叙事局限性的另一方式为多重叙述。多重化的叙述者不仅存在于传奇文学倾向的现代小说中(如康拉德、福克纳等),也存在于早期的哥特浪漫主义小说(如《呼啸山庄》)之中。现代作家热衷于多重叙述者也说明了现实主义作为叙事美学势力的衰退。多重叙述的主要叙述者站在"博学家"的位置上,被赋予"博学家"的经验性姿态,关注的重点是想象出来的事实而非实际发生过的事实,普鲁斯特等在其创作中坚持想象的真实高于经验的真实。

见证性叙述者的另一个变体为不可靠见证者,此手法能使叙事获得反讽特征,由读者做出愉悦的推论,引发他们萌发多种或深刻的思考,经常出现在教寓性及讽刺叙事作品中,如流浪汉叙事善于运用见证叙述者在观察或理解事物方面的能力缺陷来营造作品的反讽效果。现代小说家频繁使用这种手法,力图使读者参与到创造行为当中。

145

三 "博学家"(histor) 及其他叙述立场

所谓"博学家"就是以调查者身份呈现的叙述者。（第278页）他以自己搜索的证据为基础构建叙事，他并非叙事中的人物，也不完全是作者本人，这种角色体现了作家的实证能力。"博学家"即调查者、分析者、评判员，权威人士，可引导读者思想，影响读者行为。

追溯既往，荷马堪称"博学家"的前辈，诗人的全知能力使其详述赫克托耳的内心思想，或者海伦与帕里斯的私密谈话。菲尔丁指出：叙述者在权威上既是对史诗诗人的效仿，也是对"博学家"的效仿，即虚构性叙事与经验性叙事的融合。菲尔丁在《汤姆·琼斯》中设计的叙述者并不完全是"博学家"与诗人的混合体，"他同时还在扮演着纯虚构性叙事的创造者"（第280页）。以菲尔丁的创作手法为例，他在理论上将故事所承载的历史真实转换为典型人性的普遍事实；在实践上，他时而是博学家的视角，告诉我们他不可能发现的事情；他也用诗人的视角，随时揭示无言之思；他也可以是创造者，坦诚自己故事的虚构性。博学家可以寻觅真理，而创造者可以掌控小说人物使其各显其能。不仅如此，菲尔丁还怂恿读者成为同谋。或许，其他小说家无法熟练操作如此复杂的叙事游戏。

本节最后评判詹姆斯学派（Jamesian School）的创作手法及理论体系。作者的消失是现代小说的创作理念，（第281页）詹姆斯和乔伊斯均属于拥趸者（此说法源自福楼拜信件中的阐述）。在这方面，乔伊斯的成就更为重要。乔伊斯的三类艺术分层（抒情诗、史诗、戏剧）反映了艺术家淡出艺术创作的过程：抒情诗最具人格化，处于最低层次；戏剧艺术是最为非人格化的，属于最高层次。但叙事艺术有可能是抒情艺术，也有可能是戏剧艺术，所以很难厘清以上观念。詹姆斯试图将戏剧的形式特点移植到小说中从而使艺术家淡出艺术，其追随者的视角操控规范体系也并不高明，不足以用来评判其他叙事作品，因为詹姆斯学派的视角规范及评判体系建构在"极不可靠的基础"（shaky foundation）之上，如詹姆斯将叙述者隐匿于一个被称作

《叙事的本质》(1966)

"中心意识"(central intelligence)的人物身上。

与詹姆斯相比，乔伊斯直接让人物做出自我表白。詹姆斯的方法更具有毁灭性，这种艺术自杀行为最终可能导致叙事艺术的死亡。詹姆斯笔下的自贬式叙述者既不是博学家，也不是见证者，排斥诗人和创造者，只能被称作记录员。(第282页)比如，在海明威《白象似的群山》中，无论是看不见的叙述者还是诸位人物，均以海明威式语言去说话和思考；(第282页)而《波因顿的战利品》中，所有的语言都遁化为詹姆斯风格或詹姆斯式的思绪。詹姆斯排斥传统叙述特权，接受见证性视角以及局限因素，但并未实现其作品的逼真性。与之相比，乔伊斯使用创作手法上的纯叙述性层面，借助内心独白去自由呈现人物的思想，并将多样化的叙述姿态发挥到极致。普鲁斯特的手法与乔伊斯相反，将叙述纳入单个叙述者身上，如马塞尔的"沉冥式叙述"(第283页)可以实现时间和空间在头脑中的自由穿梭。普鲁斯特运用传统叙事，其叙事者既可以发表评论，也可以呈现内心活动，或者以见证者的立场呈现参与或未参与的事件。詹姆斯站在乔伊斯和普鲁斯特中间，最大的弊病在于文体固有的刻板性，将桀骜不驯的艺术形式约束、缩减成条条框框。他通过中心意识将故事进行过滤，但是这样的意识拴住了事件和空间，过分追求工整性而丧失了生机活力。詹姆斯的视角理念贡献只是"水面上的一个的短暂漩涡，却并没有为叙事的发展开创一股通向未来的潮流"(第284页)。这一评价今天看来或许过于严苛。

四 全知概念(omniscience)

詹姆斯及其后继者攻击的全知叙述是诗人、博学家和创造者的融合体，如托尔斯泰、菲尔丁等作品中的叙述声音。詹姆斯更青睐单一视角，认为单一视角应该属于情节框架里的一位人物，而不是身处情节之外向读者说话的无形之躯。但是，全知叙述者这一手法是复杂现实主义所具备的特点，可靠叙述主导了从《拉托里罗》到18世纪的现实主义作品；全知的博学家视角属于19世纪；现代小说家往往以各种手法规避全知视角。那么，现代小说家为什么要规避全知视角呢？

首先，视角本身的属性问题。小说家的视角是其操控和组织创作素材的基本方法，视角一旦确定，语言模式、人物和时间的呈现方式均受其制约；对于读者而言，视角不是美学问题，而是认识模式，视角操控着读者对所有其他元素的印象。作者是故事的构建者。但对于读者来说，操控此建构的基本元素却是对人物和事件进行过滤的视角。（第288页）叙述视角与读者认知的紧密关系说明，我们不能把视角问题当成纯美学问题进行研究。

其次，在现代相对主义的文化语境中，全知叙述模式所表现的一元化权威在现代社会难以维系，叙述者需要接受相对化处理，若不能在某种程度上接受反讽性审视，则与现代气息格格不入。（第289页）

最后，作者在多重视角叙述中并未消失。只要作者在代理人身后赋予自己一副虚构之躯，作者本人便会置身于反讽差距之中，这种差距存在于真实的有限认知和可疑的绝对真理之间。只有摒弃旧的叙述方法，现代小说家们才可能发掘新的创作策略。（第290页）在一个相对主义统治的时代里，绝对的全知立场可能存在于两类作品：一种是刻意成为时代错位之作，另一种是保留了全知立场，而其他方面摒弃小说的传统经验性和再现性趋向。

五　当代叙事艺术中的电影叙事

电影是一种叙事形式非戏剧形式，它不能直接、不带叙述地对故事加以呈现，总是借助于受到操控的视角，即摄像机镜头。现代电影叙事的巨大发展反过来表现着书面叙事的式微和艺术创新的尴尬境地："书籍和戏剧不过是羔羊而已，与之相伴的却是一头初露锋芒的幼狮。"（第293页）抒情诗和戏剧自萨福和索福克勒斯以来并未发生巨大变化，这可能得益于其自身更为完美的形式。叙事文学是最不稳定的形式，其不完美的特征和内在矛盾促使它一直寻求无法实现的理想之境，也使叙事艺术的研究在文学研究中变得最为神秘和精彩。

（执笔：王秀香）

《叙事的本质》(1966)

第八章 叙事理论,1966—2006:一则叙事

本章是《叙事的本质》首版 40 年后由詹姆斯·费伦在第 2 版中新添的一章。费伦是后经典叙事学重要流派之一修辞叙事学的代表人物,因此本章可被视为经典叙事学理论与后经典叙事学理论之间的一场学术对话。本章首先梳理 40 年间叙事理论最新发展的总体脉络,对这些年叙事理论的新进展做了总结和回顾。随后本章的论述重点转到《叙事的本质》这部经典叙事学著作上来,使其在这里起到参照物的作用。在叙事学主要问题的研究中,斯科尔斯和凯洛格 40 年前的观点和立场有些依然有效,有些则在过去的 40 年中遭到了一定程度的颠覆。本章评介了后起的叙事学理论如何重新阐释斯科尔斯和凯洛格曾论述的叙事学问题。最后,本章对叙事学理论的未来做出展望,认为叙事理论总是面临新的问题和不安定因素,正是它们促使叙事理论不断向前发展,并赋予叙事学无穷的魅力。

从论述结构上看,本章建构了一则由三部分组成的叙事。首先纵览该领域内的主要趋向,简要探讨过去 40 年来叙事理论研究在聚焦范围上的扩大——从文学叙事到叙事,及其可能对文学叙事研究所产生的影响。本章分析这一时期出现的三种最主要、最通行的总体叙事概念:作为形式系统的叙事、作为意识形态工具的叙事、作为修辞的叙事——它们支撑着不同的理论及阐释体系。其次,本章就叙事元素的研究进行更为细致的论述,涉及情节、人物及叙事话语。最后,本章就当前研究状况做出一个简要考察。

第一部分 四个主角与更多的情节[①]

一号主角:研究对象

"我们正生活在'叙事转向'的时代中。"(第 298 页)目前叙事

[①] 本章小标题为原文和中译本所有。

理论的研究对象涵盖整个叙事史进程中以各个介质出现的全部叙事类型，"叙事理论的发展已经从1966年斯科尔斯和凯洛格的踪迹所至之处，通向了更为纵深的领域"（第299页）。如果说多年前斯科尔斯将小说开创性地置于文学叙事史之中，那么，今天的当代叙事理论则将文学叙事置于叙事自身这一更具广义的概念之中。（第299页）其中的变化对于文学叙事的研究来说具有两个主要影响。

其一，衍生于文学叙事研究的诸多理论，包括那些着眼于情节、人物及叙事话语研究的理论，可有助于探讨叙事是如何，又是为何能够运用如此独特的强大模式解释经验、建构知识的。其二，在联系其他叙事类型的基础上发展出来的理论能够为文学叙事提供新阐释，其方法既可以突出相似性，也可以强调差异性，当然也可对文学叙事本身做出认识论上的修正。

二号主角：作为形式系统的叙事

本部分将结构主义叙事学（又称经典叙事学）和认知叙事学纳入形式系统的叙事这一体系下，认为二者的共同目标是围绕叙事的本质进行全面的形式化阐释。经典叙事学以结构语言学为模型，并将其所预期的形式系统建构为一种语法。认知叙事学更具跨学科性质，将自身的形式系统构想作为叙事在其生产及消费过程中所依赖的心智模型的组成部分。由此，本节聚焦结构主义运动这一更为宏观的语境，并概述结构主义与认知主义观念之间，围绕作为形式系统的叙事所产生的相似性和差异性。

1. 结构主义叙事学

首先，作者阐述了结构主义的原则，其首要原则是：意义的创造是有规则可循的活动；第二原则是：语言是所有符号系统的原型，学科模型是语言学。结构主义者们的叙事研究建立在索绪尔的结构语言学基础上。索绪尔对语言的形式系统（语言）与个别性言说（言语）的区分正如结构主义者对叙事形式系统（叙事的语法或诗学）与具体叙事作品的阐释任务的区分；对语言的构成要素及其相互之间的关系的研究正如对叙事的基本元素以及它们之间关系的探讨。结构主义者们的目的是发现叙事的描述性语法，而不是寻求阐释个别

《叙事的本质》(1966)

叙事作品的方法。

索绪尔、普洛普[1]以及经典叙事学家们均以不同方式诉诸索绪尔对选择原则（纵聚合原则）与排列原则（横组合原则）所做的区分。（第301页）普洛普通过对民间故事语料库进行分析，找到了俄罗斯民间故事中所隐含的纵聚合与横组合等操控规则。结构主义者们在普洛普对特殊形式研究的基础上，进一步探索得出了故事（récit）与话语（discours）之分：（1）叙事元素的两类不同组合：集于故事概念之下的事件、人物和场景（亦可称作事件与存在项），以及集于话语概念之下的所有用于呈现这些元素的手段；（2）一种认识，即这两类组合中诸元素之间的关系会因不同的叙事面产生极大的变化；（3）同一则叙事通过跨越不同媒介所产生的不同版本之间的比较。（第302页）

在众多围绕故事/话语之分所展开的解构分析中，乔纳森·卡勒的研究最为引人瞩目，他指出叙事具有双重逻辑，即故事中的行动逻辑和话语中的主题、文类及"良构"（well-formedness）逻辑。

2. 认知叙事学

认知叙事学承接经典叙事学所要解决的根本问题，即叙事文本系统的内在规则是什么，并将它转化为另一个问题：究竟是什么样的思维工具、进程及活动使我们有可能去建构和理解叙事。另外，认知叙事学还聚焦于作为认识工具的叙事本身，即研究叙事如何有助于人类去组织和理解经验。（第303页）

与结构主义叙事学不同，认知叙事学不再将结构语言学当作其学科模型，而是运用认知科学的理念，包括（认知）语言学、认知心理学、进化心理学、社会心理学、心智哲学及其他领域。（第303—304页）认知叙事学所强调的框架（或图式）与脚本对于作者及读者研究均具有重要意义。

由此，作者强调了两类颇有价值的认知叙事理论。第一类是由莫妮

---

[1] 普洛普（Vladimir Propp，1895—1970年），俄国形式主义理论家、结构主义理论的重要先驱之一。

卡·弗卢德尼克①在《建构"自然"叙事学》(Toward a "Natural" Narratology, 1996)中提出的一种广义的叙事理论。它依赖于三种认知框架之间的相互关系：(1)用以理解会话性叙事的框架，包括我们对其可述性（tellability）和评价点（point）的关注；(2)通过我们在自然世界中的涉身经验（experience of embodiedness）所衍生出来的框架，即她所谓的体验性（experientiality）；(3)用在更为宏观的解释体系中对原先令人费解的文本数据加以"自然化"（naturalize）或复原的框架。（第304页）弗卢德尼克创造出"使叙事化"（narrativize）和"叙事化"（narrativization）两个术语用来说明读者如何借助于叙事性图式对文本进行自然化处理。她认为叙事性的基础并非在于讲述者和事件序列的存在，而是在于体验性，即我们在世界中的涉身经验。叙事的关键在于那些付诸行动与思考的人物主角，而不是围绕某个明确终点所展开的行动序列。如此一来，弗卢德尼克不再认为叙事完全基于故事/话语之分，而是强调体验性之重要，以及读者在对文本做出叙事化建构时所发挥的积极作用。（第305页）

第二类由戴维·赫尔曼在《故事逻辑》(Story Logic)中提出。赫尔曼就基于认知导向的叙事理论提供了一种不同的视野，强调故事世界（storyworld）的概念。赫尔曼认为，叙事分析旨在说明"阐释者在重构经过叙事编码的故事世界时所采取的方法"，他所谓的故事世界是指"接受者在试图理解一则叙事之际所运用的各种思维模型"（第305页）。在此基础上，他详尽探讨了故事世界中"微观设计"（microdesigns）与"宏观设计"（macrodesigns）所遵循的内在原则，并用这两个概念分别表示建构和理解故事世界的局部策略与总体策略。

三号主角：作为意识形态工具的叙事

本节首先提到一系列以研究课题形式展现出来的叙事研究模式，并指出这一研究模式与将叙事当作形式系统的研究存在显著的差异。但另一方面，文本的形式特征研究有可能与作为意识形态工具的文本

---

① 莫妮卡·弗卢德尼克（Monika Fludernik, 1957—），奥地利人，现为德国弗莱堡大学英语教授、文学批评家，认知叙事学研究的重要代表人物之一。

《叙事的本质》(1966)

研究发生关联，对此举出三种在文本形式与意识形态之间建立关联的研究方法。

第一种产生于斯科尔斯所著《文本的力量》（1986）一书。斯科尔斯确认了严肃的文本研究所包含的三大步骤：（1）阅读，着眼于发现文本赖以建构的二元对立；（2）阐释，关注如何在文本的二元对立与宏观的文化准则之间建立联系，从而具体说明文本该如何审视那些二元对立之间的关系，并确定其针对那种关系的态度；（3）批评，旨在就文本对那些文化准则所持态度进行评价。（第307页）斯科尔斯将阅读视为阐释的基础，因此他的方法当中并不存在关注文本形式特征与关注文本作为意识形态工具之间的矛盾。与此同时，斯科尔斯还强调，读者应成为文本意识形态信息的积极评价者而非被动接受者。

本部分主要借助后两个步骤说明如何把叙事当作意识形态工具加以研究：一是巴赫金就小说作为对话性话语所给予的关注，即语言与意识形态之间的联系。他提出了内在劝说话语（internally persuasive discourses）、"双声话语"（double voiced discourses）等概念术语。二是女性主义叙事学：苏珊·兰瑟[①]于1986年提出将结构主义叙事学的精确分析与女性主义的政治关注结合起来。其核心理论原则是：作者、叙述者、人物，以及读者的性别不仅与叙事研究存在关联，还是叙事形式的内在元素。（第310页）依照这一观点，任何围绕作为形式系统的叙事所进行的描述，但凡将性别排除在外的，都是有所欠缺的。

四号主角：作为修辞的叙事

相较于前两种研究方法，作为修辞的叙事的特征为：一方面关注"修辞三角"（rhetorical triangle）上的所有三个点（作者、文本和读者）在叙事意义生成过程中的作用；另一方面又较少关注那些恒定不变的规章制度或先验的政治信仰。（第311页）修辞性方法的三种类型为：强调读者在意义生成过程中的作用，关注引导读者功能的文本

[①] 苏珊·兰瑟（Susan Lanser, 1944—），美国布兰迪斯大学英语教授，美国女性主义叙事学的代表人物之一。

信号，承认作者是文本的建构动因。

对上述三类方法中的头两类（结构主义叙事学、认知叙事学）来说，文本当中的空白（gaps）尤为重要。（第311页）沃尔夫冈·伊瑟尔通过运用胡塞尔和英伽登的现象学，提出英伽登—伊瑟尔模型。梅尔·斯滕伯格受其影响，围绕这三种相互联结的叙事来定义悬念（suspense）、好奇（curiosity）、惊讶（surprise）。

第三类方法的诞生主要归功于韦恩·布思。他将"芝加哥学派"①的新亚里士多德主义诗学修正为一种叙事修辞学："此方法将叙事看作是围绕人物和事件所进行的一种有意图的交往之举：某人在某场合出于某种目的告诉他人某事发生了。"（第312页）就交往行为而言，该方法特别关注讲述者、受众及已然事件之间的关系。另外，叙事意味着一种多层面的交往：讲述者试图把握并影响其受众的认知、情感和价值观。这种方法还规定，在讲述已然事件的过程中，叙述者所谈及的人物彼此之间以及围绕人物及其行动所做的讲述和接受，都应表现出具有伦理维度的互动关系。因此，该方法所观照的目标不仅包括受述内容（the told）的伦理取向，而且也包括讲述行为（the telling）的伦理取向。（第312页）如今，布思的研究经过多方面的修正与拓展，还表现出三种可为识别的核心原则：

（Ⅰ）假设在作者效能、文本现象（包括互文性关系），以及读者反应之间存在一种循环关系；

（Ⅱ）叙事交往中的多重读者（五种）：有血有肉的读者或实际的读者，作者的读者，叙述读者，受述者，理想的叙事读者；

（Ⅲ）个体叙事作品往往以显性或隐性的方式，树立自己的伦理标准。修辞性批评家并非将一种业已存在的伦理体系应用于叙事之上，而是力求发掘文本的内在价值体系，以及作者是如何凭借那一体系去实现叙事的交往意图。最后引入本人的价值观念，以对文本的价

---

① 此为20世纪30—50年代兴起的文学批评流派，肇始于芝加哥大学。它之所以被贴上"新亚里士多德主义"的标签，是因为它主要关注亚里士多德的人物、情节及文类等诸多观念。

《叙事的本质》(1966)

值体系及其应用做出评判。

第二部分：情节、人物及叙事话语——自1966年以来

本节运用《叙事的本质》首次出版以来40年间新近涌现出来的叙事学理论来分析3个叙事学问题：情节、人物、叙事话语。针对这3个叙事学问题，40年来新兴的叙事学理论给出了许多新答案，通过梳理这些后续成果可梳理这些年来叙事学领域取得的新进展。

情节的历程

费伦认为1966年出版的《叙事学本质》没有把情节放在一个很重要的位置，这也反映出了当时情节不受重视的普遍观念。情节在40年后已赢得更多尊重，它的定义也得到了扩展。在《叙事的本质》一书的两位作者那里，情节仅仅意指行动本身，后来的叙事学家用不同的眼光看待情节，产生了许多具有革新性的情节理论。

本节首先介绍结构主义对情节问题的研究。由于对叙事内在模式的关注，结构主义的情节研究试图发现表层结构之下隐匿的深层事件结构。（第317页）结构主义情节研究的例证有托多罗夫的侦探小说分析和列维-施特劳斯对《俄狄浦斯王》的分析，后者体现了结构主义对叙事的空间化处理，这种处理方式从深层次揭示了存在于一种文化之中的冲突模式和矛盾因素，并且这种揭示促进了人们对文化的理解和认知，这就预示了认知叙事学的构想。

在认知叙事学的情节研究方面，帕特里克·科姆·霍根[1]提出三种具有共性的故事结构，（第318页）分别是浪漫式结构、英雄式结构、牺牲式结构。这些结构的成立基础在于人身上有相应的认知基础，可对相关行为产生共鸣。这些故事结构本身不是情节，但构成情节的典型特征。爱玛·卡法莱诺斯[2]识别出叙事因果体系中潜藏的10

---

[1] 帕特里克·科姆·霍根（Patrick Colm Hogan，1957—），美国康涅狄格大学英语教授，主要研究领域包括比较文学、文化研究及认知科学。

[2] 爱玛·卡法莱诺斯（Emma Kafalenos，1939—），美国叙事理论家，执教于圣路易斯华盛顿大学比较文学系。

种功能，情节的结构产生于这种因果体系中，强调了叙事与因果解释之间的密切关联。戴维·赫尔曼用认知叙事学的观点，提出了在认知的基础上，某些条件组合之下的某些行为会导向某些文类，这也就意味着在特定的文类下，行为可以被认知分类并形成情节。

除以上典型的认知主义者之外，擅长以精神分析学从事叙事学研究的学者彼得·布鲁克斯[1]开创了一种强调情节时间维度的心理分析方法。他提出一种模型，将叙述理解为追求终结的欲望，情节的开端激起欲望，情节的中段延缓欲望，情节的终止最终释放前两个阶段的压力。但布鲁克斯的研究模型也遭到了批评，他的模型被认为将男性的性反应轨迹看作所有情节的内在模式。（第319页）

在女性主义情节研究方面，苏珊·弗里德曼[2]的空间化概念认为叙事除横向运动之外还有将叙事的横向面与文学、历史及心理性互文本联系起来的垂直维度。女性主义情节研究的突出特点在于强调情节结构与性别意识形态之间的密切联系，对情节的形式革新与政治主张是联系在一起的。例如雷切尔·杜普莱西斯[3]提出"意识形态纠结于叙事结构之中"，詹尼特·温特森[4]的小说《写在身体上》的情节安排也表现出了很明显的政治话语。

接着费伦介绍了他本人对情节研究采取的修辞性研究方法。（第322页）修辞性研究方法用"进程"替代"情节"，进程是文本的内部运动，包括文本的发展和作者与读者的动态反应，文本内部运动依赖于不稳定因素和紧张因素的作用，两者分别涉及故事性元素和话语性元素。读者在追踪不稳定因素和紧张因素的运动时会产生模仿类、主题类、合成类三大关注，它们分别是对具有现实可能性的人物以及

---

[1] 彼得·布鲁克斯（Peter Brooks，1938—），美国叙事理论家，耶鲁大学比较文学教授。

[2] 苏珊·弗里德曼（Susan Stanford Friedman，1943—），美国威斯康星大学麦迪逊分校英语教授，主要从事性别与女性研究。

[3] 雷切尔·杜普莱西斯（Rachel Blau DuPlessis，1941—），美国诗人、散文家、女性主义批评家。

[4] 詹尼特·温特森（Jeanette Winterson，1959—），英国小说家，其作品及个人生活中的同性恋取向使她成为英国当代备受关注和争议的作家之一。

《叙事的本质》(1966)

与我们相仿的世界的关注,对叙事的思想、价值观和世界观的关注,对作为人工构想的叙事的关注。

人物的特点

1966年出版的《叙事的本质》在人物问题上主张人物塑造类型有多种,而它们之间没有高下之分,而其后40年的叙事学理论将这种关于人物的观点做了相当程度的颠覆。

结构主义者试图超越表层结构中的人物塑造类型,发现所有人物形象的共性。普罗普关注人物在深层结构情节中所发挥的作用。(第324页)结构主义者对普罗普的继承分为两路:其一以格雷马斯[①]为代表,注重对行动元的研究,根据行动元扮演的角色发展出一种具有普遍意义的分类体系,提出了6元素分类体系;其二则是在语言学意义上关注人物的内在构成要素,将人物拆解为与专有名词相关联的术语。

认知叙事学家也在这两个方向上向前迈进。戴维·赫尔曼同样受语言学理论的影响,关注句子中的参与者角色,他将这一研究应用于认知叙事学,把格雷马斯的"行动元"转换为"参与者"。(第326页)在人们的认知视角下,人物参与不同类型的过程就会呈现为不同角色。赫尔曼还用韩礼德的功能语言学对过程类型加以区分,并用这一分类法对参与者角色加以辨别。弗卢德尼克对人类意识和体验性的关注使其将人格视为叙事性的本质,人类对自身有着深入的理解和坚实的认知基础,这使其可以充分了解作为人的叙述者,从而对文本做出有效应对。

本节随后论述作为意识形态工具的叙事学理论对人物的研究。在巴赫金的对话理论中,"人物的重要性与其说是在于其性格体征,不如说是在于他们同小说中的一种或多种方言及其所反映出来的意识形态立场之间所建立的联系"(第327页),而其他意识形态批评家也往往关注人物是如何表现其背后的意识形态的,如朱迪思·菲特利[②]关

[①] 格雷马斯(A. J. Greimas,1917—1992年),立陶宛裔法国著名结构主义语言学家、文学批评家,20世纪符号学"巴黎学派"的代表人物之一。
[②] 朱迪思·菲特利(Judith Fetterley,1938—),美国学者,纽约州立大学英语系教授,研究领域为女性研究、同性恋及"酷儿"理论,曾提出"抗拒性阅读"的概念。

注人物的具体特点怎样关联着性别文化认识，以及具体角色揭示了哪些性别意识形态。沃洛克对人物的形式理论进行了一番有益的阐释，认为作为"指代"（即模仿性的人物）的人物和作为"结构"（即叙事设计元素的人物）的人物之间存在矛盾。接着又引入人物空间和人物系统两个概念，人物空间是人物的文本空间量，人物系统是对人物空间的分配，以这些关系为基础就能研究人物之间的结构性关系。主要人物占据更多的空间时就需要次要人物的牺牲，而19世纪小说中次要人物的牺牲体现了资本主义体制下的社会分层现象。

从修辞叙事学的观点看，费伦认为人物具有三种构成要素，（第329页）对应于读者在叙事进程中形成的三大类关注：模仿类、主题类、合成类。模仿类指具有现实可能性的人物，主题类指代表更广泛阶层或体现一系列思想的人物，合成类指作为人工构想的人物。而在不同的叙事类型中，三类要素会呈现出不同的关系。

关于叙事话语的话语

1966年出版《叙事的本质》关于情节和人物的观点都在其后的40年间受到了后来兴起的叙事学理论的冲击，但此书对叙事话语重要性的强调却在这一时期反复得到印证。本节评介热奈特、女性主义叙事学和修辞叙事学对叙事话语的研究。

热奈特对叙事话语研究所做的贡献主要在于他对叙事的时间性以及声音和视野所做的分析。在叙事的时间性反映内容和方式关系的研究中，热奈特将这些关系划分为三个层次：时序、时距、频率。时序指事件的实际时间与序列和它们的话语序列之间的关系，由此便产生了预叙和倒叙的区别。时距指一则或一系列事件发生所需要的时间值与阅读这一事件所需要的时间值之间的关系。频率指一则事件出现的次数与它被叙述的次数之间的关系，由此可将叙事分为单一性叙述、概括性叙述和重复性叙述。

热奈特认识到"视角"这一术语的缺陷性，因为它混杂了叙事话语中的谁在说和谁在看这两种元素。热奈特认为，声音是谁说的问题而视野是谁看或谁认识的问题，需加以区分。在声音的问题上，热奈特提议用故事层面上的分类法取代基于语法人称的分类法，第一人称

《叙事的本质》(1966)

叙述者可以与其他人物相互发生作用,第三人称叙述者则不能。热奈特在考察声音所依存的故事层时还注意并区分了"故事内"声音和"故事外"声音,(第332页)故事内的声音叙述嵌入基本的情节层面当中,故事外的声音则包括故事外叙述者以及标题和卷首引文等。针对视野,热奈特提出"聚焦"这一新术语,并区分出零聚焦、外聚焦、内聚焦三种类型。在零聚焦中,叙述者比人物知道得更多,并享有在故事世界中自由移动的特权;在外聚焦中,人物比叙述者知道得更多,叙述者仅限于报道自己能观察到的人物;在内聚焦中,叙述者和人物知道得一样多,因为叙述者囿于人物的视角之中。

热奈特关于聚焦的观念曾引发较为激烈的争论。西摩·查特曼[①]认为异故事的叙述者不能成为聚焦者,处于故事世界之外的他们会形成与人物不同的认识。(第334页)米克·巴尔[②]则认为聚焦对语言性叙述必不可少,因为任何叙述都意味着从某个视角去说话或书写。此外有一些认知主义者从自身的理论立场出发对热奈特做出修正。曼弗雷德·雅恩认为聚焦引导读者认识世界中的某些方面而忽视其他方面,(第334页)聚焦可以分为"严格聚焦"(聚焦者处于明确界定的时空位置中)、"环绕聚焦"(事件或人物可通过多个角度加以认识)、"弱聚焦"(时空位置无法落实)、"零聚焦"(视角不可确定)。艾伦·帕默[③]用"持续意识框架"这一概念来弥补结构主义逐句调查和报道人物行为的做法。帕默的研究还与认知心理学中的"心理理论"建立起关联,根据此理论可以通过身体行为推知心理状态。

女性主义叙事学关注叙事话语与性别政治之间的关系。罗宾·沃霍尔[④]发现男性和女性作家对叙述话语的处理方式存在差异,女性作者针对受述者的发言通常采用"吸引型"策略,不同于男性作者让其

[①] 西摩·查特曼(Seymour Chatman, 1928—),美国叙事修辞理论家,经典叙事学派代表人物之一。
[②] 米克·巴尔(Mieke Bal, 1946—),阿姆斯特丹大学文学理论教授,叙事学家。
[③] 艾伦·帕默(Alan Palmer, 1950—),英国独立学者,叙事理论家。
[④] 罗宾·沃霍尔(Robyn Warhol, 1955—),美国女性主义叙事学家,现为俄亥俄州立大学艺术与人文院系杰出教授,主要从事19世纪英国女性文学研究及女性主义文学批评。

叙述者采取的"疏远型"策略。苏珊·兰瑟提出"权威"这一概念，某一特定声音的权威来自社会属性及修辞属性的结合，社会属性源自声音与说话时现存权力等级之间的关系，修辞属性来自说话者采用具体文本策略时表现出的技巧。兰瑟认为写作本身是以一种含蓄的方式表达对权威的主张。（第336页）艾莉森·凯斯[①]没有像沃霍尔和兰瑟一样把根本关注点放在性别上，而是将性别化技法和作者的性别区分开来，女性叙述之所以能够展现出女性气质不在于作者的性别而在于叙述者的表现。

在修辞叙事学中，由叙述者提供的三大功能可被描述为在三条不同的交流轴线上发挥的作用，包括报道、阅读或解释、伦理判断。叙述者可能成为可靠或不可靠的报道者、阐释者、评判者，而每一条轴线上的错误和不充分这两种不可靠性又会分出六种不可靠叙述者的类型。单个文本在两种不同的轨道上实现了交流，一是在叙述者和受述者之间，即叙述者功能之轨道；二是在作者与作者的读者之间，即揭示功能的轨道。修辞性研究不仅关注受述内容的伦理，而且关注讲述行为的伦理，认为叙事的伦理维度发端于四种不同伦理立场之间的动态交互关系。本节最后运用上述提到过的叙事话语理论对《赎罪》中的一段文本进行了分析，将此作为范例来展示这些理论在具体文本中的适用性。

第三部分：悬而未决的不稳定因素

本章最后一部分是费伦对叙事学发展趋势的未来展望。随着历史和文化的进步，叙事方式会发生改变，进而叙事理论也会出现不稳定因素，随后他提出了四种悬而未决的不稳定因素，前两种是叙事和叙事理论之间的关系，后两种是叙事理论自身的问题，它们分别是：（1）叙事理论和非模仿性叙事传统；（2）叙事理论和数字叙事；（3）叙事理论、虚构与非虚构之间的界线，以及跨界交互影响；

---

① 艾莉森·凯斯（Alison Case, 1961—），美国叙事理论家，威廉姆斯学院英语系教授。

《叙事的本质》(1966)

（4）叙事空间。布莱恩·理查逊[①]的非模仿叙事研究为人们开创了一种新的理论探索模式。就数字叙事来说，随着数字技术的不断发展，数字叙事与书面叙事的差异会变得越来越重要，因此需要叙事理论做出改变或者修正。针对一些理论家提出的否定虚构和非虚构之间界限的观点，费伦从叙事修辞观出发，认为保留虚构与非虚构之间的界限具有一个重要的优势，就是有助于解释人们对具体叙事做出的不同反应。最后关于叙事空间的问题，虽然叙事空间没有得到与时间一样多的关注，但这种状况近来已有所改变。

《叙事的本质》首版结尾处曾说："叙事文学乃是最不安定的形式。"（第352页）本章借用这个说法以向原作者表达敬意，同时也表明：叙事学由于其自身的不完美品质和不断变幻的研究对象，它一直在寻求一种无法实现的理想之境——"对叙事自身的本质加以阐释"（第353页）。因此，我们应将叙事学视为当代智性探索中最具活力和价值的一项事业。

（执笔：范益宁、耿庆睿）

[①] 布赖恩·理查逊（Brian Richardson，1953—），美国马里兰大学英语系教授，主要研究领域包括叙事理论，戏剧诗学及20世纪文学。

乌尔利希·韦斯坦因

《比较文学与文学理论》（1968）

《比较文学与文学理论》（1968）主要章节

第一章　定义
第二章　影响和模仿
第三章　接受和效果
第四章　时代、时期、代和运动
第五章　体裁
第六章　主题学
第七章　各种艺术的相互阐发
附录

第一章　定义

本章开门见山地提出《比较文学与文学理论》一书的基本任务是"给'比较文学'这个术语下一个定义"[①]。本章首先借用韦勒克对文学研究的分类方法将比较文学研究分为比较文学史、比较文学批评与

[①] ［美］乌尔利希·韦斯坦因：《比较文学与文学理论》，刘象愚译，辽宁人民出版社1987年版，第1页。下文引用此著作，均随正文注明页码。

《比较文学与文学理论》(1968)

比较文学理论三个方面，随后在批评与反思法国学派与美国学派关于比较文学的定义的基础上，认为比较文学研究应当走一条既不狭窄也不宽泛的中间道路。本章梳理和厘清民族文学、比较文学、总体文学与世界文学等数组概念的来源与关系，并在对比辨析上述概念后阐明应将语言作为比较的条件之一。

一 "比较文学"的内涵及其学科内容的划分[①]

在欧洲主要国家语言中，"比较文学"这一学科的名称并不总是与其处理的内容和使用的研究方法相匹配。法语"比较文学"（littérature comparée）这一名称最早由诺尔和拉普拉斯提出，出现在其《比较文学教程》中，他们主要受到居维叶的"比较解剖学"（Anatomie comparée）[②]的影响。该书"编选了法国文学、古代文学和英国文学中的优秀作品"，但并未说明比较文学的理论或研究方法。"比较文学"在意大利语（letteratura Comparata）、西班牙语（literatura comparada）、葡萄牙语（litteratura comparada）中的情形也大致如此。英语中的"比较文学"（comparative literature/comparable literature）或"被比较的文学"（literature compared）仅指明研究对象是"一个民族文学作品与另一个或几个民族作品的比较"，但未说明"如何比较"之类的研究方法。

德语过去使用"比较文学史"（Vergleichende Literaturgeschichte）。此后该词被"比较文学研究"（Vergleichende Literaturwissenschaft）取代。德语术语 Vergleichende Literaturwissenschaft 与荷兰术语 vergelijkend literatuuronderzoek 一样，都更具描述性（descriptive），却未严格限定比较的路径或方法。

鉴于以上名称与内涵不相匹配的情况，本章借用韦勒克、沃伦的《文学理论》一书来确定比较文学的研究范围与分支。韦勒克等将文

[①] 原书各章未分小节。各节小标题均由笔者自拟。
[②] 比较解剖学是研究生物的相似与差异的一门学科。它用比较的方法对比不同机体的结构特征，并观察分析其异同，从而了解生物进化的发展规律。

学研究分为文学史、文学批评与文学理论等三个分支。[①] 文学史将文学看作"一系列依年代次序而排列的作品",并对之作出历史性的描述;文学批评是关于具体的文学作品的研究;文学理论则指"对文学的原理、文学的范畴和判断标准"等问题的研究。三者既相互区别又相互联系。根据上述划分,比较文学研究同样可被划分为三个研究分支,即比较文学史、比较文学批评与比较文学理论。(第8页)这一研究领域的划分方式既包含注重"事实联系"的外部研究,也包括可进行价值判断的内部研究,因此脱离了早期法国学派与美国学派两种研究方式的弊端。

二 对法国与美国学派的反思与批评

(一) 对影响研究的批评

法国学派倡导和推广影响研究,它注重事实联系,将自身限制在比较文学史研究这一部分。法国学派的早期研究注重外部研究而忽视内部研究,因此过于狭隘。与之相反,美国学派则由于过于忽视"事实联系"而过于宽泛,流于对相似性的讨论,况且可供比较文学研究的材料与对象十分广博。据此,本章认为界定比较文学的定义要走一条既不狭隘又不宽泛的中间道路,将学科研究对象限制在合适的范围内:既包含重视"事实联系"的外部比较文学史研究,也包含可进行价值批判的比较文学理论与比较文学批评等内部研究。

首先,本章援引原文批评卡雷与基亚狭隘的比较文学观念。卡雷认为:"比较文学是文学史的一支:它研究国际间的精神关系……研究不同作家之间在作品、灵感、甚至生平方面的事实联系。"(第1页)基亚则认为,比较文学就是国际文学的关系史。比较文学工作者站在语言的或民族的边缘,注视着两种或多种文学之间在题材、思想、书籍或感情方面的彼此渗透。

[①] [美]勒内·韦勒克、奥斯汀·沃沦:《文学理论》(新修订版),刘象愚等译,浙江人民出版社2017年版,第27—28页。

《比较文学与文学理论》(1968)

其次，本章认为早期的影响研究受实证主义影响。孔德规定一切科学（包括自然科学与社会科学）的研究对象只能是可观察、可检验到的经验事实。因此法国学派将作家作品之间可分辨、可度量的联系和影响作为研究重心，使比较文学向文学外部发展。早期法国学派将民俗学排除出研究范畴，因为像童话、神话、传说和使徒行传等无名氏的集体创作，其创作时间与作者均不可考察，于是梵·第根将"希腊和罗马文学之间的相互关系、现代文学（中世纪以来）对古代文学的借鉴"（第3页）排除出巴黎大学的比较文学课程，将"各种现代文学之间的相互联系"视为比较文学特定的研究领域。

最后，本章批评梵·第根的做法，因为古代与中世纪文学虽不可进行"事实联系"的外部考察，但可进行纯文学性的内部研究。因此，法国学派定义的缺点是，文学研究被降格为发掘文献，丧失了对文学作品的审美价值判断功能，作家个人的、创造性的因素被完全忽略。卡雷虽然在前辈研究者的基础上将"影响研究"的研究范围限定到作品成功的历史、作家的声誉、文学巨匠的后世声誉、各族人民之间的相互解释……但是这样一来，就走向了社会学研究，不具备文学特性。基亚虽然在后续研究中更正了他导师的观点，认为比较研究应当包括"一个是对文学的形式和文体风格进行比较研究，另一个是尽快地创立一种文学的社会学"（第299页"原注"⑤），因此他加盟文学的内部研究，可惜为时已晚。

（二）对平行研究的批评

在指出影响研究过度推崇"事实联系"所导致的负面影响后，本章继续批判平行研究走向另一个极端所导致的后果。平行研究过于"贬低事实联系"，抬高纯类比式的研究，导致其失去基本的可靠性事实的基础，丧失研究科学性。巴尔登斯伯格曾批评平行研究"对两个不同对象同时看一眼就作比较，仅仅靠记忆和印象拼凑，靠主观臆想把一些游移不定的东西放在一起找相似点"（第5页）。

实际上，将文学现象的平行研究的研究对象扩大到两个不同文明之间仍有待商榷；我们应将平行研究的比较范围限定在"单一的文明范围内"，只有如此，才能"在思想、感情、想象力中发现有意识或无意识地维系传统的共同因素"（第5页），并且这些共同因素不随时间的推移而转移。以对诗歌的比较研究为例，两个文明体系间的比较会导致研究深度不够，仅仅浮于表面，只关注相似性，最终得到诗歌创作在音韵、格律、创作模式等方面彼此相似的粗浅结果。

三 民族文学、比较文学、总体文学与世界文学

（一）民族文学

本章"假定比较是关于不同民族文学作品之间的比较研究"（第9页），因此为了说明"比较的条件"，本章首先在比较文学视域下给出"民族文学"的定义。民族文学是构成比较文学学科的最为基础的基本单位，因此，我们需要进一步限定"一个国家的文学究竟是怎样构成的，作为一个实体它的界限在哪里"（第9页）。本章主张我们要依据语言而非政治—历史的标准来限定，首先因为在单位时间内，以政治划定的边界比语言边界变化得更快更频繁。其次，对作家作品所属的文学国家的判定与作家的流亡与移民经历不相关，而与作者熟稔的语言，创作时选用的题材、表达方式以及作品的精神等因素相关。

选用语言作为民族文学的划分标准优点很多。这一标准不但更为稳定，而且适应多语言国家文学系统的区分。以瑞士和印度为例，在瑞士使用德语与使用法语的作家就属于两套文学系统，可以互相比较。印度语言更是种类繁多，有印地语、孟加拉语、乌尔都语、泰米尔语等，不同语言均有各自的文学系统，互相之间也可进行比较研究。将语言作为划分标准还可避免"一种误入歧途方法学上的纯粹癖"（第12页），确保斯威夫特、叶芝和萧伯纳等爱尔兰作家的创作根基不与英国文学分离。

不过，将语言作为判定标准也存在不少特殊情况与特定问题。一是如何判定使用非本土语言创作的国家属于哪一类民族文学？如法国文学是否应当包括用法语创作的比利时、瑞士、加拿大和非洲作家？

《比较文学与文学理论》(1968)

德语文学是否应当包括同样使用德语的奥地利文学与捷克作家?撒哈拉沙漠以南非洲法语文学是近年来的研究热点之一,这些非洲地区曾是法属殖民地,本章提出:"一种特别的世界观或者一种特殊的地方色彩,是否可以产生民族文学的特色?"(第11页)笔者认为,撒哈拉沙漠以南非洲法语文学处于一种"居间"状态,非洲法语文学目前主要呈现出注重小说实验与形式创新、难以摆脱殖民的阴影、关注多元性文化三类特点,[1] 作者既无法跟上文学中心的审美标准的变化,也无法摆脱殖民影响回到殖民前的本土民族文学,因此作品产生的"民族文学特色"已经并非是"本土民族文学特色",而是一种"居间"的产物。二是单一语言的民族中也存在"外国的"混合物和孤岛,如苏格兰诗人罗伯特·彭斯(Robert Burns)以苏格兰方言为创作语言,而未使用自伦敦方言发展出来的标准国语,故此彭斯多被称为苏格兰诗人,徘徊在英国传统文学之外。"方言"与"国语"的差异是否巨大到足以构成比较条件的程度,其实尚可商榷,如卡夫卡使用意第绪语创作的小说需译为标准的德语才能走向民族化与全球化,但很少有人认为卡夫卡不属于德语文学。

由上可见,单纯用语言标准划分会引发诸多问题,解决方法或许是走出一条将多种划分标准彼此结合的道路,如沃尔夫冈·封·艾西德尔建议以"语族"划分,在少数例外情况下,再根据宗教或种族的体系划分,保证划分后的文学区域内部具有统一且明显的样貌,并且这一样貌可以在与其他文学区域做比较时,清晰可辨。艾西德尔的观点也说明当把语言作为判定标准引起争议时,比较也可以成为确定界限的工具。

(二)比较文学与总体文学

比较文学与总体文学两个概念在本质上并无不同,都指对"多种文学成分(作家、作品或文学整体)间相互关系或相似性"的研究,

---

[1] 李征:《"以虚构挑战真实"——2020年非洲法语文学综论》,《外国文学动态研究》2021年第3期。

这是梵·第根划分出的界限。比较文学专注两种成分的二元关系，总体文学则专注三种及三种以上成分的多元关系。但正如韦勒克所批评的那样，"'比较文学'和'总体文学'必然是相互交织的"（第15页）。梵·第根在自己的著作中也"暗暗地取消了二者之间的人为界限"（第15页）。他对比较文学与总体文学的划分，无法判定"司各特对国外的影响"这类题目究竟属于比较文学还是属于总体文学。并且，梵·第根在总体文学下开列的题目，如"彼得拉克主义，卢梭主义，盛极一时的精神史和思想史问题……"（第15页）等，文学现象与哲学、宗教与科学现象混杂一处，远远超越了纯文学的范畴。

（三）世界文学

本章随后探讨"世界文学"与比较文学相关的几重含义。首先，世界文学被歌德看作一种与社会相关联的历史现象，动荡的战争与日渐发达的通信手段和交通方式极大促进了民族交流与世界化，因此世界文学可以被看作近代才出现的历史现象。

其次，世界文学意味着一种文学想象："并不是说各民族应当思想一致，而是说各民族应学会相互理解，即使它们不能做到彼此关爱，但至少应当学会相互宽容。"[1] 歌德在他的世界文学想象中极力避免"普遍一致性"，在保留民族文学独特性的前提下，推进各民族看到不同民族文学间的相似性。歌德的"世界文学"强调各民族接触与交流的重要性，在此定义下，交流的媒介——译者、旅行者、移民、流亡者、沙龙以及促进国际交流的期刊活动与学术会议就应备受关注，所以流散文学、翻译研究、旅行文学等研究就被纳入比较文学与世界文学的研究范畴。以上两种"世界文学"的含义都来自歌德。

再次，世界文学用以指"一切时代和世界各地的杰作"（第19页），这一含义常被运用在大学课堂中。为避免与歌德的"世界文学"相混淆，作者建议以"经典作品"来取代这一用法，这部分作品应当

---

[1] ［德］约翰·沃尔夫冈·冯·歌德：《歌德论世界文学》，查明建译，《中国比较文学》2010年第2期。

《比较文学与文学理论》(1968)

包含"世界公认的最好作品"与一部分"富有创造力的独特作品"。

最后,世界文学还被用作"世界上所有文学的历史,而不论这些文学的范围及其历史的与美学的重要性有多大"(第19页)的缩略语,但在全球范围内,主要民族文学远较身处边缘的民族文学更为流行,每当提及这一缩略语,读者多会想到主要民族文学的作品,于是强调边缘民族文学居间调停作用成为学术会议的专题之一,但将居间调停作用视为会议的核心题目也证明边缘民族文学的从属地位。

对以上四个概念的分析、界定表明,从民族文学到比较文学,再到总体文学与世界文学,是一个范围逐渐扩大的过程。世界文学所涵盖的范畴极为广博,因此作者仍在期待"以对构成一个传统的各种文学之间的相互关系作综合考察的方法来写世界文学史"(第20页)的比较文学研究。总之,比较的条件主要指不同语言之间,其次还包括不同艺术媒介之间,不同学科之间。

四 跨学科比较

(一) 文学与其他艺术学科

文学与其他艺术(音乐、绘画、雕刻、建筑、舞蹈、电影等)领域存在天生的亲缘关系,因此两者之间存在进行比较研究的合理性。韦斯坦因不赞成将比较文学严格限制在纯文学领域当中,关于本节的详细讨论见诸本书末章《各种艺术的相互阐发》。

(二) 文学与非美学学科

"文学"一词的最初含义是"学问"或"博学"。18世纪的研究焦点由主观的人转移到客观的作品,此时文学指各类型的出版物,非功利的作品则被称为诗(poesy)。19世纪,实用与非实用性作品才彼此区分,(第23页)但这一区分并不彻底,迟至19—20世纪之交,还有获得诺贝尔文学奖的非文学家,如法国哲学家亨利·柏格森。非美学学科包含哲学、社会学、神学、历史编纂学、纯科学以及应用科学等。

关于该领域的跨学科比较，韦斯坦因仍持较为审慎的观点。因为文学研究者经常发现他们对文学之外的学科领域并不了解，因此研究者往往会陷于浅薄比附之窠臼。将文学研究扩展得大大超越艺术范畴的领域，就会分散现有文学领域的研究精力，因此可以看出作者并不看好非艺术领域的跨学科比较。他认为："从理论上讲，文学研究要想引起足够的重视，就必须不再去研究非文学的现象，而集中探讨文学现象。"（第24页）此外，文学与非美学学科存在的交叉领域往往无法划定准确的界线，因为其归属的学科领域将决定对其的研究方法。如尼采既是诗人也是哲学家，他同时对作家与哲学家都产生过重要影响。

（执笔：李一苇）

附录：

英文版：In the more familiar tongues, the name of our discipline does not always match the subject matter dealt with and the method used in studying it. (p.9.)

中文版：在人们较熟悉的语言中，这一学科的名称与它处理的内容和使用的研究方法并不总是一致的。（第7页）

笔者试译：在更熟悉的语言中，这一学科的名称与它处理的内容和使用的研究方法并不总是相匹配的。

第二章 影响和模仿

"影响"是比较文学研究的核心概念之一，它将发生影响的作品和影响所及的作品并置，关注其间的交互作用。本章主要评述伊哈布·哈桑、安娜·巴拉金、克劳迪奥·纪延和约瑟夫·T. 肖等人的

《比较文学与文学理论》(1968)

观点，尝试对影响做出综合性的界说，从而在诸家言论中"取一条中间道路"。

本章认为，"影响"不能被简单地视为一成不变的因果关系。就影响和模仿的关系而言，影响是无意识的模仿，模仿则是有意识的影响；就影响的可能性范围而言，可以分为逐字翻译、改编和模仿与独创性艺术品三个阶段来分析。此外，本章还做出一系列概念区分：影响不是"效果"，后者属于接受研究的范畴；影响并非"亲和性"，后者属于平行研究的范畴；影响也不同于"渊源"，后者通常仅限于非文学性材料。最后，本章结合研究者纪延的观点强调影响研究除关注作品本身外，还要重视作者。

一 影响和模仿的关系

哈罗德·布鲁姆在《影响的焦虑》中指出"影响"是一种"诗人与诗人之间的相互关系"，"诗的历史无法与诗的影响截然区分"。[①] 布鲁姆从文学史角度阐发文学影响，强调文学文本之间存在的事实联系，不同文本之间由此构成一种因果关系，此谓"影响"之本义，亦是本章论述"影响"的基本出发点。

文学影响当然需要通过"媒介者"来连通"放送者"和"接受者"，但本章暂时搁置媒介问题，主要就影响的放送和接受这两方面进行探讨。一方面，双方之间并非简单的因果关系。如 T. 肖指出："文学影响研究中最复杂的问题之一，是直接影响和间接影响的问题。"（第 28 页）俄国诗人莱蒙托夫从普希金处借来了拜伦诗体故事的模式，同时又直接回到拜伦本人的作品中汲取养分。此时，莱蒙托夫就受到了直接、间接的双重影响。另一方面，双方并无荣辱优劣之分，绝大多数的影响都表现为创造性的转变，而非按部就班、一一对应的模仿。但流派和运动是例外情况，作为领袖的放送者和作为追随者的接受者之间的关系相对协调一致，此时的"影响"关系就不再是

[①] [美]哈罗德·布鲁姆：《影响的焦虑》，徐文博译，生活·读书·新知三联书店1992年版，第3页。

影响而是模仿了。

影响和模仿的关系是互相依存的,影响是无意识的模仿,模仿是直接的影响,正如 T. 肖指出的那样,"与'模仿'相反,'影响'表明,受影响的作者所创作的作品完全是他自己的"(第 29 页)。艺术创作最终呈现出的是某种渗透和有机的融汇,影响会以各种不同的方式表现出来,不能简单地从量的角度去加以测定。

从影响研究的可能性范围来看,影响展现出三个递进式的阶段:(1)逐字逐句地翻译;(2)改编和模仿;(3)接受影响形成独创性艺术品。模仿要求作者放弃自身个性去贴近另一部作品,但同时又不对忠实性严加限制。与之相近,改编一般包括对某一模式的性质做近似的改造,但改编后的作品也常常成为"创造性的叛逆"(trahision créatrice),如美国诗人庞德利用现成的译文,对中国诗歌做出具有独创性的意译。因此,模仿不等于没有独创性,独创性也并不完全拒绝模仿。但如何为剽窃与创造性模仿划定区隔,始终是一个难有定论的问题。

除上述以某种模式为对象的模仿之外,还有一种是以风格为对象的模仿,即"风格模仿"(stylization, pastiche)。"在这种模仿中,一个作者为了某种艺术目的模仿另一个作者或一部作品,甚至一个时代的风格。"(第 31 页)如中学要求学生以某种古典作品的文体写诗即属此类。这两种模仿都存在特殊的变体,以嘲弄某种模式为目的的模仿被称为"滑稽模仿"(parody),往往具有讽刺意味。它有意歪曲某种模式,甚至可能因此而产生出一个富有独创性的作品。以嘲弄某种风格为目的的模仿被称为"谐谑模仿"(blursque),按照安娜·巴拉金的说法,两种模仿都起着产生"负影响"(negative influences)的桥梁作用。所谓"负影响",即作家之间相互反对、相互敌对的情形,如一个民族文学被外来模式激发出新思潮和信仰,以对抗流行的艺术理论和实践,或一个民族文学中的子辈起来反对他们的父辈,都是"负影响"的表征。布莱希特所说的"批判性改编"(counter-design, Gegenentwurf)亦是"负影响"的一个变体,它完全颠倒论证的要点,使一种文学模式完全变成相反的东西。

《比较文学与文学理论》(1968)

二 概念辨析：影响、效果与亲和性

（一）影响与效果

梵·第根和基亚都认为作家的声誉与影响研究密切相关，这其实混淆了影响和效果两个概念。例如，莎剧对法国浪漫主义作家产生的效果并不属于影响研究，而属于接受研究的范畴。相较之下，本章更认可卡雷将影响研究和接受研究分而论之的态度。巴拉金在这一观点上走得更远，她认为接受研究是对放送者的声誉进行阐述，大多集中于社会学、心理学、人种学甚至统计学的层面，而影响研究的主要兴趣在于探究创造性的源泉，前者以"量"为标准，而后者以"质"为标准。但二者事实上无法截然分开，例如直接或间接地引述其他作品中的原话既是影响的一种特殊表现，也是接受研究的对象。如果引文服务于主旨，就构成作品主干，也就跃升为一种"质"的影响。相反，如果引文仅仅是无明确意图的随意摘取，则仅停留在"量"的层面，不至于进入影响研究的视野。

从接受研究的角度看，还有另一类"负影响"需要阐明，即埃斯卡庇所谓的"创造性叛逆"（creative treason）。埃斯卡庇指出，文学作品常常遭到后来甚至同时代读者的误解，社会、历史、文化的差异都会影响大众对它们的态度，如《格列佛游记》的受众现已走向低龄化，而这绝非一部讽刺小说的初衷。在翻译过程中，创造性叛逆同样不可避免。本章认为，被译介的诗歌只有符合听众趣味才能获得认可。当一首诗的语言发生转换之后，作品与听众之间会发生新的文学交流，作品也被赋予新的现实并产生效果。

（二）影响与亲和性

平行研究中并不存在影响的问题，只存在"亲和性"（affinity）或"假"（false）影响。梵·第根举例称，都德的《小东西》看起来显然是对狄更斯的模仿，但他否认自己曾读过狄更斯的作品。因此，两位作家之间并不互相影响，他们应该被置于总体文学中而不是比较文学中去探讨。

伊哈布·哈桑认为，亲和性并不一定意味着影响的存在，影响必须包含某种因果关系在内。本章原则上赞同哈桑的观点，但同时指出影响与亲和性往往彼此交织，难以明确区分。如费南多·德·罗杰斯的《塞莱斯廷娜》，仅从文字上看，它与其他西班牙的文学作品形成共鸣，但在文字线索之外，对它影响更大却是彼得拉克《救治》中体现出的斯多葛传统。

（三）影响与渊源

从语义上看，影响与渊源都指涉液体的流动，前者标示流动的方向和目的地，后者则指明流动的源头。在文学研究中，唯有针对非文学性材料的研究才是渊源研究。正如 T. 肖指出的，渊源即是"为某一作品提供了材料，或者材料的主要部分（特别是情节）"（第 38 页）的事物，如史学著作、新闻报道等，它们一旦成为文学创作的刺激物，即可被视为渊源。此外，影响与渊源的混淆有时不可避免。如神话和传说的题材往往披着诗的外衣，它们既是文学材料，也是后世文学作品的渊源。

三 影响中的主体

纪延曾指出影响中主体的重要性，其观点颇有颠覆性。首先，他质疑人们强调的一个假定：一切影响的基础是一个因果关系的链条。他认为这种传统概念并不能合理解释影响的过程，影响实际上更多涉及的是心理学因素。所谓心理学因素，指的是影响中作为主体的作家在接受与创作过程中的心理活动。这一观点突出了影响中主体的价值，促使影响研究兼顾作品之间、作家之间以及作品与作家之间的复杂关系。

纪延指出，当我们谈及一位作家的影响时，文学的与心理的因素会混杂在一起。（第 42 页）至于应如何解决这一问题，批评者们意见

《比较文学与文学理论》(1968)

不一。泰纳提供过一个简单的实证主义方法,即将影响视为一种机械的、定量的因果关系,从而排除艺术与心理学之间的障碍。纪延更加认同克罗齐的观点,将艺术品视为一种非派生的创造物,由此,便能使之从铁一般的因果律中跳脱出来。但作为比较学者,纪延又不愿意损害"影响"概念,最终他在两种极端中做出妥协,将"影响"简单地划入心理学轨道。他强调,批评者在面对影响时,需要处理创作过程的心理和接受过程的心理这两个完全不同的系列。作者 A 创作了作品 A^1,作品 A^1 被作家 B 接受,作家 B 又创作了作品 B^1,三个环节可以抽象表达为"$A—A^1—B—B^1$"的关系式。(第 46 页)其中,第一、第三个环节由创作心理起作用,中间环节由接受心理起作用。

然而,纪延的理论存在逻辑问题。纪延认为作家与作品存在于两个不同的现实层面,影响主要发生在作家层面,是某种特殊性质的个人经验。换言之,他承认了作家创作过程中的"影响",而不承认作品中的"影响"。同时,纪延又将"影响"视为文学艺术品中可以辨认的、有意义的部分,这就与前述观点龃龉。纪延的"灵感"说同样遭到了批判。纪延试图为文学影响研究建立一个新的基础,用"灵感"这一术语来对抗一切异议,但它实则动摇了纪延关于"影响"理论的基本架构,这一判断依据以下两点理由:一是他强调"灵感"完全是一种个人经验,既不能转移也无法表达;二是灵感常常从文学之外汲取养分,不能将其归结为文学上的影响。总之,所谓"灵感"只是一种难以窥探的个人情绪,对它进行研究是不切实际的。

纪延带来的新问题是,我们究竟能否超越文学本身的边界去探寻文学中的影响。本章对此并没有给出确凿答案,但至少可以肯定的是,不应过分夸大此类影响,因为它们并不表现在作品的体裁、文体和艺术形式等纯美学方面,而是显露于作品内容和世界观上。至于文学内部的影响,纪延将一切可从事实上加以确定的影响归入了文学传统和习俗的范畴。奥尔德里奇认为传统与习俗是"作品之间的相似,由共同的历史、年代或形式联结在一起"。而纪延则做出进一步区分,认为传统是历时性的,习俗是共时性的:"文学上的习俗不仅是创作技巧方面的前提,也是基本的、集体共有的影响。"(第 45 页)实际上,集体的影响是否在每一种情况下都能充分解释不同作品在形式和题材上的相似之处,依旧是需要审慎研讨的问题。

综上,纪延以"灵感"和"传统—习俗"的辩证说法来解释文学影响未能达到预期目的。即便是哈桑后来用"发展"一词来替代纪延的"习俗",将空间共存性转化为时间连续性,也依旧未臻完善,因为他被众多非文学学科的要素牵绊,未能对其加以概括和抽象。如把上述成果结合起来,我们不难看出,影响研究不能只着眼于事实联系,也不能只关注影响主体的心理学因素,而应该对外在事实和内在事实(rapports extérieurs and rapports intérieurs)做出通盘考虑,才能完整解释清楚影响的因果关系,重建"A—A^1—B—B^1"的影响链条。

(执笔:张琦、张腾)

第三章 接受和效果

本章探讨"接受"及相关问题。"接受"与上章所讲的"影响"之间的关系比较复杂。"接受"可被看作"影响"的最初阶段,有时需要对这两个概念进行明确的划分,有时它们又难以区分。本章为此引入"效果""挪用"等术语对"接受"的几种内部存在情况加以说明。而在比较文学领域,在研究文学经典的国际接受过程中,翻译是首先要解决的问题。本章从翻译的直接影响与间接影响两个维度说明了翻译对一部文学作品的接受情况。此外,本章使用大量事例来充实论述以便理解。

一 何为接受?

本书上一章已提及"接受"(reception)概念,认为"接受"可

《比较文学与文学理论》(1968)

以被最恰当地看作对某种外来因素的吸收,也就是一般所说的"影响"的最初阶段。当笼统使用"影响"这一概念时,我们无法对其包含的复杂情况进行必要的区分,比如在一些心理层面的影响上并不能找到明确的现实依据或文本证据,但这种影响仍然存在,这时便需要引入"接受"这一概念加以区分。研究者已经注意到这方面的问题,如霍斯特·吕迪格就在一个更严格的美学层面提出了"效果"(survival,德语 Wirkung)和"挪用"(appropriation,德语 Aneignung)等概念,但"接受""效果""挪用"等概念都需要在使用中加以辨析。

首先,伽达默尔的解释学把文本的"效果"视为意义的构成要素,"效果"有自身的历史传统。在接受美学中,伊瑟尔认为效果是只有经过读者的阅读才能呈现的,而这一阅读过程受到历史的制约。霍斯特·吕迪格也认为,如果用"效果"的说法来取代"影响",就能使我们更多地关注到在整个过程中"有能力带来形变的活的力量"(第304—305页注释①)。综合来看,效果一词更侧重于被接受事物在接受过程中的变化。

其次,马克思在《1844年经济学哲学手稿》中对"挪用"一词的解释是主体在对象中获得自身,在自我对象化中确证自身,是一种对个人本质的积极实现。在解释学中,伽达默尔认为"挪用"带来一种视觉融合。他认为:"在融合中形成一种新的视界。"[1] 保罗·利科认为,经过"挪用",解释者能够"超越自己的存在的有限世界,从占有中得到一个扩大了的自我"[2]。因此,"挪用"侧重的是接受者在接受过程中的变化:发送者产生的影响与接受者本身具有的特质相互融合,从而使接受者实现了对自我的提升。

在从放送者到接受者的全过程中,"影响"与"接受"既相互联系又相互区分。本章认为"影响"应该用来指已经完成的作品之间的关系,而"接受"则可指更广大的研究范围。换言之,它指这些作品

---

[1] 冯契主编:《哲学大辞典》,上海辞书出版社2001年版,第1908页。
[2] 冯契主编:《哲学大辞典》,上海辞书出版社2001年版,第1908页。

和它们的环境、氛围、作者、读者、评论者、出版者及其周围情况的种种关系。因此，文学"接受"的研究指向了文学的社会学和心理学范畴。本章下文对二者做出更具体的区分。

显而易见，这样一种从文学的社会学和心理学展开的研究并不简单。比如文学接受中的"声誉"问题，它可成为衡量作品受欢迎程度的尺度。受大众欢迎的作品，由于商业上的原因，会立即吸引效仿者和竞争者，如"维特热"导致一批续篇的产生，但这种热度来得快去得也快，类似于主题学领域中的剽窃。与此相对应，有些作品虽然不太受欢迎，仍会产生重要影响，可从中发掘出大量具有社会学和文学价值的内容，如《神曲》正是通过几位深受其影响的诗人的中介作用而在文学传统中获得了稳定的地位。

二 "影响"与"接受"的辨析

区分"影响"与"接受"两个概念时会碰到许多障碍，作家的"广泛阅读"[①]即属此类情形。瑞士剧作家马克斯·弗利希在青年时代看过布莱希特、克洛代尔、桑顿·韦尔德和田纳西·威廉姆斯等人的许多戏剧，这对他后来创作产生的影响很复杂，有些直接显现在文本中，另一些则是潜在的。（第49页）"影响"与"接受"可能同时发生。亨利希·曼创作《亨利四世》时所受影响的情况也同样值得探究。曼曾收藏蒙田《散文集》的复制本，并在许多部分做过边批，这从其留存下来的藏书目录可以看到，继而体现在《亨利四世》的数处引语中，这些都是能够加以考证的事实联系，属于"影响"的范畴。写作《亨利四世》时，曼消化很多史料，研究大批历史文献和其他有关材料，而这些影响无从考证，属于"接受"的范畴。曼在小说中塑造出一个虚构的蒙田形象，很大程度上是作家想象的产物，这便在"影响"与"接受"的基础上又引入了"创新"的维度。

"影响"与"接受"的差异可以卡夫卡书信和日记作为例证。马

---

① 此处对应的英文为"erudition"，《牛津英语词典》（OED）释义为"great academic knowledge"，意为"博学"。在接受研究中，引申为接受者"广泛阅读"。

《比较文学与文学理论》(1968)

克·斯比尔卡认为《变形记》的开头与果戈理的《鼻子》、陀思妥耶夫斯基的《双重人格》均有直接关系，某些情节又借鉴了狄更斯的《大卫·科波菲尔》，这三位作家对卡夫卡的影响在文本中直接显现出来，当属影响研究的范畴。然而，在卡夫卡的书信和日记中经常被提到的并非这三位作家，而是福楼拜。目前为止，没有学者能够说明福楼拜在文体风格或主题等方面对卡夫卡的影响，但是这两位作家都同样为创作牺牲生活，尝尽离群索居的孤独，由此建立了一种紧密而特殊的情感联系。（第51页）也就是说，福楼拜对卡夫卡的意义并不直接体现在文本中，而是存在于心理与情感上，应当归为接受研究的考察对象。

当我们把围绕一位作家的心理光环投向社会学领域时，作家的传记事实将添上许多新的虚构特质，由此被简单化或歪曲变形，直至接近一种个人神话，但丁就曾因在《神曲》"地狱篇"第二十章中谈到故乡曼图亚的起源①而被视为巫师。（第51页）这种现象会限制我们对作品的接受范围，从而使作家的声誉建立在狭窄的基础上，比如在很长一段时间内，歌德仅以《少年维特之烦恼》而为非德国的读者知晓。由此可见，心理与社会学因素在接受研究中起着重要的作用。

相比心理上的接受，比较文学研究应该追求更为稳妥的目标——考察一位用不同语言创作的作家对外国作品的"挪用"，其中最简单的情形便是当某一作家具有相应的语言能力时，他能够直接接触外国文学作品；但若接受者对外国语言的知识是欠缺的、不完善的，接受时就可能产生误解，造成不自觉的创造性叛逆。（第53页）当接受者同时承担起媒介者的翻译作用，接受研究将变得更有趣，如安娜·巴拉金的《影响和文学声誉》提及荷尔德林翻译的《安提戈涅》与布莱希特的改编。当荷尔德林翻译这部希腊悲剧时，他没有用当时的德语对原作进行现代化改编，而是力图在字面上忠于原作，所以他使用了

---

① 但丁在地狱中遇到披头散发的处女曼图，维吉尔向他讲述故乡曼图亚起源的故事。古人建造新城，须用占卜的方法命名新城，曼图亚则一反常规，因精通魔法妖术的曼图亚在此居住而得名。

一些晦涩难解的语汇和结构,形成古气十足的语调。由于荷尔德林的希腊知识储备不足,他在理解某些段落时也存在偏差。(第54页)布莱希特不懂希腊文,他在荷尔德林译本的基础上于1947创作剧本《安提戈涅》,试图通过古典知识取得陌生化的效果,却造成了理解上的艰深晦涩。

"挪用"的另一种情形是由作家兼批评家描述外国作家和作品的形象。如福楼拜在不同层面上就被不断"挪用"。在19世纪末到20世纪初的德国文学批评中,福楼拜先是被视为一位现实主义或自然主义作家,随后又被视作浪漫主义或巴拿斯派作家。(第54—55页)后来德国学者们才逐渐意识到他的作品可能存在相反的特色,比如《包法利夫人》便同时具备浪漫主义和现实主义的特点。

三 接受与翻译

德国学者克劳斯·鲁勃斯认为接受研究中最紧迫的问题是讨论经典作品的流传,因为"接受研究"是文学史研究中的一支,有必要去探讨政治和社会的因素在文学原则形成过程中的作用。更直白地说,接受研究可以帮助回答"为什么一些作家取得了更大的成就"或者"一些被遗忘的作家如何从文学史里发掘出来"等问题。

接受研究中的另一种情形是有的研究者并未考虑上述情况。艾略特的《什么是经典作家?》一文认为"只有在一个民族的语言和道德成熟的阶段,才能产生经典作家"(第56页)。这种狭窄的标准导致了艾略特对部分作家过分偏颇的看法,如艾略特认为荷马、但丁、莎士比亚都不如维吉尔,他也不重视歌德。埃斯卡庇则认为经典的选择是由第一代人完成的,如果作品能在作家死后的10—30年后还会被人重新记起,那么这种作品就会成为永世流传的经典。(第57页)显然,这种观点将经典的形成过度简单化了。作家生时就拥有名声大噪的作品的大有人在,比如布莱希特等。又比如卡夫卡,虽然他在死后的30年里依旧被人遗忘,但不妨碍他如今在文学史上具有重要地位。

对比较文学学者来说,在处理跨民族、跨语言的文学作品接受问

《比较文学与文学理论》(1968)

题时,首先要关注的是一部作品的翻译。从世界文学的角度来看,每一代人都会从新的角度对经典作品加以诠释,这种新的诠释往往与新的翻译有着紧密的联系。通常来说,一个民族范围内的文学是不需要翻译的,但当一个民族包含语言在内的文化经历剧烈的变革,那对本民族文学的翻译也是有必要的。比如英国文学中的《贝奥武甫》和乔叟的作品,德国文学中的《尼伯龙根之歌》,法国文学中的《巨人传》等。另外一些方言作品也需要被翻译成如今通行的标准语。

然而,翻译也会带来接受研究中的一些问题。首先,不是所有作品都能够被翻译。一些艰深晦涩的作品如乔伊斯的《芬尼根的守灵夜》,让本国读者也觉得如同"天书"一般难读,对它们进行翻译不仅不能正确传达出作品本意,还损失了其原本的语言韵味(第58页)。其次,缺乏权威译本导致部分外国作品遭受"冷遇",这也是艾略特不赏识歌德、德国人不喜欢乔叟的原因之一。因此,对外国的经典作家作品需要不断地"重译",以竞争的方式淘汰过时的译本,筛选出经典的、权威的译本。最后,翻译的篡改和删节使原作变得浅薄无聊。一些译者在翻译的过程中出于迎合主流或者本土化改变等原因,对原作进行了篡改。比如莫里斯·瓦伦西从商业角度出发,将瑞士戏剧家弗里德里希·迪伦马特创作的《老妇还乡》(*Der Besuch der alten Dame*)改编为英文戏剧《贵妇还乡》(*The Visit*)。还有一些译者考虑到大众接受程度,删节了难懂的、抽象的片段,比如德译本的《白鲸》。(第59页)以上翻译的三种特殊情况均会对一部作品的接受产生重要的影响。

除翻译直接的文学作用外,韦斯坦因还指出了其他翻译过程中涉及的非文学因素对外国作品接受的影响,比如出版社对经济收益的考虑、政治意识形态和大众传媒的影响。另外,翻译者的收入也是影响国际文学交流的重要因素。比如美国的翻译家收入比较低,往往重产量而轻质量,导致一部分经典作品的英译本质量比较差。除此以外,翻译还受着版权法的制约,即便一些在我们看来庸俗、失败的译本,在版权失效之前也无法通过"重译"的竞争被淘汰。

在文学翻译的间接影响方面,首先,翻译对作家接受的影响。受俄国文学影响很深的托马斯·曼由于冷战的影响无法前往俄国游历，他也不懂俄语，只能借助二手材料了解俄国文学。由于距离和语言的障碍，托马斯·曼不可避免地对陀思妥耶夫斯基等作家产生了一定程度上的"误解"。所谓的俄国文学影响也是建立在"误解"的基础上的。（第62页）其次，翻译对职业批评家的接受影响，即便是职业的批评家，也会因为语言的障碍产生误读。如在评论卡夫卡的长篇小说《美国》时，美国学者马克·斯比尔卡从英译本的"very erect"一词所包含的性兴奋含义出发，解读出主人公卡尔的俄狄浦斯情结和生殖崇拜的意味；但在卡夫卡的德文原作中，"aufrecht"一词并没有英文翻译的"erect"引申出的性含义。（第63页）这就意味着评论家的解读完全建立在错误的基础上。

综上，接受研究不是社会学研究，卡雷和基亚主张的"形象研究"并不合理，因为这类研究容易变成非文学的研究（第64页）。任何接受研究都要建立在文本研究的基础上，重视文学研究，对非文学因素的讨论要有所限制。

（执笔：张琰琳、郭美玉、曲立）

附录：

英文版：In this way, success sometimes turns into quick but fleeting influence. (p.49)

中文版：在这种情况下，某一作品的成功有时会迅速变成不胫而走的影响。（第48页）

笔者试译：在这种情况下，作品有时会产生迅速然而却是短暂的影响。

第四章 时代、时期、代和运动

相较文学批评，美国学术界对文学史的研究起步较晚，而对文学

《比较文学与文学理论》(1968)

史编写的理论框架的研究更是投入寥寥。文学史应像其他所有历史学科那样，致力于从不断展开、持续流动的复杂事件所产生的混乱现象中归纳出序列体系，以帮助我们更好地研究文学的发展历程，更好地理解不同历史发展阶段下产生的文学。文学史研究的关键问题是文学史的分期问题，经常使用的术语包括"时代""时期""代""运动"。这些术语的含混性和其间的复杂关系都要求研究者"从运动和辩证的角度来解释文学理论和文学史"（第96页）。

一 "时期"与"时代"

R. M. 梅尔认为，把历史分成不同的"时期"的意识可追溯至《但以理书》中描绘的巴比伦王尼布甲尼撒的梦境，他梦中所见巨像的头、胸腔臂膀、肚腹和腿分别由金、银、铜、铁打造，脚则是半铁半泥的。（第67页）神学家普遍认为巨像的各部位分别表征着巴比伦、玛代、波斯、希腊四个国家，巴比伦亡于玛代，玛代被波斯兼并，波斯由希腊所灭，希腊帝国分裂为彼此敌对的四个国家［卡山德（加山得）王朝、利丝马哥（吕西马古）王朝、托勒密（多利买）王朝、色娄苛（塞琉古）王朝］，国力渐衰，后来的国家再没有哪一个的国势能够像巴比伦那般强大昌盛。

如果将R. M. 梅尔的"时期"替换为"时代"更恰当。如果比较"时代"（epoch）与"时期"（period）这两个术语就会发现，"时代"指涉的时间跨度较大，且常常暗示某些"重大的意义"，即取决于"标志着一种新的发展开端的那些事件或事件的时间"（第67页），可见这一术语和"纪元"（era）相似，均强调时间的开端而忽视其跨度和终点，所以不能完全适合分期的需要。相比之下，"时期"的时间跨度较小，且往往可以与表示"时代"之义的"age"等效，不同的是"age"常与那些在相当长时间内产生决定性影响的伟大人物有关，例如"莎士比亚时代"。"时期"作为分期的概念可以在一定程度上弥补"时代"的不足，但同样语义上又暗示了某种"周期性"（periodicity），因此完全违背了历史编纂工作者做出的历史不可逆转、无法模拟的定论。由此可见，梅尔在明确意识到"时期"暗含的周期性之义的前提下依然选择以"时期"作为阶段划分的术语与时间单位，并试图将真实复杂的历史强行纳入具有周期性特征的规范体系之中。另一位研究者韦勒克"把'时期'称作'由一系列规范制约着的一段时间，在这段时间中，这些规范的引进、传播、变化、结合、消失都有迹可循'"（第68页），但韦勒克设想的那种虽包含诸多个体特质却可被简化为一整套规范的模型（pattern）几乎不存在，这种模型也几乎无法在长时间内保持不变。

任何关注文学史分期问题的研究者都必须面对时间单位的不断细分与重新组合。原属古代（Antiquity）——中世纪（Middle Ages）——近现代（Modern Age）/新时代（Neuzeit）三分观念中的"新时代"，随着时间推移和人们认知水平的提升在今天又被细分为"新时代"、"较新时代"（neuere Zeit）和"最新时代"（neueste Zeit）三部分，"当代"（Gegenwart）紧随其后。（第69页）随着生活于当下的我们逐渐死去，当下成为过去，新的"时代"便又会衍生出来。如果我们将"现代性"（modernity）这一概念单独拎出来，同样可以发现它背后的渊源相当复杂。

以上对"新时代"概念演变的考察表明，"时代"这一术语在分期上力不从心，但概念的细分还远未结束。"新时代"以降，每一阶段的时间跨度不断缩短，阶段的划分越发频繁和灵活，最迟从浪漫主义开始，随着"艺术的自觉意识和纲领性不断增强"（第70页），各种运动和流派此起彼伏，它们不断区隔、标识出新的时期。此外，文学史的编写远比艺术史更困难，"有时在一种艺术领域里分期，就比在另一种艺术领域里容易些"（第71页）。以风格的不同划分阶段的艺术史分期法在文学史那里往往行不通，因为文学的每种具体类型都有各自独立的发展变化。这些都会加剧文学史分期的难度。就以中世纪与文艺复兴这两个例子来说，依据梅尔的说法，每个时期都不能有遗留物，每一阶段的总和都必须包含这一阶段文学的全部发展内容，如果要解答中世纪何时开始的问题，我们就需要判断古代何时结束，同样，如果要指出文艺复兴的开端，也就必须为中世纪的终结下定

《比较文学与文学理论》(1968)

论。但实际上,从未"发生一种时代风格向另一种时代风格的剧烈转变"(第71页),古代文学的灵光可以现身于拜占庭文化和叶芝的诗中,中世纪的要素先后出现于欧洲各地,或早或晚参差不齐,不同学者关于分期标准的意见亦不统一,这些都表明"中世纪文学是交错的"。这种现象在文艺复兴阶段只会更显著。文艺复兴究竟开始于何时?"各民族文学史和世界文学史中关于这一时刻的说法存在着许多差异。"(第72页)潘诺夫斯基认为真正的文艺复兴意味着古代精神在文化领域中全面、系统地复苏,因此在他看来只有加洛林王朝的文艺复兴符合要求;特拉韦克将1321年但丁的逝世视作意大利文艺复兴的开端,视但丁为中世纪的最后一位诗人,毕竟《神曲》宣扬基督教义的创作目的不可避免地将但丁排除在文艺复兴诗人的行列之外。其实,奥尔巴赫成功地探索了但丁的讽喻文体风格(表面现实描摹与深层象征意义的双重结构),从而在但丁、薄伽丘与乔叟之间建立起对话,同时,通过比较他们在语言使用上的异同,提出掌握希腊文从而能够直接阅读古代作家原典的彼得拉克才应当被视作意大利文艺复兴的真正起点,(第74页)而使用本国俗语写作的薄伽丘,则应当像但丁、乔叟那样被归入中世纪。

上述混淆也出现于法国文艺复兴研究当中。关于法国文艺复兴的起始时间和主要内容,学界同样众说纷纭。马尔蒂尼甚至拒绝使用"文艺复兴"这一术语。与此类似,古典主义阶段与启蒙主义阶段也存在"混淆",如启蒙主义与洛可可、前浪漫主义不时的重叠以及狄德罗变化不定的身份。正如前文所述,那种理想的"规范体系",那种能够涵盖一个时期风格的所有特点,且足以经受漫长时间考验的"模型"几乎不存在,即使存在也几乎无人能够确认。我们惯用的那些术语,例如古典主义、浪漫主义、巴洛克和洛可可,几乎都无法概括说明在全欧范围内同一时期不同民族文学特点与发展状况。(第75页)

在此基础上,本章谈到封·韦斯对学界流行的两种分期观念所进行的批判。其中一种将文学史错误地理解为一串时期次第生成、接连相随的井然序列,而忽视不同阶段之间的渗透与重叠。持有这种观点的人很难解释莎士比亚戏剧中流露出的中世纪思想,以及他对"风格主义"和"巴洛克"技巧的同时运用；另一种则是对理想类型（Idealtypen）的偏执，即假定存在某种可以适用于不同文明中不同历史发展阶段的规范，这仍"不过是循环论或阶段论的变种"（第76页）：它们本质都是形而上的教条主义的产物。然而，尽管文学史编写中存在着各种不恰当的抽象与概括的现象，循环逻辑在文学史分期中仍有必要性，因为"规范是历史分期的基本依据，但规范本身又要研究者从历史发展的过程中归纳"（第77页）。简括地说，"时期"是序列形式而非本质形式，"时代"是关于历史的观念而非历史的实质。这种看法与泰辛的主张不谋而合。泰辛便提出，所谓"时期"的概念，实则是既定主体对历史客体的主观认识的观念集合，这些观念在历史发展进程中不断叠接、更新。

二 文学史的分期

除了前文所述"时期"内容的杂糅，"时期"概念的演变也会造成另一种形式的"混淆"：一方面，来自艺术史的术语大量进入文学史的研究范畴，如"巴洛克""洛可可"以及更具争议性的指"维多利亚早期"的"比德迈尔"（第80页）；另一方面，存在使用多个术语指涉同一时期，以及多个术语彼此竞争的情况，例如"巴洛克"和"风格主义"之间的互相替代性。此外，人们对部分时期术语的使用并不恰当，因为这些术语内涵含混，引人误解，正如以卢梭、狄德罗、"狂飙突进"运动为代表的"前期浪漫主义"所显示的并不是真正的浪漫主义时期风格，而更多是一种接近浪漫主义的前期潮流；而"后期印象主义"则完全是针对印象主义的反动，这一时期的代表艺术家虽然接受了印象主义的影响，但并未继承印象主义的任何风格特征，反而走向了它的反面。（第81页）

研究者在对文学史做出分期时，要面对的另一问题是缺乏从文学本身归纳出的分期原则和规范。这致使我们对各时期界限的判断受到了太多非文学因素的干扰，其原因在于，一方面，在部分历史时期，我们难以从纯文学中提取合适的词汇来准确概括这一阶段文学发展的

《比较文学与文学理论》(1968)

实际内容，于是只能退而求其次，从更广阔的文化背景中选择合适的术语，以期将当时的文学活动囊括在内，例如"宗教改革"与"人文主义"（第82页）；另一方面，历史上许多重要的文学运动的名称本身就是从绘画、雕塑、音乐、建筑等其他艺术形式中借来的，而且后者相较文学在当时势头更为强劲，影响力更大，也更有代表性。（第83页）例如因居斯塔夫·库尔贝的同名画展而流行起来的"现实主义"，首先在造型艺术中出现的"表现主义"和"印象主义"。在这种情况下，试图完全忽视其他艺术显然失之偏颇。

本章还涉及编年法在文学史分期中的功能问题。尽管部分学者巧妙地运用了这种方法——西蒙·冉让选取1861—1917年这个时间段来研究法国小说与戏剧中的美国性格，是因为他敏锐地意识到这段时间可被视作法美政治关系中的一个有机阶段，比较学者更习惯于借助文化背景及相应文学活动来确定时期，但目前最流行的编年分期法仍是机械地按照世纪陈列作品的方法，如"19世纪德国文学"。我们可以部分地借鉴这种方法，从严格的历史观点中寻找分期的依据。"一个君王的统治、一次战争的延续，或者一种政治的联盟都可以作为时期的依据。"（第84页）例如，"伊丽莎白时代"和"维多利亚时代"。当然，并非所有的君王都能够获得命名自己时代的权力，这主要取决于统治者对文化领域施加的影响，同时还要考虑到部分国家对某一时期的命名存在与国际通行观点不一致的情况。与上述不同，纪延在《再论文学分期》一文中采用了一种"非解释性的"（noninterpretative）编年的方法，即在采用编年法的同时强调编年单位中各种因素的动态变化。

与"时期"不同，"代"的突出特征是时间限度最短，除部分时间跨度过大的历史阶段，大多数"时期"在两至三"代"之间。因此，以"代"为单位划分文学史的方法并不可取，因为作家个人的创作生涯就可能跨越几代，并呈现出几种不同的时期风格。从"狂飙突进"一代到古典主义者，从古典主义与浪漫主义的交融，落脚于现实主义色彩与巴洛克式的结局，这些历程或风格并存在歌德那部经历漫长创作历程、不断修改酝酿的《浮士德》之中。"代"其实更像是一种时间计量单位而非分期单位。

"代"曾引发研究者的关注，如泰辛认为应将"代"视作由一批志同道合的艺术家的创造活动所形成的浪潮，或是一种共同的努力方向，它往往预示着新时期风格的到来。这种说法十分接近本章对"运动"的定义，只是缺乏"运动"所必需的理论纲领。泰辛的观点其实已涉及"代"的形成问题。韦克斯勒通过对"同龄人"与"同代人"之间关系的研究，提出"正是青年时代的生活经历造就出一代新人"（第88页），以挑战平德尔的"成长先于经历"说——这种说法忽视同一历史阶段的人们的种族、政治、宗教、社会诸方面的差异，无非是粗暴机械的编年分期法的变体，并且有意回避了韦克斯勒所谓的"同代人的非同代性"，即同一艺术家在创作历程中呈现出不同时期风格的情况——反对通行的以年龄作为划分"代"的依据的观点，丰富"代"这一概念的文化内涵。韦克斯勒的观点颇有道理，可用来分析存在于不同民族和国家之间相似的风格特征，它们背后往往是世界性的集体记忆，即"一代人感受过的、具有国际性的经历"（第89页），例如世界大战、核威胁以及20世纪达达主义的盛行。

法国学者布吕纳季耶提出一种以作品产生的影响为重心的社会学的分期方法，认为"文学时代应该只以文学事件作为起点"（第89页），但作品产生的影响往往与作品的机遇有关。即使是同一件艺术品，在不同时代、不同情形下产生的效果也不尽相同。1857年波德莱尔诗集《恶之花》的出版预示着象征主义的到来，同年由福楼拜创作出版的《包法利夫人》日后被左拉视作自然主义的典范，尚弗勒里也于该年出版《现实主义》文集，如果以作品产生的影响推算，那么这一年究竟属于什么"时期"呢？

三 "运动""流派""社团"

本章最后部分主要探讨"运动"与"时期"之间的辩证关系。本章首先对"运动""流派""社团"这三个概念进行辨析。与"流派"不同，"运动"中不存在绝对的师承关系，"运动"的领袖未必是导

《比较文学与文学理论》(1968)

师,也未必如纲领一样具有权威性;"运动"也不像"社团"那样有文人与艺术家组成的小圈子以及成员间维系圈子所必需的紧密联系与合作关系。

在此基础上,本章集中分析"浪漫主义"和"表现主义"这两个具有明显杂糅性的例证。只有当像施莱格尔兄弟和诺瓦利斯合办《雅典娜神殿》杂志这样的文人为某一事业共同努力的情况出现时,"浪漫主义"才可以被视作是文学运动。若将观察视野拓展至整个欧洲,我们则会尴尬地发现英国甚至没能形成浪漫主义运动,因为虽然有像样的纲领,但彼时英国浪漫主义作家们的关系却过于松散,而且常常将自己和他人开除浪漫主义者的资格,"从国际的角度看,欧洲的浪漫主义运动几乎没有统一性"(第94页)。但如果我们将"浪漫主义"视作流派,则难以判定其中的师承关系,而且对于像歌德和席勒这样的著名作家究竟是否属于浪漫派的问题,也始终难有定论。无论是指"运动"还是代表"流派","浪漫主义"这一术语均无法完全胜任,但都多少具有一定的合理性。

"表现主义"由于时间跨度太短,无法被视作"时期"。在造型艺术领域,德国表现主义主要依托"桥社"和"青骑士"两个团体展开。20世纪初,"桥社"很快"从友谊的圈子过渡到一个有主席、成员和纲领的,注册了的组织"[1],并且理论宗旨相当明确而激进:"吸引所有革命的刺激性的因素。"[2] 而同为表现主义代表的"青骑士"却几乎不具备任何"运动"特征,其成员未能制定纲领或发表宣言,他们虽然拥有笼统的共同愿望,但努力方式与发展方向不尽相同。相较之下,文学中的表现主义甚至更复杂、混乱,不断分化重组,作为单纯的文学现象尚难以辨析,遑论区分运动与流派。

(执笔:宋伊靖)

---

[1] [德]保尔·福格特:《"桥社"始末》,禾木译,《世界美术》1981年第3期。
[2] 吕澎:《视觉的震撼:西方现代绘画简史》,上海书画出版社2020年版,第88页。

第五章 体裁

"体裁"（genre）作为比较文学的研究领域之一，必须借助描述性的语言而非规定性语言才能加以说明。因此，不能为其下一个绝对清晰的定义或提供一种规范的模型。本章采用历史批评和形式批评相结合的方法，在揭示体裁研究历史讹误的同时，提出研究者应关注的要点，并对文学体裁的分类传统和分类原则进行说明。概括说来，"体裁"应在保持术语意义清晰的基础上，包含开放和变动的可能性。

一 规范性语言的弊端

首先，本章考察体裁分类的历史脉络，揭露采用规范性语言的弊病。古罗马时期，西塞罗（前106—前43年）最早在他的《论最佳演说家》一文中提出"划分体裁界线"（第97页），这一观点此后被贺拉斯（前65—前8年）、昆提利安（亦译为"昆体良"，约35—约100年）以及一批古典主义和新古典主义作家奉为典范。即使这一传统在18世纪受到浪漫主义的挑战，席勒仍然坚信对体裁界线的混淆乃是一种弊端。（第98页）

20世纪以来，西欧学界对体裁学（文类学）的研究仍显薄弱，东欧情况稍好一些，如波兰文杂志《文学体裁问题》便是这一领域的重大实绩。但尽管如此，在当时流行的文学手册和综述性著作中，体裁备受冷遇。如克罗齐（1866—1952年）认为划分文类纯粹是浪费时间；法国学派则把这一问题置于总体文学与比较文学的边缘：梵·第根在论及"体裁和风格"时，为了避免古典主义的追问，仅将体裁局限于现代文学之中加以机械罗列：散文、诗和戏剧，其后基亚、毕修瓦和罗梭在其作品中更是将问题一再简化。（第99页）就连韦勒克《文学理论》（第十七章）探讨体裁的独特性时，也不可避免地滑入某

《比较文学与文学理论》(1968)

种误区：该书把划分体裁的难度归因于时代的更新迭代，而非文学技巧的完善。

由于以上缘故，体裁的历史和理论理应受到研究者的更多关注，这对比较文学这一学科尤为重要。为了更好地展开讨论，本章首先排除了两类情况：一是仅出现在某一民族或某个地区的区域性体裁（如阿尔卑斯地区的民谣）；二是一个民族文学中具有普遍性的体裁，这两种情况本章均未加以考察，不考虑前者是出于比较文学国际性的考虑，不考虑后者则是因为古老文学体裁发生流变的直接证据太过缺乏。

二　体裁研究的重点

那么，体裁研究应关注哪些问题呢？首先，应关注某个体裁"名与实"的关系，包括考究某一消失的文学体裁名存实亡的原因和过程，以及研究跨民族流传中名称变动及其含义的影响问题，这在翻译中较为常见，如布瓦洛（1636—1711 年）的《诗的艺术》英译本，将"循环叠句诗"（rondeau）译为"轮盘诗"（round），"三节联韵诗"（ballade）变成了"民谣"（ballad），在影响变动的细微之处下功夫是比较文学研究者的责任所在。

同样重要的是对"串义"（contamination）现象的研究。"文学史上两种完全不同的体裁甚至种类，由于名称在拼读和发音上相近而互相混淆的情况。"（第 101 页）以《神曲》为例，此处的"串义"主要指混淆不同的体裁种类。在但丁生活的中世纪，戏剧并不一定非要在舞台上演出，多数情况是为了朗诵而作，实质上是一种"叙述体"（genus narrationum），因此但丁所谓"喜剧"（commedia）是指结局完满的叙述作品，与指向表演的"喜剧"（comedy）并非同一种文学体裁。另一个例子是讽刺诗文（satira）和"萨提儿剧"（satura），此处的"串义"是由语言导致的混乱。罗马的讽刺诗文起源于希腊的萨提儿剧，而希腊人认为后者不是一种独立的体裁。现代人普遍将讽刺诗文界定为一种文学技巧而非体裁。这同"模仿"的境遇颇有些相

191

似——如区分滑稽模仿（parody）和歪曲模仿（travesty）。因此，与其把模仿和讽刺都界定为体裁，不如将它们理解为表达某种说教内容、适用于多种文学体裁的一种技巧。

解决上述问题的方法在于，编写官方的国际文学术语辞典，因为辞典能以一种权威的方式澄清混淆。（第103页）本章赞赏比较文类学对比较文学的重要贡献，如法国学者艾金昂伯尔（又译为"艾田伯"）认为扎根于某一历史—地理环境中的体裁不可能被完美地移植于另一环境，因此对体裁不成功移植的研究将有助于揭示东西方文明的巨大差异，（第104页）而探究此种差异产生的原因，将有利于东方比较文学的学者彰显其文化的优势和独特性。

三　文学体裁分类的传统

（一）三分法

无论划分文学类型，还是辨析文类概念和制定分类标准都须以文学传统为依托。实际上，文类本身总是一定时期或阶段人们共同认可的结果，必须经过长期积累和沉淀才能成为一种惯例、常规和范型。其中史诗、抒情诗和戏剧的三分法无疑是西方文学中最具经典性、规范性和权威性的文类传统。[①]

文类三分法往往伴随着主客二元对立的文学史观。亚历山大·维谢洛夫斯基和施莱格尔都认为文类是逐步递进的，史诗、抒情诗和戏剧三种类型先后承接，不过这种机械的、目的论的历史演进模式已被当代学术界拒斥。

文类三分法最早可追溯至亚里士多德。他把悲剧置于史诗之上，因为悲剧是一种结合了音乐与舞台布景的总体艺术，不仅囊括了史诗的全部成分要素，并且能在短时间内集中激发起人们怜悯与恐惧之情，实现净化的效果。（第105页）这启示后人发展出对文类等级的

[①] 姚文放：《文学传统与文类学辩证法》，《学术月刊》2004年第7期。

《比较文学与文学理论》(1968)

划分，也就是将不同文类分出高低贵贱不同的级别，比如认为悲剧和史诗是高贵的文类，喜剧是平庸的文类，而讽刺诗和闹剧则是低俗的文类。

体裁的界定最初建立在文类纯粹与文类分立的观念之上。文类纯粹即遵守亚里士多德的分类法，维护各种文类的独立性，不得相互混杂；文类分立通过不同文类的分疏和隔绝以保证其纯正性和单一性。"在贺拉斯的《诗艺》中，论及文类时出现频率最高的莫过于这样一些字眼：统一、一致、适宜、和谐、恰当、恰如其分等，而贯穿其中的主旨就是合式（Decorum，也译为得体、仪轨），亦即符合古希腊人建立的文类惯例和陈规。"[①] 然而，随着体裁的更迭与融合，逐渐出现了文类混杂的现象。文艺复兴时期出现的"悲喜混杂剧体诗"就打破了古典主义和谐整一的戏剧观，将悲剧和戏剧的两种快感混合为一种新的快感效果。再比如史诗在现代演变出英雄传奇（romance）的散文体亚类，其间也出现了许多难以明确界定的中间体裁与混合类型，而关于想象性或者说虚构性文学，如诗歌和散文中的叙述性体裁的分类也成为某种未解决的历史遗留性问题。（第106页）

（二）四分法

另一种方式是将文学体裁划分为史诗、抒情诗、戏剧和说教诗文等四类。首先，"说教"仅是作为一种模式参与各种体裁形式的建构（mode），与体裁（genre）或类型（kind）不同，它主要与作者意图以及作品产生的效果相关。那些具有说教意味的自然哲学或社会科学作品之所以会被认定为是纯文学，大都是因为它们在形式上部分具有了诗歌的韵律特征。由辨析说教与非说教关系延伸而来的还有纯文学与非纯文学体裁的界定问题，韦斯坦因强调研究者应在此基础上，进一步考虑边缘形式——杂文、传记、自传、箴言、歌词乃至寓言诗插图等应用型及复合型文体在文学体裁中的位置。（第107页）

其次，根据亚里士多德的《诗学》所提出的模仿的分类方式，区

[①] 姚文放：《文学传统与文类学辩证法》，《学术月刊》2004年第7期。

别文学与其他艺术的关键就在于是否通过语言来进行模仿。然而，"任何文类学的研究，如果不涉及音乐将是不完全的"（第107页）。在模仿的基础上，亚里士多德把史诗视为严格意义上的文学类型，但希腊人对戏剧以外兼用文学和音乐的体裁研究尚处于空白阶段。

最后，韦斯坦因讨论了抒情诗相关的疑难问题。无论是从词源学还是抒情诗的次要类型如颂诗、歌诗乃至十四行诗来看，诸种体裁中抒情诗与音乐的亲缘关系尤为深密。又因为古代的文学艺术形式呈现出诗乐舞一体的特征，抒情诗在很长一段时间都未获得确定的命名，直到德国浪漫主义时期这一术语才作为主要文类得到定型。

（三）其他分类形式

韦斯坦因批评德语语境中将主要文类形容词化的情况，即研究者从体裁的历时演变史中抽离出文类，回避体裁的分类问题，仅描述文类性质和作者意图，文类理论也因此丧失了意义与合法性。比如，歌德就从情感态度的角度出发，认为可以假设出三种分别与史诗、抒情诗和戏剧相对应的文学自然形式：清晰的叙述式、热情的激动式和个人的行动式。（第110页）歌德还试图通过图解方法以厘清各种体裁之间的共时性联系，而悬置其于历时演变过程中所呈现出来的烦冗特征。J. 彼得森、爱弥尔·施泰格都是歌德这一理念的拥趸，后者主张在一般意义上抽象出普遍的类型模式比追溯个别体裁的演变史更为有效。

安德烈·约里斯在《简单的形式》一书中归纳出文学体裁的九种基本类型，即传说、历史传说、神话、谜语、谚语、案例、回忆录、童话和笑话。（第111页）韦斯坦因用前文学（preliterary）或超文学（extraliterary）体裁一言以蔽之，这些基本类型作为某种简单的结构元素参与文学体裁的建构。

四　文学体裁分类的原则

本章探讨实际存在的体裁以及确定它们在美学领域中地位的各种

《比较文学与文学理论》(1968)

方法,认为我们必须以系统的方式来确定不同体裁的地位。没有一种分类模式能够涵盖一切地区、民族和国家的文学形式,我们对体裁的划分必须有一定程度的选择性,这有助于人们更好地认识体裁生存或消亡的历史环境。他对文学体裁分类的各种原则进行探讨,其中包括心理学标准、预期效果、观察角度、内容与形式等多种分类原则,从比较的角度为对体裁做历史—批评的研究确立价值。

(一)按照心理学标准分类

心理学的分类原则通常是指按照作者或公众(读者、观众或听众)的心理状态对文学作品的体裁进行分类。这种分类方法的缺陷非常明显,因为主观因素在其中发挥着决定性的作用。席勒的《论素朴的诗和感伤的诗》依照心理标准把诗歌分为素朴的(模仿自然的)和感伤的(反思型)两大类,诗人或者是自然,或者寻求自然,前者是素朴的诗人,后者是感伤的诗人。其实,人类脱离素朴的状态越远,感伤体裁压倒素朴体裁的程度就越大。(第114页)席勒以二分法为基础建立起来的现代体裁理论是片面的,目的也不明确。

(二)按照文学体裁预期效果分类

亚里士多德曾在《诗学》中指出,悲剧通过引起人们的怜悯和恐惧来净化情绪。这一观点影响巨大,但也存在两个问题。首先,《诗学》的作者将美学意义赋予了前三章详细讨论过的艺术品的创作媒介、题材和表现方式,却没有将其赋予艺术作品产生的效果,到第六章才提及怜悯和恐惧。其次,根据文学作品的预期效果来对体裁进行分类的方法似乎更适用于在公开场合演出的戏剧(悲剧、喜剧、感伤剧),而对更适合在私密空间阅读的小说(感伤小说、惊险小说)或诗歌而言意义并不明显。(第114—115页)此外,不同文化背景的人阅读同一部文学作品往往会产生不同的效果,即使是相同文化背景的人,时空不同,产生的效果也会不同,与按心理学标准分类的方法类似,按照文学体裁预期效果分类同样具有主观性过强的缺陷。

(三）按照"观察的角度"分类

柏拉图的《理想国》提出最古老的体裁分类方法——根据"观察的角度"来分类。苏格拉底在与艾德芒图斯的对话中提到了文类划分的一些技巧和文体特点，如神话、诗歌既可以是简单的叙述，也可以是完全的模仿；悲剧、喜剧属于模仿；酒神颂这类文体只有一位发言人，即诗人；史诗则是两类文体兼顾（表演和叙述）。柏拉图指出，诗人在模仿的体裁中借人物之口阐述自己的思想，个人意见可能会被误认为客观事实，从而对国家政体造成威胁。（第116页）柏拉图的说教目的削弱了苏格拉底划分文类的价值，如剔除书中的说教成分，这种古老的体裁划分方法对后人或许会具有重要的文体学意义。

（四）按照形式、内容或形式内容相结合的分类

韦勒克和沃伦的《文学理论》提出，应按外在形式（特殊的韵律或结构）和内在形式（态度、情调、目的、题材和观众）对文学作品体裁进行分类，或将外在形式和内在形式结合起来共同确定文学作品的类型。

依据形式来划分文类，具体例证是抑扬格和挽歌。抑扬格最初尤其适合讽喻诗的韵律，后来由于它越发接近口语的韵律而被广泛运用到戏剧对白中，逐渐失去体裁的特征，在今天的文类划分中只占有一个空名。（第117页）挽歌的原有内容和形式特点也在逐渐丧失，其表达内容从最初对逝去亲人的哀悼之情扩展到男女恋情，后来又将爱和死的结合作为内容上的标志。在形式方面，挽歌不再采用原有的独特双行体，格雷的《墓园哀歌》就用四行一节的英雄体取代了双韵体。

依据外在形式和内在形式相结合的标准来分类，具体例证便是教育小说、流浪汉小说、哥特式小说等。一方面，这些体裁具有特定的表现形式：教育小说的主人公总是按照一个固定的、不可逆的基本模式成长和受教育；流浪汉小说则需要一个松散的结构和不断变换的场景；哥特式小说的故事背景和基本结构都遵循一套严密程式。另一方面，侦探惊险小说和历史小说有对应的戏剧形式，而教育小说、流浪

《比较文学与文学理论》(1968)

汉小说、哥特式小说、书信体小说等在其他主要的文学种类（抒情诗、戏剧和史诗）中没有直接对应的形式，因而可以被看作独立的文学体裁。

综上，一般被人们称为种类（kinds）、类型（types）、体裁（genres）和群类（classes）的文学现象所涉及的内容纷繁复杂，比较文学的文类学研究不仅应当灵活处理划分文类的不同方法，还应对文类性质和写作技巧、主题学范畴严加区别，尽量划清各种体裁的界限，同时使术语前后一致，经得起历史的考验。

（执笔：刘玉婷、林子玮、黄莺）

第六章　主题学

本章肯定比较文学研究中主题学研究的价值，从主题学研究的内容、历史、方法论三个方面展开论述。本章批评过去从心理学而非文学形态学角度开展主题学研究的做法，辨析母题与主题、母题与情境的关系等几组之前被混淆的术语，指出主题才是比较文学中主题学研究的理想对象。相比前几章，本章展现出更为系统明晰的论证思路和批评观点。

一　主题学研究概述

主题学在文学研究之初就备受怀疑乃至否认，因为人们通常认为题材不过是文学的素材，（第121页）它只有在一部具体的戏剧、史诗、诗作或小说中被赋予一定形式之后才能获得审美价值。直到近十年，由于惯用语研究（topos studies）的产生以及对传统、程式和效果的兴趣的恢复，主题学研究才恢复生机。

为避免语义混淆，在采用主题学方法进行批评分析时，第一步就须区分题材（subject matter）和主题（theme）。歌德认为只有形式才是真正的审美活动，而"题材和意义毫无意识地会合在一起"（第122页），题材仅仅被看作内容，主题（也就是意义）则成了一个心理学的范畴；库尔提乌斯也把主题看作心理学的成分，把文学作品的意义看作诗人个人经验的结果，并在此基础上寻找与之对应的主题。与这种题材和意义产生于无意识心理的近代观点相比，当代的主题学批评家则认为艺术不存在于题材中，也不存在于经验中，而只存在于作家综合一切的想象力中。

主题学研究需要明确区分文学作品的题材（即内容）、形式、意义这三个层面的观念。首先，"形式"包含了文体风格和结构，"外在结构"指作品各部分之间的连接关系，如戏剧中的故事和情节安排。如此一来，情节就成了可以加以总结的行动的部分，蕴含着一系列母题的组合。这样，"情节所指的就是一种特别的内容，它总是以缩略的形式对一系列事件加以叙述"（第123页）。当情节被取消了潜在的动能，被缩减为一种梗概、摘要时，深藏在行动的核心并由行动阐明的主题和母题便出现了，这是主题学的范畴，而不是意义的单元。其次，"意义"指文学作品中与问题或思想有关的方面，这样题材及其艺术品的任何直接关系都逐渐消失了，这就是克罗齐对主题学乃至比较文学的影响研究进行批判的出发点之一。（第125页）但意义从字面上讲更容易让位给更深刻的意蕴（意味）（significance），例如，文学中内容和意义之间的关系常常由意象和象征、母题和问题、主题和思想之间的关系反映出来。因而，最好还是把意义和内容区分开来理解，文学作品中真正属于内容范畴的成分包含题材、主题、母题、情境、意象、特性和惯用语（套语），它们处于主题学研究范围之中。其中，对于比较文学来说，主题学研究更偏于对内容而不是结构的研究，因而题材、主题和惯用语研究比母题和情境研究具有更大的意义。

二 主题学的研究史（德国—法国—美国）

主题学从传统上讲被认为起源于19世纪德国的民俗学。"它（民

《比较文学与文学理论》(1968)

间文学)发现一个故事总有大致相同但又有区别的若干说法,于是感到有必要进行比较,并大致描绘一个故事的系谱图。"(第126页)民间文学研究聚焦同一主题的不同演绎过程,最早在德国及其相邻地区蓬勃发展,对比较文学学科产生影响。在这一过程中产生了保尔·梅克尔的主题学丛书、伊丽莎白·弗兰采尔的《文学史的纵剖面》和《题材和动机史》等研究成果。但法国学者一直对主题学怀有戒心。(第127页)巴尔登斯柏格在《比较文学杂志》第1期著文批驳"题材史",力图证明主题学研究缺乏科学性,因为一个链条上的各个环节永远不可能完美无缺地重建起来,这显然违背了法国学派所推崇的实证方法和事实考据。

但法国学派也给主题学注入了新的血液。梵·第根认为主题学还要"研究他们自己的天才、理想、艺术在一个共同主题的各种变体中所起的作用"(第127页)。从这个意义上看,主题学研究为思想史和情感史做出贡献。比利时学者雷蒙·图松发表的两卷集专著讨论普罗米修斯主题受到学术界重视,他认为主题学研究是一种个人的自白,这与主题学近来的发展状况不谋而合;但另一方面,"在主题学中,审美兴趣随着从对行动的强调转向对行动者的强调的程度而减弱"(第128页)。如凯特·汉堡格的《从索福克勒斯到萨特:古代和现代希腊戏剧人物》。克罗齐反对这种把单一的个人从行动的环境中强行脱离出来研究一致性和延续性的做法。他认为:"如果角色和情节在诗人的头脑中获得了新的生命,这种新生命就是真正的角色和真正的情节。"(第129页)因此,主题学中角色的本质特征和经验并不具有一致性,这些古老的角色和情节背后是不同作者的生命。

在美国,对主题学的研究没有牢固的传统,比较文学学者以研究作品的意义为宗旨而极少把它作为自己历史的、批评的基础。如韦勒克和沃伦合著的《文学理论》不设主题学专章,甚至在书后的索引中都没有出现"题材"和"主题"的字样。因为该书旨在区别文学的外部研究和内部研究,而题材在尚未被作家吸收之前属于外部研究,在被吸收之后则属于内部研究。他们认为题材和情节的选择并不具备真正的艺术独创性,而后者在本质上只存在于处理材料并使之成形的过程中。《文学理论》中的一段话给了题材史以致命一击："同一个故事的种种不同的变体之间并没有像格律和措词那样的必然联系和连续性……它提不出任何问题，当然也就提不出批判性的问题。题材史是文学史中最少文学性的一支。"（第 132 页）但到了最近一段时间，美国学者对主题学转向肯定态度。哈利·列文为《批评的各种方法》所写的文章中写道："我们已经看到它包括了许多从前被当作文学的外部材料而搁置一边的东西。我们现在愿意承认，作家对题材的选择是一种审美决定，观念性的观点是结构模式的决定性因素。"（第 132—133 页）

三　主题学研究的方法论：连续性研究的建构

巴尔登斯柏格和梵·第根曾认为主题学忽视完整性，这一批评是否合理呢？要回答这个问题，首先要区分两组容易混淆的概念：母题与主题、情境与母题；其次是论证主题学研究的连续性。

（一）母题与主题的关系[①]

对于题材来说，有必要进一步区分预成形的题材（performed subject matter）和尚未加工的素材（Rohstoff）。但素材往往又是预成形的，譬如一段新闻叙述，或一份目击者的报道；而不成形的题材则如纯文献或未被消化的经验。因此，人们必须确定，任何一种有一定结构的经验，在被用语言表述出来之前，究竟是否已经构成了题材。（第 133 页）伊丽莎白·弗兰采尔认为，"狭义"的题材是"在文学作品之前存在的勾勒清晰的故事线索，可以以文学的方式加以处理

[①] 主题指"被一个抽象名词或短语命名的东西"，诸如战争的无益、欢乐无常、英雄主义、丧失人性的野蛮。母题是文学作品中小到不能再分解的组成部分：战争、欢乐、野蛮以及人物心态（嫉妒、骄傲）、人物情感（爱、恨）、人物行为（生、死、叛逆、谋杀）等，这些都可被视为一种客观存在。基本母题数量有限，如爱与恨、生与死、聚散离合、喜怒哀乐等。母题没有主观色彩；一旦母题有了倾向性，就上升为主题。主题是母题的具体体现，而母题是潜在的主题。参见陈惇、孙景尧、谢天振主编《比较文学》，高等教育出版社 1997 年版，第 117 页。

的'情节'"（第134页）。因此，主题的统一性就存在于"一切现存的文学形式的最小公分母中"，而一个题材的公分母是对其外在形态起核心作用的各种母题的结合。例如，唐璜主题中有着诱奸、宗教意味——对死去的军官的邀请、忏悔时的迟疑、对被惩罚者的天谴多个母题。因此，题材只有被分解成部分（母题）时才能被确认。

对于文学研究中的母题与主题的关系问题，弗兰采尔和图松都曾有过论述。弗兰采尔认为母题是较小的主题性的（题材性的）单元，它尚未形成一个完整的情节或故事线索，但本身构成了属于内容或情境的成分（motif）；图松则指出母题通过指明一个背景或大的观念来说明某种态度——叛逆，或一种情境——三角恋情、朋友或父子争斗、被遗弃的女人等。他把主题看作母题的个性化表达，把母题看作素材的一部分。

由上述两位学者的观点可以看出：首先，母题与形势（situation，亦译为"情境"）有关，而主题与人物有关。（第137页）主题是通过人物具体化的，包含着思想，而母题是从情境中来的，永远上升不到抽象的问题或思想层面。因此，文学中的母题库相对来说是较小的，但主题却是无限的，一个母题可衍生出无数的主题变体。母题具有一般性，不会局限在一种文明或一种社会中，按照歌德见解，母题是"人类过去不断重复，今后还会继续重复的精神现象"（第138页）。另一方面，母题的普遍性却受到时间、地点和人物特性的制约，如一国的国王又是最高牧师，对其臣民大谈世俗王权和神权冲突的母题就很不合适。因此，无论是在谈论主题还是母题，都需要关注事实联系和文化的一致性。

其次，主题的范围比母题狭窄得多。主题只有在那些抛弃历史特殊性，突出表现普遍人性的地方才可能有较为广泛的基础。因此，希腊悲剧的主题才在西方广为人知，近现代的主题因发生在特定的时空而导致吸引力很有限。但作家不应仅仅局限于遵循过去某些固定的题材，而应从不受权威约束的更大范围的题材中寻找戏剧性和文学性。

再次，典型（type）介于主题和母题之间，是处于成形阶段的人物特性的体现，可以被看作尚未成为象征原型的主题模式。如贪婪的母题产生了守财奴的典型,在普劳图斯、莫里哀、巴尔扎克等人的作品中都存在着,但它们无法建立由一个特定人物集中体现的文学传统(如美狄亚、普罗米修斯)。因此,典型比主题更具有普遍性,也更适合比较文学中的类比研究。

最后,图松创立了两个次级领域,一个讨论英雄主题,另一个讨论形势主题。第一个次级领域集中研究英雄性格。一方面,我们可以发现英雄人物对特定情境的选择是不确定的,他们在不同的时代和地点可能显示出不同甚至相反的性格特征,如普罗米修斯、哈姆莱特、赫拉克勒斯、浮士德等人物能使自己适应一个时代的思想、风俗和趣味,因此主题学也是精神史研究;另一方面,相同的思想也可以由作为它们的缩略象征的不同人物来表达。例如在浪漫主义时期,该隐、撒旦全被描绘成叛逆的人物。(第140页)在这些情况下,人物的性格处于从属地位,主题从属于母题(带有时代特征)。因此,对于人物性格一致性的面面俱到的完整的研究是不可能也是不可取的。

第二个次级领域集中讨论人物之间相互作用产生的行动。形势研究包括特定的环境和特定结构中的对抗。图松认为几乎所有的历史主题都属于这一范畴,这是因为迫于史实的客观性,作者享有的选择自由相对较小。不过这种说法显然只适于对历史题材做现实主义的处理,对创作想象没有任何限制。情境研究的例子如安提戈涅、俄狄浦斯、淮德拉和美狄亚给人的第一印象不是人物本身,而是和这些人命运攸关的事件(亲情和法律的取舍,人与命运的斗争,在感情中被抛弃的复仇行为)。其中安提戈涅和俄狄浦斯的行动动机的变体数目是很小的(人们基本倾向于接受俄狄浦斯发现杀父娶母后以刺瞎双目的结局收场)。这样,关注形势主题历史的比较学者遇到的基本上是自成体系的作品,这些作品本身已经形成了过饱和状态。图松还认为,许多形势主题易于以戏剧形式来处理,因为故事线索在戏剧中比在史诗和小说中更清楚,情节更紧凑。(第142页)

(二)母题与形势的关系

"母题"(motif)这个词源于movere(即 to move,运动),因此

《比较文学与文学理论》(1968)

有运动某物（movens）之意。母题的第一个意义属于内容的范畴，第二个意义属于结构布局，大致相当于音乐中的主导动机。文学中一般强调的是内容方面，文学母题只有在包含一种情境因素时才有助于行动（第143页）。因此，应从形态学角度而不是心理学角度做主题学研究，那些走入心理分析误区的学者使母题的持续性不再意味着主题的代际性，而只是表明一个诗人与一种根本的世界观相联系的作品在主题上的一致性，如歌德分析哈姆莱特时认为，英雄在责任的重担下毁灭，表现了那个时代青年人的思想状态。从这个意义上看，母题就不再是比较性的，而是专题性的，而心理学家对于人类心理和母题关系的认知便陷入循环论证。

"形势"指反映在行动或冲突中的或者产生行动或冲突的各种不同的感情或思想；也预先确定了牵涉在冲突中的两个或几个人。因此，一出戏真正的戏剧性联系形成了行动和形势的一种节奏顺序形式，"形势产生于行动，反过来又激发了行动"（第144页）。但遗憾的是，波尔蒂列出的二十六种情境过于分散，无法形成一种连贯紧凑的模式，并且进一步加剧了母题与情境的混淆。

由上可知，从主题学来看，形势构成母题和行动之间的一个环节，正如典型构成母题和主题之间的一个环节一样。行动意味着外在的活动，而母题是从具体现实中抽象出来的。形势则对二者的平衡起决定作用：在静态的母题和动态的行动之间作为一种"能够引申出行动的一切母题的包孕性的片刻"（第145页）。因此，作为一个文学范畴，形势和结构（情节）而不是和内容的联系更为密切，它所具有的主题学意义也相对较小。

（三）其他主题性研究单位

由上可见，在比较文学的主题学研究中，主题才是研究的理想对象，而母题由于自身纵横交错很难追索。主题性单位愈小，研究价值就愈小。（第145页）

最小的主题性单位是"特性"（trait）、"意象"（image）和"惯用语"（topos）。"特性"和"意象"如果没有达到象征的高度而转到意义的范围内,就只是附加或装饰性的成分;只有在被有意识地重复或起微妙的衔接作用时,才能成为主题学研究的对象。(第145—146页)对比较文学较有实际价值的是文学惯用语(commonplace 或 topos)①的研究,惯用语来自古典的修辞学,最初是在演说中能够吸引听众的注意力,并引起他们共鸣的那些论点。因此,在对惯用语所做的比较研究中,对独创性、传统和模仿的解释构成其重要部分。对主题学感兴趣的比较学者必须准确地了解,一个惯用语怎样转化为一个母题或一个主题。他还必须了解除从惯用语发展而成的母题和主题外,是否还有别的什么可以在惯用语中找到它们最终的、非神圣化的根源。(第147页)

(执笔:范益宁)

附录:

1. 英文版:… at least as long as Harry Levin's coinage "thematology" remains an obvious neologism.(p. 125.)

中文版:至少在哈利·列文创造的"主题学"(thematology)这一新的术语尚未被多数人采用之前是如此。(第122页)

笔者试译:至少只要哈利·列文所创造的"主题学"仍然是一个明显的新词。

2. 英文版:For Curtius, as for Goethe, then, the meaning of a literary work results from the poet's personal experience, which forms a kind of basic pattern for which he seeks a corresponding subject during the creative process.(p. 126.)

中文版:库尔提乌斯和歌德一样,把文学作品的意义视为诗人个人经验的结果,是一种基本的模式,然后在创作过程中再去寻找与之对应的题材。(第123页)

笔者试译:
正如歌德一样,对库尔提乌斯来说,文学作品的意义源自诗人的个人经验,诗人的个人经验形成一种基本模式,诗人在创作过程中寻找与之对应的主题。

---

① 套语(topos):主题学中的套语类似于汉语里的典故成语,如汉语中的"红颜薄命""江郎才尽",西方的"禁果""牧羊人""乐园"。

《比较文学与文学理论》(1968)

3. 英文版：The "idea" may appear in the abbreviated form of the so-called *moral*, *an aphoristic phrase offering a solution to the problems at hand.* （p. 127.）

中文版："思想"可以以所谓道德上的寓意的简略形式出现，一个警句就可以成为一系列问题的答案。（第124页）

笔者试译："思想"可以以所谓"道德寓意"的简略形式出现，一个警句就可以成为一系列问题的答案。

4. 英文版：In the realm *of Gehalt*, the literal meanings-still a content category-tends to give way to deeper significance. （p. 128.）

中文版：在意义的范围里，文学意义——仍然属于内容的范畴——很容易让位给更深刻的意蕴。（第125页）

笔者试译：在意义的范围里，字面意义——仍然属于内容的范畴——很容易让位给更深刻的意蕴。

5. 英文版：At first glance, the most intriguing subjects are not always the best and most tragic ones. （p. 141.）

中文版：乍看起来，那些阴谋诡计搞得最凶的题材，并不总是最好的和最有悲剧性的题材。（第139页）

笔者试译：乍看起来，那些最引人入胜的主题，并不总是最好的和最有悲剧性的主题。

第七章　各种艺术的相互阐发

本章将比较文学的研究范围由不同民族、语言间的文学比较扩大到文学与不同艺术间的相互关系上。本章首先梳理"相互阐发"这一观念在欧洲的发展历程及各国学者的态度，而后又重新定义"语言"，为各艺术间的相互比较建立了新的标准。在这一独特标准指导下，本章尤其关注对各类综合性艺术及过渡性文类的研究，试图拓宽比较文学的学科视野。

一　发展历程与学者态度

长期以来，文学和其他艺术间的关系都为比较文学理论家们所关注。1961年，美国比较文学家雷马克提出，比较文学应当从文学出发，将领域扩大到"文学与别的知识和信仰，例如艺术……的关系研究"（第148页）。在其执教的印第安纳大学，研究文学和其他艺术的关系一直都作为比较文学的一门专业课程存在着，但当时雷马克的支持者寥寥无几，其中最坚定不移采取这一方法进行研究的便是卡尔文·布朗，他曾在一次演讲中肯定各类艺术间相互影响、平行类似的情况，并指出文学与其他艺术间的关系虽不超越国家民族界限，但也应当属于比较文学的范畴。但总体而言，这一时期该领域始终是一个不为人知的空白地带，因此只能依附于其他学科，如艺术研究、音乐研究之下而不具备独立性；诸如音乐剧、歌剧等综合性艺术在此时更是为文学研究者们所不齿，因而难以得到充分的研究与发展。这一情况直至《歌剧及戏剧》《歌剧的本质》等书的出版以及小说改编电影风潮的兴起才有所改变。（第149页）研究者热议的话题是：文学与各类艺术间相互关系的阐发研究究竟该归属何方？

最终，在1966年的比较文学系和学科主任会议上，研究者们正式确认将文学和音乐、造型艺术关系的研究纳入比较文学领域。此后，各类相关座谈会、杂志与文集也如雨后春笋般冒了出来，显示出此新兴领域的勃勃之势。而本书作者韦斯坦因也坦言道，人们的所有疑虑都将会随着该领域在比较文学史下一阶段即将获得的突出地位而逐渐烟消云散。

在比较文学最先兴起的法国，研究者对这一超越学科界限的研究领域接受甚晚。他们虽然早就将文学与其他艺术种类的传统进行比较，却始终将其归为美学的一支。而比较文学的主将如巴尔登斯伯格、贝茨、基亚、艾田伯等人都十分默契地忽略此问题。梵·第根虽在《比较文学论》一书中简略地提及了音乐与造型艺术，却也仅仅点到为止，不愿在这一领域更进一步。（第151页）这一僵局直至毕修瓦和罗梭开始才有了些许变化：他们合著的《比较文学》不仅花费四页篇幅讨论这一问题，而且还肯定该类研究的正当性与意义。

在荷兰，学者们的态度则呈现出三足鼎立的态势：考奈里斯·德·多伊德坚决拒绝接受此观点，认为比较文学跨越的应当是民族界

《比较文学与文学理论》(1968)

限而非艺术界限；杨·勃朗特·克斯提乌斯则采取调和立场，既不反对也不倡导；而与以上两者相对应的则是热情支持"相互阐发说"的H. P. H. 泰辛。

最后，在德国，文学史与艺术史相互协作的观念素有传统。如莱辛在《拉奥孔》中便探讨了诗画间的界限问题、阐述了各类艺术的共同规律性和特殊性，因此德国比较文学研究者们更倾向于拥护这一立场。例如马克斯·科赫就曾在《比较文学史杂志》的"前言"中指出，探讨文学与艺术间的相互关系"也是比较文学史义不容辞的职责"（第152页）。科赫的号召获得了语言学家们的回应，其中沃尔夫林从纯结构出发，建立了一套可应用于各种艺术的"对照理论"，即将艺术分为文艺复兴式的与巴洛克式的。前者是"线条的"，具有对称、扁平、多元、清晰等特点；而后者则是"绘画的"，相比之下它是非对称、纵深、统一、不鲜明的。而他的学生瓦尔泽尔则尝试将其理论移植入文学，指出莎士比亚的戏剧应当属于巴洛克式的，因为"他的戏缺乏沃尔夫林在文艺复兴绘画中发现的那种对称的结构"[1]。虽然这一二元对立的理论割裂了文艺复兴与巴洛克时期，并且远不能应付现实中复杂多样的文学模式，但瓦尔泽尔终究是在该领域迈出了关键的一步。此后他用"各种艺术间的相互阐发"（第153页）来概括了此研究领域，令更多研究者成为他的拥趸——例如美国学者威利·赛弗，其部分观点虽然由于过分自由而稍显牵强，但他仍然是瓦尔泽尔最杰出的追随者之一。但这一盛况到了20世纪30年代中后期却被提倡遵循精神史的原则研究德国文学的韦斯与沃斯勒打断，从此便一蹶不振，再也没能重振前辈的荣光。

在梳理欧洲各国学者的态度后，韦斯坦因表明他本人对该问题所持的观点与卡尔文·布朗保持一致："即使在一个民族的范围内，文学与艺术间的比较也属于比较文学。"（第154页）但这样一来，各类艺术间比较的标准该是什么呢？早在第一章定义比较文学时，韦斯坦

---

[1] ［美］勒内·韦勒克、奥斯汀·沃伦：《文学理论》，刘象愚等译，浙江人民出版社2018年版，第123页。

因就明确指出，在文学中一个题目只有在涉及两种民族或两种不同的语言时，才是比较性的，这里的"语言"就是比较得以实现的关键点。但当我们在研究艺术间的相互关系时，若仍然采取语言的或民族的标准，将会产生如下两种困境：第一，不同语言/民族的文学作品之间可以实现比较，而文学与其他艺术门类间由于不存在所谓"语言"的差异，是否丧失了可比性？针对这一问题有两种互不妥协的声音，要么认为它属于比较文学研究，要么认为比较无法实现；第二，按照语言/民族的差异进行机械划分，势必得出将德国音乐与德国文学的关系归入德国研究的范畴，而将德国音乐与意大利文学的关系划入比较文学研究这类荒谬的结果。（第155页）如何解决语言传统的标准带来的难题，证明文学与其姊妹艺术的可比性？有中国学者认为韦斯坦因试图对"语言"维度做出新的定义[①]："语言"在不同艺术表达中均起到符号和媒介的作用，"语言"这一概念已经关涉到一个超越了语言学范畴的领域，成为艺术表达的共通手段（如文字、色彩、声音等）。

二 文学史与艺术史的相互阐发

在对"语言"之维做出新的定义后，本章把注意力转到一些更为专门的问题上来。第一，澄清比较美学和文学研究间的界限问题。本章认为，应当排除瓦尔泽尔和韦斯提出的"比较美学"的说法，他们在研究中关注各种艺术间的共同结构，但其中却包含着一种只考虑类同的潜在危险，例如莱辛的《拉奥孔》。此外他指出，在使用术语时也须格外慎重，比如瓦尔泽尔过于宽泛地运用了"节律"这一术语，因为在音乐和文学中的"节律"针对的是作品本身，区别于造型艺术中聚焦于观者的"节律"概念。（第155页）

第二，在对各种艺术间的相互关系做历史和批评的研究时，应当从事实联系开始，而平行研究则有利有弊。例如沃尔夫冈·凯泽的专

---

① 李琪：《韦斯坦因的比较文学观及其当代意义》，《齐齐哈尔大学学报》（哲学社会科学版）2014年第6期。

《比较文学与文学理论》(1968)

著《艺术和文学中的怪诞风格》从"事实联系"出发进行比较，避免将比较建立于抽象的观念之上，从历史的而非教条的角度阐述问题；而霍克则以抽象理论为基础进行平行比较，把"怪异"纳入审美视野，将超现实主义和巴洛克作为有共同因素的时期，破坏了按年代顺序编年的历史精神。

第三，如果要研究一个特定时代里各种艺术间的相互关系，就必须考虑它们和其所处时代、运动的关系，这便需要关注理论宣言中表达的艺术意图。对于这一点，韦勒克与沃伦持纯粹主义的态度：以古典主义为例，不同艺术间的"古典主义"并不相同，因为除具有传承性的文学之外，古代音乐与绘画均不存在艺术的进化过程，因此无法进行比较。但泰辛反驳了这一观点："一种艺术特有的理论和实践可以成功地移植进另一种艺术。"（第157页）这尤为显著地表现在各类艺术联系紧密的运动中，例如超现实主义运动。在韦斯坦因看来，由于历史上艺术史与文学史联系紧密，文学史家们不得不将前者纳入自己的研究范围：本书第四章以文学史从艺术史中借鉴而来的时期概念为例，论证建立纯文学规范，或者仅以文学为出发点进行文学史编写是不可能实现的；第五章中也有例子说明，许多既定的文学术语如表现主义、巴洛克、洛可可等，实际上正借自艺术史。因此，在分析这些风格的各种文学流派时仅以文学为出发点，完全忽视其他艺术显然是错误的。如此看来，以文学史与艺术史互为参照的观念使文学史的研究又增加了一个丰富的指涉空间。

三　文学与艺术的共生状态

如上文所述，正是由于韦斯坦因认识到坚持艺术纯粹性的观点是一种不切实际的幻想，文学研究将不得不和一些"混合的形式"打交道，（第158页）关注其共生状态。因此，各艺术类型相结合的混合形式、过渡性文学类型也应被纳入比较文学研究的范畴之中。

"混合形式"首先以各类综合性艺术为代表，如歌剧、电影、寓言诗配画、美国漫画等。其中，各类艺术往往是相辅相成的。即便是在以往以文学为中心进行考察的艺术类型中，音乐也有不可忽视的作用。例如，音乐在歌剧、希腊悲剧中都是重要组成部分。一般认为，从历史与研究的观点来看，巴洛克时期在创作观念上对古典戏剧进行了叛逆，但若将音乐纳入考察维度，则会发现它其实在音乐上承袭了古典精神。即使不谈配乐的问题，音乐在《第十二夜》《暴风雨》等莎士比亚戏剧中也是有机组成成分，在《樱桃园》等戏剧中也发挥着铺垫作用。（第158页）歌德以歌剧术语构想《浮士德》、席勒在诗剧中希望以歌剧复兴希腊悲剧，也反映出文学与音乐的紧密联系。此外，歌剧歌词事实上也与文学不可分割，如梅塔斯塔齐奥和格鲁克就对歌词进行了文学性的处理。韦斯坦因指出："只有当歌剧歌词的历史成为文学史的一个部分，才可能有助于澄清这类问题。"（第159页）而另一方面，布莱希特提出的"间离化"（Verfremdung）戏剧技巧也在跨学科的背景中获得其合法性。

此外，如创作者兼通多种艺术才能，也可能使作品表现出各类艺术相融合的效果。例如，米开朗基罗既是雕塑家又是诗人，他的这两种创作中是否能体现出两种艺术的相互联系？这一议题仍是有争议的，韦斯坦因举出了两种相对立的观点：韦勒克与沃伦认为，即使出自同一艺术家之手，不同类型的艺术创作之间也仍有质的区别，因为它们有不同的表达方式与潜藏传统；韦斯则持肯定意见，他以布莱克为例，认为他的水彩画虽属于福塞里派，但在风格上却与他的诗作遵循相似的规律。（第160页）创作者不兼擅多种艺术创作，但能从事不同艺术领域的批评，也应归入这种现象进行探讨。例如，波德莱尔和左拉的沙龙，霍夫曼和萧伯纳的音乐批评。

过渡性的文学类型也反映出文学与音乐或造型艺术的联结。韦斯坦因分析了语言自身的两种属性，"语言的表达作为一种听觉现象，必然指向音乐；作为形象和象征的载体，自然会给绘画增添光彩"（第160页），而当语言的听觉或视觉效果被过分夸大，甚至为此舍弃语义结构时，就产生了"类文学"（paraliterary）产品。

首先，文学与音乐之间的过渡性文类值得研究。表现主义及达达主义创造的"声音诗"即是典型代表，其创作常常仅是音节和节奏上

《比较文学与文学理论》(1968)

的声音序列，放弃了语言的表意功能，因而"无法写到纸上，只能在实际朗诵中存在"(第161页)。但讨论文学与音乐在结构上的类似时，研究者须格外谨慎，关注以下几个问题：(1) 我们往往需要假定作者的意图是好的，不会使人误入歧途；(2) 当被探讨的作品意涵相对复杂时，这种不同艺术之间比较会变得更为困难，比如从文学与音乐的关系入手研究艾略特的《四个四重奏》，就引发很多争论；(3) 有时尽管诗人自己点明了这种比较的可能性，相关的研究也可能一无所获。

其次，跨越文学与造型艺术的界限的研究案例也不少见。物象诗、巴拿斯派诗歌、意象派诗歌、模式诗、具体诗以不同的角度追求对视觉效果的实现。(第162页) 但值得关注的是，他们其实都并不试图通过"模仿"真正呈现出物本身。例如"物象诗"(Dinggedichte)并不以通过语言再造真实或想象的图画(或雕塑)为目标；巴拿斯诗派与"雕塑"的相似性也只是作为朦胧的隐喻而存在；[①] 意象派诗歌关心的是如何将视觉印象转化为相应的语言意象；模式诗(pattern poem)和具体诗(concrete poetry)则继承古老的传统，探索将文学与图像形象的呈现相结合。

最后，一些作品也同样体现了文学对造型艺术手法的模仿，例如曼斯菲尔德的《她的第一个舞会》模仿了印象主义的绘画手法，而《到灯塔去》的结局——李莉最终完成了自己理想中的那幅画——也可视为"塞尚对印象主义的征服"(第163页)。

四 余论

本章以两个尚需探讨的问题结束全书：第一即艺术灵感的问题。作者考察文学对音乐的影响，认为存在许多取材于文学主题的管弦作品，如《哈罗德在意大利》、贝多芬F大调作品等，而这却与瓦雷里解释《海滨墓园》的起源时做出的描述完全相反：瓦雷里说，曾有一阵他心里总是回荡着一种"6行10音节而没有内容的节奏"，这启发

[①] 参见［美］勒内·韦勒克、奥斯汀·沃伦《文学理论》，刘象愚等译，浙江人民出版社2018年版，第134页。

了他的灵感。最终通过长期的辛勤酝酿,他终于完成了这首抒情长诗。第二,狄西林克曾在《形象与幻象》中表示:"如果所探讨的作品涉及了民族神话与传说,那么这类研究就是文学的。"(第163页)如果将这一标准运用到艺术间的相互阐发中,那么在主题上与艺术相关的文学作品(如《约翰·克里斯多夫》)、采用音乐主导动机的作品(如《追忆似水年华》)都应当属于比较文学阐发研究的范围。

(执笔:陈希捷、何汶倩、黎苑如)

附　录

本则附录主要回顾法国、德国、美国、英国、意大利及其余部分国家比较文学的学科发展史。由于篇幅限制,并未对比较文学史前史[①]展开充分论述。

一　法国

(一) 早期阶段

在罗曼语族世界中,比较文学的史前阶段可以追溯至但丁。在德国,则可以追至施莱格尔和莱辛。而在法国,"比较的方法是从长期进行的保守与进步之争,以及由此引起的模仿与独创之争中产生的"(第165页)。例如,在16至19世纪,学者们曾多次就如何应对文学的外来的或古代影响的问题进行过争论。

比较文学告别史前阶段的标志有两个:(1)"世界文学"这一新观念的逐渐流行;(2)在生物学、社会学的影响下,认为不同国家、

---

① 所谓"史前史",主要指这一阶段的研究已经注意到作家之间、作品之间的类似,但对它们之间的事实联系或可证明的影响尚未做系统探讨。

《比较文学与文学理论》(1968)

时代、地区的艺术品具有同样意义的观念逐渐兴起，诸如圣埃沃雷蒙、赫尔德等学者都认识到需要考虑各时代、民族在美学观念上的不同，却没能有意识地去分析各民族文化真正的相互关系。斯达尔夫人的《论德国》(1810)可被视为比较文学的著作，该书认为各民族都应竭诚欢迎外来思想，遗憾的是，作者并未由此引出学术性结论，显然更关注社会学方面，如宗教、习俗、法律与文学间的影响关系。

在随后几十年中，"这种由圣西门鼓动起来的热衷社会学的思潮遮盖了处于肇始阶段的法国比较文学"（第167页）。造成这一后果的主要人物是泰纳，他倡导种族、环境、时代对文学的决定作用，却忽略了作者的天才与各种文学之间的影响。而这一观点直至19世纪末才逐渐失势。同时，一批学者甚至将艺术的要素与哲学、社会学的要素随便混淆。比如，夏斯勒就认为文学比较关注的应是不同心灵间的影响，（第168页）实际上以精神的历史替代了文学的历史。

在1930—1940年，"比较文学"（Littérature comparée）在法国趋向成熟。其时，生理学、神话学、哲学、美学、语言学等学科都先后出版了比较研究的专著。比较的文学研究也开始在漫长历程中逐渐变成今天所谓的比较文学。当时的许多学者对比较文学的研究特质尚不明确。例如，西斯蒙第在《中欧文学》中着重讨论的是政治、宗教、道德与文学间的影响关系。而诺尔和拉普拉斯作为第一批使用"比较文学"术语的学者，也只是在《比较文学教程》中编选了不同国家与时段的优秀作品，并没有涉及比较文学的方法与理论。

维耶曼或者昂贝尔应被认为是"具有系统观念的法国或别的地方的比较文学的真正的父亲"（第169页）。前者于1829年做了题为"18世纪法国作家对外国文学和欧洲思想的影响"的讲座，并在著述中提及应关注多种现代文学的相同渊源，以及它们在不同时代中的交流与融合，这些内容显然都已属于比较文学的范畴。后者也在公开讲座中对比较文学进行了讨论。

（二）第一阶段

有趣的是，比较文学虽以实证主义和社会学方法为指导，但其实它是在现实主义—自然主义退潮之后,才真正作为一个学科而诞生。其标志是,1897年里昂设立了比较文学的讲座,并由戴克斯特担任第一位教授。戴克斯特观念的局限性在于:(1)他断言比较文学难与自然科学相媲美,这一观点的背后是他令人生疑的假设——比较文学应服务于"种族和人的心理学"的研究;(2)他同样误解了歌德提出的"世界文学"的含义,认为比较文学将催化各民族文学消除个性,融合成一个真正的欧洲文学,这种观点当时就已显得过时;(3)他在贝茨《书目》"序言"中对比较文学工作的分类,也显示出他尚未发展出20世纪后继者们的系统方法。贝茨同样是这一阶段的重要学者。他的《书目》对比较文学做出了重大贡献,并成为后来巴尔登斯伯格和弗里德里希合编的《比较文学书目》的基础。

1900年于巴黎举行的国际学术大会对本学科的发展也有一定意义。其中,第六组讨论题目是"比较文学史",并由加斯东·巴里、菲得南·布吕纳季耶担任主席。他们代表了两种不同的倾向:前者更为推崇主题学和渊源的研究,却忽视了文学的艺术价值,[①] 后者虽在许多观点上颇具现代意识,但其文学进化论的观点限制了他对比较文学的贡献。(第173页)最后,随着里昂、巴黎、斯特拉陆续建立了比较文学讲座,法国比较文学的第一个主要阶段结束了。

(三) 第二阶段

巴尔登斯柏格是第二阶段的旗手,被称作"法国比较文学的教父"(第172页)。他继戴克斯特之后在里昂主持讲座,并在索尔本成立了"现代文学和比较文学研究所"。这一研究所确立的原则与方法随后一直被奉为圭臬,直至1950年前后才被美国学派的兴起撼动。巴尔登斯伯格既反对由泰纳和布吕纳季耶倡导的社会进化论的方法,也不承认主题学的研究,(第175页)他主张采用"发生学"或"艺术形态学"的方法。同时,他突出了国际文化生活中的"流动性"的

---

① 参见 [法] 梵第根《比较文学论》,戴望舒译,吉林出版集团有限责任公司2009年版,第20页。

《比较文学与文学理论》(1968)

意义,认为比较学者应更进一步去发掘二流作家和作品以及被忽视的消遣文学的价值。

本章也对巴尔登斯伯格曾担任编辑的《比较文学杂志》进行了提要式评述。他指出这份杂志素来存在以法国为中心的"地方主义",研究重点也局限于启蒙时代、古典主义和浪漫主义在欧洲内的传统。这些问题在近年才稍有好转。此外,法国比较文学的"泰斗"梵·第根也是同代人,他的《比较文学论》是第一本系统的、经常为后人引用的阐释比较文学方法的著作,影响深远。

(四)第三阶段

随着1940年德国纳粹占领法国,比较文学在法国的发展突然中断。法国比较文学在战后取得新发展,主要表现为:一方面,学术研究以巴黎为中心向全国各地迅速展开;另一方面,受美国学派影响,观念上的自由化趋势逐渐侵入了索尔本的大本营。

一批其他领域的学者为这一变化进行了铺垫。中世纪学家弗拉比埃指出比较文学不应局限在近现代范围内,也应考虑中世纪文学。埃斯卡庇则"为在严格的美学—文学范围之外重新界定、重新规范这一学科注入了新的动力"(第179—180页),推动了文学社会学的研究。艾金昂伯尔更是对法国学者长期以来加于比较文学的狭隘限制进行了大胆攻击。他主张把比较文学扩展到欧洲以外(特别是远东)的国家,还赞成对韵律、文体、隐喻、诗学以及与比较有关的结构和翻译进行研究,这一观点总体而言仍极富启发性,虽然不乏乌托邦色彩。必修瓦和罗梭于1967年出版的手册是"第一本真正'杰出的'法国比较文学指南"(第180页)。两位作者将历史与哲学研究的方法辩证结合进文学批评之中,第五章"文学结构主义"表现出了明显的新意。总之,此书忠实反映了法国大学目前比较文学教学与研究的现状。

二 德国

在德国,比较文学最初也是文学史的一支。从这个意义上来讲,莫霍夫可以被看作德国比较文学的学科奠基人，能够与他竞争这一资格的只有戈廷根大学的布特韦克和艾兴霍恩两位教授。

和其他欧洲国家一样，在德国，只有先解决民族文学研究中的语言问题，才能对文学进行系统的比较研究，而达到这一阶段的标志是《德国诗史》和《德国诗歌史纲》的问世。但是直到施密特和谢勒时代，德国文学研究才最终在学术史上取得与古典语言学研究的同等地位：施密特坚持从德国立场研究本国以外的文学现象，他在1880年维也纳大学的演讲中强调文学史的重要意义并指出与其他民族文学做比较研究的必要性。而谢勒则转向了比较文学，相比之下他对于比较的方法有着更为深刻的理解。谢勒极为推崇霍普特，认为他开拓了比较诗学领域。而后在其为霍普特去世撰写的讣告中，谢勒发展出了一套自己的比较诗学体系，认为它处理三个层面的关系：其一是那些在基本问题方面的相似；其二是相互影响；其三是那些固有文学因素。这套体系直至今日仍然有着很大价值。

与霍普特同时代的加里耶则提出了一种"建立在美学原则和比较文学史基础上的文学理论"（第185页），并主张应当为比较文学创造更加坚实的基础。虽然加里耶热情洋溢，但遗憾的是他同样缺乏方法论上的活力。这一状况直到1887年科赫创办《比较文学杂志》时才被打破。科赫为该杂志创刊号所写的前言是德国比较文学史上的一个转折点，它包含对德国比较文学的简要概述与批评以及使德国比较文学专门化的目标。科赫忠实地实践了自己定下的纲领，杂志不仅涉及欧洲以外许多地区的主题和民俗，而且还有不少文章集中谈论了国际性的文学影响。

20世纪80年代后期至20世纪90年代初期，比较文学这一学科名称和方法论已然在德国站稳了脚跟，但在该领域仍然存在众多争论不休的观点：最初人们关注讨论歌德所提出的"世界文学"概念，其中勃兰兑斯与迈尔都倾向于把它等同于名著，并将文学以外的科学、哲学著作也包括在内。而艾尔斯特则拒绝这一观点，认为歌德的世界文学指的是将文学趣味延伸到各个民族范围之外，以及随之而来的文学市场的拓展。（第188页）

《比较文学与文学理论》(1968)

在开设讲座上，贝茨曾呼吁在德国建立与法国和美国一样的比较文学讲座，但达菲斯和艾尔斯特却对此表示反对：前者认为开设该讲座的时机尚不成熟，应当在此之前为民族文学研究留下余地；而后者则表示"比较文学"这一说法容易造成误解，因为此术语完全是按照"比较语言学"的模式创造出来的，而比较的方法在民族文学研究中也同样适用。艾尔斯特和达菲斯对贝茨的攻击很大程度上代表了比较文学在德国成为一门学科所遭遇的种种挫折与阻碍。因此我们可以看到，直至"一战"前还未有任何一所大学注意到贝茨的热切呼吁。《比较文学研究》和《比较文学杂志》在1909年和1910年的停刊更是标志着比较文学在德国的发展降至冰点。在此时期德国的比较文学研究受到了各方阻碍：早期"精神史运动"迅速消耗了比较文学的活力，而活跃于彼时的表现主义风气同样对比较文学的发展十分不利。到20世纪30年代，德国虽然重建了比较文学，但也仅仅是以法—德为轴心、不同程度地沉溺于对"世界文学"的抽象思索中。可以说与彼时的法国相比，德国的比较文学处于远远落后的水平。

这一状况一直持续到20世纪20年代后期才有所改变：此时部分德国大学才在形式上承认了比较文学的存在，许多学者获得了兼职比较文学教授的职位，例如封·简在就职演说中就采用了《法国文学史和比较文学探索》的标题——他认为比较文学应当"以单个的作家作品为研究起点，应该探索某些思想和体裁经历过的变化"（第192页）。但与此同时，学者们对于比较文学的态度依然不容乐观：例如彼特森依然如25年前达菲斯所认为的那样，觉得"在德国各大学开设比较文学讲座的时机尚不成熟"（第194页）。此外，韦斯提出"人民精神"这一概念，并认为作为创作真正来源的人民精神只能为一国人民所有，不能与另一国人民共享，因此不能进行比较。而比较文学只有和理智的、可以从理性理解的现象联系起来才有意义，这就将比较文学降格到了辅助学科的地位。

阿尔文在1945年的一篇文章中不无遗憾地表示："在德语国家的大学里，迄今还没有世界文学或比较文学的讲座。"（第196页）因此在"二战"后，德国的比较文学迫切需要创造一个新的开端。在20

世纪50年代，韦斯恢复了在杜宾根大学的职位并组织了两次国际会议，与会者们探讨了比较文学的现状及未来。约翰-固腾堡大学也在恢复教学后按照法国模式建立起了第一个比较文学讲座，担任教席的是弗利德里希·赫斯。赫斯率先对战后德国比较文学的发展目标做出了历史和方法论层面的阐释。但遗憾的是他的理论观点充斥着种种矛盾，对战后德国比较文学的发展阻碍大于帮助。何勒尔继承赫斯的事业，他表明德国人既拒绝狭义的比较文学也拒绝总体文学，而是要以"'真正欧洲文学的比较历史'来取代二者"（第198页）。此外继承赫斯教席的还有吕迪格，他排除了基亚的"形象和幻象"研究以及实证主义主题学，主张用"效果"来代替"影响"。由于吕迪格从小受希腊和拉丁文的正统训练，因此对比较学者提出了高标准的语言要求。他的比较文学观点虽然对于美国学派来说是保守的，但在德国却很快被接受了。通过吕迪格的努力，德国比较文学的前景从此变得乐观了起来：1969年，德国总体文学和比较文学协会成立，德国也恢复了在比较文学界的发言权。

最后，值得关注的是，最近民主德国对于比较文学的兴趣也在不断增长着：在乌特立支召开的国际比较文学大会上，梅尔作为民主德国的唯一代表出席了此次会议。到20世纪60年代，几位学者同样出席了在布达佩斯举办的东欧比较文学大会。同年，克劳斯向德国科学院提交了一篇论文《比较文学史的问题》，为民主德国的比较文学发展奠定了基础。此后民主德国派出了更多代表参加各类比较文学大会，并且在整理文献方面不断做出实际性的努力；到1966年，东柏林的德国学院甚至主办了一次国际会议。就这样，从1968年至今（即1973年），民主德国的比较文学虽然发展缓慢，却也逐渐呈现出勃勃生机，不再似从前一般萧索。

（执笔：陈希捷、何汶倩、黎苑如）

苏珊·巴斯奈特

《比较文学批评导论》（1993）

《比较文学批评导论》（1993）主要章节

导言　当代比较文学现状
第一章　比较文学溯源
第二章　欧洲之外的比较文学概念
第三章　不列颠诸岛文学比较
第四章　后殖民世界的比较身份
第五章　文化建构：游记中的政治
第六章　性别与主题：以格尼薇为例
第七章　从比较文学到翻译研究

导言　当代比较文学现状

《比较文学批评导论》出版于20世纪90年代，曾作为世界各大知名高校的研究生教材使用多年，在国际比较文学界产生较大影响，被誉为当代比较文学研究的学术经典。该书"导言"部分围绕"比较文学是否是一门学科？"这一重要问题展开，回顾20世纪比较文学经历的3次危机，总结历史经验，探讨21世纪时代语境中的比较文学如何应对多种理论挑战。

该书"导论"开篇即提出比较文学的定义:"比较文学涉及跨文化的文本研究,它具有跨学科性并且关注跨越时空的各种文学之间的联系模式。"① 这一定义并不见得多么精彩,几成常识,但作者的论证很有意思——从比较文学的从业人员和研究对象两个方面展开。一方面,比较文学学者几乎都是"转行"来研究比较文学的,虽然他们在学术生涯开始时并不从事比较文学,但最终都殊途同归地转向比较文学。具体说来,比较文学从业人员包括以下三种类型:(1)单一领域的专家,如美国文学或法国文学专家转而从事比较文学;(2)立志探讨"不同文化语境中的文本或作者的相似之处"(第1页)的学者;(3)像阿诺德那样坚信文学之间彼此是普遍联系、可以相互阐释的学者。

正因为上述三种人转向比较文学的路径不同,他们对比较文学的认知也就互有差异,为自己规定的研究对象也就大相径庭。这是"导论"论证的第二个方面。比如,第一类专家从乔叟联系到薄伽丘,这是"一对一"的关系,实现单一文本或作家之间的联系;第二类专家将"莎士比亚作品的素材来源"(第2页)追溯到拉丁语、法语、西班牙语、意大利语的材料,这是"一对多"的关系;第三类专家考察范围更为广泛,"思考有多少英国小说家受益于伟大的19世纪俄国作家的作品"(第2页)。这就意味着依据俄国小说来阐释英国小说,两国小说处于"普遍联系"之中,这是"多对多"的关系,试图证明任何一国文学都与其他国家存在密切关系。

如此说来,文学之间的普遍联系就变成了常识。但"联系"会成为所有学科的基础,如何才能保证比较文学是一门与其他学科相区别的学科呢?因为联系是普遍的,而且可能"过于"普遍了,建立在普遍联系基础上的比较文学反而丧失了它的立足之地。众所周知,联系、比较的方法似乎可用于所有学科的所有题目,如"李白与杜甫"

---

① [英]苏珊·巴斯奈特:《比较文学批评导论》,查明建译,北京大学出版社2014年版,第1页。下文引用此著作,均随正文注明页码。

《比较文学批评导论》(1993)

之类,那它们为何能成为比较文学独享的专利呢?比较文学的第一次危机就建立在这一点上。意大利美学家、文艺理论家克罗齐认为,"真正意义上的文学史"=比较文学史,因为任何作品都只能在阐释与其相关的所有联系的基础上才能被真正理解;如果什么都是比较文学的话,那将导致比较文学什么都不是。恰如克罗齐指出的,"'比较文学'这个术语没有实质性的内容"(第4页)。

应对这场危机的方法是提出"比较文学=文化、人性",其功能在于"实现普世和谐"(第5页),如韦勒克与沃伦的《文学理论》认为比较文学能够"克制本土和地方性的情绪"(第5页)。本书作者颇有讽刺意味地指出,这样建构起来的比较文学就像是文化上的联合国大会。如果联合国旨在促进世界和平与各民族的和谐共处,那么,比较文学在文化上也会起到类似作用,其前提是人性论,坚信在民族差异性的背后潜藏着人类的共同人性。这是一个既无法证实也无法证伪的命题,带有乌托邦的空想性质。

但在这一构想下,韦勒克等人将传统的"影响研究"转向了"平行研究",前者是民族文学之间的外贸,是民族竞争的表现;后者则放弃事实上的文学联系,探讨全世界各国民族文学的众多作品蕴含的共同主题、意象、结构、手法等。韦勒克的名文《比较文学的危机》制造了"影响研究"的危机,却带来"平行研究"的转机和新生,20世纪50—60年代的比较文学虽然没有统一的研究方法,却成为吸引世界名校莘莘学子的"激进的学科"(第6页)。

比较文学在20世纪70年代及以后陷入另一次危机,原因在于有的学科看上去要比比较文学更激进。这些学科以文学理论或批评理论为主,"导论"列举出结构主义、解构主义、女性主义、符号学、心理分析、读者反应批评等。然而,事实上还远远不止这些,诸如新历史主义、叙事学与后经典叙事学、后殖民批评、世界文学理论体系等也不可忽视,起到推波助澜的作用。这或许将使比较文学最终被淹没在名目繁多、层出不穷的理论流派的汪洋大海中。

应对这次危机的第一个方法是重新审视比较文学与这些理论的关系。一种情况是,比较文学换个题目生存下去,比如,《帝国逆写》

上册　比较文学

（亦译为《逆写帝国》）对"后殖民"的定义表明，这一术语和比较文学重叠范围很大，"这不就是换了个名称的比较文学吗"（第12页），另一种情况是，比较文学成为其他学科的附庸。就像符号学起初是语言学的一部分，但现在足以和语言学分庭抗礼，甚至将语言学纳入囊中，译介学或翻译研究本来是比较文学的一部分，是否将来有可能取代比较文学呢？"比较文学看上去似乎不像是一门学科，倒更像是别的学科的一个分支。"（第14页）作为一位翻译理论家，本书作者巴斯奈特做出这一预测，既不多么出人意料，也无可厚非。当然，能否实现还需要时间来验证。

如果说上面论及的第一个方法代表了比较文学学科范围的变化，那么，比较文学在欧美之外的世界其他地区的开拓、传播与发展则代表了比较文学的空间扩展。这就涉及应对危机的第二条路径。显而易见，亚非拉各个国家的比较文学在20世纪下半叶都取得了长足进步。在欧美之外的民族文学中，比较文学成为反对欧洲中心论的有力武器，欧美学者长期以来习惯从欧洲向外观察世界，"现在的情况则是外部世界正在审视西方"（第7页）。审视的结果是像霍米·巴巴所说的那样，将"交叉指涉"[①]替换成"交叉切割"[②]：如果仅以19世纪为例，西方是进步的而同时代的非洲是落后的，此为"交叉指涉"，以欧洲的标准来衡量或"指涉"非洲，属于殖民主义话语；而在后殖民理论中，评价非洲不能再搬用欧洲标准。"导言"随后解释了何为"交叉切割"："欧洲和北美之外比较文学的发展，确实克服并超越了（cut through and across）欧洲中心主义所导致的各种文学臆断。"（第8页）

欧洲和北美之外的民族文学不以欧洲的标准为标准，表明了第三

[①] Susan Bassnett, *Comparative Literature: A Critical Introduction*, Oxford: Blackwell Publishers Ltd., 1993, p.6: "crossing-referencing." 中译本译为"互相参照"（见中译本第8页）。

[②] Susan Bassnett, *Comparative Literature: A Critical Introduction*, Oxford: Blackwell Publishers Ltd., 1993, p.6: "crossing-cutting." 中译本译为"平行横切"（见中译本第8页）。

《比较文学批评导论》(1993)

世界的民族文学意识到确立自我身份的重要性。比较文学在这一过程中始终发挥着重要的作用,如印度文学通过比较文学确认"民族文学的特殊性":印度比较文学"被用于对民族文化身份的确认"(第7页),"印度比较文学的发展与当代印度民族主义的兴起是同步的"(第11页)。其实,这一"同步"关系在历史上屡见不鲜。如伊格尔顿的《文学导论》探讨作为一门学科的英国文学的确立过程。该书提到,英国文学有助于英国统治阶层在"一战"后重新确立身份,"英国文学……也表现了英国统治阶级对精神出路的探索,因为其认同感遭到了严重动摇……"(第9页)从这一例证可见,真正克服欧洲中心主义对欧美学者来说并不容易。"导言"在论述比较文学有助于破除欧洲中心论之时,仍然不会忘记用英国来"指涉"或裁判印度,其中的讽刺意味不禁令人深思。

(执笔:刘林、谭志强)

第一章 比较文学溯源

本章阐发了欧洲内部早期比较文学的发展概况,梳理了"比较文学"这一名称的由来与内涵,将早期比较文学在法国等欧洲国家的发展与民族起源之间建立起紧密联系,这一联系促使早期法国学派形成以自身为中心的研究方式,德国学派则产生赫尔德模式。即使罗缪尼兹等人提出反对意见并倡导应当摆脱这种狭隘的民族主义观点,法国学派的影响研究在比较文学界仍最具权威,研究者往往将自身置于施予者或赠予者的地位,注重对他国的影响研究与文化转移。梵·第根针对法国模式的弊端提出二元研究方式,却为比较文学研究带来新弊端。

一 术语"比较文学"的由来[①]

本章开篇即引用韦勒克《比较文学的名称与实质》，简单阐明了比较文学这一术语在各个国家最早出现的时间，说明早在19世纪欧洲比较文学的概念就已传播开来。

1816年，法语 littérature comparée（比较文学）作为术语最早出现于法国两位教师诺埃尔与拉普拉斯合编的《比较文学教程》中，这是一部关于不同时期与国家的文学作品选集，其中并未涉及比较文学的方法与理论。

1848年，英文 Comparative literature（比较文学）的最早使用者是马修·阿诺德。他在一封信中说："虽然50年来人们对于比较文学只要留意就可以明白，但在某种意义上英格兰却显然远远落后于欧洲大陆。"[②]

1854年，德语 Vergleichende Literaturgeschichte（比较文学史）首次出现在莫里兹·加里耶尔的书中。

梅兹尔在1877年至1888年办《比较文学杂志》期间，认为他所谓的比较文学概念并不限于文学史，因此将 Literaturgeschichte（文学史）改为 Literaturw-issenschaft（文学理论或文学批评）。

巴斯奈特并未提及的是，韦勒克在这篇论文中特地指明各个语言间的"比较文学"并不能完全等同起来。虽然英语、法语与德语中的文学都源自拉丁语 literatura 对希腊语 grammatike 的翻译，literature 有时指阅读与写作的知识，有时指铭文或字母表，但在学术发展的历程中，各语言中"文学"所指的含义已各不相同。在法语中，该词对应的 littérature 长期指"文学研究"；德语中这一词被民族化后指"文学作品"；在英文中，它的含义由"知识或文学的研究"转变成"文学作品"或"一个时期、一个国家或一个地区作品的

[①] 原书各章未分小节。小节标题均由笔者自拟，下文同。
[②] ［美］勒内·韦勒克：《辨异：续〈批评的诸种概念〉》，刘象愚、杨德友译，上海人民出版社2015年版，第9页。

《比较文学批评导论》(1993)

总称"①。由此可见,"文学"一词的含义在不同语言中的演变直接影响了"比较文学"一词在各民族出现的时间。

法语中的"比较文学"是 littérature comparée,其含义既可以指"被比较、被对照的文学作品",也可以指"比较性的文学研究",同时还暗含了不同国家文学之间"相互联系"的意思,因此作为一种指称文学研究的名称,尽管它没有从名称上明确表明比较文学研究的根本特征,但它在法国仍是被承认的。

在德国,"比较文学"的德语是 Vergleichende Literaturwissenschaft。在德语中,"vergleichende"(比较)是一个现在分词,从而由法国学派强调的注重结果"compare"转变成注重过程与行为;同时也将原来的 Literaturgeschichte(文学史)演变为 Literaturwissenschaft(文学的科学),从而使这一学科从关注历史联系与事实影响的"文学史分支"变成了更注重思想探索的文学,这与德国的学术传统密切相关。

以上为德语与法语"比较文学"意义的区别。以小见大,不同语言的"比较文学"意义往往不同,恰恰反映出不同学派之间研究方式与特点的不同。

二 早期比较文学与民族主义

德国民族文学的兴起与赫尔德密不可分。赫尔德促进了德国"狂飙突进运动"的发生,并被认为是德国浪漫主义的先驱。18世纪末诞生的赫尔德理论通过反对法国强权在欧洲的扩张,建立了一种对抗法国文化霸权的新模式。由于赫尔德理论不仅适用于德国反抗法国的强权,也适用于在政治上处于弱势的民族反抗殖民者与霸权的路径,所以这一模式此后席卷欧洲,并对德国以外的民族产生了更加深远的影响。

赫尔德将卢梭的"the people"改变为"volk",因此卢梭对公民

---

① [美]勒内·韦勒克:《辨异:续〈批评的诸种概念〉》,刘象愚、杨德友译,上海人民出版社2015年版,第10页。

美德的重视被转变为对民族根源的浪漫主义式的推崇。在与歌德、莫泽尔共同出版的《论德意志气质与艺术中》中，他认为可用于"反抗法语普世主义在贵族阶级及全球统治的三件武器：首先是人民；其次是源自古希腊—拉丁之外的文学传统，最后是英国"。[①] 前两点的结合即是各国的民间文学。因此德国、捷克、意大利等国民族根源的建立与对民间文学、口传文学等资源的发现与重新整理密切相连。在赫尔德模式诞生时，德国还处于四分五裂之中，没有形成一个独立的民族，赫尔德的突出贡献在于通过寻根确立民族认同感。他利用德国民间童话、歌谣等这些能使德国人产生自身民族认同感的独特文学传统，从民间文学寻找到民族之所以是这个民族的特征，从而增强了德国人对自身民族的认同感。"五四"时期，刘半农等一批学者在中国提倡民间文学，创办民间文学杂志，重写中国文学史以提高《诗经》等民间文学的地位，正是赫尔德模式在中国的应用。

本章举出四个将民族主义的兴起、保护与发掘民间资源结合起来的比较文学案例：（1）是意大利，拜伦笔下的意大利"小心守护那些成就他们民族的事物，包括他们的文学"（第17页），当意大利争取独立时，它机警地保护其文学遗产不受外来者侵害；（2）是捷克民族，瓦克拉弗·汉卡伪造古捷克语手稿，并声称历史上存在一个捷克诗歌的黄金时期，使捷克民族文学作家受到极大鼓舞，并创造了真正的捷克浪漫主义复兴；（3）是英国，熟悉民间歌谣的迈克菲森创作古爱尔兰诗人莪相的盖尔语史诗的伪作引起轰动，其诗歌被认为堪与拜伦并列；（4）是德国，德国知识分子将民谣与诗歌的比较研究作为比较文学的基础，赫尔德理论推广后，《格林童话》等对民间文学的收集、编写与尝试正是通过重视本民族的民间文学传统来建立起民族根源，由比较文学研究促进民族主义兴起。

赫尔德理论的实践还继续延伸到了拉丁美洲。拉丁美洲陷入"出版政策、审查制度、文体限制以及西班牙和葡萄牙文化遗存的桎梏

---

① ［法］帕斯卡尔·卡萨诺瓦：《文学世界共和国》，罗国祥、陈新丽、赵妮译，北京大学出版社2015年版，第84页。

中"(第21页),它通过利用拉美民族本土文化资源,以"魔幻现实主义"的方式带动新文学的诞生。

在法国等欧洲国家,极端化的民族主义表现为帝国主义意识形态中对他者的文化殖民主义。在帝国主义视角下,处于文学中心的研究者往往认为本国、本民族的文化优于他者,中欧、非洲、亚洲等民族的文学遗产与艺术形式在文学中心面前一文不值。

对他者的文化殖民主义还表现为对西方经典作家的再建构,进入印度的莎士比亚被理想化,而其革命的一面不被重视。在"两希"传统下,从莎士比亚等经典作家衍生出具有欧洲人文气息的普适价值成为衡量全世界各国作品的标准,是否具有跨文化情感体验成为确认普适价值的依据。不掌握话语权力的边缘民族本土作家面对普适价值的判断往往处于任人宰割的境地。

因为"比较文学从诞生之初就与民族主义紧密联系"(第29页),两类民族主义导致各国产生了不同的研究侧重点,可分别以德国与法国为例。法国作为文化中心,关注文化转移,倾向于研究人类思想的产物;德国作为后起之秀,则关注民间文学,对民族或国家的"起源"与"精神特质"非常感兴趣,但德国对民族的推崇又使某些德国学者具有沙文主义倾向。清醒者如罗缪尼兹,提出了比较文学的三个目标:"一是重新评估文学史;二是重新评估作为一门艺术的翻译;三是坚持多语言主义信念。"(第31页)他的理念显然是力图破除欧洲中心主义的研究方式,但可惜未成气候。

三 早期比较文学的悖论

早期比较文学的悖论产生于"为了超越民族主义提出比较文学"的神话与"民族精神与文学存在高下之分"的现实之间。本章开篇就引用菲拉莱特·沙勒的一篇演讲稿《外国文学比较》(*Littérature étrangère comparée*)中的定义。沙勒在演讲中描绘了"一幅世界文学和谐共存的理想画卷"(第17页),但在这一理想之中,他强调研究一个国家或民族的精神如何影响异质文化的作家。这一演讲提及的国家包括"神学的德国""艺术的意大利""激情的法国""天主教的西班牙""新教的英国"……显而易见，沙勒以欧洲为中心，欧洲以外的异质文化都处于失语的境地，人们不难发现在他1835年演讲背后潜含着的法国中心主义思想。该演讲的矛盾在于，"即使是在讨论普遍的文学起源以及民族精神和民族灵魂问题时，也潜含着比较——认为某一种文化高于另一种文化"（第25页）。沙勒一方面宣称比较文学的客观公正性，一方面却保持法国在世界文学当中的优越性。1886年，英国学者波斯奈特出版了第一部比较文学理论著作《比较文学》，但他同样将印度与阿拉伯等欧洲之外的文学视作废物。

当研究者将"比较的"和"民族的"对立起来时，暗含着他们对欧洲各民族与国家间和平共处的美好期望。围绕这一美好目的，沙勒、阿贝尔·弗朗索瓦·威尔曼等人共同构建了各民族间"互相沟通、相互交织、共同分享"（第26页）的"当代神话"。他们期待，各民族通过比较文学研究可迈向普遍性的价值认同，但影响研究的预设前提是法国作为文学的施予者，像给予礼物一般影响邻国，掌握中心话语权的欧洲理论家已将自身先放置于中心地位，使比较文学的研究对象、研究路径与其初衷差距甚远。

由上可见，比较文学的出发点是超越民族文学，但在实践上却要区分优劣良莠，所以比较文学实践就变成优等民族与次等民族之间的外贸。特别是当两个民族之间相互比较时，它就变成民族文学优劣的评定，而后进一步发展到民族之间的优劣评定，助长整个欧洲民族主义情绪的发展，甚至助长帝国主义、民族沙文主义与殖民主义的生成与蔓延。苏联曾长期批判比较文学，因为其民族文学在欧洲主流学界看来是最次等的。

本章在阐明"比较文学"起源中相伴而生的悖论后，批评19世纪使用"比较文学"名称的随意性。（第27页）当时的学者在使用"比较文学"时并未对其进行明确的定义与约定，经常随意地用来表达自身期望。

《比较文学批评导论》(1993)

四 早期比较文学的研究转移

早期法国比较文学研究重点对象是中世纪。中世纪通行拉丁语,民族与国家尚未明确划分,民族国家远未诞生,因此研究中世纪的比较文学学者便可搁置现代以来地理、民族、人种等划分带来的种族问题。其时大行其道的是洛里埃式的研究方法,即典型的法国模式,将法国视作影响的源头,研究其余边缘国家对法国文学的接受情况,严重者甚至受到民族沙文主义的极端影响。

梵·第根1931年提出三种比较类型:(1)希腊与拉丁文学的比较;(2)现代文学借鉴古代文学;(3)不同的现代文学之间的联系。(第28页)但他认为第3种"不同现代文学之间的联系"才是比较文学应该重点关注的领域,他的理念对时人及其后的比较文学研究路径产生深刻影响,这代表着法国模式的胜利与德国模式的失败。

针对洛里埃式的研究方法,梵·第根又提出比较文学研究的"二元研究原则"(études binaires principle/binary approach principle),该方法转移了比较文学的研究方法与研究对象。在研究对象方面,他将口头文学、民间文学排除在外,专注于文艺复兴之后的现代文学研究。研究方法上,为了明晰划定比较文学的界限,区分出"总体文学""比较文学"与"世界文学",并将比较文学限定为两国之间的比较研究。本章借用韦勒克对梵·第根的批评阐明了自己对梵·第根的否定和批判态度。韦斯坦因认为:"几乎所有的法国比较文学研究都被二元研究的原则所侵染。"(第34页)"(梵·第根)这种定义对比较文学造成的负面影响旷日持久。"(第29页)

现在看来,二元原则的负面影响仍旧可以从两方面论述。一是研究对象,梵·第根首先将"口头文学、无作者可考的文学、集体创作的文学和民间文学"(第34页)排除在比较文学之外,加剧了文学中心民族对边缘民族的制约,因为欧洲民族拥有长期的书写传统,而边缘民族盛行口头文学传统,梵·第根对研究对象的限制无疑在稳固欧洲文学传统的同时加深了对边缘民族的文化霸权。二是限定文学比较必须跨语言，必须要在两种语言之间展开，导致有价值的研究项目无法展开，如英美文学的比较就被禁止，同时产生一些争议性的研究问题，如爱尔兰文学就被从英国经典文学中分离出去。

在研究方法方面，执着于二元原则使学者需在学科边界的限制与规定上花费大量精力，如一种方言何时才成为一门语言、一个国家何时才成为国家并建立政治边界和主权、民间文学何时成为有作者可考的文学作品等问题。

1959年，韦勒克发表《比较文学的危机》的演说。他笔下的危机直指法国学派过时的研究方法与狭隘的民族主义色彩。（第35页）韦勒克的"危机说"并非质疑比较文学学科存在的必要性，而是批评法国学派为比较文学带来的沉疴，比较文学发展至后期，"危机说"存在被泛化的危险，应当将韦勒克演讲还原至法国学派占研究中心地位的语境来讨论。

（执笔：李一苇）

附录：

1.

英文版："vergleichende Literaturgeschichte"（p.12.）

中译本："比较文学"（第15页）

笔者试译："比较文学史"

2.

英文版：The idea that there was mutuality in comparison was a myth, yet it was a myth as profoundly believed as the myth of universal, transcultural greatness.（p.21.）

中译本：在比较中相互依存、亲密无间，这种想法事实上是一种虚构，但人们深深相信这种虚构，就像相信普遍的、超越文化的伟大价值这一虚构一样。（第26页）

笔者试译：在比较中相互依存的想法是一个神话，但人们极度相信这一神话，就像相信普遍的、超越文化的文化价值的伟大这一神话一样。

《比较文学批评导论》(1993)

3.

英文版：*Zeitschrift für vergleichende Literaturgeschichte*；*Studien zur vergleichenden Literaturgeschichte*（p.22.）

中译本：《比较文学史》《比较文学研究》（第27页）

笔者试译：《比较文学史杂志》《比较文学史研究》

第二章 欧洲之外的比较文学概念

本章继续将比较文学的诞生、发展置于具体的民族与历史语境中加以考察。通过对比较文学学科发展脉络的梳理，本章勾勒出比较文学在西方的日渐衰落及其在世界其他地区发展壮大的过程，指出欧美传统的比较文学由于"二元划分导致的狭隘性，非历史化研究方法的无用，以及将文学作为普世教化力量的盲目自信"（第54页）已经死亡；而印度、非洲等地的研究由于强化了比较文学与民族文化和民族身份问题的联系而日益兴盛。传统的比较文学已经被与民族身份、翻译等问题密切相关的文化研究取而代之。

一 美国与澳洲的比较文学：跨学科、去政治、非历史

1961年，雷马克总结美国国内的比较文学研究方法与趋势，在此基础上定义比较文学为"超越国界的文学研究"（第37页），并从两个方面规定研究对象：一是各国文学之间的关系，二是文学与其他学科之间的关系。雷马克宣称自己的研究不同于法国学派的历史学或文类学方法，采用描述性、共时性的方法。他不仅批评法国学派的研究方法过于依赖事实证据而缺乏想象力，还批评法国学者提出的具体概念，如梵·第根的"比较文学"与"总体文学"之间的区分存在模糊地带。他提出一种"更富于想象力"的研究方法，认为比起影响的来源，学者们更应关注哪些影响得到保留和为什么得到保留，以及这些影响的后续吸收与融合。如果说法国学派花费大量时间、精力去划

定比较文学的疆界，厘清其概念，那么美国学派干脆省去这些麻烦，直接宣称"任何事物都可以与其他事物进行比较"（第38页），明确比较文学的跨学科性。雷马克不仅对比较文学做出较为宽泛的定义，而且认为比较文学不应被视为具有独立法则的学科，它是一种连接各研究领域的"辅助性学科"；同时他提出将对学科边界的判断交给个人，由此回避建立学科规则。他对比较文学给出的定义也通过用"国家"（country）一词代替了"民族"，回避政治问题。

其实，美国学派的去政治化特性可以追溯至比新批评更久远的19世纪。查尔斯·米尔斯·盖利在加州大学伯克利分校创建了比较文学学科，开设一门称为"伟大作品"的课程，这一课程随后成为美国比较文学发展的典范。盖利提出，比较文学应当被视为"文学的语文学"[①]；同时他强调心理学、人类学、语言学、社会科学等学科在文学研究中的重要性。在盖利所开列的"伟大作品"清单中，民族和语言差异被暂时搁置，代之以一个包罗万象的"熔炉"。盖利的理论体现出美国比较文学建基于跨学科和对"普遍性"的追求。"普遍性"不仅指美国学派忽略民族历史差异而对不同民族国家文学采用同一套批评标准，也指其在不同作品中追求普遍的人类精神价值。盖利出于巩固自身地位和反叛法国学派的需要，挑战梵·第根提出的二元研究模式，认为即便是研究单个国家，只要目的是探求文学在民族或人类心理层面的规律，也可被视为比较文学研究。

在盖利之外，澳洲比较文学之父哈切森·麦考利·波斯奈特也主张比较文学研究脱离政治考虑。波斯奈特提出一种比较文学的进化论模式，认为这一学科的基本原则是"社会进化、个人进化，以及环境对于社会和个人生活的影响"（第40页）。他认为"比较"的方法与"历史"的方法相同，都在于追溯人类进化历程中已经走过的道路。波斯奈特和盖利的理论都与欧洲模式相去甚远。整体而言，欧洲"旧

[①] Susan Bassnett, *Comparative Literature: A Critical Introduction*, Oxford: Blackwell Publishers Ltd., 1993, p.33: "literary phiology." 中译本译为"文学的文献学"（见中译本第39页）。

《比较文学批评导论》(1993)

世界"的比较文学关注来源与事实,强调"建立民族意识的文化基础"(第41页);而欧洲之外的"新世界"则以跨越时空和学科界限、探求人类的精神成就为己任。

随着美国的形式主义方法通过"新批评"在文学研究领域获得日渐稳固的地位,"历史"的方法变得不那么重要了,这导致人们将文学问题和其他领域割裂开来,促使比较文学"逐渐转向了愈发明显的形式主义模式"(第42页)。尤其当两次源于民族冲突和领土争端的世界大战为人类带来惨重损失后,"新世界"的学者更乐意采用"伟大作品"模式下的跨国研究方法,有意将语境搁置,在国际性艺术中寻求一种人文主义的教化力量。韦勒克对这一情形加以归纳,认为比较文学就是"摆脱语言、种族和政治界限的文学研究"(第43页)。对社会政治与经济问题有意回避的形式主义研究方法几乎是在真空中对文本进行探讨,这也促进了1970—1980年北美"新历史主义"的产生。

二 后殖民的比较文学:本土视角与政治行为

不同于美国和澳洲,其他地区的比较文学研究坚持对政治色彩的强调和对形式主义的拒斥。如印度和非洲比较文学仍强调以本土文化为基点进行比较研究的必要性,并借助当地学者的观点,从比较的对象、本土文学史的编纂、本土语言对外来概念的重新命名等三个方面标示出本土研究的路径。

在比较对象的确定方面,印度学者斯瓦潘·马宗达从印度本土文学视点出发,认为西方各国文学存在一种共同的精神特质,正如组成印度文学的各个次民族文学之间存在共性,因此不应将印度文学与某一西方国家文学进行比较,而应将作为各次民族文学集合的印度文学与作为各国别文学集合的西方文学整体进行比较。这一论断不仅提升研究者对印度内部文学变体的重视,也重审将某一西方国家文学置于国际优先地位的旧模式。

马宗达还认为,如将西方的文学史编纂模式强加于印度文学传统,就会破坏其传统的延续性,因此应基于本民族传统编纂文学史,建立本民族的文学概念与现代学科体系。非洲学者在对本民族传统的维护上立场相同，反对欧洲学者在非洲文学中寻找其所谓的"教化式影响"，同时反对西方学者宣称西方的"伟大作品"具有普遍教化意义，即反对用欧洲的评判标准来衡量全世界的文学。

本章认为，对于在印度与非洲的发展而言，"比较文学是一种政治行为，是在后殖民时代重组和重新确定文化与民族身份进程的一部分"（第46页），而这一进程的核心是用本土语言对外来概念进行重新命名的问题，在这一重新命名的过程中，翻译的重要性不言而喻。

三　比较文学发展历程回顾与展望

在概述比较文学在欧洲之外的两种主要发展状况之后，本章回顾了比较文学诞生以来国际学界各流派的演变。在19世纪比较文学研究中，重视实证的法国学派与重视民族渊源的德国学派形成对峙，直到德国学派的研究范式被"纳粹"截取、发展为极端民族主义并导致了世界大战，德国学派陷入持续的没落之中。法国学派长期占据主导地位，直到美国学派"凭借其跨学科方法和对文学普世价值的重视"（第48页）向其发起挑战，在20世纪60年代形成实证主义与形式主义研究范式并存的图景，至20世纪70年代，这两种方法都受到其他地区的比较研究范式挑战。

目前，在西欧与美国逐渐增长的"理论热"是对方法过时的比较文学的一种反动，表明比较文学的衰落。但在欧美以外的地区，采用新型研究范式的比较文学正呈现出勃勃生机，我们现在"拥有一个后欧洲时代的比较文学研究范式"（第48页），这一范式重新审视了欧洲研究中文化身份、文学经典、文化影响、文学分期等方面的政治意义，同时也"坚决反对美国学派的非历史主义与形式主义方法"（第48页）。她对这一关注民族文化与民族身份的比较文学研究新范式表现出了期待与信心。

四　英语替代古典语言及其对比较文学的影响

当法国学派恪守比较文学研究的"跨语言"等规则，而美国学派

《比较文学批评导论》(1993)

"试图揭示世界文学的普遍意义和精神价值"[①]之时，英国的比较文学研究始终徘徊在二者之间，具体表现在两方面：一方面，不同专业的学者倾向于不同派系，如现代语言学学者倾向法国学派，英语系学者则更倾向于美国学派；另一方面，英国学者从未彻底遵守法国或美国学派的教义：美国学派的伟大作品传统没有被英国学者吸收，法国学派的影响也因德国马克思主义批评的影响而减弱。

英国比较文学界最有原创性的贡献也许是"并置（placing）"这一概念，此概念源自阿诺德之观点"事物是普遍联系的，是相互阐释的"，指的是将许多彼此之间差异很大的作品、作家和文学传统并列起来加以研究。这一概念烛照下的比较无须事实联系，它源于作家阅读其他作品时亲身感受到的"认识的震撼"（第50页），即发现他与其他作家间的契合之处。然而，"并置"概念提出的语境截然不同于阿诺德所处的"一个西方知识分子同时掌握几门古典语言"的语境。在阿诺德所处的整个19世纪，因阅读者能看懂不同语言的文本，文学研究本身就带有比较性质。吊诡的是，19世纪比较文学作为学科的发展，却正"与欧洲和英语世界逐渐转向单语主义的过程同步"（第50页）。单语转向一方面是由于民族运动中强调民族语言的需要，另一方面则是因为西方教育体系的细分化，导致专门人才的增加，19世纪那样的"通才"逐渐减少。与单语转向相伴，古典作品虽然仍是人们的研究对象，但对民族文学的研究发展壮大，并日益成为另一种盛行的研究方向。

随着这一进程发展，使用单一语言的人越来越多，将"跨语言"视为比较文学的首要前提变得不合时宜。大学中国别语系的设立也意味着比较研究在行政和学术两个维度上都是跨学科的。因此，20世纪60年代设立一系列比较文学研究项目，是基于两种语言学科之间的对比，如法语与德语、西语与意语、德语与俄语、英语与以上任一语种。这既使梵·第根提出的二元模式固定化与合理化，也使行政上的管理结构更为清晰。但在此之外，欧美大学中较少受到关注的语言

[①] 张隆溪：《比较文学研究入门》，复旦大学出版社2008年版，第12—13页。

领域只能在某种框架中进行比较研究，如"非洲研究""东方研究""斯拉夫研究"。这些研究院系的设立，虽然昭示着主要文化和次要文化的等级划分，也为比较文学研究提供了新的可能性：一方面是因为这些院系之间的界限不再牢不可破，另一方面这些院系中不仅有文学研究者，还有其他学科的研究者，由此拓展了比较文学的研究领域。过去20年中此类比较文学项目的地位和学生数量都稳步提升，证明比较文学"与文学研究中的二元研究模式和非历史主义渐行渐远"（第52页）。

由于英语的兴起和古典文学的衰落，比较文学对文本研究越来越需要借助翻译，译作的比较研究不可避免地将文体风格的研究边缘化，译文常常会被归为"译入语"的一部分，如易卜生、契诃夫等人常被认为是英国作家。尽管翻译在比较文学领域的重要性早已不言而喻，但文本被翻译时产生的变化还没有引起足够的关注。随着比较文学的衰落，翻译研究的兴起势不可当，导致研究者日益产生"对文化差异的优先考虑"（第53页），这将在本书第七章详细论述。

五 比较文学与文化研究

19世纪盛行比较文学研究，20世纪则盛行文化研究。文化研究对20世纪的学者正像比较文学之于19世纪的学者，它们带来的困惑多于帮助。这两个概念相同之处非常明显，均是学者为应对转型之中的文化、民族、语言、历史、身份等观念"而做的跨学科努力"（第53页）。19世纪的比较文学学者面临"根基与起源的问题"，20世纪的文化研究学者们面临的则是如何定义一门对现有学科规则加以批判的学科。

理查德·约翰逊认为，鉴于文化研究一定是跨学科或非学科的，学者们需要对文化研究未来转型的方向加以勾勒，而不是在学术规范与学科界限上进行堂吉诃德式的定义尝试。他还指出文化研究有三种主要形式：（1）对于文化生产过程的研究；（2）从文本入手对文化产品本身的关注；（3）对生存文化的研究。尽管这三种形式都很重要，

《比较文学批评导论》(1993)

但它们并不需要"精确的定义和归类,而是可以利用各种不同的研究方法"(第54页)。与此相仿,比较文学也应是反对定义的,其最初的学科宣言也确实如此,但不幸的是后代学者一直在进行堂吉诃德式的定义尝试,直至今日仍然如此。因此,比较文学的学科建构不免失败。

如今,"比较文学从某种意义上说已经死亡"(第54页)。但比较文学实践仍然在以其他方式存活下去,如世界上其他地区对西方比较文学模式的彻底重估、性别研究和文化研究、翻译研究实践等。本书的后续章节将陆续展现比较文学在这些领域是如何获得复兴与如何被政治化的。

(执笔:郭怡君)

第三章　不列颠诸岛文学比较

本章聚焦不列颠诸岛的比较文学研究,从语言、方言和身份等角度廓清不列颠诸岛复杂的语言、方言问题,以及与二者密切相关的身份问题。首先,本章认为需在历史语境中理解该地区的文学,采用历时性的而非共时性的研究方法;其次,本章阐发布迪厄的社会学理论以及卡瓦纳的"地域主义"和"地方主义"并得出结论:只有"地域主义"的创作思路和研究方法,才能冲破英语霸权的局面,最终在多元文化共同发展的基础上研究比较文学;最后,本章提供对不列颠诸岛开展比较文学研究的切入角度和具体范例,进一步说明在不列颠诸岛进行比较文学研究的可行性。

本章重点关注的问题和论述前提是,因涉及复杂历史因素以及"政体概念"和"地理概念"的不同,英国不等同于不列颠,不列颠也不等同于不列颠诸岛。在作者看来,专业术语"是一个最基本的原则性问题"(第57页),我们不能将爱尔兰作家通称为英国作家,也

237

不能将其作品收录到英国文学中。若是错误地使用专业术语，便会引起作家的反感与不满，甚至会引起作家的反击，如当代著名诗人谢默思·希尼因为布莱克·默里森和安德鲁·莫辛将他的作品收入《企鹅当代不列颠诗集》，特地写了一首诗予以反击。不列颠包括英格兰、苏格兰，以及威尔士，而不列颠诸岛则包括不列颠岛、爱尔兰岛，以及其他位于欧洲西部北海地区的群岛。谢默思·希尼是北爱尔兰德里郡人，他的诗歌"具有鲜明的民族背景和地方色彩"[1]，他的愤怒显然合情合理。对于这样一位具有强烈民族认同感的诗人来说，将其作品归为不列颠诗集显然犯了原则性错误。这正是本章以"不列颠诸岛文学比较"为题的原因。

一　语言、方言和身份

语言、方言与不列颠诸岛人的身份建构和身份认同有着密切的关系，甚至可以说前者对后者是一种决定关系，而它们直接关系到在不列颠诸岛内部开展比较文学研究的可能性。

本章提到不列颠诸岛的语言构成，有"凯尔特语（至今仍在使用的厄尔斯语、北爱尔兰语、苏格兰盖尔语和威尔士语）；还有仅在文本中留存的马恩岛语和康沃尔语、日耳曼语（英语、苏格兰语和古挪威语）、海峡群岛使用的法语以及移民所用的日常语言（其种类正日渐增多）"（第57—58页）。不列颠诸岛语言的组成非常复杂，为了更加清楚地了解不列颠群岛的语言使用情况，我们可以参考克里斯托弗·A. 斯奈德在《不列颠人：传说和历史》[2]中绘制的一张图（图12.1）。

通过研究该地区的语言构成，本章分析在不列颠诸岛进行比较文学研究的三个问题。（1）凯尔特语和日耳曼语受众分布不均匀。凯尔特语言分支庞杂，在时代变迁中产生数种变体；它与日耳曼语言泾渭分明，属于两种不同的语言，以常理而论，这种"跨语言"的特点已

---

[1] 西渡：《名家读外国诗》，四川人民出版社2018年版，第208页。
[2] ［美］克里斯托弗·A. 斯奈德：《不列颠人：传说和历史》，范勇鹏译，北京大学出版社2009年版，第269页。

《比较文学批评导论》(1993)

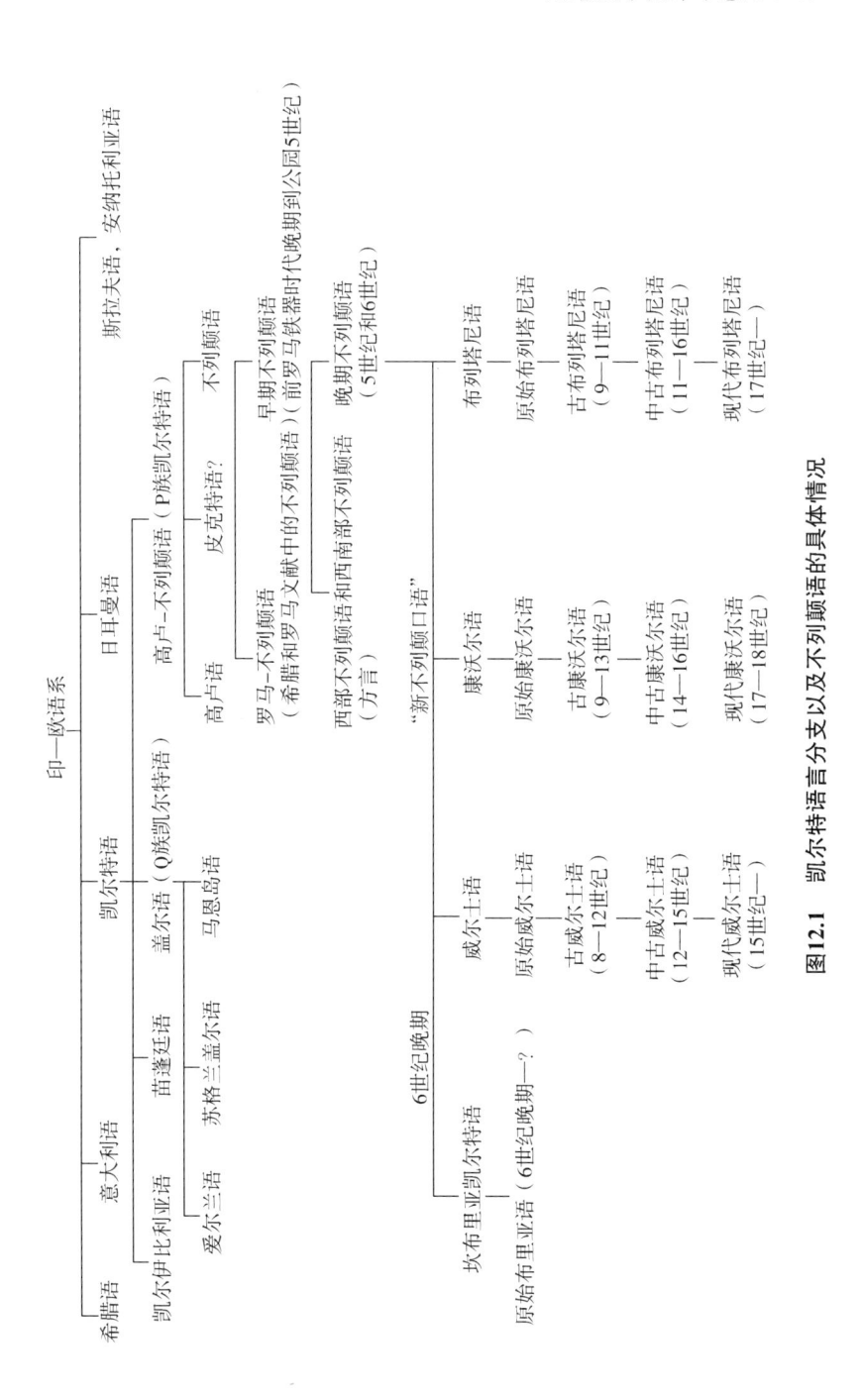

图12.1 凯尔特语语言分支以及不列颠语的具体情况

足以展开比较文学的研究,但英国的比较文学研究者无法在二者间开展比较文学研究,原因是他们没有同时掌握凯尔特语和日耳曼语。(2)不列颠诸岛的语言和方言的界限十分模糊。研究者往往无法断定"苏格兰、盎格鲁-威尔士语以及盎格鲁-爱尔兰语究竟是语言还是方言"(第58页),若比较文学必须遵循"跨语言"的要求,那么这一无法区分语言与方言的问题必定会使情况更加困难。(3)英格兰的英语标准化问题。现在的不列颠诸岛,日耳曼语言及其变体的受众面最广,日耳曼语言在不列颠群岛的传播可以追溯到5世纪中期,当时日耳曼人中的盎格鲁、撒克逊、朱特等部落从欧洲大陆跨越海峡来到不列颠,逐渐占据不列颠南部和中部地区,而已在这块土地上生活了几个世纪的凯尔特人逐渐沦为奴隶,丧失话语权。入侵不列颠的盎格鲁-撒克逊人开始传播和发展自己的民族语言,即古英语,英语在这块土地的霸权地位便逐渐建立起来了。由此看来,标准化的英语其实是一种阶级方言,只有英国王室才能说一口标准化的英语,这意味着英语也存在方言与标准语的划分。

从表面看,巴斯奈特探讨的是不列颠诸岛的语言和方言问题,但从更深层面看,她探讨的则是该地区人民语言与民族身份的构建与认同问题。在英语霸权统治的局面下,有些失去民族语言的不列颠诸岛人犹如断梗飘萍,像希尼之类的诗人强烈感受到自身被边缘化,自己的民族和传统被漠视,所以他们在不列颠的传说和神话中积极发现民族之根。而事实上,在这片广袤的土地上,并非英语"一枝独秀",各民族的语言和方言都绽放过光彩。民族语言的复兴除包括英格兰岛的语言外还应包括不列颠其他诸岛的语言,这样做才可以使这些地区人民的民族身份获得认同,冲破英语霸权的局面从而实现不同语言和文化多元发展的形态。如此,不列颠诸岛的比较文学研究也就具备了坚实的语言基础。

二 历史语境中的语言和文化

上文已提到,除英格兰以外的不列颠诸岛的民族身份的构建和认

《比较文学批评导论》(1993)

同与其民族语言的重建密切相关。我们应从历时性角度出发追溯这些民族语言和文学在历史中兴衰成败的历程。

在历史的长河中,不列颠诸岛各种民族文学在历史长河中各具特色。"威尔士和爱尔兰的口头诗歌十分兴盛。"(第67页)在盎格鲁-诺曼人入侵爱尔兰之前,它甚至是学术之地,其先进的学习模式甚至比"文艺复兴还要早几个世纪"(第67页)。英格兰的文艺复兴晚于欧洲大陆其他地方,同一时期的英格兰自然无法产出优秀的文艺作品。但"苏格兰的文艺复兴却和欧洲其他国家的发展同步"(第68页),苏格兰当时在文学艺术方面成绩斐然,完全不同于英格兰,二者之间存在着巨大差距。但随着英国地理大发现时代的开启,海外殖民扩张的实行,经济和政治方面的发展带动英格兰文学艺术的进步,18世纪英国的文学"发生了翻天覆地的变化"(第70页)。

18世纪的苏格兰原本也是一个绽放着学术之光的地方,但斯图亚特王朝叛变失败后,英格兰开始残暴报复苏格兰,凯尔特语被禁用,凯尔特语的文学艺术受到摧残。爱尔兰文学也同样被逐渐边缘化,取而代之的是英语霸权地位的巩固。

逐渐被边缘化的爱尔兰、苏格兰、威尔士等地的语言和文学并没有从此直接退出历史舞台,"由于受到美国大革命和法国大革命相继成功的激励,民族复兴思想在19世纪的欧洲散播开来,这也影响了来自威尔士、苏格兰、爱尔兰地区的作家和知识分子,激发了人们振兴凯尔特语和凯尔特传统的兴趣"(第72页)。属于凯尔特语的康沃尔方言和马恩岛方言已开始重建,前者在19世纪末期重新复活,"爱尔兰语、威尔士语以及苏格兰盖尔语却开始复兴"(第63页)。除了从本民族语言的角度重建民族认同,这些地方的作家们用英语回顾本民族的神话和传说,他们不再完全臣服于英语,而是主动改造英语,"以便描述爱尔兰人的经历"(第72页)。

不列颠诸岛各民族之间语言和文学方面的差异和活力是它们之间进行比较的基础,但仅仅"关注语言的分布是不够的"(第72页),还应从城镇与乡村的关系、教育体制的改革及其对课程模式的影响、宗教信仰和宗教活动的巨大差异等方面入手开展比较文学研究。不列颠诸岛承载着多元文化。在多元文化下，不同民族在同一时期奉献出丰富多彩的文学创作，他们不同时期的文学艺术都具有民族性和独特性。

三 地域主义与地方主义

普罗厄认为不列颠诸岛比较文学研究会受到政治、经济和社会问题等因素的影响。这个说法很有道理。但我们也应看到，"进行比较研究前，应当首先直面英语的霸权地位"（第74页），英语霸权地位的确立使其有资格支配、统治其他民族的语言和文化。这对其他民族的语言和文化发展无疑极其不利。打破这种局面的理论工具是卡瓦纳的地域主义与地方主义。

卡瓦纳认为："地方主义者没有自我的主见。"（第74页）他认为有些爱尔兰作家就是地方主义者，他们要么追求或全盘接受英语文学，要么全盘否定英语文学。而地域主义者高度认同自身所处地区的文化，地域文学家的作品充分"体现某一地域特色的文学，比如描绘某一地区的自然风貌、人文环境、民风民俗、语言特色等"[1]。卡瓦纳认为詹姆斯·乔伊斯和乔治·莫尔都是地域主义作家。实际上，地域主义的视角为不列颠诸岛的文学创作提供了很好的切入点。在地域主义视域下进行比较文学研究"比基于'民族'差异进行的比较更富成效"（第76页）。这对不列颠诸岛的文学创作同样有启发作用，作家们也只有以地域主义的思路进行创作，对自己本民族的文化给予高度的认同感，才能打破中心（英国文学）支配边缘（其他民族文学）的局面，才能实现多元文化平等发展的愿景。

本章最后部分为读者提供一些比较研究不列颠诸岛文学的范例和方法。首先，该地区当代诗歌的比较研究颇有价值，如把艾伦·卢埃林-威廉姆斯的《寂静之地》（1940）和保罗·杜尔坎创作的《1972年的爱尔兰》或与伊恩·克利顿-史密斯的《海鸥》（1959）联系在一

---

[1] 刘英：《文学地域主义》，《外国文学》2010年第4期。

《比较文学批评导论》(1993)

起进行研究；其次，可以聚焦恐惧、自由和宽恕等主题来开展比较文学研究；最后，比较文学应该关注一些"次要"文类和前沿问题，前者如传记，后者如"'新兴'文学、文学与其他学科之间的关系、女性研究"（第80页）等。转换比较文学研究的关注点、深入拓展文化研究都会使这门学科更充满活力。

（执笔：韩延景）

第四章　后殖民世界的比较身份

本章从身份、殖民者与原住民的关系、命名权问题三个角度阐述后殖民主义理论的产生、拓展和具体实践的发展历程，阐明后殖民主义和比较文学的关系。首先，本章从哥伦布"发现"新大陆之后的欧洲心理认知入手，分析殖民文学中欧洲中心主义主导下对殖民地文化的偏见，以及由此引发非洲文化研究者的身份焦虑，导致欧洲视角与非洲视角的二元对立，这一极端对立关系的和解过程孕育了后殖民主义理论。其次，本章以奇卡诺文学与加勒比文学两种杂糅性的后殖民文学为代表，分析后殖民主义理论的两种创作拓展。最后，本章将魔幻现实主义置于后殖民主义话语领域，从身份混合的殖民者角度论述拉美地区的文学天然就是比较文学。本章的主旨在于，殖民主义是一个双向过程，不仅改变了原住民的文化，也改变了殖民者本身。后殖民的比较文学探索为20世纪90年代后的比较文学研究开拓出新维度。

一　"发现"新大陆之后的欧洲心理认知

哥伦布于1492年"发现"新大陆，其影响可归纳为两个方面。一方面，这一"发现"造就若干欧洲超级帝国，带来语言和文化的输出或"教化"。另一方面，对新大陆而言，"发现"意味着被占用，原住民被剥夺或消失。如新大陆的"前哥伦布时代"就被认作"史前"时期，美洲土著人的文明、语言和名字都遭遇灭顶之灾。因此，"发现"这一术语本身引发了以下几个重要问题：（1）身份问题；（2）殖民者和原住民与该地的关系问题；（3）原住民的事物的命名权问题。这些问题贯穿本章的论述过程。

彼得·休姆在《殖民地的遭遇》中提出了"种族类型化"的欧洲心理认知问题。他认为欧洲对非欧洲文化的研究基础是将其视为以古希腊和基督教为模范的文明世界之外的"野蛮"种族，这既是先入为主的，也是一种刻板印象，认为"野蛮"种族都具有"凶残""嗜战""敌对""野蛮""报复性的"等特征。这些带有感情色彩的词语与具体环境无关，带有本体论性质。显然，欧洲对新大陆这种内在心理认知离不开"教化"目的的驱使，"时至今日，这个信念依然存留于大量的欧洲思想中"（第85页）。

欧洲心理认知的另一表现是对殖民地的神化。当然，殖民地不同，神化的方式也不尽相同，其中原因很多，表现在动机（如美洲承载着欧洲的社会理想，而开拓非洲只是为了经济目的）、侵入方式（与美洲的快速入侵相比，挺进非洲大陆的进程却显得滞缓）等。欧洲殖民者主要从失落的乌托邦之梦的角度来神化美洲。墨西哥历史学家爱德蒙多·欧高曼与卡洛斯·富恩特斯认为，作为新大陆的美洲是被欧洲"发明"出来的，"它关联着欧洲人对一个展现文明理想的更加美好的新世界的渴望"（第85页）。在"发现"之前，欧洲人对美洲怀有骑士浪漫小说中的乌托邦色彩，他们"发明"了这个尚未被"发现"的新大陆，并把"新黄金时代""高贵的野蛮人"等心愿或希望寄托在美洲身上，但在"发现"之后，却在失望之余摧毁了这个用乌托邦之梦来命名的地方。

与美洲不同，非洲隐秘之心的神话伴随着黑奴贸易的持续入侵过程缓慢形成：幽暗的原始森林、神灵崇拜、原始凶残的力量……由于对非洲的"黑暗"神化，非洲文化作为一种低等的、原始的文化在文学研究中被扼杀了。作为研究对象，非洲文化划入人类学范畴而非文学范畴。著名作家、比较文学教授沃尔·索因卡关注到欧洲在研究非

《比较文学批评导论》(1993)

洲时的人类学偏见，并对这种非洲文学边缘化的问题提出尖锐批评，正如休姆促使人们关注美洲土著语言和文化研究中的类似偏见一样。

二 "后殖民主义"理论的产生（身份问题）

将非洲文化驱逐到人类学，导致当代非洲文学研究者自信心和自觉意识的危机，而"后殖民主义"理论的产生正是源于殖民文化研究者对于身份危机的焦虑。齐迪·阿姆塔认为这种危机意识来于非洲文学定义的缺失所导致的双重制约，这导致了"非洲人是谁"的身份问题：

> 在西方人的头脑中，非洲人过去是、现在仍然是"黑暗之心"的产物，是几种由种族决定的病理学局限的具体化。另一方面，在受西方教育的非洲人看来，非洲人恰巧是肤色最黑的人种，是几个世纪以来被贬低受剥削的受害者。（第87页）

从这段引文可以看出，非洲人的身份在双重目光的凝视中被剥夺殆尽：首先，在"黑暗之心"的定义下，非洲人的"黑暗"是种族导致的；其次，非洲人是漫长殖民史最大的受害者。对此，以恩古吉·瓦·提安哥为代表的非洲的文学研究者要求关注非洲文学的重要性，其目的在于通过将非洲放置在中心来为自己定位，从非洲而不是欧洲的视角出发来研究非洲文学，注意其他对象（非非洲）与自己处境的关系以及它们如何有助于理解自身。

我们从上文不难发现，沃尔·索因卡、恩古吉·瓦·提安哥和齐迪·阿姆塔都关注非洲文学研究中的危机，其解决方法是研究欧洲对非洲文学的影响，由此走上了比较文学的道路。纳丁·戈迪默在对非洲文学的定义中也指出："作为一个非洲作家，他必须从非洲的视角来看世界，而不是从世界的视角看非洲。"（第88页）可见，这些非洲作家都提出了一种非洲中心的自觉意识，主张从非洲出发，从其他文学与非洲中心关系的角度来进行非洲文学研究。因此，"对欧洲影

245

响、欧洲传统以及欧洲研究方式的敌意抵触，现已转变为以非洲为中心的文学研究"（第 88 页）。

如果非洲比较文学研究者以取消英语和其他欧洲语言强势地位的方式来确定他们研究的出发点，重新命名文学系的话，那么欧洲的比较文学研究者该何去何从呢？（第 88—89 页）由此产生两个极端，它们导致欧洲视角与非洲视角间的尖锐对立。在欧洲视角这一极端，研究者拒绝承认非洲文学，把非洲研究完全看成人类学研究；而在非洲视角的极端，研究者认为非洲文学只能由非洲人来研究，欧洲人无权研究非洲文学："非洲文学评论家已经快变成'种族主义者、民族主义者或个人主义者'。"（第 89 页）

尽管上述两个极端都有缺陷，但它们还是推动了对前殖民者和前被殖民者的研究。僵局总要被打破，双方开始寻求和解，促使 20 世纪产生了"后殖民主义"理论：试图摆脱过去，建构未来；破坏性的文化遭遇转向在平等基础上的包容差异，"跨文化性有可能终结人类历史中似乎无止境的征服与毁灭"（第 89 页）。后殖民主义理论诞生之初便蕴含着比较的方法和融合的现代世界视角。这种对多元性的关注也正是后殖民主义超越二元对立的反殖民主义的地方。

后殖民主义文学从内容、形式和比较历史等三个方面为后殖民文化作家提供比较的可能性：首先，"放逐、属于或不属于的主题"（第 90 页）引发后殖民地文化作家对于身份定位问题的探寻，如"美洲人是什么"，哪些文学构成"自己的"文学？其次，语言、民族认同等共同关注的问题迫使研究者开始拒斥欧洲语言，重新评判本土语言，这便意味着不同读者存在不同的语言出发点，由此导致了期待视野的多样性。（第 90 页）最后，后殖民文学的比较史（作为参考标准的历史分期）会挑战欧洲旧有的文学普遍观念与文学史观念，欧洲的传统分期模式因此受到抗拒，其分期依据要么没有考虑欧洲范围之外发生的事情，要么以完全忽视欧洲以外的实体为前提。

三 后殖民理论的拓展

自 20 世纪 50 年代以来，双语或多语种的种族杂居社会的文学兴

《比较文学批评导论》(1993)

盛和自觉意识进一步推动后殖民理论的拓展，这方面可以加勒比社会和美国奇卡诺人①为例。

这两个社群都是混合种族。西班牙人和印第安人、黑人奴隶和白人殖民者是他们的共同祖辈。他们是殖民者和被殖民者的共同后裔，也是压迫者与被压迫者的共同后代。这种身份认同方面的尴尬处境在奇卡诺的鲁道夫·冈萨雷斯的长诗《我是华金》中得以表述："压迫者（西班牙人）和被压迫者（印第安人）的融合。这是一面镜子，反映了我们的伟大和弱小……""（既是）西班牙的剑与火焰……又是阿兹特克文明的鹰和蛇。""既是暴君又是奴隶。"（第94页）

加勒比的乔治·拉明借用莎士比亚的戏剧《暴风雨》来描述他混合的先辈。彼得·休姆讨论过该文在后殖民语境下的重要性：卡利班这一人物形象在剧中被赋予了最美好的语言，但同时也是阴谋杀害普洛斯彼罗、强奸米兰达的角色。"卡利班"（Caliban）这个人物可以改变顺序重新拼写为"食人者"（cannibal），所以卡利班这个人物就是野蛮人。这正是被欧洲侵略者入侵的殖民地原住民的镜像。小岛的后来主人普洛斯彼罗正如17世纪欧洲人在美洲的境况：火器枪炮使他们看上去像是魔法师，但是他们却没有能力养活自己。所以解读者有两重视角：一方面是极力教化野蛮生物、使其可以提供服务的仁慈主人，只收获了恩将仇报的结果，这是殖民者的视角；另一方面是被外来者剥夺了遗产的土著居民，被迫沦为奴隶，这是被殖民者的视角。（第95页）加勒比人正是这两种视角拥有者的共同后代。

由此，我们可以看出这两位作家都在以各自不同的方式努力接受自己族群的历史，从而向未来进发。因为没有单一的身份，没有共同的传承，只有多种族文化，所以两极分化没有任何意义，研究者应关注杂糅文化本身的融合性。这种混合种族的杂合身份和模糊的历史概念促使他们认识到过去已无法改变，只能将希望聚焦于未来。就像乔治·拉明在《放逐的乐趣》中写的那样："事已成定局……并趋向于我们目前的行动所开拓的未来，一个应该永远保持开放性的未来。"

---

① 指墨西哥裔美国人或在美国的讲西班牙语的拉丁美洲人的后裔。

（第93页）面向未来也就表示接受过去，意味着直面历史、文化遗产、血统、来源的模糊性和含混性，意味着两极性的解构。因而奇卡诺人和加勒比人要想接受过去从而面向未来，首先需要认识产生这种多元主义的历史过程及其复杂性。正是基于两个社群相异的跨文化多元历史，奇卡诺文学和加勒比文学作为两个成功范例分别从两个不同的方向对后殖民文学创作进行拓展。

1. 奇卡诺文学

奇卡诺没有地理实体，没有本土。奇卡诺文学既外在于墨西哥文学的主流，也外在于美国文学的主流。（第97页）奇卡诺人种族血统混杂，同时拥有英语、西班牙语的双语背景。他们既不想回归墨西哥的源头，也不想融入美国社会。在这种情况下，奇卡诺文学的发展并不在于"返回"任何源头，因为首先它就没有源头，而是渴望建立一种身份，渴望大声说出自己的声音并被世界听到。随着20世纪60年代非洲裔和美洲土著人民权运动的发展，奇卡诺文学终于在政治刺激下大量涌现，标志着奇卡诺人自觉意识的开始。奇卡诺文学随着发展逐渐偏离政治性，不再创作描述奇卡诺移民工人悲惨遭遇的"史诗性"诗歌和小说，反而关注更为复杂的叙述和诗学结构、性别问题和双语写作。这为奇卡诺人提供了跨文化的可能性：英语和西班牙语并用，广泛承袭两种文化传统，没有单一的来源，没有核心的传统：奇卡诺历史的多样性特质造就了文学的多样性，呈现出异彩纷呈的局面。

2. 加勒比文学

作为被驱逐进加勒比的人来说，加勒比地区是作为地理和历史实体而存在着的。加勒比文学聚焦于本身多元文化继承的改造能力，遮蔽原住民在语言、民族和信仰上的不同，使非洲与西班牙的文明得以交会融合。比如，用西班牙语写作，融合西班牙歌谣、非洲音乐和节奏、黑人舞曲等。这体现出加勒比作家一方面试图寻回失落的先辈遗产，另一方面尝试通过使用非欧洲的节奏形式来改变欧洲的语言。（第99页）对此，法语诗人艾美·塞泽尔提出非洲性和"黑人性"。然而，非洲性恰如欧洲人破碎的乌托邦之梦一般，也是破碎的。尽管如此，"非洲性"仍然创造了当代非洲文学，为加勒比黑人作家塑造

《比较文学批评导论》(1993)

当代非洲文学提供了一种与把非洲作为黑暗之心的欧洲视角截然不同的形象模式——将非洲生活的新价值摆在非洲人面前，这是被重新定位的积极的整体而非被欧洲否定的非洲生活。至于"黑人性"（"黑人至上主义"），即人们试图寻找非洲区别于非非洲人的独特属性，以此恢复被白人打破的"延续性"。沃尔·索因卡批评说，这样的臆断仍是基于"欧洲人思维的摩尼教传统[①]"（第100页）。他指出："'黑人性'从根本上来说还是防御性的，因而使自身受到了局限……根本的错误在于程序：黑人文化传统——不管是非洲人还是非洲社会——都处于预设的欧洲理性分析体系中，并试图用客观化的术语来重新定义非洲人和非洲社会。"（第100—101页）因为"黑人性"正是针对"非非洲性"、"白人性"或"欧洲性"的概念提出的。

四　后殖民主义理论的具体实践

后殖民文学理论更能适应20世纪90年代后现代多元化的特点，因为它打破了预设的唯一性的欧洲视角，打破了希腊/基督教文化的限制，使拉美或非洲的作家和学者能够明确有力地表达他们对于自己的文化产品与其他文化产品之间关系的理解，"尤其是当这种他者文化从任何意义上说都是他们的掌控者时"（第101页）。反映到文学创作上，则表现为后殖民文学亟须打破它们在西方人眼中的虚假而刻板的印象和虚构创作（无论是早期的乌托邦之梦、"黑暗之心"还是欧洲幻梦破灭后的藏污纳垢之所），真正确立自己的身份和形象，取得自己文化的命名权。

对此，马尔克斯认为拉美作家的当务之急就是找到一种讲述现实的方式，而不是死拽着被他戏谑地称为"高贵的老欧洲"定下的规矩。他指出，作家需要创造一种新的写作方式来反映新的现实，但同时，拉美的历史绝不能与欧洲和世界其他地区的历史相割裂。（第103页）拉美的现实就像故事一样奇妙，但它不能是欧洲梦的投影。

[①] 摩尼教认为善恶截然对立，没有中间地带。

对马尔克斯而言，现实本身就是魔幻的。魔幻现实主义便是他的实践，他在其中找到了拉美视角——一条非欧洲的路子，如路易萨·巴仑苏埃拉的《蜥蜴的故事》中超现实主义的叙述技巧。但这使"这样异想天开的故事不像是历史，倒更像是小说"（第104页）。

对于魔幻现实主义使读者意识在阅读时不自觉地跳跃于不同的系统这一问题，加勒比作家爱德华·布拉斯怀特反复引用卡洛斯·富恩特斯的观点，提出作家的任务是为新诞生的后殖民的现实世界命名，而命名的过程也就是探求自身的过程：

> 在加勒比地区，不管是非洲裔还是美洲印第安裔，承认与土著文化有种族渊源，就需要艺术家和参与者旅行至过去和深入腹地，这个旅程同时也是通往现在和未来的拥有过程。通过这个拥有过程，我们成为了我们自己，我们自己的造物主，为事物命名，为名称赋予形象。（第105页）

这个拥有的过程需要接受历史，需要寻找一种声音来命名事物。同时它还需要向世人展示在这一路上到底发生了什么。（第105页）因此，强大的"现实主义叙事"传统成为后殖民作家反映现实、揭露过去殖民所有的残酷的有力武器，大批作家开始写过去的殖民对现在的影响，同时揭露社会的不公，并想找到重建奇卡诺或非洲民族自尊的办法。这体现在大多数后殖民现实主义小说以孩子的乌托邦幻梦的破碎为线索，而这正是对殖民文学"将非洲人或墨西哥美洲人轻蔑地浪漫化的反动"（第106页）。

综上，殖民主义是一个双向的过程，它不仅改变了原住民或被殖民者，也改变了殖民者。相对于欧洲人在500年前"发现"新大陆的环球航行，500年后的后殖民主义的比较文学探索也是一个发现之旅，是一次驶向自我意识、发现当代作品编织成的迷宫世界中的责任、罪恶、串通和共谋的旅行。欧洲人不再是从世界的中心开始这次旅程，因为中心和边缘早就被重新定义了。殖民者在改变被殖民者的文化的同时，也改变了自身。殖民主义"既是黑人的经历，

《比较文学批评导论》(1993)

同样也是白人的经历"(第106页)。由此可见,本章在厘清后殖民主义与比较文学的关系的同时,阐明了比较文学未来的研究方向:20世纪90年代的比较文学研究将处理有关殖民主义的认识及其全部意义。

(执笔:范益宁)

附录:

1.

英文版:And periodization hinges on these and other moments of transition. (p. 77)

中译本:这种传统的分期方法包含各种暗示。(第91页)

笔者试译:这种分期方式取决于这些及其他转型时期的运动。

2.

英文版:García Márquez is renowned for the ways in which he combines realism with fantasy in what has come to be termed 'magical realism'. Carpentier had earlier talked about 'the real in the marvellous'… (p. 88)

中译本:马尔克斯因其魔幻与现实结合的风格而闻名于世,这种风格被称为"魔幻现实主义"。卡彭铁尔早就讨论过"魔幻中的现实"……(第103页)

笔者试译:马尔克斯因其把现实主义和奇幻结合起来的方式而闻名于世,这种写作方式后来被称为"魔幻现实主义"。卡彭铁尔早就讨论过"神奇中的现实"……

第五章 文化建构:游记中的政治

本章考察游记书写与政治之间的深层关系,通过选取、分析欧洲不同时期的旅行游记与地图说明在"客观性神话"的外衣下,旅行游记与地图既蕴含着社会集体想象,又是一种建构他者的文本,并指明受到"操控"的游记和地图与性别隐喻、社会政治之间的同构关系,

251

从而解读出游记的深层内涵。

首先,本章借用福柯对知识的两个分类方式来说明比较文学研究两种范式,即"测量比较"(the comparison of measurement)[1] 和"秩序比较"(the comparison of order)。"测量比较"要求人们将事物切分成不同的单元,且必须依照一个共同的标准对两个或多个事物做出测量、比较、排列,从而产生"相等或不等的算术关系"[2],在这种比较模式下,曾经以西方文学为主导标准的比较文学研究就必然生产出主要作家与次要作家、伟大文本与平庸文本,以及强势文化与弱势文化的不平等结果。(第107页)而近来比较文学的研究范式转向了"秩序比较",即"建立起最简单的元素,并将其中不同之处归类"(第107页)。这种比较模式无须一个统一的标准,而是确立一个"所能发现的最简单的因素"[3],进而逐步过渡到并完全认识复杂的事物。

其次,近几十年的比较文学研究者从游记、日记、信件、旅行者等角度切入,研究上述材料中的政治元素。旅行是一种空间的实践,其方式、路线和方向以及旅行者的姿态都隐含着权力关系,因此它可成为探究西方现代文明发展及其与其他地区交往的一个窗口。随着后殖民文化理论的兴起,由萨义德开启的殖民旅行研究采用文学、文化批评的视角,将游记列入旅行文学,运用殖民话语理论进行研究,将游记视为站在本国集体文化立场上的异域构建。游记因此具有明显的意识形态维度,殖民话语理论批评的介入可以揭示出其中隐含的政治寓意。游记中的思维、习惯和表述将旅行地看成了政治话语的权力场域,文化政治深深印刻在空间、地方和景观当中。

最后,本章以旅行与旅行书写作为对象,重点考察游记体现出的

---

[1] 现多译为"尺度比较"。[法] 米歇尔·福柯:《词与物:人文科学考古学》,莫伟民译,上海三联书店2001年版,第70页。

[2] [法] 米歇尔·福柯:《词与物:人文科学考古学》,莫伟民译,上海三联书店2002年版,第71页。

[3] [法] 米歇尔·福柯:《词与物:人文科学考古学》,莫伟民译,上海三联书店2002年版,第71页。

《比较文学批评导论》(1993)

现代欧洲的权力关系及其效果,以及旅行书写中对他者的构建过程,从而显现出书写与政治的深刻关系,揭示旅行文学中被忽略或被遮蔽的知识、权力、社会性别、文化身份等诸多全球化和后殖民时代的前沿理论问题。

一 地图:科学性的表征?

哥伦布游记中对"金子"的命名、其他殖民者从开垦土地的角度记述殖民历程,被反思殖民话语的现代学者看成对殖民地的"强奸"。因为"命名"意味着"占有",而拓荒与耕耘被看作对处女的征服的淫秽比喻。基于此,当代对游记的解读就从性别研究、文化研究和后现代理论的认识展开,挖掘混杂着实录和想象的游记背后旅行者对所经历文化的建构。本章反复强调游记都是旅行者"自身所处时代的产物"(第109页)。以19世纪初英国绅士司各特先生游历法国和意大利的记录为例。他的游记记述拿破仑的逸事、旅行中的风景与美食,同时记载他所遇到的意大利男男女女的外形。他写道:"女人总体来说都差不多美。""男人是一群非常智慧的人。"(第108页)游记作者扮演了双重角色:既是社会集体想象物的建构者,又在一定程度上受到集体想象物的制约。他描述意大利人时说:"他们憎恨法国人的程度相当于他们喜爱奥地利人的程度。"(第108页)这流露出英国的民族情绪,即对恶魔法国的憎恨、支持意大利从奥地利独立,侧面反映出旅行书写深受地缘政治的影响。他的游记不仅代表个人的眼光,还成为英国19世纪初社会时代的产物。因此,英国社会坚信司各特先生的观点具有鲜明的英国立场,他的游记出版时命名为《在故乡和异国的英国人》。在他去世后一个世纪,英国民众还称他为"一个英国人"。

与司各特形成鲜明对比的是,伊丽莎白一世时期的约翰·第博士1583年从英国前往波兰后也写了游记,尽管这"是一个非典型英国人的游记"(第109页),但依然为我们呈现出英国的社会状况。在游记中,约翰·第记录他与同行者前往波兰的详细路线和所用时间,当他到达波兰后，他在日记中记下了两种日期算法。通过其记录我们了解到，此时以英国国教为主导宗教的英国仍然沿用旧历，拒绝采用天主教国家的格里高利历来计算日期，这给跨域旅行的约翰·第带来了时间记录上的困扰。因此他写了一封讲稿委婉劝说伊丽莎白女王与大部分欧洲国家革新日历。结局很明了，200多年以后的1752年英国才采用新历。

16世纪以来，大量的旅行者书写的众多旅行文本不仅满足了读者对异域风情和世俗风情的好奇心，也为地理学和其他学科发展提供大量一手资料。约翰·第是大发现时代的产物。在地理扩张与殖民拓展的刺激之下，地理被置于一种科学考察的霸权之下，地图制作"超越艺术成为一门科学"（第111页）。因此，在1570年，约翰·第的兴趣转向了制作地图，并据此为欧洲旅行者、殖民者提供建议，深刻影响殖民发展的历史进程。值得注意的是，约翰·第去往克拉科夫时所选择的曲折路线受益于两张地图——16世纪欧洲宗教分支地图、女王欧洲地图。

作为一名16世纪的英国旅行者，约翰·第首先会根据以宗教为划分界限的欧洲地图选择旅行路线，途中小心翼翼地避开天主教会的领地，以确保来自非天主教（英国国教）的约翰·第和同伴在旅途中是安全的。他同时还参考一份绘制于同时代的欧洲地图。该图将古老神话里的欧罗巴变成耀武扬威、手握权杖坐在王座上的欧洲女王。如果我们不禁流连于制图者惊人的想象力和创造力的话，我们就可发现，地图不仅发挥着征服文明的作用，甚至反射出欧洲内部权力关系的具体情形。西班牙位于女王的王冠，证明西班牙此时正享有至高无上的欧洲霸权地位，而英国、爱尔兰等岛屿漂浮在女王"左耳"边，暗示它们仍是西班牙的欲望对象，约翰·第谨慎避开的正是这张代表着欧洲权力分配的地图中西班牙的王土。

剑桥学院的学生法尼斯·莫瑞森在16世纪也开始了他的"大旅行"。起初，他的游记主要关注路上的开销等旅行费用，很少讲述当地的风物，这也与他初出茅庐的学生身份相匹配。然而，当莫瑞森所代表的英国文化和他所游历地区（布拉格）的文化相互碰撞时，莫瑞森就变得相当自信了。他看到布拉格残破的城市景象——不坚固的城墙、没有任何有效的工事、毫无艺术感的建筑、粗糙混乱的植被、寒冷的气候。于是他以权威者的姿态大篇幅地记录当地风俗，并对来此旅行的欧洲人提出建议，警惕宗教文化碰撞给旅行者带来的麻烦。约翰·第和莫瑞森代表英国两种不同特色的游记记录方式：一个专注于记录时间与制作地图，一个聚焦于逸事、经历和自然景象；一个关注空间状况辅助欧洲的地理发现进程，一个关注漫游世界的经历，期望给读者提供旅行建议。（第114页）游记的书写犹如翻译：正如文本的跨文化翻译会因携带文化差异而造成翻译中的误译、错译等，会因译者自身的诸多因素而"操控"文本，旅行者不同的文化起点也不断影响着他对异域旅行的记录和描述。

莫瑞森游记的描述同时隐含了一种焦虑：欧洲人对土耳其人攻击的担心。（第116页）奥斯曼帝国鼎盛时期的疆域范围在它强大的战争机器下快速扩张，北至乌克兰，西北至匈牙利、克罗地亚和斯洛文尼亚。对奥斯曼帝国的侵略性的恐惧给莫瑞森埋下了心理阴影。然而，令人颤抖的奥斯曼帝国在三个世纪后，成为欧洲地图的一部分。如果我们将地图作为文本来阅读，就能看出它本身的社会建构性质，地图边界的分布、构型被视为文化和文化建构的一部分。

《独立报》1992年刊登了一份"冷战"结束后新欧洲地图。在这张地图之前，欧洲将边界的最东端止步于黑海，"冷战"结束后，"新欧洲"的地理范围包含了环绕黑海的部分并一直延伸到里海，直至包括了奥斯曼帝国的部分。同时，苏联的解体与分裂促成人们重新认识地理上的东西南北，并由此发现地理方位获得了政治上的意义。更有趣的是，冰岛在这张新地图中凭空消失了，整张欧洲地图向东南角偏移。

让我们再回到约翰·第和莫瑞森的游记当中。此时，我们可以明白，他们游记中所携带的本国文化影响既有那个时代欧洲宗教的地界划分，又有来自东方威胁的恐惧，还有跨越大西洋后对新殖民地的幻想。

二 对立空间：政治的隐喻

旅行是一种"凝视"行为，看什么以及如何看取决于观者的欲望，这就决定了旅行者并非单纯地客观地观看，他其实总是在一定条件下观看。旅行是一种携带着自身预设的活动。观看本身就是一种建构行为，而旅行记录者承担了叙事的权威——对当地的重新建构。因此，游记的书写并非全然是对旅行个人的、真实的记录，而是受到社会文化历史语境的影响，携带了某种集体的印记或由此出发的对异域的想象与期待。由于在欧洲人看来，欧洲中心之外的未知区域不属于"文明"的界限内，因此把握这种文化就需要用一种二元对立的话语建构人们的认知，通常在游记中以性别隐喻的话语特色出现。那些未曾展现在欧洲人面前的地方便以带有政治色彩的性别差异的方式表现出来。（第 117 页）如果我们考察欧洲作家如何性别化北欧与东方地区，如何构建他者文化，我们就可以了解游记"忠实"背后的操控过程。

举例来说，历史学家塔西佗从未到过日耳曼民族地区，却凭借对日耳曼民族的性幻想撰写了一部《日耳曼民族志》，以北方丛林中的野蛮人的高尚对比罗马世界的堕落，这为今后欧洲"南"与"北"的对立奠定了基调。在 18 世纪，斯达尔夫人的《论德国》考察了欧洲南方与北方文学气质的差异。1986 年，克劳迪奥·玛格瑞斯的《多瑙河》追溯多瑙河与莱茵河所代表的欧洲南北对立的历史。从而我们发现，欧洲大陆南方与北方之间的对立是地理造成的，同样也是历史造成的。

将冰岛视为男性气质的圣地是欧洲旅行者们常见的话语模式。以日耳曼精神为代表的北欧文化一直被排除在欧洲文化的主流之外，德国的民族史诗《尼伯龙根之歌》其实源于中世纪冰岛的萨迦。然而一直不被欧洲主流所认知的冰岛就如一直被神秘化的东方一般，给欧洲人提供了幻想的种种可能。北欧神秘而原始的文化吸引着莫里斯，他 1871 年来到冰岛，并在游记中记录了冰岛寒冷、悲壮与禁欲的气质，将北方理想化为一个健壮的男人，这段自我发现的旅程给莫里斯带来创作上的灵感，他的著作《蓝皮纸小说》充分化用自己真实的情感经历（妻子出轨）和旅行经历，巧妙地将自己塑造成充满男性气质的北方战士，把情敌刻画成南方（意大利）一位荒淫且文弱的男子。他也曾记录一个故事：冰岛人热情好客地招待他们在教堂过夜。从他同伴的侧面补充中，我们可以看到，所有欧洲人对于冰岛文化都是怀有好奇心的，因此当他们应该"和衣入睡"时，他们却因萨迦而感到清醒。除这些逸事之外，莫里斯还在他的小说中将冰岛塑造成一个"想象中的冰岛"，一个忍受严寒与艰苦却活出男性气概的地方。（第123页）他的小说创作体现了欧洲人对北方遗产的共同梦想。

这种理想中的冰岛同样是德国人探索自身历史和过去的具体地理载体。德国人将欧洲的边远地区（冰岛）看作保存欧洲文化的资料库，或是欧洲文化的源头，是纳粹寻找雅利安人文化的宝地。来自德国的奥登和麦克尼斯出于不同目的拜访冰岛，力图揭示"坚守北欧纯洁理想化虚构的后果"（第123页）。尽管奥登和麦克尼斯的《冰岛来信》极力反对北欧代表了男性崇尚武力的特质，也力图撇清自己与纳粹的共同愿望，但他们也在这里找到了早期民主社会的社会主义理想。

19世纪的欧洲帝国扩张展开之后，来自东方的威胁逐渐消失，色情化（女性化）东方是大量欧洲游记的显著特征，就如同美洲象征着欧洲诗人裸体的情人。欧洲旅行者将东方与无休止的肉欲结合在一起，甚至将这些地方书写为女性形象，这种书写策略本身是一种帝国修辞。萨义德的东方主义指出，欧洲的跨域书写对东方的表征都是在殖民框架之内，是一种西方权力凌驾于东方之上的再生产，是一种异域知识的建构。因此西方人视域下的东方并非一个真实的东方，更多的是掺杂了历史、政治、文化因素，是西方君临东方的工具。亚历山大·金雷克的游记中曾出现过这样的一幕：他在君士坦丁堡的大街上偶遇了一位戴面纱的美丽女性，当四下无人时，这位女性不仅摘下面纱向这位欧洲的陌生男子展现自己的美貌，还触摸了他。（第125页）在这个相遇场景中，金雷克采用第三人称他者化的策略，集中而细致地刻画东方女性身体外貌的美。他想向读者表明，东方女性是在宗教与社会规约下才保持矜持。不过,整段以假设句作为开头,并辅之以现在时态(由于作家记录的是已经发生的事,因此大部分游记采用过去时),让我们看到以"真实性"自诩的作品中所穿插的带有男性性幻想的非真实记录,然而这种非真实性却不会受到当时欧洲读者的批判。

萨义德的东方主义话语虽点明了游记中的殖民话语特征,但其中隐含的男性立场仍然遭到了像萨拉·米尔斯这样的女性主义批评家的质疑。米尔斯指出,女性旅行家的游记作品"不完全符合东方主义构架",她们的叙述虽然带有帝国语境赋予她们的殖民权力,但文本中往往会流露出对异域文化的同情与包容,因此"她们的作品中有着相互矛盾的话语"(第127页)。玛丽·沃特雷·蒙塔古女士是此前来到土耳其的一名女性旅行家,其旅行信件声称记录了真实的东方景象。女性旅行者可以融入当地女性的社交生活,所以她们的文本会涉及当地女性的生活。蒙塔古的信件主要记录了君士坦丁堡妇女的社会习俗、穿着和对话。值得注意的是,她对于当地女性生活"去性欲化"的描述展现了与典型男性殖民话语的某种偏离,挑战了殖民旅行话语中单一而刻板的"他者"形象。由于一次特别的机会,她可以进入苏丹的后宫与先帝的未亡人见面,并借此机遇深入了解被想象的东方后宫生活。蒙塔古在信件中表示要打破以往男性游记中"对贵族女性淫乱生活的色情幻想"——她试图找到土耳其宫廷和欧洲宫廷女性生活的相似之处。对苏丹宫廷生活的描述驳斥了将伊斯兰女性的闺房想象为充满性欲之地的男性幻想,与男性游记中"戴着面纱的女人"等臆想性描写形成鲜明对比。她还记录了西班牙贵族女性在受到迫害后并没有任人摆布,而是突破常规争取自由生活——基督教女性嫁给英俊温柔的伊斯兰(异教)情人。蒙塔古的信件从女性角度记录了旅行的感受,并赞扬了女性对自我权利的争取,(第127页)由此开辟了女性旅行家的写作模式。

巴斯奈特在此对比了19世纪英国男性旅行家与女性旅行家对君士坦丁堡自然景物的描述话语。茱莉亚·帕都对博斯普鲁斯海峡的描述沿用玛丽·沃特雷·蒙塔古的口吻,其中虽涉及大量的异域风物,

《比较文学批评导论》(1993)

但当描述到女性涉足公共空间时,茱莉亚·帕都也以一种友好的姿态呈现这里的人们——不同阶层的人(包括女性)来到这里都可以轻松休闲地享受美景。对于同样一片景色,金雷克却以"深不可测的博斯普鲁斯"来加以描绘,并将东方的君士坦丁堡和西方的威尼斯相比较。很明显,金雷克将东方的海域性别化为欧洲男性的女性奴隶,全心全意为主人服务。这一时期出版的以《好色的土耳其人》为代表的小说都习惯于调侃和戏谑东方人"好色"的一面。

然而,由于欧洲对于女性游记作品的评价仍带有女性是"房中天使"的父权思想,这也意味着女性游记依然受到种种限制,这些限制不仅作用于游记的书写方式,更影响到对游记的评价与判断。女性游记内容的真实性往往受到怀疑,所以女性旅行家虽尽可能地去描绘真实,添加旅行见闻中的细节以期增强真实性,却仍不被欧洲读者买单。更加讽刺的是,就算欧洲女性旅行者游历东方时被允许进入室内,并基于一手资料创造出相关文本,其"真实性"的声誉仍然抵不过欧洲男性旅行作家所想象出的东方室内景象,因为男性作家笔下充满色情幻想的室内描述迎合了欧洲男性的阅读趣味。女性游记的生产与接受受到了传统性别话语的影响,萨拉·米尔斯提醒我们,在进行游记研究时,仍需要考虑制造文本的性别话语框架。(第130页)

综上,旅行书写是一种政治性表达,"制图、旅行和翻译都不是透明的行为"(第131页)。撰写游记与制作地图是带有意识形态色彩的文本生成行为,隐含着西方为确立其中心地位而设定的一整套观念和价值体现,是一种文化建构活动,与带有帝国主义、殖民主义性质的"东方学"互为依托。从16世纪大航海时代制作的人形地图与宗教地图,到1992年《独立报》刊登的新欧洲地图,从欧洲旅行者们的游记到现代社会众多旅行者的信札与文学作品,民族运动与政治的角斗周期性地重构着我们认识世界的思维角度。尽管欧洲地图和世界地图从未停止变迁,但南与北、东与西的空间对立一直受到政治势力的操控,地理边界变得无足轻重。因而,旅行书写所构建的异域知识本身是对他者的一种异化。这种政治操纵一直沿用至今,南与北的分离扩大为南半球与北半球的对立。从游记中暴露出来的文化问题引发人们从性别话语和殖民史的角度展开反思。如今，游记的研究者们应该从游记与地图等第一手资料出发，从文本中解读深层话语，探索游记写作的"起点"和文化蕴含。

（执笔：杨婕）

第六章　性别与主题：以格尼薇为例

本章聚焦亚瑟王传奇题材的作品，以史诗时代至亚瑟王后格尼薇在19—20世纪诸多作家笔下的形象流变为线索，借用女性主义批评、读者反应批评（接受理论）和新历史主义等视角细致梳理格尼薇在不同历史时代文本中的个性、情感与行为特征，考察女性地位的历时性变迁，探究比较文学中主题研究的发展趋势与方向。

一　女性主义批评中的主题研究

考布与诺克斯曾批评韦勒克的比较文学观念，认为建立在韦勒克比较文学定义之上的普适性、本质性的"伟大文学"是不存在的。本章对此深表赞同。虽然这种带有意识形态和形式主义色彩的文学研究观仍具有较大影响力，但这种立场正被矫正和改变。但有别于考布和斯诺克二人，本章将比较文学的研究重点放在文学主题和运动研究上，以后殖民研究和性别研究来探讨比较文学的当前发展趋势。

西格伯特·普罗厄的专著《比较文学研究：简介》（*Comparative Literary Studies: An Introduction*）总结出"主题与原型"的五种研究课题，（第133页）并提出"主题研究的重要性，一方面在于研究同一主题在不同文化中从出现到消失的过程，这是文学史研究的一部分；另一方面在于阐明这一过程产生的原因"（第133页）。与此

《比较文学批评导论》(1993)

相对照的是，伊莱恩·肖瓦尔特提出关于性别研究和女性主义批评的某些见解，她编辑的论文集《新女性主义批评》(*The New Feminist Criticism*) 收录 20 世纪最具先锋性和重要价值的 18 篇女性主义批评论文，以一种略显激进且具有形式主义色彩的观点，将跨民族、跨地域的女性主义批评概括为统一的模式和架构。

本章关于女性主义的讨论重心转向主题和人物原型探讨，列举文学史对一位重要原型人物的形象重塑——在"荷马史诗"中原本具有淫乱、弑夫特质的克吕泰涅斯特拉被刻画成了遭人背叛、惹人同情的弱势角色，杀子的美狄亚的动机也被赋予了诸多诠释方式和分析视角。重提、重估古希腊传统（如莫高斯、妮缪、伊索尔德、格尼薇等）、基督教传统、民间故事与童话中女性角色的价值，更在于强调她们作为"文学原型""著名人物"所代表的女性主义美学实践。（第135页）

虽然亚瑟王罗曼司的素材对盎格鲁-撒克逊人和学者们来说历久弥新，但是这些传奇史诗中复杂的女性人物始终没有得到小说家，尤其是女性作家的重视和偏爱。被赋予了魔幻色彩的莫高斯和妮缪多以邪恶女巫的形象示人：莫高斯乱伦淫邪，同克吕泰涅斯特拉一样，后被自己的儿子杀死；妮缪引诱男人、夺取魔法，被称为"妖妇""蛇女"。这两位人物在传奇故事中的角色始终未变，都是正义事业阻碍者。

与上述两人不同，伊索尔德与格尼薇则多作为"不忠的妻子"出现在亚瑟王传奇中。作家们将伊索尔德的背叛归咎为一场被牵连的无辜事件，而格尼薇的故事则要复杂得多。同时，在早期母系社会向父权社会过渡的过程中，"母亲"的形象也发生巨大转型。前基督教时代的凯尔特历史认为，王后享有与君王同等甚至高于君王的地位，古爱尔兰文化中的"母亲女神"也以"三重女神"（第137页）的崇高身份示人。但随后的父权制与中世纪刻意打压女性的政治与现实地位，女神和王后沦为导致人类堕落、事业崩溃的负面形象，犹太-基督教传统思想、希腊神话和亚瑟王传奇等都使"伟大母亲被边缘化"（第138页），因此我们越来越多地看到传奇史诗中反复出现的"弑母"倾向——摧毁母亲的母题。在亚瑟王传奇中，"不忠的妻子"总是成为英雄的致命污点以及功败垂成的缘由。

二 格尼薇与亚瑟王传奇：从中世纪到 20 世纪

历史学家杰弗瑞以纪实写法在《大不列颠王史》中记载了公元 542 年左右格尼薇趁亚瑟王征战罗马之机，同默德里（亚瑟王的侄子、莫高斯与兄长乱伦的产物）通奸，后来格尼薇逃到修道院，默德里被亚瑟王杀死。

在中世纪的各种文本中，"随着从史诗向传奇的转变，以及骑士之爱（courtly love）——即对贵族女子纯洁理想的追求——的出现，对格尼薇的不忠这一主题的处理有了转变"（第 139 页）。在克雷蒂安撰写的亚瑟王传奇故事中，骑士朗斯洛特被赋予追求贵妇的理想爱人角色，取代史料中卑鄙的通奸者形象。在忠诚勇敢、痴情浪漫的骑士朗斯洛特和受背叛但仍保持高贵慷慨的亚瑟王之间，格尼薇充当着重要的配角。爱上两个高贵男人而陷入两难境地的格尼薇在克雷蒂安笔下更像是一种象征，是欲望投射的对象。格尼薇挣扎徘徊的形象更是被指责为导致圆桌骑士制度瓦解的替罪羊。圆桌骑士追寻的盛满基督鲜血的圣杯，"唯有纯洁的人才可有幸目睹圣杯，对男子纯洁的强调，似乎更凸显了女性的不纯洁"（第 139 页）。格尼薇温柔多情，这让她比伊索尔德①的罪孽更为深重，被视为一种分裂与危险的力量，是引诱男人堕落、不和的红颜祸水。

亚瑟王系列题材流传到 15 世纪，格尼薇的形象在托马斯·马洛里爵士的笔下又发生变化。他的史诗著作《亚瑟王之死》将笔墨重点放在君主继位、骑士制度建立和男性骑士角色之上，马洛里以充满暴力色彩的故事世界重构亚瑟王传奇，如杀人事件随意发生、落难女性常遭受强暴，带有他本人所处的玫瑰战争时代的鲜明特色。同时他又以不同视角来刻画格尼薇，处理"骑士与贵妇的爱情"这一母题，因此他笔下的格尼薇积极热情，有一定主动支配权，她与朗斯洛特真诚

---

① 中世纪骑士传奇作品《刑车骑士》（本书译为《马车骑士》，见第 139 页）的女主人公。

《比较文学批评导论》(1993)

勇敢的爱情也受到作家的赞赏。(第141页)这场风波以格尼薇被处死告终，但亚瑟王偏爱朗斯洛特，朗斯洛特结局如何迟迟未定。相较之下，格尼薇的存在在男性骑士群像中更显得无足轻重。

现代作家怀特创作的《永恒之王》(前三卷出版于1939、1940、1941年)则以浪漫小说的手法塑造亚瑟王形象。在一段因称呼不同而暗藏玄机的对话中，亚瑟王不愿与情敌共享"格温"的昵称，而庄重克制地唤"格尼薇王后"以示两人律法和事实上的夫妻关系，暗示格尼薇所处地位与职责，而格尼薇本人却用与朗斯洛特独享的"珍妮"这一爱称反驳亚瑟王。对话写法巧妙又生动揭示三人的情感纠葛及个性特征。《亚瑟王之死》与《永恒之王》中的君王都兼具人性与神性的双重特质，"既是一位理想的君主，也是一个普通人，与妻子的关系表现了他普通人的一面"(第143页)。他们都在作品中充当着思考者的沉稳角色，圆桌骑士制度的分崩离析引发了他晚年对追寻正义与圣杯的质疑和对完美人性信仰的动摇，亚瑟王的理想主义最终破灭。在两个版本中，骑士制度的崩溃都没有全盘归咎于格尼薇的"原罪"，而将这场情变界定为事业分裂的象征，格尼薇的无子更注定王国将面临无人继承的局面。

上述两位作家的创作语境各不相同。怀特仔细研究马洛里爵士的时代、生平和创作特色，将马洛里爵士所处的玫瑰战争时期与自己当下的"二战"背景相对照，分析不同时代的复杂社会语境。这种跨越时间的比较方法符合新历史主义的要求。这一流派的代表人物斯蒂芬·格林布拉特认为，新历史主义应建立在了解文本被创作的历史语境与当前批评语境的关系之上。(第144页)

英国国王亨利七世1485年继位，为长子取名亚瑟，寓意是致敬古代传奇君王，重振伟业。但讽刺的是，随即到来的文艺复兴却推动亚瑟王题材走向衰败。莎士比亚等人文主义者对曾风靡一时的骑士故事不屑一顾。阿斯克姆更是义正词严地指摘亚瑟王传奇中随意杀人和乱伦奸淫情节，讽刺神授的《圣经》被禁于宫廷，低俗的亚瑟王传奇之流却被王室贵族津津乐道。人文主义追求自由平等、人性解放与无暴力，要求建立政治与家庭新秩序，"成就一位理性的、有品格的成年人"(第145页)。因此亚瑟王故事不仅无益于人文主义的传播，还会产生背离人文思想的负面影响。

亚瑟王题材故事一直到19世纪中期才重返公众视野。维多利亚时代作家为解决有关儿童卖淫、女性地位、强国形象与工人贫苦生活差距和种族排外等社会矛盾，开始重返骑士传奇寻找灵感与素材。丁尼生的《国王之歌》(1869)和威廉·莫里斯的《格尼薇的辩解》(1858)两部诗歌作品表现出19世纪亚瑟王题材作品中蕴含的矛盾模式、叙事方式与情感倾向。

丁尼生笔下的亚瑟王是高贵与理想的化身、圆桌骑士的典范，而与格尼薇的爱情纠葛、灵与肉的挣扎不可避免地成为他完美履历上的污点。格尼薇与朗斯洛特的婚外情被揭露，暗示着故事情节逐渐步入矛盾爆发的高潮，魔法师默林被囚更是预示暴风雨的到来。这场丑闻在第七章中被伊莱恩的父亲道明，并言辞激愤地嘲讽："如果这件事是高尚的，那什么是卑鄙？"(第147页)丁尼生用整整一卷的内容刻画格尼薇奸情败露后，逃往修道院的行为过程与心理活动：她愧疚羞耻，消极避世，甚至被谴责为造成骑士制度混乱的罪人。格尼薇回忆与亚瑟王的初次邂逅，他们的婚姻已褪去了激情与热度，朗斯洛特浪漫热情的形象取代了在爱情里内敛克制的丈夫，挣扎中的格尼薇身上此刻蕴含着巨大的情感力量。

与格尼薇具有张力的形象相比，亚瑟王要冷漠平淡得多，他恩威并施地控诉并谅解了她的罪行，格尼薇最终意识到责任重于爱情，终身在修道院为自己的耻辱赎罪。相较于亚瑟王情感的匮乏与冷漠，格尼薇处于强烈的情感张力之中，她所追寻的爱情充满负罪感与耻辱，却是自由真诚的，而所谓高贵的爱情则是由责任束缚的无爱婚姻，因此热情积极的格尼薇在丁尼生的笔下更能博得读者的怜悯和共鸣。丁尼生的创作始终紧密联系他的时代语境，"亚瑟王素材为丁尼生提供了探讨自己时代的方式"(第149页)。他以《国王之歌》的题词宽慰维多利亚女王说，她终将在天堂与亡夫相聚，以亚瑟王之死哀悼英格兰，以格尼薇因背弃王后的责任受到惩罚来暗示不得违反海洋帝国与英格兰的法律。

《比较文学批评导论》(1993)

不同于丁尼生对女性性生活的模糊描写，莫里斯对格尼薇的身体与性行为尤感兴趣，并以此为原型创作绘画、诗歌等艺术作品。他所写的拉斐尔前派诗歌《格尼薇的辩解》是一部记述格尼薇自我辩解的戏剧性独白，亚瑟王则在其中退居幕后，很少露面。诗歌结构整体上采取倒叙模式，在第一阶段透露出格尼薇在审判中做出错误选择——选择亚瑟王并隐瞒与朗斯洛特的奸情；第二阶段，格尼薇的情感与行为发生转折，她剖白与亚瑟王的婚姻始于"亚瑟王崇高的名誉以及可怜的一点爱"（第 150 页），而对朗斯洛特才能产生热烈真挚的情感，她一方面吐露真实想法以及与朗斯洛特相互吸引的经历，另一方面却为偷情激烈辩解，讲述自己在宫廷中的各类友善行为，试图以此博得同情，拉拢高文爵士。针对床上血迹这一致命证据，格尼薇甚至用隐秘的女性生理禁忌来辩白，"攻击男性的价值观与责任"（第 151 页）。在最后一个阶段格尼薇软硬兼施、声嘶力竭的声讨中，美貌成为她的终极武器与底牌，不吝于展示身体："如此美丽的；/我的双眼，""我的胸脯在起伏/就像紫色大海的波涛"（第 151 页），并暗含对控告者们的暴力威胁："或许还会用刀剑/把你溺死在你的血液中。"（第 151 页）诗歌在格尼薇情感爆发的高潮中迎来又一次转向，女主人公记忆里与朗斯洛特的欢乐时光同此刻孤军奋战的现实形成强烈反差，使其情绪逐渐走向动摇与崩溃，只能以"基督神圣的眼泪"苍白起誓。

以《格尼薇的辩解》为代表的拉斐尔前派艺术作品极具中世纪风格，易于引发人们的感官共鸣、强烈的视觉和审美冲击，这些艺术家们善于塑造多种女性形象，如理想女性或红颜祸水，这在 19 世纪的文学创作中尤为典型。这些被定义为"危险强势""堕落""产生性诱惑"的女性角色与维多利亚时期的"纯洁天使"形成鲜明反差。莫里斯笔下主动的格尼薇是失败的，不仅因为她的辩解仍基于取悦男性的女性魅力，而且她的肢体语言和频繁转向、起伏的复杂情绪都是诗歌暗暗聚焦的重点，她身上凸显出男性对女性认知的一切刻板印象。由此可以看出"维多利亚时代男性对勇敢追求自身幸福的女性模棱两可的态度"（第 152 页）。而《国王之歌》中格尼薇的毁灭则源于对王后职责的漠视以及对欲望情感的放纵，正如哈代笔下的经典女性角色苔丝姑娘、艾拉白拉，"因为欲望与职责的抉择而走向毁灭"（第152页）。两位作家之所以塑造出风格迥异的格尼薇，是受其所处文化语境、个人境遇、社会思想等因素影响，丁尼生以宏观广阔的社会视域审视并规范人物的行为，而莫里斯则囿于个人情感与经历，创造出极具性诱惑力的背叛者角色。

19世纪以来亚瑟王传奇题材借助新兴媒介与传播方式推出音乐剧、电影等衍生作品。其中值得关注的是，吉莉安·布拉德肖采用传统的四季更替的浪漫小说写法，将朗斯洛特的角色替换为新人物贝德维尔。这部小说整体质量不高，因为作家仍依照丁尼生式的女性刻板印象来叙述故事，采用20世纪大众家庭伦理剧的情节组织剧情，不免落入俗套。

三 新历史主义视角下的格尼薇和主题研究

本章在梳理格尼薇和亚瑟王传奇故事历时演变的基础上，提出"考察同一题材不同时期的文本有何意义"这一问题。从上述考察可以看出，文本所处的历史语境不同，文本表现差异很大，因此形式主义视角下的主题研究已不合时宜。

普罗厄曾抨击克罗齐关于"作者的个性才应成为主人公"的观点，但这一观点在后现代主义视角下不无道理，因为作家所依存的历史语境、话语与意识形态，决定着文本如何生产和如何接受。中世纪之后的格尼薇在犹太-基督教传统意识形态的影响控制下，必然与诱使男人堕落的夏娃相联系，格尼薇与骑士的一场浪漫爱情也沦为导致家庭分裂和不和的原罪。维多利亚时代的作家回归亚瑟王题材寻找灵感，但又不得不考虑其所处的社会语境及读者的期待视野，如丁尼生缓和了对《亚瑟王之死》中暴力与淫乱主题的描写。我们可以说："作家都是其时代的产物，受到当时读者期待的限制。"（第155页）即使在女权（女性）运动如火如荼的19—20世纪，莫里斯、丁尼生和布拉德肖等人的作品反映的仍是对女性独立的忽视与漠然。在被刻画为主角的格尼薇的背后，是丁尼生对妇女教育的公然蔑视，是莫里

《比较文学批评导论》(1993)

斯对女性身体的观看审视，是布拉德肖笔下被动无助、丧失自主力量、沉湎于欲望与爱情的脆弱形象。这些格尼薇形象未能成为自己命运的主角以及主导者，"特定传统文学类型中女性处于从属地位的观念根深蒂固"（第155页），女性地位缺失依旧是社会主流话语下悬而未决的话题。

传统文学史观往往以发展的眼光看待历史进程，认为现代总要优于过去。实证主义强调文艺复兴将人从蒙昧黑暗中拯救出来，承担着推动历史走向现代性的关键角色。但有趣的是，就格尼薇形象流变所反映出的女性地位变化问题来说，马洛里塑造的格尼薇在众多亚瑟王题材小说中显得最为积极乐观，主动强势。考究文艺复兴之前女性的经济自由及她们受教育程度等因素，不难发现那时女性其实享有更高的社会地位和尊重。因此马洛里位置尴尬：这位天才而残酷的作家似乎违背了趋向现代性的文学发展历程。《亚瑟王之死》不仅彰显了比后世更为先进开放的性别思想，也始终是亚瑟王罗曼司故事题材的艺术标杆。传统文学史观毫无疑问制约着文学课程的设置与文学研究的视野：我们只能重视乔叟、怀亚特、莎士比亚等经典作家，而忽略如马洛里等一班野蛮时代的优秀作家。

本章最后部分强调翻译研究的价值与重要性此前都被忽视，翻译并不局限于跨语言的译介，对同一题材的不断重述也应视为翻译过程，翻译研究正"转向对生产过程的研究以及对译入语文本的阅读研究"（第156页）。以格尼薇题材为例，改写研究或许能够为女性主义批评、理解文化史提供新视域和新思路。

（执笔：陈焱婷）

第七章　从比较文学到翻译研究

作为全书末章，本章概述翻译研究迅速发展为一门独立学科的学术历程，通过分析比较文学与翻译研究的关系，力图探讨比较文学的出路和发展前景，指出翻译研究对比较文学的未来具有重大意义。

一 翻译：被低估的"穷亲戚"

希莱尔·贝洛克（Hilaire Belloc）的泰勒讲座（1931）曾提出，翻译"从未获得与原著一样的尊重"（第157页）。这一论断颇有争议。有人认为它过于夸张，因为这种情况仅限于17到19世纪初期，从19世纪开始比较文学理论家开始承认译文在他们工作中的作用，但在强调阅读原文的重要性的同时，暗示了翻译文本的派生性和次等性。

翻译地位之低下表现于各个方面。如二元模式的比较研究认为阅读原著比读翻译作品高级；北美模式根本不把翻译问题纳入其研究范围之内；译作被边缘化为"少年读物"；翻译报酬微薄；作为教师晋级筹码时，译作等级低于著作等级等。

在20世纪70年代，以伊塔玛·埃文-佐哈（Itamar Evan-Zohar）为代表的一群学者开始将他们的研究对象定义为"翻译研究"。在其《当代翻译理论》一文中，埃文-佐哈提出了一套系统方法，批评重视原著，将翻译视为低劣的复制品，翻译文本失去了某种仅存于原著的重要成分的传统观点，并指出文学界普遍存在的面对翻译问题时出现的"莫名其妙的精神分裂"（第159页）；虽然文本具有唯一的权威性阐释的观点已在逻辑上被后结构主义批评家们推翻，但对翻译的探讨仍然纠结于"原文"和"准确性"，对翻译的评价依旧是一整套负面话语。

对翻译的负面评价话语中最盛行的当属将翻译视为对原作的背叛。女性主义翻译学派的洛丽·张伯伦（Lori Chamberlain）将焦点集中于翻译这一术语的性别化特征，批评将翻译比作"不忠的美人"（第160页）。这一说法暴露出"双重标准"：凸显了翻译忠实与婚姻忠实在文化上的共谋关系。在20世纪80年代，一大批女性主义翻译学者开始将"不忠"或其他婚姻契约作为隐喻，反思"原作地位高于译

《比较文学批评导论》(1993)

作"的传统翻译观。

二 埃文-佐哈的多元系统论

在翻译研究领域，对原作与翻译的主从关系的挑战以埃文-佐哈及其同事们提出的多元系统理论最为有力，甚至给翻译研究带来了根本性变化。各种原先被忽视或被认为无关紧要的问题，现在都被提了出来。提出这些问题反映"人们对于翻译的认识已发生重大改变，不再视其为一种次等的、边缘性的活动，而是将其看作文学史中发挥着形塑作用的一股重要力量"（第162页）。

埃文-佐哈提出，在三种主要情况下翻译活动才会盛行：（1）文学尚处于起步阶段；（2）文学处于边缘或"弱势"地位，或既边缘又"弱势"；（3）出现转折点、危机或文学真空。对于这三种情况，本章分别举出例证。玛丽亚·提莫志克指出，在12世纪时，从史诗到传奇文学的重大转变过程中，翻译起到关键性作用，印证埃文-佐哈提出的第一种情况；根据出版商的书目清单整理出来的当代译本数据（如已出版的英语译本在比例上同瑞典语、波兰语或意大利语译本形成的鲜明反差）印证第二种情况；（第163页）19世纪早期的捷克民族复兴运动中翻译所起到的积极的"侵占"作用则印证第三种情况。

三 翻译研究的三个发展阶段

由于翻译研究通常伴随着文化和文学史的大幅修订，所以它也反过来促进了此类研究的展开。比利时学者乔斯·兰伯特和里克·范·戈普对新的翻译研究途径所带来的可能性进行总结，列举众多涉及细致分析文本以及文本生产的研究领域。他们指出："这种新的研究路径的主要优点在于，它使我们避开了一些根深蒂固的传统观念，这些观念纠缠于翻译的'忠实'乃至'质量'，大体上都属于源文本取向，因而不可避免地具有规范性。"（第165页）西奥·赫曼斯1985年编辑出版论文集《文学的操纵》（*The Manipulation of Literature*），标志着翻译研究发展到一个新阶段。赫曼斯指出翻译不仅是文学的塑造力量，而且是文本操纵的主要策略。多元系统理论在其初创阶段聚焦目标系统，但时至20世纪80年代中期，建基于多元系统理论的翻译研究已发生重大改变。至此，翻译研究的发展已经走过三个阶段。

第一阶段为结构主义阶段。该阶段深受多元系统论的影响，直接挑战传统的翻译理论话语。不仅那些脱离语境只局限于语言学框架之内的翻译研究备受质疑，文学研究模式下零散的、评判性的工作也饱受批评。在此阶段，关于对等理论的激烈辩论具有至关重要的意义。

第二个阶段是从结构主义向后结构主义转变的阶段。该阶段的研究已不再限于对传统理论话语的批评，研究重点转向追溯与描绘特定历史时期翻译活动的模式。翻译活动的目标系统仍是这一阶段的首要关注对象，但大量重要的历史研究已开始出现。实际上，翻译研究日渐脱离多元系统论的结构主义起源，向后结构主义迈进。

值得一提的是，西奥·赫曼斯的一篇具有开创意义的论文对文艺复兴时期的波兰语、英语和法语译作使用的比喻进行了归类。他认为，译者们所使用的比喻，如跟从、更衣、探宝、炼金等，不仅能够决定译者的态度与策略，还能决定目标文化是否有权将其据为己有。分析某一特定时期的常用比喻，能展示当时对于翻译活动的普遍态度。如17世纪出现的比喻，译者就像奴隶，或像源文本的仆人，这些比喻到19世纪仍常被提及。一位女性译者古尔奈夫人曾在1623年指出："翻译就是重新生产一部作品。使用生产一词，是因为我们必须通过深刻的、敏锐的思考去分解（古代作家），以便按照相似的过程对他们进行重构；如同食物必须在我们的胃中被分解，才能构成我们身体的内在成分。"（第167—168页）

第三阶段可被称作后结构主义阶段。此时翻译被视作一整套文本操纵手段中的一部分，多元概念取代忠实于源文本的传统教条，而原作的概念受到多方面的挑战。目前，对译者使用的比喻性语言的研究是翻译研究第三阶段的一个重要方面。如安德烈·勒菲弗尔①提出"改写"（rewritings）的研究策略，认为翻译应被视作一种重要的文

---

① "勒菲弗尔"也被译为"列斐伏尔"。

《比较文学批评导论》(1993)

学策略,在改写的框架内研究翻译,能够揭示出特定文学系统在接受方面的转变模式。

四 翻译研究中的意识形态

在 20 世纪 70 年代初,随着多元系统理论的问世,意识形态被引入翻译研究。勒菲弗尔 1976 年在为翻译研究这门新兴学科撰写的宣言中强调:"本学科的目标是创造一种综合性理论,这种理论也可以用来指导翻译实践。"(第 169 页)在此后的 15 年间,翻译研究得到巨大发展。本书作者巴斯奈特和勒菲弗尔在他们合编的《翻译,历史和文化》中重申:"翻译已成为世界文化发展进程中重要的塑造力量。若不考虑翻译,任何形式的比较文学研究都无法展开。"(第 170 页)翻译技术史、译本的生产流通与资金保障、译者群体或派别以及翻译在特定时刻的作用等翻译史方面的研究,最终促使人们力图辨析和阐明主要翻译术语,如重新思考 17 世纪的"准确"和"忠实"。

17 世纪描述不同类型的语际转换行为,依照的乃是同一种方式。从事古典文学翻译的作家们认为,翻译活动需要卓越的文学敏感性。尽管德莱顿将译者比作奴隶,但同时他也认为译者必须让自己"掌控"(possess)原作者所表达的一切。只有这样,他才能创作出和原作一样具有生命力的东西,即译作也可以具有同原作一样的独立存在价值,而在那种逐字逐句地"复制"出来的译本之中是不可能存在类似独立价值的。德莱顿的上述两种看法看似矛盾,其实是针对不同类型的翻译活动。对于"准确性",如何运用取决于其所适用的语境:当作外语教学手段的翻译自然会要求"准确性";而从理解语法和句法的角度来检验源语言或译入语能力的翻译,与对文学文本进行解码和重新编码的翻译,尽管术语相同,却并非一回事。

此外,在 17 世纪,大量书籍可以批量生产,出现新的读者市场,17 世纪后期在伦敦上演的话剧大多是翻译作品,市场需求致使很多本来不具备合格翻译能力的译者短时间内产生出大量译作。这样一来,古典文学文本的翻译和市场体制下适销文本的翻译,尽管术语相同，也同样存在巨大的差异。因此，使用同一术语描绘高层次文学翻译、作为教学工具的翻译，以及市场体制下适销文本的翻译的混乱局面是历史遗留问题。其中，作为教学工具的翻译势头最盛，毕竟在教学领域，"准确性可被衡量"的观念是至关重要的。

对于将此类标准应用于文学翻译导致的谬误，埃兹拉·庞德使用了一个精心设计的比喻——"起死回生"，即翻译的任务是"替一位死去的诗人找到读者"（第173页），这是庞德对评论家批评其翻译作品"不准确"时所做的自我辩护。在这一点上，本雅明与其观点相似。本雅明将翻译比作来世的永恒生命（afterlife），德里达对此解读说："源文本根本不是原作，而是对某种观念、某种意义的详细阐述，简单来说它本身也是译本。""这样一来，那种将翻译贬至次等地位的观点也将不复存在。……由此翻译成为一项尤为特殊的活动，因为它使文本能够在另一语境中延续生命，正是凭借这种新语境中延续的存在，翻译文本成了原作。"（第173页）由此可见，翻译的重要性正日益凸显，翻译研究工作的跨学科性正日益增强。随着翻译史学家对翻译谱系的探索日益深入，文本的语际转换越发显现为文化研究的重要组成部分。

五 欧洲之外的"翻译研究"

和比较文学研究一样，大量激动人心的、创新性的翻译研究也在欧洲以外展开。欧洲之外的翻译研究者运用后殖民主义、女性主义等多种翻译理论从事翻译。

在后殖民主义翻译理论方面，一些巴西和加拿大的译者最近提出的翻译理论就翻译过程的意义提出许多新比喻，为相关研究提供新视角。如以阿什克劳夫特等人为代表的后殖民主义翻译理论关注结果分析，关注重构和重估，认为没有什么东西是原创的。拉丁美洲的一位当地译者玛兰舍在早期殖民文献中，既被视为叛徒又被视为良伴。（第175页）这一比喻突出翻译活动的两面性。在其他有关她生平的记述中，她既被描绘成一位同殖民者科尔特斯相伴的高贵的印第安妇

《比较文学批评导论》(1993)

女,又被描绘成出卖同胞的叛徒,还有一些记述将她描绘成被迫服侍殖民者的、不情愿地被社会侵犯的中间人。(第175页)对玛兰舍在早期殖民阶段所扮演角色的含混阐释,在拉丁美洲的作家和批评家面对欧洲这个文学模式的来源地时也同样存在。

1. 食人主义翻译理论

20世纪20年代的巴西现代主义对食人行为进行了重估。奥斯瓦尔德·德·安德拉德分析1554年葡萄牙主教被巴西印第安土著人在食人仪式上吃掉的案例,指出两种截然不同的理解方式:从欧洲的视角来看,这是令人憎恶的亵渎神圣的行为,违背了文明行为的所有规范,但从欧洲以外的视角来看,通过献祭将其吃掉的行为是为了吸收一位受尊敬者的能力或品质,这就完全可以接受,因为这就跟对基督血肉进行象征性吞食的弥撒一样。(第176页)在这种双重视角下,食人主义运动发现了一个新的比喻来形容欧洲文化与巴西文化之间的关系。兰德尔·约翰逊指出:"从比喻的角度来说……食人主义者不打算复制欧洲文化,而是吞掉它,吸收它的积极因素,排除它的消极因素,从而创造出一种原创性的民族文化。这种文化将成为艺术性表达的源泉,而不是其他地方创生出的文化表现形式的容器。"(第176—177页)此后翻译学者对这一比喻进行了改造:译者吞噬了源文本,然后又将它重新生产出来。

食人主义翻译概念的主要实践者与理论阐述者是德·坎波斯兄弟,其作品刻意抹去源系统和目标系统间的界线,比如将《浮士德》的译本命名为《歌德的浮士德中的上帝与魔鬼》,这一标题不仅凸显作者与他所写人物之间的联系,也确认了译者与作者的同时存在,但对巴西读者来说,该标题又有另一层含义,即它直接指涉了格劳贝·罗查的电影《太阳国中的上帝与魔鬼》。埃尔西·维埃拉认为:"该标题所蕴含的旨趣表明,'接受方的'文化将会渗透并转变原文……翻译不再是从源文化到目标文化的单向流动,而是一种双向的跨文化活动。"他宣称这种魔鬼行为"旨在抹去源头,消除原作","翻译是一个生理过程、一种对源文本的吞噬、一个质变过程、一种吸血行径,如他所说,翻译就是'血液的转输'"(第177—178页)。

273

后现代主义、后殖民主义翻译理论中将翻译比作食人或吸血的激进比喻都同其他翻译理论发展相关,都反对抬高原文、贬低译者的权力等级制度。埃尔西·维埃拉总结了食人主义理论对翻译实践的重要性,认为食人主义翻译哲学,以及本雅明和德里达对翻译所进行的逆向解读都在同等程度上揭示出大量传统翻译学所不能回答的认识论问题。在食人主义哲学的视角下,如果翻译成为一种双向的流动,"源"和"目标"这两个术语就会被架空。同样,源头方和目标方之间的权力关系、优者/劣者的概念也将不复存在。

2. 女性主义翻译理论

巴西翻译研究工作的新进展体现出使用一系列肉体性比喻的特点,这在20世纪80年代中期以来加拿大翻译研究领域中也同样存在,但不同之处在于,后者主要从女性主义视角重新定义性关系。女性主义翻译理论家们对西苏的中间性(in-betweenness)概念做出新阐释,聚焦于原文和译文两极间相互作用的空间,通过宣扬中间性,重新建构一个空间,在该空间中翻译是双性的,既不只属于男性也不只属于女性。加拿大的女同性恋或双性恋理论家和译者对作者取向(writer-oriented)和读者取向(reader-oriented)的批评都予以否定,认为无论作者还是读者都不应获得优先地位。她们将翻译过程描述为"一种阅读和写作的复合行动"(第180页),承认译者具有读者和作者的双重身份。加拿大翻译学者芭芭拉·戈达德将女性主义翻译工作与后现代主义翻译理论联系起来,对翻译中的"差异"做出积极阐释,主张通过翻译中对文本的女性化处理(woman-handling)来颠覆谦恭、低调的译者形象(第181页)。巴西和加拿大的翻译理论家的共同目标实际上都在于彰显译者的职能,在一种侵越行动中让译者显形。在他们看来,翻译是最重要的政治活动之一。

综上,翻译研究已从不被重视的边缘成长为真正意义上的跨文化研究,也不再被视作比较文学的一个分支。在翻译研究与比较文学之间的关系问题上,众说纷纭:有人抱持欧洲中心主义观点,依然把翻译看作边缘性活动,反对多元系统学派的主张;也有人认为翻译研究应同比较文学彻底决裂,比较文学应在形式主义范围内化解自身不断

《比较文学批评导论》(1993)

出现的危机,而翻译研究应该关注的是历史问题和语言问题。

目前,比较文学无疑正面临着生存危机,应对之策应是借鉴多元系统理论提出的关注翻译方针和翻译策略的新方式和新渠道,重新思考翻译研究的位置,重新考虑比较文学和翻译研究的关系。本章建议使用"不幸的婚姻"(unhappy marriage)来比喻比较文学与翻译研究的关系,对两者关系进行重新界定;反过来说,如果比较文学仅仅进行自我定义,拒绝对其研究范围和方法体系做出更为清晰的界定,这只会导致失败。依据上文所论,"写作不是在真空中发生的,它必定有其发生的语境。将文本从一个文化系统译入另一文化系统,并不是一种中立、单纯、透明的活动。翻译是一种负载沉重的侵越行为,翻译文本与翻译行为所涉及的政治因素,理应受到比以往更多的重视"(第184—185页)。况且,女性研究、后殖民理论以及文化研究这三大领域中的跨文化研究已从整体上改变了比较文学研究的面貌,我们"应当将翻译研究视为一门主要的学科,而把比较文学看作一个有价值但是辅助性的研究领域"(第185页)。

(执笔:韩云霞)

加亚特里·查克拉沃蒂·斯皮瓦克

《一门学科之死》（2003）

《一门学科之死》（2003）主要章节

第一章　跨越边界
第二章　集体
第三章　星球性

第一章　跨越边界

斯皮瓦克说的"一门学科之死"，是指北半球欧美的、宗主国的比较文学已成过去，无法适应当今全球化浪潮，而随之诞生的是一种聚焦语言与习语、跨越各种边界的新型比较文学。它需要与区域研究展开合作，并对其实施改革。区域研究的丰富资源和跨越性对比较文学有重要价值，比较文学的传统语言素养又能对区域研究有所补益。本章认为，在语言问题上，新比较文学应有意识地关注南半球语言及其文化媒介属性；在跨越边界的问题上，当前文化交流虽以单向的有限渗透性为主导，但一种反向跨越的力量已在暗中萌发；在发展前景问题上，新比较文学既面临着制度性障碍，也能够借助他者的眼光找到新的出路。

《一门学科之死》(2003)

一 基于语言的新比较文学[1]

"冷战"结束之后,文化研究浪潮和多元文化主义日益兴盛。查尔斯·伯恩海姆的《多元文化时代的比较文学》回顾了比较文学研究的变迁历程,并指出过去那些"关于标准的报告"目前已不再适用。同时,区域研究也在经历一场变革。托比·爱丽丝·沃尔曼在一份名为"跨越边界"的小册子中揭示出,近期的发展已对区域研究的某些假设提出挑战,人们现在更关注区域间的变迁情况。[2] 面对这种新的境况,比较文学无疑需要做出回应。但比较文学与文化研究的简单结合并不可行,而种族研究和区域研究的结合又会偏离文学与语言的主调。因此,本章提出一种去政治化的、无所不包的新比较文学,这种包容性不是针对特定时代的自适应性调整,它本就是新比较文学的题中应有之义。在这种构想中,区域研究领域里知识生产的政治终会被新比较文学所触及;同时,旧比较文学中重视语言与习语的传统又会得到保留与发扬,成为新比较文学的显著标志。

比较文学与区域研究间的互补关系促成了二者的合作。区域研究创建于"冷战"之初,并在联邦拨款资助下取得了大型基金会的支持。不同学科的学者在区域研究项目中联合起来,各自发挥其知识专长,努力为政策制定和军事部署出谋划策。1947年,一场"讨论世界区域研究的全国性大会"在纽约举行。此次会议简介说:"在那些军队专业化训练项目和民事培训学校里,许多教授首次遭遇到根据地区而非学科组建的课程,众多的学人也真正地开始对国外各地区及其语言展开研究。"(第7页)可见,相较于比较文学在音乐、哲学、艺术史、新闻媒体上表现出的有限的跨学科性,区域研究则显得更具越界的活力。此外,区域研究的资源,尤其是那些适用于欧美范围以外

---

[1] 原书未分小节。各节小标题均由笔者自拟,下文同。
[2] 参见[美]加亚特里·查克拉沃蒂·斯皮瓦克《一门学科之死》,张旭译,北京大学出版社2014年版,第7页。下文引用此著作,均随正文注明页码。本书英文版为:Gayatri Chakravorty Spivak, *Death of a Discipline*, New York: Columbia University Press, 2003.

的部分，对比较文学而言也意义非凡。

但另一方面，如果没有人文学科的支撑，区域研究只能以跨越边界的名目来侵越界限。（第8页）与文化研究相比，区域研究并没有囿于宗主国语言的单向度视野，而是认真精细地学习了研究对象的语言，这固然是其优长所在。不过这种语言学习的目的只是为了满足社会科学中田野作业的需求，仍未达到新比较文学所理想的语言标准。把他者的语言当作一种"田野"语言是远远不够的，在这方面，比较文学中传统的语言素养恰恰可以补救区域研究。

但比较文学的语言训练若想适应新形势，就必须注意以下两点。其一是要有意识地远离英语和葡萄牙语、日耳曼语、法语等主导性的欧洲民族语言，增加对南半球语言的关注。这种关注并不要求学生学会所有南半球语言，正如她在注释中补充的，而是要求"当你从事地球南部地区的文学研究时，你得以同样认真的方式去学习相关的语言"［第28页注释（12）］。其二是要将南半球语言看作"活跃的文化媒介"，而非文化研究的客体。所有语言之间具有"不可化约的杂交性"（第11页），因此新比较文学需要摒除文化研究中强烈的宗主国意识，通过掌握他者的独特文化媒介（语言）来真正接近他者。具体而言，研究者的语言学习就必须"达到阅读文学作品的熟练程度，而不能仅仅满足于达到社会科学中所要求的流利程度"［第28页注释（12）］。

德里达曾指出："哲学的概念不能超越惯用语的差异。"（第12页）本章引用德里达的洞见来说明语言差异会给不同文明带来难以弥合的鸿沟。南半球语言和习语是长期被遮蔽的"全球他者"，尚未在欧美大学的框架内实现建制化。即便是宗主国出于移民欲望呼吁加强它与南半球的合作，也往往是通过非政府组织实现的。事实上，无论是这种合作还是与之相伴的全球化，都不会触及非霸权语言的习语特征。虽然这些事实听起来令人心灰意冷，但我们不能被它麻痹，因为从宗主国主导下的研究范式内部揭露其殖民性质本来就是不现实的，"从这种内部着手，就是在承认某种共谋"（第12页）。真正值得依赖的是制度上的建设和持之以恒的课程上的干预。在此，最棘手的任务

《一门学科之死》(2003)

就是抵制来自主导文化的纯粹挪用。

主导文化并不是一成不变的概念，老牌帝国主义和新帝国的问题是截然不同的。1998年纽约市立大学招收的本科生中有87%都需要补习英语。但现有制度显然不足以克服种族、性别和阶级问题，补习班中的学生被两种帝国主义所支配：老牌帝国主义一度给宗主国的民族语言构拟出了普适性的概念，它已经参与塑造了前殖民地人民的文化身份，如那些来自海地、西非的学生既能够用克里奥尔语交流，也能够用法语或洋泾浜语交流；而新帝国主义中不可或缺的商业化英语已经变成支配人类大半资本配额的精英语言，要求来自前殖民地的学生把它从第二语言升格为第一语言。如果想要解构或颠覆帝国主义的普适性概念，"我们应该去书写那些法语的、德语的、葡萄牙语的、英语的、西班牙语的历史，**还要**——而非**仅仅**①（请注意两个词语间的差异）——将其作为一个比较的焦点"（第14页）。

二 反向跨越的新比较文学

"翻译"② 是一种跨越性的行为，比较文学学科能使读者不再将两种文化之间的翻译视为静止的不同语言之间的代码转换，而是当作动态的从身体到伦理的指号过程③，给读者提供"多种文化操演"(performativity of cultures) 的机会，意识到文化是一个不断生成的过程，而非本质化的存在，进而唤起他们的回应。奥地利精神分析学家梅兰妮·克莱恩指出，婴儿伸手去抓外物，将抓到的东西加以编码形成一个符号系统，这种天然的编码活动就是"翻译"。（第16页）翻译如同一支不停穿梭的梭子，文化就是在这种像梭子般来回穿梭的翻译过程中形成的。也就是说，文化并不是一种本质性的存在，它存在自我与他者的不断互动之中，是一种动态的、流动的生成。在这一过程中，"暴力被翻译成了良知，反之亦然"（第16页）。这种穿梭连

---

① 黑体字为原文所有。
② 这里的"翻译"不是狭义上不同语言之间的转换，而是一种广义上的跨界和转换。
③ Semiosis，指语言或非语言起记号指代作用的过程。

续不间断，并不停留在某处，翻译是必需的，但又是不可能的。完全精确的翻译无法实现，我们只能处于与他者的关系之中，但无法真正抵达他者。当我们对构成一种文化本质的再现的规则和容许的叙述有了深刻的了解，能对原文负责任地加以解释说明时，（第17页）我们就能以一个旁观者的视角观察该种文化的操演过程，接近原文背后的文化文本，实现边界的反向跨越，而不是粗暴地将自身文化逻辑投射到原文之上。

随着大规模人口迁徙的发生，地域边疆的划分在当下这一后殖民和全球化的世界中业已受到巨大挑战，取而代之的是人口统计上的边疆回归。当一个地区涌入众多不同民族的移民时，人口统计上的边疆比地域上的边疆更适合应对这一情况。

移民浪潮是全球化的一部分，它导致很多第三世界民族语言的消亡，世界上许多本土语言仅仅静态地分布在语言地图中，地图绘制完毕后，它们也销声匿迹了。而比较文学与区域研究的合作可以改变这一状况，在推进南半球国别文学发展的同时促进本土语言的写作，使它们能够自下而上地跨越边界，这是对那种自上而下的"全球化"的反讽。（第18页）因为每个时代都在决定自己时代的"可比性"到底为何物，主流文化与边缘文化尖锐对立的时代形成的"可比性"并不能用于全球化时代。这一时代为反向跨越提供可能，从而为"有限渗透性"给比较文学带来的危机提供一种解决途径。

所谓"有限渗透性"是指"从宗主国出发去跨越边界是轻而易举的；反之，从所谓的边缘国出发，会遭遇官僚机构或警政管辖设置的边境，要跨越这样的边界真是难上加难"（第18页）。不仅从下往上的跨越是艰难的，在庶民文化内部所进行的交流沟通同样也是艰难的，这就导致跨越边界的行为被打上了不平等的烙印。玛丽莎·孔第的首部小说《黑尔马克宏诺》（*Heremakhonon*）表明，这种"有限渗透性"无处不在。一位来自西非的下层民众在列举她所知道的黑人种族类别时，所使用的概念并非源自那些种族内部对自己的界定（如"富尔伯人"），而是源于宗主国从外部做出的暴力的划分（如将上面提到的"富尔伯人"划分为"颇耳人"和"图库勒人"）。此外，她对

《一门学科之死》(2003)

"那个国家"居住的黑人一无所知,体现出这些边缘的种族文化彼此之间缺乏交流。小说英译本中的"富拉尼人"(Fulani)和"图库勒人"(Toucouleur)也不是两个准确的种族名称,这两个词译自法语"颇尔人"(Peul)和"图库勒人"(Toucouleur),原本是19世纪法国人种学家对富尔伯人(Fulbe)的划分,后来英国游客借用豪撒语将那里的富尔伯人称作富拉尼人。(第20页)上述绘制语言和民族地图的过程展现的,正是从宗主国到边缘国的单方面跨越:宗主国有权力对边缘国的种族和语言作出人为的划分及命名,在自身文化中生成他们的形象;而那个古老的文明——一个未经划分的非洲——则只能作为经过宗主国划分后的"新非洲"的背景而隐匿在背后,它对于比较文学而言甚至是不存在的。

综上,有限渗透性目前仍然是跨越边界的主导方式,但一种反向跨越的萌芽也在不断生成,为比较文学带来了新的生机,指向一种"即将来临的"的开放的未来。

三 新比较文学的障碍与出路

当比较文学与区域研究展开深入合作,那个未经划分的非洲才能从幕后走到台前,得到其本应得到的关注。虽然这种合作大有裨益,但也面对诸多制度性的障碍,其中之一便是来自制度的双重恐惧。

这种双重恐惧首先是学科的恐惧。社会科学惧怕文学研究中的激烈冲动,这种冲动威胁着已建立起来的知识系统的稳定性;其次是对文化研究的恐惧,库切的小说《等待野蛮人》对此描述得很生动具体。老行政长官作为文化研究范式的体现者,宣称他们这些殖民者终将会被野蛮人赶走,野蛮人会比殖民者更长久。(第23页)这番激烈的言辞实际上加剧了殖民者与野蛮人之间的敌对关系,引发宗主国对原本单方向的、可控的渗透性转变为不受限制的渗透性的恐惧。此外,文化研究实际上仍然是单语的,老行政长官代替那些沉默的殖民者发言,他是一个"仁慈的帝国主义者",但归根到底仍是帝国主义者。

除了来自制度的双重恐惧,还存在一种对失去质量管控的恐惧。

玛丽·路易丝·普拉特曾援引乔治·奥威尔的《动物农场》(*Animal Farm*)，将失去质量管控的比较文学比作失去农场主后的动物。当动物们不再受到管束，一些稀奇古怪的杂交品种就会产生，这种对失控的恐惧困扰着比较文学。(第 24 页) 实际上，支配着比较文学的农场主并没有消失，对抗性思维在当今仍在升级，并且呼吁用人文主义和质量管控来对抗恐怖主义。但哪个群体会被划入恐怖主义范畴呢？谁又有权力决定这一划分呢？

本章选取的《等待野蛮人》的段落还表明，小说叙事既是逻辑的又是修辞的，前者要求确定性的意义，"所需要的是不可化约的真理"(第 25 页)，而后者则质疑或颠覆意义，"小说中修辞性的登场。意味着地方行政长官企图对她进行解码"(第 24 页)。修辞性的介入导致小说叙事的意义变得难以把握，不再是确定无疑的，这对他者和自我都同样有效。破除这一矛盾困境的方式是"我们是能够继续补充区域研究的"(第 26 页) 尽管这么做并不容易，但又是一件必须要做的事，否则还会有新的势力或权力宣称自己是"人文主义"中"人"的化身或代表，形成新的"中心—边缘"的压迫关系。具体如何去做，第二章将借助"集体"概念来详细论述。

（执笔：曲立、张腾）

附录：

1.
英文版：A level playing field, so to speak. (p. 5)
中译本：可以说，这是一块平整的游乐场地。(第 6 页)
笔者试译：可以说，这是一个机会均等的环境。

2.
英文版：... from body to ethical semiosis. (p. 13)
中译本：从身体到种族的指号过程。(第 16 页)
笔者试译：从身体到伦理的指号过程。

《一门学科之死》(2003)

第二章　集体

本章主要讨论比较文学学科研究中的主体性问题,即比较文学中"我们是谁?"的问题。斯皮瓦克借助德里达《友爱的政治学》中的"集体"理论,解构本质主义的、确定而排他的集体观念,提出"遥远的想象构成"与"开放的田野作业"两条对待他者的方法,以此来重构新的"集体"。通过分析伍尔夫《一间自己的房间》中的"遥远的想象构成",本章批驳传统女性主义的性别集体观念,并将其与后殖民、全球化相联系,要求在比较文学领域重新思考族源的集体问题。《黑暗的心》《北徙时节》《翼手龙》等小说为在后殖民视角下主体进入他者共同体提供文学借鉴,显示集体性在后殖民、性别及传统与现代的冲突中呈现出断裂状态,本章据此构建出新比较文学:转向边缘属民国家和地区的语言文化,以迥然不同的研究范式进行本源性的追溯与解读,并逐步迈入"星球性"。

一　对"集体"的解构与重构

本章首先提出的问题是"我们是谁?",将关注的目光投向了比较文学研究中的文化集体。当然,这一问题并不局限于比较文学。本章将集体的问题转化成了另一个更加宽泛且难以捉摸的问题:"人本主义"中"人"到底是谁?

斯皮瓦克对集体性的关注出于以下两个原因:(1)本书第一章用较多篇幅论述全球化、多元化给比较文学学科带来的危机和挑战,欧美主导的比较文学产生了一种"对人的主体不可判定性(undecidability of the subject of human)的恐惧",致使集体如何形成的问题愈加复杂;(2)集体是比较文学文化研究中不可回避的问题,"为了接受文化,我们必须接受集体"(第33页)。然而,传统研究往往在文化的基础上接受集体，斯皮瓦克将其调侃成一种"倒置法""逻辑谬误"，认为从结果去探寻原因是一种本末倒置的做法。

回到"我们是谁"的问题上来，本章基本同意德里达《友爱的政治学》的观点，并将其观点总结如下：民主固然是一种公共体系，友谊却是私密的；民主思想包含兄弟情谊，它具有强烈的排他性；集体是不确定的；决定总是在迷茫仓促间做出；把女人作为女性来计算，将导致无法预料的后果。（第33—34页）

众所周知，德里达的《友爱的政治学》意在解构"友谊""朋友"等概念。在西方政治体制中，友谊是政治的基石，"没有集体就没有政治"（第34页）。然而，友谊政治与朋友之间的友谊有着本质的差别。朋友之间的友谊要求尊重个体差异，但以民主为代表的政治体制却忽略了这种异质性。一方面，只有尊重集体中个体公民的差异性，顾及每个人的具体需求才能实现政治中真正的友谊；但另一方面，在民主的实践操作中很难尊重个体差异，比如出于便利，选举投票中的公民被统一成抽象的统计数据，而不把他当作具有差异性的个体。在德里达看来，政治中的友爱之所以不是本原的友爱，是因为它忽略了友爱中的异质性维度，这也就是斯皮瓦克所总结的"民主固然是一种公共体系，友谊却是私密的"含义。

"旧的比较文学与文化/种族研究间的冲突，可以集中地体现为人本主义和身份政治间的冲突。"（第34页）本章将这种二元对立的研究视作集体政治的一种范例，其中"我"与"他者"有着明确的划分，而实际文本却蕴含着一种不可判定性。文学要告诫我们的是，确定的事物是不存在的。那么，如何看待"我"和"他者"的关系呢？斯皮瓦克借用了德里达的"曲率"（law of curvature）的概念来说明。（第35页）所谓曲率指的是一种异律的、非对称的、扭曲的社会空间，主体与他者的关系呈现出开放性与不确定性。[①] 德里达用"曲率"反驳胡塞尔。在胡塞尔现象学中，一切对象都是在意识中被显现

[①] 参见［法］雅克·德里达《〈友爱的政治学〉及其他》，夏可君编，胡继华译，吉林人民出版社2006年版，第290页。

的，那么他者也自然是通过主体意识被建构出来的，成为某种主观确定的存在。与此类似，德里达也反驳尼采"孤独的全体""沉默时一起沉默"等单一者共同体的集体看法，因为这种做法将弧线拉成直线、曲率（courburne）变成法则（droiture），是对他者的暴力，斯皮瓦克称之为一种"疯狂"，正是这种疯狂书写了政治学的历史。

德里达进而指出，友谊和敌意本质上是相互矛盾的，政治决定主义必须与不确定性相互协调。（第36页）《友爱的政治学》多次引用亚里士多德的呼句"噢，我的朋友们，这个世上一个朋友也没有！"他认为，这句话反过来说也是成立的："一个人如果拥有太多的朋友，那就近乎于没有朋友。"（第37页）这显示出语义滑动和反转的可能性。朋友与敌人并非二元对立、泾渭分明的存在物，而是一对矛盾共同体：敌人可以成为朋友，朋友也可以成为敌人。德里达提醒我们，"在每一点上，公私之分的界限岌岌可危、脆弱不堪、千疮百孔和绝无权威。"① 如果没有确定的敌人、朋友概念，集体就处在曲率的不断偏离与滑动的轨迹运动之中。在迷茫和仓促中做出决定的瞬间或许就是切线与圆相切的一点，这一点位于何处、何时到来仍然处在决定主义与不确定性协调过程中的"可能"之中。

本章从《友爱的政治学》中还归结出两个女性主义的观点，即"民主思想包含了兄弟情谊，它具有剧烈的排他性""把女人作为女性来计算，将导致无法预料的后果"。德里达发现，源于古希腊的友谊根本上是一种兄弟间的情谊。也就是说，西方传统的友谊观念是建立在逻各斯父权中心观念之上的，这就把女性驱除出了"我们"的集体观念。对于"把女人当作女性看待"这一问题，本章借助伍尔夫《一间自己的房间》加以阐释。伍尔夫笔下女性友谊打破异性恋的霸权规范，形成一种全新的性别集体；（第41页）但伍尔夫同时也没有对女同性恋集体做出确定的价值判断，而是让她们无言告别，回到各自家中，从而形成了一种不确定性的、开放的结构。

---

① ［法］雅克·德里达：《〈友爱的政治学〉及其他》，夏可君编，胡继华译，吉林人民出版社2006年版，第118页。

由上可见，本章反对普遍的、本质主义的集体，实际上这种稳定的、统一的集体不仅对集体外的他者造成压迫，这一集体本身也处在崩溃的危机之中。而当集体不被经验主义化或者权威化，只作为一种不稳定的、可能的策略的时候，集体才具有坚实的力量。

那么，应该如何处理"我们"与"他者"关系呢？本章在论述中提出两种方法论。其一来自德里达"遥远的想象构成"（teleopoiesis），它指读者与作者共同建造的对话空间，远距离肯定了一种潜在的时空差异性。本章赞赏伍尔夫《一间自己的房间》中的开放结构。这部女性主义小说并没有刻意把男性放在自己的对立面，避免了对"他者"的粗暴命名，体现了"遥远的想象构成"的写作技巧。本章将其归纳为复制和粘贴。（第41页）复制并非剪切，复制一定存在着双重对象，而剪切是单一对象的挪用，忽略了差异性。所以斯皮瓦克所说的复制并不是"同一"的简单复制，而是一种作为补充的、蕴含差异性的复制。

其二是开放的田野作业。如果说"遥远的想象构成"是本章构建的新的阅读伦理，那么开放的田野作业就是文本之外的底层实践。如本书作者斯皮瓦克走向社会科学领域，在西孟加拉国西部的土著地区建立赤脚学校，为当地的少年儿童培训师资，目的是训练这些在未来选举中占比最大的群体成员，"培养他们的民主思维习惯"（第43页），拒绝种族的理想主义和同一主义的教育，从中催生出德里达所说的"不确定性"的集体。斯皮瓦克将开放的田野作业视作新的比较文学出路之一。

为了更加详细说明这两种方法论，本章以"医生无国界"为例加以论述。"医生无国界"的成员奔赴世界各地，为需要者提供帮助，但他们不大可能学会当地语言，只能利用当地的口译者这个中介来与被救助者交流。这类似于现在处在主导地位的比较文学：没有深入当地的文化、语言中，依赖译者才能介入。要改变这种现状，本章认为"医生无国界"的成员应努力学习，要对当地文化习语了如指掌。另外，基层医疗小组成员也要不断投入"口译员"的角色中，这样才有能力应对一些突如其来的挑战。将这一设想应用到"霸权主义的比较

《一门学科之死》(2003)

文学"（第46页）中，我们应该面向更多的语言、文学、文化，而不是一味固守体现英语霸权的欧美主流学界的比较文学。

二 "全球化"的女性集体

本节从伍尔夫的《一间自己的房间》谈起，批驳传统女性主义，从后现代女性主义观点出发反思后殖民的全球化问题，由此探讨比较文学的未来发展。

伍尔夫的《一间自己的房间》由两篇演讲词扩充后形成，是研究妇女集体问题的专著。伍尔夫以悖论形式和模糊的称谓（"谎言会从我嘴里进出"）来指涉一种固有秩序的不确定性；此外，小说中的"我"无名无姓，每个"我"的主要变体形式都被标记出来；"我"——玛丽·贝顿认同民主制，而另一个同名人物却坚信金钱是比民主制度更好的选择。（第49页）该书最后一章更将读者带入"也许如果"（perhaps if）的不可能的可能当中："这对于那些为思考性别问题而写作的人来说，可是致命的……你必须成为男性化的女人或女性化的男人。"（第49页）若以悖论式的虚构模式来解读就会发现，书中的一切都只是一个故事，而即将成为"真正的演讲的演讲"却并没有开始。罗曼·雅各布森的"诗学功能"（the poetic function）开始占据上风，"对等原则"从选择轴挪向组合轴，"一对衣着鲜亮的夫妇钻进一辆出租车"之后一段印象主义散文的语言指涉的是男女同体的想法，随即一切都宣告结束："现在我自己就这样结束了。"（第51页）我们可以看出，伍尔夫的文本赋予读者以自由和不稳定性，使文本处于被体验的危机之中，但遗憾的是她始终没有等来被她期待的读者。

"读者如何才能了解到那种文本所期待的关注，亦即这种前摄行为（proactive behavior）怎样才会是好的阅读呢？"（第52页）实际上，在串联和编织那文本无法核实的真理的过程中，读者和作者的关系错综复杂。《一间自己的房间》的结尾出现女性的集体，"但我坚信，只要我们为她而努力，她就会复活的。如果我们那样做的话，即便是一贫如洗,或默默无闻,一切都是值得的"(第42—43页)。伍尔夫的这段文字,旨在提醒读者,他们应该关注的是,女性要想获得解放,不仅局限于物质条件,更重要的是所有女性作为一个集体要团结友爱、互相帮助。

亚里士多德曾说过,想象的构成是一种比历史记录更好的求知方式,因为它比那种一根筋式的历史更普遍,也更"正统"(catholic),但那些可以普遍化的东西是可以剪切与粘贴的,"于是乎,想象的构成摇身一变,转而成了遥远的想象构成任务中的一部分"(第53页)。《一间自己的房间》在一种特殊的普遍结构——所谓的"跨国"女性主义("transnational"feminism)中来回巡演:即如果我(玛丽·贝顿)在帝国主义恩赐下能够自给自足,那么假想的理想开头应该是:在文学的事业中,男人和女人都是平等的参与者。另一个视角是女性在新殖民主义和全球化的恩赐下能够自给自足,那么这句话就应该改写成:世界各国处于全球支配地位的妇女,还有一切饥寒交迫的妇女,所有这些人都可以实现平等。

因此,我们现在有必要区分两类普遍性:一类是想象构成的普遍性,它有赖于其固有的不可证实性,而且不能局限于某一单个的"事实"。还有一类普遍性必须抑制个体性,以便建构一个"事实"。(第53—54页)在伍尔夫的文本中,为了奠定一个普遍的名称——"妇女",第二种普遍性肯定要发挥作用,这就意味着必须确保女性领域中的可预言性。在世界妇女某个宽泛限定的群体里,已经共享着一种在阶级和政治上带有一定弹性、一种性别体系的设想。而当代的玛丽·贝顿,一定想在一块空白处写下开头的一句:那个女人拒绝逐渐上升的社会流动性,尽管全球与地区间的平等是可以取得的。为了使这句话成为一个明确的判断句而不是一种假设,玛丽·贝顿们需要界定的是她们受到的种种形式的他者压迫,而不是作为他者的妇女的行动方式。(第54页)所有的妇女这一集体的界定并不由国际占据主导地位的妇女掌控。

从《一间自己的房间》的虚构结构延伸出来,我们可以看到屈服的工具再度成为他者遥远的想象构成所注视的对象。就1989年以后

《一门学科之死》(2003)

占主导地位的世界结构来看，日益全球化的资金并不能在所有的国家里都建立起相同的交换体系。类比于妇女结构，为了把国际妇女权利建立在人权范式之上，"妇女历史的无数特征必须加以抹平"（第55页）。但这一过程是伴随着普遍化的价值形态，还有性别领域中全球的可通约性，以及为了不可化约的曲率而必须重申的法则。这种做法会使我们舍弃每一项国际新方案带来的好处，同时资金一方也不会抛开那种通向普遍的力量。因此，比较文学在致力于女性主义研究的同时，作为一种明显的警告，必须克服那种普遍化的冲动。这种普遍性并不是文学带给我们的那些有质地感的集体。（第56页）

对抗20世纪早期英国知识女性书架上决定性指示的是未来的不确定性。民主和投票是公认展示集体性最合理的方式，但本章重申德里达的问题：如果本来就没有一种逻各斯父权中心观念的集体，民主还能发挥作用吗？葛珠·史坦的《我们大家的母亲》歌剧对该问题做了回答："一旦拥有选举权，妇女就会和男人没有什么两样了。"那位妹妹也会变成一位光鲜照人的哥哥。在这一过程中，女性被固化在一种"也许"的不可确定性和"即将来临"的状态，停留在一种莫名的恐惧之中。集体性的女性友谊是否是一种遥远的想象构成的框架呢？赢得选票是否意味着女性变得像男性一样呢？想让世界上其他女性变得"像我们一样"的信念是否正像选举权那样，使我们变得"像男人一样"呢？本章将上述论述归纳为："女性主义总是在忘却性别差异。"（第59页）

以上结论可用下面例证来阐释。无论是以小额贷款资助想象中的孟加拉国村庄中不存在的欧美妇女，还是参照宗主国美国的多元文化模式培训孟加拉国人的双语教育，都是一个全球化高科技占主导的女性主义的典型特征。然而，这种女性主义缺乏的是了解边陲地带，它是无法想象的，更不知道该如何向底层学习。这又是一种不成功的遥远的想象构成。（第59页）如果要回到比较文学上来，我们就需要思考这一学科是否在迫使我们否认细读或分析第三世界文学文本的权利。由此可见，传统女性主义研究具有潜在的殖民主义倾向："阁楼上的疯女人"应该被理解为处于西方文明之外、被剥夺了权利的第三世界女性人物形象，而不是那种生活在第一世界、相对而言拥有更多特权的第一世界的女主人公。传统女性主义研究认为异教的、野蛮的和未开化的他者是可以被剥夺权利的。这样，欧洲女性便可以建构起她们自己的主体性，欧洲女性地位的确立是以牺牲非欧洲女性为代价的，即两者受到传统女性主义区别对待。这就导致在女性主义研究中，第三世界的女性实际上是缺席的、不在场的，她们成了供第一世界女性言说的客体。

伍尔夫的作品面对全球女性的激进主义者，即那些即将成为精英的牛津和剑桥众女士。她的作品使人意识到"关怀价值"（第62页）尤为可贵。在女性问题上，第一世界的妇女不能简单地用全球化去塑造"其他地方"的妇女，以便让她们成为女人。为了与这些女性化的妇女相邂逅，"我们必须使这些他者曾经拥有的再度归来"（第62页）。正如伍尔夫说的："如果我们为她们而努力，她们就会到来的。"换言之，第一世界的女性如果想象去拯救第三世界的女性，那只是第一世界的女性在想象自我，即让自己被想象（体验那种不可能性），逃离体系。而在后殖民主义或自由的多元文化主义语境中，区域研究推崇的是让第三世界的女性想象自己。具体到比较文学，用比较的区域研究来补充比较文学，会让我们重新思考纯粹的族源集体问题。跨越边界的比较文学活跃分子正是当今一种主导的女性集体的真正思考者。

三　后殖民文本的集体书写

本章举出下面几部作品为例，阐释主人公如何投身他者的集体想象。约瑟夫·康拉德《黑暗的心》展现资本的帝国主义在计算中试图赢得世界，其中主人公库尔茨是欧洲殖民者的化身。他进入非洲殖民地后，从一个传播进步与文明的使者堕落为非正义的黑暗之子，疯狂掠夺象牙牟利，用屋前悬挂的黑人头颅震慑土著人，接受他们的顶礼膜拜，残忍地行使统治权力。这个白人在他者集体中堕落后死亡的故事，透露着被殖民集体的野蛮有多么恐怖，他们的进步需要成熟文明

《一门学科之死》(2003)

的催化,这就促使殖民者产生正义的幻觉(第65页)。库切的《耻》进一步书写被殖民者的集体回应:在旧殖民体系解体之后,白人进入黑人族群的命运是可以想象的——白人女性被轮奸,曾处于特权地位的白人男性知识分子也遭受劫掠和殴打。基于这些描写,批评家齐诺瓦·阿切比曾极力谴责约瑟夫·康拉德是一位"彻头彻尾的种族主义者",《黑暗的心》丑化了非洲人,将非洲描写为漠视人性的人间屠场,借此批判西方社会根深蒂固的种族观念。(第66页)

与上述作品不同,塔依卜·萨利赫的《北徙时节》和马哈斯瓦塔·黛薇的《翼手龙》构成对《黑暗的心》的逾越式阅读,体现了边缘文学应对帝国主义的书写策略。

《北徙时节》也被译为《向北迁移的季节》或《风流赛义德》。在这部作品中,第一人称叙述者并不像《黑暗的心》中的马洛那样,他是匿名的,他刚在英国伦敦——"他者的地方"——完成学业,回到家乡苏丹的某个小村庄,结识穆斯塔法·赛义德。赛义德对应着《黑暗的心》中的库尔茨。赛义德多年来在英国学习、工作,在受到杀死情人的指控后,他隐瞒过往回到村庄,规规矩矩地参加日常事务与宗教活动,将自己隐匿在族群之中。库尔茨与穆斯塔法都被描述为运用自己的智慧为国家赢得利益的人,但不同的是,库尔茨代表的是殖民地,穆斯塔法代表的是后殖民地。匿名叙述者的故事便围绕赛义德的生平和他对后殖民苏丹的思索与期待展开。与此同时,这位在英国获得博士文凭的匿名叙述者也展露出了他对英国的看法:"他们和我们一样,也有出生,有死亡,在从摇篮到坟墓的旅途中,他们会做各式各样的梦,有些梦得以成真,有些却老是遭到挫折;他们害怕未知,并寻找着爱,同时也在妻儿那里寻求满足……"(第69页)萨利赫的叙述者对英国有着切身的感受,并觉得那里的人们也如自己一样,都是熟悉的,尽管这种对"同族同宗的暗示"并没有受到村里人的认可。在村里人那里,英国仍旧是带来隐患与焦虑的殖民主义的源头。(第69—70页)

边缘文学的叙述者是不确定性的载体,其不确定性主要体现在下面两个叙事中断上。第一个叙述中断出现在一个传统场景中,描述村子老屋里几位老人之间的一场谈话，主要讨论父权、异性恋问题，参与谈话的有三个男人和一个女人。（第 70 页）他们将女人视为玩物，叙述者试图打断谈话却失败了。老婆子宾·玛祖接下来的用词十分粗俗："丸德·瑞伊，你真是满嘴胡言。……你的脑袋只有龟头那么点儿大。"她使用的"龟头"一词并不属于苏丹日常语，也不是来自现代阿拉伯的混杂语，这个词的源头是那套古老的色情文学词汇。（第 71 页）叙述者之后回忆起了自己曾参加一次政府会议，一位内阁大臣向他透露："女人们就像苍蝇似的追踪着他（指赛义德），他曾说过，'我要用我的……来解放非洲。'说完他就大笑了起来，连喉咙的蒂部都露了出来。"（第 72 页）在阿拉伯原文中，这里的省略号和有关喉咙的粗俗表达都指代老婆子宾·玛祖所说的"龟头"，但与玛祖不同的是，赛义德与那位内阁大臣都不可能直接说出这个词，因为"传统"为那位老婆子提供了一个私密的空间，而"现代性"却不允许男人们在公共场合里使用同样的词语。循着一条未经充分发展的叙事线索，我们留意到了叙事的碎片以何种形式得到安排，并以此传递传统与现代空间的对立意义。译文却忽视了这种区分，将阿拉伯原文不恰当地译成"喉咙的蒂部"，遮蔽粗俗含义，读者无法发现其与玛祖用语的联系和区别，有关性别差异的自由言论被掩盖了。

　　第二个中断出现在小说靠近结尾的部分。赛义德曾告诉叙述者自己在伦敦布置了一间卧室，里面充满东方的异域情调，专门用来勾引白人女子，而当叙述者用钥匙打开了赛义德在村子里的家门之后，他发现这间房间与伦敦的那间正好相反，充满了英国风情。由此可见，赛义德身上呈现出殖民空间与被殖民空间复杂的交融性。此时，死去的赛义德的声音突然出现，他讲述自己谋杀他白人前妻的经历，其可信度取决于读者拥有多少"文学能力"。赛义德的自白随后被叙述者打断。本章总结道，无论是在传统场景的第一次中断，还是他在这个暴力场景中遭遇"现代性"时的中断，都并非那种对公共群体或个人主义的接受或拒斥，这位叙述者并不是真正意义上第三世界集体的代表。（第 74 页）

　　由上可见，被殖民地的集体构成的情形极其复杂。他们的空间在

《一门学科之死》(2003)

前殖民和后殖民的地理构造上呈现断裂关系,这一点得到条分缕析的说明:"艾尔米里萨德、艾尔哈瓦维尔和艾尔卡巴比希部落;法官、居民和流动人口;南可尔多凡专员、北方省南部专员、东卡土穆专员;温泉旁的牧羊人;酋长和长官,居住在山谷交界处皮帐篷里的贝都因人。"(第75页)在这里,只有沙漠里的那群贝都因人属于庶民,而不是那些乡绅和城中市侩。在这样一个复杂的集体中,萨利赫的小说进一步体现出对性别问题的思索。在赛义德自尽之后,村子里的人一致认为他的遗孀霍思娜·宾·穆罕默德应改嫁大她几十岁的丸德·瑞伊。霍思娜被家人逼婚,遭受婚内强奸后,她杀死对方,随后自杀。叙述者"我"曾接受赛义德的委托,担任其妻女的监护人,"我"的沉默是对集体观念的妥协,也推动了霍思娜的悲剧。霍思娜不得不采取最为极端的方式书写自己的异质性存在,她的反抗使看似完整划一的集体性在异质性的觉醒中终归破灭。

除霍思娜外,另一个女人(丸德·瑞伊的妻子)的形象也显示出集体性解体的倾向。当丸德·瑞伊被杀时,她表现出令人极其不解的异常行为:"'谢天谢地,总算摆脱了!'她说完后便蒙头大睡。我们正忙着收拾遗体,准备举行葬礼,此间大伙儿能够听到她呼噜声迭起。"送葬后,大家发现她坐着喝咖啡,有女人想安慰她,她说:"女人们,该干什么就干什么去。"(第73页)在这段令人不寒而栗的描写中,小说展现出一个女人"即将来临"的集体的可能性。与霍思娜的反抗行为中蕴含的现代性不同,丸德·瑞伊的妻子没有胆量主动反叛,但她的个体异质性依旧能通过某种被动机制传递出来,并以强烈的女性意识邀请其他妇女共同欢呼。

总之,《北徙时节》通过几个人物的悲剧展现集体性在后殖民、性别及传统与现代冲突中的断裂,悲剧的导火线是荒诞的集体性想象。在这样的集体性想象中,他者必须从属于集体,而集体的权威却由于受到挑战而变得复杂且不稳定。小说以一个跳舞的场景隐喻集体,一首传统结构的歌曲将男男女女聚集在一起,并发挥了苏丹语口头文学即兴创作的功能,这是庶民框架内的传统在现代的昙花一现。(第76页)解读萨利赫的文本,我们可以为新的比较文学提出如下方法论要求：要仔细阅读"第三世界"生产的文学，留意它们的语言和习语，尊重它们的嫁接，"就会发现那些传统与现代性、集体与个人主义的各种主题不可避免地会以不同的方式得到把玩"（第77页）。

本章还通过分析玛哈斯维塔·黛薇的《翼手龙》来进一步讨论上述结论。《翼手龙》的主人公普兰·萨海是一位记者，出身于印度中产阶级家庭，他只身前往土著人的领地，慕名参观翼手龙的壁画，由此被带入土著他者的集体之中。通过对小说语言的考察，我们可以发现，普兰在谈话中经常将几个英语词穿插进他使用的孟加拉语中。这一细微的语言差异暗示着他与土著人展开交际的结果终归要失败，因此在阅读此类后殖民文本时，必须关注其中的语言和习语，结合区域研究方法的同时，又要注意消除因政治立场产生的敌意与傲慢，（第81页）方能实现下一章集中论述的比较文学的星球性。

（执笔：张琰琳、范益宁、郭美玉）

附录：

1.

英文本：I will call it begging the question, assuming culture at the origin begs the question of collectivity. (p. 27)

中译本：我姑且把它称之为乞求问题。从源头来接受文化，实则是在祈求集体问题。（第33页）

笔者试译：我要将此称为虚假论证，即假定文化在源头上就有集体性。

2.

英文本：The moment in *A room of One's Own* serves as a model for reconstellating, copying and pasting for editing, teleopoiesis. (p. 34)

中译本：《一间自己的房间》中那一瞬间提供了一种模式，从而为了编辑即遥远的想象构成之目的，而被重组、复制和粘贴。（第41页）

笔者试译：《一间自己的房间》中的那一瞬间充当了一种构成模型，用来重组、为了编辑而复制粘贴遥远的想象的构成模型。

3.

英文本：Aristotle had suggested that imaginative making was a better way of knowing than the historical record because it was more general, more "catholic" with a small C than the single-mindedness of history. (p. 43)

中译本：亚里士多德曾说过，想象的构成是一种比历史记录更好的求知方式，因为它比那种一根筋式的历史更普遍，也更"开明"（catholic）。（第53页）

笔者试译：亚里士多德曾提出，想象构成是比历史记录更好的求知方式，因为它更为普遍，因有了一个小写的"c"而比历史的单一狭隘更为普遍，更少偏见。

第三章　星球性

本书第二章"集体性"论述无论是女性集体还是被殖民者集体都是不可决定的，我们不应再将文学视为简单的集体性文化喻体，而应强调文学文本的异质性；并在对文本范例的解读中昭示集体性的解体。在上文论述的基础上，本章聚焦"星球性"概念，试图为比较文学学科构建起新的集体归属形式和想象方案，同时延伸其后殖民内涵，以星球性的比较文学置换全球性的比较文学。本章从精神分析角度解读"星球"，将对星球的"诡秘"体验追溯至"人类昔日的家园"，涉及世界前历史以及世界各个角落。本章批判帝国主义的地缘政治，试图构建新的想象他者的方式，重塑比较文学的研究范式，提高后殖民理论的实践能力，推动当代文化批评的"星球转向"。

一　星球性及相关概念阐释

本章把"星球"（planet）作为"地球"（globe）的替代性概念，以区域研究为补充，试图构建一门"星球性"（planetary）的比较文学。显而易见，planetarity 与 globalization（全球性）相互对立，"我建议用星球来改写地球一词。全球化就是将相同的交流系统强加在所有的地方……星球是一种他异性（alterity）的类型，它属于另一种体系"（第90页）。本章认为，全球化导致整个地球都被电子资本方格控制，成为一个分化的政治空间，而星球则是一种未经分割的不可确定的自然生态空间；用星球来覆盖全球化的概念体系，有助于克服后者的技术同质化缺陷。在对待他者的态度上，星球思维是开放的，而全球化在同一性的逻辑指导下不断侵犯他者的边界。星球性则在走向他者的同时，保存他者的异质性与不确定性。星球思维既能纠正全球同质化身份的想象，又能超越简单的文化多元论。它包含但又不等同于整个人类的共相。

"全球化"带有强烈的西方中心主义色彩，是西方主体对"他者"的全球化，而非主体间性的全球化；星球则不论"我"的种族身份如何，都平等地将"我"视为"我们"中的一个具有异质性的主体。"我"不需要依附于"我们"，也不会被"我们"所支配和化约。这种星球性的文化想象解构西方资本主义主导下的"看"与"被看"的全球化意识形态体系，"他者"成为强势力量无法抵达的极限和空白。

进而言之，"星球"概念颠覆了人们全球化的认知思维模式，可能会引起读者"诡异"（uncanny）的情感反应，"我并不关心'诡异'这个英文词，而是在意斯特拉齐（Stratchey）对弗洛伊德的'神秘而令人恐惧'（unheimlich）一词的翻译，这就意味着从那种温馨的变成某种神秘而令人恐惧的"（第92页）。

"诡异"代表着一种熟悉又亲切/神秘而令人恐惧的关系，可以将其视为对熟悉之物的陌生化（defamiliarization），这也是追寻星球性的重要途径。所谓的熟悉之物正是蕴含着种种抽象概念、等级秩序的地球，而陌生化则有助于将地球还原至最自然本真的状态。弗洛伊德发现，一些神经质患者总会对女性的生殖器官有些诡异的感觉，弗洛伊德认为这个诡异之处正是通向人类昔日家园的入口。（第93页）露西·伊利格瑞在对柏拉图进行女性主义精神分析时也表明了类似的看法。在仔细阅读完希腊文本之后，她指出洞穴隐喻将子宫作为人们原初居住并能逃离的地方，理性的梦愿使人们逐渐远离了诡秘感。（第94页）两位学者都认为女性的生殖器官才是人类原初的由来之所，而人们一直将男性叙事和理性秩序包裹下的地球作为自己的来处，但这并非自然、真实的原初存在。

《一门学科之死》(2003)

因此，为了唤醒人们回归真正的家园，人文学科研究就需要星球性这个概念。通过追寻星球带给人们诡秘感的轨迹，我们或许可以找到家园的入口，回到"前历史"(prehistory)的状态。虽然本章借助弗洛伊德的观点对"诡秘"进行了阐释，但斯皮瓦克仍对精神分析法持审慎的态度，没有完全套用精神分析的模式，仍在寻求一种语言工具来帮助研究者真正进入他异性中。区域研究正是一门具有语言学习优势的学科，它与比较文学可以互为增补。

二 星球性与区域研究

将熟悉的地球陌生化从而进入前历史的状态，是我们回归神秘家园的重要途径；也唯有如此，文学研究才能摆脱种族、地缘、意识形态等各种后天因素的干扰，推动当代文化批评的"星球转向"，"星球正在把我们的家园变得神秘而令人恐惧或称诡异，我们要努力追寻它的轨迹，要试图建构一种阅读的寓言（an allegory of reading）"（第92—93页）。

本章对《黑暗的心》《北徙时节》《翼手龙》等小说中诡异的他者形象进行分析，试图建构"一种阅读的寓言"①（第92—93页）。《黑暗的心》中马洛的讲述全程以河流为中心，其终点是原始、非理性的史前状态，黑人是史前人类的起源，黑人妇女象征着旺盛而神秘的生殖力。（第98页）《北徙时节》也有河流的隐喻。叙述者"我"跳入河水，就进入无法割舍的子宫符号里，如同回到原初的家园。此外，在玛哈丝维塔·黛薇的中篇小说《翼手龙》中，"翼手龙"既被视为不能定居下来也不能被埋葬的他者，也可把整个星球称作自己的他者，它先于我们的大陆思维而存在，无论是殖民者还是被殖民者在翼手龙的面前都只是渺小的星球成员。这种思维方式有助于构造一门新的比较文学，一种能将人们引向独特情感结构的"前兴起"(preemergent)的比较文学。

---

① "一种阅读的寓言"的英文为 an allegory of reading，也可译为"一种阅读的讽喻"。

在当前历史政治局势下，后殖民主义已陷入民族主义与殖民主义对抗的困境之中，很难摆脱地缘政治与历史化思维模式的局限性。唐纳德·皮斯认为："后殖民理论业已在美国例外论（exceptionalism）这个主题上建构出种种新的变体。"（第102页）主张"美国例外论"的人认为，美国非但没有像其他资本主义国家那样受到社会主义运动的打击，反而正经历着前所未有的经济繁荣和兴盛，马克思主义的政治和经济原理都不适用于美国，他们相信美国能使国际资本主义制度死而复生，"宗主国多元文化主义（metropolitan multiculturalism），即占主导地位的后殖民主义的后一阶段，它过早地认为美国的明显命运，就是变相地成为了世界其他地区的避难所"（第102页）。实际上，这种立场接近于强化了的宗主国种族主义。

那么，如何重塑宗主国多元文化主义之外的后殖民性，以便摆脱普遍主义的比较主义？这是当代学者开展种族和民族研究的重要议题。经典人类学研究将"他者"视为一个社团，但如果从占据统治地位的意识形态的"经验的权威"出发，他者便很可能成为主体自我想象的产物。星球性正是一种去政治化的想象物，它排斥身份政治，有助于提高后殖民理论的实践能力，并通过重塑比较文学来书写新的后殖民性。

本章探讨的星球性的比较文学可在众多作品中找到例证，它们都与美国的新移民群体相关，其作者包括玛丽斯·孔德、J. M. 库切、塔耶卜·萨利赫、马哈斯维塔·黛薇等。文化研究与种族研究的重心需要从美国新移民群体转向少数族裔，面向一些更古老的民族（如非裔、亚裔、西班牙裔），从而构造新的星球性后殖民主体，重塑比较文学。然而，美国比较文学训练与语言学习均存在缺陷，从业者主要限于学习占主流地位的英语、法语、德语，诗歌与文学理论，浪漫主义和现代主义等。星球性的比较文学须做出修补和被超越。

同时，后殖民主义的地缘政治格局也需要重新划分，从传统的政治单位转向更具异质性的地区。地缘视野应囊括后苏联时期新的后殖民内容以及正在分化的伊斯兰这一特殊地域，颠覆权威叙事的历史坐标，进入更加精细化和差异化的历史视域，以此作为星球性比较文学

《一门学科之死》(2003)

的叙事坐标。

此外,研究者还可通过想象诞生在相对边缘地区的相异却又多样化的故事进行修补。这些地区除亚太地区外,包括东南亚、密克罗尼西亚、玻利尼西亚、新西兰、澳大利亚、夏威夷、加利福尼亚等。对这些边缘地区的关注有助于构造一门新的更为健全的比较文学。

进而言之,在更为分散与自由的中亚伊斯兰部族中,星球性也可潜在地得到体现,"比较文学应当根除伊斯兰目前正统治当今世界政治的一元化观点"(第108页)。这标志着一种与极端的教派思想或强势的意识形态相对抗的姿态。有关伊斯兰与比较历史学的研究对比较文学有着学科性意义,诸如欧洲穆斯林、阿拉伯—波斯人的世界主义无疑都可修正比较文学史前史的欧洲起源论。正如丹穆若什所言:"当前比较文学向全球或星际视野的扩展与其说意味着我们学科的死亡,毋宁说意味着比较文学学科建立之初就已经存在的观念的再生。"[1]

在世界文学与文化范围内的文本内部也可发现星球性比较文学的立足点。这方面的例证主要出自美国少数族裔群体(非裔美国人和拉美裔美国人)创作的文学作品,尽管它们常被忽略。如托尼·莫里森《宠儿》的结尾写道:"渐渐地,所有痕迹都消失了,被忘却的不仅是脚印,还有溪水和水底的东西。留下的只有天气。不是那被遗忘的来历不明者的呼吸,而是檐下的熏风,抑或春天里消融殆尽的冰凌。只有天气。"[2] 这段叙事以缓慢的自然时间置换了历史时间,超越种族、地缘、政治与意识形态的种种非自然以及人为历史(即建立在逻各斯中心主义之上)的痕迹,将熟悉的空间陌生化,重新回到前历史状态,也就消解了非洲人与非裔美国人之间的差异。(第110页)

此外,黛阿梅拉·伊尔娣特在其自传性小说《第四世界》(*The Fourth World*)中重新书写智利乃至整个南半球的殖民史。这些蛮荒地

---

[1] [美] 大卫·丹穆若什:《一个学科的再生:比较文学的全球兴起》,[美] 大卫·丹穆若什、陈永国、尹星主编《新方向:比较文学与世界文学读本》,北京大学出版社2012年版,第41页。

[2] [美] 托尼·莫里森:《宠儿》,潘岳、雷格译,南海出版公司2013年版,第320页。

区以开采换取发展，其结果却是："天上掉下来的金子还得回到天上去……城市虚无导致了饥饿，还要在田间播撒虚无……（在它上面）清晰地印着对'南美佬'（sudaca）（专指历经贫困的女性种族，特别是来自南方）的憎恨"（第111页）。全球化导致的结构性剥削和压迫正在加深智利的贫困与分裂，人们开始怀疑所谓的经济增长、区域发展和民主化等典型的全球化标语的意义。黛阿梅拉的小说反映了一种抵抗全球化的姿态，"同时模糊了图表与全球化之间的界限，伊尔娣特的文本展示出了这个星球的轮廓"（第112页）。

文化多元主义认为经济全球化带来的是精神平面化和文化贫瘠。在此基础上，本章指出："身份政治既不明智，也不优越。与区域研究息息相关的比较文学却走向了他者。"（第113页）因此，当前比较文学学者思考的问题应是如何逃离由资本和虚拟网络编织的等级森严的世界，自由而平等地面对每一个文化文本。

三　星球性与乡村

星球性的重要瞬间表现在何塞·马尔蒂和杜波伊斯创作的少数族裔经典作品中。古巴作家马尔蒂超越单一的种族主义或国家主义，唤起更具普遍性与异质性的拉美概念。他在《流浪的教师》中写道："西班牙人的美洲，他的美洲……（亦即）'我们的美洲'，以及……盎格鲁-撒克逊人的美洲，'他者的美洲'。"（第114页）

首先，这段引文传达出来的多样化的大陆主义与国际主义理念就潜在地蕴含着星球性意识，这里的"美洲"是"他者的美洲"，既不是原住民的，更不是殖民者的。其次，马尔蒂还通过乡村田园记忆来重构拉丁美洲的乡愁。他提出的乡村左翼人文主义与相同文化之内的文化差异相结合，使全球化进程中处于边缘地位的乡村成为构建星球性的关键一环。众所周知，在世界范围内，长期以来盛行不衰的城市中心主义把乡村地区变得边缘化和幽灵化，甚至成为城市全球化的一件工具。由于"资本主义的剥削与远距离的掠夺"，乡村被隔绝在资本的社会生产性之外，成为储存城市废弃资源和记忆的地方，也是物质贫穷与精神匮乏的同义词，而城乡之间愈加尖锐的二元对立状态也折射出全球化的普遍困境。

但马尔蒂的乡村主义可被转化成德里达所谓的杠杆，用作从全球化转向星球性的跳板。乡村生活能够营造出一种前国家状态，从而模糊国家、阶级、种族等宏大而虚构的理念。换言之，乡村与大地（大写的自然）之间存在一层重要的隐喻关系："隐喻的逻辑却将国际主义与自然联结在一起，其做法无非是将历史本身置于自然力量的中间，这样，就脱去了各种国家的特征。"（第117页）比如，西班牙语中的"人民"这一词语的通行意义便是"村庄"（第117页）。此处的"人民"代表国际主义而"乡村"代表乡村，二者意义重叠，由此便可构建出与城市/国家观念相对抗的文本，它同时也与星球性遥相呼应，因为"大地是一个超国家的意象，它是能够替代国际性的。今天，它也许还能提供一个置换的场所，用于想象那个星球"（第117页）。马尔蒂也经由重构他者的美国形象，平衡了一组重要关系："一方面是那种身处盎格鲁裔美利坚合众国而被遗弃的生活经历，另一方面是那种重新建构的远在他方的故乡的集体记忆。"（第118页）这是一种为未来读者建构的"阅读的政治"，即通过置换他者形象而步入星球性比较文学的过程。由此可见，乡村已经成为全球化新的前沿阵地，之前被忽视的乡村经济发展、人口和教育问题现在也应逐渐进入本学科考量范围。

四 星球性与集体

但集体总是不能被事先判定的，不可决定的集体为想象星球性奠定基础，而训练星球性的思维又是维持集体之不可判定性的必要条件。杜波依斯研究非裔美国人的名作《黑人的灵魂》为论证这一辩证关系提供了恰当例证。这一经典文本主要讨论内战之后被解放的黑奴的教育问题，它解构传统的大陆思维，使全球化的逆转与置换成为可能，并衔接上星球性的轨迹。

亚里士多德对友谊的传统定义为：一个灵魂在两个身躯之内；杜

波依斯将此改写为：一个黑色的身躯同时容纳了两个灵魂，在他们身上"黑人"和"美国人"这两个相互矛盾、对抗的身份导致了一种持久的撕裂感，此即他后来在《黑人的头脑伸了出来》一文中开展的殖民话语研究和早期后殖民批评。在泛非洲主义、排外主义与个人主义的影响下，杜波伊斯敏锐地意识到在殖民过程中生成了一种内部殖民主义，亦即被殖民者内部同样存在阶级差异，殖民者想象的他者是原始的黑人，而不是受过教育的西方的非洲人，也就是已被殖民文化同化了的混杂者或模仿者。白人殖民者不仅轻视那些受过教育的黑人，也根本不相信他们有能力领导处于原始状态的黑人。因此在"黑皮肤的欧洲人"和"原始的黑人"之间仍然存在类似种族隔离的天堑。

非裔美国人复杂的身份认同问题使这一集体呈现出显著的不可决定性。杜波伊斯指出："首先，这是由于欧洲各列强帝国主义政策间的差异造成的；其次，是由同一列强对待自己不同领地上的帝国主义政策间的差异导致的。"（第122页）如果人文学科力图超越这种内部的等级划分，就必须转向星球性，"在有阅读能力的臣服者中呼唤星球性，至少可以当作是认识当前历史丑闻的一种训练"（第122页）。通过想象星球性，人们有可能将原始主义的殖民者置换成后殖民语境下的庶民。"迄今为止，随着这种多元化进程在不断地去'非洲'中心的观念，现在已经有了这种可能，可以对我们进入考察庶民特征的途径加以思考了。"（第124页）作为一种乌托邦的构想，星球性可用来对抗无处不在的全球化。迈向星球性的途径位于乡村或传统意义上的边缘区域，需要借助庶民研究来实现。也就是说，星球性应以区域研究与庶民研究为基础，并通过不断书写自我来回归前历史的状态，从而超越由资本和网络推进的全球化进程以及由此导致的比较文学的学科局限与危机。

综上，星球性应与比较文学与区域研究相互结合，但星球性在某种程度上又是不可能的，是比较文学永远趋近却不可抵达的乌托邦。就像吉尔伯特所评价的那样："斯皮瓦克认为没有什么东西是神圣的，其实她一直坚持认为理论和实践应该彼此把对方引入有积极意义的危

《一门学科之死》(2003)

机之中。"[①]《一门学科之死》强调,我们应当将文学研究与社会学研究结合在一起,为人文学科增加更多科学化的因素,同时尽可能地在近乎本土的语境中研究文学,虽然像血统、种族、民族国家这类属性是无法完全摒除的,但这种学科解构的姿态致力于打破一切固化与权威模式,并永远站在它们的对立面,制造不稳定性,从而在不可决定与不断变动的当下激起再次思考的可能性。

(执笔:黄莺、林子玮)

附录:

1.

英文版:This destroys the force of literature as a cultural good. (p. 71)

中译本:这就颠覆了文学作为一种文化善举的力量。(第89页)

笔者试译:这破坏了文学作为一种文化产品的力量。

2.

英文版:In what circumstances the familiar can become uncanny and frightening, I shall show in what follows… (p. 74)

中译本:在任何情形下,凡是熟悉的都有可能变得诡异与恐怖,我将在下面来展示……(第92页)

笔者试译:在何种情形下熟悉的东西可以变得诡异与恐怖,我将在下文展示……

3.

英文版:I closed the last chapter by saying that feminist presuppositions could be generalized. (p. 76)

中译本:在结束最后一章的时候,我曾表明过,那种女性主义的假设是能够加以概括的。(第95页)

笔者试译:在结束上一章的时候,我曾表明过,那种女性主义的假设是能够加以概括的。

---

① [英]巴特·穆尔-吉尔伯特:《后殖民理论——语境 实践 政治》,陈仲丹译,南京大学出版社2004年版,第40页。

4.

英文版：The impossible death of the ghost is no more than an occasion for "responsibility" between members of two groups that would otherwise be joined by the abstract collectivity of Indian citizenship: the Hindu and the aboriginal. (p. 80)

中译本：幽灵是不会死去的，它针对的只是两个部落成员间"责任"的一瞬间，这两个群落却可以得到那种拥有印度公民权的抽象集体的加盟，这些集体分别指的是印度教徒和当地土著人。（第99页）

笔者试译：幽灵不可能死去，这只不过是两个群落成员之间承担"责任"的时机，否则，这两个群落将会被印度公民的抽象集体性联结起来：印度人和当地土著人。

5.

英文版：Globalization plays with all the constituencies I have announced in this chapter, but in a different way with the postcoloniality announced by the breakup of the old Russian imperial formation, competing with the Habsburgs and the Ottomans, that managed to appropriate the dream of international socialism and was propelled by the historical moment into new imperial competitions. (p. 85)

中译本：如今，全球化正在所有的选区得以把玩，这些选区我已在本章有过交代。不过，这种把玩却有别于后殖民性，它是以旧俄罗斯帝国体系的结束为标志，并与哈布斯堡和奥斯曼相抗衡，这种后殖民性曾试图挪用国际社会主义的梦想，然后被历史的瞬间推入新的帝国竞争中。（第106页）

笔者试译：全球化玩弄着我在本章提到的所有机构，但用一种不同的方式玩弄着以旧俄罗斯帝国体系结束为标志的后殖民性，这一帝国曾与哈布斯堡和奥斯曼相抗衡，设法挪用国际社会主义的梦想，却被历史的契机推入新的帝国竞争中。

主编 刘林

执行主编 谭志强 韩云霞

比较文学与世界文学

学术名作导读

下册

中国社会科学出版社

目 录

下册 世界文学

埃里希·奥尔巴赫
  《摹仿论——西方文学中现实的再现》(1946)……………(307)
恩斯特·R. 库尔提乌斯
  《欧洲文学与拉丁中世纪》(1948)……………………………(416)
罗伯特·阿尔特
  《圣经叙事的艺术》(1981)……………………………………(535)
帕斯卡尔·卡萨诺瓦
  《文学世界共和国》(1999)……………………………………(590)
大卫·丹穆若什
  《什么是世界文学?》(2003)…………………………………(674)

后　记……………………………………………………………(725)

下 册

世界文学

埃里希·奥尔巴赫

《摹仿论——西方文学中现实的再现》（1946）

《摹仿论——西方文学中现实的再现》（1946）主要章节

第一章　奥德修斯的伤疤

第二章　芙尔奴娜塔

第三章　彼得鲁斯·瓦尔弗梅勒斯的被捕

第四章　西哈里乌斯和克拉姆内辛都斯

第五章　罗兰被任命为法兰克远征军后卫部队司令

第六章　宫廷骑士小说录

第七章　亚当和夏娃

第八章　法利那太和加发尔甘底

第九章　修士亚伯度

第十章　德·夏斯泰尔夫人

第十一章　庞大固埃嘴里的世界

第十二章　人类状况

第十三章　疲惫的王子

第十四章　着了魔法的杜尔西内娅

第十五章　伪君子

第十六章　中断的晚餐

第十七章　乐师米勒
第十八章　德·拉默尔府邸
第十九章　翟米妮·拉赛特
第二十章　棕色的长筒袜
结语

第一章　奥德修斯的伤疤

埃里希·奥尔巴赫（1892—1957年）是20世纪最有影响力的欧洲文学研究专家之一。他出生于德国柏林的一个犹太家庭——"我是普鲁士人，信仰犹太教"。① 在获得法学博士学位和拉丁语系语文学博士学位后，他曾在德国大学任教。20世纪30年代德国纳粹党上台后，身为犹太人的奥尔巴赫受到法西斯政权的迫害，流亡到土耳其的伊斯坦布尔州立大学讲授文学，1940年前后完成《摹仿论——西方文学中现实的再现》（以下简称《摹仿论》）。该书于1946年在瑞士出版，1954年出版英译本，产生广泛影响，之后再版多次，至今仍是研究欧洲文学的必读之书。奥尔巴赫战后移居美国，曾在普林斯顿高等研究院、宾夕法尼亚州立大学任教，最终落脚于耶鲁大学。

奥尔巴赫在写作《摹仿论》时，除了基本文献，并无太多参考资料。他曾说："只有在没有图书馆的情况下，（这部书）才能完成。"对于一部学术经典来说，引用研究资料之少，令人惊叹。全书的基本模式是，首先选取欧洲文学（包括史学）经典的大段引文，其次穿插运用语言学、修辞学、历史学、宗教学、阐释学等多学科的阐释方法，"我注六经"，对选文做出深入细腻的文本分析。全书共20章，是以"摹仿"为核心概念的一部3000年欧洲文学史。萨义德曾在

---

① Edward Said, "Introduction to the Fiftieth-Anniversary Edition", in Erich Auerbach, *Mimesis: The Representation of Reality in Western Literature*, trans. Willard R. Trask, Princeton: Princeton University Press, 2003, p. xvii.

《摹仿论——西方文学中现实的再现》(1946)

《摹仿论》"五十周年纪念版"的"序言"中指出，这种写法将读者（或批评家）对文本的质询关系转变为对话关系，寻求"以友善而相互尊敬的精神实现同情的理解"[①]。实际上，《摹仿论》即为流亡之作。作者身处战火纷飞的欧洲边缘，在动荡的欧洲之外，通过重新梳理欧洲文学史，探索和重温欧洲文化的统一性，体现着一位人文学者对欧洲结束战争、重获和平与统一的文化寄托。

《摹仿论》的主要观点是，欧洲文学是一个整体，各国民族文学其实享有共同的源头：圣经文学与"荷马史诗"。众所周知，在欧洲古典文学中，古代希腊的文学风格分为崇高、低俗两种，其中悲剧只写英雄或统治阶层，而喜剧只写士兵、商贩等下等民众。换言之，崇高风格适用于描写社会上层而低俗风格适用于描写社会下层。这种界限分明的情况，显然不见于后世欧洲文学。那么，崇高与低俗从严格划分到融为一体，中间是如何演变的呢？在奥尔巴赫看来，其间的三个阶段最为重要：首先，公元1—2世纪的《圣经·新约》"福音书"中的"彼得否认基督"的故事；其次，《神曲》中但丁与佛罗伦萨老乡的对话；最后，以福楼拜、巴尔扎克等人为代表的19世纪欧洲现实主义文学。在奥尔巴赫看来，欧洲文学经历了近2000年的漫长过程，最终在普通人的日常生活中发现崇高、精神价值和严肃意义。

一 阐释对象："奥德修斯的伤疤"与"亚伯拉罕受试验"[②]

《摹仿论》首章以"奥德修斯的伤疤"为题，阐释对象分别是《圣经·旧约》"创世记"第22章与《荷马史诗·奥德赛》第19卷的部分内容。在"荷马史诗"中，主人公奥德修斯在十年征战特洛伊城（《伊利亚特》）、十年海上漂泊（《奥德赛》）后，终于在雅典娜的帮助下走进家门，但他容颜已改，王后裴奈罗佩没有认出这位潦倒不堪的

---

① Edward Said, "Introduction to the Fiftieth-Anniversary Edition", in Erich Auerbach, *Mimesis: The Representation of Reality in Western Literature*, trans. Willard R. Trask, Princeton: Princeton University Press, 2003, p. xiv.

② 原书各章未分小节。小节标题均由笔者自拟，下文同。

老人就是日思夜盼的丈夫。尽管如此，王后仍然依照古希腊风俗，招待这位"陌生人"进餐并闲谈，吩咐保姆欧律克勒亚为奥德修斯洗脚。保姆在洗脚时根据奥德修斯脚上的伤疤认出眼前的乞丐正是国王（史诗接下来交代了这伤疤的来历），机智的奥德修斯用右手卡住保姆的喉咙，禁止她声张。

《旧约·创世记》第22章以"亚伯拉罕受试验"为题。亚伯拉罕信仰虔诚，耶和华为了奖励他，在他100岁时赐给他独子以撒。有一天，耶和华命他带上以撒，赶到某座山上，将以撒献为燔祭。亚伯拉罕遵从上帝旨意，带着仆人、烧柴和以撒，按时赶到上帝指定之地。他将以撒绑到树上，正要举刀时，耶和华的使者在空中说道："你不可在这童子身上下手，一点不可害他！现在我知道你是敬畏神的，因为你没有将你的儿子，就是你独生的儿子，留下不给我。"① 此时，亚伯拉罕才看到有一只公羊，两角扣在树叶稠密的小树上。于是，他用那只公羊代替以撒献为燔祭。第二天，神的使者对亚伯拉罕转达耶和华的话："你既行了这事，不留下你的儿子，就是你独生的儿子，我便指着自己起誓说：论福，我必赐大福给你；论子孙，我必叫你的子孙多起来，如同天上的星，海边的沙，你的子孙必得着仇敌的城门。并且地上万国都必因你的后裔得福，因为你听从了我的话。"②

二 "荷马史诗"：现时性、在场性

对比以上两段选文，"荷马史诗"的写作风格具有以下特征。

第一，它将时间、地点、因果、人物、前后情节的关系等都交代得非常清楚。

第二，史诗对细节也描写得无比详尽，比如，"奥德修斯/触摸，右手掐住老妇的喉管，/左手将她挪近，对她说讲"③。在保姆认出奥德修斯的千钧一发之际，史诗都没有忽略写出奥德修斯到底用哪一只

---

① 《中英圣经》（和合本—新国际版），圣书房1990年版，第25页。
② 《中英圣经》（和合本—新国际版），圣书房1990年版，第740页。
③ ［古希腊］荷马：《奥德赛》，陈中梅译注，译林出版社2003年版，第631页。

《摹仿论——西方文学中现实的再现》(1946)

手卡住保姆的喉咙。① 同样的使用右手的例子，也见于《奥德赛》第21卷。该卷写道："他动用右手，试着开拨弦线然后，线条送出妙响，有如燕子的叫声。"② 这种细节描写的意义在于，表明奥德修斯和大多数人一样擅长使用右手，在人物和读者之间建立共性，表明奥德修斯和大多数人具有同样的人性。

第三，史诗叙事的效果不是制造紧张，而是疏解紧张；不是提出悬念，而是提前消除悬念。比如，奥德修斯想到保姆要给自己洗脚——"顿生一个念头，掠过心里：担心动脚之时"③——他的伤疤会使他泄露身份。但这一悬念马上揭晓，保姆果然认出了奥德修斯。又如，当保姆认出奥德修斯时，读者肯定疑惑，是否王后裴奈罗佩也已察觉此中隐情，但史诗很快给出了解释以消解读者的疑惑："雅典娜已拨转她思绪的方向。"④

第四，史诗中出现了很多插入故事，如奥德修斯伤疤的来历，用一个定语从句引出40余行的大段叙述。如果依照通常写法，应写奥德修斯"回忆"伤疤的来历，但"荷马史诗"的写法则是，当保姆触摸到这个伤疤时，才写出其来历。"回忆或回顾"写法是创造背景或提供原因，而史诗是消除背景，将一切都放在前台展现。

第五，史诗仅叙述当前发生之事，在故事中出现的人物占据了主要篇幅，如在奥德修斯和保姆对话的时候，裴奈罗佩就没有出场；只当保姆看向她时，裴奈罗佩才重新登场，而此时雅典娜早已拨转了她的思绪。此外，史诗选文中还有些不够逻辑的地方，如奥德修斯外出20年，家里的狗首先认出他，这条狗似乎过于长寿了；又如奥德修斯变得面目全非，连妻儿都认不出来，但裴奈罗佩毫无外貌上的变化，美丽如故。

---

① ［德］埃里希·奥尔巴赫：《摹仿论——西方文学中现实的再现》，吴麟绶、周新建、高艳婷译，商务印书馆2018年版，第2页。下文引用此著作，均随正文注明页码。
② ［古希腊］荷马：《奥德赛》，陈中梅译注，译林出版社2003年版，第697页。
③ ［古希腊］荷马：《奥德赛》，陈中梅译注，译林出版社2003年版，第625页。
④ ［古希腊］荷马：《奥德赛》，陈中梅译注，译林出版社2003年版，第631页。

三 旧约叙述：多义性、阐释性

与史诗相比，《旧约》叙事也展现出很多独特之处。首先，它不提供任何确切的时间地点。"这些事以后"说的是时间，但它可以是任何时间；耶和华从"虚空"中发问，而亚伯拉罕的回答"我在这儿"中的"这儿"可能是任何地方。"我在这儿"这句话仅仅表明"我听到了"，其潜在含义是"我将服从你"，但没有提供确切的时空定位。

其次，《旧约》叙事也不提供故事的因果关系。如上帝为何要试验亚伯拉罕？亚伯拉罕为什么要听从？他如何说服自己听从？天使说让亚伯拉罕生下儿子，其妻子撒拉曾发笑，自己九十多岁岂能生子？以撒是耶和华所赐的独子，现在耶和华又要他将独子燔祭，他还应该相信上帝的承诺吗？在《旧约》文本中，主人公的希望与绝望、困惑与信仰都深藏不露，在文本表面下潜藏着很多台词。读者看到的，只是亚伯拉罕在得知耶和华旨意后，第二天一大早就上路了。

再次，"荷马史诗"为出场人物提供了很多形容词来定义人物性格，如"智慧的""迅捷的""足智多谋的"，但《旧约》叙事仅有对以撒的一个定性：独子，而且读者从前文中早就得知这一定性，此处无非重复了前文的说法。从此看来，如果《旧约》直接说亚伯拉罕是"忠诚的"，反而减轻了"亚伯拉罕受试验"故事的紧张感。正是对亚伯拉罕的性格缄默不语，才更有利于说明考验的严酷，有利于创造紧张和悬念。亚伯拉罕能否经受住考验，就成为一个悬念。在戏剧冲突的紧张程度上，《旧约》叙事其实超过了"荷马史诗"。

最后，《旧约》叙事没有任何插入故事来担负解释的功能，也没有任何心理描写。正是因为故事本身未提供解释，才逼迫读者重建故事的因果联系，迫使读者去阐释。《圣经》读者的解释是介入文本，而"荷马史诗"使读者与文本保持距离，从而可以欣赏文本。然而，读者在阐释什么呢？读者在阐释文本寓意。任何读者都会不自觉地假定：凡事皆有因果，对"亚伯拉罕受试验"的通常解释是其虔诚的信

《摹仿论——西方文学中现实的再现》(1946)

仰,但是否会有其他解释呢?这暗示了阐释的开放性:读者需要阐释,而且任何阐释都无法穷尽阐释。读者的阐释变成了阐释的阐释。

综上,两个文本表明了古代犹太文明和希腊文明对"现实"的不同理解。在史诗中,现实就呈现在眼前和现时,根据故事进展,需要洗脚就写洗脚,需要提到伤疤就写伤疤的来历;故事在具体时空中展开;人物性格相对固定,在某一瞬间是单一性格,读者依据性格能够比较确切地推测人物将要采取的行动。《旧约》叙述则不同,其呈现在眼前和当下的是现象但不是现实,现实隐藏在文本叙述之后,"信仰"等深度现实才是真正的现实。认识现实不是认识具体的、活生生的个体,而是认识支配这些个体行动的依据;人物的性格是模糊、深不可测的,是多层次的。就艺术风格来说,"荷马史诗"将读者关心的一切都写出来,没有留下疑问的余地,这是前台化风格;而《旧约》叙述没有将背后的故事写出来,需要读者阐释,这是后台化风格。面对史诗,任何读者都能看懂,用"人同此心"、人之常情去推测人物行动和故事结局,并且相信主人公将像读者预测的那样行动,读者赞美奥德修斯的智慧、裴奈罗佩的贞节、阿喀琉斯的武力等,读者在阅读中确认了自身。而《旧约》叙述中,《旧约》作者坚信自己写出了现实,但不提供解释,因此读者无法看懂,只能自己去解释,想到耶和华和亚伯拉罕的立约,可能读懂了一部分,但仍然有很多疑问:上帝为什么要难为一个好人呢?在多大程度上,亚伯拉罕可以作为人类的典型代表读者呢?因此,只能继续阐释,读者在阅读中怀疑自身,也怀疑自身的完善性,但这一怀疑至少是完善的开端。

(执笔:谭志强、刘林)

第二章　芙尔奴娜塔

本章引用古罗马作家佩特罗尼乌斯《萨蒂利孔》的小说片段,分析其语言特征、叙事策略、命运观念等，并与"荷马方式"加以对比，阐明古典文学在模仿现实方面的特点与其局限性。为了进一步说明这种局限性，奥尔巴赫又引用了两篇作品。其一为塔西佗的《编年史》。通过分析《编年史》中的长篇虚构演讲来论证古典文学在现实主义和历史意识方面的局限性。其二出自犹太—基督教文学，讲述"彼得否认基督"的故事，本章通过将其与古典文学进行比较，指出犹太—基督教文学的现实主义新特点。

一 佩特罗尼乌斯式与荷马式

佩特罗尼乌斯（Gaius Petronius，？—65年）为古罗马作家，出身贵族，是荒淫的罗马皇帝尼禄的密友，有"风流总裁"之称，后因被怀疑参与推翻尼禄的密谋被迫自杀。《萨蒂利孔》是佩特罗尼乌斯的主要作品，原书有20章，现仅存第15、16两章。该小说基本使用散文体，夹杂少许诗歌，是欧洲文学史上第一部流浪汉小说。尽管佩特罗尼乌斯是一个贵族名士，格调高雅，但他创作的《萨蒂利孔》却惊人的鄙俗：书中的所有活跃人物均为罗马庶民、奴隶或曾为奴隶者，所有景象均为下层民众的生活情景。"成为富翁的被释放奴隶特里马尔奇奥举行宴会"（第30页）的故事是该小说传世部分中最长、最完整的片段。奥尔巴赫在本章中引用与分析的是其中的一部分。

在这段文字中，佩特罗尼乌斯借一个客人之口，向主人公恩科尔皮乌斯介绍了宴会主人特里马尔奇奥及其妻子芙尔奴娜塔的情况。针对本段文字，奥尔巴赫细致地分析了说话人的语言特征。佩特罗尼乌斯小说中说话人讲的话体现出了一个文化水平不高的城市商人的语言特征：粗俗、浅薄而琐碎。这不仅充分反映出说话人的性格特征，而且完全符合说话人的身份地位。并且，说话人对宴会上众多人物的介绍也是比较可靠的，因为他说话直率、具体、形象而又详尽充分，没有与主题无关的内容。这些特征均与荷马作品相似。

但"佩特罗尼乌斯式"又与"荷马式"有不少区别。这些差异体

《摹仿论——西方文学中现实的再现》(1946)

现了佩特罗尼乌斯小说的现实主义特征。首先，佩特罗尼乌斯小说创造性地运用了一种"远景透视法"：视角既不与说话人相重合，也不与主人公恩科尔皮乌斯相重合，一个"我"将视线投向宴会的参加者，构成一种"双重的反映"（第33页）。此类方式表现了一幅主观画面，虽然影响了客观性，但仍是一种自然表述，因为一方面，"这里表达的是因富于个性的语言而显得更为突出的极端的主观感受"（第33页）；另一方面，这种主观表达背后隐藏着一种客观意图，即这种将说话人也包括在内的表达方式将叙事视点置入画面之中，从而使画面产生深度。

其次，尽管同样介绍人物的出身、身世及以往的经历，但荷马作品对人物这种身世背景的交代往往给读者一种历史不会变动的感觉。而在佩特罗尼乌斯的作品中，人物意识到了历史的变迁和人类命运的无常。尽管这种意识尚流于片面，却具有生动性和真实性，而在其他古典文学作品中，命运无常往往未被当作一种历史现实。比如命运的无常当出现在悲剧中时，往往表现为一种不合常理的命运；当出现在喜剧中时，则表现为特殊情境通过不同寻常的方式聚合一处而产生的结果。在这两种情况下，发生之事都非同寻常，不能代表事物发展的一般规律。在这些古典作品中，这些命运的无常总由外部力量的降临导致，并非历史内部运动的结果。但在佩特罗尼乌斯的小说中，命运的无常主要还是由阶级内部的力量决定的。参与宴会的这些人出身于卑微的商人社会，没有传统和其他资源，因此透过这类人物，读者可联想到整个阶层的生存状况。

最后，佩特罗尼乌斯式小说具有"对社会环境准确却不格式化的确定"（第37页）的特点。这个片段描述一个典型的社会场景，聚集一些相同类型的人物，而其他类型的古典文学作品则不具备这些特点。可以说，佩特罗尼乌斯达到了古典现实主义的最大限度，即"这种现实主义不能或者不愿表现什么"（第38页）。在"不能表现什么"方面，个人与整体的联系被降到了最低，所有个人的行为都尽量不使人联想到更加广阔复杂的社会背景和更加严肃沉重的社会问题。这导致古典文学作品回避过于沉重的话题，只能以喜剧的形式呈现现实，不能反映社会的深层次问题。为了说明古典文学的这一特征，奥尔巴赫接下来又引用了塔西佗的一段文字。

二 塔西佗式

塔西佗是一位倾向共和、反对帝制的古罗马历史学家，其著作材料翔实，语言精练典雅，描写细致入微，极富文采，对后世史学产生了重大影响。塔西佗认为，以往古罗马史学中存在"失真"现象，主要是因为历史学家的主观情感。因此史学家若想为子孙后代负责，就应摒弃个人情感，始终保持超然中立的客观立场。

本章的引用内容出自塔西佗的代表作《编年史》。该书从政治史角度刻画了古罗马几个暴君的形象，同时以详尽的史实叙述了这段时期的历史，被公认为古罗马最杰出的史学著作。通过比较分析塔西佗与现代历史学家的著作，本章进一步阐释了古典文学作品在反映现实方面的局限性，即它们仅对历史现象进行一些简单的纯道德方面的批判，而根本不试图对自己观点的合理性做出充分论证。在面对纷繁复杂的历史现象时，史学家看到的不是在背后起推动作用的社会历史力量，而是一个个具体的、单纯的道德上的善恶问题，"不是从历史发展的角度提出精神及物质方面的问题，而是从道德方面提出问题"（第46页）。奥尔巴赫认为，这种局限受制于当时的社会历史条件，即古典时期对于社会及精神运动的发展还未进行充分的研究。在这种对历史进行单纯的道德书写的条件下，无法产生诸如"工业资本主义"或"罢工"这种具有活力或综合性的概念（第46页）。尽管古典史学著作具有语言上讲究修辞的显著优势，但依靠修辞或简单的道德说教显然难以把握驱动历史发展的内部动力。

三 犹太—基督教式

奥尔巴赫在这一部分举出一个反例，通过将犹太—基督教式的文学作品与古典文学作品进行比较分析，指出古典文学在现实主义方面的局限性。尽管犹太—基督教式文学在年代上与上文论及的佩

《摹仿论——西方文学中现实的再现》(1946)

特罗尼乌斯和塔西佗等古典作家的作品相近,但在反映历史方面有显著的不同。

首先,在这篇"彼得否认基督"(《新约·马克福音》[①])的故事里,叙述内容表面上看似乎只是一个寻常事件,但其背后隐藏着时代精神运动的巨大冲突。使徒彼得是一个不完美的人物,但具有广泛的代表性:他出身贫寒低微,却置平庸的日常生活于不顾,投身于追随耶稣这一重大历史事件中,其内心在信仰与怀疑之间来回摇摆,正是这种动摇不定对后来基督教的创立产生了决定性作用。类似描写也见诸《新约》各卷,即通过对一些不起眼的小人物的描写来表现已发展为群众运动的汹涌的历史浪潮。与只描写随意事件而往往流于喜剧的古典文学作品相比,这种对现实的摹仿往往是悲剧性的,呈现出一种严肃的态度。

其次,值得注意的是,在这一部分奥尔巴赫提出"文体分用"的概念,即欧洲古典文学把各种文体类型划分得壁垒分明。文体在古典文学中被划分为高、中、低三个等级,表现中下层社会日常生活被限定于使用荒诞滑稽的低等文体或以论战、讽刺为主体的中等文体,而高雅文体被用来讲述神和英雄的故事,表现崇高、悲剧性的内容。与这一划分不同,《新约》更接近现代文学的"文体混用"的特征,将那些日常生活琐事与严肃的、悲剧性的描写结合在一起。这种文体分用的风格,使作品能够对日常生活进行严肃认真的揭示,展露历史前进的巨大洪流。

最后,古典文学和基督教文学的另一点不同在于,两者采取的写作角度不同、面向的读者不同。古典文学采取了高高在上的视角,运用精湛的艺术技巧,并且主要是为高雅的读者而写的;而犹太—基督教式文学却面向每个人,不注重艺术技巧和谋篇布局,仅仅注意展示历史事实,对于《圣经》的阐释,也不注重感官性,而侧重其深层的丰富含义。

由上述可见,本章做出三次经典文本的比较分析:第一次是对佩

---

① 奥尔巴赫顺便指出:"'对观福音书'作者的差异并不重要。"(中译本第48页)。

特罗尼乌斯与荷马作品的比较，即比较多部古典作品，意在阐明古典作品在摹仿现实方面所能达到的高度，而且指出了这种摹仿的局限性；第二次是将塔西佗式的古典历史著作与现代学者的历史著作进行比较，进一步阐释古典作品在摹仿现实方面的局限；第三次是犹太—基督教式文学与古典作品之间的比较分析，与前两次不同的是，这一比较并非以古典文学为主体，而是以犹太—基督教式文学为主体，意在论证欧洲现实主义在从古典文学向基督教文学的历史过渡中取得的新发展。

（执笔：王靖原）

附录

1. 英译本：But strangely enough, elsewhere it but rarely conveys the impression of a living historical reality。(p. 28)

中译本：不过令人奇怪的是，祸福无常却很少在其他地方传达历史生活的印象。（第35页）

笔者试译：不过令人奇怪的是，祸福无常却很少在其他地方传达活生生的历史现实的印象。

2. 英译本：Concepts like "industrial capitalism" or "absenteeism" …（p. 38）

中译本：有的概念如"工业资本主义"或"种植经济"……（第46页）

笔者试译：有的概念如"工业资本主义"或"雇主在外经济"……

第三章 彼得鲁斯·瓦尔弗梅勒斯的被捕

本章选取4世纪历史学家阿米阿努斯·玛尔采里乌斯对一个下层民众暴动事件的记录和描述，论述阿米安[①]作品阴郁、感官性的现实主义特征和这种风格对古典崇高文体的冲击。随后以《变形记》为

---

① 即阿米阿努斯·玛尔采里乌斯。

《摹仿论——西方文学中现实的再现》(1946)

例,追溯了早期低级文体中同样出现的华丽修辞及其扭曲现实的描述。此后早期教会文学作品也表现出这种现实主义对古典文学"文体分用"原则的冲击,哲罗姆是其代表人物。但也有基督教文学受到古典主义的影响更深,如奥古斯丁的作品,然而他也没有受到古典的文体和修辞格的限制。

一 阿米安作品的感官性现实对古典崇高文体的冲击

本章开篇引用了阿米安关于罗马发生的一次下层民众暴动的描述,从中可以看到阿米安作品黑暗阴郁、非人性、充满血腥与暴力的特征。阿米安没有给下层百姓说话的机会,直接将罗马下层民众暴动的原因归结为"厚颜无耻"(第63页)。目光炯炯的首领与发出"蛇蝎般"责骂的民众相互对峙,可产生强烈的感官印象。与塔西佗的作品相比,阿米安的作品中人性和理性的东西更少,神秘及感官性的东西则更多,甚至只剩下神秘、怪诞而恐怖的激情。

这种风格在阿米安的作品中随处可见,诸如"加尔卢斯的死亡之旅""尤利安尸体的运送""普罗科普宣布称帝"等。从中可以看到一系列恐怖、怪诞、极端感官性画面式的人物形象,他们始终生活在嗜血成性和对死亡的恐惧之间。阿米安的艺术手法不是模仿性的,他不是按照人物自身条件进行描述,人物也没有按照本性思考。他采用的还是古典历史学家的传统手法,居高临下地观察并进行道德方面的评价。

在阿米安的作品中,内容上阴郁的现实主义与文体上不切实际的文雅倾向导致重重矛盾,甚至让遣词造句也变得艰难与不和谐,使文体表现出一种更大的感官性。高雅文体本来与崇高庄严相适应。在阿米安作品中,高雅文体本身并没有丧失,反而得到了加强,"高雅文体变得激昂恐怖,形象而直观"(第69页)。华丽的辞藻和夸张失真的句子被用来表现扭曲、血腥、阴森恐怖的现实。

阿米安的遣词造句虽然极为巧妙、极具感官性,但它同时也是失真的,充满着背叛、谋杀、拷打、秘密跟踪及告密等可怕的事情,而缺少与恐怖事件相对的伟大的精神力量,以及对美好未来的不懈探寻。其原因或许在于古典文化的日益僵化,使其不再能够承载对新生活的美好希望,仅局限在对现状的维护和被动防御上,即使是基督教也不能改变这种黑暗的状态。

二 《变形记》中古典修辞与扭曲现实的混合

阿米安开创了一种古典文学从未出现的庄重激昂的风格,"这是一种阴沉的、十分庄重的现实主义"(第73页)。而在更早的、更为低级的文体中,也可以找到这种华丽的修辞与大胆扭曲的现实主义的混合体。如在阿普列乌斯的《变形记》中,不仅有形形色色的恐怖荒诞的变形记录和鬼怪故事,还贯穿着担忧、情欲和愚蠢,其世界被可怕地扭曲了。例如,《变形记》第1卷第24章记载了一则故事:卢塞乌斯在抵达某个陌生城市后去市场买鱼,随后巧遇他现任罗马市政官的同学。这位朋友得知卢塞乌斯买鱼花了"高价",就把他拉回鱼贩子老头儿那里,一边责骂老头儿一边把鱼倒出来踩得稀烂。在这个故事中,原本无足轻重的凡人琐事被愚蠢而又可怕地扭曲了,这位朋友的行为是出于愚蠢、恶意还是疯癫?这令读者们不得不产生震惊不安、不愉快、肮脏和虐待狂的想法。

三 哲罗姆作品中古典修辞和阴暗现实的混合

在阿米安的作品中,色彩醒目的现实主义开始出现在崇高文体中,逐渐破坏了古典文学通行无碍的"文体分用"。虽然犹太—基督教传统本来就不存在文体分用,但早期教父受到古典修辞学的影响,也注重使用高雅语言。随着古典文学"文体分用"原则日益没落,华丽的修辞和对现实的醒目描述的混合引人注目地大量出现在早期教会作品中。哲罗姆是这方面的代表,他善于用华丽的修辞大肆描绘恐怖、直观和细枝末节的现实。

例如,哲罗姆的《拉丁语古基督教学》第22卷收录了作者的一封书信。在信中,作者褒扬鳏夫帕马奇乌斯的行为,并描绘了一系列病人、残疾人和乞丐的形象。赞扬可怕的身体这一想法来自《圣经》中救治病人、忍辱负重的道德观，但古典晚期的修辞艺术也在其中发挥了主要作用：书信修辞上极度夸张，这既体现在极尽奢华和极度贫穷之间的对比上，也体现在词句和概念的相互对照上。相较于阿米安的刻板描写，哲罗姆的夸张充满了爱、激情与希望，但他的希望与尘世无关，而是指向基督教传统的禁欲毁灭的世界。他的激情也是阴暗的，"他作品中扭曲生活和敌视生命的东西也常常令人几乎难以接受"（第79页）。在哲罗姆这里，看不到享受尘世生活的快乐，这也印证了古典文学已走到穷途末路，无力再散发出积极、乐观、主动、活泼的尘世思想了。

四 奥古斯丁作品中的古典主义与现实反映

除了如哲罗姆一样用古典修辞描绘阴森恐怖的现实，也有一些教父揭示了一种与阿米安截然不同的、对现实更具戏剧性的激进态度，他们受到古典传统的影响更多。如奥古斯丁《忏悔录》的第6卷第8章讲述了阿吕皮乌斯从一开始对角斗嗤之以鼻，到被朋友们拖去角斗场观看表演，逐渐被吸引乃至痴迷于此的心理斗争历程。在这段引文中同样出现了阴暗的现实：施虐狂、狂热的嗜血，以及魔力和感性对理智和道德的胜利。但在《忏悔录》中，古典文化成为对抗暴民日益增长的统治力量、非理性和无节制的欲望、神奇力量的魔咒的武器。与阿米安和哲罗姆著作中没有内心活动、僵化的模式化人物不同，奥古斯丁的作品热衷于表现剧烈的人性斗争，展现阿吕皮乌斯从一个极端向另一个极端的转变。他体验并直接描述人们的生活。在修辞方面，他的作品比阿米安与哲罗姆更具有古典艺术特征，使用大量的修辞手段（如对照和对句法等）。但是，我们又可以看出它并不是古典主义作品，表现为在语气上较为急迫、具有适当的戏剧性、在形式上大量运用并列句等，作品没有采用相对冷静、居高临下地看待事物的古典风格。然而在这里，内在的、悲剧性的、有问题的事件也被嵌入具体的当代现实中。不同的文体领域的分用就此结束，非基督教作家用高雅文体写出描述现实的作品,犹太—基督教传统的文体混用也以一种更单纯的形式出现在早期教父的著作中。

那么,基督教文体混用的传统来自何处呢?基督是以平民的身份出现的,描述基督的文体是"渔夫的语言"(第86页),但他的每个动作和每句话依然比别人更高贵、庄重和有意义。耶稣的受难更是彻底消除了文体分用的美学观,创造了一种全新的文体,不轻视日常事务,不拒绝感官性的现实,用低级的文体传达深邃、高雅和崇高的思想。但基督教作品在早期很少出现文体混用现象,因为这些教父一生都在从事神学活动,而很少有机会对现实加以摹仿,像哲罗姆和奥古斯丁的描写现实的段落并不多见。这些教父的著作更多是对《圣经》和重大历史事件进行喻象阐释,以使历史和基督教教义相协调。奥古斯丁也在喻象阐释上有着很深的古典造诣,如他的《上帝之城》对《圣经》故事所做的补充阐释,几乎都是为了合理地解释历史上发生的事情,从而将喻象阐释与历史过程连续不断的观念协调起来。此外,古典艺术的影响也表现在语言上,其套叠的长句不同于《圣经》中的并列句,《圣经》较少使用关联词。我们从《上帝之城》中可以看到古典文学和《圣经》的影响在语言和事实两个方面相互竞争的情形。

最终,基督教教义对历史的喻象阐释取得了胜利,但它并不能完全替代对事物之间理性的、连续的、世俗联系的阐释,因为它不能应用于任何随机事件,天意毕竟不可尽知。纷繁多样的事件依然缺少一个对它们进行分类和理解的原则,剩下的仅是被动地观察、顺从地接受,或者积极地利用偶然发生的事件。而基督教的文体混用和对存在的全面洞察,在很久之后才会在新民族的感官享受的加强下显示出活力。

综上,奥尔巴赫从阿米安对作品极具感官性的现实的描写,及其对古典崇高文体的冲击开始,梳理了更早的低级文体,如《变形记》中同样出现的古典修辞与扭曲现实的混合。而在早期基督教文学中,古典修辞学造成的文体分用传统也被渐渐破坏,如哲罗姆采用华丽的修辞描绘感官性的现实。受古典主义影响更大的教父们(如奥古斯丁)也没有完全被古典主义支配,其作品中在内容和修辞方面很多是

《摹仿论——西方文学中现实的再现》(1946)

基督教的——至此文体分用彻底结束了。但此时教父们主要在用喻象阐释《圣经》或重大历史事件,而喻象难以被系统地用于对所有事物的阐释上,基督教的文体混用也将在很久之后才真正活跃起来。

(执笔:陈雨荷、刘双双)

第四章　西哈里乌斯和克拉姆内辛都斯

本章选取公元 6 世纪法兰克史学家格列高利[①]的《法兰克人史》[②]第 7 章和第 9 章的部分内容,分析其创作技巧和文风特点等,并进一步发掘其深层意义。本章对格列高利持有辩证态度:既批评他叙事能力低劣、视野狭小和观察力薄弱,又赞扬其在文学史上的积极贡献——他生动而细致地描述了古典历史学家认为不具备描述价值的场面,即他生活其中的日常世界。其作品标志着教会现实主义"也许是第一次以文学形式出现"(第 108 页)。

一　叙事能力低劣与视野狭小

本章选段叙述发生在图尔地区居民之间的一场严重内部争斗,西哈里乌斯和克拉姆内辛都斯是双方斗争的中心人物。这个混乱不堪的故事不仅在书写和词尾变化方面十分不规范,而且"要想把事实搞清也颇为费力"(第 94 页)。以下分析了格列高利叙事中的诸多缺点。

---

① 格列高利生于法国的贵族之家,公元 563 年开始在里昂的大教堂任职,573 年成为图尔的主教。由于当时政治管理松散,他的工作也包括一些公共职务,比如照顾病人、穷人、奴隶、孤儿和兼顾司法工作。他当过法兰克国王希尔佩里克二世的顾问,曾重建里昂的大教堂。

② 《法兰克人史》分为 10 卷,是第一部以基督徒的眼光撰写的民族史,是汇集了公元 6 世纪各种历史事件的重要资料。参见[法兰克]都尔教会主教格雷戈里《法兰克人史》,寿纪瑜、戚国淦译,商务印书馆 1981 年版,中译本序言,第 1—2 页。

首先，滥用 nam（因为）一词。格列高利在使用 nam 后并不紧接着对前文进行解释，反而去讲其他事情。虽然有评论家认为拉丁俗语中 nam 已不再表示原因而成为一个无色彩的过渡词，但格列高利有时也用该词表示原因，只是用得含混不清。由于频繁地使用 nam 一词，该词作为引导原因从句的连词作用被削弱了。

其次，因果关系混乱和详略不当。如格列高利写仆人被打死一事，并未交代其为何被打死，也未说明凶手为何人。他后来讲述奥斯特雷吉斯尔消失一事时，也没有解释原因或说明其下落。关键的中间环节缺少解释，而有些没必要的地方又写得过于详细，如格列高利详细描写仆人是如何被人砍死的，且再次强调仆人已死的事实。此外，选文中几乎没有一个意义明确的因果从句连词，句子之间缺少条理性。

最后，视野狭小。像格列高利关注的不知名的小人物的琐细之事，在其他古典历史学家那里根本就不会付诸笔端，而他却浓墨重彩地描述了西哈里乌斯和克拉姆内辛都斯之争。他的作品更像是个人回忆录，而非罗马历史学家的著作。格列高利既没有条件汇集罗马帝国衰亡前的所有信息，也没有能力将这些信息按照重要性加以审慎选择和编辑。

总之，格列高利笔法简单、语法混乱、拉丁语水平不高、词不达意、视野狭隘……其作品屡见不鲜的表达方式在口头叙述中都很常见，使用者往往文化水平不高，这与格列高利的高贵身份不相符。

二　格列高利的贡献：教会写实主义

格列高利处理事件的方式与古典作家形成了鲜明的对比。如果古典作家与格列高利描绘同一件事，前者不论是在设置故事结构还是语法表达方面都会比后者清楚得多。格列高利的书写材料从文学性层面来判断似乎不值得一提。

但本章选段表明格列高利也有值得肯定的地方。他在描写西哈里乌斯和克拉姆内辛都斯纷争的时候，向读者呈现出了一些想象生动的画面，笔触生动传神。如在克拉姆内辛都斯杀害西哈里乌斯的片段中，西哈里乌斯被克拉姆内辛都斯杀害前两人之间的对话、动作、谋

《摹仿论——西方文学中现实的再现》(1946)

杀场面都在"直接摹仿事件",而这一点在罗马的历史著述中从未出现过。这些精彩的对话常见于《法兰克人史》的其他章节中,主要优点是运用简短的、自发性的和口语化的直接引语,这在古典时代的历史著述中几乎看不到,但在《圣经》中可以找到许多例证。此外,格列高利的拉丁文不太流畅,有时词不达意,这也突出了俗语的表现力。如果说他在修辞方面远逊于古典作家,那么他的对话描写倒比他们胜出一筹,能用事件参与者的语言传神地表现他们的情感。

那么,为何格列高利在语言摹仿方面超越了古典作家呢?首先,这与格列高利的感官体验相关。在论述这一点时,奥尔巴赫依然采取了对照的手法,将格列高利与古典作家中最具写实风格的佩特罗尼乌斯对比来讲。

虽然古典作家佩特罗尼乌斯[①]在摹仿人物语言的时候更有意识、更惟妙惟肖,但那只是出于特定的目的,即更好地呈现喜剧效果。佩特罗尼乌斯缺少的恰恰是格列高利所拥有的自然风格。格列高利写作能力不足,却"掌握着具体事件"(第106页),能大致了解当时的政治形势。当时社会风气堕落,各个地区的暴力事件层出不穷,政府对此一筹莫展。婉转高雅的语言根本不适合当时格列高利的时代,无序、粗野的语言反而可以更好地反映社会现实。

其次,这与格列高利的主教身份密切相关。在他生活的那个时期,基督教的重点与前一时期所确立的教义有所不同,开始变得讲究实际功效,即将教义转化为民众能够理解的内容。因此,格列高利的目标便是使教义变得通俗化并在世俗生活中发挥作用。为了达成这一目标,他自觉运用文学形式来表现基督教教义,将古典现实主义发展为"教会写实主义"(Church's Realism)。格列高利的写作是具有开创意义的,他通过现实主义创作表达教会的教义,并在其中融入个人的想象和戏剧化的描写。虽然就像他清楚了解的那样,他的写作技巧和笔法都不高明,但他对中世纪图尔地区的描写,形象展示了当时的社会风貌,堪称法兰克人的风俗史。

---

① 参见《摹仿论》第二章的分析。

进而言之,"教会现实主义"的前提是基督教在某种程度上就是现实主义的,"耶稣在下层民众中的生活和他那崇高而又屈辱的受难精神动摇了古典时代关于悲剧和崇高的观念"(第108页)。而格列高利汲取日常生活经验,用具体朴实的语言摹仿现实,正符合基督教的这一特质。此外,基督教要求教士们仅从上帝的角度管理信徒,让其他的一切自生自灭,且有义务关心每日发生的每件事。因此,格列高利虽然常因自己的文笔表示歉意,却又郑重请求后人不要修改他的文章。

最后,格列高利的文体与古典时代后期的作家(塔西佗、塞涅卡、阿米安)乃至基督教作家(奥古斯丁)完全不同。古典时代后期作家的作品"艰涩、强制和吃力",给人一种沉重和阴郁感,而格列高利的作品却完全不会给人这种感觉,反倒显得自然,"简洁明快""生动传神",他的感情也"更自由、更直接"(第110页)。

综上,虽然格列高利在语法、句法、拉丁语等的使用上有诸多缺陷,但他首创了"教会写实主义",且摹仿现实时笔法写实、语言朴素。他关注日常生活,大量采用口语表达方式,打破古典史学家的题材和文体局限。他不再用崇高文体勉强包装身边琐事,而是让其自由发生发展,因而他才能更生动细致、无拘束地反映他那个时代的真相。他的作品留下了感官性理解事物的最早痕迹,为后世基督教的文体混用做好准备。格列高利生活的时代留给后人的文本十分稀缺,他的作品对我们来说无疑弥足珍贵。

(执笔:韩延景、陈雨荷)

第五章　罗兰被任命为法兰克远征军后卫部队司令

本章引用法国民族史诗《罗兰之歌》的片段并分析其思想内容和修辞手法。本章指出,《罗兰之歌》所表现的社会生活范围狭小,

《摹仿论——西方文学中现实的再现》(1946)

在文体上善用并列结构。为进一步分析并列结构，本章又参照两篇早于《罗兰之歌》并运用并列结构的作品——古罗马的宗教作品《圣阿莱克西行述》和一篇拉丁文作品。这一比较研究的结论是《罗兰之歌》业已摆脱了古典后期的僵化，创造出了崇高性的并列结构。

一 《罗兰之歌》选段的修辞与内容

《罗兰之歌》依据的是公元778年查理大帝南征摩尔人建立的西班牙安达卢斯后，在凯旋途中于比利牛斯山口遭遇袭击，后卫部队全军覆没的史实。本章选取《罗兰之歌》第58—62节，描述罗兰被想置其于死地的继父甘尼仑推荐为后卫部队司令的场景。本章在《摹仿论》英译本中的标题是"罗兰对抗甘尼仑"（"Roland Against Ganelon"），似能更为鲜明地指出这一选段的主要内容。

本章将选取的5节内容可分成3个部分来进行分析。首先，前3句描述破晓场景的诗句是并列主句，随后在查理大帝与甘尼仑的对话与答复中，诗句每次都点明说话者的名字，突出主句之间的并列与独立关系。同样的并列结构还被用在传达说话内容上。查理大帝最早说的话是两个并列的主句：一个发出指示，另一个发出命令。随后，甘尼仑的回答也是三个并列的部分：点出罗兰的名字、点明亲属关系、口蜜腹剑地夸赞罗兰。在随后的内容中，查理大帝看穿甘尼仑阴谋的内容，以及甘尼仑向查理大帝推荐前锋的内容在结构上与上文相似，都是并列形式。

在对该段做出修辞学分析后，读者可以发现几个谜团。（1）查理大帝在一定程度上明了军中形势，却被一个伯爵的建议束缚了手脚，为何不采取任何防范措施呢？（2）"他在多大程度上能看穿甘尼仑？他对即将发生的预知多少？"（第117页）为什么查理大帝曾在梦中预见了灾难却无力阻止灾难发生？如果查理大帝已经看出了甘尼仑的阴谋，那么是在多大程度上看穿或看出了多少？这确是难解的谜题。"采邑制封建社会里中央政权地位虚弱"（第117页）、"伟大君王的出

327

现与受苦受难的精神和力不从心的性格联系在一起"（第117页）都可以作为解释，但这些谜团在奥尔巴赫看来无须解释，因为史诗折射出的是单一的行为基础的观念和原则（单一的忠君爱国观念、单一的基督教世界观等）。当时的社会结构单一，基督教教义成为人们社会生活的唯一的世界观，当《罗兰之歌》出现"异教徒是邪道，基督教徒是正道"（第118页）时，就不需要在史诗内部做出自我阐释。

其次，在选段的第2部分，罗兰对甘尼仑举荐自己一事做出反应。这部分包括三段，表现罗兰的3个动机：对个人能力的自信、对甘尼仑的仇恨、对查理大帝的忠诚。罗兰向甘尼仑表示感谢时，带有一种嘲讽的意味，他嘲讽甘尼仑被查理委任出使时表现得惊慌失措，以此来发泄仇恨。此处罗兰对甘尼仑说话时的状语是不同的，一个是"他就开口说"，另一个是"他生着气……"。这两个情感矛盾的状语导致很多出版商质疑并删掉第2段，但这并不可取，因为第3段实际上是以第1段为基础的，第1段"他就开口说"这一快速发生的行为与甘尼仑此前慌乱的行为可作对比，第2段罗兰才会表现出一种胜利的姿态。

最后，从上述例子出发，本章进一步从文体角度说明《罗兰之歌》或其他武功歌中经常出现的情况，即"在重复相同的情境时出现意外的转折"，如当马西里王三次询问"查理王年纪很大，他什么时候才会厌倦打仗"时，甘尼仑三次回答都不一样，从称颂查理大帝到称罗兰等人为主战派再到叛变投敌，每次都不同。而且，《罗兰之歌》对一件事多会采用重复和加叙的方式来讲述（增量叙述）。以罗兰在战斗失利后三次吹响号角为例，对同一个吹号角事件，史诗进行了三次描述，但它们没有将事件向前推进，而是不断回到吹号角的起点。但反复吹响的号角对查理大帝和周围人起到了不同作用：由震惊到逐渐认清战场形势。这种诗歌技巧起源于中世纪，得益于古典修辞学，这种"多次重复同一个情节的开始"（第122页）的技巧，也是歌德、席勒所说的"史诗式延缓"（第123页）的一种形式，在主要情节发展内部提前叙事或推后叙事，是吟诵史诗的典型方式。

《摹仿论——西方文学中现实的再现》(1946)

在修辞上，这三部分都使用并列句，诗歌半谐音①使每行诗自成一体，每一段都是独立成分的组合，诗的整体节奏并不流畅。这种不流畅的史诗却获得了一种整体感，即人物的行为和言语都被限制在一种统一规范中。以祈求神灵为例，《罗兰之歌》与《伊利亚特》人物的祈神语言就有差异，前者表达祈求的诗句以单一的基督教的规范为基础，而后者的祈求诗句形式更加灵活流畅，情感更充沛。最重要的是，伊利亚特祈求时并不局限于某个明确的神祇。由此看来，"并列结构"贯穿全诗。

二 《罗兰之歌》与并列结构

在古典时代，并列结构常用于低级文体中，它较少表现崇高性，而在《罗兰之歌》里，这种并列结构却是一种崇高的文体。

并列成分构成崇高文体，其实早在《创世记》开篇就已出现："神说、要有光、就有了光。"这种无连词的并列结构是为了让人"目睹"一个神圣的事件。《罗兰之歌》也使用并列结构，是因为它描述的对象范围比较狭小，人们的生活秩序相对确定，以至于无须内部阐释，甚至都没有称得上悲剧的冲突。保留下来的古日耳曼史诗中也有并列结构。而在欧洲民族大迁徙的大背景下，日耳曼民族的社会规范尚未定型，基督教对这一民族英雄史诗远未产生影响，因此日耳曼民族的史诗相比于《罗兰之歌》，结构更加松散，描述对象更加广阔，人物更具有悲剧性。

随后，奥尔巴赫开始考察早于《罗兰之歌》的并列结构。他举出一个古代罗马的宗教作品《圣阿莱克西行述》（以下简称《行述》），认为这部作品也运用并列结构，反映更加狭小而呆板的生活空间和生活秩序。这种"狭隘"不是原有的而是逐渐形成的，是"古典后期的僵化和蜕变"（第132页）的过程，其中基督教与未成型的民族文化的冲撞发挥了重要作用。

----
① 即在重读音节上重复使用相同或相似的元音。

《行述》与《罗兰之歌》的每一个独立的部分就像一个蕴含着丰富表现力和人物神情的"画面",古罗马作品《行述》的每个部分更加松散,而《罗兰之歌》的"画面"之间更加紧凑。奥尔巴赫指出,这些画面的人物神情具有很强的形象化和道德表率作用,"画面场景的作用十分接近象征或形象的特点"(第136页)。此即奥尔巴赫所说的"喻象",各种人物不具有现实真实性,只具有意义;每一个事件也失去横向关联,只在框架内具有典范性,所以它加速了古典后期作品的僵化。

　　不过,《罗兰之歌》和《行述》的每一个框架中还是表现出了一定的与秩序相关的现实,这说明僵化的高潮其实已经过去。如果找到《行述》的源头——一篇出自《天主教圣徒生平集》的拉丁文作品,我们就能够看到古典时代后期真正僵化的表现。奥尔巴赫拿出拉丁文作品与《行述》的同一情节进行比较,发现拉丁文文本直接点明男性主人公是"充满基督智慧"的,而俗语(法语)作品的人物形象是丰满的(第139页),他有心理斗争、有情感流露,而且并列的结构与拉丁文文本相比也更富感染力,这表明俗语文本已经在摆脱苍白而空洞的文体。这种僵化的出现在奥尔巴赫看来并不归咎于基督教。基督教文学其实也并不狭隘,"是基督教文化被僵化所裹挟"(第141页)。在这一时期欧洲各民族文化的形成过程中,古典文化保留较多的国家摆脱僵化的过程也就慢一些。

　　综上,"欧洲中世纪的第一个崇高文体产生在每个过程都用生命充实的那个时刻"(第141页)。这种文体可以表现的场景:短暂过程中的神情、出场人物并列对立、话语只是严肃的表白,这样的场景就不可能表现出深度的现实。但这种文体运用在《罗兰之歌》中,可以使人感受到史诗的"现时性"(contemporaneity),有助于让人们感受正在萌发的民族情绪。

　　法国英雄史诗是崇高的文体,前文已经提到过它形式呆板、表现的生活范围狭隘,不过奥尔巴赫又补充说,在史诗中表现日常生活较少是理所当然的,因为崇高的和日常生活本来就应分开。虽然《罗兰之歌》内容上表现上层阶级的事迹,但是它仍然在社会各个阶层传唱

《摹仿论——西方文学中现实的再现》(1946)

并受到欢迎。对于中世纪的听众来讲，史诗能使人回忆起远古的传说故事，它在一定程度上也就是历史。史诗的文体因此深刻影响了12世纪的俗语编年史。

（执笔：杨婕）

第六章　宫廷骑士小说录

本章通过阐述宫廷文学的"神秘性""现实性"及其局限性，指出宫廷文学的核心：表现纯粹的个人理想，且历险是保持这种纯粹理想的主要手段。本章进而在这种兼具童话色彩的神秘性与不真实的现实性基础上论述宫廷文学中理想化的等级道德的现实影响以及对表现现实性的阻碍，并由此引出本文的主旨：宫廷文学在一定程度上阻碍了现实主义，宫廷文化十分不利于在广度和深度上把握真实的文学艺术的发展。

一　宫廷小说的神秘性

奥尔巴赫从地点和时间两方面的模糊性和相对性出发对宫廷小说中仙境般的神秘感进行了说明。在空间方面，首先，宫廷小说描述的地点与景物存在模糊性：故事人物与已知大地的地理关系及社会与经济基础都没有交代，甚至对它们的道德或象征性意义都很少介绍；其次，景物的出现十分突然，"风景如同仙境般迷人，我们周围笼罩着神秘的气氛，四处都在喃喃低语"（第153页）。在布列塔尼宫廷小说中，宫殿和城堡、战斗和历险每次都像从地下冒出来一般出现在读者面前。在时间方面，首先体现为特殊的数字"七"："七"是个具有神话色彩的数字。七年以来卡洛格列万都没有讲过他的冒险经历；七年使《罗兰之歌》的开头具有一种传说的气氛："查理王整整有七年在西班牙打仗"[①]；另外，宫廷小说中的时间往往表现为一种静止的存在，《罗兰之歌》写道："什么都没有改变，逝去的七年没有留下任何踪迹，一切都像在神话中通常发生的一样。"（第153页）

另外，奥尔巴赫认为，宫廷小说的神秘色彩还来源于故事中的隐藏含义：真正的宫廷小说几乎从未明确表明自己的意义。如亚瑟王宫的骑士们都要经历冒险的考验，然而作品对于魔泉骑士之战并没有从道德的意义角度说明其正确性。

二 宫廷小说的现实性

宫廷文学具有一定程度的现实性。封建骑士们自我表述生活方式及理想观念，这是宫廷小说的本意。同时骑士们也带着闲情逸致讲述外界的生活方式，逼真再现当时的风土人情、习俗观念和社交气氛与礼仪。宫廷文学表现了宫廷社会优雅惬意的礼仪氛围，这种特点长期以来成为法国审美情趣的特征之一：纤巧细腻，几乎有些过于精雕细刻。它影响了当时的爱情、文学创作风格乃至封建社会生活礼仪，并通过宫廷文学典型地体现出来。

宫廷文学在表现"现实性"时不得不受到多方面的限制。首先是等级制度：宫廷文学的现实手法展示了一个唯一阶层（上层阶级）的丰富而有情趣的生活画卷，这个阶层与同时存在的其他阶层相互隔离。这导致宫廷文学反映的现实仅仅局限在封建上层贵族阶级，难以展现整个社会各阶层的现实全貌。其次，宫廷文学中特有的童话氛围冲淡了其现实色彩，童话气氛是宫廷小说最根本的生活气息。绚丽生动的当代现实画面没有任何真正的政治基础，这些画面的地理、经济和社会关系从未被澄清，它们径直产生于童话和历险故事。

三 宫廷小说本质的核心及手段：纯粹的个人理想与历险

宫廷小说本质的核心在于表现个人的纯粹理想。宫廷小说的主人

[①] 外国文学名著丛书编辑委员会编：《罗兰之歌》，杨宪益译，上海译文出版社1981年版，第1页。

《摹仿论——西方文学中现实的再现》(1946)

公不承担任何政治历史使命，到处寻找能够考验自己的危险经历。宫廷文学中的这种封建伦理道德不服务于任何政治功能，甚至不为任何实际的现实服务，成为一种绝对和纯粹的伦理道德。在宫廷文学中，"宫廷"（corteisie）一词表达的内容有了很大的变化，它具有升华净化的含义，即武功规则的优雅化、宫廷礼仪、为妇女效力，所有这一切都是为了表达个人的纯粹理想。高贵的品德个性并非简单的天性，也不是与生俱来的。除了出身，还需要接受教育才能孕育出这种品德，需要时时自愿经受新的考验才能保持住这种品德。考验和保持的手段便是历险。（第158页）由此可以看出，宫廷小说中的伦理道德从之前的为政治功能、现实服务转向了一种纯粹个人理想的满足与实现。

宫廷小说中的骑士阶层靠着力量、品德、计谋和神助战胜危险，拯救别人，把战胜这类危险视作自己真正的使命，视作自己理想观念中的唯一的使命。因此，"通过历险经受考验才是骑士理想生活的真正意义"（第159页）。由此，一系列的冒险便成了决定人命运的、逐级挑选考验的等级，因而历险便成了通过命运所决定的事态发展来进行人格完善教育的基础。这种教育后来打破了宫廷文化的等级界限。

四 宫廷小说中理想化的等级道德

由上述可知，宫廷小说的理想化与摹仿现实相去甚远。宫廷小说中功能的、等级的历史真实消失了。虽说从中可以看出许多交往习俗，特别是外部生活方式的文化史方面的细节，却不能获得关于时代或骑士阶层的历史真实。尽管如此，宫廷小说仍然包含着一个等级道德，其基础建立在两个特点上：它是绝对的，游荡在一切尘世大地之上；使臣服于它的人觉得自己属于一个特殊群体，一个与平民大众隔离的共同体。"宫廷小说不是以诗歌形式塑造真实，而是遁入童话世界。"（第162页）当宫廷文化处于全盛时期时，统治阶层便为自己制定出掩盖其真实作用的道德和理想，把他们自己的生活描绘成脱离历史的、无任何目的的、纯美学的产物。（第162页）任何统治阶层总在一定历史阶段实施统治，但为了掩盖这一现实，就编织童话般的宫廷小说。再加之这个伟大的世纪具有巨大的想象力，现实可以自发地升华至纯美学的高度。

五　宫廷文学对现实主义的妨碍

首先，宫廷史诗在文体上还未创造出一种诗歌语言的崇高文体。宫廷叙事诗的文体与其说是崇高的，还不如说是令人愉悦的。它可用于表达任何内容，既适合于讲述逸闻趣事，也可以用于圣徒传记，这就挑战了此前的文体分用。

其次，内容上的局限是等级式的。只有骑士—宫廷的成员才有资格历险，才会遭遇严肃重大的事件，不属于这个等级的人只能是陪衬，即大都扮演着滑稽、荒诞或卑微的角色。

再次，骑士理想的内心化：共同体注重的不是出身，而是个人品德及高贵的待人接物方式及礼仪。它表现的是极其内心化的、以个人的挑选和塑造为基础的骑士人物。"内心化的描写并没有带来与世俗真实的接近，而是远离了真实。"（第164页）

最后，宫廷小说脱离真实的理想。在宫廷理想中一开始便存在着这种虚构和毫无目的的现象，它决定了宫廷理想与真实的关系。

另外，奥尔巴赫也指出了骑士理想的内在动机：博得贵妇人的欢心。除了武功和爱情，在宫廷世界中不可能发生别的事情。武功和爱情并不是在时间上可以延续的事件或感觉，而是永远与完美的骑士个人联系在一起的。它们形成了骑士的定义。没有武功，没有爱情纠葛，骑士便不能生存，便失去了自我，不再是个骑士。再者，宫廷文学选用"武功"而非"战争"，是因为"武功"代表的戎马生涯与政治目的完全无关；爱情取代了政治历史方面的实际动机成为英雄创造业绩的直接原因。宫廷文学把爱情引入了英雄事迹之中，并与两者互相融合，提高了爱情作为诗歌题材的地位，"爱情成了崇高文体的一种表现对象，并且经常是这种文体最重要的题

《摹仿论——西方文学中现实的再现》(1946)

材"(第 167 页)。

(执笔：范益宁)

附录

1. 英译本：Though it is not a particularly developed example。(p. 131)

   中译本：虽然只是一个有点突出的例子。(第 154 页)

   笔者试译：尽管这个例子并没有特别展开。

2. 英译本：We find the style in its greatest brilliance where the subject matter is the dalliance of true love。(p. 132)

   中译本：这种风格在描写真正的爱情游戏时表现得淋漓尽致。(第 154 页)

   笔者试译：我们发现这种风格在揶揄真爱这一主题方面大放异彩。

3. 英译本：Chretien did not learn it from Ovid。(p. 132)

   中译本：漏译该句。(第 155 页)

   笔者试译：这种风格克雷蒂安不是从奥维德那里学来的。

4. 英译本：The means by which they are proved and preserved is adventure，*avanture*，a very characteristic form of activity developed by courtly culture。(p. 134)

   中译本：考验和保持的手段便是历险，历险是一种特殊的罕见的经历，它造就了宫廷文化。(第 158 页)

   笔者试译：考验和保持的手段便是历险，历险是由宫廷文化造就的一种非常独特的活动形式。

5. 英译本：On the contrary，trial through adventure is the real meaning of the knight's ideal existence。(p. 135)

   中译本：更确切地说，通过历险经受考验才是骑士理想生活的真正意义。(第 159 页)

   笔者试译：相反，通过历险经受考验才是骑士理想生活的真正意义。

6. 英译本：The literature of the ancients did not rank love very high on the whole。(p. 141)

   中译本：古典时期的文学只承认爱情具有中等地位。(第 167 页)

   笔者试译：古典时期的文学总的来说并不把爱情置于很高的地位。

第七章　亚当和夏娃

本章以中世纪亚当夏娃神秘剧的片段为基础，论述圣诞戏剧或宗教礼拜剧的特点及演变，探索教会文学的崇高题材如何用高雅和低等相融合的文体得到表现，阐释《圣经》在基督教传播过程中如何创造了全新的崇高，即如何实现了低等与崇高的直接联系，揭示中世纪教会戏剧如何用救世主喻象表达世界历史的进程，展示基督教戏剧文学如何受到民间笑剧的影响以及摹仿基督如何成为一种通俗的、开放的、民间的形式。

一　亚当神秘剧："崇高落地"

本章开篇引用了亚当神秘剧中一个完整对话场景。该神秘剧为12世纪末仅存的一个孤本，用俗语写成。如果对比该对话场景和《创世记》的相应场景，我们就会发现《创世记》中并没有类似的对话，也没有魔鬼企图诱骗亚当的部分，只有夏娃与蛇（即魔鬼）的对话。

该对话场景分为两部分（中间为蛇的介入）。第1部分为亚当和夏娃关于能否与魔鬼打交道的对话。作者认为该对话就如同法国农民或市民间的日常生活对话。女人（夏娃）天真单纯、情绪不稳、凭直觉行事，轻率的好奇心使她不能理解道德问题；男人（亚当）觉得自己是一家之主，具有不容置疑的权威，禁止夏娃与魔鬼往来，并记着上帝让他用理智控制妻子。作者引用了S.埃蒂安的见解——引诱亚当的不是魔鬼，而是很有手腕、老练圆滑的夏娃。奥尔巴赫认为埃蒂安没有搞懂蛇介入的意义。埃蒂安认为，蛇的介入使上帝安排的秩序颠倒了：让男人服从女人，因而使两者都堕落了。其实，真正促使亚当最后决心吃苹果的是他那备受考验的自我渴求，如克莱沃的贝尔纳所说"妻子做的事，他也要做"。换言之，他作为一个男人，怎能害

《摹仿论——西方文学中现实的再现》(1946)

怕妻子已做过的事情？而这一点，正是埃蒂安迷惑不解甚至将秩序颠倒的地方。

第2部分为夏娃从树上摘下苹果引诱亚当吃。亚当表现出迷惑不解和不知所措，而夏娃却"竞技状态颇佳"（第176页）。在魔鬼的教导下，夏娃以"行动上的无所顾忌和缺乏道德意识"的胆大妄为占了上风，手拿苹果，催着他、哄着他，嘲笑他的怯懦，最后"她先吃"并极力称赞果子的美味，先后用4次"吃吧，亚当"成功引诱了他。这一戏剧性的过程描绘是"基督教拯救戏剧"（Christian drama of redemption）的出发点，是"意义重大的崇高题材"（第176页）。这场具有普遍历史意义的男人与女人之间的第一次对话——这样一个崇高的题材，却变成了一种用简单、低等文体呈现的极其简单的日常事件。

二　文体分用：高雅语言风格与低等语言风格

在古典文学理论中，高雅语言风格和低等语言风格是严格区分使用的。而在教会文学中，它们从一开始就融合起来，突出表现在基督降临和受难这一古老题材上。12世纪的教会文学中，该题材在神秘文学中得到了新生。本章评价了克莱沃的贝尔纳的书信、布道词以及对《旧约·诗篇》的评论中对"崇高"（sublimity）、"谦卑"（humility）的表述。这里的崇高和谦卑是道德伦理学—神学范畴，而不是美学—文体学范畴。但即使从文体学的意义上讲，在早期基督教时代，尤其在奥古斯丁时代，二者的融合就已经是《圣经》的特色了。

如在语言方面，"上帝将这些事对聪明通达的人就藏起来，向婴孩就显出来"。在史实方面，基督所任用的第一批使徒并不是出身高贵、受过教育的人，而是渔夫、税吏或类似的地位卑微之人。《圣经》语言的文体问题招致的批评反而使批评者看到了《圣经》独具一格的真正伟大之处："圣经创造了一种全新的崇高，它不排斥普通的、低等的东西，而是兼收并蓄。"（第179页）因此，无论从风格上还是内容上看，《圣经》都实现了低等（the lowest）和崇高（the highest）

的直接联系。奥古斯丁《忏悔录》致瓦卢亚努斯的一封信和《论三位一体》第1章都对《圣经》语言进行了评价,这其实暗指古典文学中的"文体分用"。如何使地位卑微的普通人理解《圣经》?奥古斯丁在对《旧约·诗篇》第146篇的解释中说道:"愿凡人的声音静然,凡人的思想静止;愿他们不要让自己如此注意难以理解的事物,好像他们有理解的能力。"这段话体现了具体—感官性的占有与神秘的完美结合,并指出,12世纪中叶的格言警句大师彼得鲁斯·伦巴杜斯在他的《旧约·诗篇评注》中几乎逐字摘抄了这段话。

综上,《圣经》引文段落表达了许多互相紧密联系的思想:(1)《圣经》迎合普通的笃信宗教的人的心理;(2)普通人参与《圣经》的需要;(3)《圣经》所包含的隐蔽而神秘的含义并不是用崇高文体表达,而是用简单的话语进行阐述。总之,任何人都能由最普通的人升华为非同一般的崇高的人。用奥古斯丁的话说,人们应该像孩子一样去读《圣经》。

三 继承传统:教会戏剧的戏剧表演成分

宗教礼仪一开始就具有戏剧表演的成分,与中世纪教会的造型艺术一样,甚至有学者(如E.马勒)认为后世的造型艺术是从神秘剧(宗教剧)中获得启示的。宗教礼仪剧或基督教戏剧产生的源头在于,神职人员为巩固未受教育的平民和新教徒的信仰,用戏剧形式表演复活节仪式,并推荐人们摹仿。用12世纪圣德尼修道院院长叙热的诗句表达,即"迟钝的头脑可借助有形物认识真理"。

那么,宗教戏剧如何实现从最普通的真实直接通往隐晦的、神圣的真实呢?礼拜仪式包括朗诵《旧约·创世记》、讲解和两部合唱、戏剧形式表演原罪、上帝亲自出场、亚伯被害以及结束。上面所有场景都设定在超时限的《圣经》——世界历史框架中。这框架的核心在于用喻象来阐释事件。(第188页)如上帝可以被较为准确地解释为一个真正的形象,一个超时限的救世主喻象。对于上帝来说,没有时间上的区别,一切都是现时。如奥古斯丁所说的,上帝并不是预见,而就是"知道""知识"本身。耶稣基督的生活及苦难将崇高与低俗

《摹仿论——西方文学中现实的再现》(1946)

的日常生活紧密相连，没有任何理由将地点、时间、情节统一起来，因为只存在一个地点——世界；只有一个时间——现在；只有一个情节——人的堕落和救赎。

四 评价圣方济各

日常—写实的相互关系构成了中世纪基督教艺术（尤其是基督教戏剧）的基本要素。现实被定位在家庭常见的真实事件的框架之中，定位在对话的框架之中。这种写实后来开始泛滥，出现了文体混用的各种形式，甚至出现了基督受难和插科打诨并存的情况。与此同时，也出现了对这种情况的不满和批评，至15世纪出现了以人文主义审美观和更为严格的宗教改革思想为出发点的运动。本章用对现实主义发展起到明显影响的神秘剧的几个场景（如耶稣降生的场景）说明，当时新型的形形色色的生活画面的确占有越来越多的篇幅，但并不能说耶稣受难剧变得越来越世俗化了，因为这种戏剧从一开始就大体上包括了"世界"。而只有原来的框架被打破，只有尘世情节占据了独立地位，真正的世俗化作品才有可能出现。

文体混用是所有中世纪教会文学的普遍现象。高雅与粗俗、与上帝联系的崇高性和与低俗具体的日常性混合在一起，其典型代表是13世纪初意大利的圣方济各。在他的作品中，情节与表达、内容与形式不再分离：绝对切实地效仿基督的意愿。摹仿基督在欧洲主要采取了一种神秘冥想的形式。圣方济各使宗教戏剧变为一种实际的、日常的、开放的和民间的形式。

12世纪出生于克莱沃的大圣人贝尔纳则是另一位代表人物。他在运用很能打动人心的文雅句式、修辞讲究，及运用反问、对偶、首句重复法等很多方面，并不比哲罗姆逊色，甚至更胜一筹。

相比之下，圣方济各几乎不使用修辞格。他的风格呆板、不灵活，缺乏通盘考虑，原因是他太过专注于所要表达的内容。他表达自己和让别人理解自己的要求如此之强烈，以至于他说服别人的主要手段是大量使用并列句和指示代词。这种毫无文学性、近似口头语言的直接表达方式有助于表达激进的基督教文学主题。他的创新在于他所强调的内容：受苦和屈从不再是一种崇高的殉道精神，而是在日常生活中一种持续不断的经受屈辱的过程，"圣方济各则把世俗世界看作是摹仿基督的真正舞台"（第196页）。

中世纪后期较粗俗的现实主义一直延续到文艺复兴时期，它对人类事件的描述更直观、更具刺激性，并对民间宗教作品发挥着作用。比如，在但丁之前，有位神秘教徒和诗人雅各布·达·托迪写过对话体的基督受难诗。与之前的亚当剧相比，这首受难诗也将崇高神圣的时间完全置于当时意大利及任意时代的现实之中，把崇高事件置于与大众日常生活有关的事物当中。其大众性表现在3个方面：语言、社会学意义、对《圣经》事件的自由处理以及观点与时代不相符的不合逻辑之处。但与亚当剧不同之处在于：雅各布的诗句不如亚当剧明了清晰。雅各布的诗句更富于激情、更直接、更具悲剧性，常用拉丁文的呼格、命令式和接连的问句来自由表达痛苦、担忧、乞求等，这在其他欧洲俗语作品中几乎没有。相比之下，圣方济各贡献更多，"既是一位伟大的诗人，同时也是一位直觉型的天才演员，他是唤醒意大利人的情感及意大利语感人力量的第一人"（第201页）。

（执笔：韩云霞）

附录

1. 英译本：The dialogue between Adam and Eve-this first man-woman dialogue of universal historical import-is turned into a scene of simplest everyday reality. Sublime as it is, it becomes a scene in simple, low style. (p. 151)

中译本：亚当与夏娃之间的谈话，世界历史上男人和女人的第一次谈话，变成了一个极其简单的日常真实事件；尽管它是那样崇高，但它却成为一种简单和低等文体的事情。（第177页）

笔者试译：亚当与夏娃之间的对话——这场具有普遍历史意义的男人和女人间的首次对话——变成了一个极其简单的日常现实场景。尽管其依旧崇高，却变成用简单低俗文体写成的一个场景。

2. 英译本：The saint's manner of life and expression was taken over by the

《摹仿论——西方文学中现实的再现》(1946)

order and produced a very peculiar atmosphere. In both the good and bad sense, it became extremely popular。(p. 169)

中译本：这位圣徒的生活方式和表达方式感染了修士会，创造了一种极为独特的气氛。无论是从褒义还是从贬义上讲，他都极为大众化。（第198页）

笔者试译：这位圣徒的生活方式和表达方式为修士会所采用，并产生了一种极为独特的氛围；无论是从褒义还是从贬义上讲，这种做派都大受吹捧。

第八章　法利那太和加发尔甘底

本章以《神曲》中但丁和维吉尔游历地狱第6层，偶遇法利那太和加发尔甘底为引子，说明其行文中快速而巧妙的场景切换问题，分析建立这些并列场景结构所使用的丰富修辞与语言技巧，并借此提出本章的核心论点——《神曲》作为喜剧文本的崇高性问题。通过解读古典文学和基督教戏剧的文体分用和混用，本章阐发了但丁在《神曲》中如何建构有别于前两者的新的"崇高"观念，将对俗语、现实场景的巧妙安排和《圣经》世界观的崇高性恰如其分地融合在这部巨型诗篇之中。

一　独特的情景切换

但丁《神曲·地狱篇》第10歌的第22—78行诗句虚构了但丁偶遇法利那太和加发尔甘底一事。在这一故事中，出现了3次故事情境的转换：（1）地狱第6层但丁和维吉尔的平静谈话；（2）法利那太的起立，加发尔甘底的打断；（3）法利那太最终完成对话。其中，由于第2个情景中途被打断，法利那太的场景被一分为二，中间被加发尔甘底的询问阻隔。

此处行文的特点代表了《神曲》的整体表现结构：相对独立、互不关联的场景和描述对象切换迅速。但这些看似不相干的场景之间隐藏着大量关联和并列因素。从意大利语发音特征和语体特征来说，在第 1 次场景转换（从但丁与维吉尔谈话到法利那太的起立）中，人物语体特征具有相关性，法利那太的话与但丁和维吉尔庄重、崇高的声音相互映衬；从内容上来说，这两个场景也并非毫无关系，前者对后者已有模糊的预示，这是但丁和维吉尔踏入第 6 层地狱后发生的第一件事，与这两位游人的对话场景形成了鲜明对照。

第 2 次场景的切换颇具戏剧性。它采用"于是"作为关联词，这种现象在当今对话中随处可见，但在中世纪俗语中实属罕见，其功能是中断某一场景并开启另一场景。"于是"在《神曲》中也并非只出现过这一次，但丁在文学史上赋予了这个转折词以新地位，这个小词同样具有强烈的语言力量。

第 3 次场景切换的戏剧性和力度都要比前两次弱得多。本章用"平稳安静"（calm）、"豪气四溢"（proud）来形容这次转换，无论是但丁对人物法利那太的崇高的定位，还是人物本身相较于加发尔甘底的稳重镇定的姿态，都与前一场景形成对照。

场景转换间更明显的联系还可从某些具有一贯性的语体结构上来分析。但丁在语言上使用了丰富的修辞手法并将它们关联使用，这一过程削弱了诗歌语言的庄重严肃性，通过多种连接形式增强了语言使用的灵活性，使语言更贴近表达自如的俗语。但丁首创了这种将俗语用法融入宗教性严肃文本的写法，体现出他相较于所处历史时代的超越性。

二 文体混用的尝试

《神曲》当中的文体混用成分十分明显。一方面，但丁式的凝重贯穿于诗歌的语言结构之中；另一方面，他并不忌讳俗语的表达手段，用详尽地描摹现实的世俗化创作方式来安排情景内容，与语言中某些崇高的表述方式截然对立。这里涉及两种传统的对立——"古典文学的文体分用传统"和"基督教时代的文体混用传统"。《神曲》的文体混用不同于基督教戏剧的实用性和大众娱乐目的，而是一种破坏旧传统的新型文体。

《摹仿论——西方文学中现实的再现》(1946)

崇高与低俗文体的混用还延续到但丁对喜剧与悲剧文体的归类上。在前期创作中，但丁对崇高文体的认识和划定更为严格（"描述对象的选择范围狭窄得多，更加讲究语言的纯正"），他将文体分用论与同时代的普罗旺斯、意大利诗歌艺术结合起来，形成一种并未摆脱文体分用传统的新观念，并一直影响着他后期创作《神曲》，如他把这部鸿篇巨制称为喜剧。

三 但丁的喜剧

那么，为何将《神曲》称为喜剧呢？但丁认为，喜剧并不代表低俗，也可以表现崇高。悲喜剧的区别在于情节的发展（从开局到结尾）以及文体（话语的方式），而《神曲》恰恰符合这种开头不幸、结尾美满的情节结构，用简单世俗的话语编织全诗。但丁反复强调的是，世俗化的表达方式并不等同于使用俗语。他致力于将俗语和民族语言的使用融入崇高的文体风格。

然而，至此我们还是不能确定《神曲》到底属于哪一文体阵营，就连但丁自己也摇摆不定、含糊其词。就其文学价值和寓意来说，他愿意称其为"崇高的颂歌"，但又对其中包含的世俗化表达方式和喜剧格调有所顾忌。（第217页）但丁的"摇摆"非但不是一种模糊，反而是一种对文体的清醒认识。因此，我们可以认为，但丁避免将《神曲》定义为崇高，是为了创造区别于古典文学的新型崇高文体。在这一问题上，本章引用本韦努托的观点来呼应但丁对喜剧和崇高的新认识。（第219—220页）《神曲》在中世纪晚期文坛中表现出了喜剧的崇高文体问题，这一崇高在于其包蕴万象的题材内容（爱情题材，教谕诗，模仿现实、动物、神鬼等丰富形象）以及真实场景。这些看似现实、世俗化的情节场景实则"活动于大量分属不同格调等级并相互交叉的情节里"（第221页）。

四 喻象观

《神曲》所描绘的是死后魂灵的境遇。（第221页）这种依据现实描写的创作表现出一种比世俗世界更为"纯净"的秩序，建构出一种彼岸世界，形成将道德、自然、历史政治体系（伦理与科学）融于一身的统一秩序。

喻象（figure）不是象征或符号。符号的最大特点是意义和符号的相互分离，符号的能指往往在场，而所指呈现不在场状态，但喻象的本体和喻体是同时存在和在场的。喻象现实主义认为地上的世界与天国的世界同时存在，每个人的精神世界与肉体世界也应当是同时发生的，"每个尘世间的事件和每个尘世间的显现随时都与上帝的计划紧密相连"（第227页）。这就是为什么但丁将活人也写在神曲里，因为人同时在尘世和地狱或天堂中出现，我们在尘世里看到的一切，都是各类喻象，其真正的意义都来自另一个世界（即精神世界）的裁判。喻象的其他特征还有它"包含着过去和现在之间的相互联系""暗含着'形式'的意味"①。

贯穿于《神曲》的彼岸世界体系和分级制度能够建立起崇高的彼岸世界，原因在于"喻象现实主义也在但丁的观念中起着支配作用"（第229页）。魂灵们以"影子躯体"（phantom body）的形式存在着，它们有着对未来和过去超自然的感知能力，却对尘世中正在发生的一切一无所知。他们在彼岸世界中生活，获得了永恒世界中的些许变化和自由，一言一行却依旧保留着尘世间的本性与思想。如果没有但丁和维吉尔的造访，这些魂灵将会保持着对尘世茫然无知的态度，而但丁将"尘世的历史性搬入了他的彼世世界"（第226页），强调尘世是魂灵所处的永恒世界以及上帝审判的依据，由此将尘世和彼岸密切联系起来。

但丁的现实主义体现在尘世的现象与上帝的拯救安排形成的交叉关系上，（第227页）如由于罗马在宗教和世俗方面的胜利，埃涅阿斯的冥府之游才得以完成。（第228页）诸多彼世的意象在《神曲》中显现，如罗马之鹰、真正的罗马城等，可以说在《神曲》中罗马帝国是上帝之城在尘世里的映象，是以喻象观为基础创造的结果。

---

① 刘林：《欧美文学的讽喻传统》，中国社会科学出版社2023年版，第104页。

《摹仿论——西方文学中现实的再现》(1946)

虽然奥尔巴赫认为彼岸的显现是对尘世的完成，但无论是尘世形象还是彼岸世界的完成，都具有自身的相对独立性，并非相互摹仿。一方面，尘世形象具有历史和语词上的真实性，喻象现实主义捍卫了形象的历史真实；另一方面，在彼岸世界中，这些形象/形体得到了完成与升华。人的性格和角色在上帝的秩序中有他自己的位置，如尤提卡的加图在尘世中政治自由守护人的角色是他在炼狱山下被选为永恒自由守护人的喻象。在永恒世界中，最真实的生命本质被揭示出来，除了尚在尘世的但丁，对历史和未来的焦灼不复存在，但丁的造访带来的是尘世图景与彼岸世界的相互交叉。

总之，《神曲》是一部中世纪典型的喻象现实主义[①]作品，其中的文体混用包含着喜剧的俗语特征、基督教世界观、容纳万物的包蕴性、崇高文体的庄重等。但同时，《神曲》既不是滑稽的基督教戏剧，也不是传统意义上的低俗喜剧。但丁摆脱了语言使用上的稚嫩粗糙和不成熟，在《神曲》中充分展现了对大众语言最恰当和巧妙的应用，与崇高庄严、复杂丰富的内容融合，相得益彰。

但丁将尘世画面以及图景带进这个永恒不变的空间。这些死去的魂灵以地狱、炼狱、天堂为舞台重现尘世间的激情和历史。值得注意的是，但丁在《圣经》的宗教世界观之内生动塑造魂灵的个性特点，最终完成了人的形象塑造，"在这种带有赞叹之意的对人的直接关心中，已在上帝安排中建立的完整的、个体的、历史的人的不可摧毁性抗拒着上帝的秩序，它让这个秩序为自己服务，使这个秩序黯然失色；使人的形象比上帝的形象更为重要"（第 236 页）。在这个意义上，但丁笔下的人借助上帝来质疑上帝而不是皈依上帝，《神曲》表达出来的人文关怀至今仍不乏意义。

（执笔：陈焱婷）

[①] 奥尔巴赫对喻象现实主义的详细阐发另见于他的两部论文集：Erich Auerbach, *Scenes from the Drama of European Literature*, Minneapolis: University of Minnesota Press, 1985; *Time, History, and Literature: Selected Essays of Erich Auerbach*, ed. James I. Porter, Princeton: Princeton University Press, 2014。

第九章 修士亚伯度

《十日谈》是意大利著名作家薄伽丘的代表作，也是欧洲文学史乃至世界文学史上的经典作品。1348年，意大利佛罗伦萨城暴发了一场可怕的瘟疫，昔日无比繁华的城市变得惨不忍睹。为了记下这场人类灾难，薄伽丘以瘟疫为背景，写下了意大利最著名的短篇小说集《十日谈》。本章在引用《十日谈》中修士亚伯度的故事后，从深究这一故事的叙事技巧入手，将其与古法语寓言、《故事百篇》、《编年史》、《神曲》相互比较，分析它们在语言修辞、人物刻画、格调等方面的差异，并指出这些作品在摹仿现实方面的优点与局限性，得出令人信服的结论。

一 《十日谈》的摹仿艺术

本章首先探讨了《十日谈》中修士亚伯度的故事及薄伽丘所运用的摹仿技巧和叙事手法。故事主人公亚伯度修士本是伊莫拉人，因故在家乡无法立足便去了威尼斯，在那里欺诈哄骗，甚至当上了神甫。在找他忏悔的人当中有一个既愚笨又傲慢的外出商人的妻子莉赛达。亚伯度修士迷恋她的美貌，冒充天使加百列在夜晚与她寻欢作乐。后来这个女人在与同伴聊天时将这件事透露了出去。于是事情败露，亚伯度修士落得一个糟糕的结局。

本章选引的小说选段主要描述莉赛达太太与同伴的谈话以及谈话的种种后果。这一段引出了这个故事最紧要的部分：流言在城中流传，人们决定捉拿天使加百列，于是亚伯度修士跃入运河逃离。薄伽丘在描写莉赛达与同伴谈话时，无论是在心理还是修辞方面都处理得十分精彩。比如起始的叠合长句运用动名词、引语等凸显了莉赛达炫耀的语气和同伴诱导性的提问；接着又用俗语甚至方言形式来表现莉赛达

《摹仿论——西方文学中现实的再现》(1946)

炫耀时的激动和粗俗，体现了她经不住诱惑也沉不住气的愚笨个性。

紧随其后的两个叠合长句则将流言在城里传播的情况概括成两个阶段：第一阶段主要通过动词来表现同伴从急不可耐地想要与人嘲笑莉赛达，到最后归于平静的心情变化；第二阶段则以并列方式表达传播范围的逐步扩展。后一部分从莉赛达家夜间的场景开始，直到亚伯度修士跃入运河，此处使用众多分词结构，使叙述节奏紧凑，给人以戏剧场面纷至沓来的感觉，也让读者觉得文中使用的不全是书面语言，依然保持着口语化的叙事语调。

这里出现的问题是，薄伽丘为何让亚伯度修士在听到了一些流言后仍去幽会呢？如果是为了责问莉赛达，那么像亚伯度这样机警的人恐怕不会冒险赴约。如果让亚伯度修士一无所知，就会使情节发展更加自然。后文亚伯度修士横渡运河时，叙述节奏又平缓下来，动词均以并列形式出现，而当他到了运河对岸时，薄伽丘又使用许多动词来展现亚伯度修士的慌乱："大门开着，他急步闯了进去；请他看在天主的份上，务必救他一命。"（第244页）这种叙事节奏的不断变换使读者身临其境，仿佛自己也随着亚伯度修士度过了惊魂一夜。

二 古法语寓言中的摹仿艺术

《十日谈》的摹仿技艺已经较为圆熟，比较早期叙事作品进步明显。为了证实此结论，本章举出一个用古法语体写成的滑稽故事作为例证。该故事讲述了一个教士对刁钻吝啬的母亲态度很差，对情人却百般娇惯。他的母亲对此大加抱怨，并声称要去主教面前控告她的儿子。主教在审理这件事情时说要罢免该教士，而其母亲将罢免一词理解成为她的儿子要被绞死（因为这个词在意大利语中还有"吊置"之意），于是懊悔不迭，慌忙中错把门外的另一个教士称作儿子，于是主教命令这位教士将他的"母亲"带走，归途中遇到了她真正的儿子，母亲却暗示她的儿子不要暴露身份。最后这位教士为了解除负担，只得支付40磅，让她的儿子把她带走。

这个寓言和《十日谈》中亚伯度修士的故事在叙述上有些相似之

处，比如文中对话采用并列形式，充斥着生动的提问和呼喊，运用许多通俗的方言和习语，而且说话开门见山。但比起《十日谈》来，这段对话在刻画人物和行为方式方面虽然鲜明活泼，却比较粗糙苍白、节奏单一，缺乏艺术性，无论是主要人物还是次要人物，都只是描述了在当下的情景中他们应有的行为。相比之下，薄伽丘在描写主要人物时，会通过交代其来历凸显人物性格。即使是塑造次要人物，薄伽丘也用心描述其生活与性格特征。此外，《十日谈》中还具体地描述了每个事件的发生地，以及那个时代的所有社会阶层、职业等。可见，古法语寓言的艺术与薄伽丘的艺术之间的差距不仅表现在修辞上，还体现在背景阐述、人物刻画、场景与空间等感官性描写方面。

三 《故事百篇》和《编年史》中的摹仿技艺

为了强调感官性刻画的重要性，本章又举一例，出自薄伽丘以前就闻名于世的意大利叙事作品。它的表达十分优美，但在感染力方面不及下面这个古法语寓言："有一个人去找他的神甫忏悔，之后他又对神甫说：我有一个嫂子，我哥哥出门在外；我一回到家，她总是那么亲热，坐到我怀里。我该怎么办？"神甫回答说："那就让她把那一套拿到我这里来试试。到那时她准会看到，她会怎么样！"（第251页）

这个选段出自《故事百篇》，其副标题就叫《优美语言故事书》。从标题可以看出，尽管这些故事叙述得有序而优美，却显得乏味而死板。其文体单一，缺乏对人物、场景与空间的描述，整个感官塑造力都集中于一点：神甫的回答。这种局限性是由作者所处的语言和思想状况决定的，因为意大利俗语较为贫乏，很难对丰富多彩的生活现象做出感官性刻画。

13世纪末的拉丁文就比书面意大利语更具有感官性力量，如方济各派教士萨林贝内所编写的《编年史》中的这则逸事：

> 一个冬日，当他在佛罗伦萨散步时，在冻得滑溜溜的地上滑倒了。极爱开玩笑的佛罗伦萨人看到此景便开始笑起来，其中有

《摹仿论——西方文学中现实的再现》(1946)

一个问这位教兄,是否需要给他身下放点什么?这位教兄回答他说,需要,就放那位问话者的老婆吧。听到这个回答后,佛罗伦萨人并不生气,而是夸赞这位教兄说:好极了,这正对我们的胃口!——有些人认为,这句话出自另一个佛罗伦萨人,即名叫保罗·陶森特福利格的方济各派教团的教士。(第252页)

这里的人物刻画比起上一则故事生动很多,而且除了主要噱头,还穿插了其他幽默话语和俗语,在性爱观念的发达和表达的自由方面也远超《故事百篇》。但无论是古法语寓言的直白的感官享受,还是《故事百篇》的平淡而优美的表达,或是萨林贝内《编年史》的生动幽默的逸事,在艺术上都无法与薄伽丘相比。薄伽丘将感官现象世界按照一定的艺术观排列,并用语言表达出来。他的《十日谈》第一次使讲述现实生活的真实事件成为一种高雅消遣的文体规格,而不再只是平民百姓的笑料。

四 《神曲》中的摹仿技艺

薄伽丘那种感官性的、喜好充满性爱的优美流畅的表达让文学语言也从死板变得生动丰富起来,并使社交文学获得之前从未拥有的东西,即真实的现实世界。上代作家但丁也同样具有这种驾驭成分众多的现实的才能,尽管他的驾驭不如薄伽丘那么灵活多变,但远比薄伽丘的重要。正是但丁的著作,才让人们第一次看到五光十色的现实总体世界,可以说没有《神曲》,就不会有《十日谈》。

但丁作品中广博的世界在薄伽丘那里转入了一个较低的文体。比较两部作品中相似的动作可以发现,后者的描述特别直观清楚,比如在亚伯度修士故事中,薄伽丘写道:"朋友,这种事我本不该随便说,不过我的可意人儿是加百列天使……"(第257—258页)《神曲》中也有类似的话语,但丁则是这样表述的:"我不愿意说它;但是你那清楚的言语使我怀念以往的世界,所以我不得不说。"(第258页)在这里,但丁带给薄伽丘的影响不在于观察力和表现力,而在于但丁开启了自由施展才智、用丰富的语言再现世界的写作方式。正是通过但丁的这种力量,薄伽丘才能自如地驾驭人物,将人物形象描绘得栩栩如生。

属于这种综合性世界观念力量的还有一种透视性的批判意识,它没有抽象的道德说教,却赋予各个形象恰如其分的特殊道德价值。比如《十日谈》描写亚伯度修士逃跑后的状况时并没有运用道德或批判性的字眼,却清楚地暗示了威尼斯人对此事的态度。这种修辞方法在古典时期已经被称作"讽刺",并得到过很高的评价。这种恶意讽刺的色调是薄伽丘的作品所特有的,而但丁的《神曲》则从未表示过恶意。不过,但丁也曾在作品中运用间接暗示,来表达对某个事件或形象作用的总体评价。比如:

"唉,等到你将来回到了人间,
在漫长的行程后休息够了,"
(第三个精灵紧接着第二个精灵说)
"你务必要记住,我就是拉比亚……"(第 261 页)

他没有用任何评论的字眼,只用她自己的话将托罗美家族的拉比亚的整个形象呈现出来。与之相比,前文引用的古法语寓言故事中描写修士母亲的语句就显得极其粗俗,缺乏对个人的准确把握,用来刻画人物的形容词选用得也很不恰当。同样是直接刻画人物特征,但丁与薄伽丘就出色很多,但丁在直接刻画人物特征时会选用含义最广的形容词,薄伽丘则会运用许多丰富多彩的习语来表达他"精巧"的恶意。

五 薄伽丘创作的局限

在《十日谈》里,我们已找不到任何喻象的基督教观,因为薄伽丘写《十日谈》是为了给予那些非学者以消遣。许多人质疑薄伽丘写这样一本充满戏谑的书与其庄严的身份不符,于是他在后记中辩护道:"我写这些故事原本是给女人解闷的,里面也就该有这样的东

《摹仿论——西方文学中现实的再现》(1946)

西。"（第264页）然而，薄伽丘的这一辩护反而使他的这种做法更令人生疑，因为这部作品并不像民间戏谑诗那样幼稚，也不是以基督为喻象的布道作品。相反，《十日谈》属于轻松优美的中等文体，而且具有一个明确的、完全不属于基督教的思想，即爱情论和天性论。爱情论和天性论意味着自我意识的觉醒，赞美爱情，要求性生活自由，这些都与基督教的禁欲相冲突。

薄伽丘的爱情道德是对"崇高爱情"（用爱情进行教育）的改造，在《十日谈》中形成了一种以爱的权力为基础的，完全属于尘世间的伦理道德，其本质是反基督教的，并不具有教诲作用。然而，我们如果以但丁的生活秩序或人文主义高盛期的作品来衡量薄伽丘的作品，那是不公平的。早期的人文主义并不具备积极的道德力量，它将现实主义手法视为非问题性、非悲剧性的中等文体。而在古典时期，这种问题却又被归结为现实主义手法通向高等级的极限，并将性爱确立为首要且唯一的主题。但是，单单是性爱还无法从解释问题或展示悲剧的方面来塑造现实。对比两本书中一些相似的情节，但丁对人物的对话和行动的塑造都符合其历史、性格和处境，他通过描绘一些再平常不过的场景来展现伟大和真实；薄伽丘的表述则更具有感官性的特点，且过于注重修辞，缺乏想象力，有些脱离现实，不能被称为真正的悲剧。

综上，本章将薄伽丘的《十日谈》中亚伯度修士的故事与古法语寓言、《故事百篇》以及但丁的《神曲》相比较，分析这些作品在摹仿现实方面的优点与局限。薄伽丘的作品表现手法丰富，在驾驭事件方面也做得十分出色，但其作品在关于如何解释问题或展示悲剧方面显得有些表面化。薄伽丘这类作家的世俗性还不够牢靠，因此还不足以很好地展现现实世界，也不足以给读者提供一个可从整体上将世界作为真实世界来排列、解释和描绘的基础。不过，无论但丁还是薄伽丘，他们的作品都影响了后世文学，并孕育了通过摹仿来再现现实的创作方法。

（执笔：张天仪）

附录

1. 英文版：The bishop orders him to take his old mother with him and henceforth to treat her decently, as a priest should。（p. 211）

中译本：主教命令他立刻带走自己的老母，从今之后要像个儿子一样善待她。（第247页）

笔者试译：主教命令他带走他的老母亲，从今以后要好生对待她，因为一个牧师就应该这样对待母亲。

2. 英文版：The view he wishes to express cannot be understood。（p. 228）

中译本：他所想表述的观点是不会被误解的。（第268页）

笔者试译：他想表述的观点无法被理解。

第十章　德·夏斯泰尔夫人

本章通过节选拉萨尔的作品《致慰迪弗仑夫人》中的片段，引入对中世纪末法国—勃艮第文化中的现实主义文学的分析。这种现实主义重视感官性，充分表现尘世生活，被奥尔巴赫称为"造物现实主义"。它具有强烈的表现力，生动地描绘出了真实可感的生活事件，但思想上尚显狭窄，未能察觉到生活结构上的新变化。

一　指挥官夏斯泰尔及其夫人的故事

安托万·德·拉萨尔是一名出身于普罗旺斯的封建晚期的骑士，一生绝大部分时间都为安茹家族效力。《致慰迪弗仑夫人》是他写给一位失去长子的夫人的作品。其中第1篇较为重要，讲述了发生在百年战争期间的一件事："黑王子"统率下的英国人包围了布雷斯特要塞，要塞指挥官被迫与"黑王子"签订了一个协定，即如果在某个期限前得不到援助，指挥官就要把要塞交给王子，而这期间他需要把自己13岁的独子作为人质。在他们所约定时间的前4天，一艘满载食物的货船抵达港口。"黑王子"对此十分恼火，想要反悔，于是以食

《摹仿论——西方文学中现实的再现》(1946)

物不算协定中指定的援助为由拒绝停战，并要求指挥官立刻交出要塞，否则要塞指挥官的幼子就性命不保。

故事进展的各个阶段都被逐一讲述出来："黑王子"的传令官屡次登场，指挥官如何与亲朋好友商量对策，要塞指挥官夜间苦恼得昏厥过去，等等。这些场景交代得环环相扣，十分紧迫，但也很重复啰唆。到了期限的前一天，"黑王子"的传令官前来要求执行协定，在亲朋好友面前指挥官露出喜悦果断之情，而在夜里他和妻子单独在一起时，却曾失去自制，陷入绝望中。这就显得有些自相矛盾。

本章选取故事的高潮部分：指挥官之妻在某个晚上在卧室里劝导丈夫牺牲儿子的生命，在儿子和荣誉之间选择荣誉。这个场景之后，故事延续了很长一段时间，包括王子的传令官又一次登场，指挥官决定出击去解救自己的儿子，却又被夫人拦住。与此同时"黑王子"让人将孩子带去行刑，并让指挥官的传令官陪同。当哨兵报告行刑队伍回来时，指挥官之妻晕厥过去。接着，传令官返回要塞向指挥官报告情况，其中很多细节在前面已以另外的形式交代了，不过本章此处仍然摘取了传令官对男孩之死的描述。数日后，要塞指挥官趁机反击，凯旋回营后他下令吊死12个最高贵的俘虏，并在虐待了其他的俘虏后将他们释放。

二 拉萨尔作品的中世纪等级特征

本章认为，"指挥官夫妇的故事"相比同一时期的其他作品来说，"更具中世纪的特点而缺乏现代特色"（第281页）。

从形式上来看，这部作品无论是句子结构还是整体结构，均没有显示出古典和人文主义的那种适应性、多样性和清晰有序。句子的从属关系常常显得不够灵活，且语气被不适宜地反复强调，连接成分有时也不清晰。拉萨尔痴迷于堆砌辞藻，句法混乱不清，还带有社会等级色彩，而带有社会等级色彩的作品自然都不是人文主义的。在叙事结构上，由于不存在有意识的叙事规则，按时间顺序展开的叙事经常出现混乱和重复。以上两个弱点导致该作品慢条斯理、单调乏味，不过它并非没有精彩之处：它运用一种崇高文体，却是"等级制的、非人文主义的、非古典的、彻头彻尾的中世纪的"（第284页）。

从叙述内容上，我们也可看出这个故事的中世纪等级观念。因为这里从未提到要塞的陷落会给国王和国家造成什么危害，讲的全部都是指挥官的个人荣誉。故事中所有的事件都被隆重的骑士礼仪包裹着，但一种残酷的野蛮又在其中占据着主导地位，如处决孩子、吊死俘虏等。这种残酷或野蛮是非理性的、个人的、情绪化的，而非现代的。从15世纪开始，骑士阶层已然走向衰落，但拉萨尔依然生活在等级制度的氛围中，对此茫然无知。也就是说，14世纪意大利文艺复兴运动还没有影响到拉萨尔，其语言和艺术依然完全是等级制的，视野也是狭窄的。

三　拉萨尔作品的造物现实主义特征

虽然这篇故事过于烦冗又体现了封建等级制，但它的确表现了款款的温情与质朴的情感，是叙述这类事件应有的风格。故事中的冲突也不是公式化的，与宫廷文学的传统主题无关。这个故事聚焦于一位母亲和妻子，将她做出抉择并引导丈夫也做出类似选择的故事写成一个真实可感的事件，并展现出一种只有古典作品才具备的质朴美和伟大。

这就表明，封建晚期的华丽文体有能力表现一个悲剧性的真实场景，尽管它对政治和军事方面的描绘较为肤浅。更值得注意的是，故事发生在一个极为常见的家庭生活地点。若按照古典时期的观念，此处绝不适用崇高文体来叙述悲剧。夫妻二人更具有市民味，封建气息则薄弱得多。这个故事中毫无遮掩的生物的现实性竟能与一个悲剧性事件相协调，故事中的一切都是为了表现孩子的无辜和行刑的恐怖之间的对比，以及孩子之前养尊处优的生活和突然降临的残酷现实之间的对比。拉萨尔将所有的细节都写入故事中，呈现给读者。拉萨尔将华丽文体与感官性的现实结合起来的手法，可被称为"造物现实主义"，并非新东西。它起源于基督教的喻象观念，"几乎它所有的思想主题和艺术主题都是从基督教移植过来的"（第289页）。

《摹仿论——西方文学中现实的再现》(1946)

中世纪末现实主义的特征主要表现在 3 个方面：一是基督教的文体混用所创造的真实生活中的人的画面，也出现在狭义的基督教范围之外的地方；二是描写现实生活此时转向描写家庭生活，且这种描写艺术性很高；三是所谓"造物"指的是上帝所造之物，中世纪末的基督教人类学观念变得十分激进，即强调尘世生活的受难和暂时性，人在世上无论做什么都没有用，"造物现实主义"不再关注对尘世生活的实际规划，认为一切纯粹是"本能和激情的游戏"（第 292 页），以极端手法表现感官性的现实。

四 《婚姻十五乐》的造物现实主义特征

前文"指挥官夫妇的故事"可与同时期的另一部作品《婚姻十五乐》相互比较。《婚姻十五乐》片段同样写夫妻的夜间谈话：妻子在床上想尽办法让丈夫答应为她做一件新衣服。这一场景和上一个故事引用的场景相比，在主题、妻子形象甚至文体等方面都表现出诸多差异。但这两个故事的风格又互相接近：上一个故事通过指挥官夫妇夜间谈话来直接描绘一个悲剧性问题，并通过古老华丽的社会等级语言来增强人性和造物性的印象；而《婚姻十五乐》中的场景本来是个笑话题材，在这里却得到严肃的处理——它用真实的感性形象再现日常生活，且对这一生活题材的态度是严肃的，并能提出问题。

当然，以前教士伦理敌视妇女和婚姻的倾向也创造过一种描绘现实的文学。这种文学具有悲戚的说教性，列举了婚姻生活、家庭生计和子女教育等的种种艰辛和危险。15 世纪初去世的厄斯塔什就对这一题材处理得特别透彻，《婚姻十五乐》的作者也从他那里获益匪浅。但厄斯塔什也没有做到真实地再现夫妻生活，现实性在他那里一直都是表层化的，如他也写过上文的那一场景，但其故事很烦琐，涉及方方面面。《婚姻十五乐》则能紧扣婚姻这一主题，有一定悲剧性，或者说很好地表现了人在日常生活中的困境。

从本章的两段引文来看，中世纪晚期出现了一种更准确、更严肃地描绘现实生活的文体，它向上达到悲剧的高度，向下沦为充斥道德说教的讽刺之作。14世纪以后的很多作品运用了这种更直接、更准确、更具感官性的现实主义手法，如厄斯塔什·拉萨尔的作品；在15世纪之后的作品中，这种现实主义手法更具感官性，色彩更加刺眼，但没有超出中世纪的等级制和基督教的界限，思想上没有更多的革新。这种"造物现实主义"离不开基督教文体混用的影响，且它"已经摆脱了基督教的万能秩序思想的役使"（第301页），而成为目的本身，直接为尘世生活服务，获得更为广阔的题材范围，也因对生活的关注而在表达上更为细腻。

但"造物现实主义"局限在感官性上，思想方面十分贫乏，没有像但丁或薄伽丘那样把握住那个时代世界的总体现实，每个作家都只熟悉自己那个狭窄的区域。显然，他们需要展示生活上的感官体验，但他们没有能力突破它，提供更丰富的思想。虽然薄伽丘的《十日谈》此时已传至法国，仿作众多，但薄伽丘的特征并未被真正把握住，法国作品对人物的刻画依然是纯"造物的"、缺乏个性的。

综上，本章以拉萨尔的作品为例，分析15世纪法国—勃艮第文化中的"造物现实主义"。这种现实主义是狭隘的，没有观察到生活的新变化，也没有提出新思想、新观念，视野较为狭窄。但由于感官性所带来的表现力，中世纪的"造物现实主义"一直存活到16世纪，为文艺复兴注入了一种强有力的均衡性，借以平衡在人文主义模仿古典时产生的文体分用的各种力量。

（执笔：徐冰傲、陈雨荷）

第十一章　庞大固埃嘴里的世界

本章着重讨论新世界的发现和拉伯雷的文体混用及其革命性、《巨人传》的文体定位等问题。首先，《巨人传》中的庞大固埃的故事从古典文化和民间传说中汲取灵感，并在此基础上创造一个新的世

《摹仿论——西方文学中现实的再现》(1946)

界。这个新世界既映射了当时的欧洲社会现实，也表现了理想化的状态，旨在激发读者对现实的不满和批判。其次，本章阐释拉伯雷文体混用的革命性。拉伯雷的创作打破了常规比例，混合多个领域和多种风格，创建一个动摇读者认知平衡的世界，并将深刻的智慧和讽刺隐藏在荒诞幽默之下。虽然拉伯雷不是文体混用的首创者，但他将其提升为一种艺术，使之成为自己的特色。他利用中世纪末期的布道书风格，并将其应用于现实生活，展示了一种对传统中世纪的反叛。最后，本章讨论《巨人传》的文体定位问题。拉伯雷不受古典文化观念的束缚，其作品超越严肃和低俗的二元对立，既不为教义辩护，也不单纯取笑作乐，而是为当时能够阅读的少数精英创造的。他运用"苏格拉底式"的文体，将对时代的批判和反叛隐藏在幽默与严肃之间。他的写作风格远离情感的深沉和伟大的悲剧，却能将平凡的情感与超现实的世界相互融合，这种风格是文艺复兴时期独特的产物，反映了时代审美风尚的转变。

一 《巨人传》中新世界的发现

本章选取《巨人传》第 2 部第 32 章的一段情节，描述庞大固埃及其军队在前往征讨咸人国的路上忽遭暴雨的情形。庞大固埃在暴雨中展开舌头，为士兵们提供避雨之地。与此同时，叙述者利用这个机会进入庞大固埃嘴中，并在其中发现了一个新世界。

上述故事引人入胜，是拉伯雷将两种不同来源的故事融合而成的产物。第一个来源是关于巨人卡冈都亚的民间故事，被认为小说的法国渊源的一部分。这个民间故事提到类似于高耸岩石的巨人的牙齿，与《巨人传》的描述相符。第二个来源是古希腊作家卢奇安在其《真实的故事》中讲述的海洋巨兽的故事。在这个故事中，巨兽的咽喉内部拥有森林、群山和湖泊，居民们在那里耕种白菜，这与庞大固埃嘴中的世界颇为相似。

拉伯雷在将这两个主题结合时并没有花费多少气力。他把卢奇安描绘的自然景观和社会画面移植到民间故事中的巨人嘴里，虽然那张嘴足够大，但仍保持着嘴的基本特征。拉伯雷在描述时放大了卢奇安所描写的景象，如他提到25个王国和许多大城市，而卢奇安的故事只有数千个怪物。但叙述者回程的速度与巨人嘴巴的大小似乎并不匹配，叙述者"归来后巨人发现了他并和他说话这件事"（第309页），就更不合比例。对于叙事者自己在庞大固埃嘴中逗留期间的饮食和排泄问题，叙事者或者回答忘了，或者故意不回答，这也不合理。

拉伯雷在庞大固埃嘴中世界的建构中巧妙融合了两种古老的蓝本，同时融入了自己独特的创造性元素，如其标志性的幽默。这个兴旺发达的新世界，充斥着对当时欧洲社会和现实的隐喻，尽管其叙述不时被一些滑稽且失衡的诠释中断，然而，"'一切都和我们那里一样'的主题始终未变"（第311页）。这一融合赋予"发现新世界"这一主题以深刻内涵：一方面，通过"勾画出一个比欧洲状况更为纯净天然的状态"（第312页）来展示一幅理想化的欧洲图景，旨在引发读者对文本和现实之间巨大鸿沟的不满，激发他们批判现实；另一方面，通过"将那些陌生国度的某个居民引入欧洲世界"（第313页），如让一个种植白菜的农夫代表欧洲本土居民，其言论代表作者对欧洲现状的看法。以上两个方面都具有动摇既定的社会现状的潜力。

与拉伯雷相比，卢奇安主要聚焦于幻想般的旅行历险，其作品中的各类民间传说荒诞地放大了事物的比例。拉伯雷则常将不同地点、历险主题乃至风格混杂于一处，巨大的比例作为一种荒诞主题，为整个叙述提供框架，始终未曾离开观众的视野，荒诞可笑的新情节不断穿插其中，提醒观众注意这一主题，如描述巨人打哈欠时吞食鸽子，或是用一顿大蒜饭引发的胃里毒气来解释瘟疫，以及将牙齿幻化为山区的景象。然而在此期间，出现了一个完全不同的、对当时来说极端现实的全新主题，那就是"发现新世界"的概念。

二　拉伯雷的文体混用及其革命性

《巨人传》中探索新世界的主题成为文艺复兴及其之后两个世纪里最具影响力的议题之一，它触动了政治、宗教、经济和哲学革新的

《摹仿论——西方文学中现实的再现》(1946)

核心。这一主题具有批判性力量。它通过描绘一个比当时欧洲更为纯朴自然的理想境界，引发读者对现实与理想之间巨大差异的不满，激发读者对现状的反思和批判。在拉伯雷的创作中，文体混用成为其文本的显著特征，他那将"各种事件、历险、知识领域、比例和风格旋风似的相互混杂的原则"（第315—316页）产生了独特的表达效果。他故意打破常规的比例，并通过对比，动摇了读者的认知平衡，同时将丰富的知识、人生智慧与对时世的讽刺巧妙地隐藏于荒谬的幽默形式之中。

值得注意的是，拉伯雷对于他所混合的内容并非完全陌生。他对中世纪末期布道书中的文体混合传统进行过大胆的强化，并以此作为创作的基础。这些布道书在描述民间事物时语言极端粗俗，在处理现实事物时使用造物的方式，在训诫说教时使用《圣经》喻象阐释的方式。虽然文体混用并非拉伯雷的首创，但他将其吸收扬弃，使其变成了自己的艺术。

拉伯雷的成就与其生活经历有一定联系。他年轻时做过托钵僧，从渊源方面研究过这种表达方式，所以转化运用更加得心应手。在拉伯雷的笔下，中世纪晚期的所有文体元素都被巧妙地转化，都被赋予了新目的和新功能。他的创新不在于糅合了哪些元素，而在于糅合的行为本身，因为"这里的新东西无非是不同寻常地加强和糅合"（第320页）。拉伯雷追求的目标与中世纪思想截然对立，尽管他对托钵僧修士会表达了厌恶之情，但也不得不承认，布道书的风格与他的气质和目标高度契合。

拉伯雷试图通过对中世纪特征的直接运用来实现对中世纪的反叛，这代表了他思想的革命性，主要体现在动摇人们对习以为常的秩序的认知。如拉伯雷推崇本性和自然生活，尊重身体功能和精神力量，享受充满活力的世俗生活。他将人视为自然的一部分，摒弃原罪和末日审判带来的超验恐惧。（第321页）在他看来，人身体的种种功能和精神的种种力量是充满活力的象征。个体性在拉伯雷作品中与动物的本能特征紧密联系，"在思维和满足本能及意愿方面比从前更开朗，更自由"（第322页）。同时，拉伯雷也表现出了对变化的强调。变化不单是人的多样性,而且是人的个性的不断颠覆,这就挑战了基督教关于人的统一性和不朽性的教条。

三 《巨人传》的文体定位

虽然拉伯雷受到古典思想的深远影响,但他并未被这些观念束缚。对他来说,"古希腊罗马文化意味着解放和视野的拓宽,而绝不意味着新的限定或束缚"(第323页)。他在作品中强调带有中世纪特征的文体混用,正是为了不再受到古典文体严格分离的束缚。但同时,他也从中世纪文体的束缚中挣脱了出来。拉伯雷在创作中既不完全走严肃的道路,也不完全迎合低俗趣味,他的作品不是为某个教义或伦理学说辩护,而是创造了一种荒谬的游戏;他的作品不仅是写给大众看的娱乐品,也是为那个时代能够阅读的少数精英量身定制的。(第324页)这些作品蕴藏着作者的深意。这就是拉伯雷将自己的著作称为"漂亮的书",并将其读者比喻为"能够咬开骨头的狗"(第326页)的原因。

拉伯雷文体混用具有哪些特点呢?首先,拉伯雷曾引用阿尔奇比亚代斯将苏格拉底比喻为西勒诺斯的故事,提醒读者不应仅凭表面现象就轻易下定论,而应经过认真的阅读与谨慎的思索,"打开骨头吸吮里面富于营养的骨髓"(第326页)。拉伯雷的作品在智慧与愚昧、愤怒与欢愉、现实与超现实之间巧妙游走,并将前者巧妙地隐藏于后者之中,"让自由的可能性闪亮在可能性的游戏里"(第328页),拒绝任何固定的界限和形式。他的讽刺"打乱了常规角度和比例"(第328页)。

其次,与蒙田一样,拉伯雷也擅长使用"'苏格拉底式的'文体"(第327页)。他首先从自然事物出发,然后赋予其巨大的或荒诞的比例,使其变得诙谐可笑。这种创作策略利用希腊哲学中最有影响力的人物的权威,来证明从中世纪继承下来的混合各个领域的做法是合法的。这使拉伯雷可以将对时代的批判和反叛隐藏在玩笑和严肃之间,并能在必要时轻易脱身。(第327页)

《摹仿论——西方文学中现实的再现》(1946)

最后,《巨人传》的笔调向来是不带一丝沉重的平凡又充满可能性的欢乐,那种建立在科学主义精神之上的"探险者"的欢乐。他借助语言将欢乐转换成感官性的东西,而对时代的关切、对教会的反叛的严肃意义就蕴含在这欢乐之中,这同样体现出文体混用的价值。

(执笔:宋伊靖、范予柔)

第十二章 人类状况

本章以引用蒙田《随笔集》中的《论后悔》的开头为引子,阐明蒙田如何以随笔的写作方式进行人类观察实验。文艺复兴时期的"人"不再以宗教为终极目的,因此自身处在一种不稳定、屈从于环境变化的状态之中。蒙田观察人的方式适应于人自身的状态:他以事物及其环境为目的,以自身为观察对象,描述出人处在各种状态、各种环境中的表现与心理状态,最终以一张张碎片综合而成"人类"的统一样貌。蒙田在观察人的过程中,坚持认为肉体应当与灵魂统一,因此其随笔还受到基督教造物人类学的影响。

一 蒙田《论后悔》选段

本章首先引用并分析蒙田《随笔集》中《论后悔》一章中的开头几段。在文艺复兴时期,基督教的彼岸世界已不再是人生存的最终目的。蒙田认为,人丧失生存的最终目的后,便处在动荡不安的世界中,因此成为一个不稳定的生灵,屈从于环境变化、自己的命运和内心活动。蒙田那种无规划、灵活的写作方法也是根据人的这一本性而来的,具体而论:第一,对外部事物采取"一无所知"的态度;第二,尽可能在不同实验条件下描述他的对象,即他"自身",一遍遍地审视自己的"存在方式",真理就是多种存在方式的一种。蒙田会将自己的方法严格限定在纯粹的观察中来保证方法的客观性和真实性。因此他从不探讨外部世界，对外部事物采取一种"无知"的态度，无知指对外部事物从不好奇、从不在意，从而有机会反过来搜寻自身，这表明获取关于自身的知识比获取关于人的外部事物的知识需要更大智慧。

为何蒙田的写作文体是"随笔"呢？蒙田探究人的方法是严格的实验性方法。随笔，即意味着"实验本身"或"自我实验"。《随笔集》使用一种随机性（random）或偶然（chance）的方式书写，既没有艺术性的某种规划，也不遵从时间序列。他坚持的原则是：以具体事物和所发生的具体事情为根据，不被探究事物的某种方法与事物本身的法则束缚，因为这会丧失内心活动的节律。而依据自己的心意，意味着任意地将自己置身于事物之中，在事物的推动之中随意地选择书写。因此，在随笔书写中，蒙田采用柏拉图式的表达方式，即在看似松散的日常谈话式的结构中探寻人的特性。这一方法可得出由各种瞬间的观察组成的统一整体。

蒙田的实验事业是否合理或有益呢？帕斯卡曾质疑蒙田事业的有益性。帕斯卡说："他为自己设计出如此愚蠢的计划！"（第345页）但在蒙田讥讽式的谦恭的背后，是其对自己事业的合理且有益的坚定肯定——"我呈现于此的是普通而且缺乏光彩的一生。这有何妨……每一个人都是整个人类状况的缩影"（第333页）。

本章随后依次分析《论后悔》当中的7个段落。首先，奥尔巴赫说明蒙田以自己为实验对象的合理性与意义。第1段论述蒙田实验方法的逻辑前提。如果蒙田要赋予其方法普遍性意义，那么，他的研究对象必然是人类全体或者随机性的任何一个人。既然前者（指人类全体）根本无法实现，那就只能选择后者。这就像数学中为探寻普遍性结果，于是赋予样本以等同的可能性，每一个都可能被抽到。

其次，蒙田的研究结果要想具有具体性与深刻性，就要求他完全了解研究对象，那么既然"对象蒙田"也属于万千人类中的一员，那么他就有理由分析自己。

最后，这个研究对象必须能得到全面性和整体性的展现，即自己

《摹仿论——西方文学中现实的再现》（1946）

的随机的生活必须被当作一个整体来看待。"对象蒙田"之所以可被视为整体，是因为蒙田接受的还是古典寡头政治文明下最具普遍人性的教育——他还未被专业化训导。

总之，蒙田详尽阐发了他的实验性方法的存在前提及选择"对象蒙田"的原因。这种将自己随机的生活作为对象来探讨道德哲学、研究人类状况的做法，与按照既定计划探讨人类的所有方法都截然相反，后者试图将本质从瞬间的偶然事件中分离出来加以探讨，这种使研究对象脱离环境的方法在蒙田看来会使人失去真实性、被简单化，因为人一旦被定义，就丧失了自身的完整性。蒙田没有给人下过终极的定义，他以随笔的形式随机地、尽量全面地展示自己——这个唯一的人类样本。

虽然蒙田自诩以自身作为观察对象探讨人类状况的第一人，但奥尔巴赫指出，更早的奥古斯丁也使用这一方法。（第351页）严格地说，二者的目的与观点很不相同：蒙田的方法是写随笔，奥古斯丁是忏悔过去，写自传，但二者都在观察自身；奥古斯丁的目的是捍卫基督教而与摩尼教以及柏拉图主义抗争，蒙田则是在描摹人类状况。但毫无疑问，奥古斯丁是前人在方法上对蒙田有明显影响的唯一作家。"谈论自己"指谈论自身的欲望、烦恼、行为、家人和朋友等，这些都属于"自己"的一部分，但又非自己的全貌。如果沉溺于研究前者，会使自身失去存在的当下意识与对生活的完整意识。

当有人质疑发表《随笔集》是否合适时，蒙田再次肯定了自己方法的合理性。在探讨人类状况时，自我认知在人的道德研究中具有积极的优先权，其他任何知识和科学都不可能像自我认知那样完整准确地获得关于人的知识。对于蒙田而言，要准确完整地把握人类整体状况，就必须长期观察人的日常、普通和自发性的行为，因此他只能从亲身经历中提取。在蒙田的历史道德知识领域中，除了自我经验，不存在其他启发性原则供他研究人类状况，因此对世界或者他人的理解都要经由自我经验的过滤。

蒙田持有精神与躯体应统一的观念，"蒙田的躯体灵魂统一的渊源在于基督教造物人类学"（第359页）。他指摘经院道德哲学、柏拉图主义将精神与肉体分离的做法。无论是经院道德哲学，还是更早的柏拉图主义都将人看作精神性的存在，歪曲了生命的本质。在蒙田看来，躯体不是使灵魂沉沦的容器，而是能帮助精神抵御痛苦与享受的工具，人的本质是精神与肉体统一的共时存在。蒙田的这一理念与奥古斯丁反对精神与躯体二元化和唯灵论的倾向一致。

此外，蒙田注重作者与作品的统一性。他说："与其说我塑造了书，毋宁说书塑造了我。"（第360页）由此出发，他批评人文主义学者的著作过于专业化，这导致作者与作品相互分离。人文主义者在16世纪文艺复兴时期再度发现古典文献，随即产生一批专业化学者。但教育的专业化与文艺复兴时期所承继的古典文明时期的"完人"理想并不协调，因为专业化学者尽管在其专业领域表现优异，却对最普通的生活、对自我本身一无所知。蒙田恰可弥补他们的不足，"蒙田是第一个为上述学者阶层写作的作家；凭借这些随笔的成功，有学识的读者第一次证明了自己的存在"（第362页）。既然他以自我为研究对象，那么，在"自我学"诞生之前，研究"自我"其实"不需要对一个写作对象进行任何专业化的脑力劳动"（第362页）。作者与著作在他的作品中是统一的，都表现出"一个完整的人"。

二 《随笔集》：观察实验的记录

在对蒙田文字的分析之后，奥尔巴赫总结出蒙田计划的内容与方法。既然蒙田对人类状况的观察是一场当代实验，那么他观察人类实验的可行性有两个原则：（1）科学性原则：对象具有随机性，这一点在对第一段的分析中已经详细说明，蒙田实验的基础是随机地、不加选择地挑选对象，他的方法以此为基础；（2）控制变量原则：在确定研究对象后，控制"对象蒙田"这一变量不变，改变对象的处境从而探究对象本身。

蒙田散文风格的典型是奥尔巴赫详细分析的这段引文，其中透露着他对自身计划合理性的坚定信念，总体书写风格是"生动却不浮躁，色彩丰富"的通俗性表达方式，就好像他坐在读者对面侃侃而谈

《摹仿论——西方文学中现实的再现》(1946)

一样。并且,蒙田不会将完整的逻辑结构写明,而是让读者参与进来。这种风格是在暗示古典戏剧的现实主义风格。蒙田贬低自己观察方法的背后,或者说在自嘲和谦虚背后是确定的、恒定的态度,坚持他主要目的的立场。蒙田实验的目标与结果可表述为:描摹人类状况,以及人类所有的负担、问题和深渊,其本质上的不安全感,其动物式存在,以及与之密不可分的死亡。

蒙田的造物现实主义已经突破了产生于其中的基督教的限制,现世的生活不再是彼岸生活的表象,"尘世生活是他所享有的唯一生活"(第364页),生活就是蒙田的目的和艺术。为了使人能够享受生活,就要消除阻碍生活享受的事物,于是蒙田选择对外部事物采取一种一无所知的态度,其中就包括摆脱彼岸的束缚。

如果说蒙田的文体混用是造物和基督教的,那么其思想内容已经不局限于此,蒙田说:"世间最重要的事莫过于懂得让自己属于自己。"(第364页)原本属于上帝的人,在蒙田笔下,只属于他自己了。当文艺复兴时期人被解放出来之后,人就注意到自身处在一种令人不安的压倒性的不稳定/不安全感当中,那么熟悉世界似乎成了哲学家、思想家当务之急,但蒙田比他们平静得多,对自然认识的顺从与对自己坚定的探索使他的内心能产生这种别人缺失的安全感,即使没有固定支撑,也将自身看作自己栖居的家。于是,人的生活,作为整体的、随机的、个人的生活第一次成了现代意义上的问题。(第365页)

总之,《摹仿论》的基本论题是"平凡和悲剧式严肃的统一",但蒙田自身的安全感与平静阻止他超越自身写作的极限(对自身计划合理性的坚定信念)而进入悲剧。这种个人悲剧的可能性虽然存在于他对人存在的不安全感的描述当中,但他镇静的风格是悲剧无法表露的。(第366页)在奥尔巴赫对蒙田的评析中,我们能注意到与之前评论拉伯雷或薄伽丘不同,他对蒙田的赞美之词充斥在字里行间。

(执笔:李一苇)

附录

1. 英译本：For each one and for all together what Horace said of completely successful works: *decies repetita placebit*。（p. 290）

中译本：从整体上来说，贺拉斯在论述完美作品时说的一句话适用于它们中的每一个。（第 337 页）

笔者试译：贺拉斯在论述完美作品时说的一句话适用于它们全体，也适用于其中的任何一个：数十次重复。

2. 英译本：One must describe the subject as one found it, under as many different experimental conditions as possible, for in this way one may hope to determine the limits of possible changes and thus finally arrive at a comprehensive picture。（p. 292）

中译本：谁想准确客观地描述一个不断变化的对象，就得准确客观地追寻它的变化；他只好遇见多少实验就用多少实验来描述这个对象，他一心指望用这种方法能够确定可能发生的变化的范围，从而最终得到一个总体印象。（第 339—340 页）

笔者试译：一个人必须在尽可能多的不同实验条件下描述他发现的研究对象，因为用这种方法，他能够指望确定事物可能变化的极限，从而最终得出一幅全面的图景。

3. 英译本：…unexpectedly turns into a self-affirmation。（p. 296）

中译本：突然变成了一种……展现他的特点的自我命题。（第 345—346 页）

笔者试译：出乎意外地转变成了一种自我肯定。

4. 英译本：The obligatory basis of Montaigne's method is the random life one happens to have。（p. 298）

中译本：蒙田这种方法的必要根据是随意的自己的生活。（第 348 页）

笔者试译：蒙田这种方法的必要根据是个人偶然获得的随机生活。

5. 英译本：Montaigne never mentions the *Confessions*, and Villey (*Les Sources*, 1, 75) assumes that he did not know them well。（p. 300）

中译本：蒙田从未提到过这样的表白，维莱（《渊源》第 1 卷第 75 页）猜测，他对它们并不了解。（第 351 页）

笔者试译：蒙田从未提到过《忏悔录》，维莱（《渊源》第 1 卷第 75 页）猜测，他对它们并不了解。

6. 英译本：Another extremely interesting passage throws light on his attitude

《摹仿论——西方文学中现实的再现》(1946)

toward Platonism and at the same time toward antique moral philosophy in general。(p. 304)

中译本：另外一个非常有趣的地方探讨了他与柏拉图主义的关系，同时也探讨了他与古典道德哲学的关系。（第356页）

笔者试译：另外一个非常有趣的段落显示了他对柏拉图主义的态度，同时也显示了他对古代道德哲学整体的态度。

第十三章　疲惫的王子

本章阐释莎士比亚作品中的文体混用及其所揭示的深层含义。莎士比亚的戏剧作品巧妙融合了悲剧与喜剧、高贵与低俗等多种元素，但这一融合并不局限于表面的文体混杂，而是更为深入地反映了人物的复杂性格和社会现实的多面性。首先，莎士比亚的作品表现人物的造物特征和日常生活的细节，通过众多细节来展现人物的内心世界和社会身份。其次，莎士比亚的戏剧通过文体混用来探索人物性格与命运之间的关系：人物的特殊性格不仅影响其命运，而且与他们的社会地位和生活状况密切相关。这种性格描绘能深入人物性格和命运的更深层次。最后，莎士比亚的作品再现当时的历史和文化背景，通过对不同社会层次和生活环境的描绘，展现了复杂多变的社会全貌，也展现了莎士比亚对人性和社会现实的深刻洞察。总之，本章不仅阐释了莎士比亚作品的"文体混用"，而且揭示出这种混用背后的人性复杂性和社会现实的多种维度。

一　海因茨王子与波因斯

本章选取的是莎士比亚《亨利四世》（下）第2幕第2场的开头场景：高贵的海因茨王子（即将来的亨利五世）意外表现出疲惫感和对淡啤酒的渴望，这迫使他与社会地位远低于自己的波因斯展开讨论。莎士比亚以喜剧的技巧对这一情形进行了讽刺，目的是批评他那个时代试图严格划分贵族与平民的社会规则。这种社会规则源于古典模式,尤其是塞涅卡(也译为"塞内加")的作品,之后通过模仿古典戏剧的意大利、法国和英国的人文主义者而延续下来。虽然莎士比亚深受古典文化的影响,却并未完全采纳文体分离的方法。这一点不仅适用于莎士比亚本人,同样适用于伊丽莎白时代的其他剧作家,当时强大的中世纪基督教传统及英国文化传统对此均持反对意见,其影响力之强大至今犹在。直到莎士比亚逝世150年后,其创作才被视为反对法国古典主义严格文体区分的范例和模板。这一评价不仅肯定了莎士比亚作品的文体融合特点,也突出了他对后来文学运动的影响力。

在这个选段中,王子与仆人的谈话充斥着喜剧式的、略有些做作的、强调对比的激情。按照波因斯提出的贵贱之分,海因茨王子很快得出结论:想喝"贱东西淡啤酒"的人有着"一副下贱的口味"(第367页),那么记住卑贱之人波因斯的名字、脸,甚至衣物清单,也是有损尊贵身份的卑贱之事。这里指出文体混用的众多因素:人的造物特性、日常生活中的低贱用品,以及上等与下等人物间的社会阶级混杂。(第369页)这其中既有高雅的又有低俗的表达方式,它们都被混合起来使用,甚至使用humble等体现低俗文风的典型词语。(第369页)所有这些元素在莎士比亚的悲剧作品里频繁出现,散见于《哈姆雷特》《奥赛罗》等诸多作品。

二 莎士比亚戏剧的文体混用

在莎士比亚的悲剧作品中,所有以悲剧和崇高风格塑造的角色均处于社会的高等阶层。莎士比亚没有赋予普通人以悲剧性质。他的作品表现出鲜明的贵族意识,不同社会等级的人物面临的境遇和美学上的表现都泾渭分明:悲剧主角无一例外都是国王、王侯、将军、贵族或是罗马历史中的显赫人物。《威尼斯商人》中,夏洛克处于模棱两可的状态。虽然他的社会地位并非平民,却备受歧视,位于社会阶层的较低层次。本应轻松的剧情因夏洛克个人的重要性和复杂性而显得沉重。演员们有时会尝试把夏洛克塑造成全剧的焦点,赋予其悲剧英

《摹仿论——西方文学中现实的再现》(1946)

雄的特质，使他的形象引发悲剧式的解读。但对莎士比亚而言，夏洛克无论在社会还是美学层面上都被视为一个次要的角色，不足以成为悲剧的中心人物。他的悲剧属性只是一瞬间的，仅在高等、尊贵、自由以及贵族特质的人物性格胜利的背景下才能显现。前文提及的海因茨王子也是一样——他从未把波因斯视作可与自己平等对话的人物，尽管波因斯在福斯塔夫圈中极为出色且智勇双全。

在莎士比亚的戏剧中，尤其在那些凭借其总体特征可定义为悲剧的作品里，我们可观察到一种复杂的文体交错，其中悲剧与喜剧的要素、崇高与低俗的元素紧密交织。这种现象可分为3类情形。

首先，重大政治或其他关键事件的悲剧性情节与带有戏谑性质的民间粗俗场景交替出现。这些场景与主要情节之间的联系或紧密或宽松，为剧作增添了丰富的情感和社会层次，如在莎士比亚的罗马题材的剧作中，平民场景便体现了这种对比，类似的情况也出现在以福斯塔夫为主的王室戏剧以及《哈姆雷特》中的掘墓人场景中。

其次，在紧张的悲剧场景中插入愚蠢或滑稽的人物形象。他们作为悲剧情节的一部分，幽默戏谑，缓解紧张剧情，间接评论戏剧主角，如《李尔王》中的弄臣。

最后，那些具有现实主义或怪诞风格的悲剧人物，他们对悲剧的文体特征具有决定性的影响。夏洛克这个角色展现了喜剧风格的低俗视角，在他的身上，悲剧与喜剧相互交融。罗密欧对朱丽叶的爱情本质上带有喜剧色彩，其爱情的发展几乎是无意识地从天真烂漫演变为悲剧的。在莎士比亚的悲剧中，"没有一部是由一种文体贯穿首尾"（第375页）。

三 悲剧的发展与莎士比亚戏剧

在中世纪的文化背景下，悲剧的发展受到诸多限制，这倒不是由于中世纪对古典悲剧艺术作品一无所知，或将其误解、遗忘，而是由于中世纪基督教寓意思维方式限制了悲剧形式的自由发展。在所有人类历史事件中，基督显现的重要性不言而喻。所有悲剧性事件都被看作与这一核心事件有关，或是其映射与反射，并最终指向原罪、基督诞生、受难以及末日审判等。随着16世纪基督教日渐衰落，迈向天国的保障和唯一性不复存在。同时，古典文化的楷模——首先是塞涅卡，随后是古希腊文化与理论——再度清晰地呈现在公众视野中。古典作家的影响在很大程度上促进了悲剧形式的发展，尽管在新兴力量试图将悲剧现代化的过程中，有时也会与古典模式发生冲突。

古典悲剧与新诞生的伊丽莎白时代的悲剧差异很大。在古典悲剧中，命运"意味着相关人物卷入了当时错综复杂的境况之中"，而"他在生活中的其他遭遇，他的一般生活状况，我们称之为他的'环境'的一切，均很少涉及"（第376页）。与之相比，伊丽莎白时代的悲剧人物与"环境"的联系更加紧密，人物"在大多数情况下都不是天生的性格，而是由出身、生活状况、早期（即命运）已预先造就的性格"（第377页），这就展示了人类命运的丰富性和多样性。伊丽莎白时代的戏剧汲取了各种历史、神话和传说的元素，将英国史、罗马史与传说中的远古历史融合在一起，呈现出一幅跨越英格兰、苏格兰、法国、丹麦、意大利等地的广阔图景。

莎士比亚的悲剧是性格悲剧。悲剧的发生通常源于人物内在的性格特质和他们的自主选择。莎士比亚悲剧再现了更为丰富细致的现实世界，激发了更深刻、更强大的历史透视力。这种历史透视力揭示人物内心世界的冲突，不再局限于主要人物的行动推动情节发展，它涉及包括次要人物和次要情节在内的众多人物和情节，会产生多样化的声音。莎士比亚剧作中的文体呈现出多种层次，融合了庄严与低俗的元素。他的剧作广泛使用文体混合，展现出比古典文化更为活跃、更多层次的道德与精神世界，这就超越了模仿现实的限制，激发了对人性复杂性的深思，并且产生了不可预知的阅读效果。

莎士比亚剧作的人文主义精神特征在于，他从中世纪的基督教文学继承了文体混杂，但弱化或淡化了神性的元素，聚焦于人物的戏剧行为和人性。他的戏剧表现了人类道德伦理和精神世界的复杂性和丰富性。与古典悲剧中的哲学思考相比，莎士比亚的哲学思考源自剧中人物的自我观察和反思，所以更为具体。如《麦克白》的同名主人公说:"人生不过是一个行走的影子。"(第385页)面对着一个充满未知和难以理解的世界,麦克白的这句名言标志着他从恐惧、滑稽走向成熟和逐步完善。

四 莎士比亚与现实主义

莎士比亚戏剧与现实主义的关系具有多维性、复杂性特征。虽然莎士比亚的作品包含尘世的现实及其最琐碎的形式,但他的创作意图远超传统的现实主义范畴。他的戏剧不只模仿现实,它们通过融合非现实主义的元素(如幽灵、女巫)和跳跃性、断裂性事件的现实性,以及诸如塞涅卡和彼特拉克派等流派的影响,来构建一个更为复杂和多样化的世界。莎士比亚悲剧的文体等级比18世纪后期的后辈作家更自由、更强劲、更不讲究条件和更不偏不倚。这些丰富的文体等级增添了更多的层次和深度。此外,莎士比亚的悲剧还不是纯粹的现实主义的,他并不认为日常普通的现实具有严肃或悲剧性。他的悲剧作品处理的主要是高贵的人物,如诸侯、国王、政治家、统帅和古典时代的英雄,而对于平民、士兵或其他中下层人物,他更倾向使用低等文体和喜剧色彩。这种社会等级式的文体分用比中世纪的文学艺术作品(尤其比基督教作品)更为明显,无疑体现了古典悲剧概念的影响。

虽然莎士比亚作品容纳了对日常现实的大量描写,但这些描写本身只是手段,其目的是不断诗化和提升现实。莎士比亚的戏剧不仅在文体上表现出深度和多样性,而且在对人性的描绘上也显示出它们超越现实主义的特点。他的作品通过对人物复杂性的深入探索,展现了人性的多重面貌。这种深入探索使他的戏剧在现实主义和其他文学流派之间形成了独特的桥梁,不仅反映了他所处时代的社会现实,也超越了时代,触及了人性的普遍主题。

综上所述,莎士比亚的戏剧在与现实主义的关系上展现出了复杂性和多维度。他的作品既包含现实生活的元素,又通过引入超自然、非现实主义元素和社会等级式的文体分用,超越现实主义的界限,创造了一个更为丰富和多层次的艺术世界。这种独特的艺术风格不仅展示了莎士比亚对人性的深刻理解，也体现了他对古典悲剧概念的创新和超越。

（执笔：王秀香、范予柔）

第十四章　着了魔法的杜尔西内娅

本章认为，《堂吉诃德》其实更像是一部戏剧：它将日常世界变成一个用来表现生活的大舞台，各种各样的故事都在此上演。但要确定《摹仿论》中的小说选段或场景，乃至《堂吉诃德》这部小说究竟是悲剧还是喜剧，就需要详尽论述了。诚如奥尔巴赫所说："若想在悲剧和喜剧之间的刻度盘上确定这个场景乃至这部小说的位置，简直难上加难。"（第 404 页）对这一问题的解答构成了本章的基本论述内容。

一　《堂吉诃德》是悲剧吗？

本章选用《堂吉诃德》第二部第十章中的一段进行了分析。堂吉诃德派侍从桑丘·潘沙前往托波索城寻访堂吉诃德心目中的贵夫人、绝世美人杜尔西内娅，并向她通报他的到访。由于桑丘曾经撒谎欺骗堂吉诃德，称自己见过杜尔西内娅，所以堂吉诃德的要求便让桑丘陷入尴尬的境地：他该如何去寻找这位虚构的贵夫人呢？于是，他决定欺骗主人。当他看到三个乡下女人骑着驴出城时，就欺骗主人说，杜尔西内娅带着两名侍女前来迎接堂吉诃德，还用色彩浓烈的语言描述她们的美貌和华丽的衣着，但堂吉诃德这一次看到的只是现实情况——她们不过是三个骑驴的村姑。《摹仿论》选用的这个场景由此展开。当三个乡下女人骑驴迎面而来时：

《摹仿论——西方文学中现实的再现》(1946)

> 堂吉诃德说:"我只看见三个乡下女人,骑着三头驴。"
> ……
> 桑丘一面说,一面就抢着迎上去,下驴扯住她们一头驴的笼头,双膝跪下说:"美丽的王后、公主、公爵夫人啊,请您赏脸见见您俘虏的骑士吧,他在您贵小姐面前慌作一团,脉搏也停止了,成了一块大理石了。我是他的侍从桑丘·潘沙;他就是团团转的骑士堂吉诃德·台·拉·曼却,别号哭丧着脸的骑士。"(第396—397页)

桑丘以骑士风格的代表出场。他的话大量运用了骑士道的崇高文体,言辞优雅,而不是他一贯使用的乡下人的俗言俚语:

> 可是被他们挡住的女人一点不客气,很不耐烦地发话道:"你们这两个倒了霉的!走开呀!让我们过去!我们有要紧事呢!"
> 桑丘答道:"哎呀,公主啊,托波索全城的女主人啊,您贵小姐看到游侠骑士的尖儿顶儿跪在面前,您心胸宽大,怎么不发慈悲呀?"
> 另一个乡下女人听了这套话就说:
> "'嚯!我公公的驴呵!我给你刷毛啵!'瞧瞧现在这些骑马的绅士!倒会拿乡下女人开心的!好像人家就不会照样儿回敬!走你们的路吧!让我们走我们的!别自讨没趣!"(第397页)

桑丘的语言依然是带有浓厚骑士风格的崇高文体,而村姑的语言则是粗野的乡下俗语,运用了低等文体,甚至引用了"嚯!我公公的驴呵!我给你刷毛啵!"这类表示讥讽的西班牙谚语。至此,小说运用了崇高和低等两种文体,而非单一文体。小说在文体混杂中呈现了两种对立的文体。下文写道:

> 堂吉诃德忙说:"桑丘,你起来。我现在知道:厄运折磨着我,没个餍足;命运叫我走投无路,苦恼的心灵找不到一点安

慰。品貌双全的小姐呀！我这个伤心人唯一的救星啊！恶毒的魔术家迫害我，叫我眼上生了云翳；别人见到你的绝世芳容，只在我眼里你却变成个乡下穷苦女人了。假如魔术家没把我也变成一副怪相，叫你望而生厌，那么，你看到我一心尊敬，尽管瞧不见你的美貌；还是拜倒在地，你就用温柔的眼光来看我吧。"（第397—398页）

堂吉诃德的话语首先强调了一种绝对的完美，其次强调了杜尔西内娅的完美——她品貌双全，拥有绝世芳容，最后堂吉诃德表达了对杜尔西内娅个人的特别折服：我一心尊敬你，即使看不见你的美貌，依旧拜倒在地。堂吉诃德的话语主题是"我的灵魂崇尚你"，这一措辞植根于古典传统。整段话内容丰富、言辞高雅、音韵节奏鲜明、形象丰富、层次清晰，是崇高文体：

而那村姑答道："啊呀，我的爷爷！我是你的小亲亲，和你谈乱爱呢！走开点！让我们过去！我们就多谢你了！"（第398页）

同上文一样，这段对话中再一次出现了堂吉诃德高雅优美的语言与村姑粗俗嘲讽话语的对比，凸显了崇高文体与低等文体的对立，使文体混杂在一起。崇高文体和低等文体通过堂吉诃德的愚蠢撞到了一起，它们各成一体。这一事例说明此时崇高文体已发生变化，崇高文体的主流仍是严肃的，但是，"已经从崇高的悲剧性稍稍转向了可爱和灵巧，还略有一丁点儿自嘲"（第403页）。塞万提斯在此运用崇高文体的目的仅仅是与杜尔西内娅轻蔑粗野的回答进行对比，以突出低等文体：

暂充杜尔西内娅的那个村姑瞧没人挡路了，忙用带刺的棍子打一下她的"小驴马"，往前面草地跑去。她那一棍不比往常，驴儿痛得厉害，腾跃起来，把这位杜尔西内娅小姐掀翻在地。
堂吉诃德就要去把那位着了魔的小姐抱上坐骑。那位小姐却

《摹仿论——西方文学中现实的再现》(1946)

已经爬起来,而且上驴不用帮忙。她退后几步,然后跑个快步,两手按着小驴的臀部,就势踊身一跃上鞍,像男人那样骑跨在驴背上,矫捷得不输老鹰。

桑丘失声叫道:"我的天啊!咱们这位女主人比鹞子还轻巧呢!最灵活的果都巴人和墨西哥人上高鞍也没她这本领。她跳过了鞍子的后梁;鞋上没带马刺,也能叫她的小驴马跑得像斑马一样。她两个侍女也不输她,都一阵风地跑了。"

堂吉诃德目送她们,直到看不见了,才转脸对桑丘说:"桑丘,你瞧瞧魔术家多么恨我呀!"(第398—399页)

杜尔西内娅举止粗鲁,从驴上跌落的情节充满滑稽荒诞感,且话语粗俗,与堂吉诃德心目中理想的化身相差甚远,但主人公仍然坚守幻想——眼前的是着了魔法的杜尔西内娅,并充满了胜利的满足感,情节上风格突变。

由对上述片段的分析可以看出,这一片段的语言不是诗的语言,其文体复杂,且以低等文体为主;所描写的行动也不是严肃的,而是一场建立在堂吉诃德幻想之上的滑稽行动。整个片段更像是一部闹剧。(第405页)这一事件中存在危机,面对与想象完全不符的杜尔西内娅(心目中优雅高贵的绝世美人/实际出现的粗野无礼的村姑),堂吉诃德有可能陷入绝望,出现精神危机,继而使小说向问题化和悲剧方向转变,但这种转变被堂吉诃德以幻想的方式(即杜尔西内娅着了魔法)避开了。悲剧并没有出现,因此,所选片段不是悲剧。

放眼整部小说,《堂吉诃德》也算不上一部悲剧。首先,小说缺乏悲剧性事件和严重后果,总体氛围欢快、中性,就连讽刺和针砭时弊的成分都很微弱。堂吉诃德的出现经常引起的后果是对方惊慌失措,脱身而去,或与他争论斗殴,或佯装同意其偏执思想,以便从中取乐、打发时间、调侃,所有的一切都得到了一个欢快的结尾,而堂吉诃德所引起或遭受的损失一再被处理成带有恬淡幽默的可笑混乱。比如,小说第1部第43章,堂吉诃德把投宿的客店当作堡垒,把客店老板的女儿当作堡垒长官的女儿,且其钟情于自己。客店老板的女儿便和店内帮佣玛丽托内斯设计折磨堂吉诃德,借此取乐,把堂吉诃德单手悬吊在窗户上,在其坐骑驽骍难得的背上站了一夜。在这一事件中,我们看到的是幽默、可笑和混乱。

其次,堂吉诃德的历险行为没有揭露当代社会的原则问题,仅仅展现了丰富多彩的西班牙生活;堂吉诃德的理想主义不是建立在对世界真实情况的认识上的,他的一切所作所为没有任何意义,都是空忙一场,只会引起可笑的混乱;堂吉诃德在与现实的多样冲突中,从没有质疑现实之为现实的依据或缘由,顺应现状,现实总是对的,在混乱之后继续原封不动地存在着。比如,第1部第4章,堂吉诃德在树林中偶遇农夫鞭打自家用人——一个十五岁左右的男孩子,他出手阻止,并责令农夫付清拖欠男孩的工资。然而,堂吉诃德离开后,农夫不仅没付工资,还又把男孩绑在橡树上狠狠抽打。堂吉诃德的行为没有改变现实。举例来说,书中出现了妓女、去做摇橹苦工的罪犯希内斯、遭诱骗的姑娘多若泰、被绞死的强盗等人,便暗示着这个世界可能有很多不幸、不公和混乱。然而堂吉诃德没有对这些重大问题进行深入思考,故而它们没有引起读者注意。堂吉诃德的出现也没有带来任何改观,现实按照原本的样子继续存在。

最后,他的偏执思想和幻想使堂吉诃德不觉得应对他引起的事情负有责任,因而他的内心没有任何悲剧冲突,没有蒙上阴影。比如,第1部第22章中,堂吉诃德为了实施自己信奉的骑士道,履行锄强扶弱的意愿,放走了一伙犯罪受罚的囚犯,并认为自己是在实行上天的旨意,没有负罪感。

总之,《堂吉诃德》文体复杂,且以低等文体为主,情节荒诞,而非严肃行动,它没有触及现实问题、没有提出问题、没有给予讽刺批评,纵使它采用了大量现实主义手法进行描写,也不是悲剧。

二 《堂吉诃德》是喜剧吗?

首先,在本章所引片段中,我们看到桑丘和堂吉诃德把丑陋粗俗的村姑当成高贵的绝世美人,并向她下跪;堂吉诃德满脸迷惑而又满

《摹仿论——西方文学中现实的再现》(1946)

怀真诚地向村姑诉说衷情；村姑被驴子摔倒在地等滑稽荒诞的画面，令人捧腹大笑，缺乏沉重而严肃的悲剧感。事件发生的前提和条件荒唐至极。这一段可以算一部闹剧，堂吉诃德痴迷于自己的幻想，"这是这出闹剧的顶峰"(第 403 页)。

其次，侍从桑丘·潘沙形象滑稽，语言逗趣戏谑。比如在第 2 部第 43 章中，桑丘说："那可只有上帝才改得了我。我肚里的成语比一本书里的还多；我一说话，那些成语一拥齐来，争先出口；我的舌头碰上哪句就说出来，顾不得合适不合适。不过我以后留心，当了大官，不合身份的成语就不用。反正'阔人家的晚饭，说话就得'；'条件讲好，不用争吵'；'打警钟的人很安全'；'自留还是送人；应该有个分寸'。"在小说中，这种诙谐言语随处可见。

最后，堂吉诃德与桑丘·潘沙的彼此关系显现出欢快的状态。堂吉诃德会对桑丘破口大骂，也会为他害羞，关心他；桑丘对堂吉诃德有时忠心真诚，有时也会欺骗，就像本章选段所表现的那样，但他的欺骗是建立在完全适应、接受了堂吉诃德的理想、想法的前提上的。他们是两个相互映衬、相互对照，有些滑稽的形象。这一主题十分古老且处处可见，如闹剧里的聪明人和蠢人、有教养的贵人和乡下粗人等。他们的关系丰富多彩且欢快。此外，小说中始终洋溢着欢快轻松的氛围。

因此，奥尔巴赫认为《堂吉诃德》可以算一部欢快的戏剧，但不能算完全意义上的喜剧。原因在于以下几个方面。首先，堂吉诃德不能算典型的喜剧人物形象，他不仅仅是滑稽可笑的，在某些方面，他还是令人赞叹、令人肃然起敬的。就选段场景而言，堂吉诃德拥有一种理想的、英勇的、绝对的伟大观，"只会有很少的人不将堂吉诃德与理想的伟大观联系在一起"(第 405 页)。他对杜尔西内娅、对世界的感情深切真挚。他始终心怀使命，随时准备做出任何牺牲，这种精神不应当被嘲笑，反而值得赞叹。

其次，堂吉诃德的智慧和愚蠢可截然分开，"堂吉诃德的智慧不是个傻子的智慧"(第 412 页)，"并存着一个聪明的堂吉诃德和一个愚蠢的堂吉诃德"(第 413 页)。在莎士比亚和浪漫派的作品里，人物的愚蠢和智慧总是联系在一起的。智慧出自愚蠢，可被称为聪明的愚蠢。愚蠢赋予人物一种在理智健全时永远也不可能达到的认识。但堂吉诃德的愚蠢只在游侠骑士的偏执思想支配他时才表现出来,愚蠢不是他的本质特征。(第411页)一旦避开骑士道,堂吉诃德的言行就显现出智慧、正直、善良、充满人文关怀的特质。比如,堂吉诃德在桑丘就任海岛总督时对他的告诫和叮嘱:你得观察自己,求自知之明……出身卑微的,当了官就应宽严适中,小心谨慎……对犯人能宽恕就别苛酷,执法严厉的名气不如存心忠厚的声誉……审判案件,不能感情用事,是非不明;堂吉诃德关于写诗的看法;等等。此外,堂吉诃德的行为更多地表达了苦行和理想主义,而不仅是愚蠢。"在其所有的愚蠢中,堂吉诃德保持着一种自然的威严和优势,许许多多惨痛的失败都未能损害这种威严和优势。"(第410页)如在第2部第29章中,堂吉诃德将水力磨房当作关押着受困骑士以及落难公主、王后、王妃的城堡,他不顾性命危险,前去援救,险些被卷进水车轮子丧命。这是堂吉诃德理想主义的体现。但可惜的是,他的理想建立在虚假的现实之上,只能是一场无望的空想,带来的也只能是可笑、愚蠢和混乱。综上所述,《堂吉诃德》不是传统意义上的喜剧,只能说是一部充满了欢快的戏剧。

三 塞万提斯的创作态度及小说的叙述风格

通过以上对《堂吉诃德》是悲剧还是喜剧的分析可以看出,小说只是通过堂吉诃德的疯与傻将其心中幻想世界艺术地展现出来,将一切都化作带有可笑混乱的欢快戏剧,而没有任何象征意义和严肃思考存在。这源于塞万提斯的"色彩缤纷的、透视的、不做评判的、不提出任何问题的中立态度"(第423页)。对堂吉诃德疯与傻的原因,塞万提斯避免做出任何具有社会现实含义(社会学、心理学)的解释,只回答说:"骑士书读得太多,搅乱了他的理智。"(第412页)这表明,人物形象的塑造是出自人物本能的、感官性的而不是功利性的、有意识的。堂吉诃德与桑丘·潘沙主仆二人都不是塞万提斯一开始就构思好的,或许可以说两个形象起初仅仅是种幻象,他们在其置身其

《摹仿论——西方文学中现实的再现》(1946)

中的情境中渐渐产生，在不断涌现和更新的作者的想象力中渐渐丰满，不经意间产生。这两个人物的产生没有任何目的，只是一种本能的存在，因而与它相比，"几乎所有从前的现实主义手法都显得狭隘、拘谨或是功利性的"（第420页），也与此后的现实主义作家（如福楼拜）所用手法及目的截然不同。

塞万提斯在小说中始终保持着中立态度。小说没有谴责任何人和任何东西，不包含道德问题，不包含原则性的评判，也没有把谁作为楷模来赞颂。例如对绅士堂狄艾果的描写：他生活节制，愿意进行理性思考，待人亲切谦恭。即便如此，塞万提斯在描写这个人物时，并没有将他当作完美无缺的楷模，反而在展现堂狄艾果对待打猎和儿子文学爱好的描写中客观地显现出人物形象的缺陷，使堂狄艾果从偶像的圣坛上跌落下来。

塞万提斯将小说主题限定为"一心要实现游侠骑士理想的疯傻骑士出游"（第425页），这一主题给塞万提斯提供了将世界作为戏剧来展示的可能。无穷无尽的化装和演艺在此上演（多若泰、理发师、参孙·加尔拉斯果学士）。这一主题对塞万提斯的吸引力或独特性表现在蕴含在其中的进行各种描写和透视的可能性，是幻想和日常生活的混合，是描写对象的可塑性与可扩展性。此后，塞万提斯借堂吉诃德的疯与傻将真实的日常世界变成了一个欢快的舞台，展现了当代现实的画面。但这种疯与傻使主人公所触及的一切都是欢快的，没有象征性和悲剧性，"若认为这疯傻具有象征性和悲剧性就牵强了"（第425页）。事实上，现实的各种现象是难以一目了然和评判的。况且，正如堂吉诃德所说，"咱们一旦离开了人世，有罪各自承当；上帝在天上呢，他不会忘了赏善罚恶"。奖善惩恶是上帝管的事，世人无权评判。因此，《堂吉诃德》表现出"一种世界范围的、多层次的、没有提出任何批评、没有提出任何问题的欢快"（第425页）。在这方面，它是欧洲文学独一无二的创造。

（执笔：杨菊）

第十五章 伪君子

本章虽然题为《伪君子》[①]，但所涉及内容不只有莫里哀及其喜剧作品。本章以拉布吕耶尔和布瓦洛两位评论家对莫里哀创作的批评为导引，以莫里哀和拉辛两位戏剧作家为中心，穿插这一时期诸多散文家、文论家的观点和评论，评介17世纪法国古典主义戏剧作品中的文体分用、三一律和"自然性"等艺术与社会历史观念。

一 《伪君子》的喜剧效果

拉布吕耶尔在其著作《品格论》中提到，一个真正的伪君子肯定会非常妥善地伪装自己，而不像达尔杜弗的所作所为。奥尔巴赫认为这是他对同时代莫里哀作品的影射批评，并为莫里哀作了辩护：莫里哀的出发点并非百分百还原"虚伪"这一特质，而是制造喜剧性的舞台效果，为此，他使达尔杜弗扮演的形象与他要扮演的角色之间形成强烈反差和对照。正是其本性和其欲扮演的狡诈、克制的伪君子之间的巨大反差才形成强烈的喜剧效果。

奥尔巴赫认为，《伪君子》这出戏及莫里哀的其他作品表现了他"在对真实的把握中，很少注重类型化，较多注重个性化"（第429页）。也就是说，他不像巴尔扎克一样要去揭示社会规律、为了描写社会中某些常见的类型化的人物形象去描写人物，而是要表现人的具体的个性特征，但这并不是说莫里哀的思想超前到了使他去关注普通人的日常生活的程度。他"寻求的是舞台效果"（第429页），本质上

[①] 《伪君子》是中文读者对莫里哀喜剧《达尔杜弗，或冒名顶替者》的别称，读者看到中文版章节标题很容易联想到莫里哀的作品。本章标题在《摹仿论》英译本目录中是法语 *The Faux Dévot*，即"伪君子"之意。莫里哀原剧作名为 *Tartuffe, ou l'Imposteur*（《达尔杜弗，或冒名顶替者》）。奥尔巴赫将《达尔杜弗，或冒名顶替者》改为《伪君子》，是因为他要从法国批评家和作家拉布吕耶尔对"伪君子"类型形象的评论展开本章内容。

《摹仿论——西方文学中现实的再现》(1946)

仍然属于道德化的 17 世纪。

布瓦洛批评莫里哀在闹剧中过多关注下等人、描写滑稽场面。但莫里哀不只在闹剧中描写下等人和滑稽场面，他对笑剧技巧的追求体现在其所有作品中，甚至布瓦洛称作社会喜剧样板的《恨世者》中也存在滑稽场景。在莫里哀的时代，法国戏剧界风尚已经受高乃依的影响而越发追求崇高、摒弃滑稽，但他仍然坚持自己的艺术风格，处处营造荒诞滑稽的效果。他插科打诨的对象也不限于布瓦洛在此提到的平民，而是涉及社会各个阶层。但就连莫里哀也只是把平民当作滑稽可笑的人物，即便将他们刻画为有一点智慧的人，这智慧也是为了推动作品主角（上层阶级）的生活情节，而不是为了表现作为配角的平民的生活。莫里哀对这个社会风俗的一切嘲笑其实是在默认现有社会制度的前提下做的无伤大雅的调笑。在这方面，莫里哀甚至不如文采不及他的拉布吕耶尔。后者有一段著名的聚焦农民生存状态的描写。莫里哀作品中可取笑的人物，除了农民，还有医生、律师等从事各种职业的人，这是由于当时社会理想认为"正派人都应该接受尽可能普遍的教育"（第 436 页），谁要想在社会上立足就不能让人看出自己生活的经济来源及所从事的职业。

在广征博引的分析之后，本章总结莫里哀喜剧的特点说："莫里哀并不害怕在他的社会喜剧中运用笑剧素材，但他尽力避免用写实的手法对剧中人所生活的政治和经济环境作具体介绍或深入的批评。"（第 439 页）如果把巴尔扎克拿来与莫里哀加以比较，我们就能看出，《葛朗台》详细描述了主人公的致富过程，"法国 1789 年至复辟时期的整个历史都贯穿在这一描写中"（第 439 页）。因此，莫里哀的现实主义只是相对于他那个时代而言的最大限度的现实主义。换言之，其作品的现实主义特征在他所处的时代尽管已非常突出了，但由于时代的限制，他并没有像巴尔扎克那样广阔地描写社会生活的画卷、反映社会现实的运行规律。莫里哀的初衷只是营造喜剧效果、描写滑稽可笑的人物行为。他对现实的反应也不是有意识的，而是出于个人艺术的追求而碰巧达到的效果。

二　法国古典主义悲剧的局限

莫里哀喜剧中的现实主义局限性不是个别问题。在法国古典主义悲剧中，悲剧与日常生活相互分离，而且达到前所未有的程度，即便以崇高风格著称的高乃依也感觉到了这一点。此时还出现了一种古典文学未见的悲剧人物类型，如拉辛悲剧《贝蕾妮丝》《爱丝苔尔》中的国王和王后们。他们对自己王侯身份的意识十分强烈，甚至在遇到挫折时不会说"我是一个不幸的人"，而是说"我是一个不幸的国王/慌乱的王后"（第445—446页）。他们的这种身份意识并不与其职责相联系，正如有产阶级不会以自己从事某种专门职业为荣；他们的身份不意味着"功能"，而只是一种"姿态"。（第446页）但如果因此否认这些人物也具有自然的人性就错了，他们的人性被美化了，并发生在崇高的场所。

这些剧作浮夸的修辞、巴洛克式的语言风格也呈现出一种似乎全世界都在为这些王公贵族做衬托、做背景的效果。从拉辛的剧作来看，后来的剧作在治理朝政和理解政治、历史方面发生变化，不再把所有的政治目的都归为爱情，但仍然保持着"崇高泛指"（第450页）的特征，和现实生活相去甚远。剧中讲的宫廷内部诡计始终未超出最高阶层的范围。悲剧作家们不是从政治经济基础方面表现政治历史，而是从人物心理方面，通过表现少数人道德行为来表现政治生活，对道德以外的种种因素省略不提或一笔带过。这样是不可能对历史进行实际观察和表现的，所有现实中存在的问题和对抗在作品中都没有反映。这些作品中最为突出的主题便是王侯的无限权威——拉辛在剧作中甚至把上帝描绘为"有道德的伟大国王"，"王侯在尘世犹如上帝"。（第453页）可见，法国古典文学的悲剧与下层人物毫不相关，就连王侯周围的人也只是选出几个少数对剧情不可或缺的人物，平民几乎不被提及。对日常生活也不花费很多篇幅加以介绍，即使有介绍也是要用崇高的文体去加以崇高化的表现。（第454页）

在道德领域，与阶级相关的文体分用达到了很高的程度，任何从

《摹仿论——西方文学中现实的再现》(1946)

具体情况出发的实际想法和考虑都只能出自较低阶层的人物头脑；崇高的激情才是王侯的所思所想。（第 455 页）如给国王和王后出主意的只能是其密友，而不会是他们自己想出这些解决实际问题的方法。这种对于文体分用的强烈自觉使拉辛删去了费德尔对希波吕托斯的诋毁，而让她的保姆说出，与这部戏所取材的欧里庇得斯戏剧不同。拉辛自陈动机，是"恶意中伤总是有嫌卑鄙丑恶，不能让诽谤之言出自一位具有高尚正直情操的公主之口"。尽管拉辛的动机是为悲剧的道德价值观进行辩护，但这一文体分用仍然过分道德化了，因为与贵族主人公不协调的"原本不是道德上的恶，而是低俗的、为实际着想的斤斤计较"（第 456 页）。

悲剧人物的崇高特征除了不为实际生活考虑，还有其身体的完美无缺。任何一个悲剧性主人公都不能年老、生病、虚弱以及容貌丑陋。在拉辛和同时代的人看来，人身体的真实、自然、速朽的特性只能出现于喜剧舞台。身体的完美感还使拉辛减轻了对《费德尔》中人物希波吕托斯的指责，为了避免观众对其反感，他将希波吕托斯被指控强暴改为仅仅是被指控有此企图。拉辛作品与古典文学的最大不同是，在古典时代的文学作品中爱情极少作为崇高文体的题材，因为那时的爱情题材总是与毫无顾忌的肉欲书写联系在一起。拉辛代表的法国悲剧则继承了形成于宫廷文化的高尚爱情观，这一观念受到中世纪神秘主义的影响，通过模仿彼特拉克获得进一步发展，几乎不表现肉体欲望，"早在高乃依的作品里，爱情就是一个悲剧性的崇高主题"（第 459 页）。

由上可见，悲剧将自己与社会生活隔绝，它所塑造的国王或王后只能生活在戏剧舞台上。"法国古典悲剧表现了最大程度的文体分用，表现了悲剧与欧洲文学开创的真实日常生活的最大程度的分离。"（第 461 页）关于悲剧人物的观念及语言表达是一个特殊的美学培育的结果，植根于复杂的多层次传统之上，远离普通人的生活。

造成这种封闭和孤立特征的原因之一是当时奉行的"三一律"。它将事件与周围环境的关系限定在最小范围内，事件永远停留在一个地点，在短短的 24 小时内发生，这就使作者只能略述事件发生的社会历史背景。拉辛在这一规则的限定下突出情节，表现悲剧人物置身于美化了的孤立场所，使用高雅的语言，沉醉于自己的激情。他作品中人物的状态及所处的冲突简洁明了，具有示范性、样板性、普遍性。因而拉辛在"三一律"的约束下取得了较高的艺术成就。

造成这种封闭和孤立特征的另一原因在于"自然"的概念。当时的"自然"概念也与后来确立的和文明相对立的概念不同，"自然几乎就等于有理性、懂规矩"（第463页），这种观点后来又不断发展。人们把任何能够打动人心的事物都称为自然，不用区分它们发生在什么国家、社会或阶层。自然变成了永恒的人性，而文学真正的使命就是表达出这种人性。人们认为比起低级混乱的历史骚动，在生活的孤寂的高处才能更清楚地表达永恒的人性。而这样做的同时就限定了只有伟大的激情才可能成为永恒的题材，而爱情只能在最符合当时礼仪的形式中表现。（第464页）

三 "巴洛克风格"流行的社会原因

由上可见，法国古典主义的"自然性"就等于人性，"是心理上某种不变更的既定之物"（第464页）。自16世纪以来，古典时代和中世纪宫廷文化的寓意手法便服务于深入发展的专制主义，对王侯人物进行巴洛克式的美化也是这个时代的特征，文艺复兴式的巨人在此世纪逐渐成了君主的形象。路易十四在位时是专制主义发展的高峰。国王本人周围簇拥着一大群按爵位排列的前封建贵族，由于路易十四的专制政治举措，这些贵族本来的权力已被剥夺，他们只是待在国王左右加以陪衬，以显示专制王侯的完美形象。（第464页）

这一时期的法国宫廷也以"城市"的形象存在。巴黎的有产阶级也把国王看作社会的中心，宫廷礼仪和国王生活都变成了社会效仿的对象，泰纳在论拉辛的论文里也提出了这一点，要求参加社交活动的人要有内心和外表的尊严，这体现为每句话、每个表情都要合乎礼仪、举止得体。这一风尚也使巴洛克风格（形式的美感、夸饰的语言、情感活动的张力、贵族意识的自我陶醉）流行起来并大放异彩。

《摹仿论——西方文学中现实的再现》(1946)

奥尔巴赫赞同泰纳从社会学视角去研究文学,因为这一研究帮助人们理解,在一个于各方面都崇尚现代理性的社会中,巴洛克风格为何再度成为时尚。(第465页)

综上所述,本章分别以莫里哀和拉辛的创作为例,聚焦古典主义时期的法国喜剧和悲剧,评介这一时期的现实主义文学特征和崇高观念对于文体分用的影响。本章以案例分析、比较研究、广征博引见长,体现了奥尔巴赫这位学术大师的独特旨趣。

(执笔:郭怡君)

第十六章 中断的晚餐

本章分析普列沃、伏尔泰、圣西门等三位18世纪法国作家的作品,揭示启蒙运动时期法国文学模仿现实的重要特征。奥尔巴赫认为,普列沃、伏尔泰的创作从文体上看都属于比较浅薄的中等文体,而圣西门的回忆录则在现实主义方面达到了更高层次。

一 普列沃神父

普列沃·德·艾克齐尔(1697—1743年)是法国著名作家,曾担任天主教神甫,但他曾不止一次地离开修道院,担任士兵、传教士、家庭教师或记者。由于受到修道院的迫害,他被迫迁居荷兰和英国。从1728年到1742年,他创作了一系列符合启蒙思想的作品。《玛侬·列斯戈》是他的代表作,描写了不平等的社会中的一幕爱情悲剧。

本章选取普列沃小说《玛侬·列斯戈》的一个片段加以分析。引文可分为3段。第1段描绘玛侬和骑士格里欧在晚餐中沉默不语的紧张气氛。此段文字的现实主义特征主要体现在它详细生动的感官描绘上。小说对男主人公骑士格里欧的心理描写细腻,充分体现了他对玛侬的脉脉深情。两人通过视觉感官来感受和分析对方的神态和表情，其心境情绪在这个观察窥探的过程当中跌宕起伏，感染力很强。

第2段同样充满了感官性，眼泪占据了突出位置。眼泪介于心灵和感官之间，足以传达伤感之情，而且"带有色情的刺激效果"（第471页），这一效果在当时是一种流行的用法。其最早在拉辛戏剧中被人关注，常被文人雅士使用。而到了18世纪，眼泪则成了短暂的意乱情迷之时需要别人安慰的表示，带有更加浓厚的色情意味。

第3段描写了女主人公装束不整，意味着一种"诱人的放荡"。类似描写不仅见于色情文学之中，而且见于整个18世纪文学。在此前的古典主义作品中，即使是喜剧也没有如此色情的描写。这段引文对亲昵行为的描绘构成了一幅幅生动的"室内画"，爱情与家庭生活场景成为描绘对象。除了色情因素，这些"室内画"还广泛地反映了社会生活各阶层的人物、商品交易以及丰富多彩的文化习俗，它们既是"室内画"，也是"风俗画"。（第478页）但同时，小说作者又采用了一种肤浅的道德说教，试图拔高女主人公的道德水准。这种浅薄的道德观念与当时的社会状况有关。随着通行的社会秩序的瓦解，资产阶级的感伤情调被新兴的革命观念吸收。（第476页）同时小说引文在文体上也具有鲜明的文体分用特色。这部小说的结局是一个悲剧，但即使是小说中那些庄重的成分，也如儿戏般浅薄。

总之，普列沃创作的现实主义特征可以做以下归纳：文体分用，写实与庄重杂糅，注重感官性描写，色情意味浓厚；关注爱情与家庭生活描写，广泛反映社会风俗；道德评判与性描写相关，反映了当时的时代特色。其局限在于，作者出于道德说教目的而强行拔高了人物的道德水准，作品未能反映社会问题。

二 伏尔泰

启蒙文学旨在宣传启蒙思想，呈现出不同的风格，最重要的作家当推伏尔泰，其作品特征是笔锋犀利，长于论辩。本章选取伏尔泰《哲学通信》第6封加以阐释。

《摹仿论——西方文学中现实的再现》（1946）

在这段引文中，伏尔泰无意用写实的手法对伦敦交易所内的场景作翔实周到的刻画。他对伦敦交易所的描绘服从于其所力图表达的某种思想。但伏尔泰并非简单地阐释这种思想，而是巧妙地运用了对比手法，将宗教与商业相提并论，好像它们都位于同一层次。宗教就在这种比较中走下神坛。伏尔泰在描写时注重每类人的外部细节，可被称为"探照灯技巧"（第480页）：从庞杂无序的事物中选取某一侧面，进行聚光灯式的照明，而省掉那些可略去不表的部分。本章评价说，这一手法其实是对现实的扭曲，但身处动荡不安的历史年代里，一般民众反而乐于接受这种欺骗和鼓动。

由上可见，伏尔泰属于用作品传达既定观念或思想类型的作家，"伏尔泰再现的现实是为其本人的目标服务的"（第486页）。虽然他的作品涉及的日常生活的现实丰富多彩，却被刻意简化和抽象。从文体角度来看，伏尔泰和普列沃的作品都属于中等文体，其人物丧失了古典主义时期的悲剧性和崇高性。他们生活在中产阶级的社会环境中，内心易于受到环境的支配，这种文体在反映日常现实和严肃性方面显然都不够深入。（第487页）

伏尔泰写作的另一大风格特色是对节奏的把握。伏尔泰的风格是犀利明快的，如他晚期的叙事诗《取悦女人的妙诀》，主要特点就在于节奏明快，轻快爽朗的节奏使诗歌显得机智而风趣。这一节奏也是伏尔泰哲学的一部分。（第481页）通过这种明快的节奏来揭露人类行为的根本动机就在于极端的物欲，而描写低俗事物的文本却不至于低俗。伏尔泰语言的这种优雅和魅力继承了古典主义，而在描写上却暴露物欲，大胆而直接。

伏尔泰作品的另一个特征是将问题简单化，（第482页）即将问题简单化为一个互为反衬的对立结构。在节奏明快的叙述中将问题简单化，解释矛盾对立的存在。如伏尔泰的著名小说《老实人》意在批评莱布尼茨形而上学的乐观主义思想；女主人公居内贡德讲述了一系列恐怖的、骇人听闻的厄运事件，但居内贡德和老实人讲述各种惨剧、灾难时态度是轻快和随意的，讲述内容与讲述态度形成矛盾，这一设置凸显了完美世界的荒谬和不合理。尽管伏尔泰的小说是出于论战的目的写出的,但普通读者会在这种喜剧的效果中忽略这些哲学思想。

三 圣西门

本章论述的另一种文体是回忆录与日记,以圣西门公爵的作品为分析对象。就思想倾向而言,圣西门可被看作一个具有贵族身份及自由主义改革思想、反对专制主义的特殊人物。

圣西门作品的突出特点是栩栩如生的人物描写。他将每一个人物的生活都交代得清清楚楚。他既不虚构也不刻意组织和挑选素材。他的书中涉及了三教九流,各式各样人物的形象都丰满而且生动,对人物进行了如实的反映。本章选取圣西门记录路易十四之子不幸亡故之夜的一段文字进行分析。圣西门从这混乱的一夜中抽取了大量的场景、人物、个人观察和分析的素材。在一段关于奥尔良公爵夫人的描述中,充满了矛盾的表述,然而这种矛盾的表述恰恰反映出了人物真实的性格和生活的本来面貌。

圣西门的创作常常情节简练而内容过于繁杂。(第 497 页)他不考虑取舍,事先也不做好安排布置,随着回忆的洪流将画面和细节倾泻般地置于笔下。他很少重视语句的结构和条理,也不在意文章内容的协调性,不按照某种先入为主的美学或道德观念来协调和组织材料,而是把浮现于脑海中的一切都依照原样写进句子中。整体感和清晰度在这个过程中自然地浮现。本章指出,古典主义时期的作家对什么能加以组合、什么不能组合都有了约定俗成的规范,故而,圣西门独特的表达方式值得关注。

虽然圣西门叙事并不依照古典主义规则,却同样能达到个人的和谐统一,关键之处在于"不断把肉体和道德、外表和内在的各种特征整合在一起,描写一个人的外部特征,就能看出此人的性格特征"(第 500 页)。虽然圣西门试图把外表和内在对立起来,但两者还是你中有我、我中有你。与肉体和灵魂密不可分的是当事人的政治、社会地位,最终每个人都融入法国宫廷政治历史的整个环境。圣西门的创

《摹仿论——西方文学中现实的再现》(1946)

作素材都源于他亲身经历的宫廷生活，因而具有了现实的和政治上的深度。他能够从人物身上发现肉体与精神的统一、生活状况与人生经历的统一，从而去揭示更深刻、更普遍的道理。

如在刻画佩·泰里这个人物时，圣西门完全依靠直觉从面对面的人物身上"感受到肉体与精神的统一、生活状况与人生经历的统一"（第505页），从而能够透过当下的现实揭示更多、更深刻的道理。在观察泰里时，圣西门注意到的不是两个人谈论的具体话题，而是对面的人物背后耶稣会最活跃的本质，甚至是任意一个有着严密组织机构的群体的本质。这种洞察力在当时罕有其匹。他通过直觉而非理性的思考分析来把握人物本质。

又如，圣西门在描写奥尔良公爵时，选取主人公坐在马桶上的场景。其实，坐在马桶上与人交流在当时并不罕见，但在众多著作中只有圣西门能够如此悲剧性地处理这一内容。他不是毫无顾忌地描写丑恶的画面，而是真正严肃地、深入地进入人类本质的内心深处，这个场景已决定了奥尔良公爵的整个命运和悲剧。圣西门擅长描写日常环境中的人物，把人们称为遗传基因的东西用灵肉交织的方法表现出来。（第508页）圣西门不蔑视任何东西，准确再现环境，同时代作家没有任何人能像圣西门做得这么出色。

圣西门并不介意去描写那种古典主义认为丑陋或不体面的场景片段。他的作品具有现代特色，能够准确地描写环境，表现灵肉的一致性。尽管有批评家更多地将圣西门的回忆录视为历史文献，但其艺术价值不容小觑。相比于之前提到的普列沃或伏尔泰创作的中等文体，圣西门是一个巨大的进步，其创作并不以娱乐读者或证明启蒙思想的存在为目的。他的创作能够反映历史发展的趋势，不足之处是仅局限于单个人物，尚未看到人物背后的社会发展力量。（第501页）

总之，启蒙时期文学创作的现实主义特色表现为感官性和对情色、物欲的描写以及对当时社会风俗和时代特色的反应，但也受到作者狭隘视角和道德观念的束缚，或是为了起到宣传论战的作用而对现实做出不准确的再现。圣西门在反映现实方面达到了更深的程度。奥尔巴赫的褒贬体现出鲜明的现实主义立场，对现实反映的真实程度是他评价文学作品的主要标准。

（执笔：王靖原）

第十七章　乐师米勒

本章围绕德国剧作家席勒《阴谋与爱情》的第1幕第1场的剧情和角色展开，重点分析米勒这一角色及其面临的困境。本章通过细致的剧情分析和角色解读，分析现实主义文学在描绘小人物生活方面的深刻性和复杂性，认为席勒成功创作了一部充满市民气息的悲剧。尽管席勒不是"市民现实主义"运动的先驱，但他的这部作品从现实生活中汲取灵感，与同期市民现实主义的其他作品相比优势明显，它不仅是对现实政治事件中个人生活的深刻描绘，更是对当时社会极端事件的再现。但这部戏剧也是一部极具煽动性的政治剧，旨在反抗封建专制制度。席勒在剧中表现出的强烈的政治倾向，在一定程度上削弱了作品的现实主义真实性。这一缺陷源于德国的社会状况：德国当时的分裂割据状态不利于公众对现实生活的关注，导致人们更多转向对内心世界的探索。此外，当时的主流作家普遍对刚刚诞生的社会制度感到恐惧，害怕革命，逃避现实，歌德在这方面表现得尤为明显。他们对于社会变革的恐惧和逃避，导致当时德国作品在现实主义表现上出现局限性。

一　个人与社会的冲突

《阴谋与爱情》的核心情节聚焦于一段跨越社会阶层的悲剧性恋情，宫廷乐师米勒的女儿路易斯与宰相之子费迪南之间的爱情故事构成主线。作为一位讲求实际的父亲，米勒执意反对这段恋情：他担心女儿路易斯因这段跨越阶层的恋情而最终身败名裂，强烈要求两人分

《摹仿论——西方文学中现实的再现》(1946)

手。与此相反,乐师米勒的妻子是一位目光短浅且充满虚荣心的女性,不能察觉这段关系中的潜在危险,将女儿的恋情泄露给了宰相的秘书乌尔姆,而奸诈狡猾的乌尔姆正觊觎着路易斯。宰相得知儿子的恋情后也表达出强烈的反对态度:他本打算让儿子与皇帝的情人结婚以换取政治利益。于是,乌尔姆向宰相献计,离间路易斯和费迪南。这一阴谋最终导致了悲剧的发生。费迪南被诡计欺骗,误以为路易斯背叛了他,因而在一次极端的情感爆发中毒杀了路易斯并在真相大白后自杀。这部戏剧通过描绘米勒家庭,展现了一个中低阶层家庭的日常生活及内在的社会关系。米勒的挣扎不仅是个人层面的,还反映了社会底层个体在面对社会压力和道德约束时的困境。米勒的女儿与贵族公子的关系超越了当时社会阶层的界限,暴露了阶级间的紧张关系和社会偏见。米勒夫人的态度和言论则反映出社会对女性角色的期望和限制。这些细节揭示了18世纪的道德观念和社会结构,以及这些因素如何影响个体的生活和选择。

本章选取的戏剧场景通过复杂的情节和多层次的角色关系,展现了个人情感与社会阶层、政治阴谋之间的冲突。这部戏剧不仅是对个人命运的悲剧性描述,也是对18世纪欧洲社会结构和权力关系的深刻反思。通过揭示社会阶层间的紧张关系和政治机制的冷酷无情,这部作品揭露了个人理想与社会现实之间的矛盾,以及这些矛盾是如何导致不可逆转的悲剧的。

本章探讨了米勒作为个体与整个社会结构之间的关系。米勒作为家庭的主要支柱面临维护家庭名誉和女儿幸福的双重压力。在这种情况下,米勒的决定和行动反映了一个普通人在社会与个人利益之间的艰难抉择。米勒是一个富有情感和理性的形象,但其思想观念尚未脱离小市民的桎梏。在本章选取的戏剧片段之后,米勒每逢想到女儿路易斯因获得与贵族公子的爱情变得骄傲起来,"还要使我损失一个精明、正直的女婿,一个热心照顾我的利益的女婿"(第513页),就无法安心。悲剧正是发生在这样一个典型的小市民家庭环境中。不仅米勒一家和秘书乌尔姆营造了小市民的气氛,就连贵族角色也缺乏法国古典悲剧中的英雄气概。宰相的儿子尽管品行高尚、感情丰富且富有理想，但和他专横却多情的父亲一样，都不是传统意义上的崇高人物，与法国古典主义的悲剧人物形象迥异。

二 市民悲剧的深度与局限

《阴谋与爱情》充满了市民气息的悲剧色彩，更接近对日常生活的真实描绘，人物的思想观念与表达方式也被深深浸润了小市民的特色。此类市民感伤剧在英法早已出现。德国的首部市民感伤剧是莱辛的《萨拉·萨姆逊小姐》，它相对缺乏时代政治色彩。但莱辛12年后创作的《密娜·封·巴尔赫姆》直面时代现实，在喜剧的外表下以朴素真诚且充满市民气息的方式表现时代历史，没有因追求崇高而忽视日常生活，展现了别样的魅力。相对而言，莱辛的另一部戏剧《爱米丽娅·迦洛蒂》通过结合市民悲剧的主题与小诸侯国专制主义政治现象展现了其政治倾向，但缺乏强烈的时代政治色彩和革命性。

据此，"充满感伤、市民化的现实主义手法与理想政治和对人权的真正结合，是在狂飙突进时期"（第515页）。从这一角度看，《阴谋与爱情》地位独特。它取材于现实生活，展现极端事件中的个体遭遇，并通过这些个体体现出普遍性，同时也关注政治因素。本章继而详细剖析了《阴谋与爱情》的故事脉络，分析了《阴谋与爱情》是如何再现社会现实的。在剧中所描绘的德意志小王国里，愚昧的贞操观念盛行，女性若与男子相爱却无法成婚就只能被当作或实际成为妓女；王室任意妄为，道德伦理的层层束缚违背人之常情。戏剧中表现的乐师一家的生活充满了感伤情绪和时代感。另外，这种市民现实主义依旧不是完全的、真正的现实主义。戏剧的政治煽动性与倾向削弱了它的真实性。正如H. A. 科尔夫所说："虽然这部作品的主题与政治自由之间没有直接的联系，但是故事情节的发展使人意识到，封建统治之所以存在是因为人内心的奴性使然。"（第518页）剧中臣民们以为自己受压迫是命中注定，所以路易斯放弃出逃，向阴谋妥协，表现出软弱性。但戏剧对这一心理束缚的表现并不明显，也就无法使观众马上意识到路易斯的软弱性。

《摹仿论——西方文学中现实的再现》(1946)

《阴谋与爱情》的缺憾在于，强烈的政治倾向与煽动性使作品无法再现真实。席勒在创作这部作品时艺术能力尚未完善，人物塑造过分造作与平面化。除了作家因素，市民现实主义本身也有其局限性：一方面，它局限于个人与家庭生活，充满感伤情绪，不利于将表现范围扩展到普遍的政治问题；另一方面，它又将阻碍实现爱情自由的因素等同于等级社会政治制度，但对当时的社会现实并未进行全面深刻的展现。从这个角度来看，这部戏剧更像是一出激情戏，而非一部时代戏。

三 德国社会与现实主义

尽管存在上述局限性，席勒的《阴谋与爱情》在研究德国古典主义和浪漫主义时期的文学作品时仍占据了一个特殊且重要的位置。它是该时期唯一一部以现实社会状况为基础且用悲剧形式表现当时中等市民阶层生活环境的戏剧。此后的歌德时代，再也没有出现过类似的作品。

那么，为何市民现实主义在德国发展缓慢甚至停滞呢？德国当时的社会状况对市民现实主义文学的发展有多方面的限制。尽管德国理论家为现实主义提供了理论基础，但社会政治的分裂和知识分子的保守态度，使真实主义文学在描绘当代社会和政治问题时仍然面临重大挑战。这不仅体现在文学作品的主题和内容上，也反映在德国知识分子和作家对现实主义的态度上。歌德的作品，虽然在文学史上占有重要地位，但在现实主义的表现上也存在局限，体现了当时德国社会对革命和社会变革的恐惧与回避。德国文学界的这种保守态度，限制了现实主义文学对社会生活和政治现实的深入描绘。

在对18世纪德国文学现实主义的缺失进行探究时，本章分析了歌德和德国文学对现实社会的回避态度。德国的政治动荡、国家闭关自守的政策以及地方割据的现象，促使人们转向内心生活，忽视更广阔领域的现实与具体生活之间的联系。这种高度异质性的社会生活，其背景在于历史领地的混乱以及由王朝和政治偶然事件引发的社会结构的混乱与碎片化。德国的文化环境缺乏统一性和连贯性，不利于现实主义文学的发展。

作为德国文学界的领袖，歌德的逃避现实不仅源于个人的市民阶层出身、生活方式和教育背景，而且反映了当时德国知识分子普遍的保守态度。在面对法国大革命这样的历史事件时，歌德选择转向道德说教，没有深入探讨正在发展的新社会力量。在《编年史》中，他对篡权者深感恼怒。他由辩证的、悲观的观察者变为古典道德主义者，他所向往的美好前景仅是对贵族文明全盛时期的幻想，而对暴力和社会变革，他采取了个人道德问题的视角，没有看到暴力是社会潮流发展的一部分。这种对现实的逃避和保守态度在歌德的作品中表现得淋漓尽致。他的作品很少触及那个时代深层次的政治和经济动向。尽管对德国政治现状感到不满，但他缺乏改变现状的激情，选择了接受现实。这种对现实主义的限制和分裂不仅在歌德身上表现出来，而且对19世纪德国文学的发展也产生了持续的影响。

综上，尽管18世纪下半叶德国为现代现实主义的发展奠定了美学基础，但在当代题材的现实主义处理方面未能完全发展。法国大革命及其后果在德国引起的恐惧和反感，特别是在主要作家和领导阶层中的保守态度，严重阻碍了现实主义文学的全面发展。因此，德国的现实主义在18世纪末并没有如同其他欧洲国家的现实主义那样在文学上得到充分的体现。

（执笔：范予柔）

第十八章　德·拉默尔府邸

本章从《红与黑》入手讨论19世纪法国小说家的现实主义风格，主要涉及司汤达、巴尔扎克与福楼拜等法国小说家，阐释奥尔巴赫对法国现实主义文学的理解，其结论是："严肃地处理日常生活的现实，

《摹仿论——西方文学中现实的再现》(1946)

一方面让生活在社会底层的广大民众凸显为表现生存问题的对象，另一方面将任意一个普通的人和事置身于时代总进程这一历史发展的大背景下，这就是我们认为的当代现实主义基础。"（第582页）换言之，当代现实主义的主要基础在于，首先，将广大民众作为小说描述的对象；其次，广大民众都是普通的人，做的都是普通的事情，但他们的日常琐事都具有深广崇高的社会意义；最后，这种社会意义主要来自普通民众的生活与更加宏阔的历史发展的相互联系。

一 司汤达：现代现实主义文学的创始人

本章选用的材料取自《红与黑》下卷第4章，主要描写于连向神甫抱怨上流社会沙龙的无聊和沉闷。于连的抱怨实质上是复辟时期政治和意识形态的反映。社会的动荡不安让人们三缄其口，很难就社会、宗教、政治等敏感问题发表意见，其背景是1830年7月法国人民推翻复辟的波旁王朝，拥戴路易·菲利普登上王位的革命，史称"七月革命"。查理十世上台后竭力清洗曾为拿破仑效力的军方势力，引起民众不满。他还恢复土地贵族的权力，致使中产阶级利益受损。查理十世加强言论管控，重新引入新闻审查制度。教士则借打击革命势力之名镇压异教活动。知识阶层对教会控制教育的情况十分不满。

《红与黑》中的人物性格、举止、人际关系与时代大背景密不可分。《红与黑》将社会和时代的真实情况编织进情节，是一种值得注意的全新现象。就社会环境来说，在法国大革命的过程中，广大群众广泛参与，人们开始关注世俗社会。与此同时，人们发现社会的基础也在持续变化。

就《红与黑》的作者来说，司汤达的出身及经历对其创作影响甚巨。法国大革命爆发时，司汤达只有六岁，其家境非常富有。他离开自己的家庭，在拿破仑时代登上人生的巅峰时，年仅三十二岁。但他后半生潦倒不堪，无所依靠。正是在这个时期，他开始从事文学创作。动荡的生活经历让他不得不重新审视时代和社会生活。他将目光投向现存社会制度的不断变迁。他的作品的人物形象和行为都是在政治和社会变动的基础上展现的,"现代严肃的现实主义只能把人物置于具体的,不断变化着的政治、社会和经济的总体现实之中,就像现在任何一部小说或电影所做的那样"(第546页)。在这个意义上,司汤达是现代严肃的现实主义文学的创始人。

二 司汤达与"文体混用"

"文体混用"是奥尔巴赫《摹仿论》的关键词之一。与"文体混用"相对的概念是"文体分用",大意是说高等文体表现崇高,表现对象是社会上等阶层,而喜剧、讽刺故事之类的低等文体只能表现下等阶层。雨果将崇高和怪诞两种文体混用,使其相互对立。他所展示的社会生活尽管看上去惊心动魄,实则缺乏真实性。司汤达在作品中坚定地执行了"文体混用"的原则,坚决"反对划分现实主义和悲剧风格的界线"(第551页)。

巴尔扎克也是一位坚持"文体混用"的小说大师。《高老头》开篇对"伏盖公寓"的描述,显示出巴尔扎克作品中环境与人物的统一。社会环境给予了巴尔扎克极大的刺激和深刻的印象。伏盖公寓的描写使人联想到当时社会道德环境的龌龊不堪。然而,巴尔扎克对人物和环境相统一的论证并不清楚,文章也显得缺乏条理。但值得注意的是,不同于他对社会中下阶层的精准描绘,巴尔扎克对上流社会的描写有时过于偏激,难免有失真实。(第559页)巴尔扎克在《人间喜剧》的"序言"中,将人类社会和动物界对比,认为人类原本是由同一模式创造的,但由于环境的差异,人类逐渐演变出不同的形态。由此可见,巴尔扎克与司汤达在某种程度上达成了一致——他们都热衷于观察周围环境的不断变化。

巴尔扎克的批评还延伸到人类社会,他认为在流行的历史写作类型中缺乏风俗史。因此,他立志创作一部展现19世纪法国社会生活的鸿篇巨制。在实现这个宏伟计划的过程中,他发表了许多议论,大致有以下三个主题:"一是有意创作一部包罗生活万象、百科全书式的作品，其中生活的各个方面都是不可或缺的；二是这部生活百科全书具有任意性和真实性，即随处可见，到处发生的事情"（第568页）；三是小说的主题在于"历史"，他将历史理解为当代史，认为历史是正在发生的事，而小说的虚构正是对历史的一种阐释。他笔下的人物大多能与当代社会深度融合。然而出于激动难安的性格，他试图把每个平淡无奇的人物，都夸大其词地描绘成某种神秘或神圣的人物，把每段人物纠葛都想象或虚构成强烈的激情和巨大的不幸。这就把生活的悲剧性与人本身联系了起来，"把任何一种欲望都视为伟大的激情"（第571页），使"人类生存中具有悲剧色彩的严肃问题进入现实主义"（第570页）。

当然，这种想象或虚构并不是胡思乱想或胡编乱造，"巴尔扎克的态度与司汤达相似：那就是以严肃的、甚至悲剧的手法，真实地再现普通人物的内心世界"（第569页）。司汤达和巴尔扎克都比雨果更进一步，"将严肃性与日常生活现实混合在一起，这种混合方式要比维克多·雨果等人试图将高雅与荒诞相结合的手法更彻底、更真实，也更重要"（第570页）。司汤达的现实主义源于他对现实的蔑视和抗争的精神。在他的身上残留着许多18世纪直觉性的精神遗产。于是他的小说主人公有拿破仑的影子，他们往往有独立高尚的心灵、自由奔放的热情、贵族的高贵和游戏人生的气质。这样的人物形象体现出司汤达这一旧时代遗民在新时代的格格不入，很难说真实地反映了19世纪资产阶级的特点。

三 语言大师福楼拜

本章选取的《包法利夫人》引文表现了女主人公爱玛对托斯泰特小城的厌烦之情，小说选段呈现出爱玛与丈夫包法利医生吃饭的场景。福楼拜不像20世纪自传体小说那样替代人物发言，直白地展现人物的内心世界，而是以精准的语言将爱玛的生活场景直观地呈现出来，使读者领略到小说家的意图。因此，在福楼拜这里，语言的精准就显得异常重要了。

与前面两位作家司汤达和巴尔扎克相比，福楼拜的现代现实主义也有其自身特征。首先，严肃地对待底层社会，尤其重视表现外省小市民的生活；其次，在日常生活的描写中插入特定的社会历史背景。

在上述两个基本特点上，福楼拜和前面两位作家有相同之处，但福楼拜对待表现对象的态度明显区别于前面两位作家。（第575页）在司汤达和巴尔扎克的作品中，小说家表现人物的方式通常是将自己置身于人物的处境。这种情况在福楼拜的作品中几乎不存在。福楼拜从来不像巴尔扎克那样在作品中随意进出，肆意点评。在福楼拜眼中，小说家应该做的就是精心选择事件，将它们转换成语言，最终将事件清晰而完整地表达出来。因为在生活中，无人可以充当人类导师，能指点或训导别人去领略生活的真谛；小说家尽其所能，也只有将生活的本来面目用准确的语言呈现出来，"福楼拜的艺术成就正是建立在充分相信、可靠和细腻地运用语言的真实这个信念之上的"（第576页）。

福楼拜的小说描写中不可避免地涉及"文体混用"问题。如果世间万物本并无高低贵贱之分，那么，只要作者能将主题准确呈现出来，与之相匹配的文体便同样没有高低贵贱之分。福楼拜笔下的人物既不是喜剧人，也不是悲剧人物，常常模糊了悲剧和喜剧的分野。福楼拜的这种风格可被称为"实事求是的认真态度"（第580页）。小说家通过深入探究生活的真实状态和困境，不动声色地将观察到的一切用精到的语言还原出来。于是在福楼拜的作品里，"巴尔扎克对社会事件的妖魔化，在他的作品中却绝对找不到；生活不再是喧闹的，亢奋的；生活在缓慢而迟钝地流逝"（第581页）。

（执笔：秦淑仪）

第十九章　翟米妮·拉赛特

本章探讨了19世纪欧洲（特别是法国）文学中的现实主义文学，

《摹仿论——西方文学中现实的再现》（1946）

以及这一文学流派是如何影响社会和文化，并通过比较分析不同国家和地区的文学作品揭示现实主义文学的多样性及其深远影响的。虽然本章标题为《翟米妮·拉赛特》，但讨论范围并不局限于这部由埃德蒙·德·龚古尔和朱尔·德·龚古尔兄弟二人发表的长篇小说。在《翟米妮·拉赛特》中，龚古尔兄弟用病理分析的手法描写了一位女仆翟米妮·拉赛特的悲剧命运，这部作品为左拉的代表作《卢贡－马卡尔家族》的问世开辟了道路。本章不仅对《翟米妮·拉赛特》《萌芽》做出了详尽分析，还向读者呈现了与这两部作品相联系的文学流派，并就法国现实主义文学的发展以及若干现实主义的文学创作问题展开了探讨。

一 《翟米妮·拉赛特》"序言"：文体分用

本章首先围绕埃德蒙·德·龚古尔和朱尔·德·龚古尔兄弟为长篇小说《翟米妮·拉赛特》所作序言探讨法国现实主义文学的特点。龚古尔兄弟的作品描绘了一位女仆的风流艳事及其走向毁灭的故事，反映了当时社会的现实。奥尔巴赫在解读时采用了在《摹仿论》中惯用的文体混用分析原则，他提到，该小说"序言"的"宗旨与我们所理解的文体混用完全一致，是基于政治社会的考虑"（第586页）。"序言"提出的艺术宗旨强调文学作品应当基于政治社会考虑，即认为在一个民主和自由的时代，文学应严肃处理下层民众的生活。这反映了现实主义文学对于社会各阶层的关注和描绘。龚古尔兄弟倡导现实主义小说承袭古典悲剧的传统，并通过社会政治及科学论证进行说明，将小说创作比作科学研究。他们的作品广泛流传，成为文学研究和社会调查的重要形式。

在探讨"序言"的宗旨及其与奥尔巴赫所阐述的文体混用的一致性时，我们首先需要考虑序言所提出的核心问题：被称作"贱民阶层"的人是否有权阅读小说，以及他们是否应该被排除在文学作品之外。"序言"明确表示对社会底层平民百姓在文学领域中位置的质疑，进而引发对悲剧是否仅属于上层社会的思考。龚古尔兄弟在"序言"中指出:"生活在19世纪有普选权、民主和自由的时代,我们思忖被称作'贱民阶层'的人是否无权阅读小说,是否应该禁止生活在社会底层的平民百姓阅读文学作品和受作家的蔑视……"并进一步质疑"下层人物流的泪水能否像上层人流的泪水一样催人泪下"(第585页)。这一思考触及了文学与社会阶层间的深层次联系,并且挑战了古典文学中文体分用的传统观念。

在古典文学传统中,文体的选择与社会阶层密切相关,形成了一种层次分明的文体系统。悲剧文体通常与高级文体相对应,讽刺文体属于中级文体,而戏剧文体则被视作低级文体。根据亚里士多德在其著作《诗学》中对悲剧的定义,悲剧应当描绘上层贵族阶级的人物及其面临的严肃主题,以此来唤起观众的恐怖与怜悯,实现情感的净化作用。这种定义自古希腊时代以来,一直影响着文学作品的创作。然而,奥尔巴赫的《摹仿论》挑战了这一传统。如本书此前章节解读圣经文学时,奥尔巴赫发现日常场景及普通人物的描写能够同样展现出悲剧性。这种悲剧性并不是传统意义上的贵族悲剧,而是更贴近普通人的生活,更真实地反映了人类经验的广泛性和深刻性。这一创见突破了文学创作中阶层限制的界限,揭示了悲剧性质可以超越社会等级,触及人性的普遍性。

龚古尔兄弟在"序言"中提出,下层阶级的苦难同样值得被文学表现,并且能够激发出与贵族阶级苦难相同的同情和共鸣,这就质疑了社会阶层对文体分用的决定性作用,推崇更为民主包容的文学创作方式。这一观点不仅革新了文学传统,也在更深层次上理解了人性和社会现实,为后来的现实主义文学提供了理论支持。龚古尔兄弟的见解说明文学有能力跨越社会的界限,触及人类共有的情感和经验,使文学作品能够成为人性和社会现实的真实反映。从这个角度来看,奥尔巴赫的分析不仅是文学批评的突破,也为理解文学在社会和历史中的作用提供了深刻的洞见。

二 法国现实主义的使命:聚焦"第四等级"的生活

19世纪,法国现实主义涌现出一批优秀小说家,包括司汤达、

《摹仿论——西方文学中现实的再现》(1946)

巴尔扎克与福楼拜、左拉等人。尽管他们尚未在创作中完全展现平民百姓的生活，但他们毕竟成功地打破了法国新古典主义时期重新确立的文体分用原则，开启了现实主义文体混用的新纪元。这些小说家在描写社会现实的过程中涵盖各个社会阶层，展示了一个复杂多元的社会图景。龚古尔兄弟则继承文体混用的原则，进一步推动了现实主义的发展。

但龚古尔兄弟的创作也暴露出值得关注的若干问题。首先，他们家境殷实，对"病态审美"兴趣浓厚。下层平民百姓的生活自有一种陌生而诱人的魅力，使他们以一种探索性的态度来描写这一阶层的人物。《翟米妮·拉赛特》中的女仆实际上是资产阶级生活的一部分，"把第四等级纳入严肃的艺术展现的使命并没有从其实质上得到理解和把握。这个题材吸引他们的完全是另外的东西，是丑陋、令人厌恶、病态的感官刺激"（第589页）。

其次，他们深受唯美主义影响。虽然他们并不是最早追求病态审美的作家，但他们首次将唯美主义引入了小说领域，其作品将下层民众的生活与对丑陋、令人厌恶和病态的感性描写结合在一起，体现了对传统崇高文体的反叛，并反对将文学的目的仅仅理解为"讲述"和"娱乐"。他们创新之处在于，通过作品中描绘的病态和丑陋事物，打破观众对于文学作品的传统愉悦功能的期待，使读者感到不适，"竭尽全力要将读者从安逸舒适的状态中驱赶出来"（第591页）。

最后，法国现实主义关注底层民众，文学作品理应更多地承担社会责任，小说家们在这方面有一定局限性，他们既与资产阶级群体保持着暧昧的关系，同时受制于当时流行的、偏好畅销读物的读者群体的喜好。因此，如《翟米妮·拉赛特》以及类似的作品，虽声称反映社会现实问题，实际上却往往沉溺于唯美主义，"所暴露的，当现实主义假托要反映社会现实问题时，更是不折不扣地大搞唯美主义"（第596页）。《翟米妮·拉赛特》关注的并非社会问题本身，而是要展现"丑陋和病态的魅力"（第596页）。

总之，法国小说家发现了社会中"丑陋和病态的魅力……为把第四等级写进严肃的现实主义作品起了决定性的促进作用"（第596

页)。这一特征同样表现在左拉描写法国北部矿区生活的小说《萌芽》之中。

本章选取的《萌芽》片段表明,左拉在自然主义绘画艺术的影响下呈现出下层民众狂欢的"文学绘画"场景。小说呈现出一种近乎纪录式的客观展现,详尽描述了民众枯燥、露骨、丑陋的日常生活,使用直白的语言来描绘最丑陋的事件。左拉与龚古尔兄弟一样打破了读者对文学作品愉悦功能的传统期待,但不同之处在于,左拉描绘丑陋事件的目的并非仅仅取得感官刺激的效果,而是为了"反映那个时代的社会核心问题"(第603页)。左拉在创作上不仅继承了巴尔扎克全面描绘时代生活的志向,还以更系统的方法丰富了小说内容。他的家族小说《卢贡-马卡尔家族》展现了作者深厚的社会结构与技术知识。尽管后人对此类社会现象已司空见惯,但左拉在描绘出租屋等场景时的创新视角使他的作品具有开创性。左拉通过文体混用的手法将下层民众的悲剧性生活展现了出来,涉及社会生活的各个方面,堪称"最后一位伟大的法国现实主义作家"(第607页)。

三 现实主义在欧洲各国

19世纪下半叶,法国的现实主义文学成就斐然。与之相比,德国和英国的现实主义发展得相对滞后。法国文学界早已广泛采用的文体混用在德国迟迟未得到应有的重视,直到1880年后,冯塔纳才使现实主义题材在德国获得显著发展。英国的情况与德国相似,也未能产生与法国相匹敌的现实主义作品。然而,俄国现实主义文学则展现了独特的面貌。自19世纪80年代起,俄国的现实主义作家果戈理、屠格涅夫(与福楼拜和龚古尔兄弟关系密切)、托尔斯泰和陀思妥耶夫斯基等开始以严肃的笔触描绘日常琐事,运用低等文体表现深刻的社会问题,其作品常常描绘那些使用暴力手段摆脱社会束缚的各阶层人物,与中世纪基督教现实主义文学异曲同工,一如《摹仿论》第四章引用的《法兰克人史》所展现的主题。此外,俄国现实主义的一个显著特点是对人物内心活动的深入探索,它借此启发读者思考道德、

《摹仿论——西方文学中现实的再现》(1946)

宗教和社会问题。

综上所述，现实主义文学在19世纪的欧洲文化生活和精神领域中发挥了不可估量的作用。首先，现实主义不仅是文学史上的一次重大革新，还影响了人们对社会现实的认识和思考方式。它通过描绘各个社会阶层的生活，揭示了社会的深层矛盾和重大问题，促使读者深入理解并反思所处的社会环境。其次，现实主义文学深入探讨了个人和社会的相互关系，促使读者既审视社会结构和阶级冲突，也关注个人的道德选择和心理活动。它细腻地描述了个体主人公的生活经历，展现了他在面对社会压力和道德困境时的内心斗争，能更加透彻地观察人本身。最后，现实主义文学对社会变革和政治斗争发挥着重要影响。许多现实主义作品直接或间接地揭示了社会不公正、非正义和社会、政治的腐败，激发了公众对改革的呼声。这些作品中的社会批评和政治讽刺影响很大，成为推动社会进步的重要力量，对19世纪末至20世纪初的社会变革发挥了重要作用。

（执笔：范予柔）

第二十章　棕色的长筒袜

本章指出，以弗吉尼亚·伍尔夫为代表的20世纪现代现实主义作家虽然仍把揭示现实的客观性作为目标，但不再热衷于完整地描绘外部事件，而是改变了观察现实的角度和叙述的重点，更倾向探索现实的本质，从而对现实做出更深更广阔的阐释。本章主体内容可分为三个部分进行阐述：一是分析《到灯塔去》中伍尔夫为呈现"客观"现实而使用的特殊叙述手法；二是探讨作品中叙述视角的变化；三是论述以伍尔夫为代表的20世纪现代作家对"现实"的认知态度的转变。

《到灯塔去》的情节比较简单，整个故事由3部分组成。第1部分"窗"，讲述傍晚时分兰姆西太太给儿子詹姆斯讲述故事，后与家人朋友共进晚餐的经过；第2部分"岁月流逝"，讲述十年后的家庭变故和别墅的变化；第3部分"灯塔"，讲述兰姆西先生和一双儿女去灯塔的经过。本章的文本分析对象是，由兰姆西太太与詹姆斯之间的活动——"量袜子"，构成各段引文的统一。"在这个微不足道的事件中，不断地插入了其他的成分，不过，这些成分并没有打断事件的进展。"（第623页）第1段插入是在量袜子的过程中，几个外部事件引发了兰姆西太太的意识流动；第2段是"在量完袜子，发现它短很多"后围绕着"从没有人看上去如此悲伤"这个主题插入了人物的心理活动。那么，为何在小说叙事中插入了某些事件，却没有"打断事件的进展"呢？

一 叙述手法与"客观"现实

在本章分析第2段插入故事时，奥尔巴赫先抛出了一个问题："这一段里是谁在说话？"（第626页）他先后否定了说话者是兰姆西太太、詹姆斯，甚至否定了作为叙述者的作者自己、无名神灵。整段引文中似乎并不存在作者的客观表述，而只存在一个人投向另一个人的目光以及由此引发的意识印象。实际上，小说家在这一段中创造了一个叙述者，由"他"站在各类人物的位置上来进行叙述，叙述内容并非作者的想法，而是各类人物的所思所想。这种叙述手法涉及了一个意识流术语——"间接内心独白"。

众所周知，内心独白是意识流小说写作基本的技巧。意识流小说通常囊括了人物对过去的回忆，对现在的观察、思索、评价，对未来的想象和预测，强调人物把自己在某一个场景中的思想情绪和主观感受用自言自语的方式直接叙述出来，而且这种情形实际上是一种无声的叙述，是一种内心活动。直接内心独白采用第一人称的叙述视角和时态，因为没有叙述者的加入和干预，所以对人物的独白可以不做加工或解释。间接内心独白的叙述视角则是第三人称，但作家并不是站在自己的立场上来叙述，而是由一位叙述者站在各种人物的立场上来叙述，其叙述的内容也不是作者的思想而是不同人物的观念、思索和感受。因为间接内心独白是通过叙述者间接地展示给读者的，所以在

《摹仿论——西方文学中现实的再现》(1946)

叙述中有明显的过渡和提示，例如"她在回想……""她感到一阵烦躁……"①在这种情况下，作者作为客观的叙述者似乎完全隐去了。（第629页）但事实上，作者并没有完全退出，而是起到了一个"引导"的作用：他所创造的叙述者夹杂在人物的心理声音之间，形成人物话语之外的叙述干预。例如引文在最后呈现班克斯先生与兰姆西太太通话的场景，此段回忆不是由班克斯先生用第一人称的口吻陈述给读者，而是由一个全知全能的叙述者用第三人称的口吻进行陈述，虽然从未脱离班克斯先生本人的心理思绪，但是叙述者的事件框架和对事件中人物的描写和评价，却形成了对班克斯先生思绪的干预。例如"在他看到在那尚未竣工的墙壁之间"②，是叙述者在给读者讲述事件，又如"他不知道，他可不知道"③，是叙述者对班克斯状态的讨论与干预。伍尔夫的叙述手法有意识地模糊、淡化了客观印象，"作者不是从知情人的视角，而是用猜度、询问的目光审视兰姆西太太"（第630页）。这给读者造成了一种印象：他并不比人物或读者知道得更多，但事实上作者一直在起着引导的作用。

内心独白这一手法在古希腊悲剧、莎士比亚戏剧中就出现过，但发展到"意识流"时已与以往的手法有了很大的区别。"传统的内心独白"手法在以往的现实主义作品中的运用，一般是把人物的意识活动理顺，用清晰、完整、富有逻辑的语言来表现人物的心理活动。此时人物的意识活动经过了加工和提炼，变得合乎逻辑，并且会按照先后次序被描述出来。按照奥尔巴赫的说法就是"用理性的方式表达"，这种人物"内心独白"是为作者所主导和掌控，并受到理性的约束的。如《摹仿论》第18章举出的例子，小说描述爱玛的厌倦无聊，就先写了一句引导语："她特别忍受不了的……"（第571—572页）

---

① ［英］弗吉尼亚·伍尔夫：《到灯塔去》，瞿世镜译，上海译文出版社2011年版，第25页。
② ［英］弗吉尼亚·伍尔夫：《到灯塔去》，瞿世镜译，上海译文出版社2011年版，第27页。
③ ［英］弗吉尼亚·伍尔夫：《到灯塔去》，瞿世镜译，上海译文出版社2011年版，第27页。

然后，对她忍受不了的具体情况逐一解释：从餐厅恶劣潮湿的环境、肉汤的腻味，到夏尔吃饭吃得很香，每一句都是连贯的、对爱玛的"厌倦"的强调，整体都是为"厌倦"这个主题服务的。爱玛的心理局限在"厌倦绝望"这个状态中。

弗洛伊德等现代心理学家认为人的意识中存在多重意识，人当下的意识是过去、现在和未来的总和（人当下可能会回忆过去，也可能会畅想未来），所以人的思维活动是杂乱无章、具有猝然性的，也就是说人在思考一件事情的时候，往往会不由自主地插入其他的事情，人们会自然地同时想起很多事情。由于意识活动的这些特点，意识流作家使用"内心独白"时，不受传统创作手法中时间和空间概念的约束，描写不受理性控制、不符合逻辑的意识活动，试图真实地再现人们多重的意识活动。如在本章引文的第 1 段插入中，兰姆西太太的思绪被反复打断，先是想到莉莉，再漫无目的地回到她正在量的袜子上，但目光一触及屋内的陈设，思绪又飘向了更远的过去，毫无逻辑性可言。作者不再主导人物的心理，而更像是一个放任自流的旁观者，伍尔夫写作方式中至关重要的，"不是仅描写一个人的意识，而是描写不断变换的、多个人的意识"（第 631 页）。

本章比较"内心独白"手法在以往的现实主义作品和在意识流作品中的使用情况，是为了强调"作者对待他所描绘的社会现实的态度问题"（第 630 页）。作者的态度决定了他们所展现的社会现实各不相同。19 世纪现实主义在本质上还是在主观意识映照下所呈现的现实，这种现实不是完全客观的，而是相对客观的，"这些作品试图给我们留下对现实常常采取的极端个人主义、主观主义和偏离主线的印象"（第 631 页）。

二　叙述视角由外部转向内部

由上可见，伍尔夫的特点是将叙述者放在小说之外，犹如一个旁观者，小说可以呈现变动不居的多人意识，这就涉及了叙述聚焦的问题。如上述说，伍尔夫使用"间接内心独白"的手法，让一位叙述者

《摹仿论——西方文学中现实的再现》(1946)

站在多个人物的立场上来叙述。意识流研究专家梅·弗里德曼把这种叙述视角称为"多重选择性的全知"[①]（multiple selective omniscience）。这种视角决定了这部小说是"多人中心意识"的聚焦。如果叙述的聚焦对象是在不同的人物间连续变换的，那么就会形成"不定聚焦"。如本章引文中的兰姆西太太是一位重要的聚焦对象。小说写她针对班克斯、莉莉、詹姆斯等人而产生的心理活动，但其间又穿插着这些人对她的心理活动。由于这种叙述视角不定性，就可以引出另一个概念"多重聚焦"，即每次都用不同的内在聚焦者的目光来观察同一个人或物。引文中的兰姆西太太的形象塑造就是如此：借助多个不同人物在不同的时空中对她产生的心理活动来塑造她的形象。如引文中的班克斯先生认为她"像个孩子似的丝毫也没意识到自己的美貌"[②]，小说家创造的叙述者认为她的思想"像石块的下坠一样干脆，像飞鸟的降落一样精确"[③]，兰姆西太太认为自己"从来没时间看书"[④]。因此引文中的兰姆西太太实际上被班克斯先生、莉莉，甚至她自己等多个主体针对她的意识所团团包围。作者通过多个人的主观印象来引导读者去接近真实的兰姆西太太，从不同侧面的认知来接近客观真实。换言之，伍尔夫所描绘的现实虽然依然保留着对现实客观性的揭示，但描绘现实的视角已经由外部转向内部，表现了现代小说"向内转"[⑤]的趋势。

正因为伍尔夫强调小说家关注的应该是表面现象掩盖下的心理真实，所以她注意到了心理时间与现实时间的落差。伍尔夫曾说："人们感觉世界里的一小时与钟表时间相比可能被拉长五十、一百倍；相

[①] N. Friedman, *Point of View in Friction*, New York: P. Stevick, 1967, p.118.
[②] [英] 弗吉尼亚·伍尔夫：《到灯塔去》，瞿世镜译，上海译文出版社2011年版，第27页。
[③] [英] 弗吉尼亚·伍尔夫：《到灯塔去》，瞿世镜译，上海译文出版社2011年版，第26页。
[④] [英] 弗吉尼亚·伍尔夫：《到灯塔去》，瞿世镜译，上海译文出版社2011年版，第24页。
[⑤] 关于现代小说的"向内转"特征，感兴趣的读者可参考：Erich Kalher, *Inward Turn of Narrative*, trans. Richard and Clara Winston, Princeton: Princeton University Press, 1973.

反，钟表上的一小时在人们的内心世界里也许只有一秒钟。钟表时间与心理时间的不对等关系值得我们去注意。"①《到灯塔中》中的现实时间被淡化了。小说利用心理时间的无限长度和强度，把它任意拉长和穿插，形成蒙太奇式的感官效果。引文中的第 1 个插入故事，是兰姆西太太在量袜子的过程中产生的意识流动，而描述"量袜子"这个外部活动的时间短于描述兰姆西太太的心理活动的时间。

本章为了对"心理时间"做出更清晰的阐释，将《奥德赛》与本章的小说选段进行了比较。《奥德赛》叙述奥德修斯的伤疤的来历时，在欧律克勒亚的手触碰到伤疤的那一刻，现实时间就静止了，而后荷马插入了 3 段现时性（独立现在时态）的关于外部事件的叙述，回到"伤疤"的场景时，时间才继续流动。而且需要注意的是他插入的三件事情都清楚地说明了具体的时间和地点。而《到灯塔去》的相关段落就不同了，它的三处离题叙述都是与兰姆西太太悲伤的面部表情相关的——"从来没有人看起来显得如此沮丧"。② 换言之，此三处意识印象都是叙述者注视着兰姆西太太的面容状态而发生的，每一处叙述的时间、地点都相比上一处更明确，但始终无法做到"奥德修斯的伤疤"般的精确。所以"奥德修斯的伤疤"所插入的三个事件所经历的都是现实时间，而"量袜子"所插入的这三处心理活动经历是心理时间。

由上可见，在伍尔夫的这部小说中，心理时间与现实时间是彼此渗透交融的，现实时间并没有被插入的心理活动打断，它始终处在流逝的状态，反过来同理，心理活动经历的时间也并不受现实时间的约束，依照奥尔巴赫所言："意识的联想并不受引起联想的外部事件的现时性的约束。"（第 637 页）因此，在本章引文中，"量袜子"这一外部事件不再占有主导地位，它只是一个诱因，来引发人物的不受现实约束的内心活动并加以阐释。

---

① Virginia Woolf, *Orlando: A Biography*, London: Trial/Panther Books, 1977, p. 61.

② ［英］弗吉尼亚·伍尔夫：《到灯塔去》，瞿世镜译，上海译文出版社 2011 年版，第 26 页。

《摹仿论——西方文学中现实的再现》(1946)

三　对现实认知态度的转变

奥尔巴赫指出，他选取的这段引文中最醒目的倾向"表现在琐碎的、信手拈来的事情上"（第643页）。伍尔夫所描述的事件的确是日常生活中的微不足道之事，例如量袜子、打电话等，而对于重大的与人物命运相关的转折点，却往往一笔带过，如瑞士女仆的父亲去世这件事情，伍尔夫就只用了预示、暗示的手法偶尔提及女仆玛丽的父亲"患了喉癌"[①]，而把重点放在描述兰姆西太太回忆玛丽站在窗前感叹"那些山峦多么美丽"[②] 等这些看似无关紧要的场面上。再如在《到灯塔去》第2部分中，关于兰姆西太太去世等重大事件她只在方括号内提及，"[兰姆西太太已于前晚突然逝世，他虽然伸出了双臂，却无人投入他的怀抱。]""[那年夏天，普鲁·兰姆西难产而死]"[③]。而在19世纪现实主义中，作家们普遍以描写重大事件为主，就连对日常小事多加描述、走在众多作家之前的福楼拜在写《包法利夫人》的时候，也还是选择了按照时间顺序，逐一描述推动情节发展的重要事件。

因此，奥尔巴赫在此想要说明的是，到了20世纪，现代作家们的"叙述的重点改变了"（第644页），由描写重大的外部转折事件转为描写琐碎的日常小事，可谓真正走入了人们的日常生活之中。但他们并不仅仅是描述事件，而是把描写这种小事作为一个引子来展现主题，来透视一种内心活动、环境或时间背景的引子。为了证明这一点，奥尔巴赫又以乔伊斯和普鲁斯特为例做出简短的分析。前者的《尤利西斯》的外部框架只是一个中学教师和一个报纸广告推销员不到24小时的生活，却以此为引子展现了都柏林、爱尔兰乃至整个欧洲的发展状况；后者的《追忆似水年华》也只是写不同时代的几天或者几个小时的小事，对外部重

---

① ［英］弗吉尼亚·伍尔夫：《到灯塔去》，瞿世镜译，上海译文出版社2011年版，第25页。
② ［英］弗吉尼亚·伍尔夫：《到灯塔去》，瞿世镜译，上海译文出版社2011年版，第25页。
③ ［英］弗吉尼亚·伍尔夫：《到灯塔去》，瞿世镜译，上海译文出版社2011年版，第125—129页。

大事变也只是偶尔提及。由此本章得出结论，"叙述重心的变化表达了信任的变化"（第644页）。笔者认为他指的是人们对现实的认识和态度的变化：人们认为重大的外部转折不再对事物起决定性的作用，反而是微不足道的日常生活事件，任何时候都包含着命运的全部内容。

笔者认为，引起20世纪作家对现实认知产生变化的原因可以分为两点。首先，作家描述现实时带有不可避免的主观色彩。现实生活在不断发展变化，它在本质上是没有什么头绪的。作家们不可能无一疏漏地描写所有已经发生的、正在发生的或将要发生的事情，现实必定会在经过作家目光的过滤、经过其本人主观意识的筛选后才被片面地呈现，无法做到真正客观。其次，战争引起了社会生活的变迁以及人们思想精神的裂变。"19世纪，甚至20世纪初，在这些国家占主流的是可以明确表述和得到公认的共同的思想和感情。"（第648页）因此处于那个时期的现实主义作家梳理现实时都有可靠、确定的标准。那时，欧洲各个民族的各种矛盾的思想和生活方式还比较容易区分。但"一战"及战后，欧洲社会动荡，现实混乱不堪、支离破碎，人们的生活方式也随之发生了剧烈的变化；灾难、创伤和新事物的冲击导致信仰的缺失，人与人之间难以再有公认的共同思想和情感，取而代之的是人们思想精神的矛盾和情感逐渐走向病态。这一时期，不仅是作家本能地意识到反映、解释现实的方法需要发展，身处这种混乱的时代氛围中的读者也对阅读的精神体验提出了新的要求。

因此，现实的剧烈变动使传统的梳理现实的依据不复存在，这一时期的作家都以自己的方式寻找脱离外部现实的途径，以便更广泛、更深入地解释现实。作家们必须找寻新的描写、解释现实的方法，笔者在此处选取奥尔巴赫重点强调的两种方法进行分析，即"多元意识镜像"（the reflection of multiple consciousness）和"事件象征性的全知时间性"（the symbolic omnitemporality of an event）。奥尔巴赫在本章对"多元意识镜像"作了简要阐释：

> 第一次世界大战期间及其战后，充斥着无数不稳定思想及生活方式、孕育着灾难的动荡的欧洲，一些因其本能及判断力而著

《摹仿论——西方文学中现实的再现》(1946)

称的作家找到了一种写作方法,能够把现实分解成多样性的、可作出各种解释的意识镜像。(第648页)

笔者认为,奥尔巴赫提及的这种写作方法,就是不同的叙述者对同一个人或多个人的各式各样的意识印象投射到一面巨大的棱镜上,经过反射和折射就形成一个纵横交错的网状结构。这些被投射的意识印象在相互矛盾、补充的过程中就产生了一种类似于对人物、社会或世界的综合性的认识,或者说读者对这一人物、社会和世界可做出综合解释。这种认识不是单一性的,而是具有多重解释的,不必拘泥于条条框框式的准则。现实因而充满了无限的可能性,也更接近客观真实。如引文中的兰姆西太太的人物形象就是多重意识投射交织后呈现出的一个综合的形象,又如莉莉认为"夫人也有她的盛气凌人之处,令人不胜惊讶"[1],班克斯认为"像个孩子似的丝毫也没意识到自己的美貌"[2]。当这个综合性的人物形象呈现给不同的读者时,不同的读者自会做出独立的、具备个人特色的判断和解释。

"事件象征性的全知时间性"也是奥尔巴赫阐释意识流小说的重要概念。本章借用普鲁斯特《追忆似水年华》的选段来诠释这种写作手法:"一个小时并不只是一个小时,它是一只玉瓶金樽,装满芳香、声音、各种各样的计划和雨雪阴晴。被我们称作现实的东西,正是同时围绕着我们的那些感觉和回忆间的某种关系。"[3] 可见,事件发生的"时间"不是指过去—现在—未来的线性流动的物理时间,而是像小说中偶尔提及的外部事件一样,只是一个透视的时间点,一个展现主题的引子。通过"一个小时"的回忆,心理时间在流动间极大地拓展了回忆的范围,此时许多在不同的时间点发生的回忆性的事件便大量涌现。

---

[1] [英]弗吉尼亚·伍尔夫:《到灯塔去》,瞿世镜译,上海译文出版社2011年版,第45页。
[2] [英]弗吉尼亚·伍尔夫:《到灯塔去》,瞿世镜译,上海译文出版社2011年版,第27页。
[3] [法]马塞尔·普鲁斯特:《追忆似水年华(下)》,李恒基、徐继曾等译,译林出版社2001年版,第1719—1720页。

正是在上述意义上，奥尔巴赫才认为："普鲁斯特的目标是事件的客观性和本质；他试图通过自己意识引领实现这一目标，但不是任意一个当下意识，而是记忆意识的引领。"（第638页）回忆意识脱离了外部的时间顺序，也脱离了它真实发生时的状态，仅呈现为心理时间的绵延性。因此，对于回忆意识来说，时间注定不会以单一的线性方式发展，此时的回忆存在于一个类似具有空间性质的时间中，因此其自由性也得到了极大的提高。时间以及回忆的自由性也就使众多记忆之间的通道被打通，一个又一个的记忆片段被串联到一起，形成丰富的内容和不同的层次。因此，"记忆意识"本质上是具有创造性的。另一例见于《追忆似水年华》第1卷《在斯万家那边》的一个片段中。在这一段中，主人公的记忆意识自由地穿梭在不同的时空中，先是回忆起童年时期那个暂时没有得到的晚安吻、父亲出乎意料的表现，由这一表现引发了"我"对父亲的形象、动作的回忆，而后回到现时"这已经是多年前的事了……"再重新进入回忆"我的父亲也早已不会再对我的母亲说……当着父亲的面我总竭力忍着……"再进入现时"现在我周围的生活比较沉寂，才使我又听到了它……"[①] 实际上，作者是通过透视一个时间点（即"童年的一个晚上"），看见了"我"的回忆意识不同层次的安排。

综上所述，以伍尔夫为代表的20世纪现代现实主义作家虽然仍把揭示现实的客观性作为目标，但已不再热衷于完整地描绘外部现实，他们更倾向于探索现实的本质。首先，它们改变了观察现实的角度，叙述视角由外部转向内部，或说他们把外部现实内在化了；其次，他们叙述的重点由重大的外部事件转向琐碎的生活小事，作家们认为他们随意捕获的一个瞬间都具有真实性和生活的深度，因为"在这个瞬间所发生的一切，无论外部事件，还是内心活动"（第650页），所涉及的都是"生活在此瞬间的人本身"，"由此也涉及人类基本的和共性的东西"（第650页）。而这种瞬间运用得越多，人们生活中的共性就越发明显。这种共性越普通、越能被人阐释，它所起的作

---

① [法]马塞尔·普鲁斯特：《追忆似水年华（上）》，李恒基、徐继曾等译，译林出版社2001年版，第23—24页。

《摹仿论——西方文学中现实的再现》(1946)

用也就越大。奥尔巴赫据此推断，发生这一变化的原因是各个国家、阶层的人们的生活方式和思维活动的差异大大缩小了，或许，奥尔巴赫正是在此变化中看出了国际化或全球化的趋势。

（执笔：王允诺）

结　语

奥尔巴赫以对读者坦露本书创作思想与心得的文字作为结语。他既阐明了《摹仿论》的三大思想基础，又将写作意图与艰难的创作过程向读者和盘托出，收束全书。

首先，奥尔巴赫向读者说明贯穿全书的"摹仿"（mimesis）的灵感来源。一是起源于柏拉图《理想国》提出的"摹仿"；二是来自但丁对喜剧如何模仿现实的思考。随后，奥尔巴赫在纵观欧洲文学发展过程中，不断加深对文学"摹仿"现实的认识，从而逐渐确定明晰了本书研究范围与主导的研究思想，深入探讨了现实主义表征方法（也即摹仿策略）在西方文学中的发展脉络和不同取向。

随后，奥尔巴赫再次点明本书互为关联的三个基本思想：文体分用原则（separation of styles）、现实主义和喻象（figura）。其中，文体分用在《摹仿论》中是一个极为重要的古典创作理念：对日常生活的摹仿不适合于崇高的文体（sublimitas），相反，它只能在喜剧或田园诗那样的"低等文体"（humilitas）中才能找到立足之地。奥尔巴赫说："在古典文学中，高贵的风格用来表现贵族和诸神……低级的风格主要用于滑稽和世俗。"[①] 后来的欧洲古典主义流派都反复倡导这一理念，他们不允许

[①] ［美］爱德华·W. 萨义德：《五十周年纪念版导论》，朱生坚译，见［德］埃里希·奥尔巴赫《摹仿论——西方文学中现实的再现》，吴麟绶、周新建、高艳婷译，商务印书馆 2018 年版，第 xvi 页。

在悲剧性、严肃性的作品中出现现实主义。这样的局面直到19世纪初法国现实主义作品问世才得以改观。

正是在法国现实主义那里，现代现实主义才获得最初的发展基础：严肃地处理日常生活现实，一方面将生活在社会底层的广大民众凸显为表现生存问题的对象，另一方面将任意一个普通的人和事置于时代总进程这一历史发展的大背景下。（第582页）巴尔扎克、福楼拜的小说均以严肃的态度描绘日常现实。普通人的日常生活成为严肃文学的表现主体，让社会下层人群成为"问题性—存在性"摹仿的对象，详尽地把历史政治编织进情节中，突破了长期沿用的"文体分用"原则。自此以后，现代现实主义所表现的生活更加宽广和多样。

文体分用原则的界定，是奥尔巴赫对整个欧洲文学的现实再现模式进行研究的"起点"。然而，奥尔巴赫也认识到，文体分用原则的首次被打破并不是在19世纪初才出现的，因为浪漫派和现实主义者当时打破的原则是16、17世纪重建的古典原则。换言之，这一原则在之前的文学作品中曾被弃用，如中世纪和文艺复兴时期也出现过严肃的写实主义，打破了古典文体分用原则，这得益于耶稣基督的故事："上帝化身为地位卑微的人物，他在人间变形，与平民百姓和最普通的人交往。"（第51页）而耶稣在人间受尽苦难的历程，将悲剧性、崇高性及问题性元素融入普通人的寻常生活之中，使崇高与平凡不可分离。

从奥尔巴赫的研究中，我们会发现，欧洲文学摹仿现实的路径并非绝对的线性发展，而更多的是不断扬弃、不断博弈的螺旋形上升态势。如果把这两次突破文体分用的例子加以比较来看，我们会察觉其发生条件是完全不同的。奥尔巴赫通过神学上的喻象一词，将古典时代晚期及中世纪基督教会的真实观概括为"喻象的"（figural）。这一观点在本书中，也在他的论文《喻象》[1]中得到了解释。喻象把时间及缘由毫不相关的两件事联系起来，"事件之间时间—水平及原因上的联系没有了，此时不再是某人尘世过程的一环，而是同时成为某一

---

[1] James I. Porter ed., *Time, History, and Literature: Selected Essays of Erich Auerbach*, Princeton: Princeton University Press, 2014, pp. 65 - 113.

《摹仿论——西方文学中现实的再现》(1946)

以往即一直存在和在将来圆满完成的事件"（第 88 页）。所以事件在尘世上的直接联系几乎可以忽略不计，现实事件都与上帝相连。

上述三种互为关联的观念交织成本书的研究基础，为解决具体问题提供研究方法。奥尔巴赫说，把《摹仿论》视为一本介绍现实主义的历史过程的书，既不可能，也不符合作者的初衷。奥尔巴赫在《摹仿论》中也避免对具有某一特定风格的作品下定义，因为它们不是文学史上一类特定的类型，只在奥尔巴赫的研究中才能发挥作用。顺理成章的是，奥尔巴赫在行文过程中，每个章节先截取作品中的几段文字进行分析，进而再去验证中心思想。他认为，用作品来证明思想的写作方式给了研究者诠释作品的自由。因为没有一个具体清晰的概念限定思路和思想，所以研究者便可按照自己的喜好选择作品，对其中的重点做出自己的解读。本书写作意图其实是在写作实践中不断打磨和规范起来的，所挑选的诠释的文本也完全来源于写作时的"灵光一现"。这种写作方式既自由，又能使文本贴合写作思路，不必受到文本类型的限制，他所关注的不是文学发展的规则，而是文学发展的"非规则"——错综交织和互相补充的倾向和潮流。奥尔巴赫的《摹仿论》每一章都会处理一个或长或短时期的文学作品，所选作品也并无国家和语言的考虑，有时甚至离开他熟悉的语言和研究领域。这也正符合了奥尔巴赫刚才所说的随意性与不规则性。

《摹仿论》成书于奥尔巴赫流亡时所在的伊斯坦布尔，由于资料缺乏等客观条件的限制，此书在所难免地会有所遗漏或不严谨之处，但在展开具体论述时，奥尔巴赫尽量做到万无一失。他也希望此书能够献给热爱文学的读者。

（执笔：杨婕）

恩斯特·R.库尔提乌斯

《欧洲文学与拉丁中世纪》（1948）

《欧洲文学与拉丁中世纪》（1948）主要章节

第一章　欧洲文学
第二章　拉丁中世纪
第三章　文学与教育
第四章　修辞
第五章　主题学
第六章　自然女神
第七章　隐喻学
第八章　诗歌与修辞
第九章　英雄与君主
第十章　理想风景
第十一章　诗歌与哲学
第十二章　诗歌与神学
第十三章　缪斯女神
第十四章　古典主义
第十五章　风格主义
第十六章　书籍的象征意义
第十七章　但丁
第十八章　后记

《欧洲文学与拉丁中世纪》(1948)

第一章　欧洲文学

据《欧洲文学与拉丁中世纪》英译本"序言"可知，作者库尔提乌斯（1886—1956年）出自书香门第之家，生活在法语、德语通用的斯特拉斯堡市。这种生活环境无疑有利于他将来通晓欧洲主要语言。作者年轻时钟爱欧洲文坛上风头正劲的现代派文学，对纪德、普鲁斯特等都有过专门研究，与 T. S. 艾略特有长期书信往还，并将艾略特的《荒原》首次译成德语。

库尔提乌斯年少成名，后长期担任大学教授，是 20 世纪初期德国最有成就的法国文学批评家和研究专家。纳粹势力上台后，他连续 16 年没有发表论文。"二战"后比利时的一家出版社才于 1948 年出版《欧洲文学与拉丁中世纪》。这家出版社两年之前刚出版了奥尔巴赫的《摹仿论——西方文学中现实的再现》（以下简称《摹仿论》）。但与奥尔巴赫不同，库尔提乌斯在"二战"中并未受到明显的政治迫害。他自述写作本书的初衷是："当德国的灾难降临时，我决定通过研究中世纪的拉丁文学来为中世纪人文主义理想服务。"[1] 中世纪历来被视为黑暗的时代，作者从"黑暗的地窖"中挖掘出人文主义，向前衔接古代，往后联系文艺复兴，打造出欧洲文化、文学的统一体，在被战火蹂躏的欧洲潜心研究 15 年，目的是传承欧洲文明，正如作者所说："本书不是纯粹学术兴趣的产物，它来自存续西方文化的关切。"[2] 作者

---

[1] Ernst Robert Curtius, "Author's Forward to the English Translation", in Ernst Robert Curtius, *European Literature and the Latin Middle Ages*, trans. Willard R. Trask, Princeton: Princeton University Press, 2013, p. xxiv: "When the German catastrophe came, I decided to serve the idea of a medievalistic Humanism by studying the Latin literature of the Middle Ages."

[2] Ernst Robert Curtius, "Author's Forward to the English Translation", in Ernst Robert Curtius, *European Literature and the Latin Middle Ages*, trans. Willard R. Trask, Princeton: Princeton University Press, 2013, p. xxiv: "…my book is not the product of purely scholarly interests, that it grew out of a concern for the preservation of Western culture."

的心愿是在学术上重新塑造一个统一的欧洲。顺理成章的是，全书主题就是"欧洲的心灵"，这一心灵是统一的，有历史延续性，赓续不绝，从古至今 26 个世纪从未间断过。但这里的"欧洲"不包括东欧和斯拉夫民族，指的是地理上的中欧、南欧、西欧，以德法意英为主体，因此，他笔下的"欧洲"是历史上的、文化上的欧洲，不是地理上的欧洲。

既然欧洲的文化、文学共同体从未间断过，那么，中世纪该如何处理呢？一般认为，欧洲从公元 5 世纪进入中世纪后，古典文化被人遗忘了，直到文艺复兴时期才重现辉煌。全书要论证的是，以拉丁语写作的古典作家们（像维吉尔、贺拉斯等）的文学遗产一直存活、活跃于中世纪作家笔下，"书中描写的中世纪一点儿都不黑暗"。[1] 那么，它们以何种方式存活于中世纪呢？作者发现的主要方式：一是"形象"（figure），一是"主题"（topos, topoi），这在全书论述中会逐步展现。

本章为全书的首章，更像是全书的导论或绪论。其核心论点是：欧洲文学是一个复合体。在历史学家实现了"历史图景的欧洲化"之后，文学史家的任务是实现"文学图景的欧洲化"。换言之，欧洲文学是一个在具体时空中延续不绝的独立自主的"单元"，这一单元源自古代希腊罗马。在罗马帝国时代，欧洲曾经是一个国家，拉丁语是当时通行的官方语言。罗马帝国之后，欧洲进入了"黑暗"的中世纪。文艺复兴时代重新发现了古代文明，将现代欧洲与古代联结成一个整体。但中世纪的"黑暗"面貌仍未改变，似乎历史从古代直接跳到现代，这是一种非历史主义的看法。全书目的就是要补上欧洲文学史上中世纪文学这一被人遗忘的章节。

一　理论框架[2]

本章为全书设计的理论框架是两个：历史学家汤因比的比较历史

---

[1] Colin Burrow, "Introduction to the 2013 Edition", in Ernst Robert Curtius, *European Literature and the Latin Middle Ages*, trans. Willard R. Trask, Princeton：Princeton University Press, 2013, p. xx："The middle ages described here are not at all dark."

[2] 本章小节标题由笔者自拟。

《欧洲文学与拉丁中世纪》(1948)

学（比较史学）与法国哲学家柏格森的"创造进化论"。首先，依照汤因比的历史比较理论，历史的研究单位不是国家而是社会或文化，他举出的文化单元共有21个之多。欧洲有很多国家，但欧洲可以作为一个文化的历史的实体来加以研究，构成单一的文化单元。"如果欧洲不是历史实体，那它就仅仅是个名字。"① 换言之，欧洲不是个地理概念，而是一个历史实体。现在通行的欧洲史是各个国家历史的大汇编，"历史图景的欧洲化已成为政治需要，而且不光德国如此"。这意味着各国出于政治需要，把欧洲分割开来，使其变得支离破碎。研究历史，运用科学的比较归纳的方法就足够了，欧洲历史尚仅有六千年，但六万年的、六十万年的历史，就只能使用想象的方法了。

其次，在柏格森哲学中，"对生命来说，虚构幻象的功能已然必不可少"（第6页）。在蚂蚁和蜜蜂那里，生命只有本能，它们可以建造精致的巢穴——那些人类都无法完成的精妙建筑。然而，它们只有本能，没有事先规划。马克思说过，最蹩脚的工程师比最聪明的蜘蛛的高明之处在于，他事先知道自己未来的建筑是什么样子的，而只在本能驱使下工作的蜘蛛不会知道这一点。生命在本能的保护下是安全的，本能延续着生命，但理智对生命却是危险的，因为理智只认识"知觉"，它如果没有任何阻碍，就会大行其道，最终毁灭生命本身。换言之，蜘蛛有生命的本能但没有理智，所以其生存的唯一目的就是延续生命，直至无穷。但人有生命也有理智，理智要想畅行无阻，就会消灭任何异己的事物，包括生命本身也是它要铲除的对象。

那么，用什么事物来约束理智呢？因为感性无法思维、理性无法感知，理性只能以知性或知觉为对象。假如一个人看到一张桌子，又看到一张桌子，他就会运用四大先验范畴之一的数量范畴得出"1+1=2"的结论，也就是说，他可以将这些感官印象（"看到""又看到"）提升到知性的层次。但知性并不是最高的层次，在其上还有理性。正如知性只能思考感性提供的材料一样，理性也只能思考知性，而不能跨越

---

① ［德］恩斯特·R. 库尔提乌斯：《欧洲文学与拉丁中世纪》，林振华译，浙江大学出版社2017年版，第4页。下文引用此著作，均随正文注明页码。

级别),直接思考感性或感官印象。如果想约束理性,就必须让它时刻忙碌,每时每刻都有事情做,于是,生命创造出了"想象的感性"(imaginary perception)来消耗理智。需要强调的是,"想象的感性"不是感官印象式的感性,因为人们在没有看到桌子的情况下也完全有能力想象出一张或几张桌子,人们在想象中体验到的是自由,它既不接受感官印象的规定,也不受数量、质量、关系、模态等知性范畴的束缚,而把想象出来的桌子直接放在理性的面前。这样,理性或理智就不会肆无忌惮地毁灭生命了。生命本能具有创造"虚构幻象的功能"。总之,"由于理智只能对感知到的意象做出反应,直觉便创造了'想象的'知觉"(第6页)。它的具体成果是罗马人的守护神、各种鬼怪、各种神祇,直到基督教的上帝。

柏格森的理论为本书的研究奠定了基础。诗歌运用意象(想象),起初是物种生存、保护的必要性,但后来与生物学脱离了关系,"最终完全摆脱宗教世界的束缚,成为自由自在的游戏"(第7页)。作者历数了欧洲文学的主要代表:"荷马史诗"、古代悲剧、《神曲》、《人间喜剧》等,它们组成了"欧洲文学的复合体"。

二 研究现状

欧洲文学目前尚无法构成一个独立学科,主要原因有以下几条。

首先,目前的欧洲文学研究借助其他学科,如挪用艺术史的概念和分期,如"巴洛克的""表现主义的""印象主义的",这些术语盛行于文学研究中,其结果是:它们的适用范围有限,如"巴洛克风格"仅能涵盖欧洲文学的一小部分;它们是借用的而非从欧洲文学本身生发出来的,也就无法确立欧洲文学的"自主结构"。这一结构首先要从时间上去考察。欧洲文学从荷马到歌德,延续了26个世纪,对文学史进行断代史的研究并不能真正了解欧洲文学,"只知中世纪与近现代的人其实并不了解这两个时期"(第11页)[①]。

---

① 引文据英文版有改动。

《欧洲文学与拉丁中世纪》(1948)

其次，19世纪的拿破仑战争唤醒了各国的民族意识，各国的语文学主要致力于研究民族文学。但各国的国别化研究（specialization）为实现新的整体化研究奠定了基础，尽管现在开展这种研究的人还很少。

最后，欧洲人还没有意识到，现代欧洲是中世纪欧洲的延伸。因此，欧洲的中世纪研究是分裂的，拉丁语学者、教会的教义史专家、政治史学者都彼此隔绝，各自耕耘自己的园地，而且他们并不关注中世纪的拉丁语文学，因此，"我们必须从最黑暗的角落开始，以历史的眼光看待欧洲文学"（第12页）。

三　研究方案

第一，借用汤因比21个文化单元的说法，欧洲文学是一个"可以理解的单元"，但如果分开研究，它就会从研究视野中消失。第二，文学不同于欧洲艺术，它是"永恒的当下"。"荷马史诗"在不同译本中一次次死而复生，每次阅读都是"触碰它们，并到其中游览一番"（第13页）。因此，我们不能借用艺术史的成果来研究欧洲文学。据作者的本章注释，这一观点引发了不少反对意见。本章辩解说："逻各斯只能用词语才表达自己。"（第15页注释①）第三，欧洲文学具有传承特征，荷马、维吉尔、但丁都有赓续继承的关系，这是就作家而言。传承关系还表现在文学形式、韵律诗节、叙述主题、文学手法、文学形象等各个方面。第四，该书的研究方法是语义学的方法。要想解开文本难以理解的部分，只能借助语义学这个工具。第五，该书运用历史的方法，但这并不意味着简单罗列史实，而是从材料出发，"分解"材料，"重要观点只能通过文学之间的精读和比较才能获得，也就是靠观察和实验来发现"（第14页）。第六，该书的重要学术价值在于，它不仅把欧洲文学研究一体化，从国别研究转化为国际研究，而且把欧洲文学的研究现代化。它志在打破分门别类的学科布局，以语文学的研究为材料，采用文学批评的方法，开拓一片新领域，构建中世纪拉丁文学这一新学科。

（执笔：谭志强、刘林）

第二章　拉丁中世纪

本章开启于但丁的幽域（Limbo）之旅，在那里他先后遇到了荷马、贺拉斯、奥维德和卢卡努斯，之后又在《炼狱篇》里遇到了斯塔提乌斯，这五位诗人与哲人，与维吉尔一起共同组成了"卓尔不群派"，他们不仅代表了那些活跃于中世纪观念中的拉丁化古代时期的伟大诗人，更与其作品一道共同参与了罗马象征体系的建构并成为其不可或缺的重要组成部分。

一　但丁与古代诗人[①]

本章首先探讨了《神曲》与"卓尔不群派"的内在关联。荷马是这一派别中最德高望重者，其所作史诗《伊利亚特》和《奥德赛》作为古希腊流传下来的最早的文字作品，深刻影响或者说直接促成了维吉尔《埃涅阿斯纪》的诞生。与《奥德赛》类似，《埃涅阿斯纪》也讲述了特洛伊战争后英雄们的后续故事，而且维吉尔在写作上主要效仿荷马，如他对《奥德赛》中涉及冥府意象的希腊资源进行改编，对阴间情景的翔实描述，都为但丁对地狱的构思和对维吉尔冥界之旅的设想提供了丰富资料与想象空间，正是维吉尔对迷失幽暗森林、身陷猛兽围攻的诗人的搭救与引领才构成《神曲·地狱篇》与《神曲·炼狱篇》的核心情节。恰如库尔提乌斯所说的，"没有奥德修斯赶赴冥界，维吉尔就不可能到另一个世界旅行；没有维吉尔的这趟旅行，就不可能有《神曲》"（第 18 页）。

本章随后涉及被但丁誉为"地位崇高的诗灵"的维吉尔和奥古斯都时代重要的讽刺诗人贺拉斯。他们的模仿者在 12 世纪之后陆续出

[①] 各节小标题均依据英文版和中译本，下文同。

《欧洲文学与拉丁中世纪》(1948)

现,"仿效之作臻于成熟,完全可以同伟大的原作媲美"(第19页)。《神曲》即位列其中。奥维德提出的神祇调解纷争的宇宙论和由克劳狄安引申出的自然统摄的宇宙概念,在12世纪由图尔的伯纳德发展成与当时盛行的柏拉图主义相抵触又内在隐性契合的宇宙起源论与宇宙论。与此同时,《变形记》中富含寓意的众多神话故事使奥维德成为可被后世取用的道德的宝库,但丁在润色《地狱篇》时便化用了《变形记》,但他的手法更胜一筹,正如他超越了恐怖大师卢卡努斯的"惊怖"一样。

此外,晚期罗马诗人斯塔提乌斯以致敬《埃涅阿斯纪》作结的《底比斯战纪》中的人物也时刻呼应着《神曲》。"但丁与'卓尔不群派'诸君会面以后,拉丁史诗便被置于基督教宇宙论诗歌"(第18页),他由皈依基督教思想转而继承罗马文化遗产[①]。在本章论述过程中,《神曲》的"媒介"地位越发突出,库尔提乌斯由此推而广之,认为在中世纪的黑暗空间中始终存在一方光明之所,除写出《神曲》的但丁,那里还栖息着帝王、教父、七艺大师、哲学巨擘等众多西方伟大人物。

库尔提乌斯进而提出他对中世纪的独到看法:作为罗马世界的延续与罗马象征体系嫡传的中世纪亦是通往"西方文明"的桥梁,借此媒介,古代世界的方方面面渗透于现代世界的崭新精神之中,"拉丁中世纪乃是由中世纪通往近代世界的一条碎石斑驳的罗马之路"(第18页),是传承与转变之下古代诗人转身向近代诗人的致意。欧洲世界借由库尔提乌斯力图阐释与重构的罗马象征体系而连缀成具有连续性的历史文化整体,欧洲文学整体观浮现而出。

二 古代世界与近代世界

在皮雷纳看来,公元7世纪中叶阿拉伯人逐渐成为地中海霸主,掀起一场经济革命。东方物品大量输往西方的海上贸易逐步式微。其

[①] 当然,但丁并未因为古典传统而放弃基督教。

结果是以地中海为统治基础的墨洛温王朝的政治中心转向了东北部的奥斯特里西亚，话语权也从国王转向了大地主，出自地主阶层的丕平家族登上政治舞台，古代与近代的分界也在这一过程中隐约可见。皮雷纳将加洛林王朝得以建立的条件与中世纪开启的原因上溯至阿拉伯人入侵所造成的东罗马帝国的政治经济动荡，明确指出："伊斯兰已经移动了世界的重心。"（第22页）

另一位历史学家汤因比则认为，古代最后阶段的解体始于375年，之后欧洲一直处于"空位期"（375—675年），并最终于675年步入近代。特洛尔奇的普遍历史观将欧洲世界分为具有连续性的古代世界与近现代世界两部分，并认为后者始自查理曼大帝时代的罗马—日耳曼民族。汤因比的文化生命观与特洛尔奇的历史哲学启发了库尔提乌斯提出文化连续性的构想。此外，还有人将狄奥多西皇帝的驾崩之年（395年）作为分界点，一是因为在他去世20年后，日耳曼王国在原属不列颠、高卢与西班牙的土地上建立起来，而"拉丁中世纪"便指在查理曼大帝的法兰克王国统一西欧后形成的历史实体；二是因为狄奥多西皇帝在位期间基督教被提升为国教并进而获得了普遍性（其意义将在下文阐述），随之而来的是对异教的严厉打击，教会把多神教描绘成道德邪恶的化身、被魔鬼附体的怪物，破坏神庙甚至被基督徒视作一场驱魔运动；384年，狄奥多西一世的共治者格拉提安下令将胜利女神的祭坛搬出元老院并撤销对神庙祭司的财政支持，此举导致统治者与罗马元老贵族之间的矛盾升级，并最终于392年由狄奥多西皇帝下令取缔多神教。394年，狄奥多西又以古希腊的奥运会是异教徒活动为由将其废止。与此同时，在这一时期诞生的伟大作家奥古斯丁便强调基督教凌驾于犹太教之上，并在其著作中将犹太人妖魔化。

三 中世纪

本章独辟蹊径地取消了古代—中世纪—近现代的欧洲历史划分，如此一来中世纪并不与近现代完全对立，同时依据思想史与强国史将

《欧洲文学与拉丁中世纪》(1948)

中世纪下延至文艺复兴前后（究竟是之前还是之后取决于是否承认近代肇始于民族国家的崛起）或18世纪工业革命与"技术时代"的到来，后者主要参考了特里维廉的观点。

四 拉丁中世纪

此节主要探讨拉丁中世纪对古代的延续与传承。本章上文引述中世纪对罗马晚期保留下来的非古典元素的传承与转变，例如奥内古的古代青铜器临摹图。本节更多涉及非视觉艺术部分。

公元4世纪，北部的日耳曼民族入侵罗马帝国，与希望迫使被征服民族"归顺唯一的圣主安拉，归顺圣主的先知穆罕默德"（第25页）的阿拉伯人不同，日耳曼人接受了罗马语言、宗教的同化，"这就使古代为中世纪提供了'可以用来自我定位的可靠的传统标杆'"（第26页）。贯穿中世纪的拉丁语，作为文学语言，为拉丁文学的传承提供了有力支撑。彼得拉克和薄伽丘便深受中世纪拉丁诗歌的影响。即使进入16—17世纪，仍然有人渴望阅读12世纪拉丁语作家的作品并以"新拉丁语"从事创作，"即便经过人文主义、文艺复兴、宗教改革、反宗教改革、启蒙和革命，拉丁中世纪文学的流风余韵还是脉脉传递"（第19页）。

本章指出："在查理曼大帝的推动下，我所谓'拉丁中世纪'的历史实体第一次完整地出现。"（第28页）可见，中世纪早期即为查理曼大帝统治时期，查理曼大帝开创拉丁中世纪。除了历史实体，作为"文化单元"的拉丁中世纪指的是"在通常意义上的中世纪中，与罗马有关，与罗马的国家观念有关，与罗马教会有关，与罗马文化有关的一切"（第28页）。在拉丁中世纪早期，"加洛林文艺复兴"意义重大。西罗马帝国灭亡后，在西欧大陆上日耳曼人建立了各自的蛮族国家，不过日耳曼人的文化水平普遍不高。查理曼统治下的法兰克王国，其臣民除了教士几乎均为文盲。为了选拔有知识、有能力的教士帮助治理国家、教导臣民，也为了提高教士的知识水平，查理曼下令开办宫廷学校，网罗欧洲各地的知名学者，于是古典文化再次回归。

拉丁语（古典拉丁语）至此成为学者的语言并获得延续，一直存活至中世纪末期。在这一过程中，基督教会及修道院因保存希腊罗马典籍并同时肩负教化蛮夷的任务而发挥重要作用。本章将罗马—日耳曼文化这一新文化的诞生归功于基督教会。同时政教联盟的建立有效推动了法兰克王国的封建化进程，例如汤普逊指出："有条件地把土地让给主教区和修道院的这一项惯例……到了加洛林时代，它就成了一个有组织而又有系统的制度，这制度的精髓按性质和倾向，都是封建式的。"①

此外，在拉丁中世纪，人们还从罗马人那里接受了"世界即罗马"的普世观念，"教廷"与"政府"被视为世上最高的统治机构。正如上文所述，随着基督教被提升为国家宗教，在作为普世宗教的基督教的指引与奥古斯丁的历史神学统照下，罗马帝国作为奥古斯丁眼中世界历史的末期便与人类的老年之间建立起类比关系，其在理论上终将为天国安息日所取代，于是基督教的末世企盼便也自然融入中世纪思想当中。

同样值得注意的是，中世纪史学家从《圣经》中提取出"转移"（translatio）的概念。查理曼大帝开创的帝国复兴之举，便可被视为罗马帝国"转移"至日耳曼民族，德国历史于是便与罗马复兴的观念联系到一起。与此同时，借由"转移"，拉丁中世纪实现了传承古代之外的另一重生命，即转变。正如《圣经》所指出的，"不义、狂放和诓骗会导致国家倾覆"。"转移"的概念表明，"帝国统治权的更迭，是出于恶念而滥用统治权所致"（第30页），基督教罗马由此进一步发展出"忏悔罗马"的观念，超越了单纯弘扬或复兴罗马的狭隘性。此后奥古斯丁基于对"信仰基督教的罗马帝国何以灭亡？"这一问题的思考，认为世上所有的政体皆无法实现善，因此反对神化世俗之城的罗马帝国。但丁对奥古斯丁观点的质疑则暗示他认可罗马帝国是一个文化实体。

---

① ［美］汤普逊：《中世纪经济社会史》（上册），耿淡如译，商务印书馆1984年版，第299页。

《欧洲文学与拉丁中世纪》(1948)

五 罗马尼阿

"罗马尼阿"(Romania)在当今学界指使用罗曼语族诸语言的所有国家。"罗曼"(Romance)这一术语来自"romanus",在中世纪早期指与古典拉丁语分化后的通俗拉丁语。16—18 世纪的学者认为罗曼语族的其他语言均源出于普罗旺斯语,但罗曼语文学之父迪兹反对普罗旺斯语源头说,指出罗曼语族的所有语言均由拉丁语独立衍化而来。

本节回顾并梳理了 Romance(罗曼)与 Romania(罗马尼阿)两词的历史渊源与发展脉络。romania 是 romanus 的派生词,而从 Roma 派生的 romanus 和从 Latium 派生的 latinus(Latin)则共同继承了罗马的遗产,romanus 在拉丁语中意为"属于罗马的",后来表示"属于罗马帝国的"。在罗马帝国时期,"Romani"一词由原来特指统治阶层逐渐演变为泛指帝国境内的所有公民,即罗马人,Romania 则指罗马人居住的整片领地。到了奥托时代,罗马尼阿的意思有所改变,从指帝国的罗马部分(即意大利)削减为仅限于意大利的罗马涅省。7—8 世纪后,"罗马尼阿"的意义则由关联词"romanus"与"romanicus"承担,我们可将上述梳理绘图如下。

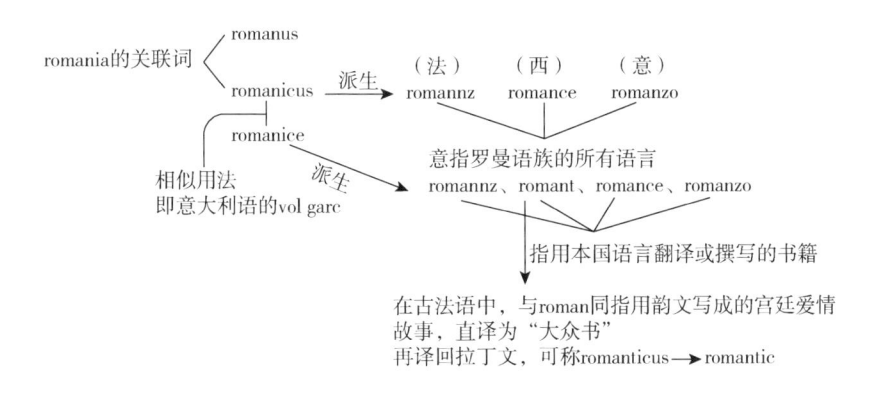

图 1　romanicus 及其副词 romanice 的词义演变

romant 作为 romanice 的派生词，在古法语中意为"用韵文写成的宫廷爱情故事"，在古法语中与 romant 同为"大众书"之义的 roman 对应意大利语中的 romanzo，但丁曾在"爱情故事"的意义上使用该词；与此同时，romanzo 作为 romanice 的派生词同样与后者紧密相连，因此，在法语与意大利语中，作为 romania 关联词，romanicus 一词的副词形式的"romanice"便由对国家、地区的指称转变为文学体裁的名称。类似的情况还见于 romance 在西班牙语中的意义演变。

此外，因为古法语中的 romant 相当于拉丁语中的 romantic，又因为 romant 与 romance 分享相近的词义，所以 romance 与 romantic 就此联系了起来。考虑到 romantic 在 18 世纪的英语与德语中仍然指"可能出现在爱情故事中的事情"，这或许在很大程度上影响了 romance 的词义演变。最终它由对新拉丁方言的专称发展为指称诗歌体裁。

可见，"罗马尼阿"在中世纪已成为超越语言樊篱的文化共同体，并凭借具有同源关系的罗曼诸语言上溯至希腊—罗马时代。各民族语言不断从通俗拉丁语中借入词汇、构词模式、语法规则与句法结构，而且"通过罗马尼阿及其影响，西方接受了自己的拉丁教育"（第 37 页），从而预示着罗马文化的持续存在与绵延不绝的生命力。

尽管自 13 世纪起罗马尼阿之间的语言与文化差异日趋加大，罗曼诸民族依然可以借助其共同的拉丁语来源与发展规律紧密相连。在此期间，各罗曼民族的文学彼此交流，如乔叟部分翻译并改编过 13 世纪法国讽喻长诗《玫瑰传奇》。正如有的研究者所指出的那样，这部作品"比法国和英国本族语中任何其他作品都对乔叟产生了更重要和更深远的影响"[1]。在乔叟的《公爵夫人颂》中，叙事者便在梦中看到房间的墙壁上"以精密的色彩绘出《玫瑰传奇》的全部内容"，而乔叟在其他作品中对花园的描写也多参考借鉴了《玫瑰传奇》，同时这部作品还深刻影响了乔叟对梦幻诗的创作。又如从意大利开始的文艺复兴运动及随之产生的"意大利精神"逐步扩展到法国、英国与西班牙。"从十字军东征到法国大革命，各罗曼民族的文学在西方相

---

[1] 刘进：《乔叟的梦幻诗和欧洲中世纪梦幻文学传统》，《外国文学研究》2005 年第 6 期。

《欧洲文学与拉丁中世纪》(1948)

继独领风骚。唯有从罗马尼阿这里,我们才能俯瞰近代文学的全貌。"(第35页)

库尔提乌斯随后指出两则特例,即德语与英语。与由拉丁语直接衍化而来的罗曼诸语言不同,德语是古日耳曼人向古罗马人学习的结果,源自拉丁语对高地德语方言的同化,"罗曼语言中的拉丁词乃是理所当然的借词,但德语中的拉丁词却是内外有别的'外来词'"(第35页)。这一相对疏远的关系,或是库尔提乌斯认为"一切所谓的民族文学中,德国文学是最不适合作为欧洲文学的研究切入点和观察地"(第10页)的原因之一。

与德语不同,英语属于印欧语系中日耳曼语族的西日耳曼语支。在凯尔特人定居不列颠岛的公元43年,由于"罗马人的征服",拉丁语开始在不列颠岛上盛行开来。之后伴随罗马帝国的衰落、罗马军队的撤离,不列颠岛又被日耳曼部族——盎格鲁、撒克逊和朱特占领,这三个部族的方言均属低地西日耳曼语,在他们分散占领又逐渐合并的历史过程中,诞生了今天被称为古英语的盎格鲁-撒克逊语。在日耳曼人统治不列颠岛的公元597年,罗马的基督教首次传入不列颠岛,"奥古斯丁传道标志着第二次罗马化"(第36页)。而在"诺曼人征服"后,英语则成为被征服者的低贱语言,同法语和拉丁语并存,直到英国取得"百年战争"的胜利后,英语才再度被广泛使用,原属上层贵族使用的法语的词汇也逐渐融入英语之中。到了文艺复兴时期,人文学家对古代文化的研究,又使大量拉丁语词语进入英语。此后英语不断规范化进而摆脱对其他语言的依赖关系并最终于18世纪完成自身语法体系的建设。上述兼收并蓄的演变过程,使英语既保持了日耳曼语的特点,又吸收了罗曼语与拉丁语的长处,更富于表达力,故而本章认为:"英语是经罗曼语和拉丁语改造的日耳曼方言。英国人的民族特征与生活方式既非罗曼式,也非日耳曼式,它们就属于英国人。它们象征着社会统一性与个体多样性的欣然融合,世界各地,独此一处。"(第37页)

(执笔:宋伊靖)

第三章 文学与教育

本章开篇即指出：文学属于教育，是教育的一部分，这一观念最早源自古希腊诗人赫西俄德和荷马，前者的《神谱》与后者的"荷马史诗"是现存的古希腊最古老的史诗作品。古希腊人从这两部史诗中学习历史、了解自我和神话。随后，古罗马人继承了古希腊人文学与教育关系的传统，孕育了他们自己的文学传统，代表人物包括翻译《奥德赛》的李维乌斯·安德罗尼库斯、创造民族史诗的奈维乌斯与恩尼乌斯、古罗马伟大诗人维吉尔。由此，中世纪的文学与教育继承了古代传统，又有其独特之处，这是本章的核心论点。

一 自由艺术

本节意在区分自由艺术（liberal arts）中的"艺术"与现代意义上的"艺术"的概念。自由艺术中的艺术源自"ars"，意为符合水道（artus）规则的事物，或可理解为某种学科或学术。自由艺术教育与哲学教育是古希腊世界并行的两种教育理念，二者的关系表现为自由艺术教育为哲学教育之基础。然而，到了中世纪，哲学教育逐渐式微，自由艺术教育则存续下来。自由艺术的七个科目统称"七艺"，分别为语法、修辞、辩证法、算术、几何、音乐与天文。七艺可谓无用之学，在当时并不能用来谋生。语法、修辞、辩证法三科（trivium）与人文学科关系密切，其中语法与修辞隶属于文学领域。

中世纪延续了古希腊罗马的自由艺术教育传统，语法与修辞教育也得以存续。库尔提乌斯指出，中世纪里卡佩拉《菲洛罗吉亚与墨丘利的婚礼》一书的流传是古典文学教育传统存续下来的权威表述。此书不仅在德国出现多个译本，其人物与主题还频繁出现在中世纪的艺术与诗歌中。尤其是书中寓言式人物引人入胜，在中世纪的诗歌中被

《欧洲文学与拉丁中世纪》(1948)

反复提及:"语法成了一个头发花白的老妇人"(第41页),用手术刀与锉纠正孩童的语法错误;修辞则是"身材高挑的美女"(第41页),身着长裙,手持武器御敌。

二 中世纪的"艺术"概念

本节主要论述中世纪教育学的两种艺术理论:宗教的与世俗的,重点在前者。在神学占据统治地位的中世纪,古代艺术遗产被纳入基督教的教育体系,用于服务宗教。宗教艺术理论归纳起来,其基本观点有二:一是上帝创造了艺术;二是艺术教育乃释经之必要。库尔提乌斯简要梳理了中世纪早期神学家的艺术观念,并详论哲罗姆、奥古斯丁与卡西奥多鲁斯三位神学家的艺术思想。

哲罗姆因翻译《圣经》而广为人知。他指出艺术教育之于宗教典籍理解与阐释的重要性,主张"寓意解经法"[①],强调古代知识乃释经之必要工具。哲罗姆从语文学角度论述了世俗艺术教育的重要性。

奥古斯丁是早期基督教神学思想的集大成者,代表作包括《上帝之城》《论基督教教义》《忏悔录》。在他看来,《圣经》的文学性(这里仅指文学技巧方面,即修辞)并不低于异教文学作品,其目的在于论证《圣经》作为基督教原典至高无上的地位,而异教文学作品主要指古希腊罗马的文学艺术,因为也只有辉煌灿烂的古典文学才足以威胁《圣经》的权威地位。奥古斯丁的艺术观念印证了古希腊罗马文学在中世纪早期仍具有相当大的影响力,也从侧面显示了艺术教育的必要性:唯有如此,我们才能发现圣经文学的精彩之处。

卡西奥多鲁斯晚于奥古斯丁一个多世纪。他认为艺术由上帝创造,并隐藏在《圣经》等基督教原典之中;古希腊诗人与哲学家只是接受了上帝创造的艺术理念,将此理念转化为他们的体系。但为了理解上帝隐藏在《圣经》中的艺术,人们须学习语法与修辞等这些古希腊人创造的法则体系。(第44页)卡斯奥多鲁斯的艺术观念并不奇

---

① 此处英语为 the allegorical interpretation of a Scripture text,亦译为"讽喻解经法"。

431

特，反映出神学家用基督教神学统治一切的普遍思维，但也在一定程度上赋予了艺术教育以合法性与必要性。此外，中世纪世俗的艺术理论不同于宗教艺术理论的专断，显示出其多元化的一面。本节简略列举了几种艺术起源说，并未过多展开阐述。

三 语法

本节主要考察位于七艺之首的语法。语法被视为"第一艺术"，词源上源自古希腊语"gramma"，最初意为"文字"，后来其概念范围不断扩大，甚至跨越了语法与修辞的界限。

中世纪的语法教育体现为众多语法书籍被列为拉丁语学员的课程阅读书目，其中包括多纳图斯的《小艺术》《大艺术》，普利西安的《语法大全》，亚历山大的《语法概要》，艾伯哈德的《希腊语语法》以及昆体良《演说术原理》的语法部分。本节指出，中世纪的语法概念及表达方式都源自古希腊。而这些语法概念包括类比、词源、非规范语言现象、句法错误、词形变异、修辞格、韵律学。

修辞学是语法的一部分。修辞学最早源自古希腊，又被称为演说术，专指对语言实际运用的研究，侧重于研究语言的说服性及其他效果，以及能对听众或读者产生这些效果的策略。[①] 古代修辞和中世纪修辞的含义会在下一章详细讨论。这一节的论述重点是语法层面的修辞格。

四 盎格鲁-撒克逊研究与加洛林研究

库尔提乌斯认为，盎格鲁-撒克逊人与加洛林王朝对古典文学的研究及教育对语法知识的存续有着不可磨灭的贡献，代表人物为奥尔德赫姆与比德。他们生活在5世纪到9世纪的七国时代，这一时期又被称为"盎格鲁-撒克逊时代"。公元6世纪末，罗马教皇格里高利一

---

① ［美］M. H. 艾布拉姆斯、杰弗里·高尔特·哈珀姆：《文学术语词典》第10版，吴松江等编译，北京大学出版社2014年版，第685页。

《欧洲文学与拉丁中世纪》(1948)

世指派奥古斯丁（Augustine of Canterbury）前往不列颠传教，至盎格鲁-撒克逊时代，基督教信仰已成为英格兰地区的普遍信仰。由此我们可以看到，奥尔德赫姆与比德二人对古典学研究与教育的观点都和宗教相关。

奥尔德赫姆提倡古典文学教育的依据是《圣经》的语言是"近乎"受语法支配的语言艺术，这与上文提到的哲罗姆、奥古斯丁及卡西奥多鲁斯的观点并无二致。不同之处在于，奥尔德赫姆提倡原汁原味的古典教育，即从经典著作的原文着手进行研究与教育，因为翻译成拉丁语的经典著作与原著差异很大，仅在语法层面就丧失了很多魅力。

相比之下，比德的贡献更为突出。首先，他合理解释了从古代修辞到《圣经》文本的转变。这一论点在卡西奥多鲁斯关于艺术教育的论述中即出现过，而比德的研究深化了这一观点。其次，比德认为《圣经》的权威性可从其修辞艺术方面得到体现。他列举了《圣经》中出现的众多修辞与转义来论证这一观点。比德的研究使修辞格理论与《圣经》研究相互协调，这也使语法知识能够继续存留于中世纪。

盎格鲁-撒克逊之外，加洛林王朝时期的"文艺复兴"运动也推动了古典文学教育的发展，保存了古代语法知识。加洛林王朝是法兰西历史上第二个王朝，墨洛温王朝时期的宫相矮子丕平推翻了墨洛温王朝建立了加洛林王朝，通过向教皇献出国土来确立其统治的合法性。丕平的儿子查理曼大帝力图振兴法兰西文化而推行文艺复兴运动。所谓"复兴"，其实质是日耳曼民族的"罗马化"，即大力引进罗马文化以塑造法兰西文化。在这场文化复兴运动中，语法与修辞受到重视，从而为古典文学教育打下了基础。

五　课程作家

本节介绍了中世纪教育里一些权威的课程作家。这些课程作家多为古代和中世纪早期的学者，在语法与修辞领域成就斐然。随着历史的发展，权威课程作家的名录越来越长，但在不同的历史时期，学者们在选择课程作家时有不同的侧重点。其中缘由除了学者们的个人趣味，也许还有历史的因素，即不同时期的宗教、政治和文化因素。12世纪以前，语法与修辞一直是贯穿始终的标准。与此同时，课程作家名录也在不断抬高语法与修辞的地位。但12世纪以后，情况有所改变：课程作家、语法与修辞的权威受到挑战。这一转变与建立教会学校有关。教会学校的成功与否取决于自身魅力，于是校长和教师有权自由安排课程，其课程内容不限于语法与修辞。12世纪多样的课程设置动摇了课程作家的权威性，催生了大学的早期形态。

六 大学

本节主要论述中世纪大学的创立及其语法教育状况。大学最初意为"学生与教师的群体"，而非"学科总和"。世界上最古老的大学为博洛尼亚大学。一开始仅是一群语法学家与逻辑学家聚集在博洛尼亚地区研究古代罗马的法典。神圣罗马帝国皇帝腓特烈一世颁布法令，确立这一研究机构不受任何权力影响的独立性，标志着博洛尼亚大学的建立。博洛尼亚大学之后，法国巴黎大学、英国牛津大学、西班牙萨拉曼卡大学才相继建立，这4所大学构成了最初的欧洲大学形态，推动了近现代欧洲的学术发展。大学创立之初，因受到世俗权力的制约而转向教会寻求庇护。教皇由此赋予学校特权，使教士阶层控制学术界，而学校也建立神学系，以研究基督教神学。但异教的世俗知识（如以亚里士多德为代表的世俗哲学）又与神学思想相抵牾。这种矛盾在多明我会教士的努力下在巴黎大学得以调和，一方面设立宗教裁判所以监管教育，另一方面将基督教神学与古代哲学融为一体。巴黎的经院学派由此形成。

大学延续了古代哲学的研究与教育，却使古代艺术受到压抑，在经院学派主导的教育体系里夹缝生存，如语法化身为哲学术语得以存续，语法成为"词语逻辑"这一哲学概念的表现。当然也有例外，英国的艺术教育便不同于巴黎经院学派。沙特尔学校成为人文主义学术研究重镇，"牛津大学的学术重心是语文学研究"（第63页），这里的艺术教育更为兴盛，原因之一是宗教势力相对薄弱。

《欧洲文学与拉丁中世纪》(1948)

七　名言警句与典型形象

前文已述，课程作家在语法与修辞领域具有权威性，除此之外，课程作家的名言警句也常被人们引用，因为这些名言警句蕴含着世俗智慧与通俗哲学思想。古代学者间流行一种以名言警句为主题的语文学团体游戏，这显示出人们对于名言警句的偏好，也反映了文学渗透进古代人们休闲生活的现象。中世纪的文学教育不仅保存了众多名言警句，也让文学的生活方式传承了下来。语文学的团体游戏在中世纪也成了一种娱乐消遣方式，尤其以中世纪的德国为盛，人们在旅行途中通过背诵记忆名言警句来进行智力竞赛。这也是一种文学的传承方式。

文学传承的另一种方式是典型形象的运用。本节所言的"典型"最初是一个修辞术语——"用于举例而插叙的故事"。后来人们补充了"典型形象"这一概念，指"某种品行的化身"（第 67 页）。后世学者常在古代经典作品中寻找典型形象，其类型不仅包括真实存在的历史人物，也包括神话和英雄人物。典型形象是神性智慧进入历史长河的原型。换言之，典型形象的运用使文学具有了历时性特征：不同时期的文学作品因为同一个经典形象而彼此联系。文学研究者也常以典型形象为主题进行文学史的梳理。

（执笔人：张琦）

第四章　修辞

本章从古代修辞的重要地位着笔，按照历史年代逐一讨论古代到中世纪的重要修辞学家与理论体系，涉及修辞的主要功能、组成部分、与绘画音乐等相邻学科的关系等重要论题。

一　修辞的地位

修辞在七艺中位列次席。与语法相比，修辞可使我们更深入地了解中世纪文化。但当前德国的状况令人忧虑。"作为独立学科，修辞从课程中消失已久。""德国人似乎生来就不相信修辞。"其例证是浮士德与瓦格纳的对话："有什么便说什么/更何须咬文嚼字？"（第71页）库尔提乌斯因此呼吁德国应当重新重视修辞的地位与作用。晚年歌德曾说修辞是"人类最迫切的需要"（第72页）。

二　古代修辞

修辞起源于波斯战争以后的阿提卡。修辞的起源可分为两个部分来看，即言说实践与言说理论。前者起源更久远。早在黑暗时代（前1000—前750年）时就已经有发达的言说实践。公元前8世纪的"荷马史诗"中就已开始推崇雄辩的口才，只是由于这种能力被视为天赐，很少有人会对其进行有针对性的学习与训练。随着希腊公民更多地介入公共生活，言说实践越发重要，与实践相关的理论在公元前5世纪之后逐渐开始发展。公共活动为演说提供了广阔的应用舞台。随着民主制的推行，每个公民都被纳入公共生活，所以能说服他人的能力越发重要。要想提高演说能力，就得掌握一些规则技巧，于是在雅典外围其他希腊城邦出现了一批能言善辩之士。他们到雅典开班收徒，培训口才，被称作"智术师"（sophists），代表人物为高尔吉亚（Gorgias）。

柏拉图当时强烈反对修辞以及智术师。他的《高尔吉亚篇》强调"信念"与"知识"是不同的概念，前者可以有真伪之分，而后者只能是真实的。修辞是无知者运用说服技巧，在其他一些无知者心中产生某一信念的一种日常活动，目的是通过言辞来讨好和取悦受众以赢得他们的信服。

在柏拉图之后，亚里士多德重新提高了修辞的地位，将修辞法视为辩证法的对应物。柏拉图曾将智术师的修辞贬低为"诡辩"，亚里

《欧洲文学与拉丁中世纪》(1948)

士多德则认为造成诡辩的原因不是修辞能力本身,而是使用修辞者的意图。修辞往往是或然性的体现,柏拉图所批判的修辞的"自圆其说"的特性恰恰是修辞特有的价值与追求。那些具有充分确定性,只允许一种正确见解或结论的事物(如科学范畴内的事物)不在修辞讨论的范围内。修辞不是一种确证,它的最终目的仅仅是让接受者深感服膺。

公元前2世纪,随着罗马占领希腊,希腊修辞学家开始进入罗马从事教学工作,他们的修辞教学注重实用。罗马早期修辞理论的代表作是《海伦尼乌修辞学》,这部文献和西塞罗的《论谋篇》一起将希腊式教学转化为罗马式教学。共和政体的衰落对罗马的演说之风产生了重要影响。修辞"借助罗马诗歌进入了全新的活动领域,这主要是奥维德的功劳"(第75页)。奥维德使用修辞扩展设定的主题,使诗歌能够吸引读者。修辞还可发挥悲剧材料的效果,代表作品是尼禄时代的塞内加的悲剧以及以卢卡努斯的史诗为代表的悲怆体。

罗马修辞学家昆体良的《演说术原理》(*Institutio oratoria*)出现于公元90年前后,是现存最全面、最具影响力的古代著作。《演说术原理》为教育学论著。昆体良认为修辞应受到伦理道德的制约,并将道德准则看成修辞的一个内在组成部分。

在同一时期的小亚细亚,希腊修辞衍化出一种全新而奇特的风格,即亚细亚主义(Asianism)。这一风格的反对者称其为阿提卡主义,亚细亚主义是欧洲风格主义的最初形式,而阿提卡主义是欧洲古典主义的前身。"阿提卡主义演化出一种始于公元前1世纪上半叶的古典主义文学美学。在希腊人的艺术与生活理想复兴时代,这种美学便一统天下。这场运动的领袖最终败在修辞脚下,因为代表古希腊思想价值的不是诗歌或哲学,而是修辞。"(第76—77页)希腊修辞学家在罗马修辞话语的整体架构中曾被长期边缘化。随着罗马的没落,希腊修辞学家在罗马帝国的地位日显重要,他们复兴传统的希腊修辞实践,出现了第二智术思潮,罗马第二次在思想文化领域败给希腊。

三　古代修辞体系

修辞可划分为5个部分：谋篇、布局、遣词、记忆、演讲，它们最早见于《海伦尼乌修辞学》。修辞艺术的主题也可以划分为法律、商议、颂赞或炫技等三类演说。其中，"谋篇"（inventio）又可译为发明、构思、开题或立意；"布局"大致相当于结构安排；"遣词"旨在"研究词语的选择与搭配、三种风格体裁理论以及修辞格"（第81页）；"记忆"要求演说者平日里能够留意生活中可以纳入自己演说中的原始材料，把它们记在脑子里，需要时随时拿出来使用；"演讲"则事关具体的演说行为，如语气、语调、肢体语言等。

四　古罗马晚期

基督教在4世纪取得了对全欧洲的支配地位，一个标志着中世纪降临的宗教化的政治秩序彻底取代了古代世俗社会，修辞的生存环境面临历史性变革。"同语法一样，修辞也是跟七艺一起走进中世纪的。作为'权威的传统基石'，修辞在校园里得到了保护。从那以后，修辞的发展便止步不前，并呈现暮年之势。"（第81—82页）颂赞性的修辞因宗教仪典的兴盛而一枝独秀，其他两种修辞则日益没落。

五　哲罗姆

哲罗姆的书信起止时间为365—402年，在此期间古代世界与基督教相互对立。虽然古典修辞在中世纪仍发挥着显著的作用，但当时不少人对如何协调异教文化的修辞与他们的基督教信仰相当踌躇。哲罗姆的经历表明中世纪基督教与古典世俗文化的修辞之间长期存在的张力。他把《圣经》翻译成拉丁文，将其理解为基督教人文主义作品，"其主导思想是异教与基督教传统的两相对应。《民数记》暗藏'所有算数的秘密'，《约伯记》包含'辩证法的所有规则'，《诗篇》作者是'我们的西蒙尼德斯、品达、阿尔凯奥斯、贺拉斯和卡图卢

《欧洲文学与拉丁中世纪》(1948)

斯'"（第 83 页）。哲罗姆虽称《圣经》是"文学的大熔炉"，但其本人仍表现出在宗教与修辞之间（希伯来传统与希腊传统）的彷徨，这反映了当时的时代特色。

六 奥古斯丁

同一时期的另一代表人物是奥古斯丁。在皈依基督教之前，他曾在西罗马帝国行政中心米兰担任修辞学教授。他的皈依经历使他坚信，教育必须为信仰服务。他借助修辞来阐释《圣经》中隐藏的奥义，"不仅沿袭了古代晚期的荷马、维吉尔作品的寓意解读法，而且也采用了奥利金（Origen）以后所接受的圣经寓意解读法"（第 85 页）。阐释必须以所信仰的基本教义为大前提来考虑相关词句的可能意义。古典修辞的薪火在中世纪没有完全熄灭在很大程度上得益于奥古斯丁对它的这种"挪用"。

七 卡西奥多鲁斯与伊西多尔

6 世纪上半叶，古代修辞与政治生活的联系经由卡西奥多鲁斯再度恢复。他在书信中指出语法、古代作家研究以及雄辩口才的重要性。西哥特主教伊西多尔针对修辞编纂了一系列选段。他与卡西奥多鲁斯一样，把修辞限于法律演说。

八 文书写作术

11 世纪以前的新发展乏善可陈，影响最深远的是当时的新修辞体系——文书写作术的发展。"文书写作术的壮大实出于行政管理之需，其主要是为公函和公文写作提供范例。"（第 87 页）这一时期的创新在于尝试让所有修辞统摄于书信风格的艺术，这既是为了满足时代需要，也是在有意脱离传统的修辞课程。

九 科维的维巴尔与索尔兹伯里的约翰

12 世纪，著名政治家维巴尔在一封书信中表达了有关修辞理论与修辞实践之差别的专业意见。他写道："讲话艺术不可能在修道院里掌握，因为在那里根本没有机会将其用于实践，演说术是失传的艺术。"（第88页）他所批评的现象是当时修辞艺术被人当作可从古典世俗文化中单独抽离出来的工具学科来阐释宗教典籍。与之不同，修辞在12世纪也被奉为整合一切教育的万灵药，这一观念在西塞罗、昆体良、奥古斯丁那里屡见不鲜，索尔兹伯里的约翰发扬了这种理想。他指出，修辞乃理性与表达间美好而成功的结合，把修辞理论从哲学研究中剔除会破坏整个高等教育。

十　修辞、绘画、音乐

修辞在绘画和音乐领域也留下了自己的印记。修辞能激发画家的探求欲，并确定绘画的主题。音乐教学体系也从修辞教学体系演变出来，"在西方中世纪结束后的很长一段时间里，古代修辞的接受都是艺术自我表现的决定因素之一"（第90页）。在17—18世纪，修辞学仍是学科体系里十分重要的分支。修辞需要与时俱进，跟上同时代文学创作的步伐。

（执笔：曲立）

第五章　主题学

"主题"（topoi）起初源于古代的修辞术，是人们在论辩时所设置的组织模型以及与特定形式相关联的思想体系。后来随着时代与社会的更迭演变，古老的修辞系统逐渐从政治以及司法领域渗透到了文学领域。最终，修辞成为各类文学普遍具有的特征，是文学的公分母。与此同时，主题的功能也在不断扩展，遍及文学所能接触和化用的生活的各个方面。主题的历史具体性与普遍永恒性在本书被反复提及，力图在多样化的文学主题中探求可被经验与证实的数

《欧洲文学与拉丁中世纪》(1948)

据，以挖掘在各种文学形式的衍化过程中始终存在的某些亘古不变的特质。本章包括9节，以研究文学作品的具体结构为主，对各类主题做出具体分析。

一 劝慰词的主题[①]

在欧洲文学传统中，作为炫技演说分支的劝慰词往往与死亡、吊唁相联系。一方面，言说者通过列举历史上伟大的英雄、诗人、先祖的死亡来证明凡人必有一死，以劝慰自己或死者的家属。当阿喀琉斯知道自己注定英年早逝时，他安慰自己说："强大的赫拉克勒斯也未能躲过死亡，尽管克罗诺斯之子宙斯对他很怜悯。"（第92页）另一方面，基督徒的宗教信仰能帮助他们发现更加深刻的劝慰语。奥古斯丁在面对年轻的挚友尼布里丢斯的死亡时这样自我安慰说："我相信，他不会就此沉醉其间，把我忘记，因为您，他所畅饮的主，始终记得我们。"（第93页）

此外，人们逐渐开始用功勋而非寿命的长短来衡量生命是否荣光，进而衍化出对年龄的思索。提托诺斯尽管长寿，却避免不了垂垂老矣的命运，最终被宙斯变成了一只蝉。阿基莫鲁斯则是夭亡者的代表，其在森林里被蛇咬伤而亡。近代的劝慰词开始将这种长寿者与夭亡者的典型代表对立起来，如马莱伯劝慰因为爱女早夭而悲伤的朋友杜·佩里耶说："变成知了的提托诺斯寿终正寝；冥王普路同不看生前只看如今，阿基莫鲁斯与提氏（提托诺斯——引者注）的功绩其实相同。"（第95页）

二 历史的主题

自古以来，诗歌与散文之间就有着深入而广泛的交流，很多主题都先源于诗歌，然后转入修辞。诗歌中的常见主题包括自然之美、极乐世界、转瞬即逝等。友谊和爱的主题虽不常见，却能反映出不同时

[①] 本章小标题均依据英文版和中译本。

代的人类心理变化的趋势。这些诗歌主题的表述风格是由历史决定的，部分主题尽管从古代到奥古斯丁的时代都罕有人论及，到了古代晚期却开始流行起来。这些主题主要有两个作用：一方面，文学批评家可以借助它们探究新主题出现的成因，从而更加深刻地认识和把握文学形式要素的遗传机制；另一方面，这些主题往往与某种变化的心理状态相联系，通过探究特定时代的主题特征，有助于我们多维度地深入了解西方心理学史。

三 故作谦虚

"谦逊"是基督教之前的术语，源于法律演说，大意是说演说者在听众面前表现得顺从而谦和，有意暴露自己的弱点。后来这种做法逐渐被用到其他体裁上，范围也从异教与基督教古代晚期扩展到了中世纪的拉丁语民族文学，形成了一种"谦虚套路"。这种主题有多种表现形式。

这类主题的作者常埋怨自己准备不足，为自己毫无修养、咄咄逼人的言辞后悔不迭，也就词语未推敲、音韵有错误、语言过于简练且缺乏美感等深表歉意。如果作者说自己写作时感到"诚惶诚恐""如履薄冰"，就有助于实现"故作谦虚"的写作形式，如罗马诗人保利努斯在其诗歌《都尔主教圣马丁传》中发出的疑问："我在干什么？惊恐万状的我该把我的怀疑之舟驶向何方？"（第98页）谦虚主题有时会同"立誓套语"（devotional formula）以及由《旧约》衍化而来的自贬语放到一起使用。在帝国时期的罗马，对神的顺从逐渐衍化为受到提拔的人对皇帝的赞美。称颂者在赞美皇帝时必须同时贬低自己，用"平庸的我"来指称自己。后来，自贬语从异教徒的语境转向基督徒的语境。此外，中世纪的许多作者常常宣称自己写作只是奉命行事，接受朋友、赞助人或上级之命而写作，这也是自贬语的一种形式，深化了"故作谦虚"的传统主题。

此外，谦虚主题还表现为作者期望自己的作品能给读者消消食或解解闷。中世纪文学中这种主题形式随处可见，在但丁的《帝制论》

《欧洲文学与拉丁中世纪》(1948)

以及马克罗比乌斯、普鲁登提乌斯、弥尔顿等人的作品中都有所表现。在一首著名的颂歌中，安布罗休就认为，上帝划分时辰是为了给人类解闷。（第100页注释①）。

四 开篇的主题

这一主题往往说明作者写作的原因，表明其写作的独创性。它在古希腊就已出现，作者反对陈旧过时的写作主题或套式，摒弃旧材料，认为自己的写作内容史无前例，亘古未见。维吉尔感叹赫拉克勒斯十二伟业的主题早已过时；但丁的《帝制论》说他希望能以前所未有的方式揭示真理，《神曲·天堂篇》写道："我前往的海域从不曾有人去过。"（第101页）

许多作者喜欢在开篇使用献词的主题。罗马诗人常把自己的致辞称作"献祭"。基督教作家以《圣经》为榜样，将自己的作品献给上帝。中世纪作家将自己的作品视为祭品献给上帝的说法可追溯到哲罗姆，他在《全副武装的序言》中写道："上帝的圣殿里，大家都尽其所能献上自己的祭品……"（第102页）施派尔的瓦尔特在《学校年鉴》中融入了播种者的寓言故事，把自己的诗歌作为初熟的庄稼献给恩师鲍德里希。

为读者授业解惑也可以被视为开篇的主题之一。在古代早期的狄奥格尼斯（希腊哲学家，约前412—前323年）与塞内加（罗马悲剧作家，4—65年）的作品中就已出现这一主题。《圣经》中也有类似的寓言："隐藏的智慧和埋藏的宝贝，二者究竟有什么用？"（第103页）诗人往往将自己头脑中的智慧和处世经验视为埋藏于地下的珍宝，通过写作将这种珍宝公之于世，传之后人。以贺拉斯与奥维德为代表的作家常在作品中使用"业精于勤"的主题来劝导他人勤奋好学。如奥维德教导他的继女："摒弃懒惰，做个博学的姑娘；回到高贵之学的神圣地方。"（第105页）这种反对懒惰、勉励求学的主题经过后人的不断衍化，成为多样化的历史主题之一。

五　结尾的主题

中世纪文学作品的结尾也遵循某些固定的程式，第一类是简短的结尾模板，如"游戏结束""到此为止"的套语，在《圣玛格丽特传》和《罗兰之歌》中都有类似的结尾，称为"突如其来的结尾"（abrupt type）。第二类是适用于户外场景的结束语——"夜色渐浓，只得到此"[①]。这是一种固定使用的虚构场景，从西塞罗的《论演说》、牧歌诗人维吉尔、卡尔珀尼乌斯、加西拉索到弥尔顿的《利西达斯》，都习惯以夕阳西下的时空场景作为结尾，之后有西热贝尔的《底比斯的苦难》第一卷的结尾和贝塞里奥所写的序言。后者写道："白昼很短，不久便又是黑夜，而要在黑暗中写作绝非易事。"（第110页）总之，在这一模仿和复写的过程中这类结尾主题不断地发展，变得越来越成熟，但也更加模式化。

六　祈求自然

本节历时梳理祈求自然这一主题的流变史。它最早可追溯至"荷马史诗"的祈祷文、誓词和古希腊悲剧。我们可以从中发现这种诗歌的呼吁形式与自然拟人化和万物有灵论息息相关，在索福克勒斯和希腊化晚期作家彼翁的笔下自然物都是富有同情心的拟人化形象。在罗马帝国时期，传奇故事和拉丁诗歌也频繁运用这一主题，这影响了《新约·福音书》和基督教诗歌中关于自然景象的描写，尤其是在耶稣之死时渲染大地震动、磐石崩裂和天昏地暗的哀悼氛围。可见，祈求自然主题的功能之一在于增强悲剧场景的哀悼效果。

至中世纪诗歌和古代异教晚期，诗人们只列举自然的种种现象而不加修辞渲染，不过挽歌发展了这一主题，比如约萨德所作的哀歌。在文艺复兴时期，祈求自然的主题与牧歌相结合，在梅纳德和拉康的

[①] Ernst Robert Curtius, *European Literature and The Latin Middle Ages*, trans. Willard R. Trask, Princeton: Princeton University Press, 2013, p. 90: "We must stop because night is coming on."

《欧洲文学与拉丁中世纪》(1948)

诗歌，以及拉封丹的致于埃书简中，大自然成为疏解忧郁和倾诉的对象。最后，西班牙戏剧沿袭了中世纪大量列举自然事物的手法，如卡尔德隆随心所欲地组合各种自然物，形成华丽的修辞段落，变成对祈求自然主题的戏仿。

七 颠倒的世界

这一主题的基本形式原则是把不可能的事物联系在一起。(第117页)维吉尔的矛盾夸张法在中世纪成为一种普遍的修辞手法，狄奥杜夫和瓦拉弗里德的诗歌继承了维吉尔的形式，并构成了一系列"愿某某发生某某事"的句型。到了加洛林时代，维吉尔式的矛盾夸张法成为讽刺与针砭时弊的修辞工具。作家用它在诗歌中批判教会、隐修制度乃至社会生活。颠倒的世界（the world upsidedown）这一主题也因之出现。

颠倒的世界这一主题可在各种文学类型中找到，但它并不限于文学传统，相反，它也存在于流行故事、民间传说，特别是童话故事中，并与末日审判的寓意密切相关。这一主题以多种形式出现，主要可以分为3类：(1) 反映奇特的宇宙现象——日月同现、鱼行于地面；(2) 表现人与动物之间的颠倒关系——牛宰杀屠夫或马对人发号施令；(3) 表现人与人之间正常关系的逆转——一个男人照顾小孩，女人扛着枪，小孩教育他父亲读书，客户为律师辩护，等等。

理解这一主题的首要条件是理解矛盾夸张法（adynaton）。它是颠倒的世界主题的基础。作为一种修辞方式，矛盾夸张法用来把几种不可能乃至极不可能的情况连接在一起。它起源于17世纪中叶，其复数形式adynata在拉丁语中被翻译为impossibilia，其词源为古希腊语的 ἀδύνατον。在古典时期，这是一种运用广泛的文学修辞方式，常被用于誓言和契约。一种常见的用法是指一个不可能的事件比另一个更早发生，如塞内加《神圣罗马皇帝变南瓜》(*The Pumpkinification of Claudius*) 说，人们可以期待哲学家之间的协议比时钟之间的协议更早出现（One can expect an agreement between philoso-

445

phers sooner than between clocks)。然而，这种修辞方式在中世纪很大程度上被废弃了，随着游吟诗人和彼特拉克诗歌的出现，这一形象有了新的推动力。浪漫主义诗人也会用它来强调他们所爱之人的残酷性或用以夸耀爱情的力量，以及爱情如何永远不会结束。比如阿诺·但以理的十八首诗中第四首就使用矛盾夸张法来表现爱情导致的严重后果："谁若不幸中招，定会把杜鹃错认成鸽子，把布依火山错认成平原。"[①]（第119页注释①）

此外，阿里斯托芬、卢西安以及拉伯雷都书写过颠倒世界的主题，而矛盾夸张法的古典类型通常以格言形式出现，一般表现为颠倒各种动物的角色，诸如胆大包天的野兔、畏首畏尾的雄狮、鱼儿猎捕海獭、羔羊猎捕灰狼之类，从而表现了一种强烈的反讽效果。这一主题还与绘画形式相联系，在老彼得勃鲁盖尔的画作《尼德兰谚语》中，颠倒世界传达出了某种惊恐不安的意象，而弗吕吉耶的铭文以及德·维奥和格里美豪森的叙说都进一步强化了颠倒世界所带来的荒谬不安的感觉，这也与20世纪的超现实主义遥相呼应。（第120页）这一主题在某种程度上还表现了今人与古人之间的年代冲突，从贺拉斯、奥维德到伊斯卡努斯都反映了年轻人对过往时代和古典荣光的叛逆，而维雷克的《愚人镜》则运用颠倒的世界这一模式批评年轻人的傲慢与无知。他说："孤陋寡闻的男孩自以为比涅斯托耳年长，比西塞罗善辩，比加图博学。"（第122页）

八　男孩与老翁

在任何一种文化发展中，其发展的中早期倾向于既赞美年轻人，又尊崇老人，而到了晚期则会开始追求二者的平衡。（第122页）从维吉尔、奥维德、斯塔提乌斯到阿普雷乌斯我们都能见到与该主题演变相关的陈述。"年迈的孩子"逐渐成为一种修辞程式，并大多运用

[①] Ernst Robert Curtius, *European Literature and The Latin Middle Ages*, trans. Willard R. Trask, Princeton: Princeton University Press, 2013, p. 97: "Whoever follow it must take the cuckoo for a dove and the Puy de Dome for a plain."

《欧洲文学与拉丁中世纪》(1948)

在颂词、警句和谚语中,"鹤发童颜的老人"主要用来称赞少年老成,以及与年龄不相匹配的智慧。在宗教层面,"年迈的孩子"主题可以追溯到古代异教以及《圣经》传统,后来见于教父文学中灰白色的比喻,并逐渐发展为东正教隐修派对圣徒的一种想象。

库尔提乌斯认为这种超越文化边界的修辞程式的普遍性或与荣格集体无意识的心理学原型相关。(第126页)集体无意识是人格结构最底层的无意识,原型是集体无意识中形象的汇总。它遵循弗洛伊德理论中的直觉法则行事。荣格认为神话形象(即原型)是被原始人类创造出来,植根于人脑深层的原始意象。在原始意象的基础上,概括出人类可能具有集体无意识的结论。原型其实是一个空洞的形式,原始意象将原型填充完整,并通过集体无意识的创作冲动将其创造出来。

九 老妪与女孩

库尔提乌斯认为少年与老年的结合构成了一种完美的女性形象,并在文学传统中固定下来。到了古代晚期,女先知、魔鬼、救世主这类超自然形象在幻觉和梦境中出没,与诸神幻象和异教寓言一同在这一时期混杂为一种独特的表达方式。至于波伊提乌拟人化的哲学形象则暗示了中世纪超自然的女性救世主,并在心理范围内呼应了返老还童的主题。该主题也能追溯至早期基督教的天启文献,《黑马牧人书》作为公元2世纪重要的基督教文献,也是使徒教父著作中最长的一卷,包含了五异象、十二命令与十比喻。基督教在《黑马牧人书》中被形容为化身妇女的"尚未存在的圣灵"(第128页),这一年迈的妇女逐渐返老还童的过程也被视为宗教救赎的隐喻。这一寓言体现了个人特征,正是根植于集体无意识的创作冲动才促使作家创造了这一返老还童的妇女形象。其后,克劳狄安所描写的自然女神和罗马女神以年迈的少女形象及返老还童的政治解读与此前的黑马基督教形成互文关系。到了19世纪,巴尔扎克通过寓言式人物再次为年迈的少女形象赋予了文学生命力,并保持了其一以贯之的超自然救世主的作用。总之,库尔提乌斯认为该主题归属于集体无意识的古代原始意象,充满着幻想与梦境的心理特征，并在梦的语言中实现了降神的仪式，而返老还童的主题本质上其实象征了某种对人格再生的渴望。

（执笔：黄莺、林子玮）

第六章　自然女神

本章从"自然女神在宇宙图式中位置的变化"这一视角出发，揭示人文主义与基督教教义之间的调和与冲突。本章通过考察奥维德、克劳狄安、伯纳德·西尔维斯特里斯、里尔的阿兰等人以及《玫瑰传奇》，指出自然女神尽管地位不断下降，但在中世纪文学作品的神圣秩序里仍然占有一席之地。此外，本章还涉及"双性人""同性恋""隐修制度"等话题，探讨了12世纪不同流派关于厄洛斯与道德的普遍争议。

一　从奥维德到克劳狄安

据奥维德（前43—17年）的《变形记》，宇宙最初是一种混沌无序的状态，宇宙元素互相区分，三界隔离，宇宙的完整性得以确立。至于这位无名的造化神究竟指神祇还是自然，奥维德并未交代清楚。斯多葛学派认为"造化即自然"。这里的"造化神"即指称自然。另有观点认为这位解决一切纷争的造化神在原文中是一个阳性代名词，因此应当指的是一位男性领袖。4世纪后，克劳狄安继续讨论这个话题。他认为，区分宇宙间各元素的不是某位神祇，而是自然，自然代表了宇宙的力量，是一位威力巨大的女神，处于宙斯与众神之间，掌管着婚姻与生育，甚至能够通过怨言来影响历史进程。这种说法与古代晚期神学十分类似。公元4—5世纪，拉克坦提乌斯、普鲁登提乌斯等人把自然女神归入要讨伐的异教神祇之列，否认万物女神的创世地位，指出她只是人类的延续者而非创造者，将其置于上帝之下。这是一种典型的反克劳狄安式观点。就自然女神与上帝的地位高低问题，克劳狄安派与反克劳狄安派掀起的论争贯穿了整个中世纪。

二 伯纳德·西尔维斯特里斯

本节主要分析伯纳德·西尔维斯特里斯（1085—1178年？）的作品，并将他与另外两位伯纳德进行比较。

公元1153年，图尔的伯纳德·西尔维斯特里斯完成了两卷本《宇宙论》（分为《大宇宙》《小宇宙》两部）。在这部克劳狄安式的巨著中，自然女神被描绘为努斯之女，而努斯正是那位"源自上帝的女神"（第139页）。在《大宇宙》中，自然女神向努斯抱怨万物混沌无形的状态。在女神的抱怨下，古代晚期的散射系统及其衍生物由此诞生。这形成了荷马的"黄金巨链"的一部分：宇宙按照修辞学的选拔标准编排次序：天堂出现，星宿分野，天使归类，动物、植物、山川草木严格按照数量、体积、对称等方式排列，世界由此产生了秩序。尽管在造物之镜中，映射出的所有人物都由星宿注定，努斯及其诗人为她们钟爱的那些修辞典型人物——弗罗内乌斯、帕里斯、波吕克斯等，赋予了重要意义，并让这些人决定时代的更迭。

而在《小宇宙》里，自然女神为创造人类煞费苦心。她认为人应当兼具人性与神性。为此，自然女神穿过数重天，拜访了神使墨丘利的星球。或许是受到朱庇特的影响，此时的墨丘利变成了双性人。而在古代晚期，"双性人"不但为短篇抒情诗人所酷爱，也被雕塑家们热衷表现。然而，在古代的调和主义式微后，它便落入了性的领域。中世纪基督教出于宗教布道的目的，把男同性恋者贴上了"鸡奸"的贬义标签，基本不区分双性恋者与男同性恋者。

三 断袖之恋

尽管如此，我们还是可以在后世的诗歌中找到古代称颂男同性恋的遗风。公元9世纪，某位维罗纳教士就曾写诗表达对男孩的追求，该诗被视为中世纪诗歌中的精品,诗中流露出真情实感。而12世纪以男同性恋为素材的诗歌屡见不鲜,单纯以模仿一词蔽之往往失其精华。作为美好的象征,少男少女往往无差别地被诗人在诗歌里予以热情追求。可以看出,11世纪末12世纪初,在人文主义者甚至某些高级教士阶层中,存在着一种毫无成见的爱欲诉求。(第146页)"盖尼米得与海伦曾争论过该选择少女还是少男,这一问题被提到了众神会上,当时自然女神也在场。"(第146页注释①)只有考虑到这一点,我们才能理解伯纳德。而穿过数重天的自然女神,最终接过了努斯赠予的天命鉴、数命录和往事书,与两位缪斯女神一同创造了人类。在造人工作的最后,作者诗意地歌颂了男性生殖器,认为它们能抵抗死亡和延续生命。(第139页)借由这种形式,伯纳德将人类复归到宇宙中去,作品的结尾照应了开始,"小宇宙"与"大宇宙"互为映衬。

《宇宙论》之所以是克劳狄安式的,是因为自然女神依旧掌管着整个生物界的生育,她自身就是生育力旺盛的母亲。基督教天启及其在《旧约》中的预示尽管有所显现,但这反而成全了伯纳德欲扫除一切基督教色彩的异教人文主义。不仅如此,古代晚期文本普遍称颂上帝伟大的生育力,把思考宇宙同赞美生育力合而为一,这一点既不同于柏拉图主义,也有违于基督教教义。(第140页)因此,伯纳德的异教人文主义来源甚广,他第一个将古代的自然神性与生殖神性引入基督教时代,并为其后的几个时代提供了充足的养分。

四 里尔的阿兰

里尔的阿兰是12世纪最重要的一位诗人,素有"百科博士"之称,其《自然之怨》一书很可能写于12世纪60年代的后期。这个标题也表达了阿兰对克劳狄安与伯纳德的继承性。从形式上看,《自然之怨》是一部散文与诗歌相融合的作品,不过与伯纳德不同的是,阿兰在修辞上耗费了更多的精力。而在内容上,该书表明上帝是宇宙永恒的主宰,自然女神归顺于上帝。上帝是超越降生的,自然女神却只

《欧洲文学与拉丁中世纪》(1948)

知晓降生；上帝的作品十全十美，而她的则有待完善；人类从自然女神处获得生命，却必须通过上帝才能获得重生。（第148页）由此观之，阿兰不但保留了伯纳德的自然观念，还赋予其基督教色彩。自然女神仍是上帝与人之间的调解力量，但她谦卑地顺从上帝的旨意。她不再是生育力旺盛的母亲而是谦顺的女仆。从这个意义上说，散射物的"黄金巨链"受到了钳制，神学与自然哲学受制于彼此。

与克劳狄安的诗歌《反鲁费努斯》相对照，阿兰的另一部著作《反克劳狄安的〈反鲁费努斯〉》（作于1182年或1183年）显得更为重要。阿兰借此讽刺了现代派的风尚，他写道："《反克劳狄安》是科学诗，是七艺之集大成者，但除此之外，还增加了神性的启示。"（第150页）这首诗创立了一种全新的诗歌体裁：哲理神学史诗。它有别于科学或哲学训导诗，通过反对复兴的神话史诗与历史史诗，阿兰将感性上升至理性，并一路攀登到神性理式幻象中去。

在《反克劳狄安》中，作者剔除了"天赋"的形象以及欲爱和生殖的讨论。其实早在《自然之怨》里，阿兰为符合基督教教义便做了一些更改，而在这里，改动却是有过之而无不及。其实，12世纪的宇宙观从头到脚都是以基督教为框架的，只是其中补充了柏拉图主义与人文主义。尽管如此，伯纳德乐观的自然主义仍基本按原貌保存着。在此情况下，"自然女神试图在神圣秩序中，为生命的力量与律动寻找一席之地"（第152页）。因为《反克劳狄安》中的确蕴含着一些非基督教元素，例如基督的救赎行动其实作用甚微。归根结底，阿兰的宇宙模式与伯纳德一样，都是柏拉图式的。

五　厄洛斯与道德

厄洛斯（Eros）竟为"爱欲""情欲""色情"。关于厄洛斯与道德的论争出现于公元1140年。克吕尼修会修士莫莱的伯纳德（Bernard of Morlaix）撰写讽刺文《论世界之鄙》，猛烈抨击了当时的断袖之恋，核心思想是诅咒爱情与女性。与此同时，明谷的伯纳德却把对圣母玛利亚的神秘之爱，发展到登峰造极、无与伦比的地步。伯纳德·西尔维斯特里斯则采用修辞学的方法探索异教人文主义。对肉体欲望的看法，三位伯纳德有何不同呢？莫莱的伯纳德不仅要消灭恶行，还要将爱情以及与之相关的自然的原初能量一网打尽；明谷的伯纳德把爱情圣化，使妇女一跃成为上帝之母；伯纳德·西尔维斯特里斯则回到古老的东方源泉，复兴了一幅宗教思辨的宇宙图。因此，12世纪中叶前后，我们可以发现针对厄洛斯的4种截然不同的态度：禁欲者诅咒它，放荡者贬低它，神秘主义者把它灵化，灵知主义者将其圣化。在基督教背景下，出现了一些与西尔维斯特里斯的灵知主义类似的内容，即宣称"一种女性力量侵入了神性观念之中"（第153页）。伯纳德·西尔维斯特里斯关于宇宙的著作，似乎也可以从这个角度来理解：神性的女性部分既是生育之母，又是不断生产的子宫，还是怀孕的自然女神。于是，远古时期的生殖崇拜通过敞开的闸门，又一次流入基督教的西方世界的思想中。（第154页）

六　《玫瑰传奇》

13世纪是哥特风格与经院学派的成熟期，也是公认的中世纪最伟大的时代。《玫瑰传奇》是这一时代的伟大诗篇，其书写者的更迭、内容的割裂也从侧面反映出厄洛斯与道德的拉锯。该诗第一部分为纪尧姆于1235年创作。作者用四千行诗讲述了爱的寓言。40年后，译者兼诗人默恩续写该诗篇，一反原诗作者纪尧姆感兴趣的主题，进行了冗长的说教。如果说纪尧姆充分发扬了"骑士之爱"的精神，默恩则警告人们要小心爱情。

《玫瑰传奇》在默恩的笔下，成了中世纪典型的厌女文学。（第157页）自然女神成了淫乱的帮手，而她对爱情生命的掌握，被嘲讽为淫秽的力证。于是，拉丁人文主义自然而活泼的性爱倾向，被降格至性开放的层面。13世纪中叶以降，在巴黎大学界甚至流行起一种爱情经院哲学。对此，库尔提乌斯批判道："当一个时代为了学问上的吹毛求疵，不惜拿古色古香的传统作交换，那么由此引发的放荡行为，就得到上述现象的呼应。"（第158页）不过，从阿奎那《反异教大全》

《欧洲文学与拉丁中世纪》(1948)

的批评话语、《玫瑰传奇》的反向流行以及年轻的游行布道者对基督教道德的猛烈抨击中，我们仍旧可以略窥厄洛斯反抗道德的张力。

（执笔：刘玉婷）

第七章　隐喻学

修辞格中最重要的当数"隐喻"（metaphor）。隐喻一词，出于古希腊语的"Μεταφορά"，又作"translatio"，意为"转移"。如"草地在欢笑"一语，正是将人的欢笑"转移"给自然，从而在两个主体间形成隐喻关系。本章以历史隐喻学的视野，依次讨论各类隐喻传统。

一　航海隐喻

看似不起眼的航海隐喻起源于诗歌，罗马诗人如维吉尔、普罗佩提乌斯、奥维德等常将写作比为航海。史诗诗人如乘巨船周游四海，抒情诗人则如棹小舟随波漂流。因之，写作的始末就分别照应"扬帆起航"和"船帆收起"。在长达数卷的诗歌中，每卷都可遵从"扬帆""收帆"的隐喻程式。而这一隐喻又在浩瀚的诗作实践中得到了细化。诗人创作时遇到的困难各有其对应之物，如阿尔昆惧怕海怪，斯马拉格杜斯惧怕狂浪，等等。

西塞罗将航海隐喻融入了散文写作，普林尼、哲罗姆等人的书信中也嵌入了前述的"扬帆"隐喻。此类隐喻在中世纪极为盛行，并在此后持续流传，从但丁、斯宾塞的作品中可窥见一斑。但丁的《飨宴》第2卷便以航海隐喻开篇，他在其中引进了"后桅帆"等新的船舶术语。卡西安所著的《沙漠隐修对话录》中有着同样的航海意象。然而但丁从未提到过卡西安。同理，但丁并不熟悉普罗佩提乌斯，他笔下的隐喻不会必然来自某一家，而应植根于拉丁中世纪的诗歌与修辞传统。但丁的注疏者对此理应熟稔于心。

二 人物隐喻

人物隐喻主要依托于人类伦理谱系的外移，接收者是诗人力图说明的名词。从荷马到品达、埃斯库罗斯，古希腊文学中的人物隐喻俯拾即是，如荷马称飞翔乃恐惧之"伴侣"，埃斯库罗斯称烟灰乃"火焰之兄弟"，等等。罗马的演说家鹦鹉学舌，重复着古希腊诗人笔下的人物隐喻。西塞罗谓"一切艺术和知识都是演说家的'伴侣和侍女'"，贺拉斯、昆体良笔下亦多有此类例证。至中世纪，"罗马修辞学中的母亲、后母、伴侣、侍女、仆从，又演化出琳琅满目的人物隐喻"（第168页）。

上述古代传统之外，《圣经》还提供了一些东方的人物隐喻，如《旧约·诗篇》（第85篇第10章）："慈爱和诚实，彼此相遇；公义和平安，彼此相亲。"[①] 古代隐喻用法和《圣经》隐喻用法最终在教父文学中相遇，人物隐喻也成为古代晚期异教风格和教会风格的共通之处。克劳狄安笔下的"诚实"和"宽厚"是一对姐妹，此类抽象名词多为阴性，故其喻体多以女性形象为主。但教会作家所编织的隐喻族谱往往并无定称，例如在谈到"爱慕虚荣"与"骄傲"的关系时，狄奥多夫只是说"或姐妹，或孙女，或女儿"。

但丁同样爱用人物隐喻，如说人类的艺术是"上帝的孙女"。在17世纪的西班牙，人物隐喻又重获新生。贡戈拉认为丘比特是"泡沫的侄亲"，这是格言派式的以小见大。在济慈的《古希腊瓮颂》中，人物隐喻染上了庄重的古典主义色彩，而其内容却是近代心理学的。

人物隐喻中的一类重要观念为"赤子喻书"。此一观念可追溯到柏拉图《会饮篇》中狄奥提玛的发言，其中将荷马、赫西俄德等诗人的作品视为子女。正是这些"孩子"让他们流芳百世。在拉丁中世纪，奥维德似乎是承上启下式的人物，从罗马诗人卡图卢斯、佩特罗

[①] 《中英圣经》（和合本—新国际版），圣书书房1990年版，第740页。

《欧洲文学与拉丁中世纪》(1948)

尼乌斯、辛涅西乌斯，到汉维尔的约翰，都曾将自身的作品喻为子嗣。文艺复兴与巴洛克时期，这一隐喻广为运用。龙萨致莱斯科的哀歌将两部"荷马史诗"称为"荷马的两位闺女"，德奥比涅的《悲剧集》、莎士比亚十四行诗、塞万提斯的《堂吉诃德》，乃至玄学派的约翰·多恩都曾显示出"赤子喻书"的自觉意识。至19世纪，小施莱格尔视小说为"智慧之子"，曼佐尼将《约婚夫妇》谦称为"犬子"，他们共同见证着这一源远流长的隐喻传统。

三 食物隐喻

尽管古代的品达、昆体良都曾将其作品比喻为供人享用的食物，但《圣经》才是食物隐喻的主要来源。"基督教的救赎故事中，最引人注目的莫过于偷尝禁果和最后的晚餐。"（第174页）奥古斯丁认为食物隐喻是合乎情理的，"学习好比用餐，赖以维持生命的食物必定要烹调一番，以适合大众的口味"（第174页）。由此，上帝便是"内在的食物"，真理是养分和养料，散文的诗体改编即为给生食"放盐"。

食物隐喻的另一形式见于西热贝尔的"诗化词典"《底比斯的苦难》，如"黄姜、肉桂、香料让你更富有，/辣椒、阿魏草与一株更大的罗盘草更能如此"。诗人创作的目的是汇集注释者所记录的生僻词汇，自前4世纪起此类文学游戏就风行于古希腊。

纵观食物隐喻的历时演变，可分为两个阶段。第一阶段是直接承袭传统词汇，或通过积累进行词汇扩充；第二阶段是从12世纪起，它们开始以辩证法的形式分门别类。例如"奶"包含水状液体、奶酪和黄油三种物质，当神圣教义被比作奶时，《圣经》的三重意义便与之形成了呼应。水状液体是为人所司空见惯的"历史意义"，奶酪是富含营养的"寓言意义"，黄油是最香甜可口的"道德意义"。如圣方济各所说："若慈悲是奶，那慈悲为怀便是圣油。"此外，但丁的《飨宴》等作品也极大地丰富了食物隐喻。

四 身体隐喻

身体隐喻历史悠久，自柏拉图写下"灵魂的眼睛"这一隐喻后，眼和耳的意象尤得基督教与异教作家的垂青。诺拉的保利努斯说道："因此，开启基督心灵的眼与耳。"在眼睛与耳朵之后，其他身体器官也逐渐得到关注。基督教作家从《旧约》中找到了诸多灵感，如保罗《罗马书》中"心灵的割礼"即承袭《申命记》中的"心灵的污秽"一说。此类隐喻在古代晚期和中世纪经常出现，奥古斯丁所用的身体隐喻多与视觉感知相悖，如"我舌头的手""心的手"，普鲁登提乌斯所说的"心的腹"、但丁笔下的"我们判断力的后背"等，均是身体隐喻的明证。除此之外，《默纳舍祷词》出现了"我弯下我心的膝盖"，这种表达常见于教父、宗教会议以及祈祷书，中世纪诗歌中亦能见到"心的膝盖"的影子。

综上，身体隐喻的传统至少"上至《圣经》的远古时代，下至克莱斯特"（第 178 页），近代的风格心理学将其视为文学巴洛克风格，显然是目光浅近的。

五 剧场隐喻

剧场隐喻依旧可上溯至柏拉图，其思想孕育了"世界如戏台"（第 179 页）的观念。在有关犬儒哲学的演讲中，以演员喻人的类比逐渐成为演讲者必备的套话。其后，类似观念不仅出现在罗马文学中，亦见于早期基督教。奥古斯丁写道："生命不过是人类的一出诱惑频出的戏剧，除此之外，再无其他。"（第 179 页）

与其他诸多隐喻类似，古代异教和基督教作家笔下的"世界舞台"隐喻也最终在古代晚期汇归一流，共同注入中世纪的文学传统中。当波伊提乌说出"此人生舞台"时，塞内加和西塞罗的声音分明在其中回响。不过在中世纪早期的拉丁诗歌中，舞台与世界的类比并不常见。直至 12 世纪，索尔兹伯里的约翰所作的《论政府原理》才使这个类比再获生机。他不仅带来了佩特罗提乌斯"世人几乎都是演员"的说法，还在《世界之悲剧或喜剧》一章中将读者引向新的人生思索：人生或是悲剧或是喜剧。（第 180 页）"剧场隐喻"随之细化到了剧种范畴。此外，约翰还将舞台概念扩展到整个世界，最终从人间

《欧洲文学与拉丁中世纪》(1948)

扩展至天堂。"如此一来,'人生舞台'变成了'世界剧场'。"(第181页)《论政府原理》一书在中世纪流传甚广,导致这类隐喻风行于16—17世纪。

在16世纪的德国,路德用"上帝的戏剧"来代表称义的过程,所有的世俗历史都是"上帝的木偶剧";法国的龙萨在狂欢节的收场白以"世界是剧场,人类是演员"开篇;英国伦敦的环球剧场上悬挂着"整个世界都扮演角色"的格言。在17世纪的西班牙,塞万提斯在《堂吉诃德》中借桑丘之口调侃"剧场隐喻"已流于俗套,但卡尔德隆使它大放异彩。总体看来,卡尔德隆的剧作以世界为剧场,戏剧人物就在宇宙的背景前表演。他最早将上帝执导的世界剧场作为神迹剧的主题,不仅为这一隐喻贡献出了文采斐然的措辞,还让柏拉图的深刻思想在天主教的西班牙重获新生。

"就诗歌形式而论,唯有戏剧可把人类存在与宇宙联系起来一同展现。"(第184页)(新)古典主义戏剧缘起于文艺复兴和人文主义。它以人为中心,却将人禁锢在伦理学领域。拉辛和歌德的古典悲剧以严明的格式自困于心理学领域。霍夫曼斯塔尔则回溯中世纪和西班牙黄金时代,将以神为中心的戏剧带到了20世纪,其剧作《芸芸众生》取自15世纪英国的同名道德剧,"虚构了一个永恒的中世纪,并且踏上了通往形而上学戏剧的道路"(第185页)。在与卡尔德隆的隔空对话中,霍夫曼斯塔尔的《宏大的萨尔茨堡世界剧场》《塔》《亚述女王塞米拉米斯》等作品先后问世。他从西班牙黄金时代的诗歌潜游到中世纪的基督教世界,其所创作的基督教戏剧无疑受惠于卡尔德隆。显而易见,他从中世纪和西班牙戏剧中汲取的并非本土元素,而是一种亘古存续的欧洲神话——属神的形而上的秩序正随着文艺复兴和宗教改革回归欧洲。

(执笔:张腾)

附录

1. 英文版:Here we are on the borderline of the burlesque. Matthew of

Vendôme crosses it playfully… (p. 132)

　　中译本：至此我们碰到戏仿的瓶颈。不过，旺多姆的马修巧妙地跨过去了……（第 169 页）

　　笔者试译：至此我们来到了滑稽模仿的边界上。不过，旺多姆的马修开玩笑般地跨过了它……

　　2. 英文版：It need only be pointed out that according to Augustine alimentary metaphors are justified。(p. 134)

　　中译本：这里只需指出的是，奥古斯丁认为食物隐喻是有据可查的。（第 174 页）

　　笔者试译：这里只需指出的是，奥古斯丁认为食物隐喻是合乎情理的。

　　3. 英文版：This is naturally a reference to the threefold meaning of scripture: historical，allegorical，tropological。(p. 136)

　　中译本：这里显然指圣经的三重意义：历史意义、寓言意义及比喻意义。（第 176 页）

　　笔者试译：这里显然指圣经的三重意义：历史意义、讽喻意义及道德意义。

第八章　诗歌与修辞

　　本章可分为 3 个部分：(1) 追溯"诗歌"一词的起源，考察从古希腊罗马时期到中世纪"诗歌"一词含义的流变；(2) 聚焦诗歌与散文的关系，指出中世纪二者的互惠性；(3) 继续考察主题在不同演说体裁中的表现情况，详论颂词中经常出现的 3 种主题。下文各小节均为原文所有。

一　古代诗学

　　"文学学科"首先面临的是文学术语史的问题。诗歌的历史可以追溯到荷马时期，但到 1300 年，诗歌还常被人们误解为从属于雄辩术（eloquence），那时并没有出现一个可以用来称呼诗歌的通用词语。如今英语中使用的来指代诗歌的词语 poetry 和德语中的 poesie、Dich-

《欧洲文学与拉丁中世纪》(1948)

tung 等均为派生词，并没有说明诗歌的本质，且有一个漫长的演变过程。所以要了解诗歌，必须先厘清诗歌术语的发展历史。

在通用称呼诞生之前，荷马把诗人称作"神圣的歌手"，罗马人称呼诗人为"预言家"。这类对诗人的指代与诗歌的韵律性有关，所以古代罗马人将"作诗"名为"吟唱"。但贺拉斯将"接近日常用语的讽刺语言"也称为"吟唱"，所以并没有形成一个完全用来指代诗歌的词语。

Poiesis——"诗歌"（poetry）的词根——源自古希腊语"ποιεάν"，意思是"生产""制造"。也就是说，诗歌的根源是一个动词，它首先是关于一个改造世界的动作，而诗歌的含义从技术生产到浪漫意义上的创造经历了柏拉图和亚里士多德的诠释。柏拉图认为"一切事物的制造就是'poiesis'"（第 187—188 页），并将诗歌划入了制造领域，诗人便是从事制造（poiesis）的人[①]。也就是说，在柏拉图看来，诗歌创作与金器制造、酿酒等物质生产劳动并无本质差别。"最初，诗人吟唱自己的作品。此后，随着劳动分工的出现，歌手也可以吟唱别人'制作'的诗歌。"（第 188 页）换言之，吟唱一首别人的诗歌也是"制造"一首诗歌，这就冲淡了诗歌原创性的含义。

把"制造"译为"创造"（creation）是受到希伯来基督教宇宙生成论的影响。"创造"指的是"从无到有"的过程，这与"从有到有"的酿酒、金器的制造有很大不同——酿葡萄酒需要葡萄、打造金器需要原材料金子。当人们用"创作者"来指诗人时，有一种神学的隐喻，暗示着他像上帝那样，能从虚无中创造出东西，也像上帝那样是永恒而高尚的。

这种神学的意味也体现在"诗歌"对应的希腊语词"制造"上，"诗歌与诗人所对应的希腊语词，具有技巧的和形而上学的意义，其中的宗教意味并不浓厚。与此同时，没有哪个民族像希腊人一样，为诗歌赋予了更深刻的神学意味"（第 188 页）。因为诗歌最初对应的希

[①] 英译本中为"maker"，中译本翻译为"从事创造的人"，结合下文内容，也可译为"从事制造的人"。

腊语词是让诗歌创作服从于生产实践活动,让诗歌处于社会生活中的低等位置。但按柏拉图之说,诗人的灵感并不来源于诗人自己,而是从缪斯女神或者其他超人的权威中获得一种"迷狂"的状态去进行诗歌创作,这便又赋予了诗歌某种神学的意味。

这种矛盾的定义提醒着人们重新去看待诗歌创作的劳动价值。诗歌从"制造"到"创造"的完成归功于亚里士多德对学科的重新划分。亚里士多德将"实践学科"与"制造学科"做了明确的区分,并将诗学归于"制造学科"中。这就将诗人的创作活动与奴隶的服从性的劳动区分了开来,强调了诗歌等艺术生产过程中的原创性。与柏拉图摒弃诗歌不同,亚里士多德将诗歌归为最高级的精神产物,让诗学成为一门与伦理学、修辞学等并肩而立的独立学科。诗学的概念一度在西方世界销声匿迹,被遗忘了一千年,随着多米尼库斯的《论哲学之分类》(1150年前后)才再度兴起。(第189页)再加上学校教育与基督教的拉丁语传统,这也就让关乎诗歌理论的"诗学"在中世纪得以延续。

二 诗歌与散文

依据现代文论,诗歌与散文是两种完全不同的体裁。因为与诗歌相比较,散文无须换行也没有节奏韵律的要求。而在古典时代,诗歌与散文并没有绝对的界限,两者同属于"话语"概念,诗歌是格律话语,散文是无格律话语。(第190页)然而,格律话语与非格律话语之间是可以相互转化的。在古希腊罗马时期,修辞学校里便有了诗歌改写为散文的练习。同时,散文也可以改写为诗歌,例如早期的基督教诗歌,用富有韵律的格律话语来改述原本《圣经》或其他福音书等非格律话语文本。这样的改编方法同样见于圣徒传记的翻译中。5世纪保利努斯将《圣马丁传》改写为诗体,百年之后的福尔图那图斯也将这部作品改写为诗体。中世纪同样承袭了古代修辞学校的风格变换练习,许多作者将诗化的文章改写为散文,比如意大利的塞杜里乌斯同时创作了《复活节之歌》和转写的散文。这种双文体写作俨然成为

《欧洲文学与拉丁中世纪》(1948)

中世纪文学创作的一种时尚。

三 中世纪风格系统

虽然中世纪的文书写作术将诗歌与散文划分为不同的种类，但在划分中认为诗歌与散文都受到节奏的控制，同为受控话语。这种分类看似将二者进行区分，实际上却让诗歌与散文的界限愈加模糊。

这种界限的模糊也与散文的多重含义有着直接的关联。散文可被分为艺术散文、平实散文、带诗散文三类。艺术散文在古典时代被称作"修辞话语"或者是"雄辩散文"，特点是费时费心。平实散文是接近日常交流用语的质朴话语。带诗散文又可分为押韵散文和混合散文，前者起源于中世纪早期的伦巴德王国的诗歌，该作者解释自己不曾学过格律诗歌创作，于是用"散文"为自己开脱，称自己"像说话一样用散文创作"，此时散文就有了"押韵的诗歌"之意。（第193页）而8世纪或9世纪的一首诗歌采用了十五音节，并仍旧表述为"散文创作"，从而完成了这种含混意味的转变。混合散文仍是以散文写诗的延续，这与"模进"在文学中的使用有关。"模进"原是音乐中发展旋律的术语，指在音乐中延长的一段旋律。人们需要在一段旋律中编入一段音节与旋律相对应的文字，这段文字原本并不具备韵律，但由于"模进"有两个相同的声部，于是散文的两部分也就必须包含着相同的音节，这样就形成了一种具备节奏和格律的新的诗歌形式。

回顾这些中世纪的诗歌与散文的情况，我们会发现中世纪的诗歌承袭了古希腊罗马对诗歌和散文混杂的传统，甚至更为复杂。在形式上，中世纪酷爱融合和穿插的手法，比如"莱奥的抑扬顿挫"以及"独具见解的歌利亚派诗节"中节奏与格律的穿插。在内容上，"这种形式穿插的趋势反映出亦庄亦谐的心境，同时也反映出中世纪普遍存在的神圣与滑稽相合的状态"（第197页）。

上述诗歌与散文的混杂情况致使中世纪未能产生一个涵盖格律诗与节奏诗的词语。因此在中世纪，单指诗歌的词语比如"poesis""poema""dichten"等从未或很少出现，反倒是出现了许多指涉"格律诗"或者"用格律作诗"的词。本节补充了中世纪出现的两个关于诗歌的新词"poetria"和"poetari",它们都表现了中世纪新的文化意识。文索夫的乔弗瑞以《新诗艺》(*Poetria nova*)为题目希望与贺拉斯的《诗艺》(*poetria*)相对应,表明自己提出了新的诗歌观念。poetari 在普里西安那里被视为不雅之词,但在中世纪"新诗学"的推动下重获生机,包括但丁的《论俗语》也经常使用。①

四 中世纪诗歌中的法律演说、政治演说与颂赞演说

本节通过对诗歌与散文的讨论论述在文书写作术方面的修辞与诗歌之间的互惠关系。在诗歌与古代修辞艺术的关系方面,修辞艺术中的法律演说和政治演说均对诗歌产生了影响,而炫技演说的影响最为深远。其中的颂词主题与诗歌更是有着紧密的联系,(第 201 页)尤其在中世纪,颂诗已经成为诗歌中重要的一类。而要理解这些诗歌,就须将颂诗的风格置于修辞的范围内考察。以歌颂城市与国家的诗歌为例,中世纪的颂歌体裁和主题沿袭了古代规则。比如城市颂歌需要先介绍城市位置,再介绍城市优点,优点也分为对艺术进步和城市进步的作用以及对教会的称颂。由此可以看出,诗人并不是在随心所欲地创作,而是需要根据主题去"创造"符合修辞规则的诗歌。

五 难以言表的主题

人物颂歌有 3 个主题,第 1 个主题为"难以言表的主题",之所以起这样的题名,是为了"强调处理这个主题时,作者心有余而力不足"(第 206 页)。在这个主题下,诗人常用的一种方法是在诗歌中写到"找不到合适的词语"来赞美人物,言外之意即为现存的词语已经无法描述人物的功绩或者美好的品德,是一种表示赞美的婉转说辞;另一种方法是使用夸张的修辞,如"不管男女老少""整个世界都为之称

---

① 本书中译者指出,但丁《论俗语》中 poetari 只出现过一次,倒是 poetati 出现了 5 次,不知作者是否记错。

《欧洲文学与拉丁中世纪》(1948)

颂"这样的套话,扩大"大家"的范围来显示人物美德传播范围之广。

六 超越

人物颂歌的第2个主题是"超越"主题。在此主题下,诗人会采用比较的形式,即将人和物与过往的典范相对照,从而突出赞颂人物的独一无二之处。(第209页)在古代,斯塔提乌斯首先使用了这种方式,并且创造出了一种固定的句型——"让位"句型。斯塔提乌斯的创作中还有着一种特殊的"超越"模式,是一种尤其夸张的修辞,"人们称赞某诗人或散文作家,让古代所有最伟大的作品都相形见绌"(第210页),如斯塔提乌斯在称赞卢卡努斯的时候,将其地位置于维吉尔之上,但这并不意味着斯塔乌提斯真的认为卢卡努斯的创作胜过维吉尔,他只是在遵循赞颂诗的套路罢了。这样的写法也流传到中世纪的颂歌创作中。作家也会在诗歌中称赞某人远胜古人,但在诗歌之外,作家其实是很尊崇古人的。但如果作家不假思索地使用"超越"手法,毫无疑问会引起非议,因此读者需要有能力区分赞颂诗的套路与作家真实想法的不同。另一种固定句式是"缄口"句型,即所比较的典范对象对超越自己的部分避而不谈。古代的克劳狄安就已经开始使用这样的句型。在中世纪,《神曲·地狱篇》中但丁在和卢卡努斯、奥维德切磋创作技艺时,也同样使用了"缄口"句型,让卢卡努斯沉默不语以便超越他。

七 同辈颂

人物颂歌的第3个主题是同辈颂,即歌颂当代人。早在罗马的弗拉维安时代,许多作家抨击了厚古薄今的观念,认为需要关注时代当下而不是一味颂扬古代。这样的主题也延续到中世纪,比如拉丁韵文版的《熙德之歌》就提到当帕里斯、皮洛士和埃涅阿斯这些古人"风光不再",应该"歌唱国王罗德里克的新战事"(第215页)。

综上,本章主要论述中世纪诗歌与修辞和古代传统的紧密联系。首先,本章考察"诗歌"一词的缘起,指出中世纪的诗歌词汇是从古希腊语中演变而来的，因此也没有统一的指称诗歌的术语。其次，本章认为中世纪诗歌、散文写作的混杂风格也是同古典时代一脉相承的。古人对诗歌散文的模糊区分以及相互转换的修辞练习导致了中世纪欧洲的诗歌散文化、散文诗歌化。最后，本章聚焦赞颂诗歌的主题。中世纪诗歌也沿用着古代修辞中制定的种种主题规则。本章主要涉及人物颂赞风格的主题，接下来的第九章会继续讨论其中最主要的一类主题——英雄与君主。

（执笔：张琰琳）

第九章　英雄与君主

本章讨论了从荷马时代到欧洲中世纪"英雄观"的内涵演变过程。前4节按时间顺序梳理：第1节引入"英雄"的概念，指出其在各民族等级秩序中的地位不同；第2、3节分别展示荷马与维吉尔笔下的典型英雄形象，揭示出英雄所具备的"勇武与智慧"品质；第4节梳理在古代晚期使"勇武与智慧"主题得到发展完善的3个因素，以说明这一主题在进入中世纪后的转变；第5—8节介绍与英雄主题息息相关的其他主题，包括"赞美君主""文功与武功""灵魂高尚"与"美"等。

一　英雄主义

何为"英雄"？库尔提乌斯在开篇以阿喀琉斯、齐格弗里德、罗兰三人为例展示希腊史诗、日耳曼史诗和法兰西史诗中各自的英雄形象。随后，本节依据舍勒的伦理学研究，对英雄的内涵做出了阐释。（第217页）舍勒提出由大到小、由高到低的五种基本价值——神圣价值、头脑价值、崇高价值、实用价值与愉悦价值，分别对应着五种

《欧洲文学与拉丁中世纪》(1948)

"人物价值类型",其中与崇高价值相对应的便是"英雄"。英雄的身体和灵魂是天生崇高的,英雄不会让本能肆意妄为,其独特的优点在于自制。此外,英雄也追求力量、责任与勇气。

世界各国的社会、伦理、宗教体系不同,"人物价值类型"的排列次序也不尽相同,人们对英雄的重视程度也有差异。古埃及的书令史、中国古代的士大夫、古印度的婆罗门以及古以色列的祭司在社会公共生活中占据着统治地位,但没有一个把统治权交给具有英雄气概的武士阶层,印度古代的英雄史诗是由统治阶级婆罗门修订的,带有悲剧观的古代英雄史诗只存在于希腊人之中。

希腊史诗的英雄与日耳曼诗歌的英雄有何不同呢?首先,它们形式有别:史诗是鸿篇巨制,吟诵一首史诗要花上几天几夜的时间;英雄叙事诗篇幅短小,长度从80行到200行不等,它们大多失传,沦为日耳曼文学专家的专利。(第218页)其次,日耳曼部落并不像荷马笔下的希腊人那样将自己视为整体的一部分。霍伊斯勒认为:"日耳曼英雄叙事诗绝不是称颂祖先和民族的诗歌。其核心既非朝代,也非国家,亦非赞美某人某物。"(第218页)它表达了与武士理想全然不同的概念。最后,日耳曼英雄诗歌不含宗教意味,与诸神世界无关。早期英雄叙事诗向中期高地德语英雄史诗转变的两个因素为:(1)维吉尔"踏着荷马的足迹"进行创作,对欧洲中世纪文学产生了重要影响,"近代西方依靠古代地中海文化"(第219页);(2)法国在中世纪鼎盛时期是文化强国,中期高地德语史诗以法语史诗《罗兰之歌》为基础,主人公罗兰信仰基督教,为查理曼大帝献身,可见这一时期的古法语史诗受到民族、朝代与教会的限制。

回答"何为英雄?"这一问题还涉及"英雄"的种类,仅古希腊诗歌便给出了两种英雄形象:其一是小亚细亚的爱奥尼亚人塑造的殖民地英雄(出自荷马)[①],其二是母国英雄(出自赫西俄德)。早期宗

[①] 爱奥尼亚人,古希腊居民中的一支,亦译为伊奥尼亚人。他们自巴尔干半岛北部南迁,在公元前二千年末以后分布于雅典所在的亚提加半岛、爱琴海大部分岛屿和小亚细亚中部沿海一带,对古希腊文化有重要贡献。

教观认为，英雄的力量与其肉身有关，英雄在坟墓中仍可产生影响。赫西俄德的英雄崇拜观即受到神话观念的修改，他在《工作与时日》中塑造的英雄大多居住在赐福岛上，享受荣誉和名声。"荷马史诗"则由爱奥尼亚移民整理。他们在迁移时无法随身携带父辈遗骸，只能放弃死者崇拜，减少了对灵魂和永生的信仰，反而更加强调现世生活。阿喀琉斯的名言可为佐证："我宁愿活在世上做人家的奴隶，侍候一个没有多少财产的主人，那样也比统率所有死人的魂灵要好。"（第220页）尽管如此，"卓绝之人死后永受福佑"（第220页）的古老观念却从未消失。

二　荷马的英雄

本节展示了《伊利亚特》中性格各异的诸位英雄形象，并归纳出英雄的理想典范及其所具备的品质。愤怒的英雄在史诗中随处可见，却并非理想人物。《伊利亚特》以阿喀琉斯的愤怒开篇。他是亚细亚人中最孔武有力的勇士，但他脾气火暴、有勇无谋，先是因阿伽门农抢了自己的女俘而愤愤不平，赌气拒绝参战，后又做出侮辱阵亡者赫克托尔的举动，以泄私愤。他的悲剧不仅是命中注定，也与他难以控制的情绪有关。这就表明，理想的英雄要把勇气与智慧结合起来。对普通将士的要求尚且如此，领袖一级的人物更应同时具备这两种品质。但希腊民族的导师阿伽门农也常被热情蒙蔽双眼，并不完全符合这一标准。只有奥德修斯才汇集英雄气概、精通兵法、足智多谋等品质于一身。

荷马笔下的英雄随着年龄的增长、经验的积累而变得更有智慧。涅斯托耳与波吕达马斯均是荷马塑造的睿智老者的形象。前者的建言献策让希腊联军如虎添翼；后者对赫克托尔的形象起到衬托作用。二者同日出生，分别象征着勇气与智慧。经验丰富的睿智老者与血气方刚的青年之间的对照贯穿了整部作品。迪梅齐的观点可用来说明这一对立关系：印度—伊朗人、凯尔特人、日耳曼人及意大利人拥有共同的宗教、宇宙和社会体系，印度的"伐楼拿—密特拉"二元组合同样

《欧洲文学与拉丁中世纪》(1948)

见于罗马，并从形而上的层面转移到历史层面，形成"罗慕路斯—努玛"（第222页）的组合，这个印欧二元组合涵盖了大量相互对立的因素，其中就包括血气方刚的青年与深思熟虑的老者。《伊利亚特》即脱胎于此。

三 维吉尔

本节主要分析维吉尔笔下"勇武与智慧"主题的内涵变化。维吉尔的史诗与荷马虽有着千丝万缕的联系，但其所表现的乃是全然不同的时代的理想人物，"维吉尔深受和平的奥古斯都时期精神及其道德理想的影响"（第224页）。在这种文化下，根本没有传统意义上理想英雄的容身之地。

维吉尔的《埃涅阿斯纪》以道德力量为基础创造了一类新的理想英雄——美德（具体表现为正直、虔敬）取代了"智慧"。埃涅阿斯的虔诚总被最先提到，这使他超越了赫克托尔等人。此外，埃涅阿斯从不好战。维吉尔的诗歌有意表现特洛伊的陷落给民众带来的恐慌，而后新英雄的代表埃涅阿斯与"荷马式"的英雄图尔努斯进行决战。值得注意的是，埃涅阿斯并非十全十美，曾受到各种蛊惑，以至差点儿忘记自己肩负的使命。当特洛伊陷落时，他被怒火蒙蔽了双眼，几近疯癫；当他陷入狄多女王的爱情时，天神不得不出面警告。维吉尔令其经历了一场清心寡欲的净化，而后脱胎换骨，实现成熟的蜕变。不过，埃涅阿斯这一形象毫无生气，（第226页）《埃涅阿斯纪》的伟大之处也不在于这位英雄形象，而在于艺术地表现罗马的命运。

四 古代晚期与中世纪

本节聚焦古代晚期"勇武与智慧"的主题。首先，作为古代与中世纪史诗之间重要的过渡作家，斯塔提乌斯评价奥德修斯为"有勇有谋的卫兵"（第227页），其作品《忒拜战纪》提出区分两位勇士的著名图式：一位力大无比，一位足智多谋。其次，中世纪史诗英雄观的形成很大程度上受到编订版的特洛伊战争故事的影响。狄克提斯与达瑞斯对特洛伊战争故事进行了散文化改编,其中关于希腊联军中众多英雄特征的描述,为中世纪寻找"勇武与智慧"的主题留下了线索。最后,古代晚期理论同样促进了理想英雄的塑造与阐释。福尔根提乌斯用"讽喻阐释法"(the allegorical interpretation)解读《埃涅阿斯纪》的开篇,前人关于理想英雄的见解在伊西多尔这里得到总结,他指出:"唯有靠自己的智慧和勇气赢得上天垂青的人,才称得上英雄。"(第228页)

中世纪的"勇武与智慧"主题逐渐转变为对逝者的哀悼、对君主的歌颂,同时也成为短篇叙事诗与史诗的素材,如一则加洛林墓志铭写道:"献言献策,精于兵法。"(第228页)一首丰特努瓦的战歌也写道:"身为刀剑至尊,英雄战死沙场。"(第228页)"勇武与智慧"在中世纪诗歌中往往分别出现在两个人身上,不过,理想的英雄仍然要同时具备这两种品质,如《英雄瓦尔塔里乌斯传》中的英雄形象。《罗兰之歌》则再次表现了勇士的戾气与谨慎间的悲剧张力。

五 赞美君主

本节将目光转向赞美君主的主题,并按照时间顺序进行梳理。布匿战争后,罗马人逐渐了解了希腊文化。奥古斯都和平时期,艺术上百花齐放。公元1—2世纪的罗马皇帝大都支持文化建设,并认为文学艺术应该为君主歌功颂德。"勇武与智慧"主题在此过程中焕然一新:智慧被文化、诗歌与口才替代。在被歌颂的帝王中,集将军、君主、诗人于一身的古罗马皇帝恺撒最受青睐,连毁誉参半的图密善也曾被写进颂歌。自君士坦丁堡时代以来,思想文化修养再次被视为帝王的最高品质。诗人奥索尼乌斯认为罗马皇帝格拉提安在军事与文辞方面均有造诣,克劳狄安则从奥诺里乌斯身上发现智慧与力量在帝王身上不可兼得。

中世纪的日耳曼民族的军队长官和国王同样重视文化建设,如阿

《欧洲文学与拉丁中世纪》(1948)

尔弗雷德大帝、诺曼国王罗杰、腓特烈二世等国王均是这方面的代表。除了这些实际的贡献，智慧领袖的形象在文学作品中常常得到称颂，比如但丁曾称赞圭多·规拉"以智慧和宝剑立下了丰功伟绩"（第231页）。

六　文功与武功

进入文艺复兴时期，"智慧与勇武"主题越来越多地出现在作家笔下。随着学科与不同社会阶层的类型与理想日渐分化，"有一个问题迎面而来：究竟哪些学问适合理想的统治者？"（第232页）17世纪法国文学从许多方面触及这一问题：莫里哀嘲讽了饱读诗书的妇女、满怀文学激情的侯爵以及修习哲学的中产阶级；圣埃夫雷蒙淘汰了一大批学科，只将伦理学、政治学和文学视为绅士之学；拉布吕耶说法国人并不能像古罗马人一样做到勇敢与睿智兼备。

而对于16、17世纪的西班牙黄金时代作家们来说，文学创作与勇士经历实现了完美结合。许多作家有过投笔从戎的经历，如加尔西拉索、塞万提斯、维加与卡尔德隆，他们分别在作品中表达了对自己从文还是习武的看法。"文功与武功"理想得益于西班牙帝国的荣耀而受到前所未有的尊重。

法国浪漫主义思潮中，"笔杆与枪杆"模式也变得流行，并增添了新的内容，巴尔扎克要用笔杆完成拿破仑以枪杆未竟的事业；贵族后裔维尼将笔杆加进家族族徽，认为真正的崇高不是打仗流血获得的崇高，而是指灵魂的崇高。

七　灵魂高尚

整个启蒙时代都认为"精神的高尚与出身无关"。这一观点早在古希腊罗马时代便形成共识，欧里庇得斯、亚里士多德和米南德等人纷纷表示赞同，阿那克西米尼认为："每个德行出众的人生来都是高尚的。"小塞内加教导世人："灵魂高尚，方为高尚。"（第235页）在中世纪拉丁文学中，"灵魂高尚"的主题时常出现，不仅在宫廷中被讨论，而且是行吟诗人借民族诗歌谈论的对象。13—14世纪，这个流传1500多年的话题重获生机。圭多·圭尼采利认为爱只寓居在高贵的心灵中；但丁更加丰富地阐发了该话题，尤其是当佛罗伦萨的城镇中产阶级吸收了骑士阶层的理想后，"灵魂高尚"话题就变得时髦起来。在英国，牛津大学新学院创始人威廉·威克姆摆脱卑微的身份后，将"人之为人在于礼"（manner makyth man）作为信条，这成为理想"绅士"的先兆之言（第235页）。

八 美

在希腊化时代，君主颂歌中的炫技已发展出固定模式。人们把身体与道德的优点一一罗列出来，（第236页）其中身体美往往是必要条件。中世纪用《圣经》人物来对应品德，如大卫代表力量、约瑟代表美、所罗门代表智慧等。这些优点常被视为自然的礼物。自然的功能之一就是创造美丽的地方、塑造美丽的人。在11—12世纪的拉丁诗歌中，"自然乃完美人类之创造者"[①]的主题被频繁使用，并且相当灵活，诗人们不仅借其赞美王子公主，而且用来向自己倾慕的少男少女表情达意。希尔德贝特就借此主题分别赞颂过英国女王与罗马古代雕像。

在所有文学体裁中，作为俊男美女的男女英雄在传奇小说里出现得最多。泰尔王阿波罗尼乌斯是中世纪与文艺复兴时期喜闻乐见的人物，莎士比亚的《泰尔亲王配力克里斯》便取材于此。阿波罗尼乌斯故事的最早版本来自3世纪一部拉丁散文传奇小说，它形容安提奥库斯王的女儿是"自然创造了一个眉目如画的美人"（第237页），在1150年后的法国宫廷传奇小说中，这种表述成为重复使用的套话。更进一步，一些胜过自然杰作的作品甚至能被创造出来。《布兰诗歌》的一首情诗透露出这是神祇与自然合作的结果，而克雷蒂安则直接指出："自然可无法创造如此超凡脱俗的美……上帝可以徒手将其创造

[①] Ernst Robert Curtius, *European Literature and The Latin Middle Ages*, trans. Willard R. Trask, Princeton: Princeton University Press, 2013, p.181: "Nature as the maker of beautiful human beings."

《欧洲文学与拉丁中世纪》(1948)

出来，让自然惊异不已。"（第 238 页）

（执笔：郭美玉）

附录

1. 英译本：This led to a weakening of this important aspect of religion。(p.169)

   中译本：于是，就导致了这一宗教重要方面的觉醒。（第 220 页）

   笔者试译：于是，就导致了宗教这一重要方面的削减。

2. 英译本：A concomitant of this is the dwindling of belief in the soul and immortality。(p.169)

   中译本：与之相伴的是，把信仰寓于灵魂与不朽之中。（第 220 页）

   笔者试译：与之相伴的是，减少了对于灵魂和永生的信仰。

第十章　理想风景

本章开门见山地指出几千年来诗歌中理想风景的样式都是为修辞学所决定的。这些对自然风景的理想化描绘具有乌托邦的性质，寄寓着人们对美好生活的想象与期待。

一　异域动植物

中世纪文学艺术中的自然风景描绘并非对现实景物的直接再现。中世纪文学中充满源自欧洲南部的异域动物、植物形象，它们并非直接源自南部的花园、动物园，而是源自古代诗歌与修辞。艾克哈特四世的《食饮恩赐语大全》提到了一些并非德国修道院日常饮食内容的植物，如"无花果"这一在德国尚未被人知道的水果，该书注释提及来自南欧的橄榄树、狮子，这些在中世纪欧洲文学中常见的异域动植物都源自古代晚期修辞学校的练习。

这些形象的来源方式决定了它们通常只服务于修辞学目的。文学作品中的异域形象有时是毫无意义的，只与古代修辞技巧有关。比如，"狮子"出现在诗歌中时，我们就没有必要依据现实生活中的狮子来分析，而应从修辞和文学传统的角度加以考量：《尼伯龙根之歌》中齐格弗里德杀死狮子，并非像巴奇等评论家阐释的那样，是为彰显英雄功绩而夸张其行为，而是该史诗对《圣经》中参孙杀死狮子这一情节和古代相关修辞惯例的模仿。遵循古代诗歌和修辞进行自然描写的传统延续了很久，直到莎士比亚笔下仍可见到棕榈树、橄榄树和狮子的类似用法。

二　希腊诗歌

本节讨论"荷马史诗"、狄奥克里托斯（Theocritus）[①] 的田园诗以及维吉尔的田园诗和史诗，梳理欧洲诗歌中田园描写的发展源流。

欧洲文学的重要源头"荷马史诗"呈现了一个有神灵的世界。荷马对自然的描写也与神灵息息相关。如受神祇保佑远离疾苦和死亡的地方风光秀美、景色怡人；风景的最理想之处是仙女的圣地，凡人无法享有。当神灵爱恋时，自然也会做出回应：宙斯和赫拉坠入爱河时，百合、番红花和风信子就将神王和神后托离地面。荷马通常描绘自然可亲而非可怖的一面，如茂密的树丛和草地、清泉涌流的丛林等。荷马对自然风景的描写成为后世文学描写自然时所依据的传统，这一传统包括如下要素："四季常春、风光旖旎、有如死后圣景的胜地；绿树茵茵、流水潺潺、芳草萋萋的弹丸之地；奇树丛生的森林；花毯。"（第245页）到了希腊化时期，甚至"在特定的自然环境中写诗"这一行为本身成了诗作的主题，还衍生出诗人之间争论何处自然风景更为秀美的主题变体。这一主题对诗人职业的要求催生了牧羊诗人这一角色。

牧羊诗人的角色与牧羊人生活的主题随后在田园诗的真正创始人

[①] 狄奥克里托斯，又译提奥克里图斯，中译本对这一人名的中文译法进行了混用。为行文简洁，笔者统一沿用本章首次提到该人物名称时采用的译法"狄奥克里托斯"。

《欧洲文学与拉丁中世纪》(1948)

狄奥克里托斯笔下得到发展。在所有古代诗歌体裁中，田园诗的影响力仅次于史诗，原因如下：牧羊人的生活随处可见且贯穿各个时期，是人类生存的一种基本形式。据《路加福音》，耶稣降生的消息最早由天使告知牧羊人，可见牧羊人的生活也被融入了基督教传统。牧羊人世界的常见角色包括牧牛人、（女）牧羊人，其生活与自然和爱情紧密相关。（第246页）牧羊人生活的景致如西西里和阿卡迪亚，经由品达、狄奥克里托斯和维吉尔的描写，成为牧歌中寄托田园理想之所在。不同于罗马爱情哀歌的短暂寿命，阿卡迪亚永远常见常新，这是因为田园主题并未与某种体裁和诗歌形式绑定。它进入了希腊传奇，并由此进入文艺复兴时期；从传奇出发，田园世界可以上溯至牧歌（ecologue），或发展为戏剧，其包容宽广的程度可以与骑士世界相媲美。

三 维吉尔

田园诗之所以能成为西方文学传统并经久不衰，固然和田园主题自身的独特魅力有关，但主要得益于维吉尔对狄奥克里托斯所开创的牧歌体裁的发展与改造。维吉尔的阿卡迪亚代替了狄奥克里托斯的西西里，（第250页）阿卡迪亚成为新的理想田园生活代名词。维吉尔用田园诗去描绘个人生活、罗马史以及宗教观念，其牧歌不仅不逊色于史诗作品，在整个欧洲文学传统中也具有崇高的地位。维吉尔的《埃涅阿斯纪》描写了"深不可测的森林"和"美好"的"乐土"。"混合林"和"（开满鲜花的）乐土"正是荷马、狄奥克里托斯与维吉尔诗作中具有共性的理想风景要素，并作为文学传统被古代晚期和中世纪诗人沿用。这一传统受到古代晚期修辞学和12世纪辩证法的概念图示化影响，由此趋向技术化与理智化，并发展出一系列明晰可辨的自然主题。（第253页）"乐土"这一术语的意义和用法也引发了争议：伊西多尔将其视为地形学的概念，但本节指出，在维吉尔笔下，"乐土"一词就已经是一种描述风景的修辞学技术性术语了。

四 描绘自然的修辞学需要

由"乐土"一词的修辞学描述,本章引出了为符合修辞学要求对自然进行描写这一主题。《埃涅阿斯纪》第 6 卷第 638 行("他终于来到了乐土……")的描述是否受到修辞学影响历来引发诸多讨论。本章认为这段文字是基于修辞散文的诗意描写,因此有必要对其后的内容加以分析、辨认修辞学的哪个分支成为此处描绘风景的参考准则。

本书第八章《诗歌与修辞》提出"诗歌受古代修辞艺术影响深远"。在此基础上,本章认为对诗歌中的风景描绘起到关键作用的是法律演说和炫技演说的修辞原则。法律演说中的"人为"证据需要演说者进行"定位",其中对时间和地点的定位引发了"地点论证"(对地貌特征等地理状况的探询)和"时间论证"(对事情具体发生时间的探询),导向了对自然的描写。这两种论证在中世纪理论中转化为描绘自然的法则,并常常见于中世纪诗歌艺术。风景描绘也可能起源于炫技演说的颂赞主题,"新智术师派"将炫技演说家对某地风景如画的称赞专门改进以用于风景描绘。(第 255 页)

五 树丛

在对修辞学对自然描绘的影响加以探讨的背景下,本节主要讨论树丛作为理想风景要素的发展与流变。维吉尔笔下的"混合林"景象仍充满诗情画意,与史诗场景更迭及主题发展密不可分,但到几十年后奥维德的笔下,诗歌中的自然描写已受修辞的支配,沦为诗人争论技法高下的领域。(第 255 页)此时的风景描写也沦为固定的图示化类型。奥维德极大地增加了"理想混合林"中树木的种类,其后的斯塔提乌斯、克劳狄安等诗人也遵循了这一原则,继续对混合林中的树木"多多益善地装饰,复杂精巧地陈辞"(第 256 页)。在这些晚期希腊诗歌提供的修辞学范例中,华丽的自然描述与词语的实际意义和作品的主题已经分离,正如本章开篇提到的艾克哈特四世的食饮恩赐词

《欧洲文学与拉丁中世纪》(1948)

也与实际饮食无关。至 12 世纪，埃克塞特的约瑟在类似的混合林中又增加了 10 种，他的英国同胞乔叟、斯宾塞和济慈也均以此为榜样。"混合林"可视为自然"门类"的一个分支，是可以上溯至荷马和赫西俄德的基本诗歌形式之一。

六 乐土

作为自然门类的另一分支，乐土由"树、草地、泉水或溪流"等基本要素和"鸟鸣、鲜花、微风"等更为精巧的要素构成。这些在狄奥克里托斯和维吉尔笔下仅仅是随之而来的田园诗背景的景色，很快就脱离了它们生成的语境，成为华丽修辞描写的对象。这一现象在拉丁诗歌中最早见于佩特罗尼乌斯的《撒梯里卡》，而晚期拉丁诗歌中最美丽的乐土见于君士坦丁时期的提伯里阿努斯笔下，他的诗歌描绘了一块具有"印象主义"风格的乐土，共 20 行的"整十数"行在库尔提乌斯看来反映了"数字创作"[①]（第 259 页）的原则，使丰富的感官感受按照概念与形式手段排列。

"乐土"被中世纪的词法学家和文体作家列为诗歌的必备要素，也因此频繁出现在 1070 年甚至 1170 年以后的拉丁诗歌中。如旺多姆的马修就用不同的语法排序方式表述一些最基本的概念，以此来制造新鲜感，如"鸟儿欢叫"被重新表述为"鸟儿用啁啾声表达喜悦"。此时"乐土"的要素由原先的 6 种因增加了"果实"而变为 7 种。12世纪后期的哲理史诗也将"乐土"纳入自己的结构，将其发展为多种形式的人间天堂：里尔的阿兰在《反克劳狄安》中将自然女神的寓所描绘为凝结着自然之美的城堡；汉维尔的约翰描绘的梦幻之岛源于普

---

① "数字创作"（numerical composition）是一种在形式上遵循特定数字规律的文学创作原则，在古代十分常见。这一原则基于数字的神秘意义及象征意义，其中一部分源于《圣经》赋予数字的特殊含义，如"3"代表三位一体、"7"代表创造、"1"代表上帝等。库尔提乌斯认为，"数字创作"的原则有一个发展变化的过程，即从一开始单纯以特定数字来规定文学创作的形式特点，到将数字的神学意义与文学的形式和内容结合起来，数字变得"不再是一个外部框架，而是宇宙秩序的象征"。以上信息来自《欧洲文学与拉丁中世纪》附录第 15 篇（此篇中译版未译，详见英文版，第 509 页）。

林尼对人间别墅的描写……12世纪的诗人兼修辞学家里加将"乐土"定为《凡间饰物论》全诗的主题，并大大增加了乐土的"悦目之物"（deliciae），使神话中的装饰和人间的玫瑰都出现其中。

维吉尔对至福之地的描述被基督教诗人用来形容天堂。这样的"乐土"也可用于对花园的诗意描写（既然天堂是花园，那么花园转而也可称作天堂）。"乐土"已成为田园诗和艳情诗的一大要素，并因此也成为游吟诗人的素材。狄奥克里托斯在一首诗中出人意料地将乐土置于"野树林"里。大自然也的确在希腊坦佩谷地区打造了这样一块地方作为对照。坦佩谷地带在狄奥庞普斯、大普林尼、阿埃里安等人笔下一直是"乐土"的代名词，也曾出现于维吉尔笔下。这一主题还进入了修辞传统，在传奇诗歌中也得到体现。

七　史诗风景

本节承接上文，论述"野树林中的乐土"主题进入传奇诗歌的路径。修辞学家研究辞格时考察对自然的描绘方式，演说家、诗人、历史学家认为陈述事件必得描写事件发生的场景，这在希腊语中称为"定位"或"述位"，在拉丁语中称为"positus locorum"或"situs terrarum"。中世纪史诗同样希望向读者传达地理或地形学信息，并希望凭借这些信息为史诗提供人物活动的场景说明，使诗歌的转折发展更加明晰。在《伊利亚特》中已可见到类似的"史诗风景提示"（第264页），而在《罗兰之歌》中，树林和山区是战斗与死亡的背景，其中往往有一棵月桂树。在沙蒂永的瓦尔塔的作品中，战场的山上同样有着月桂树。月桂树加上草地、清泉或溪流就构成了一片乐土，这种安排源自西班牙的《亚历山大传》。史诗中另一个不可或缺的背景是果园或种植园。随着这些背景不再能满足需要，1150年前后在法国出现了一种以"野树林"为主要主题之一的新体裁：荒凉的野树林中往往有一片乐土——果园。这可以见于忒拜传奇、《熙德之歌》和阿里奥斯托的传奇诗歌。"野树林"和"乐土"的结合在古代的坦佩谷主题中就已得到预示，并认为这种结合像"年迈的孩子"一

《欧洲文学与拉丁中世纪》(1948)

样，是一种"相反的和谐对"（第266页），具有特殊的活力。

（执笔：郭怡君）

第十一章　诗歌与哲学

本章从回溯古代哲学发起的贬斥诗歌的缘起过程入手，指出诗歌与哲学的冲突后来依靠诗歌的"寓意解读法"转变成诗歌与哲学的紧密联系，这种紧密联系在古代晚期至中世纪的诗歌中都有迹可循，而随着基督教护教学把哲学与宗教信仰等同起来，经院哲学终结了哲学与诗歌（或哲学与艺术）彼此混杂的局面。

一　荷马与寓意

古代将诗人视为圣徒、导师和教育家，强调的是诗歌的教育理念，而"荷马史诗"是否具有教育意义使人怀疑。"荷马史诗"有何用处？这是古代理论家反复争论的基本问题。诗人赫西俄德认为他的诗歌讲述"真理"，因为他的诗歌中不仅包含创世和诸神的故事，还充斥着道德与社会改革。但随着哲学思想进入希腊，赫西俄德与荷马都受到了质疑。相比之下，哲学比诗歌更有教育意义。柏拉图认为荷马没有提出真理，诗人应被逐出理想的城邦。他对荷马的批评让诗歌与哲学之间的冲突达到了顶峰。（第269页）

但希腊人并不想否认荷马，于是出现了对"荷马史诗"的寓意阐释（也译为"讽喻阐释"）。对"荷马史诗"的寓意解读紧扣荷马对前苏格拉底哲学的批判[①]，即认为"荷马史诗"中蕴含着前苏格拉底哲学中的种种思想，这使"荷马史诗"更具哲学性。希腊化犹太人菲洛

[①] 前苏格拉底哲学指智术师派、毕达哥拉斯学派等哲学流派。

将这种寓意阐释的方式转移到了《旧约》。随后，在犹太式《圣经》寓意解经法中又诞生了基督教式寓意解经法，还有异教徒将此种方法运用到对维吉尔诗歌的阐释中。最后，"寓意成了解读所有文本的基础"（第269页）。一方面，"寓意说"使作者可以将自己的真正意图隐藏在意象之下，如奥维德的《变形记》；另一方面，也使超感官自然的拟人化存在物可以成为诗歌创造的主要人物，如普鲁登提乌斯《人类灵魂之战》中美德与恶的斗争，以及12世纪的哲理史诗，如《玫瑰传奇》《圣礼》等。

对于"荷马史诗"的寓意解读，在为诗歌辩护的同时，也使哲学派别甚至其他学科将寓意解读据为己有，为我所用。寓意解读之所以可以大行其道，是因为其契合了希腊宗教思想的一个基本特征：希腊人认为诸神正在以隐晦的方式表达自己。（第270页）随着寓意解读的发展，每个哲学派别都发现自己的学说在"荷马史诗"中有据可循，其中起重要作用的是新毕达哥拉斯派，它试图将神秘主义的宗教元素重新引入希腊化哲学中，从而推动寓意解读的发展。由此，为"荷马史诗"所作的辩护转而发展成把荷马神圣化的运动。新柏拉图主义的教父为了宣传基督教，融合《圣经》与古希腊哲学，声称诗人是祭司长以及秘传奥义的守护者，这是荷马在与柏拉图竞争中获得的胜利，即诗歌与哲学的斗争最终以诗歌胜利而结束，诗歌成为承载哲学与神谕的工具，而不仅让人开心娱乐。

此外，还有一种观点认为，诗歌除了包含哲学的神秘的智慧，还应包括实用知识。按照常理来说，这一观点应与寓意解读分别看待。然而，昆体良认为，荷马熟稔各种技艺。在普鲁塔克所作的一本书中，他称荷马为"万事通"。梅兰希通认为，荷马对阿喀琉斯盾牌的描写，奠定了天文学与哲学的基础。（第271页）科林斯将《伊利亚特》视为"一切技艺与科学的缩影"。由于"荷马史诗"的口传性质，学者认为荷马将旧材料编排好，"以取悦并指导世人"，这也引发了本特利对荷马的批评（本特利主张"荷马史诗"基于口传经由荷马编排而成）。

公元4世纪的维吉尔取代了荷马成为另一个被寓意解读的对象。

《欧洲文学与拉丁中世纪》(1948)

马克罗比乌斯认为，维吉尔精通所有技艺。塞尔维乌斯也提出，在《埃涅阿斯纪》中，维吉尔展现出了他的无所不知。阿兰将寓意解读与博学多识结合了起来，认为自己的作品适合不同程度的学生，孩童可以理解其字面意义，学识程度高的学生则可以把握道德义。（第272页）因此，寓意解读也要求那个时期的诗人具有包罗万象的知识面。

二　诗歌与哲学

由此，诗歌越来越多地与寓意以及博学（百科知识＝哲学）结合起来，使诗歌更加贴近哲学。也正是诗歌与哲学的紧密联系，产生了关于诗歌与哲学之争。塞内加写道："有多少诗人所谈的内容，都是哲学家已经讲的或应该讲的！"中世纪，诗歌很容易与"智慧"和"哲学"画等号，诗歌需要博学，而"智慧"与"哲学"需要学习。加洛林时代，诗人被尊称为"智术师"。12世纪的文艺复兴使欧洲的自然科学得到发展。自然科学被视为哲学的一部分。但丁在《神曲》中插述了月亮斑点、胚胎学、雨的起源等内容，维拉尼[①]称赞但丁是"伟大的诗人兼哲学家"。由于古人认为写诗的最佳去处是树林，潘神（农神）成为写诗的祈求对象之一，"而且令人吃惊的是，他竟是'哲学的精华部分'"（第273页）。一位威尔士人认为，写诗是"推究哲理"。到了12世纪末，法国本土诗人负起传播古代哲学知识的重任。法兰西的玛丽写道："受过教育的人/应该全身心/研究哲学家发现的……"吟游诗人吉奥在其讽刺诗《圣经》[②]中，提到了大量哲学家，包括苏格拉底、柏拉图、毕达哥达拉斯等人。在默恩的笔下，写诗被称为"躬耕于哲学"（第274页）。

通过这些例子，可以看出哲学与诗歌的紧密联系。自古代至12世纪，由柏拉图引发的这场"诗与哲学之争"被寓意解读转化成诗歌与哲学的紧密联系，其中神学与宗教发挥了重要作用：神学或者说神秘主义，为寓意解读提供了依据，宗教传播则推动了寓意解读的发展

[①] Giovanni Villani，意大利人，银行家、外交官和编年史家。
[②] 这里的"圣经"不是指《圣经》，而是一个法语标题，意为"讽刺"。

进程。寓意解读要求诗歌更具有哲学深度，表现哲理也成为诗歌的内容。

三　古代晚期异教的哲学

自古代晚期起，"哲学"这个字眼有了截然不同的意义，而这也促进了诗歌与哲学的融合。（第275页）早期哲学同知识的其他部分得以延续，"教师不再培养学生的哲学思维"（第275页），变成以教授解读哲学经典为主的教育。古代晚期的学校提出了6种不同的哲学定义：（1）有关存在物及其存在方式的知识；（2）有关神事与人事的知识；（3）为死亡所作的准备；（4）化人为神；（5）艺术之艺术，科学之科学；（6）爱智慧。（第275页）在流传过程中，由于第1个定义太难、第6个定义太普遍而没有流传。其余4个定义通过教父文学流传至中世纪。此外，古代晚期还用"哲学"来指所有学科分支，工程、军事、语法、文本批评、文学文化、灵知等都可以称作"哲学"。由于诗歌属于修辞学的分支，智术师利用修辞达到目的，新智术师派则将修辞学与哲学结合了起来。因而，在古代晚期，修辞学家、哲学家与智术师并无区别。

四　哲学与基督教

基督教与犹太教都使用《旧约》，教父文学坐拥希腊化犹太教的遗产，希腊化犹太教为捍卫犹太教的地位而将犹太教义与希腊哲学联系起来，其中的普适主义倾向促使犹太教植根于希腊罗马的文化世界，但希腊历史学家却对他们只字未提。为了证明犹太教的优越性，犹太人发掘自己的传统，极力证明犹太教义与希腊哲学之间存在各种各样的关联。除此之外，犹太人还试图证明希腊哲学来源于犹太人的祖先，尤其来自摩西。这是哲学与基督教关系的第一个阶段。

上述关系的第二个阶段始于2世纪。基督教护教学采用的即是犹太教护教学的论据。第三个阶段的代表人物是两个亚历山大人克莱门

《欧洲文学与拉丁中世纪》(1948)

与奥里金。克莱门指出，可把异教哲学视为上帝赐予希腊人的某种预备知识。（第279页）教会学家尤西比乌认为，哲学不仅是基督教信仰，还是苦行生活。因为苦行的目的是追求美德。"基督教即哲学"从此进入拉丁教父文学。在拉丁中世纪也能觅其踪迹。布鲁诺写道，在修道院，教父的圣本笃（苦行）的神圣学说得到滋养。东方基督教的苦行理想可与哲学进行类比。同样的情况也存在拉丁化的西方，被索尔兹伯里的约翰与科维的维巴尔运用护教士、亚历山大神学、古代教会史的观念证实。至此，中世纪的经院哲学终结了自古以来哲学与诗歌、修辞、智慧以及各种学问彼此混杂的局面。

（执笔：刘双双）

第十二章　诗歌与神学

本章聚焦诗歌的地位问题：诗歌仅是地位较低的修辞学的产物，还是能上升到地位较高的神学，担负起"代神立言"的重任？在本章中，库氏选取乔瓦尼与穆萨托、但丁、彼特拉克与薄伽丘等几个典型案例做出重点阐述。

一　但丁与乔瓦尼·德尔·维吉利奥

本章第1节引用博洛尼亚诗人兼大学教授乔瓦尼·德尔·维吉利奥为但丁撰写的拉丁语墓志铭。在该墓志铭的第一句中，乔瓦尼以"神学家"（theologus）称呼但丁，"正如'dogma'很少指'教义'，'philosophia'很少指'哲学'"，"但丁笔下的'commedia'很少指'喜剧'"（第282页），我们也不能用现代意义上的"神学家"来理解乔瓦尼口中的"theologus"，而应结合乔瓦尼所处的时代背景，理解他对神学家的看法。

481

二 穆萨托

穆萨托是与乔瓦尼同时代的政治家、历史学家与拉丁诗人，1315年凭借拉丁悲剧《埃克利尼斯》获得诗人的桂冠，在探讨诗歌起源与价值问题时，他认为诗歌是上天赋予的知识，其中"蕴含着神权"。希腊神话等异教神话与《圣经》同样可以看作上天赋予的知识，且其中的情节有着一一对应的关系，只是叙述方法比较神秘，如巨人与宙斯对应巴别塔的故事，朱庇特对吕卡翁的惩罚对应路西法被放逐，等等。

不同于亚里士多德将诗歌视作哲学的代名词，穆萨托的观点更进一步。他提出，古代诗人是上帝的先知，而诗歌则是第二神学。他的第7封书信说："不管哪个先知，都是代神立言。/因此，我们应当研习诗歌，/因为曾几何时，诗歌是另一门神学。"（第284页）这表明，乔瓦尼与穆萨托所主张的正是这门将哲学、神学与诗学合而为一的学问。（第285页）依据穆萨托的神学诗学论，当我们回顾上文乔瓦尼口中的"theologus"一词时，可知其所指的应当是一类诗人神学家。

穆萨托观点遭到多明我会[①]的乔瓦尼奥的激烈反对。两人论战的核心是诗歌能否作为神之艺术乃至神学思想，而乔瓦尼奥的反对理由可列为4项：（1）虽然他承认如亚里士多德所言，最早的诗人将水奉为最高神祇，但由于水并不是真神，所以其所传授的也并不是真正的神学；（2）诗歌并不是上帝赐予人类的礼物，而是人类自己的创造物，摩西穿过红海后，用便于众妇女表演的诗歌体写成颂歌便是例证；（3）并非所有具有格律形式的言语都可以被称为诗，《圣经》与诗歌虽都运用比喻的手法，但不同于诗歌用比喻进行描写刻画，《圣经》运用比喻意在通过增加理解真理的难度，以实现考验信徒的目的；（4）神学比诗学更为古老，因为最早产生诗人的年代远晚于先知

[①] 多明我会（Dominican Order），亦译为"多米尼克派"，天主教托钵修会的主要派别之一，著名经院哲学家托马斯·阿奎那即属于该派。

《欧洲文学与拉丁中世纪》(1948)

摩西所生活的时代。综上，神授的《圣经》不能与人类创作的诗歌混为一谈。

这些反对意见来自阿奎那对亚里士多德《形而上学》的注疏。在阿奎那看来，人类文明在亚里士多德的时代尚未实现文明演变的后期阶段，研究第一因的形而上学是最为神圣的科学——它与上帝最接近，且是神圣科学。崇尚形而上学的思想家们试图用神话揭示宇宙本原的真实样貌，亚里士多德为其中之一。在这种情形下，亚里士多德口中的神学家（theologian）包含了对自然的思考者的意味。但应当注意的是，亚里士多德并不主张将诗歌与神学画等号，神学是古代的自然科学，神学家虽然会用诗体写作，但他们并非诗人，而是自然哲学家。而阿奎那又在其对亚里士多德的注疏中提到，诗歌是归属于世俗的学问，与神学这一"最神圣，故最高尚"的学问不同。其注疏进一步显示了阿奎那对待诗歌的态度：他非但没有给予诗歌较高评价，反而称诗人为骗子，而当诗人们进行哲学思考时，便会误导他人。此外，阿奎那在点评第一批"诗人神学家"时加入了一段与亚里士多德文本无关的注疏，并提到了俄耳甫斯、穆萨埃乌斯与利努斯三位诗人，阿奎那在这里利用了三位诗人的名字来表达自身的神学思想，而其阐释的意图已经偏离了亚里士多德文本的本意。由此可见，阿奎那与乔瓦尼奥均只看到了亚里士多德《形而上学》的内容，而并未重视《诗学》这一著作的阐释，故对亚氏的理解是片面的。

穆萨托是这场争论的另一方，其"诗人神学家"（poet-theologian）的思想具有浓厚的异教色彩——由古希腊人提出，后经罗马人的使用而得以流传。自西塞罗起，诗人神学家的概念便在拉丁文学中流传开来，古罗马政治家瓦罗将神学区分为三种——神话神学、自然神学与政治神学。这一概念亦见于伊西多尔等古代语法学家的著作，而经过基督教父流传至中世纪，经过基督教的再阐释，"诗人神学家"的使用范围仅限于基督教，穆萨托所言的诗歌神学便是站在既有的中世纪传统之上的阐释。

穆萨托的神学思想中另一个受到中世纪影响的因素是将《圣经》历史与希腊神话进行类比，（第288页）这一行为源于犹太基督教护

483

教学及其后亚历山大教理学院关于《旧约》的写作时间早于希腊诗人与圣徒著作的说法，《圣经》教义与异教神话间的类比也见于中世纪其他众多文本当中。

最后，本节指出，尽管穆萨托为诗歌辩护，但其著作中并不含有与神学诗学相关的文字，促使穆萨托为诗歌辩护的也不仅仅是以神学诗学为出发点的"修士的狂热"，还有穆萨托为自身诗歌辩护的因素。穆萨托所谓"前人文主义者"的称号并不能与14世纪意大利的人文主义一概而论，其与乔瓦尼奥的争论实则体现了穆萨托所代表的北方拉丁诗歌传统与乔瓦尼奥所代表的当时盛行的阿奎那知识论、艺术论之间的矛盾，而这也是经院哲学家与诗人之间的永恒争论。（第290页）

三 但丁的自我阐释

穆萨托与乔瓦尼奥的论战拉开了后世论争的序幕，但丁的自我阐释即属于这场论争。但他在形式上继承了由塞尔维乌斯创造的写作传统。塞尔维乌斯在《埃涅阿斯纪》注疏的开篇提出，阐释作者需要考虑以下几点因素：（1）作者生平；（2）作品名称；（3）诗歌体裁；（4）作者意图；（5）书卷数量；（6）书卷顺序；（7）注释。多纳图斯与波伊提乌也提出了类似观点。（第290—291页）许多作者此后会在一部书的卷首回答这些问题，作为自我阐述。

但丁在致其赞助人坎·格兰德的书信中也遵循了这一传统，其主要论点包括两个方面。一方面，他认为每部作品的序言中应围绕6个问题展开——主题、作者、形式、目的、标题以及哲学类别。另一方面，"形式"分为两方面：论著形式（tractatus）与论述形式（tractandi）。其中，论述形式包括诗歌、虚构、描写、岔题、转喻，也包括定义、分类、证明、反驳和举例。这10种方法可以被分为两组，每组5词，两组词语为平行关系，分别对应《神曲》中的两个层面，各自强调作品的诗歌修辞与哲学论证方法，从中可见但丁力图协调诗学与哲学的矛盾。

但丁的上述思想来自何处呢？首先，但丁所言"论述方法"中的

《欧洲文学与拉丁中世纪》(1948)

"方法"一词源自经院哲学,其方法论也十分接近黑尔斯的亚历山大及大雅博的模式。黑尔斯的亚历山大在面对"神学是不是科学"的问题时认为,《圣经》的确不含有科学方法中的定义、分类与综合,但它是在神的智慧的引导下形成的,以感知、例证、劝诫、启示与歌唱为代表的神的智慧高于人的智慧;《圣经》以巧妙的方式运用诗歌的再现手法,以增加理解神性事物的难度。在亚历山大提及的论述方法中,有 5 种方法与但丁所提出的论述方法相同,即诗歌、转喻、定义、分类与例证,(第 293 页)这构成了亚历山大作为但丁思想渊源之一的直接依据。

值得注意的是,另一位神学家大雅博的《论受造界——神学大全》也将论述方法划分为科学领域的"定义的、分类的、综合的方法"(第 293 页)与诗学的方法(如《圣经》运用的故事、寓言与隐喻)。同时,经院哲学所展现出的对诗歌方法的反对态度,使大雅博认为"诗歌方法乃哲学方法中最低等者"(第 294 页),这一观点与阿奎那是一致的。以托马斯·阿奎那为代表的经院哲学脱胎于 12 世纪辩证法,素不关心文学与艺术理论,走向与但丁、穆萨托式诗学对立的一面,(第 294 页)这也暗示了但丁的思想不应被局限在经院哲学的狭小范围之内。

综上,但丁的观点"十分接近黑尔斯的亚历山大及大雅博的模式"(第 294 页),表明当时修辞学兴盛一时。尤其在论述方法上,经院哲学与修辞学互有交集。但丁主张的 10 种论述方法平均分为两组,分别针对诗歌的修辞层面与哲学层面。从此诗歌有哲学,诗歌也可以认识真理,而这一功能在此前被经院哲学严令禁止。由此,但丁在这场论争中不偏向任何一方,获得了"独立自主的立场"(第 295 页)。

四 彼特拉克与薄伽丘

但丁的方法论为困扰人类近 1300 年的诗歌与哲学之争发现了一条解决之道——在作品中实现哲学与诗歌的融合。然而,正如荷马是希腊诗歌的伟大代表,后世无人可及,但丁作为意大利文学的先驱,也被公认为可望而不可即的伟大代表,因此但丁的方法很难被后世模仿。(第 296 页)关于诗歌与神学的争论再次出现在彼特拉克与薄伽丘的时代。

彼特拉克与薄伽丘都遵循穆萨托关于神学和诗学的主张。彼特拉克了解了《圣经》诗学与诗歌神学,在致友人的信件中指出"诗歌与神学绝不对立","神学是上帝赐予的诗歌"(第 296 页),并引用多位希腊罗马名人、基督教圣人与神学家的言论作为例证,以捍卫神学诗学观点。薄伽丘也同样主张:"诗歌即神学,神学即诗歌。"彼特拉克、薄伽丘与穆萨托、但丁为异代诗人,其时代背景与主张判然有别——彼特拉克遵从西塞罗、奥古斯丁而非经院哲学,他与薄伽丘均延续了中世纪寓言式田园诗的传统。另外,阿奎那的神学主张逐渐淡出了历史舞台,抨击诗歌的发难者不再是经院哲学家,而是修士中的严格主义者,认为诗歌因没有得到基督的认可而难登大雅之堂。

上述争论其实还延续到 20 世纪。有些当代阿奎那主义者想为诗歌争取本体论地位,但他们并没有征引托马斯·阿奎那,反而引用彼特拉克和薄伽丘,殊不知彼特拉克和薄伽丘主张的神学诗学恰是反对阿奎那主义的唯智论的,"这样的场面,想来十分有趣"(第 298 页)!

(执笔:解欣怡)

附录

1. 英文版:In other passages no poets are named but Aristotle mentions the theologians in connection with the investigators of nature。(p. 218)

中译本:在其他部分,每当谈论自然界的思索者,亚氏提到的不是诗人,而是神学家。(第 287 页)

笔者试译:在其他部分,亚里士多德没有举出任何诗人的名字,但在论及自然界的探索者时提到神学家。

2. 英文版:Dante has six *modi* which are not in Alexander。(p. 224)

中译本:亚历山大的方法有五种,但丁提出了六种。(第 294 页)

笔者试译:但丁有六种方法,它们是亚历山大未曾提出的。

《欧洲文学与拉丁中世纪》(1948)

第十三章　缪斯女神

本章聚焦"缪斯女神"这一历史悠久的"欧洲文学的表达常量"（第 299 页），阐释其出现、演变的历史进程，论述这一形象是如何逐步走下神坛，如何与基督教传统相互融合的。

一　古希腊时期①

古代人认为，缪斯女神不仅属于诗歌，而且属于一切更高级的精神生活形式。西塞罗说："与缪斯生活，就是有教养有学问地生活。"（第 299 页）在宗教史上，缪斯女神被视为泉水之神，并且与宙斯崇拜有关。（第 300 页）据说，有人在缪斯神殿构思了一首歌颂太初之时宙斯对诸神作战获胜的诗歌，以说明缪斯女神与诗歌的关系。

在文学史上，缪斯女神是欧洲史诗的风格要素。荷马的缪斯现身史诗是为了让诗人有话可说。荷马需要缪斯女神们，不仅因为她们能赐予灵感，还因为她们无所不知。维吉尔的史诗也是如此。《埃涅阿斯纪》每当述说非常重要或困难的段落时就会祈求缪斯，表达对缪斯女神的深沉、高尚、炽热的爱慕之情："众位诗女神啊，我请你们现在打开赫立康山，启发我怎样去描述当时跟随着埃涅阿斯离开厄特鲁利亚海岸的那批厄特鲁利亚大军，他们怎样驾船在大海上航行。"②训导诗之父赫西俄德与品达则认为呼唤缪斯是诗人的教育职责。

缪斯不仅是诗歌的守护神，而且是哲学和音乐的守护神。哲学在古代指称一种特殊的精神活动与生活方式，所以女神们可化身为纯粹的精神原则。不同于其他奥林匹亚诸神，缪斯形象模糊不清，没有鲜明的个性。如毕达哥拉斯学派与柏拉图学派，自创立之初便与缪斯崇

---

① 本章原文和中译本均未分节，小标题为笔者自拟。
② ［古罗马］维吉尔：《埃涅阿斯纪》，杨周翰译，译林出版社 2018 年版，第 265 页。

拜有着千丝万缕的联系,因为所有更高的精神追求,都贴着缪斯的印记。(第301页)

举例来看,在维吉尔的作品中,训导诗的缪斯是科学与哲学的守护神。他在《农事诗》中写道:"无上而温柔的缪斯,我是你们的祭司,/你们深沉而炽热的爱令我如痴如狂。/请你们拥抱我,为我指引何处是天国?是繁星?何处有日出日落,月圆月缺?请告诉我,地震从何而来?是何种力量/让大海时而风浪大作,时而风平浪静?/为什么冬季的太阳急着跳进大海?/是什么把夜晚缓慢的脚步拖住?"(第301页)

我们从中可以看出,他祈求缪斯女神赐予的不是诗歌,而是有关宇宙万物法则的知识。作为哲学守护神的缪斯能克服人们对死亡与冥界的恐惧。《埃涅阿斯纪》还引入了一位背诵自然哲学训导诗的诗人——"长发的约帕斯弹起镶金的琵琶,乐声响彻殿堂,他是从伟大的阿特拉斯那里学来的,他歌唱的是游荡的月亮、遭到亏蚀的太阳,接着又歌唱人类的起源和百兽、雨和火,歌唱北斗星辰和催雨的金牛座和大小熊星,歌唱为什么冬天的太阳那么快地落入大海,为什么冬天的夜晚走得这样迟缓"[1]。

二 古罗马时期

罗马时代贺拉斯的讽刺文中,对缪斯女神的祈求不再像以前那般虔诚:"只要欧忒耳佩肯出借她的长笛,只要波利姆尼娅肯校准那莱斯博斯的竖琴。"(第304页)奥维德也以讽刺的口吻谈论缪斯,《爱的艺术》首卷就点出:"传授我这艺术的更不是鸟儿的歌声和羽毛;当我在你的山谷,阿斯克拉牧羊的时候,我没有看见过格丽奥[2]和格丽奥的姊妹们[3],经验是我的导师:听从有心得的诗人的教诲吧。"[4]

---

[1] [古罗马]维吉尔:《埃涅阿斯纪》,杨周翰译,译林出版社2018年版,第26页。
[2] 指九位文艺女神之一,掌管历史。
[3] 指九位缪斯(文艺女神)。
[4] [古罗马]奥维德:《爱的艺术》,戴望舒译,北京联合出版公司2018年版,第3—4页。

《欧洲文学与拉丁中世纪》(1948)

12世纪享乐至上的诗人，祈求的往往是这种奥维德式的"诙谐缪斯"（第305页）。

到奥古斯都的首批继任者执政时期，人们开始有意地摆脱神话和英雄诗。斯多葛学派犬儒主义哲学发展，成为西塞罗用来批判英雄史诗的道德论。因此，希腊神话和英雄史诗日渐式微，罗马帝国时代出现了崇拜的新对象——神化的帝王。维吉尔是首例，另外斯塔提乌斯[①]虽然在史诗中紧跟缪斯，而在诗歌中却寻找女神的替代者，珀修斯则直接摒弃了缪斯。（第305—306页）此外，古代诗歌还开始祈求宙斯（早期基督教的上帝）：天国对应奥林匹斯山，上帝对应朱庇特。古代晚期出现了诗人对自己心灵的称呼，诗人的灵魂取代了缪斯女神，成为祈求的对象。这早在荷马笔下的奥德修斯同"自己勇敢的心灵诉说"中就初见端倪。在《变形记》的第一行，奥维德告诉读者是他的心灵催促他写诗的："我心里想要说的是形相如何变成新物体的事。"[②] 普鲁登提乌斯对自己的灵魂说："放开你的声音吧，睿智的头脑！请张开你的金口，讲述激情之胜。"（第307页）由上可见，在罗马帝国时期的诗歌中，缪斯女神风光不再，甚至被取而代之：或逐渐被君王、上帝、神等一系列最高统治的象征替代；或者成为诗人转向内心灵魂探求的牺牲品。

就在此时，罗马世界的思想界从怀疑主义转向灵魂不死的信仰。1—4世纪的罗马石棺上雕刻的装饰图案，再现了神话时代与英雄时代的场景，必须根据荷马的讽喻与神话的讽喻进行破解。这些珍贵大理石上雕刻的装饰图案再现了神话时代与英雄时代的场景。最早由德国艺术史家温克尔曼在《未刊印古代碑铭》中指出："一些古典艺术中的场景（主要是罗马棺椁上的浮雕）所描绘的并非日常生活，而是神话中的场景。"毕达哥拉斯派认为，缪斯的歌声让天界和谐如一。因此，缪斯女神被纳入古代晚期异教的末世论，并可让人长生不老。

---

① 斯塔提乌斯，维吉尔的弟子，著有《忒拜记》，在《神曲》中将但丁带到天堂。但丁认为他已皈依基督教。

② ［古罗马］奥维德：《变形记》，杨周翰译，人民文学出版社1984年版，第1页。

(第307页)

三 拉丁中世纪

在公元4—17世纪，基督教摒弃信仰异教诸神，极力反对缪斯，这种反对意见本身即构成诗歌的创作主题之一，不失为道德与教义严格主义的标志。古代缪斯的基督教替代者开始出现。但缪斯形象在这一时期的欧洲文学史上并未彻底退场，反而表现出联系性。这从一个侧面表明中世纪并非笼罩在一片断裂式的"黑暗"迷雾中。

最早的基督教史诗诗人尤文库斯开始求助圣灵，并用约旦河取代了缪斯的山泉。在其诗歌的开篇，另一位诗人塞杜里乌斯祈求上帝，丝毫未提缪斯女神，而是猛烈抨击异教诗人。（第308页）这也是"异教诗歌与基督教诗歌有别"主题的萌芽。普鲁登提乌斯恳求缪斯女神，把她常戴的常春藤花冠，换成"神秘主义的桂冠"，以彰显上帝的荣耀。（第308页）保利努斯提出基督学灵感论，认为基督才是宇宙的乐师。他说："不给缪斯，不给阿波罗，/那些心灵只献给基督。"（第309页）圣徒史诗也是如此。

在基督成为缪斯的替代者的过程中，也间或出现"神话即历史"的观点，基督教父的讽喻将缪斯重新解释为音乐理论中的概念，这为缪斯保留了一席之地。但在7世纪日耳曼北部，奥尔德赫姆又发出了针对异教缪斯的严格主义反对意见。但这位盎格鲁-撒克逊人求助的不是基督，而是创造巨兽的万能的造物主（详见《约伯记》40：10及以下）。他将诗歌灵感启发者的权柄再次交回到上帝手中，认为是上帝启发摩西创作了"格律诗"，这样他就"把反对缪斯的意见，与教父的'圣经诗学'合而为一"（第311页），以突出耶和华能赐予人们说话的本领。在此基础上，英国将诗歌与《旧约》结合得比较彻底，而加洛林时代人文主义者则呼吁恢复缪斯女神的声誉，诗人们在以歌颂和友谊为主题的世俗诗中保留了缪斯，但不许她们踏足宗教诗。

以上反对缪斯与祈求基督之间来回往复的互动过程其实开启了缪

《欧洲文学与拉丁中世纪》(1948)

斯与基督教的融合。圣餐歌的兴起就源于这两个过程的相互影响：其一，世俗音乐融入教会仪式；其二，800年后拜占庭圣歌传入法国。（第312页）在圣餐歌中，缪斯被视为音乐艺术而非诗歌艺术的化身，成为早期礼拜仪式的祈求对象。圣餐歌又孕育了12世纪文艺复兴时期的田园诗，而古代的缪斯概念便在其中活跃起来。

但丁是这一时期最值得重视的人物。他在层次分明的基督教历史宇宙中自由翱翔，缓和了古代世界与基督教世界的紧张关系，在重重艰难中找到了一条将缪斯完全融入基督教的路径。作为基督教诗人，但丁说缪斯是"我们的保姆"，是"至圣的众贞女"，是其最后诗作的"诗泉姊妹"。《神曲》仍沿用古代史诗那种祈求缪斯女神的套路，多次提到缪斯女神。每逢紧要关头，但丁都会严格遵循古典技法呼唤缪斯："神圣的九缪斯，我属于你们。"在诗歌开篇，但丁认为诗人需要祈求，因为必须从"更高的神灵"那里求得"神的礼物"，这种"更高的神灵"就包含了缪斯女神。另外，他也呼唤自己的心灵，采用的是基督教的祈求形式——"启自天国的语言"（这种祈求身为"言"的基督的做法在中世纪早期颇为流行）。这是古代"祈求"最明显的替代方式。基于《神曲》祈求缪斯的融合模式，但丁的继任者薄伽丘进一步将缪斯理解为天父上帝与记忆女神的女儿，因为上帝展现了可靠的万物之理，其藏于记忆之中的"明示"，为人类带来了知识。但薄伽丘与但丁不同，他对缪斯并不虔敬。"这里，我们看不见对缪斯的虔敬之心，而是中世纪对妇女的嗤之以鼻。"（第314页注释④）

回顾中世纪，我们可以发现，中世纪基督教诗人反对缪斯发展到最后，反而使其成为不得不写的主题，诗歌中取代宗教情感的是寓教于艺和以礼显诚。由此，反对缪斯这个主题在真正的诗人笔下，也变得鲜活起来，如曼里克写道："在她芬芳的叶子上，粘着毒露滴。"（第315页）这里出现了一个疑问：为什么每个世纪都有基督教诗人为缪斯女神苦恼不已？"相比攻击缪斯或者为她们寻找替身（毕竟这是变相承认她们的存在），对她们避而不谈岂不更合情合理？"（第316页）这是因为自荷马和维吉尔的时代起，她们就与史诗形式建立了密不可分的关系,而西方世界已无法离开史诗。

在中世纪晚期,缪斯女神显而易见地逐渐退出了人们的视线,退出路径有两种:诗人对缪斯或直接忽略,或竭力将其融入另一个非异教的框架中。对于前者,16世纪阿里奥斯托的《疯狂的奥兰多》使"亚瑟王素材"和"罗兰素材"在诗歌中重获新生,其重要之处不仅在于美,还在于其历史地位(完全不涉及古代史诗理论和中世纪思想)。阿里奥斯托并不期待创作一部拥有祈求缪斯的情节和神话体系的维吉尔式史诗,他采用的是符合宫廷趣味的游吟诗人的骑士传奇,这种传奇融合各种矛盾:为信仰而战的宗教热情;骑士理想;爱的高级形式(神圣之爱)和低级形式(世俗之爱);各类节日的娱乐活动;等等。而化解这些矛盾的主要方法是反讽。

但《疯狂的奥兰多》是传奇而非史诗。如何调和新生的"传奇"与亚里士多德的史诗的关系?塔索给出了答案。他的《被解放的耶路撒冷》从主题问题和诗化角度讲,虽然起于骑士传奇,但始终遵循古典主义史诗的模式。塔索"开篇摒弃了古代缪斯及赫利孔山菱蔫的桂冠,转向受祝福的唱诗班,祈求寓居天堂的缪斯"(第319页)。塔索的诗歌理论契合反宗教改革运动道德化的亚里士多德主义。对于后者,伊丽莎白时代英格兰的斯宾塞在《仙后》中呼唤了"九位之首的圣女"缪斯。其第6卷以"第二次祈求"缪斯开篇。诗人的力量逐渐减弱。但17世纪的英格兰带来了弥尔顿的新教缪斯。诗人把"天国缪斯"当作类似乌拉尼娅的祈求对象:创世前,她是天国的生灵,在全能的上帝面前与自己的姊妹"智慧"一同嬉戏。由此弥尔顿又回到了奥尔德赫姆的严格主义。"不过,跟塔索或普鲁登提乌斯一样,他也未能点活基督教的乌拉尼娅。这位缪斯的处境仍然尴尬不已。"(第320页)

因此,在但丁之后,诗人的问题是:如何将古代异教的缪斯女神完美融入基督教框架中?西班牙的卡尔德隆的神迹剧为缪斯问题找到了一个基督教的解决方案。早期基督教护教传统认为,异教神话包含一种原始天启,其中透露了许多与《圣经》有关的事。卡尔德隆由此同时接纳了整个基督教传统与古代传统,运用亚历山大的克莱门的基

《欧洲文学与拉丁中世纪》(1948)

督教灵知主义（Gnosticism，或译为诺斯替主义[①]），让两者相互适应。因此，在其作品中神圣的逻各斯是音乐家、诗人，也是画家、建筑师。"化作诗人的逻各斯"启发他创作了《神圣的俄耳甫斯》这一奇迹剧。虽然《圣经》（神言）与古代智慧（人言）在神学里是截然分开的，但它们通过"和音"建立了联系，每每触及隐匿的真理，先知与诗人便走到了一起："……《圣经》之声，先知中的神，诗人中的人（给人以知识，建立与上帝的联系）。"上帝成了演奏"世界乐器"的音乐家，基督是神圣的俄耳甫斯，十字架就是他的里拉琴，他用歌声征服了人性。《诗篇》（68：25）说："歌唱的行在前，作乐的跟随在后，都在击鼓的童女中间。"这些击鼓的童女对应的正是缪斯女神。缪斯的领袖是基督，是"名副其实的阿波罗"。以"圣帕纳索斯山"为名的天堂，就对应凡间的帕纳索斯山。

四 近代时期

缪斯女神在近代遭遇了被彻底抛弃的命运。从阿里奥斯托的诗体传奇到近代小说，缪斯女神经历了从力量被削弱到彻底退出舞台的过程，当然这也是一个古典传统融入基督教传统的过程。既然缪斯已被彻底融入了，她们也就该退休了。作为受过启蒙的理性之人，菲尔丁必然要摒弃荷马神话，其《汤姆·琼斯》讽刺了古典主义文论，没有什么比现代人祈求缪斯更为荒诞的了。缪斯终于在现代退休了。巴特勒甚至在《胡迪布拉斯爵士》中用祈求啤酒代替祈求缪斯（在加洛林时代，缪斯女神就喜欢喝啤酒）。再往后，伟大的布雷克用伤心欲绝的挽歌与之告别："九位女神呵，遗弃了诗，/尽自在珊瑚林中行走；/何以舍弃了古老的爱情？/古歌者爱你们正为了它！/那脆弱的琴弦难于动人，/调子不但艰涩，而且贫乏！"[②]

[①] 灵知主义主张，人是由肉体（flesh）、灵魂（soul）与灵（spirit）组成的，包围在灵魂之中的是灵，即"普纽玛"（pneuma）在世界中处于麻木和昏睡状态，使人处于一种"无知"的状态，人的苏醒与解放唯有通过"知识"才能实现，而知识来自诗人带来的古代传统。这就将古代传统融入了基督教传统之中。

[②] 穆旦：《穆旦译文集》（第四卷），人民文学出版社2005年版，第312页。

综上，我们通过梳理从古希腊罗马到近代对缪斯女神的接受史可以发现：缪斯女神崇拜产生于对其无比敬仰的古代，随后在基督教传统中缪斯女神的地位有所下降，之后古代传统与基督教传统相互融合，最后淡出人们视线。通过论述欧洲诗人对缪斯女神形象的曲折求索，本章展现了欧洲拉丁中世纪的文化传统融合历程，也由此论证了欧洲文化的连续性和一体性。

（执笔：范益宁）

第十四章　古典主义

本章论述"古典"与"现代"等重要概念的起源、含义及其演变，涉及古代伟大作家与经典作家的形成标准、过程与评价等。本章各小节均为原文所有。

一　体裁与作者名录

任何人要想成为诗人，就要学习诗学。这在任何时代都一样。那么，中世纪的人如何学习写诗呢？他们的诗学课本有哪些呢？其实，学校教师选定作家作品、编纂教材本身就是在对文学展开系统研究，"只要是把文学作为学校课程的地方，就能看见文学系统化研究的要素"（第325页）。虽然文学创作与文学系统化研究同时存在与发展，但中世纪学校里使用的文学作品或理论都是古代作家：古代文学理论的代表著作是亚里士多德的《诗学》《修辞学》，古代文学学科发展的巅峰是亚历山大里亚（语文）学派，其研究工作加速推进了语文学的系统化发展。

亚历山大里亚城的缪斯宫既是科研机构也是教学机构，研究者需要筛选一批经典作家以备语法学家教学之用。何为经典？谁是伟大作

《欧洲文学与拉丁中世纪》(1948)

家？这些问题毫无疑问都会引起研究者的极大关注。古罗马的修辞学家昆体良提出先按体裁，然后按作者分类的划分法则，体裁确定后就会出现如何衡量体裁重要性的问题。(第326页)布瓦洛曾在《诗的艺术》中为创作体裁划分了等级，包括悲剧、史诗、喜剧三种主要体裁和牧歌、悲歌、颂歌、商籁、箴铭、循环歌、讽刺诗、揶揄调、歌谣九种次要体裁。拉·封丹的寓言根本就不在布瓦洛的分类中，甚至不包含在次要体裁之内，但不少读者尊崇拉·封丹为法国古典主义的集大成者。由此看来，写作体裁的等级不能作为古典或经典的评判标准。

由于布瓦洛的理论不能提供伟大作家的形成标准，我们就有必要考察"古典（经典）"（classical）的词源来确定古代典范作家的判断标准。Classicus最初的含义是社会基层，指涉赛尔维乌斯宪法根据财产多寡划分下的一等纳税公民，与贫民、不纳税者（proleterri）恰相对立。西塞罗最早以比喻的方式使用了该词。格里乌斯将该词以隐喻的形式用于文学，其《阿提卡之夜》提出，应学习典范作家。他说："有些隶属于古代的演说家或诗人，是一等的纳税作家，不是不纳税的人。"[①] 一等的纳税公民向国家缴纳的税收最多，对国家建设与发展的推动作用最大，经典作家则以最优秀的作品延续文化传统，其作品成为后人学习的典范，因此最优秀的经典作家被格里乌斯比喻为一等的纳税公民，圣伯夫在《何谓经典？》中进一步解释了这句话：经典作家"置身芸芸无产者中却不会迷失自我"（第328页）。"一等纳税作家"的作品可作为语法标准而为后人提供参考。"古典"一词起源的考察说明"在古代，典范作家的概念是以语法标准，亦即言辞正确的标准为导向的"（第328页）。

二 "古人"与"今人"

在讨论"古典（经典）"的词源学依据的基础上，本节讨论了

[①] ［法］安托万·孔帕尼翁：《理论的幽灵：文学与常识》，吴泓缈、汪捷宇译，南京大学出版社2017年版，第233页。

"现代"的起源问题。限于史料，现在无法确定格里乌斯关于经典的定义"自何时、何地进入近代文化"（第 328 页），只能通过探讨"今"的概念来定义"古"。

"今"包括两层含义，第一层含义是"古今之争"之"今"，早期"今人"的希腊文为"νεωτεροι"，对应的拉丁化词语为"neotericus"，该词由"neuter"派生，代指"新近的作家或学者"，如向"荷马史诗"发难的卡利马科斯（Callimachus）相对于荷马就是"今人"。

"古今之争"围绕着近代作家能否超越古希腊和拉丁语作家而展开争论。"今"的第二层含义为代指对前一时期或风格的继承式代替，如基督教中的《旧约》和《新约》，《新约》之"新"指用耶稣基督与人类订立的新约代替耶和华与古代犹太人部族订立的旧约。"早期喜剧""中期喜剧""新喜剧"中的"新"指延续过去的风格并对之加以改进。又如菲罗斯特拉图斯认为"新智术师"应当被称为"第二代智术师"，因为"第二代智术师"仍是"旧"的，他们更大程度上继承而非改造了第一代智术师。

现在通行的"modernus"（现在的）直到 6 世纪才出现，其词根为"modo"。"Modernus"派生了"modern"。相对于"今人"，"古人"的希腊文为"οι παλαλοι"，这种不确定的表达在拜占庭中期仍然盛行。"古人"一词之所以模棱两可，是因为"古代"（antiquity）一词并没有具体的历史指涉，并不指涉具体的历史阶段，只有在历史分期时与"中世纪""现代"一同使用时，才能被界定。因此，正如西塞罗所言，"古"这一概念具有相对性，他总是相对于"今"才能被定位。因为"古代"概念是相对的，对于罗马人而言，古希腊作家是古人；对于中世纪和文艺复兴时期的作家而言，古希腊罗马以及其他古代作家都是古人。

此外，在不同的时代，划分古今的标准也不同。17、18 世纪时，古人指异教作家，今人则指基督徒。（第 333 页）但在古代，昆体良（35—100 年）认为西塞罗（前 106—前 43 年）是古人。塔西佗在《演说家对话录》中认为时代上距今 120 年以上的才算"古人"（120 年算"一辈子"），显然在塔西佗那里，西塞罗相对于昆体良来说就不算

《欧洲文学与拉丁中世纪》(1948)

古人了,因为两人的时间差距不够120年。

在拉丁中世纪时期,古代与现代的分界线并非基督元年,"基督教的天启以及教父都属于古代范畴,Veteres(教父)同时指过去的异教作家和基督教作家"(第333页)。例如,12世纪时期的人感受到强烈的现下与异教——基督教的反差,哈斯金斯曾提出"12世纪文艺复兴"[①]这一概念,用以说明在14—17世纪的文艺复兴前,欧洲知识界已经重新发现拉丁古典名著、希腊自然科学与罗马法典。《欧洲文学与拉丁中世纪》前几章探讨了12世纪的学科变化,以及新诗学、法理学、逻辑学、形而上学、伦理学之间的相似性,这是12世纪文化转变的两个方面。(第334页)今人强烈的当下感与时代意识体现在沃尔特·曼仆(Walter Map)的观点中,只有当作者成为古人,才能获得正确的品评:

> 我的著述中的智慧,将在我离世后得到世人的赞赏;终有一天,当我成了古人,当古铜币的价值超过了新黄金,我的权威便自然而然地确立起来。届时,将是猿猴的时代,而非人类的时代,因为它们将嘲弄,它们时代的人没有耐心模仿榜样。它自己的现代已经让每个世纪都倍感失望,不管你深思熟虑提到的哪个时代,无不是厚古薄今。(第335页注释①)

三 基督教正典之形成

基督教文学包括《圣经》正典、教父正典、圣徒传记(vitae)以及当代"言行录"(acta)和"受难剧"(passiones)。正典的形成是为了保护传统,就如罗马法学的法学正典保护帝国与官僚体制,确定基督教正典是为了保护宗教传统,它包括基督教正典的核心《圣经》正典、教父正典这两个部分。

---

① 法国史学家让-雅克·安托万·安培最早系统地阐述了"12世纪文艺复兴"的概念,其普遍接受始于美国历史学家哈斯金斯出版《12世纪文艺复兴》之后。

497

（一）《圣经》正典

《圣经》正典包括犹太正典《旧约》（《摩西五经》《先知书》《圣录》）与《新约》。《旧约》在特伦特会议上被确立为教义，教堂机关中的律令都被称为"典"，以区别于世俗的"法"。

在确立《圣经》正典后，基督教如何确立神学正典呢？首先形成的是神学正典中的教令集。经过百年的发展，教典矛盾丛生，而罗马法依旧富有生机。教典虽然很难和信徒接触，但是为了与法抗衡，教会出版了一系列教令解读与汇编来推进教典的世俗化进程，此后《教令集》便成为教会法令的通称。教会法令设定了一系列标准，如将弥撒咏礼司铎、唱诗班纳入主教坐堂会议，规定成圣仪式前要身着法衣，成圣者最后将被列入圣徒之列，等等，还规定了神职的任职年龄。罗马法实际上也参与了教会法令的演变，"教会与罗马法共生息"（第337页）。

神学正典还包括由保罗从上帝"领受"后"传给"后世的圣礼准则、耶路撒冷最初集会时的信条准则、未记录下来的经世人口口相传的上帝箴言，以及大量《次经》和《伪经》。《次经》又名"隐藏之书"，虽未收录在正典之中，但仍然具有参考或教导价值；《伪经》是假托名人写成的著作，在基督教内特指那些以《旧约》或《新约》里的人物之名为书名或作者名的作品，其目的是让该作品在基督教群体中更有影响力。以上文献都属于教父学（patrology）的研究领域。

（二）教父正典

东方教会率先将巴西勒、额我略、金口约翰尊为"大公会三博士"，西方教会另加了阿塔纳修斯。从8世纪起，安波罗修、哲罗姆、奥古斯丁、额我略一世被推崇为"四大拉丁教父"。圣彼得教堂又从以上几人中挑选安波罗修、奥古斯丁、阿塔纳修斯、金口约翰进入教堂后殿的"圣彼得讲席"。成为教父，不仅要思想正统、品性圣洁，受到教会承认，还要具有古典气质。中世纪时期，教会文献受到经院

《欧洲文学与拉丁中世纪》(1948)

派的挑战，时人挑选大量今人成为基督教博士，如阿奎那、安瑟伦、明谷的伯纳德、阿方索·利果里、沙雷的弗朗索瓦、十字架约翰、拜拉明、大雅博等。现下教会圣师已成为同时含纳古人与今人的集体，古人与今人同时存在。

四 中世纪正典

本节在第 3 章第 5 节的基础上延续了对中世纪正典的考察。中世纪学校正典由最典范的异教正典与基督教正典组成，成为 13 世纪扩编的作家名录的主体部分，最具代表性的正典作者名录分别出自希尔绍的康拉德、但丁、乔叟之手。如康拉德的名录：

1. 语法学家多纳图斯；2. 训导诗人加图；3. 伊索（Aesop）；4. 阿维阿努斯（Avianus）；5. 塞杜里乌斯（Sedulius）；6. 尤文库斯（Juvencus）；7. 普罗斯佩耳（Prosper of Aquitaine）；8. 提奥杜鲁斯（Theodulus）；9. 阿拉特（Arator）；10. 普鲁登提乌斯；11. 西塞罗；12. 萨鲁斯特；13. 波伊提乌；14. 卢卡努斯；15. 贺拉斯；16. 奥维德；17. 尤文纳里斯；18. "荷马"；19. 珀修斯；20. 斯塔提乌斯；21. 维吉尔。（第 54—55 页）

除去前 4 位为适合初学者阅读的基础作家，康拉德的名单包含 6 位基督教诗人、8 位异教诗人、1 位基督教散文作家、2 位异教散文作家。显然康拉德有意平衡基督教徒与异教徒的数量。（第 341 页）中世纪正典中基督教与异教作者只是被简单地并置，没有用任何措施凸显基督教正典的地位。但 4 世纪一位叫庞波尼乌斯的人通过以维吉尔式组歌的形式探讨基督教问题，捍卫了基督教作家的地位。他将维吉尔式组歌的对话者换成代表基督教的阿丽提亚（Alithia，"真理"）与代表异教的普修斯提斯（Pseustis，"谎言"）。诗歌比赛的裁判是普罗内西斯（Phronesis，"理解"）。一人吟诵异教神话故事，另一人以《旧约》中的反例作答，最后裁判判定"真理"获胜。

欧洲大学兴起后，学术繁荣，法学、医学、神学、辩证法、自然科学以及亚里士多德的研究都极大地挤压了文学研究者的生存空间，使文学教师变得谦卑恭顺，把自己放在众学科的末位。文学这一非获利性研究的地位下滑导致正典的覆灭。但丁《神曲》给出的名录就已反映出这一倾向。《神曲·地狱篇》第4章中住在地狱第1层高贵城堡中的精英就已不但有作家和诗人，还有哲学家、自然科学家、几何学家与医学家等，此后但丁又借斯塔提乌斯与维吉尔会面之机加入了数学家、政治家和辩论家。

乔叟有两份作家名录，一份以金属为价值标准排列作家，斯塔提乌斯、荷马、达雷斯、狄克提斯、洛里乌斯、圭多、杰弗里立于铁柱之上，维吉尔立于锡铁柱之上，奥维德立于铜柱之上，克劳狄安立于硫磺柱之上。① 另一份名单来自乔叟的《特洛伊拉斯和克莱西德》，他在诗歌的末尾向维吉尔、奥维德、荷马、卢卡努斯、斯塔提乌斯致敬。

五　近代正典之形成

本节论述意大利、法国、西班牙民族文学经典的兴起与建构过程。18世纪末至19世纪，欧洲新民族主义产生，各民族国家为建立本民族的经典开始了一系列"通俗语言革命"，拉丁语一统天下的时代落下帷幕。意大利是文艺复兴的发源地，因此意大利最具备条件先来衍化正典。

然而，意大利是一个反面案例。为了促进意大利民族语言的兴起，早先有但丁的《论俗语》指出，应该在集中托斯卡纳方言的基础上创建一种"卓越俗语"语言，后有彼得罗·本波通过其作品《通俗

---

① 将洛里乌斯与达雷斯、荷马等人并列是乔叟犯的错误。贺拉斯曾写信给一位正在学习修辞的年轻友人，建议他研读"荷马史诗"中的道德与哲学内容。这位友人名叫Lollius Maximus，Maximus含义是"最伟大的"，是对这位友人家族恭维性的称号，贺拉斯在写信时颠倒了顺序，写为Maximus Lollius，为"像伟大的洛里乌斯"之意，所以乔叟误以为贺拉斯指的是某个叫洛里乌斯的人是特洛伊战争题材最伟大的作者。以上所论依据〔美〕吉尔伯特·海厄特《古典传统：希腊—罗马对西方文学的影响》，王晨译，北京联合出版公司2015年版，第77页。

《欧洲文学与拉丁中世纪》(1948)

语言的叙述》在意大利"语言问题"之争（通俗语言使用者与拉丁文使用者之争）中获胜，但意大利宫廷长期处于分裂状态，没有稳定的中央政府或国家机器能将语言规范化；[①] 另外，意大利文学没有封闭的"古典"体系，意大利的每位优秀作家都与古代有着迥然不同的联系。最后，在笔者看来，还有另外一层原因，即与语言革命者能否获得教廷或宫廷等统治阶级的支持有关，但丁被佛罗伦萨流放，而法国的杜贝莱却能获得宫廷的支持。

与意大利不同，17世纪的法国文人追求系统原则。法国古典主义并非机械地模仿古代典范，而是表达一种天生的民族的内涵，其中弥漫着法国思想界共有的理性主义，这种"理性"体现为布瓦洛提出的新古典主义的三原则，即理性的原则、自然的原则、道德的原则。法国的古典主义在17—18世纪影响深远，波及英德各国。1820年浪漫主义抨击古典主义，反而促使古典主义越发流行，不过法国也因自身古典主义的弱点受制于狭隘的欧洲精神观念形态。

西班牙与意大利、法国不同的是，有浪漫主义而无古典主义，因此它是一个正面案例。意大利未经历过中世纪，法国于1550年切断了自身与中世纪的联系，而西班牙保留了自己的中世纪，并将其融入本民族传统当中。因此西班牙并不将自己的文学全盛时期称为"古典主义"，而是称为"黄金时代"。西班牙的民族文学与拉丁中世纪的典范作家共存。

在插叙西班牙的文学发展历程后，本节进一步批判了法国狭隘欧洲精神观念的危害。法国曾为欧洲文学中心，力图将其审美原则与体系推广到全欧洲，这必然不符合欧洲各国文学发展的实际情况。法国学者梵·第根的《文艺复兴至今的欧美文学史》将法国批评界的"前浪漫主义"划入古典主义当中，形成17世纪古典主义—18世纪古典主义与前浪漫主义—19世纪浪漫主义的文学史定式，然而，西班牙与英国有浪漫主义而无古典主义，德国的浪漫主义与古典主义的存在

---

① ［法］帕斯卡尔·卡萨诺瓦：《文学世界共和国》，罗国祥、陈新丽、赵妮译，北京大学出版社2015年版，第60页。

方式也与法国不同，二者并存。梵·第根将适用于法国文学的分期模式强加于欧洲文学，必然导致别国文学成为次要文学而销声匿迹，或者导致法国文学史体系土崩瓦解（如果法国文学成为普遍标准，法国学者为了含纳别国文学，需要对法国正典进行调整）。于是拉尔博反对梵·第根式的普适主义，建构一种摒弃政治观念的文学大同主义，认为比较文学学科宗旨是想方设法促进文学商品交换：

> 思想地图的变化十分缓慢，而且界限分明；文献学家脑海里的地图正是如此，上面没有问题，没有国家，没有强权，唯有语言区域……思想地图有一块一分为三的核心区域——法国、德国、意大利，和一条外在区域或者说"次第分明的"地带：斯堪的纳维亚、斯拉夫、罗马尼亚、希腊、西班牙、加泰罗尼亚、葡萄牙、英国；其中，西班牙和英国区域以其古代时期，且拥有狭长的大西洋海岸线，意义之重要不言而喻。（第355—356页）

但是拉尔博的"文学大同主义"（literary cosmopolitanism，现多译为"文学世界主义"）也并不具备真正的普适性。他将法国、德国、意大利视为文学中心，将西班牙和英国视为次一等的文学，将斯堪的纳维亚、斯拉夫、罗马尼亚等地区或国家视为边缘文学。他对文学中心与边缘的划分只是将一个中心（法国）扩展成了三个中心——法国、德国与意大利，这与梵·第根的思维模式并无本质不同。

（执笔：李一苇）

附录

1. 英文版：It was called upon to classify the matter of literature - "studiorum materia," as Quintilian puts it (X, 1, 128) - in accordance with two different principles: by genres and by authors. The selection of authors presupposes a classification of genres。(p. 248)

中译本：有人根据两种不同的原则——体裁与作者，划分文献问题（也

《欧洲文学与拉丁中世纪》(1948)

就是昆体良所谓的"studiorum materia")。(第 326 页)

笔者试译：有人要求按照两个不同的原则——体裁与作者来划分文学文献（也就是昆体良所谓的"studiorum materia"）。选择作者以划分体裁为前提。

2. 英文版：Here it is a matter of renovation and succession。(p. 252)

中译本：这里就涉及更新与更迭的问题了。(第 330 页)

笔者试译：这里就涉及更新与继承的问题了。

第十五章　风格主义

本章讨论的核心论题是中世纪诗歌的"风格主义"。本章开篇将"风格主义"与上文论述的古典主义比较对照，用语文学研究方法重新定义风格主义，并将其置于风格史的发展脉络中。在此基础上，本章首先讨论诗歌的 4 种修辞手段，并分形式、思想两个方面探讨中世纪诗歌的"风格主义"，章末借用葛拉西安的《敏锐集》，提出新的"敏锐理论"，认为敏锐最终将伴随才智的扩展而走向自由的形式。

一　古典主义与风格主义

一般研究将"古典主义—浪漫主义"对举，形成一组反义词，但这对概念不尽如人意，而"古典主义—风格主义"（第 358 页）的对立更为实用。此前的研究将风格主义附属于"巴洛克风格"，这种做法也不能完全概括风格主义的全部意蕴。事实上，风格主义带有一定的历史外延，而历史上的古典主义，"其实是各自独立的孤峰"（第 358 页）。本章将一般意义上的古典主义称为"标准古典主义"，指可以正确、清晰且符合规则地写作，它可以模仿或传授，"但又没有展现人类与艺术最高价值的作家和时期"（第 358 页）。换言之，古典主义意味着伟大作家这一最高等级之下的第二等级，如色诺芬、西塞罗、布瓦洛、蒲伯等。如果文学批评家一直推崇古典主义，就会使文学缺少差异性；反过来说，把伟大作家与次一级的作家平等对待，就丧失了文学批评的功能。

二 修辞与风格主义

风格主义意味着"堆砌辞藻"(第359页)。它在修辞上表现得最丰富，可分为4种：倒装；迂回表达；类语重叠；独辟蹊径的比喻。

首先，倒装打破了规范的语序，具有破坏性，制造割裂感和混乱感，但过长的倒装会让人难以理解。西班牙诗人贡戈拉热衷于使用令人费解的语法短语，其倒装句的运用形成了独有的风格。

其次，迂回表达是用更加繁复的句子来表达同样的意义，具体做法是在行文中用较为复杂的语句或词语来代替较为简单的同义句或同义词，以增加表达的多样化和诗韵。"迂回表达的最早范例见于赫西俄德、神谕及后来的品达。"(第360页)昆体良区分了两种迂回表达法：委婉式迂回和装点式迂回。

再次，类语重叠是具有相同词根的单词的重复。在文学作品中，人们经常发现一个特定单词的声音被同一句子中的另一个单词重复。但丁的诗句多用类语重叠的修辞手法。《神曲》共100章，"有近两百处类语重叠"(第370页)，但很多研究者只能辨认出来少数几处，因此，很少有人能够发现但丁与中世纪的文风联系。

最后，独辟蹊径的比喻，如hydrops（水肿、肿胀）及其派生词hydropicus（头脑胆怯），而如今的意思是"病态的饥渴"；又如，"鸟鸣"可比作"七弦琴的演奏"。这两个例子说明，西班牙的"巴洛克风格"肇始于中世纪拉丁语理论与实践。其实，同样的研究方法也可用于英国"玄学派"诗人。通过分析他们和西班牙格言体诗人所用的比喻，可以溯源英国玄学诗派的欧陆传统。

三 形式风格主义

形式风格主义具备7种修辞方式，包括"阙字""复字""丽辞""形象诗""诗歌填充式连接词省略""关联诗""总括式"诗歌，它们都可溯源至古代风格主义，后延续到拉丁中世纪，形成中世纪拉丁风

《欧洲文学与拉丁中世纪》（1948）

格主义，之后进入欧洲民族文学，并未受到文艺复兴与古典主义的影响。到17世纪，中世纪拉丁风格主义又嬗变为西班牙的风格主义。因此西班牙的风格主义并不是原生产物，而是有着深刻历史背景的。

"阙字"和"复字"都属于行文中系统雕琢的用法，是一种属于字母文字的独特的修辞手法。"阙字"是指整个诗歌里可能完全没有一个字母，而"复字"是"顺次尽量多地运用相同首字母词"（第377页），这种手法因为容易，一直流传下来，一直到17世纪的西班牙还很活跃。当秉持风格主义的诗人不满足于语法和韵律的机巧时，"形象诗"出现了，这种诗歌写作完成后会有独有的轮廓，比如呈现出翅膀、蛋、斧子、祭坛、风笛等。在希腊时期、君士坦丁大帝执政时期等都有类似作品。另一种形式风格主义的词语技法被称为"丽辞"，指创造新词的机巧，如古罗马诗人德西穆斯·马格努斯·奥索尼乌斯的《技法游戏》里面的诗"展示了单音节词在诗歌中的运用"（第379页）。这种技法也见于去掉每行最后一个音节以押韵的"断词诗"。

"诗歌填充式连接词省略"是把词语尽可能多地塞入同一诗行的诗行变体，卢克莱修、贺拉斯、斯塔提乌斯等诗人的诗作中都有这种现象。在中世纪，连词省略得到修辞学家的提倡。17世纪的德国诗人也很喜欢用该技法。

"关联诗"是运用"对称的语法榫合"的方式，将诗句的"整体打乱重新排列"，这种技法最早出现在古希腊晚期。从拉丁中世纪起，法国、西班牙、英国等诗人也开始运用这一技法。

"总括式"是在诗歌最后重述前几节内容的技法，在西班牙和意大利诗歌中常见。西班牙剧作家、诗人卡尔德隆·德·拉·巴尔卡的剧作《人生如梦》以及意大利诗人潘菲洛·萨索的诗可为例子。本节认为，总括式的起源是古罗马诗人提波利亚努斯，但是关于也运用了总括式的德国诗人瓦拉弗里德的诗作创作溯源，现在的知识尚不能解决。因此，本节最后认为，应该"结合西班牙风格主义的背景，将英国'形而上学诗人'[①]的风格主义、马里诺及其追随者的风格主义、

[①] 此处也可译为"玄学派诗人"。

第二西里西亚派的风格主义重新研究一番"。马里诺为17世纪意大利诗人,其代表作为抒情诗集《七弦琴》《风笛》,以及长诗《安东尼斯》。他大量运用比喻、典故和象征手法,追求绮丽、浮华的诗风,雕琢辞藻,用以抒发贵族阶级的感伤情调和寻求新奇事物刺激感官的艺术趣味。而第二西里西亚派是以德国诗人克里斯汀·霍夫曼·冯·霍夫曼·斯瓦尔多和丹尼尔·卡斯珀·冯·洛亨斯坦为代表的诗派。上述诗作的修辞或许也有着拉丁传统的背景。

四 要点回顾

首先,形式风格主义有7种主要变体,起源时间从公元前6世纪到罗马帝国晚期。

其次,以上所有修辞现象尽管起源于古代希腊—罗马,但其实都延伸至拉丁中世纪。"于是,就有了中世纪拉丁风格主义。"(第394页)

再次,中世纪之后,风格主义进入欧洲各主要民族文学。因此,不能把17世纪风格主义(如西班牙"黄金时代"文学)与此前的风格主义史前史割裂开来,也不能将西班牙或德国的巴洛克风格认定为"巴洛克时期的原生产物"(第395页)。

最后,风格主义在研究界不受重视,这恰恰说明"无论从年代顺序上还是地理位置上看,文学学科仍缺乏欧洲视角"(第395页)。

五 讽刺短诗与讥诮风格

中世纪的拉丁风格主义不仅在形式上有着独特的形式,在思想上也有着鲜明的特色,其中最引人注目的是讽刺短诗,其特点是"直截了当"、追求"一鸣惊人"。如有句诗歌据说为柏拉图所作,将"灵魂"和"双唇"联系起来。据当代英国人文主义者盖斯利爵士考察,这一妙语的使用者包括古希腊诗人彼翁、古希腊诗人加达拉的墨勒阿革洛斯、高卢演说家阿雷拉特的法沃利努斯、希腊作家阿喀琉斯·塔提乌斯,以及罗马作家、意大利人波利提安与蓬塔诺,英国诗人马洛、赫里克和多恩。

六　巴尔塔萨·葛拉西安

在对这种讽刺式的风格主义考察的时候，本章首先指出了一种名为"敏锐"的艺术术语。在西班牙作家对于"敏锐"的论述中，agudeza（敏锐）、ingenio（天赋）和concepto（概念）等3个词语经常联系在一起出现。（第399页）首先是"敏锐"，在法语中是"pointe"而在拉丁文中是"acutus"。在西班牙，格言体诗派（conceptism）的风格重讽刺，而同时兴盛的还有以西班牙"黄金时代"著名诗人贡戈拉为代表的典雅体（cultism）。这两者是无法分割的，因为"对于才思敏捷者，出言谨慎方可一针见血"（第400页）。

阿尔多瓦的诗人葛拉西安也提倡应该以敏捷的才思，"典雅地表述自己的观点"（第400页），这再次表明西班牙风格主义和拉丁传统的关系。推崇法国古典主义的研究者认为，西班牙没有推崇古典主义的诗人马莱伯、语法学家沃热拉，没有法兰西学院，因此西班牙的格言体和典雅体都是恣意妄为而"危险的"。由于受到上述观点的影响，葛拉西安的观点也逐渐暗淡无光。（第401页）而推崇西班牙的德国历史学家路德维希·普凡德尔（1881—1942年）认可西班牙巴洛克风格，但是库尔提乌斯对此并不满意，他认为普凡德尔并没有廓清西班牙巴洛克风格的历史本质。

其次，葛拉西安所提到的"天赋艺术"让我们回到了古典修辞学。古罗马时期的修辞家、教育家昆体良认为，对于演说家来说，天赋异禀（ingenium）、别出心裁（inventio）、感人至深（vis）、举重若轻（facilitas）是至关重要却又容易失误的几种修辞。昆体良认为，天赋属于谋篇的范围，如果谋篇不加以分辨，那么天赋就容易出错。昆体良的品位承袭自典范作家，但是当时流行的是卢卡努斯、斯塔提乌斯、马提雅尔等人的风格主义诗歌，而古代晚期与中世纪的拉丁风格主义也削弱了他的影响。（第401页）古罗马后期的拉丁文散文作家乌尔提亚努斯·卡佩拉也认为，谋篇的精髓在于天赋。然而，昆体良不太看重"深思熟虑"(depth of conception)。拉丁语中的conceptus后来衍化为西班牙语中的conceptio,即"概念"之意。

关于上面所述的天赋和判断力的关系,西班牙理论家巴尔德斯认为,谋篇对应天赋,布局对应判断,而葛拉西安也持此种观点。葛拉西安的独到之处在于,指出了古代修辞体系没有给"敏锐才能"(agudeza)留出位置。修辞不过是敏锐体系的素材和基石。葛拉西安推崇"敏锐",将这样一个核心概念引入了美学理论,并给出了具有敏锐体系的3份作家名单。他的评判基于马提雅尔和贡戈拉,也涉及世俗文学和宗教文学。葛拉西安的《敏锐集》是"独一无二"的,既探究了风格主义的思想根源,又对其做出了系统审视。风格主义在20世纪继续发扬光大,乔伊斯和马拉美的作品里包含很多风格主义要素。

(执笔:高天瑶)

第十六章　书籍的象征意义

本章重返隐喻学问题,以书籍在不同历史时期和地域中与人的"生命联系"为线索,梳理了从古希腊罗马到中世纪、文艺复兴至歌德以来反复出现在西方和东方文学中的书写与书籍隐喻。

一　歌德论转义

歌德反复思考的"形象化表达"(figurative expression)问题,在修辞学中被称为"转义"(trope)。他的《东方诗歌的原始要素》勾勒出研究诗歌比喻语言的方法:"从最初的必不可少的原始转义入手,然后考察更自由更大胆的转义,直至最终触及最大胆最随意的转义,甚至笨拙、传统,陈腐的转义,我们就能获得东方诗歌的概貌。"(第410页)但现代文学科学并未沿用歌德关于转义学的构想,也忽

《欧洲文学与拉丁中世纪》(1948)

略了他的另一个观点：只有富有价值的事物（即"与生命有关的事物"）（第411页）才有资格使用形象化表达。本来，依据上述想法，歌德想要强调，对莎士比亚而言，书籍"仍然是圣物"，随即也就产生"书籍在何时何地被视为圣物"的问题。回答这个问题需要回到古代东方——近东地区与埃及，彼时书写与书籍掌握在祭司阶层的手中，经生（the scribe）拥有特殊的尊严，于是便有了"神性""神圣"的书籍。

二 希腊

在古希腊几乎没有书籍神圣的观念，"也没有拥有特权的经生祭司阶层"（第411页）。因此，希腊人从一开始就对书籍和书写的比喻式用法很陌生。希腊人对书写和书籍持轻视的态度，在《斐德罗篇》中，苏格拉底举出埃及神透特的例子说明：书面记录只不过是辅助记忆的工具，真正的智慧只能通过"同知识一起铭刻于学子心灵的言辞（speech）"（第412页）传授。书写在此处成为"口头哲学教学"的隐喻，由此衍生出各种意象，如智慧是种子，聪明的农夫不会"用笔播种，用墨水书写"；"写在水上"用来形容变化无常和转瞬即逝；等等。

在希腊化时期，诗歌是舶来品，是对外族的肤浅习得，其试图通过编纂来保护自己的文化遗产。文化成了书籍的文化，书籍的地位在这一时期有显著提升。《希腊文选》展示出书籍的新地位，例如一个低级诗人的作品被写成从伟大诗人作品中"撕下"的一块"碎片"。必要的书写材料和工具也成为富有价值的素材，从关于书写板、蜡板、羽毛笔的短诗中可见一斑。（第415页）围绕这一主题的衍生诗尤受欢迎，原因可能是5世纪以来拜占庭对书法艺术推崇备至。

在世俗诗歌中，东罗马帝国的希腊基督教徒保留了异教世界的意象，拉丁西方世界也有类似的作家，但数量远少于前者。《希腊文选》收录的诗人仅擅长偶然之作或应酬诗，他们与书籍的"生命联系"仅表现在语文学领域，与图书馆的"生命联系"则表现在书法、书虫和书痴（bibliomania）上。在古代的异教末期，出现了书籍的福音意义和神圣概念，"荷马史诗"成了异教的神圣之书。普罗克鲁斯和诺努斯的例子说明，在最后几个世纪的希腊诗歌中，人们的思想与书籍之间的联系日益密切。

三 罗马

罗马文学在全盛时期很少使用书籍比喻。在希腊化时期，人们普遍喜爱华美的书籍。卡图卢斯将自己的诗集题献给一位好友，所献之诗是一首名诗："我赠给谁，这一小卷可爱的新书，/刚用干浮石磨过，闪着光泽？"（第417页）这首诗把诗歌的观念、书写和著书联系起来，也表现出对学术著作的仰慕之情。直到马提雅尔出现后，书写和书籍才重新获得地位。晚期的罗马散文中出现了新的书籍比喻"album"，起初指"官方布告的白板"，后来指"官员名册"。（第419页）

四 《圣经》

《圣经》对书籍意象的发展具有重要影响。正是基督教赋予书籍以至高无上的神圣地位，"基督教是圣书（Holy Book）宗教，基督是古代艺术用书卷再现的唯一神"（第420页）。《圣经·旧约》中有大量与书籍相关的比喻，如耶和华交给摩西的两块法版便是"神用指头写出的"（《旧约·出埃及记》31：18）。这显示出书籍的宗教隐喻是何等宏大，它与纯文学形式对比鲜明。

五 中世纪早期

在中世纪早期，普鲁登提乌斯在其《殉道的王冠》中写下许多书籍意象和一个与之有关的"生命关联"（第421页）——殉道。古代基督教是殉道者的基督教，紧随其后的是修士基督教，隐修制度标志着基督教从古代转向中世纪，它既传播宗教信仰和基督教史，又传播世俗与宗教的学问，成为书写和书籍的一大支柱。公元4世纪，东方隐修制度进入高卢地区，圣马丁允许修士接触的唯一技艺便是书写，

《欧洲文学与拉丁中世纪》(1948)

因为书写需要头、眼、手协同并作，有助于集中精力。（第422页）经人考证，罗马人最初用铁笔在蜡板上书写，后来换成了骨笔。还有人发掘出古人书写就像农夫耕地的比喻，将"写"比作"犁"。（第423页）这一广为人知的表达方式始于拉丁中世纪，后传入各民族文学，并被改编为意大利语的韵文。

加洛林王朝的诗歌，为有关书写的最新演变提供了例证。（第424页）在阿尔昆一首关于修道院缮写室（scriptorium）的诗歌中，由于所抄写的书籍非常神圣，所以书令史的言行是庄严肃穆的。从中可以看出中世纪"神职人员"（clericus）[①]的基本含义："能读会写之人。"（第425页）托马斯·莫尔力图证明，书写在哲理和伦理方面都高于绘画，他把二者融合起来形成形象诗（techno-paignia），他的做法可由波菲利乌斯的形象诗追溯到亚历山大派诗歌的形象诗。总体来看，加洛林王朝的艺术实践仍然活跃在晚期古代艺术的轨道内，这是一个一味接受的时期，新鲜的创造寥寥无几。

六　中世纪晚期

12世纪出现了新的书籍意象。中世纪手抄本的标题及主要章节的题头都用红色字体，该部分被称作"rubrica"，标红的技艺被喻为殉道者的鲜血，该比喻随拉丁中世纪文学的风格主义进入西班牙的"黄金时代"。书写意象在阿兰那里变得极其丰富。他将人脸比作书籍。在中世纪，经常可以见到以词语或文字的面貌出现的人或拟人物，如"哲学"前去安慰狱中的波依提乌[②]。12世纪的诗人鲍德里对书写情有独钟，与书法的"生命关联"让他想到了一条新隐喻，即用

[①] 拉丁语"clericus"，原义是"神职人员，牧师"。11世纪该词进入英语时，保留了此义；到13世纪转指"学者"或"能读会写者"（英语形式为"clerk"），很可能是因为在中世纪有机会受教育者为数极少，而能读会写的英国人多半是神职人员。英国诗人乔叟的《坎特伯雷故事集》中的"Clerk's Tale"之"clerk"即指"学者"。

[②] 波依提乌，亦译为波爱修斯。他在被监禁、等待处决时写出《哲学的慰藉》（Consolation of Philosophy）一书。他将故事场景设置在牢房中，并将自己写成主角之一，哲学被拟人化为Lady Philosophy，她是哲学的化身，也是波依提乌毕生研究的整个哲学传统。参见［古罗马］波爱修斯《哲学的慰藉》，杨德友译，译林出版社2016年版。

标题和大写字母比喻校对。此时期还出现了"游吟学子诗",内容多为讽刺、嘲弄、寻欢作乐,代表诗集是《布兰诗歌》。过去渊博的书籍隐喻已不见踪影。

这一时期的布道词指南及汇编反映出《圣经》的书籍隐喻如何经他人之手衍化。吉伯特指出布道者的心理和道德经历是最好的布道素材,它使听众可以像"专注读书一样,专注自己"。希尔德伯特把心灵比作书籍,而此前保罗已经有过"心灵的肉体写版"的说法,并为早期基督教诗歌所采用,后来这一比喻被简化为"心灵之书"。以基督为中心的神秘主义也乐于从文字中寻找与圣物的关联,如圣徒阿西西的方济各捡起了地上写了字的羊皮卷,甚至捡起了异教之书,他称"这些文字属于最荣耀的上帝之名"(第432页)。

七 自然之书

上文提到的阿兰的作品谈到了"经验之书"。他将每一种创造物都视为一本书。对于布道者而言,自然之书作为素材须与《圣经》一同出现,这一观念影响深远。

"自然之书"还受到正统禁欲主义和神秘主义的青睐。自12世纪起,书籍意象便见于各类哲学派别的著作中,如伯纳德·西尔维斯特里斯的新柏拉图式猜想:一切凡间的事物都存在于一本超验的书中。14世纪,康拉德把百科全书《物性论》译成德文并取名为《自然之书》,将"自然之书"世俗化。库萨的尼古拉也强调"自然之书"世俗的一面,声称上帝写就的书"随处可见",甚至存在于"这片市场里"。由此可知,宇宙或自然之书的概念起源于布道,后为中世纪神秘主义哲学思想所吸收,最后才进入日常用法中,在此过程中,"自然之书"逐渐被世俗化,但它并没有完全摆脱其神学起源的影响,如帕拉塞尔苏斯认为自然就是上帝所创造之书的抄本,没有自然作为参照便无法理解上帝。

自然之书的昆虫部分妙趣横生。《旧约·箴言》(6:6)写道,上帝的智慧见于自然最渺小的创造物。哲学家布朗吸收了这一思想:

《欧洲文学与拉丁中世纪》(1948)

"身为自然界渺小的居民,它们的礼数更明确地彰显其创造者的智慧。"(第437页)他称有两本书能让人获得神性,一本是上帝之书,另一本是自然之书。自然科学的创立赋予书籍隐喻一种新的含义,借助光学仪器,人类可以用新的眼光审视动植物王国。布尔哈弗结集出版了对动植物的研究成果,并取名为《自然圣经》。在卢梭的时代,"自然之书冠群书"的格言进入了诗歌理论,对浪漫主义产生了影响。诗人爱德华·杨指出莎士比亚并非皓首穷经的学者,他掌握了"自然之书与人类之书"。伍德认为荷马是原创的天才,且他仅研究自然之书。伍德对少年歌德影响极深,英国前浪漫主义的诗学和德国狂飙突进运动的诗学采用了同样的书籍隐喻。

"自然诗"的概念经狂飙突进诗学,进入雅各布·格林的浪漫主义文学理论。在他笔下,《圣经》的"生命之书"摆脱了宗教色彩,并与英国前浪漫主义诗学理论相结合。诺瓦利斯的说法,让我们从陈腐的书籍隐喻进入了一个更高的维度:"书籍是历史实体的近代类型,但也是至关重要的类型,它们很可能已经取代了传统的位置。"(第440页)

八 但丁

但丁作品中丰富的书籍意象源于拉丁中世纪传统,"事实上,中世纪的整个书籍意象通过但丁作品里——从《新生》的第一段到《神曲》最后一节——天马行空的大胆想象,得到融合、增强、扩展和更新"(第441页)。在中世纪,读书("研读")被视作一切思想教育的基础。对但丁而言,心灵最高级的活动都与阅读、求知相关,其宇宙诗以大量阅读并继承前人权威的知识为基础。《神曲》还借学生的身份表达了对求知的热望,并且要求读者用"一课一课地"(lezione)研习的方式进入作品。《神曲》突出了阅读与理解的重要性,如布鲁涅托与贝缇丽彩的预言可以"互释"(glosses)以帮助理解。忽视或误读文段则可能招致恶行,但丁若记起《埃涅阿斯纪》中波利多鲁斯的故事,就不会伤害树狱中的维吉纳。如果科森扎的主教细读过《约翰福音》的记载，曼弗雷德的尸骸就不会被移葬至世俗土地①。蔑视或曲解《圣经》更是会激起上天的愤怒。

在书写及其工具方面，但丁也创造性地使用了诸多隐喻式表达。在祈求缪斯时，古代史诗的作者往往表白自己将"讲述"或"歌唱"一个故事，但丁使用的却是"书写"。再如，写作是对记忆之书的抄写，难以言传之处还需要"运笔"跳过。冰霜没有时间凝结成雪，被生动地喻为写钝的鹅毛笔尖。抄写无人遵守的本笃会制度，被形容为对羊皮纸的浪费。字母书写也常被涉及，如以写"O"或"L"的时间形容速度之快，用字母"M"形容亡魂失去双眼后的面孔②，以及书中多次出现的具有"救世学"意义的字母谜团"DXV"。书籍的编排与装订也用于比喻宇宙的结构。宇宙的各重天犹如"书册"，地球是其中的"篇章"（第451页）。在全书结尾，但丁展示出一个用爱捆扎而成的属灵宇宙，并最后一次运用书的象征。他说："在光芒深处，只见宇宙中散往/四方上下而化为万物的书页，合成了三一巨册，用爱来订装。"（第452页）在但丁笔下，书籍意象不再只是一种精巧的游戏，它还可以承载心灵或灵魂的思维功能（intellectual function）。

九　莎士比亚

伊丽莎白时代的修辞风尚孕育了莎士比亚戏剧中的大量精美词句与妙喻，这一修辞传统同样可以追溯回中世纪，书籍意象的使用便是明证。

莎翁笔下的书写意象多有创新。首先，书写意象可承担重要的戏剧性作用。《泰特斯·安德罗尼库斯》中遭奸污的女儿用断臂握笔、

---

① 这里指《约翰福音》（6：37）"到我这里来的，我总不丢弃他"。曼弗雷德生前遭教皇克莱门特四世开除教籍，他的尸骸不能葬于教会土地，先是葬于贝内文托桥头，后被科森扎主教下令重葬韦尔德河畔。

② 中世纪的人（尤其是神学家与传道者）相信，OMO（即拉丁语homo，意大利语uomo，意为"人"）三个字母，可以在人的脸上看到。"M"（安式尔字体）由两颧、两道眉弯、两颊的曲线与鼻子构成，两个眼眶则构成两个"O"。参见［意］但丁·阿利格耶里《神曲·炼狱篇》，黄国彬译注，外语教学与研究出版社2009年版，第332页。

《欧洲文学与拉丁中世纪》(1948)

嘴含木棍来书写,用双脚固定木棍画图揭露了恶人的罪行;反面角色也进行了书写,"像在树皮上一样"在死人的后背刻字。其次,书写可以用于表达丰富的情感。例如,《理查二世》的主人公以泥土为纸,写下最深沉的忧伤;《错误的喜剧》以幽默的笔触,将身上的伤痕比作施暴者亲笔写下的凭据;《辛白林》则有"最浅白的绞架幽默"(第468页),上吊自杀就能将生活的债款勾销,笔就是自己的脖颈。

莎翁作品中的书籍意象与中世纪的用法一脉相承。颇为有趣的是,莎翁格外喜爱装订精美的书籍。《驯悍记》里路森修的书必须是"精工装订"的,《无事生非》用书籍封面精美来形容事情表面看来是好消息。美丽的"人面之书"也可以与装帧相联系,《罗密欧与朱丽叶》中从帕里斯的脸上可以读到"用秀美的笔写成的迷人诗句"(第457页)。《理查二世》还将中世纪常用的镜子隐喻引入,让人物对镜阅读面孔之书。"自然之书"也有诸多妙喻,如"溪中的流水便是大好的文章"。同时,友人之书、心灵之书、记忆之书也都在莎翁的作品中多次出现。此外,这些书籍还有多种类型。如《麦克白》用账目类书籍来形容人类可以被分为多种类别,《特洛伊罗斯与克瑞西达》里,涅斯托尔与阿喀琉斯的决斗被称为未来史录的索引(index)。最为独特的是《暴风雨》中的魔法书,主人公所做的魔法研究主要就是依靠图书馆的书籍,并能通过将书沉入海底自绝一切法力。

综上,莎翁的书籍意象焕发着极大的活力,"他从自己时代的修辞学诗风中,提取了书籍意象,并将其上升到多角度的思想层面,而他也借此成为当时的出类拔萃者。他与书籍的'生命关联'与审美愉悦感紧密相连"(第469页)。

十　西方与东方

千年前的阿拉伯及波斯诗歌在修辞格、颂赞、妙喻等方面都深受希腊典范影响,而它们随后传入欧洲并深刻影响了西班牙"黄金时代"。这一历程也鲜明地反映在东方书写及书籍意象对西方的影响上。

手书（script）与书法在伊斯兰文化中极受重视。[①] 例如《一千零一夜》里就出现了能用多种字体书写的猿猴，以及"刻刀刻在眼角"表示印象深刻，或"用烫金字体书写"表示吃惊的书写隐喻。波斯诗人尼扎米曾将姑娘的手指比作"十只芦管笔"，认为她拒绝追求者时就像签署结束他们性命的法令。与此对应，塞维利亚的阿本哈因也有近似的书写隐喻，如将美人脸上的黑痣比喻为溅上的墨水，将脸边金发比喻为书写的字母"*l*"，等等。这些意象与类比方式实际上都可在阿拉伯诗学与修辞学理论中找到依据。

同时，正是拉丁中世纪与东方的装饰风格在西班牙的相遇与融合，催生了戏谑的西班牙风格主义，也即贡戈拉派（或格言派）。他们作品中的许多书写隐喻便是例证。贡戈拉、洛佩·德·维加的作品中都有对宇宙万物进行"书写"的描写。葛拉西安的讽喻传奇用爬山比喻人生的成长，树上结的经验之果比作珍贵的"书叶"（"leaves" of books），这是对"自然之书"的创新。卡尔德隆的作品中也有近40个与书写和书籍有关的概念。

歌德曾将莎翁的作品比作"葡萄藤上的一大串葡萄"，读者可以用各种加工方式进行品尝，而卡尔德隆奉献给读者的则是"斟好的经高度提纯的葡萄酒精"（第475页），辛辣却香醇。风格主义的优点与缺点相辅相成、不可割裂。尽管它有造作之嫌，但也正是这种风格使其为普通读者所接受。在此之前，书写与书籍意象的受众大多是风雅之士或博学之士，而卡尔德隆使它再度流行起来。这也代表了该意象在西方诗歌中的最后巅峰。

本节还涉及伊斯兰—西班牙文化中的"密码"（cipher）隐喻，并追溯其在欧洲的流传过程。德国思想史多有提及对自然、宇宙、历史与人物的"密码书写"，但学者们都没意识到它实则源于意大利和

[①] 库尔提乌斯在注释中指出，伊斯兰教由于拥有"圣书"而极推崇书法，与西方人解读《圣经》不同，《古兰经》的神圣性更多源于字面意义解读，所有书写因此而熠熠生辉。详见第471页注释④。

《欧洲文学与拉丁中世纪》(1948)

西班牙的文艺复兴时期。其过程大致为:"中世纪的秋天"[①]时,格言[往往释为"寓意画"(emblems)]在法国颇受青睐,后传入意大利。其时,意大利人文主义者正热衷于创造新的象形文字——"无言画"。格言风尚与象形文字的研究在意大利相互碰撞,产生了丰富的寓意画和题铭,并影响了11世纪的西班牙人。在卡尔德隆的作品以及神学文献中常常并置使用的"密码书写"与"象形文字"就是佐证。

本章最后将笔锋转回歌德,指出他在《西东诗集》里就使用了许多东方"密码",并认为他与书写、手书、书籍的关系仍有许多可供研讨之处。自歌德以降,"启蒙运动打破书籍权威,技术时代改变一切生命关联"(第478页)。此后虽仍有书写意象出现,但它们已失去与人们的深切"生命关联"。

(执笔:何汶倩、黎苑如)

附录

1. 英文版:Cicero's friends had even considered it a reproach to him that he, a man who had so well served the state, should waste his powers teaching young men rhetoric。(p. 305)

中译本:西塞罗的朋友甚至认为,研究学术是对西塞罗的指责(身为国家栋梁之材,应该花点精力为年轻人讲授修辞)。(第413页)

笔者试译:西塞罗的朋友甚至认为,研究学术是对西塞罗的指责。因为他身为国家栋梁之材,却将自己的精力浪费在教年轻人学习修辞上。

2. 英文版:A comprehension of the world was not regarded as a creative function but as an assimilation and retracing of given facts; the symbolic expression of this being reading。(p. 326)

[①] 此处指约翰·赫伊津哈所著的《*The Waning of the Middle Ages: A Study of the Forms of Life, Thought and Art in France and the Netherlands in the XIVth and XVth centuries*》,该书将中世纪思想生命历程的最后阶段(14、15世纪)喻为一棵成熟的果树,认为在这一时期"包裹着活生生思想的旧形式引人入胜、枝繁叶茂,而思想宝藏逐渐干涸、走向僵化"。[荷]约翰·赫伊津哈:《中世纪的秋天:14世纪和15世纪法国与荷兰的生活、思想与艺术》,何道宽译,花城出版社2017年版,第27页。

中译本：对宇宙的理解并未视为新的创举，而是对既定事实的吸收与追溯。（第441页）

笔者试译：对宇宙的理解并不被视为新的创举，而是对既定事实的吸收与追溯；对这一点的象征性表达就是阅读。

3. 英文版：The scaffolding for the *Commedia* was supplied by numerical composition. To each *cantica* the same extent was apportioned, and hence the same quantity of writing material。（pp. 328-329）

中译本：在结构方面，《神曲》对数字极其讲究。其每一部的章节比例相同，因而写作素材的数量也不尽相同。（第445页）

笔者试译：在结构方面，《神曲》对数字极其讲究。其每一部的章节比例相同，因而书写材料（指纸张）的数量也与此对应。

4. 英文版：The university too is a part of Shakespeare's world: Wittenberg in *Hamlet*。（p. 334）

中译本：宇宙同样也是莎士比亚世界的组成部分——《哈姆雷特》里的维滕贝格。（第455页）

笔者试译：大学同样也是莎士比亚世界的组成部分：《哈姆雷特》里的维滕贝格。

第十七章　但丁

本章为全书第17章，此前各章节所涉及的语文学、修辞学、主题学，犹如百川入海，最终汇集到但丁身上，以"但丁"为题结束全书非常恰当。就内容而言，本章分析但丁及《神曲》与拉丁中世纪的紧密联系，考察《神曲》的创作背景及接受情况，阐释但丁在《神曲》中所创造的文学形式的主要来源，但丁对古代典型人物平行对照法的改造，《神曲》中角色的划分及其数字象征意义，贝缇丽彩的神话性、象征性、讽喻性，等等，而但丁之所以能成为中世纪和文艺复兴之间伟大的诗人，是因为在他的身上，我们听到了"十个沉默世纪"（第518页）的声音。

《欧洲文学与拉丁中世纪》(1948)

一 一流作家但丁

艾略特在《传统与个人才能：艾略特文集·论文》中说过，"现存的艺术经典本身就构成一个理想的秩序"，这个秩序由于新经典的介入而发生变化。① 在歌德逝世（1832 年）之后的百年间，但丁才得到与莎士比亚、歌德并立比肩的评价。此前，歌德对但丁的评价摇摆不定，充满矛盾。在法国，但丁面对的苛评更多。直到 1941 年，吉莱才能畅所欲言，盛赞但丁是伟大的诗人，是最高诗峰。在意大利，但丁久遭遗忘，据司汤达说，1800 年前后的意大利人还对但丁充满鄙视和不屑。直至意大利复兴运动（1815—1870 年），情况才开始转变。在这场要求民族独立与国家统一的复兴运动中，意大利文学成了唤醒意大利民族独立意识的先锋。由于但丁的作品展现出的强烈的民族情感，能够引起广泛共鸣，故知识分子打出"保卫但丁"② 的口号，以此增强民族凝聚力和民族认同感。类似的情况也发生在德国和英国。意大利复兴运动复活了但丁，而德国的浪漫主义和英国的前拉斐尔派（Pre-Raphaelites）也分别唤醒了但丁。"三者的共同背景是中世纪的再发现。"（第 482 页）从此，但丁进入了 19 世纪普适古典主义（world classicism）的先贤祠。

二 但丁与拉丁文学

《神曲》是怎样诞生的呢？此前研究多将但丁的诗歌归为但丁以前意大利文学的缩影，认为《神曲》"包括戏剧与幻想，包括论著与'宝库'、'艺苑'、十四行诗、组歌"（第 483 页）。本章认为，要想解释《神曲》的诞生，"除了考虑普罗旺斯与意大利抒情诗，拉丁中世纪也是其中不可或缺的主要因素"（第 483 页）。从语文学角度看，罗

---

① ［英］托·斯·艾略特：《传统与个人才能：艾略特文集·论文》，卞之琳、李赋宁等译，上海译文出版社 2012 年版，第 3 页。
② 青觉、谭刚：《民族主义：意大利复兴运动及民族国家建构的精神动力》，《世界民族》2017 年第 1 期。

曼语族的所有语言均是"由拉丁语独立演化而来"（第31页）的，诸罗曼语言与文学由拉丁文学（Latinity）孕育。（第483页）与法语、西班牙语相比，意大利语同拉丁语的关系更亲密。比如《神曲》开篇那句"我在人生旅程的半途醒转"（Nel mezzo del cammin di nostra vita），其中"nostra vita"既是意大利语，又是拉丁语。可这样的亲密关系，却令意大利诗人陷入窘境。诗人不自觉用拉丁语衡量并同化意大利俗语（Volgare）。意大利俗语与拉丁语的矛盾由此出现。"诗人受拉丁文化熏陶越深，对技巧试验的兴致就越大，这种矛盾就越明显。"（第484页）这一特点明显体现在但丁身上，并贯穿于他所有的作品中。

但丁在意大利俗语与拉丁语之间摇摆不定，这体现在他对拉丁化意大利语的使用、文体的拉丁用法（如对迂回表达和类语重叠的使用）、对《神曲》主题与主旨的选择上。

首先，属于中世纪的拉丁用法横亘于但丁创作的各个阶段。1295年前后，但丁已经对拉丁修辞与诗学了如指掌。早在其《诗歌集》中，我们就已能看出文体的拉丁用法，比如"石头"组歌第一首中的迂回表达法（periphrase），再比如他在致坎·格兰德的书信中坚持使用中世纪的开场模式[①]，甚至但丁晚年的创作都使用过拉丁语。

其次，在思考民族诗学时，但丁也借用了拉丁理论与实践。其诗集《新生》把"爱情"塑造为活生生的人，这从修辞学上借鉴了讲拉丁语的诗人。

最后，《论俗语》试图为民族诗歌制定规则，可"立法"的过程使用的却是拉丁文。《论俗语》说"跟大诗人（即正规诗人）也有天壤之别……必须仿效他们慎之又慎的诗学理论"，其中的"大诗人"（magni poetae）与"正规诗人"（regulares）指的正是拉丁诗人，而"诗学"则包括了12、13世纪的拉丁诗学。（第487页）不仅如此，但丁还要求诗坛新秀去阅读维吉尔、奥维德、斯塔提乌斯、卢卡努斯、李维、普林尼、弗朗提努斯、奥罗西乌斯等正规诗人和高级散文作家的著作。

---

① 详见中译本第297页注释①。

《欧洲文学与拉丁中世纪》(1948)

可见，但丁一直试图"把民族诗歌同拉丁诗歌与文学的训练联系起来，同拉丁修辞以及起源古代与中世纪的拉丁诗学联系起来"（第488—489页）。比如，《飨宴》虽然是用意大利文写成，却处处流露着对拉丁修辞的怀念；再比如《神曲》中，但丁称维吉尔为"词川"（fiume），这是文体的拉丁用法，对应拉丁语中称赞作者口若悬河、滔滔不绝的"flumen orationis"。

三 《神曲》与文学体裁

在但丁的诗学中，喜剧与悲剧同为叙事诗体裁，二者的区别在于主题与文体。悲剧开篇祥和宁静，结尾毛骨悚然；喜剧开篇残酷无情，结尾皆大欢喜。但丁将维吉尔的《埃涅阿斯纪》称为"高华的悲剧"，而将自己的作品称为"神圣的喜剧"（Divina Commedia）。

但丁在《神曲》中所创造的文学形式有两个主要来源。其一是维吉尔的《埃涅阿斯纪》。只有当我们"能再次领会维吉尔在诗歌方面的伟大成就，才能彻底欣赏但丁"（第492页）。但丁在《神曲》中对维吉尔的借鉴、移用与致敬不胜枚举。比如，里佩乌斯（Ripheus）（维吉尔在《埃涅阿斯纪》第2卷中称他是"特洛亚最公正的人，从来是走正路的人"）被但丁放置在木星天[①]中，成为鹰睫毛上的第5位灵魂。此举正是但丁对维吉尔的感人致敬。但丁还将维吉尔的"乐土"（elysium）改造为幽域（limbo，或译为"林勃"[②]）的"高贵的城堡"。维吉尔选中了俄耳甫斯和塞缪乌斯前往至福之境；但丁则挑选了"卓尔不群者"，而且保留了他们的庇护人阿波罗和缪斯女神（《神曲·天堂篇》第1首诗歌说："啊，卓越的阿波罗啊……迄今帕

[①] ［意］但丁：《神曲·地狱篇》，田德望译，人民文学出版社1997年版，第25页。"但丁想象的天国由托勒密天文体系的月天、水星天、金星天、日天、火星天、木星天、土星天、恒星天、水晶天和超越时间空间的净火天构成。"其中木星天也被称作朱庇特之星。

[②] ［意］但丁：《神曲·地狱篇》，田德望译，人民文学出版社1997年版，第22页。林勃处于地狱第一层，"凡是不信仰基督教而曾立德、立功或立言的圣哲和英雄，以及未受洗礼而夭殇的婴儿都在这一层"，他们没犯罪，所以不受苦刑惩罚，处于悬空状态，希望进天国而不可得。地狱第二层才真正开始受苦刑惩罚。

尔纳斯山的一峰对我已经足够；但现在为了进入这尚未进入的竞技场，我需要这座山的双峰"①。因此，"整部《神曲》见证了《埃涅阿斯纪》的精神传承"(第493页)。

其二，维吉尔并非但丁彼岸世界的唯一古代典范。但丁的"天堂"由依次向上的九重天构成，其外则是第十重天——无限的最高天(Empyrean)。维吉尔的作品中并未出现这样的升天之旅。"早在前基督教时代，升天之说便自东方传入古代晚期的宗教宇宙观。"(第493页)这一情节也见于西塞罗的《西庇奥之梦》。小西庇奥与自己的祖父在最高天见面，这为但丁创作与自己的高祖卡查圭达（又译为"卡洽圭达"）会面的情节提供了灵感。通过卡佩拉，这种升天之旅成了"中世纪乃至12世纪哲理史诗的共同特征"(第494页)。

另外，阿兰对但丁的影响也不容忽视。阿兰不满当时模仿古代的拉丁史诗，于是创造了一种"描述理性上升到先验真理（transcendental truth）王国的新诗体"(第494页)。但丁抓住了阿兰的精髓，并用新的经验材料改造它。阿兰与但丁之间有以下几个明显的关联之处。

首先，在阿兰的《反克劳狄安》中，人的灵魂升入天界，遇到神学后，不得不抛下理性（ratio）。而在《神曲》中，当贝缇丽彩指导但丁时，维吉尔就必须留下。当但丁游历了地狱与炼狱到达地上乐园后，象征理性与哲学的维吉尔对但丁说，"你来到了我靠自身的能力不能再辨明道路的地方；我已用智力、用技巧把你带到了这里；现在你就以你的意愿为向导吧"②，这说明信仰问题属于神学领域，超越了理性认识，必须由贝缇丽彩来回答。

其次，在阿兰的最高天中，三位一体的象征物是泉水、小溪、河流，它们是水也是光，诗中说"它们的外观也是统一的：同为太阳，泉水般的太阳就胜过光芒四射的太阳"，而在《神曲》中也有类似表

---

① [意]但丁：《神曲·天国篇》，田德望译，人民文学出版社1997年版，第1页。帕尔纳斯山有两峰，一名契拉峰，一名尼萨峰，前者是阿波罗居住的地方，后者是九位缪斯女神居住的地方。《欧洲文学与拉丁中世纪》中译本"自然女神"一章第138页也涉及向缪斯女神求助。

② [意]但丁：《神曲·炼狱篇》，田德望译，人民文学出版社1997年版，第367页。

《欧洲文学与拉丁中世纪》(1948)

述,"这时,我看见一条光河"(第495页)。

因此,维吉尔融合历史与超验的史诗以及阿兰创造的拉丁中世纪哲学—神学史诗,构成了《神曲》创造的文学形式的两个基本因素。这一形式本身就是独一无二的体裁。此外,还有一些体裁为《神曲》提供了形式要素,如法国骑士传奇的母题、中世纪拉丁幻象诗(vision poems)以及"来自传奇的彼岸世界——中世纪拉丁世界与民族世界广为流传的大众宗教标记的幻象"(第497页)。

四 《神曲》的典型人物

将《圣经》与古代典型人物平行对照,发端于哲罗姆的对应体系,由鲍德里首次奠定系统的基础。(第497页)但丁《炼狱篇》便是以鲍德里的典型人物平行对照理论为结构而创作的,如《炼狱篇》的第12首诗歌就出现过一系列典型人物:

> 在一边,我看见那个被创造得比任何其他的造物都高贵的天使,像闪电一样,从天上坠落下来。
> 在另一边,我看见布里阿留斯被天上的箭射穿,冷冰冰的死尸沉重地躺在地上。[①]

其中,如闪电般坠落下来的是《圣经》中的卢奇菲:他野心狂妄,发动叛乱,最终事败受罚,坠入地狱;被箭射穿的是古代神话里的布里阿留斯。他与源自《圣经》的事例形成对应关系。其余各处以此类推。

但丁凭借高超的技艺,"发展了一种属于中世纪拉丁传统的文体模式"(第499页)。他对典型人物的呈现方式进行改造,创造出该模式的6种变体:(1)让人物以石制浮雕形式出现;(2)人物作为亡灵出场;(3)进入幻境;(4)白天和夜晚分别由不同的人转述典型人物

[①] [意]但丁:《神曲·炼狱篇》,田德望译,人民文学出版社1997年版,第137页。

的事例；(5) 让人物的声音从树叶下传出；(6) 将人物编入颂歌中。此外，但丁还使用了 12 世纪拉丁学校诗歌青睐的人物阿米科拉斯，还有图拉真、犹太女人玛利亚、娼妇泰伊丝（Thais）。玛利亚的故事出自犹太史学家约瑟夫斯，泰伊丝的故事可能出自西塞罗。

五　《神曲》的全体角色

《神曲》中的角色超过 500 个。这有赖于但丁将古代与中世纪遗产和当下的历史相结合。其中无处不"弥漫着历史的气息，渗透着当下的热情"（第 502 页），永恒与短暂相交织，主观体验的历史与拉丁中世纪的文化世界相融合。那么，但丁如何掌控和划分如此庞杂的角色？是否能从中分辨出各种文体阶段？

但丁在划分《神曲》角色时，遵循了中世纪的"团派主义"（corporatism）。《神曲》角色的别类可以表明中世纪团派（corporative）的社会形式，"但仅限于根据价值与性质，同灵魂的自然顺序一一对应的类别"（第 504 页）。如处在地狱时，但丁便采用亚里士多德的罪行与罪人分类法。（第 504 页）同时，但丁还加入自己的思考，使每组人物的数量达到具有象征意义的重要数字。

分析数字象征意义也可以帮助我们窥见但丁的艺术构想。比如，地狱第 1 层容纳肉欲的罪人，其中特别被提及的人数为 7，7 和 8 是"完美的数字"[①]。此处还有一点值得注意，但丁提到了保罗与芙兰切丝卡。他们的故事发生在 1283—1285 年，轰动一时，但丁可能于 1282—1283 年在家乡见过保罗。这两个人物的出现极具现代性，让我们领略到了主观体验的历史与拉丁中世纪文化世界的融合。在《地狱篇》的另一处，但丁又使用了重要数字，10 个"欺凌邻邦的暴徒"、7 个鸡奸者。

《天堂篇》也使用了分组原则（corporative principle）与数字创作。在太阳天中，有两个 12 人组的智慧代表。12 也是一个特别的数

[①] Ernst Robert Curtius, "Excurses XV: Numerical Composition", in *European Literature and the Latin Middle Ages*, Princeton: Princeton University Press, 2013, p.503.

《欧洲文学与拉丁中世纪》(1948)

字,维吉尔和斯塔提乌斯都把自己的史诗分为 12 卷,而《伊利亚特》与《奥德赛》均为 24 卷——12 的倍数。① 在《神曲·天堂篇》第 12 章中,又出现一个 12 人组。这些人只有一个共同点:他们分别为七艺、历史、法学的代表。其中 10 位神学家和哲学家代表智慧,7 位学者代表知识。但丁将这些人放入天堂,并将数字 12 赋予他们。这表明,但丁不仅高度赞扬形而上学与神学,而且赞扬学校传授的知识。此后出现第三组有福者,加上卡查圭达,共 9 人。9 也是具有哲学与神学意义的数字,如九位缪斯女神、九重天、九位大天使。②

《天堂篇》不仅使用了象征性数字,还运用了光塑之形。在日天、火星天、木星天中,各个发光体分别组成了同心圆、十字架、鹰徽。《天堂篇》中的角色构成了一部人物正典,但丁希望我们"在两个十二人组中看到基督教传统的知识与哲学,在十字架中看出上帝英武的勇士,在鹰徽中看出模范的君主"(第 510 页)。

六 神话与预言

贝缇丽彩究竟何许人也?这个问题对理解但丁与《神曲》而言至关重要。研究者大多认为贝缇丽彩是银行家之女。但本节认为,不可以将《神曲》中的贝缇丽彩等同于现实生活中某位"真实"的女性,因为前者比后者更具神话性、象征性和寓言性。

但丁诗集《新生》说,"她就是数字九,也就是奇迹,其本源为独一无二的奇妙的三位一体",此处的"数字九女士"正是贝缇丽彩。证据有二。第一个证据存在于但丁写给佛罗伦萨最美六十位女子的诗中——"我的女神……唯独钟情于第九"。第二个证据则来自阿拉伯与叙利亚纪年法和占星术——"在她出生之际,这九重天正处于最佳位置"。数字九是"救世学的数字谜语"(第 514 页)。与九相联系的

---

① Ernst Robert Curtius, "Excurses XV: Numerical Composition", in *European Literature and the Latin Middle Ages*, Princeton: Princeton University Press, 2013, p. 502.

② Ernst Robert Curtius, "Excurses XV: Numerical Composition", in *European Literature and the Latin Middle Ages*, Princeton: Princeton University Press, 2013, p. 504.

贝缇丽彩应当引起我们的重视。从《诗歌集》到《神曲》，从作为佛罗伦萨女子的贝缇丽彩到《神曲》中的贝缇丽彩，正反映了从经验到神话的转化。到了《神曲》——"贤惠的娘娘啊，人类/完全因为您才能超越凡生/从诸天最小的圈子向上凌飞"（第515页）——贝缇丽彩在全人类面前，具有了形而上学的意义与尊严。如此看来，《神曲》中的三位天界女性应该被理解为超自然神圣秩序的三个部分。这一理解可能事关"但丁希望不久的将来即可实现的预言"（第516页）。

综上，但丁将贝缇丽彩置身于救赎过程中，让她不仅救赎但丁自己，也救赎全人类，这种行为在基督教天启中引入了一个破坏基督教义的要素。贝缇丽彩不但是美化的女性力量，而且是化身为女性的最高救赎——上帝的发散物。

七 但丁与中世纪

首先，但丁的理想是建立"哲学化帝国"，这与现实生活中的政治体制存在矛盾。虽然教会与国家的权力都来自上帝，但现实生活中的教会与国家等权力机制"已经败坏，需要改革"（第518页）。其次，但丁发出了中世纪终结的预言："一个人单枪匹马，孑然一身，面对整个千年，并改变那个历史的世界。"（第518页）最后，但丁对新世界的设想表现为诗意化的"内在幻象"，它孕育出"一个语言与思想结构"，包括生活、世界、宇宙的各个方面、各层意义。《神曲》是拉丁中世纪"最后一次上演"（第519页）的宇宙剧，但也是超越或终结中世纪的"喜剧"。

（执笔：王旭）

第十八章 后记

本章为全书后记，作者库尔提乌斯在此解释了全书主要章节之间

《欧洲文学与拉丁中世纪》(1948)

相互交织的密切联系,并重申文学研究整体观与创造力的重要性。

一 全书回顾

"后记"开头引用诺瓦利斯的一段话总结了指导全书的方法论:为公众写作虽然"只可采用无拘无束的自由文风"(第520页),但是论证说理必须科学严密、有条不紊。而在语文学中,这就表现为"论证必须依据文本",因此论据数量首先成为困扰任何写作者的难题:如果举例过多作品就会不堪卒读,举例过少则会失去说服力。《欧洲文学与拉丁中世纪》全书的论据数量完全取决于审美规范与需要,冗余累赘的例子被归进注释或附录等副文本中,以帮助读者阅读正文。

此外,该书的论证过程环环相扣、循序渐进:第2章维吉尔带领但丁开启了幽域之旅,同时也开始了全书的正式论述;第17章则重又回到但丁,由此构成了一个完满的循环,其中的各章之间的联系清晰可见:不介绍中世纪课程作家(第3章),就无法理解后文的中世纪正典;不清楚名言警句和典型形象(第3章),阿兰、但丁就无从谈起。这本皇皇巨著看似"结构松散、难以把握"(奥尔巴赫、克里斯特勒、席洛考尔、维奈语),实则是一个完整的有机体,而贯穿其间的不是逻辑顺序,而是主题的连续性。主题就像"一部无名的文学形式史"(第29页),其间所蕴含的非个人化表达引领读者谛听那来自过去岁月的遥远回响。

库尔提乌斯以"年迈的孩子"为例展示了他是如何从一个细小的问题入手串起对整个拉丁中世纪与欧洲文学的思考的:最初,作者注意到了这一奇特但未引起关注的称呼,通过追溯发现这一说法向上可溯源至古罗马时期的西里乌斯和小普林尼,向下可在贡戈拉的诗歌中找到呼应。由此库氏继续进行发散性思考——是否还存在着同样经久不衰的主题呢?因此研究自然引向了对主题的考察,而对主题的考察又将不可避免地联系到修辞与诗歌。新的关联不断涌现,最终全书就这样被一根细线串联整合在了一起。

而在此过程中库尔提乌斯质疑:"这里是否也能证明从罗马帝国

时代到17世纪的某种连续性?"(第522页)可惜这个问题尚未有人关注,甚至连相关的基础研究也无人问津;近代语文学忽略了中世纪文学的拉丁传统,无法胜任对但丁、狄德罗等人的研究,而文学研究更是逐步忽略语文学基础,转而依赖于艺术史和思想史研究。学术就此停滞不前,再也无法构建起文学自身的传统。

为此库尔提乌斯誓言要亲自承担起这个工作,彻底改变中世纪文学研究现状,探寻通往罗马的那条碎石小路;具体而言是要想改变这一没落的局面,"唯一的办法是向更古老的语文学求教"(第522页)。

"语文学"一词源自希腊文"对文辞的挚爱",但它并不止步于"文辞",库尔提乌斯认为它更是所有历史探究方法的基石。为此语文学家们不仅需要学习古代语言,还必须进行大量阅读:通过阅读培养起敏锐的观察力,进而搜寻捕捉有意义的现象并用术语将其固定下来。当我们用一个术语隔离出一种文学现象后,慢慢日积月累,连点成线、织线成面,最终才能由分析走向综合,构筑起完整的图画。

综上,库尔提乌斯用以把握全书的方法"乃是一种综观全局和细察入微的辩证史观"(第23页)。在《欧洲文学与拉丁中世纪》第2版德语序言中,他曾以"航拍照片"为喻生动地展现了自己的方法论:通过航拍俯瞰,能够建立起贯通古今的整体欧洲文学,但研究若要深入文学事件的核心,就必须依赖"语文学"。

二 民族文学的发端

本节主要总结法国、西班牙以及意大利民族文学的发端以及各民族语言文学与拉丁文化间的传承关系。

法国文学开始于11世纪的宗教叙事诗,代表作为《圣亚力克西之歌》,作者不仅熟知修辞手法,而且读过维吉尔;12世纪随着《罗兰之歌》的诞生,民族英雄史诗横空出世,其作者通晓中世纪教育且十分了解维吉尔;与此同时,师法奥维德的韵体宫廷传奇和书写征服者威廉的史诗也在这一时期出现了。此外以《玫瑰传奇》为代表的寓言训导诗同样运用了拉丁知识。由此可知,正是因为拉丁文化与诗歌

《欧洲文学与拉丁中世纪》(1948)

的领路，法国文学才得以在这三个世纪中蓬勃发展，最终率先开出民族诗歌之花。

而之所以会发生这一"从罗马到法国的知识迁徙"，根源就在于经济结构的变化：在中世纪晚期，国家赋税成为国王收入的主要来源，这一转变表明国王从依靠附庸变为依靠臣民，由此"从骑士到顶层的封建领主的封建金字塔失去了经济作用"（第525页），成为"适合知识分子利益的社会层级体系"（第525页）。此外这一时期知识分子过剩，他们恰好可以满足宫廷社会不甘寂寞、找乐子的需求，因此被英法的封建王朝吸纳，为听众们带来了特洛伊、底比斯和罗马的故事。

相比法国，西班牙受到12世纪拉丁文艺复兴的影响要小得多，只有其东北部才能发现传自法国的拉丁文化萌芽，在那里诞生了最早的熙德诗歌。直至13世纪，"学术文化才穿过比利牛斯山"（第528页），循序渐进地进入西班牙，其典型代表为鲁伊斯：他在意译奥维德的《爱经》时几乎将中世纪喜剧《爱情守则》一字不差地搬运了过来，仅增添了西班牙的人名和地名。由此鲁伊斯赋予这部作品本地感和时代感，而其中的老鸨特罗塔康文托斯也就此成为西班牙诗歌中的典型人物。总而言之，西班牙的民族文学一来起步晚，二来受法国影响明显，如其最具盛名的史诗《熙德之歌》就是以法国史诗为模板，采用了法国的文体套句，最终诞生于12世纪晚期之后。而西班牙文学之所以比法国文学晚了将近一个多世纪，其原因正是在于"缺少刺激拉丁知识分子茁壮成长的因素"（第528页）。

相比于西班牙民族文学的"晚熟"，意大利诗歌直至1220年才有所发展：整个12世纪，意大利都是一片人文主义的荒漠，其课程作家与拉丁诗歌、诗学的研究都十分萧条。直到13世纪，但丁才率先开始"用拉丁中世纪的知识宝库滋养自己的诗歌"（第529页）。

但与其追问"为何意大利文学开始得这么晚？"，还不如思考"为何法国文学开始得这么早"以及"为何拉丁文艺复兴仅出现在法国和法国化的英国呢？"（第529页）对于前者，本书上文已有所涉及，而对于后者，此处则将其归功于9世纪查理曼大帝的文化教育改革，认为它不只开创了加洛林王朝的文艺复兴,而且帮助法国挺过了9—10世纪的政治动荡。

三 思想与形式

本节聚焦文学形式的重要性。在古代城邦,修辞是一种权力,公民演说和法律演说甚至具有一流的政治作用。到了中世纪,由于高卢人"对精巧话语的偏好,遇到了扎实的英式教育"(第531页),古罗马晚期那"以形式为乐的风气"在今天的法国地区找到了合适的温床,学术也最终得以在此茁壮成长。而后由于丹麦的入侵,爱尔兰—苏格兰人为秃头查理统治下的法国送来了新鲜的古代文化宝藏和技巧。

库尔提乌斯在此处阐明了艺术与技巧之间的关系。他仍然坚持年轻时的"表现主义美学",认为技巧并非艺术退化的产物,两者间的界限本来就模糊不清。例如历经百年演变的拉丁韵脚在大师但丁的手中最终成为画龙点睛之笔,与艺术相融合,成就了不朽的诗篇。为与这种美学思想相辅相成,作者强调理想的形式。他认为:"形式是一系列组合和组合体系。"(第533页)在英国批评界,詹姆斯以"图式"称之,霍普金斯将其命名为"构成要素",库尔提乌斯则更愿称之为"晶格"。"晶格"这一概念来自数学与光学,又称空间格子,是"晶体内部原子排列的具体形式"。几千年来源自书籍世界的种种表达就如原子般汇聚在晶体上,形成了具有不同规律性的晶格——不同的形式。

但可惜的是,文学史通常很少关注形式体系,当下则更青睐思想史,而这就忽视了文学形式本身的意义。其一,具体的形式能够让无形的思想显现自身,使它借用这一"躯壳"得以存续并鲜活起来。因此当19世纪惠特曼和他之后的自由体诗人放弃韵律时,与之相连的精神就很容易一同遭到遗弃。其二,形式的模式还是大部分创作的前提。柏格森认为:"我们的头脑喜欢把创新的事物简化为现成或即成的事物"(第534页),如在一名音乐家正式开始创作交响曲之前,其

《欧洲文学与拉丁中世纪》(1948)

作品就已经以观念的形式模糊地存在了，而大脑不过是用以感知它的媒介。库氏认为，这一抽象的"观念"便指"音乐形式的模式"（第534页），它类似于柏拉图的"理式"。没有它，作曲家根本无从创作。类推到文学，如果没有类似的组合模式——如果没有事先存在的文学体裁、韵律和诗节，诗人也同样无从下笔，因此真正创新之物实际上少之又少。

四　连续性

如前文所述，本书的重要目的是指出西方文明的经久不衰，因此文学的连续性便成了重要议题。文学的本质特征具有"永恒的当下性"，如象征派与颓废派文艺同样可从遥远的古代晚期挖掘出合适的元素为己所用。而这连续性首先反映在文学模式的世代流传上——许多"文学常量"也便由此诞生。通常我们人为地将"文学常量"分成两类：一类是耳熟能详且广泛为人们所接受、认可、援引的，例如缪斯女神；另一类则是被视为过时、老套的东西，常常受到文学教师的排斥。然而，本书的研究表明，对传统做出此类区分并不恰当，因为只有整体、无偏见地把握所有传统，重估古代和中世纪，才能理解近现代文学的渊源与流变。其次，文学连续性的特征还注定一切断代史式的机械划分都是不可靠的，如人文主义、文艺复兴、古典主义、浪漫主义等概念，它们不过是一些混沌而巨大的块状物，难以帮助人们建构起欧洲文学的"自主结构"。

虽然文学传统具有连续性，但它也像生命一样经历着死亡和重生。文学连续性时常会遭到各式各样的威胁：古希腊文学、希腊化时期的诗歌在时代更迭中灰飞烟灭。对古典漠然的态度、技术创新和品位的变化"共同导致了拉丁文学的萎缩"（第536页）。因此，到中世纪开始时，罗马文学只剩下了一堆断壁残垣。幸而这些遗产经由加洛林王朝的教育改革被完整无损地保留下来，但20世纪的两次世界大战又轻易地摧毁了思想赖以传播的物质基础。

除了这些外部因素的影响，一般的文化进程也同样会威胁传播的连续性。例如12世纪末辩证法开始对权威发起抨击，13世纪大学学科取代了文学研究，19世纪后期自然科学对人文主义传统的替代……正如青铜时代的法则一般，到头来任何伟大优美的事物都仿佛是昙花一现。但死亡又常常伴随着重生："即便在教育萎缩和混乱的时期，以语言与文学为载体的欧洲思想遗产仍然可以幸存。"（第538页）语法、修辞、七艺，它们作为一种媒介和辅助手段让文学传统"成为一种自愿而无意识的记忆代代相传"（第27页），而记忆保存着思想，使欧洲能够跨越千年仍然保有自己的身份意识。

五　模仿与创造

虽然本章强调理想的形式，但作者并非不加批判地拥护形式主义与保守主义而拒绝创新与改变。首先，虽然形式能够保证记忆的传承，使思想得以表现自我，但渗透着思想的形式也可能变得空洞，仿佛无人租用的哲罗姆的书房，又好似结满了蛛网的浮士德的小屋。因此，仅仅"把中世纪拉丁文化储存在思想的银行里"（第590页）是远远不够的，我们的当务之急就是要着手"激活记忆"，重新注意到文学连续性的重要作用。那么我们具体该怎么做呢？本章最后一部分引用佩特的理论建筑起一间"美的房屋"——不是传统的仓库不加选择地乱堆一气，也不再把模仿作为升堂入室的不二法门。它是一间会"呼吸的房子"，以"创意"作为唯一的门槛，过滤、吐纳世世代代的作家作品。这座以"美"为标准的房屋永不竣工，它将一直敞开着大门默默迎接来自未来的伟大思想家和艺术家们。

其次，除了对正典的保存进行探讨，库尔提乌斯还讨论了对诗人创造力的评价问题。与"美的房屋"类似，库氏虽然关注文学的传承与延续问题，但他并不赞同作家仅仅如猿猴一般食古不化地复制前人。本节探讨了文学模仿的观念是如何转变为朗吉努斯"灵感论"的。在古代，人们缺少"创造性想象"的概念，例如古希腊便习惯将诗人视为"神人"，认为他们是受神眷顾的、具有超越性的理想人；奥古斯都时代的诗人更是把荷马、维吉尔和但丁提高至"神圣"的地

《欧洲文学与拉丁中世纪》(1948)

位。而亚里士多德却将诗人的创作看作一种"制造"（fabrication），是根据可然或必然原则"描述可能发生的事"①。因此诗人所进行的是一种创造性的重构，而非对自然的完全复制。除此之外我们还有朗吉努斯的《论崇高》。朗吉努斯在该文中指出，所谓崇高伟大的作品是"富于启发作用的，是难于忽视，或者简直不容忽视的"②。要想达到这种高度首先需要模仿先贤，但此处的模仿同样不是靠遵从法则、模仿其文法技巧，而是要和他们竞赛，"让他们的精神气质启发自我的灵魂"（第544页）。

但伟大的天才总是超越时代而又不容于时代，朗吉努斯在随后的许多个世纪里一直寂寂无名，直至布瓦洛的《论朗吉努斯》问世，他的名字才又一次被人提起。但可悲的是，布瓦洛并不真正了解朗吉努斯。在《论崇高》第33—34章中，朗吉努斯比较了"小瑕疵的崇高"和"完美的平凡"，并指出伟大的思想难免会存在细节上的欠缺，"伟大从来不是'正确的'"（第545页），但布瓦洛表现得仿佛没有读过它一样，反而在这本反佩罗的小册子中事无巨细地罗列了佩罗语文学、文体学等方面的错误。十几个世纪过去了，朗吉努斯始终没有在历史的长河中找到志同道合的灵魂。

最后，库尔提乌斯以一句自问引领整本书走向尾声："从何时起诗人开始成为宇宙的创造者的？"（第547页）他认为，答案是由一个没有什么名气的编撰者和古董研究者马克罗比乌斯提供的。正是此人才率先指出"维吉尔的创造与自然母亲和宇宙神创者的创造之间的相似之处"（第547页）。晚期异教的维吉尔崇拜则首次提出了"诗人如创世者"的准确表达。这一事实如同一盏神秘的灯，在熄灭了数个世纪后又在歌德的时代重新焕发光亮，与前人进行跨越时空的遥远呼应。在他之后，便是18世纪工业革命带来的巨变以及"以卢梭为标志的反文化传统的第一波巨大浪潮"（第557—558页）。因此歌德是

---

① ［古希腊］亚里士多德：《诗学》，陈中梅译注，商务印书馆1996年版，第81页。
② 文艺理论译丛编辑委员会编：《文艺理论译丛》（1958年第2辑），人民文学出版社1958年版，第118页。

继但丁、莎士比亚后黄金巨链的最后一环，在他之后，再也没有无所不能的天才了。

库尔提乌斯在此总结了全书。他指出，此前的17章已对中世纪的方方面面做出了细致全面的考察，"形成了可以自成一体的有机序列"（第548页）。其间的许多观点早已延伸至中世纪之外，上下贯通了20多个世纪，使读者获得了对欧洲文学内在关联的新认识，也为将来研究者把握欧洲文学的整体性开辟出一条颇有希望的道路。

（执笔：陈希捷）

罗伯特·阿尔特

《圣经叙事的艺术》（1981）

《圣经叙事的艺术》（1981）主要章节

第一章　圣经的文学探索
第二章　神授史记和虚构文学的起源
第三章　圣经的类型场景和常规手法的运用
第四章　在叙述和对话之间
第五章　重复的技巧
第六章　人物塑造和含蓄的艺术
第七章　复合的艺术
第八章　叙述和认知
第九章　结束语

第一章　圣经的文学探索

本章分为引论、举例、例证的含义、圣经文学研究的思考等几部分。[①]

[①] 本导读依据现行中译本的做法，凡中译本"圣经"一词未加书名号者，本导读也未加。

对于《圣经》①而言，如果可以从文学角度加以研究，其前提自然是《圣经》中首先要有文学或有文学的艺术，而且文学艺术在《圣经》中还发挥着关键作用，塑造了《圣经》的面貌。它具体表现在以下几个方面：(1) 词语的选择；(2) 斟酌细节，该写上或不该写上哪些细节；(3) 叙事的节奏；(4) 小规模的精彩对话；(5) 各部分交互联结（ramified），从而形成一个网络。②既然有这么多文学特征，那么，为何人们以前没有注意而需要现在来关注呢？为何前人没有提出相应的解释呢？前人当然做出过解释，但智识史（思想史）的某些情况阻碍了前人对圣经文学性的关注和研究。本章下文便举出实例，把上述具体表现圣经文学性的5个方面渗透到每个例证中。

一 圣经文学性：例证③

第一个例子出自《圣经·旧约》。《旧约·创世记》第37章描述雅各之子约瑟被他的兄弟们贩卖到埃及做了奴隶，第38章写雅各的另一个儿子犹大与儿媳他玛的故事，他玛生下了犹大的后代，第39章到第42章写约瑟在埃及法老的重臣波提乏的家中做管家，受到上帝眷顾，成为埃及权势显赫的官员，后来迦南闹饥荒，约瑟拯救了雅各一家，当然也救了以前出卖他的兄弟们。据此看来，第38章即为一个插入故事。前人研究或认为这是一个独立章节，与前后文都没有关系，或认为在约瑟故事中穿插了犹大与他玛的故事，使约瑟的故事中间隔了一章，造成时间流逝感——从约瑟被出卖到他抵达埃及路途遥远。本章认为，从时间流逝的角度来分析穿插故事，无疑是既往研究中的最好成果，但也没有看出这一穿插故事和前后文在主题（motif）和题材（theme）上的联系。

---

① 本书的《圣经》指希伯来《圣经》，即《圣经·旧约》，不含《圣经·新约》。
② ［美］罗伯特·阿尔特：《圣经叙事的艺术》，章智源译，商务印书馆2010年版，第6页。下文引用此著作，均随正文注明页码。
③ 原书未分小节。各章小节标题由笔者自拟，下文同。

《圣经叙事的艺术》(1981)

按照《旧约·创世记》第 37 章第 31—35 节的描述,约瑟的兄弟们出卖约瑟,回去报告他们的老父亲雅各,说"你的儿子"如何如何,雅各悲伤哀哭多日后说:"我必下到阴间去,到我儿子那里。"这里"词语选择"的例子是,说的是"你的儿子"而不说"我们的兄弟",意味着约瑟的兄弟们已不再将他看成兄弟了。当然,他们如果把约瑟当作兄弟也就不会出卖他了。上文对雅各的描写是他非常哀伤,回应说他将来也会"下到那里去"。这暗示后来他"下到"埃及去。以后以色列人出埃及,叫作"上到"迦南地去。

《创世记》第 37 章第 36 节的第一个词多译为"同时",但这一翻译丧失了原文中的"无连词并列结构的艺术性的含混"(第 8 页),即并列句在原文中可不用连词来联结,但英语中没有这种句法结构,阿尔特教授也不知该如何翻译。但他强调说,两个故事(雅各哀伤和约瑟被卖到埃及)同时发生,中间没有间隔或间断,几乎天衣无缝(nearly seamless),这就根据原文语言特征对"时间流逝感"的说法表示了质疑。作者之所以指出这种语言特征,是因为要强调这两个故事之间存在着内在联系。如在词语选择上,两个故事的关键词都是"辨认""认出"这样的词语:雅各认出了约瑟的血衣,犹大认出了自己留给他玛的信物;在故事主题上,它们的联系在于:欺骗别人反而被别人欺骗。犹大欺骗雅各说他的儿子约瑟不见了,只留下这件血衣;犹大后来得到了报应,犹大的儿子都死了,犹大后来也被他玛欺骗,与其发生不正当的关系,犹大后来当众承认他犯下错误,没有把示拉送给他玛做丈夫。古代注释家如《米德拉西》的作者们也看到了这一点,但他们不是从叙事连贯性的角度来分析的,更没有发现这里实际上出现了"一个戏剧化反讽的模式"(a pattern of dramatic irony)——旁观者比当事人知道得更多。

二 研究现状

作者从上述例证出发,评述了最近一段时期以来从文学角度研究《圣经》的主要成果。他首先指出,虽然"出土文物"对圣经研究很有必要，但也只是第一步，对文物的阐释只有在恰当的理论语境中才能发生，毕竟文物本身不能说话；其次，《〈旧约〉的现代研究》《〈旧约〉导论》《犹太文化大全》等研究成果都缺乏对文学的研究；再次，《〈旧约〉里的反讽》运用反讽这个概念过于随意"甚至失去了客观描述的价值"（第 22 页）；复次，《文本与结构》提供《圣经》文本的有意义的细读，但说教多于诗学；最后，《〈圣经〉故事的艺术》是有意义的开端，但失之于浅显。

那么，研究者为何不关注《圣经》的文学性呢？首先，《圣经》是神启之作，作为"上帝向他们默示真理的最初、最完整的源泉"（第 24 页），《圣经》是神的不是人的艺术品，而所有的文学作品无论多么精彩，都是人的作品；其次，《圣经》揭示人生的永恒真理，上帝启示的人生真理都是普适性的，人人适用，与某个个人的生活故事、个性特征、喜怒哀乐并无关系，这就会使人们忽略从人物、主题和叙事技巧等方面分析《圣经》。

然而，即使这样，学术界仍然出现了某些值得关注的论著。如奥尔巴赫的《摹仿论——西方文学中现实的再现》（以下简称《摹仿论》）就取得了很大成就，其第 1 章源自他的批评本能，"但他的这种卓见并非依靠任何分析圣经文学形式特点的真实手法"（第 25 页）。言外之意，该书对《圣经》的具体文学形式分析还不够充分。又如，佩里和斯滕伯格的研究也很有成就，但"圣经文学"（the Bible as literature）是传统的说法，"我们都没有必要对文学采取这样一种妥协和恩赐的态度"（第 27 页）。在阿尔特教授看来，第一，圣经文学不是把《圣经》读成文学而应当认为《圣经》本来就是文学；不是在把作为历史的、神学的、地理的、民俗的《圣经》都读完之后，再将其读成文学，那是一种让步的降低身份的阅读。第二，文学"意图"不是几种意图中的一种，而是与其他意图混合在一起，了解其他意图（比如神学意图）必须首先了解文学意图。正如作者指出的："我认为，与其把《圣经》的文学特质看做几种'意图'或'倾向'中的一种，倒不如认为它是文学艺术与神学、道德和历史观念的整体融合；对后者的全然理解依赖于对前者的完全把握。"（第 28—29 页，译文

《圣经叙事的艺术》(1981)

有改动)[①] 第三，古老的文本并不一定是粗糙的，如果都遵从无矛盾、无偏见、无重复的同一律，那么，《尤利西斯》《喧哗与骚动》等现代经典也就不是伟大的作品了，因为这些作品充满了各式各样的文本矛盾、缝隙漏洞或前后重复等。第四，《圣经》的宗教思想通过散文小说表达出来。雅各、犹大等人物性格复杂、矛盾、不完美是艺术创造的结果。人物的模糊和复杂表明了《圣经》对人性的认知：人们既生活在上帝面前，也生活在人际关系之中，并在这种与人、与神的关系中上演了很多戏剧性的故事。

该章的最后结论融合了宗教信仰、人文主义和文学批评，写得非常精彩。首先，就宗教信仰来说，作者从宗教信仰出发，坚信上帝创造世界，但谁是上帝选定的人物，很难推测。一方面，人永远都不能干涉上帝的权威和裁判；但另一方面，上帝又在不断干预着世俗世界。其次，就人文主义理想来说，人虽是上帝的造物，但在本质上又是自由的，需要在行动和选择中体现其自由意志。如何处理上帝的造物与人的自由之间的关系呢？信仰者会认为，人的自由包括认识上帝的自由，信仰者是把对上帝的信仰变成他们的自由选择。最后，就文学批评来说，从《圣经》人物形象的塑造和各种行动的描述中，我们可以发现，人总是不完善的、模糊复杂的，甚至有时自相矛盾，人也在不断争取完善。总之，人时刻生活在人与神、人与人、人与自我的多重关系中，编织出复杂多样的种种故事。在"文学透视"下，"这些故事有力而持久地抓牢了我们的想象"（第32页）。

（执笔：谭志强、刘林）

[①] Robert Alter, *The Art of Biblical Narrative*, New York: Basic Books, 1981, p. 19: "Rather than viewing the literary character of the Bible as one of several 'purposes' or 'tendencies,' I would prefer to insist on a complete interfusion of literary art with theological, moral, or historiosophical vision, the fullest perception of the latter dependent on the fullest grasp of the former."

第二章　神授史记和虚构文学的起源

本章论证从文学角度解读《圣经》的合理性。阿尔特教授首先反驳那种因为《圣经》是神授的史记，所以不能从文学角度对其进行解读的观点。随后对《圣经》的散文体因素做了分析，说明其对《圣经》虚构叙事的帮助，并举例说明如何对《圣经》展开文学分析，同时还对历史与虚构的关系加以关注。最后，本章说明，虽然也可以从别的角度解读《圣经》，但文学的角度有其独特贡献，如果我们不尝试用文学的方法分析《圣经》，将会错过很多值得深入探讨的内容。

一　圣经文学性研究回顾与述评

本章首先指出："希伯来文圣经被普遍认为是神授的史记"（第33页），而且这两个词（"神授的""史记"）是常被用来反驳从文学角度分析《圣经》的方法。因为如果《圣经》是神授的，是上帝在说话，又怎么可能通过文学、美学的方式对它进行阐释呢？如果原文是历史记录，即真实记述发生过的万物起源和以色列民族的经历，那么用分析虚构文学作品的方式来分析《圣经》，是否太过分了呢？本章随后解释了虚构文学是什么——"我们所理解的虚构作品乃是作家任意所为，无论作品对日常生活或历史事实的模仿有多像"（第33页），如福楼拜、托尔斯泰、亨利·詹姆斯这样的作家会通过人物塑造的技巧、对话转换的技巧、创作素材的安排等技法来创作虚构作品。由此阿尔特提出问题，即能否把《圣经》当作一部文学作品，同样去研究其中的这些创作技法呢？

当然，研究《圣经》的文学性并非始于本书。前人已经做过探索，说明从虚构角度探讨《圣经》是可行的，即反驳因为《圣经》是神授的史记，就不能从文学角度来解释它的观点，这方面的成果可分

《圣经叙事的艺术》(1981)

为三类。

一是对历史与虚构的关系进行探讨。一些分析家指出,历史与虚构之间联系密切,在本体和艺术形式上这两种叙述的模式具有共性。本体上它们都是对事件的讲述,形式上都是对文字的编排,需要时间、地点,需要对话,需要对场景和人物的描写。当然历史记载和文学创作并非殊途同归。沃波尔的画像以史实为依据,菲尔丁用虚构的小说人物来影射沃波尔,"两者在本质上存在差异性"(第34页)。

二是说明《圣经》作者们享有充分自由。因为"《圣经》是神授史记的定论却与现代的历史编纂学大相径庭"(第34页),即虽然《圣经》叙事与历史有着整体上的联系,但是并不完全受制于历史文献资料的记载。细究文本,我们可以发现《圣经》作者在遵循传统的同时,也享有充分的创作自由。

三是按照赫伯特·施耐德《神圣的不满》中的定义,可以将《圣经》概括为历史的虚构文学。也就是说《圣经》首先是历史,但是有虚构的成分在其中。虚构的成分使其对整个事件的记述更加生动。

在继续探讨《圣经》的史记或虚构创作的主题之前,本章对《圣经》的散文体因素稍作阐释,因为散文体对《圣经》的虚构叙事有很大的帮助。学者们经常把《圣经》说成以色列的民族史诗,认为以色列人首先口头创作了创世史诗和出埃及史诗,为《旧约》头五卷的作者们提供了素材,但以色列学者谢玛尼亚胡从历史学角度提出,《圣经》作者有意识地回避了史诗的手法,转而使用了散文体的叙述方式。史诗文体与异教世界是密切相关的,在否定多神教和他们的巫术仪式的过程中,史诗手法也被《圣经》作者们剔除了。从文学角度理解《圣经》的关键就在于否定史诗文体对圣经所采用的这一新文体具有建设性影响。因为散文体的叙事更具灵活性,可以更好地塑造人物形象,而不是像异教史诗那样成为宗教仪式的复述。

此外,施耐德提出"神话是从属关系的隐喻;圣经是并列关系的转喻"(第37页),主从关系因为带有明确的因果关系而限制了某些内容,而并列关系中则包含着更多的不确定性。虽然施耐德的比较未必恰当,但可以肯定的是,《圣经》的写作脱离了神话世界的种种束缚，朝着不确定的方向运动，因果关系不断变化，虚构表达越发显得模棱两可，从而让读者感觉是在读一本类似历史中人生变化无常的著作，其中散文的灵活多变性是不可或缺的。

二 《圣经》叙事中的虚构运作

本章随后举例说明了虚构文学在《圣经》叙事里是如何运作的。他选取的例子是《旧约·创世记》中夏娃的被造（《旧约·创世记》第2章）。现代解经家将这段故事按神话、传奇或民间故事等进行归类，以根本区别于虚构艺术创作。他们认为这个故事的目的是要说明女人存在的原因，女人的从属地位以及她迷倒男人的持久魅力之所在。作者则认为可以从以下几个角度对其进行解读。

首先，《圣经》作者在记述上帝告诫人不要吃智慧树上的果子后，却没有记录人对这个禁令的反应。这里的叙述转为直接引语，表达了上帝对他的造物独居无偶现状的关心，而这种遗漏（未记录人的反应）也许预先为亚当的未来伴侣和知善恶之间的联系做了暗示。

其次，这段文本本身并非文学杰作。亚当、夏娃是人类始祖，《圣经》作者不会对其给予太多的个性描绘，但《圣经》通过精妙的语言加工和叙述说明，设法赋予了亚当、夏娃某种程度的道德内省性，可将本段与巴比伦民族创世史诗《埃努玛·埃立什》对人类起源的描述进行对比：在巴比伦史诗中，人性完全从属于宗教仪式的作用，造人的目的乃是为众神提供祭物，没有展现历史和德行的高度；而《圣经》通过结构和语言使人具有了自主性。

再次，叙事的呈示策略，即上帝应许了夏娃的出世之后，并不接着就写她的出生，而是写亚当为其他一切活物命名，体现出亚当在与动物王国的成员相比之下的孤独感——人是其他一切活物的主宰，只有人能创造语言，只有人有意识力，所以也许女人可以减轻其孤独感。

复次，阿尔特教授对《旧约·创世记》第1章第23节做出具体分析，第23节是规范的、强语气的诗句，它用交错配列修辞结构写成，意在强调这位女人正在被起名，并通过阴性指示代词"zot"的

《圣经叙事的艺术》(1981)

使用,说明男人要统治女人。同时,从句法上看,男人的骨和肉都被这位新出现的女性环绕。这种修辞结构让人对他们往后在一起的日子产生美好的遐想。

最后,阿尔特教授关注第1章第24节到第25节中"于是""他们成为一体""男人和他的女人"的词语选择。这些短语体现了散文体的灵活性,有利于作者表达心理上的差异和主题方向上的辩证转换。于是,最终始祖变成了两位——男人和他的女人,这一状态决定着他们难以抵御撒旦的诱惑。

从以上细读中可以看出,《圣经》作者在对所掌握的资料进行加工时,有着充分的自由和坚定的意图,基于这样的意图他们阐明了人物行为动机、相互关系以及故事的主题。

三 《圣经》叙事中的历史与虚构

在举例说明了《圣经》中虚构文学的艺术后,阿尔特教授又回到了历史与虚构的关系上。《圣经》中几乎所有的叙事都被呈现为历史,即当作真实发生过并对人类或远古以色列人的命运有过深远影响的重大事件。但关键是,虚构成了主要手段之一,《圣经》作者们是按照他们自己的思路来编纂历史的。

阿尔特教授对《圣经》叙事中的文学规划做了归纳,即《圣经》作者们在叙述过程中始终不忘展示上帝在重大历史事件上所颁布的旨意,但这种旨意的颁布被两组紧张关系复杂化了:一是上帝的计划和主要事迹、历史事件的混乱无序(上帝的应许和它显然不能应验);二是上帝的旨意及其引领和人类的自由及其固执的本性。我们可以将其进一步总结为无序的一极和构思的一极。无序的一极包含了已知历史中那些杂乱无序的事实,在《士师记》《撒母耳记》《列王记》中可以看到。《以斯帖记》则接近构思的一极:它讲述一位可爱的姑娘在睿智养父的引导下当上王后并挽救民族危亡的故事,表明上帝的庇佑力在历史上犹如图表一般简明了然。(第47页)《创世记》由于历史资料的不完整,本来在阐明上帝计划方面有着相当大的自由,但是对人物的理解（也即对人的自由的理解）中和了这样的设计感。《路得记》也是如此，通过虚构一系列生动的人物来体现违背上帝计划的个性。

接着本章又列举了大卫王的例子来对这段论述加以说明。大卫王在历史上确有其人。《圣经》中的大卫故事基本都基于可靠的事实，但创作这些故事并不是为了编纂史书，而是一位才华横溢的作者按照自己的设想来复原历史。因而他沿着某些主题的偏向，按照自己对人物的理解，精心编纂手头资料，并通过虚构人物内心独白，把情感、意图或动机赋予他中意的人物，为某些场合提供不可替换的对话3种方法来塑造人物。

具体的例子是《撒母耳记上》中大卫与扫罗在隐基底旷野的山洞里狭路相逢（《撒母耳记上》第24章）。扫罗在追击大卫途中进入一个山洞大解，碰巧大卫和随从此时正藏身山洞。大卫悄悄割下了扫罗的衣襟，接着便感到不安，因为他侵犯了耶和华的受膏者。随后，大卫拿着衣襟跟随扫罗，表明自己对他的尊敬和效忠，竭力申明自己的卑贱地位。而在大卫长段告白后，叙述者先插入一个过渡句"大卫向扫罗说完这话，扫罗就开了口"，接着扫罗却用简短的话做出出人意料的回应："我儿大卫，这是你的声音吗？"扫罗的这一回应可引发很多猜想：或许扫罗对刚刚听到的大卫的话感到诧异才问的，或许扫罗流泪，双眼模糊，并以此象征他因是非不分而无法看出真实的大卫来。这里的对话不光表明了扫罗善于当场做戏，还透露了将接替他王位的不是他的亲生儿子这一重要信息。

由此可见，虚构的对话展现出《圣经》作者对主人公作为道德和心理上的典型人物充满想象力的理解，是对他们感情色彩浓厚的人际交往的戏剧化表达。整个想象过程的实质就是对虚构人物的创作过程。（第51页）

然后阿尔特教授又举了以笏刺杀摩押王的故事（《旧约·士师记》第3章）来说明如何从叙述的内容和叙述的方法上观察虚构文学的样式。这个故事详细描写了刺杀的工具和技巧，这在《圣经》中很不常见。详尽的描写有助于读者全面了解发生的事件。同时《圣经》通过对散文体叙事创作的熟练运用，赋予历史资料一个强有力的主题——

《圣经叙事的艺术》(1981)

讽刺摩押王。通过对这段《圣经》文字中字词的使用、对不同人物反应的描写的分析，本章具体说明了此种讽刺意味是如何展现出来的。这些细节都有表现《圣经》主旨的功效：摩押王在面对上帝兴起的拯救者面前无能为力、摩押人在被除去领头人之后的征战中注定要成为失败者。此外，这一故事中"其叙述形式的组织，其词汇和句法的选择，其视角的小小转变等手法，其言简意赅的对话"（第57页）都表现出对历史事件的丰富想象力，使这里少了一些历史的虚构而多了一些虚构的历史，即通过虚构文学技巧的运用，使有着丰富思想内涵的历史事件显得更加逼真。（第57页）

四 以扫出卖长子名分：一个综合性的例证

本章最后举出以扫出卖长子名分给雅各的例子做出总结性说明。《旧约·创世记》第25章第27节中额外加给雅各的形容词"tam"，其实含有讽刺意味，可以把它视为雅各诡诈的潜台词，而雅各的名字也可以被理解为"那位欺骗者"。第28节说明父母偏爱不同的儿子。父亲以撒因为爱吃野味而偏爱老大以扫，母亲利百加喜欢雅各的原因却未加说明，暗示她对雅各的爱不是建立在物质供给上的。同时这里也为下文雅各在母亲的策划下，为了得到以撒的祝福而变得活跃起来埋下伏笔。第30节到第33节的对话进一步揭示了兄弟俩的形象：以扫急躁，面对肉体的欲望过于顺从；雅各则通过精心设计骗得长子的名分。通过以上分析，我们可以发现以扫经常屈服于肉体欲望，必不能被耶和华拣选；而雅各心思缜密，顾及未来，更有资格获得长子位置，但雅各也因欺骗行为最终受到惩罚。

当然，我们同样也能够从神学的角度对这段故事进行解读。例如，倘若有人坚持把族长故事看作后代以色列人的历史范例，那么他必然会断定这些作者和雅各故事的编写者都是政治颠覆分子，为以色列的民族大业提出颠覆性的问题。（第63页）那么，我们可以从神学角度将这一问题解释为约法上的种种特权绝不会自动地促使某人获得道德完善，而且这种训诫也许正是《圣经》想要引起读者关注的内容。然而，我们显然不可能从道德神学和民族历史的范畴对人物塑造中的种种细节全都做出合理说明，所以文学解读必不可少。

（执笔：徐冰傲）

第三章　圣经的类型场景与常规手法的运用

本章通过具体深入的文本细读探讨了《圣经》的类型场景与常规手法的运用情况，对《圣经》的重复情节这一重要文本现象做出独到阐释，重申圣经文学性研究的重要价值，并再度强调作者对神授史记说的质疑。

一　常规手法

本章认为，我们阅读任何艺术作品，都需对其采用的"常规手法"具有非常清晰的认知，只有这样，艺术交流才能顺利进行。若将《圣经》视为虚构文学，则需考察创作者与读者之间就这一叙事文本形成交流的必要条件，即交流双方所共同遵循的默认的、达成共识的规则，此即所谓"常规手法"。然而作为现代读者，我们与产生于3000年前的圣经文本之间缺乏这类默契。"我们在理解圣经叙事的艺术性方面碰到的主要困难之一，恰恰是找不到圣经所基于的这些常规手法的大部分线索。"（第66页）我们对那些塑造《圣经》的常规手法缺乏了解又难以觉察，这直接阻碍了我们对圣经文学性的探索。

与此同时，《圣经》文学研究常受到各种非文学因素的干扰。主张非文学阐释的传统研究并不着眼于常规手法，最接近的研究也只是形式批评，倾向在文本的形式层面归纳类型或周期性出现的规律，忽视或曲解某一类型的变体，而这些变体正是基于文学常规手法的系统所产生的，这就容易导致种种误读。

《圣经叙事的艺术》（1981）

举例来说，假如很多年后世上仅存12部好莱坞西部片，其中前11部的主人公都四肢健全，枪法精妙，第12部的主人公却是位独臂英雄。对于这部影片，非文学批评的学者或将持有两种观点：第一种观点是假定最初的西部片中存在一部原型片，定为Q，我们现在看到的这些都是Q的复制品；第二种观点同样是寻找原型，不同的是，追溯到一则流传在加州地区的古老神话故事，即闪电手天神（对应警长开枪奇快的特点）的传说，我们现在看到的这些西部片都是对它的改编。可见，无论是哪一种观点，第12部影片都将被归类到一个不同的电影传统中，或说它属于与前11部电影不同的另一种"类型"，因为它在形式上不符合原型。可以说，这些严格的历史假设不约而同地忽视了常规手法的存在。

然而事实上，它和前11部电影是属于同一类型的，只不过它是一个变体。作为现代人，我们欣赏西部片的主要乐趣是看到男主人公那不屈不挠、勇往直前的英勇形象。那总是快人一步的出枪动作之所以成为西部片的标配，是因为它可以更好地体现主角的男子汉气概和他们屡受命运眷顾的特点，这是导演与观众之间的"默契"，是双方达成的"共识"，是讲述西部故事的"常规手法"。同时，第12部影片也并没有被排除在外，因为基于常规手法的有意改动与省略能够被同时代的观众轻易捕捉，就像观众一看到这位斜挎步枪的独臂警长，马上便会联想到其对应着那些双手使用手枪的反应机敏的警长，他能够传递出同样清晰的信息，丝毫不影响人物塑造与主题传达，甚至加以强化，这便意味着"刻画这位快枪手男主角所运用的常规手法是通过着意对其抑制而体现出来的"（第68页）。所谓"抑制"，是说第12部西部片中的警长是一位独臂英雄，这一生理缺陷（"独臂"）必然限制了他的出枪速度。如果没有前面的11部影片的帮助，我们这些当代观众就无法认识到"警长都比对手出枪更快"这一西部片中的常规手法，更不可能认识到"独臂"的警长是经过对常规手法加以改变而实现的艺术创新。

此处论述还指向另一种可能，如果根本就没有前12部西部片，只有第13、14、15部西部片呢？如果我们面对的全都是变体呢？我们已经习惯于从惯例引申和推导出变异，然而不同于前人对重复的传统研究，《圣经》研究需要运用的则是反推法，是从变异开始的研究。或许我们并没有前11部"好莱坞西部片"，而这"第12部"西部片正是《圣经》。

二 类型场景

本章就西部片例证得出的结论是："重复出现的反应过敏的警长不是要把他当作一个谜来解，相反，而是要作为电影媒体讲述西部故事的必要条件。"（第68页）这里既重申了"常规手法"这一概念，又为下文对《圣经》重复现象的阐释做出铺垫。阿尔特教授其实借此提出了一个相当独到的观点，即非文学批评的《圣经》学者坚信《圣经》中的重复是有意且有意味的并对其深入研究，很可能这是误入歧途。作为默许规则与惯性表达，重复（更多是表面上的重复）这一行为本身或许并无深意，值得探讨的是重复下的各种变体、相似情节中微妙变化产生的背后的东西，即"真正让人感兴趣的不是那常规的手法或格局，而是格局中每项手法的运用，以及对它进行的突破和创新，甚至为了眼前的效果对它进行大胆想象，使之改头换面"（第73页）。

《圣经》中的许多常规手法在今天已无法复原，我们现在所能做的也只是依据残存的文献片段对其进行推测，将一些基本元素复原出来。有些可以从微观层面探索，如作为一个叙述单位开头和结尾的惯用语等，即一些"文体程式"（stylistic formulas），它们证据众多而确凿；还有一些要在宏观层面进行考量，它们更为模糊，且线索很少，猜测的成分更大，如下文要探讨的情节重复。

本章涉及的情节重复类似于"荷马史诗"研究中的常用术语"类型场景"，一般可以认为这两个概念在内涵上十分接近，虽然严格说来"类型场景"属于常规手法的一种。"荷马史诗"研究者一致同意，这两部古希腊史诗有明显的重复叙述模式，构成了一种有意识的常规手法，其中之一已被确定为"类型场景"（第70页）。类型场景的固定模式就像是某种描写公式，诗人会有意按照一组固定的主题顺序描

《圣经叙事的艺术》(1981)

绘某些特定情景,如每次描述拜访都或多或少地再现了固定序列,原因不是原始资料的相互重叠,而是常规手法本身就要求类似场景应当这样被呈现。

三 《圣经》叙事中的类型场景与常规手法

与"荷马史诗"不同,《圣经》并不热衷于展示日常生活情景,类型场景与常规手法只会出现在讲述主人公一生中紧要关头的时候,如怀孕、出生、订婚或临终之际。就拿"订婚"来说,这一场景的原型可以表述为:未来的新郎来到异地,在井旁遇到一位姑娘或一群姑娘,该男子从井里打水,该姑娘或姑娘们匆忙跑回家报告陌生客人到来的消息,陌生客人被邀请坐席并订下婚约。

对常规手法改动较多的例证是以下两个。第一个例子是利百加与以撒的订婚,它最早出现且最详尽。《圣经》作者借助大量对话、超越《圣经》叙事准则的细节描绘以及逐字重复法的使用等手法来达到徐缓稳重的效果,揭示出订婚的仪式性特征:拿鹤家族两个分支之间正式缔结协约。改动之处为:以撒缺席,这一细节对应以撒被动的一生;利百加打水,她是11个谓语动词和一句话的主语,主动且有很强的行动力,始终是自己订婚戏的主角,预示利百加注定要成为最精明能干、最具影响力的女性祖先。

第二个例子是雅各与拉结的订婚。它讲述了雅各的个人传奇。读者随着雅各的视角来到井旁是合适的,这里涉及的不单是一份家庭协约,更是一种深深的情感依恋。他们的对话更为通俗简洁,更加口语化,节奏也更快,为的是减弱仪式性,突出人物的行动、欺骗与对抗。改动之处为:出现于此地的陌生客并非正式受差遣的使者,而是一个逃难者;随身带的只是一根手杖;新郎要搬去作为障碍物的井口上的磐石——石头是伴随雅各一生的主题,既象征艰难困苦,又代表隐喻坚忍的品性。这一常规手法上的改动既强调雅各的禀性,如同他的名字[①]所

[①] 据《旧约·创世记》第25章第26节,"雅各"之意为"抓住"。

暗示的那样，是一名命运竞争者，又是预兆，预示雅各唯有通过艰苦的劳动才能得到意中人，他不仅要突破阻力，还要战胜使拉结不孕的上帝意志。

惯用语的使用在利百加和拉结这两位新娘之间建立了联系，她们的情况同中有异。相同之处为：拉班（利百加之兄、拉结之父）的贪婪。依据阅读利百加故事的经验，读者会猜测拉班的殷勤没有几分真心以及雅各将要付出的代价；两位新娘都是美人，读者能大致推测出拉结更美。不同之处为：利百加的美貌在她出场时便被宣布，拉结之美则被一直隐瞒到拉班与雅各商议工价的时候——美貌是构成利百加身份的一部分，是她唱主角的重要因素。美貌与纯洁，标志着利百加是大家闺秀；而拉结之美是雅各倾慕她的偶然因素，又是拉结和利亚姐妹相争的砝码，"姐妹俩的优劣特点尽量模棱两可地交织在一起"（第78页）。

本章通过对比两组订婚叙事得出结论："订婚类型场景远非机械地照搬先前构想好的叙述定式，来向读者传达男主人公从独身到成婚的演变过程，而是被灵活地运用，使其成为塑造人物和进行某种预示的一个得心应手的工具。"（第79页）

对《出埃及记》描述的摩西与西坡拉的订婚也可做类似分析。该场景叙事节奏很快，读起来像是常规格局的缩写形式。姑娘们回家报告和迎客、宴请都不是由叙述者提供的，而是在流珥与女儿们的对话中提及的。其实，这是专为摩西设计的类型场景，虽极简练，但关于摩西的所有必要信息都包含在内：摩西与西坡拉并不太亲密，《圣经》中关于西坡拉的内容本身便很少，对整体叙述也没有太大贡献（血郎插曲也不例外），所以若在这一节加入太多对西坡拉的描写会破坏平衡；赶走持有敌意的牧羊人这一情节与摩西的经历及身份——杀死埃及监工的杀人犯、一个民族未来的拯救者、一位跋涉旷野40年的军事统帅——前后相称；动词"拯救"的使用暗示他这位民族救星的身份；流珥的女儿们对摩西打水的身体动作进行了强调，就像石头之于雅各。

《摩西五经》之后罕见完整的订婚类型场景，而原型场景的变形

《圣经叙事的艺术》(1981)

或暗示更为多见。如《路得记》也讲到订婚，但路得与波阿斯相遇在她拾麦穗的田间，对原型场景的呈现是借由对话暗指的。《路得记》以性别和地理为轴，将订婚类型场景旋转180度：一位女性主角到异地寻找配偶，侍女的男性对应方（仆人）承担了传统叙事中的打水任务，对路得勇气与忠诚的肯定代替了对家世的考察，是未来的新娘而非新郎被邀请参加酒宴，而且没有跑去报信的情节（路得不是一个事事都由家长决定的年轻姑娘）。波阿斯间接引用耶和华对亚伯拉罕说的话，强化性别的颠倒，将路得与男性先祖联系或叠映在一起，同时对订婚类型场景的整体引用又暗示了路得与女性先祖的关系：她被塑造成了上帝拣选的女性祖先。

上文的分析表明，《路得记》仅是对类型场景的暗示而非直接的详尽的描绘。以此为开端，圣经文学运用订婚这一类型场景的事例越来越少。《旧约·撒母耳记》第9章第11—12节展示的实际上是一个订婚场景的开始：扫罗来到外地，遇见几个来井边打水的姑娘。但随后的情节未按预想的次序发展下去，类型场景很快便夭折了。这让人感到不祥，不仅预示着扫罗注定将成为孤家寡人，更是预示此后一连串厄运：扫罗将失去王位，最终自刎而亡。可见，此处匆匆提及的类型场景是为了充当这样的预兆。正如前文所指出的那样，重复的运用在于重申历史进程由上帝决定，类型场景的破坏背后隐藏着上帝意志，或者说是作者在有意引导读者进行这样的联想。这也体现出阿尔特教授对神授史记说的质疑。这种质疑在对"弃用订婚"的分析中体现得更为鲜明。类型场景的弃用"是出于塑造人物和突出主题所做的周密安排"（第85页）。例如大卫王的婚姻并不浪漫，因而不能随便借用订婚类型场景，而且他婚前就有杀人流血的情节，与田园牧歌式的订婚场景不相协调。又如参孙故事里对订婚场景的节略叙事突出了他一生性格鲁莽的形象，根据此前对扫罗的分析，这预示着这桩婚姻必将带来灾难。

上述分析从订婚仪式的多个变体中推导出订婚叙事的原型或类型场景。诸如订婚仪式之类的同一类型场景重复运用、反复出现在某种程度上产生意义的连贯性，在历史叙事中重申耶和华决定着以色列民

551

族的历史进程。因此，通过各种变体辨认出来的某些特定叙事模式要放在历史与神学的双重框架中才能得到充分解读。

（执笔：宋伊靖）

第四章　在叙述和对话之间

本章考察《圣经》叙述事件的两种不同叙述方式：第三人称叙述与对话。首先，作者以一个《圣经》例子开场，为我们点明叙述与对话的基本关系；其次，分别分析了《圣经》叙述事件对话的几种形式与类型，并指出《圣经》叙述事件之所以采用前后一致的叙述方法，是为了给每一叙述情节以显著的传道式的主题。我们若能理解《圣经》的希伯来式的叙述方式，就能更好地理解《圣经》的意义。

一　叙述与对话的关系

首先，圣经的叙述事件是如何被创作出来的。本章开篇先简单区分"事件"和"概要"，指出二者的性质不同。"事件"在叙事中是一些重要的节点，而"概要"是可以彼此连接的事件，也可以表现无关联的事件、无须具体描述的事实。叙述事件的特点在于使叙事进展缓慢，并且能够使读者幻想出某个场景、场景中的人物言行等。圣经的事件叙述具有强烈的希伯来特色——这与西方文学的叙述有所不同——因此若要理解圣经的意义，就应该去理解希伯来的独特叙述方式。

为更好地理解《圣经》的叙事模式，作者举出一例，让读者理解《圣经》的叙述框架以及《圣经》中对话与叙述的关系。《撒母耳记上》第21章指出，大卫在扫罗之子约拿单的提醒下，手无寸铁地逃到挪伯圣所。这节选段以叙述的句子作为开头和结尾，中间的部分用

《圣经叙事的艺术》(1981)

对话进行填充，而对话之间用叙述作为连接。这一选段展现出对话的重要性：叙述往往围绕对话展开，有时叙述只重复或佐证前面对话的内容（如第 6 节、第 4 节的内容都是询问食物）。在叙述与对话的比例关系上，"第三人称的叙述常常只作更大单位的直接引语间的一个桥梁"（第 90 页）。在以对话为主导的事件中，起着连接对话作用的叙述占比很小，而在第三人称重述性的叙述中，叙述的功能只限于强调对话。

二 《圣经》叙述事件中的对话

从上面大卫的例子来看，在叙述事件中叙述与对话相互交错。一般来说，《圣经》叙述者喜欢使用直接引语，如本章随后考察的几种用话语表达的例子。首先，用直接引语的形式表达与被述事件相关的对话，如大卫割下扫罗衣襟的故事。大卫割下扫罗的衣襟后，叙述者接着用直接引语展示大卫说的话。这种叙事方式具有突出语言的效果：一方面，直接展示大卫的话表明了大卫与扫罗的关系；另一方面，能让读者感到大卫说话时的紧迫心情，并通过不加转述的言语让人思考其言语与实际意图之间的差异。

其次，可用直接引语表达思想。"在叙述事件中，当揣测可能、区别情感、考虑取舍、做出决定这些实际过程成为叙述事件的关键时刻时，表达则会以直接引语的形式进行。"（第 93 页）如大卫反思自己危险情景时，产生一段心理独白。《圣经》叙述者使用"大卫在心里说"，将主人公的心理活动"说出来"，使有声的语言和无声的思想在形式上内外吻合。这种将思想转化为说话的方式久而久之成为《圣经》的一种文体风格，究其原因，或与直接引语在耶和华创世中发挥的重要作用有关。

再次，可用言语交流表现视觉场景。如大卫坐在瓮城等待与押沙龙叛军作战结果的场景，就是通过大卫与守望者的几次对话表现出来的。前文提到的大卫与亚希米勒在圣所里的场景，也几乎全部是通过言语交流来表现的。

553

最后，可用言语表达祈求神谕。《圣经》人物与耶和华的交流往往不是通过语言，而是通过一些占卜的仪式等。《圣经》经常用语言记录下祈求神谕的内容，典型的例子就是《撒母耳记下》中大卫与耶和华的直接对话。这表明《圣经》作者偏爱对话这种方式，"清晰的话语为政治的或历史的抉择、问与答、受造之物的无常与造物主旨意之间间歇性揭示的韵律定下了必要的模式"（第95页）。《圣经》中的事实以语言为基础，因为语言可以造物、可以表现人物的性格等，语言也是上帝不断提醒人们专注信仰的方式，所以《圣经》作者偏爱语言也就可以理解了。

不过这种偏爱也不意味着任何时候都完全记录对话，对于说话的内容，《圣经》也会采用一些特殊的表达技巧。有时，《圣经》作者在记录对话时，也会有意识地去把什么话分给什么人说。如大卫与亚希米勒在圣所的对话中，大卫对亚希米勒说话时，用"某处"会面。用"某处"这种抽象的词语，而不是用具体的地名，也不是不交代会面地点，这是一种有意识的处理，是为了让大卫虚构一个地点来消除亚希米勒的猜疑。

《圣经》作者有时还运用修辞技巧来展现对话的内容。例如亚希米勒问大卫的开场白就运用了音律完整的希伯来诗体，每半句话里含3个节拍，具备《圣经》诗体聚合形式中必不可少的语义排比结构。《圣经》作者刻意采用这种方式表明亚希米勒的祭司身份，同时诗句的重复也暗示了他的缓慢与迟钝。亚希米勒说起话来缓慢而重复，与身处危急关头的大卫说话的急促、顾不上诗句对称的情形形成鲜明对比。大卫这种急切、重复的说话方式暗示了他急躁而强势的本性。二人的对话其实预示着两人此后的命运。

《圣经》作者也会通过对照性的对话来表现人物的特点。《圣经》文本往往把场景控制在两个人同时出现时进行对话，如果一个人和一群人都在场，也会让这群人选择一个人来做代表。在以扫出卖长子身份的事件中，以扫和雅各的话语能体现对照性对话最普通的设计之一——把短句和长句对照放在一起。对比之下，以扫的不假思索和雅各的工于心计就表现得淋漓尽致。在长短句的对照中展开对话的例子还有4处：

《圣经叙事的艺术》(1981)

(1)以利亚在被亚哈王追杀的过程中,半路遇到亚哈王家宰的俄巴底时产生的对话;(2)暗嫩与他玛的对话;(3)耶和华与撒旦的对话;(4)亚希多弗和户筛的对话。

总括上文所述,本章总结出解读《圣经》对话艺术的几个规则:(1)叙述事件中最初出现的对话需要特别关注,人物的开场白往往揭示了人物性格及其命运;(2)要关注对话何时开始、如何开始;(3)在以对话为主体的文本中,大多能看到用叙事代替对话来处理特别题材。

三 叙述事件中的第三人称叙述

本章接下来转而关注《圣经》叙述事件的第三人称叙述,指出叙事章节的结构特点:浏览一下由叙述担纲的章节,能看到叙述的特殊节奏为"先以叙述开头,然后转入对话,瞬间收回,或最后又进行叙述"(第102页)。以此为基本框架,叙述在《圣经》中的作用可分为两大类。

第一,当大范围叙事出现时,第三人称叙述为众所周知的事件提供一条历史编年的主线,起到纵览(summarizing overview)场景的作用。如《旧约·列王记》基本上采用连续叙述,介绍列王时代的各场战争等重大事件。虚构想象在这些事件中被淡化了。不过有时候,"一个相对较短的历史片段被拓展成有意义的创作部分"(第103页)。换言之,在编年史中,有时一个片段也会扩展为虚构想象中的重要部分,比如《旧约·撒母耳记下》的例子,在大范围使用叙事的方式讲述以色列人和亚扪人及其同盟作战时,展开了大卫与拔示巴的故事,用这个故事铺垫历史的后果。

第二,当叙事以小范围出现在以对话为主导的叙述事件中时,区分出了3种叙事功能。

首先,用逐字重复来反映、证实、否定以人物直接引语所作的陈述性描述,这是一种引述对话的技巧。如约押的弟弟亚萨黑在战场上追赶押尼珥时,《圣经》文本两次出现"不偏不倚"这一关键词。第一次使用时,其叙事受到后面对话的限定而用了重复的措辞,是为了显示亚萨黑的鲁莽;第二次出现强调他接下来如果继续"不偏左右"地追赶,结果将是死路一条。不过有时,在叙述事件中,叙述者对事件的叙述与事件中人物的重复说话并不完全一致。如《列王记上》第21章关于拿伯的死,众人、报信者、耶洗别的讲述就不完全一致,其目的是突出耶洗别的人物性格。

除了重复可以限制对话的情况,另一种受对话限制的叙述是每位说话者在对话开始前的引导词"他说""他回答说"等,但并非所有的对话都遵循"他说"之后接着"他回答说"的形式。《圣经叙事的艺术》(英文2011年版)增加了一例,即基拉耳王得知亚伯拉罕的妹妹是亚伯拉罕之妻后出现的一个对话(《创世记》第20章)。当亚比米勒对亚伯拉罕说完话后,亚伯拉罕还没回答时,亚比米勒又再次发话,并且重复前面已说过的内容,表明了未说话人物的惊讶或者困惑。

除了引述对话,还有很多概述对话,其原因有三:(1)在某个叙述点要求迅速推进叙述;(2)避免过多重复的愿望;(3)对说过的内容从避讳、礼貌或褒贬等方面进行考虑。如当少年大卫从家乡来到军营给哥哥们送食物时,作者只是概述说"与他们说话的时候""从前说过的话",这里提到了两次说话但是都没有提及说话的内容。前面一句是因为作者对大卫与兄长重逢时的话不感兴趣,而后一句歌利亚说的话也没有被引述,是为了保护以色列人不被这些亵渎之词伤害,然后迅速推进至后面的情节。大卫出现并说话,是为了把叙述焦点引到大卫身上,并引出接下来的关键情节:大卫要去迎战非利士巨人。(第107页)此外,《圣经》中还有很多叙述而不说话的情节,较为常见的做法是在对话里不加评判且直截了当地中断人物的讲话。在文本叙述沉默时,我们可能会猜想对话的取舍或回避本身与情节之间存在重要关联。如押尼珥怒斥儿子伊施波的时候,伊施波因害怕而不敢说话,这一沉默在政治上预示着胆小的伊施波不配做君王,因此讲述沉默也颇有意味。(第108页)

其次,交代附属于情节的资料或信息。《圣经》叙事中的细节非常重要且意蕴深长,不能随意删除。比如,以色列懒懒地伸出双臂,就不是一个可有可无的、文学模仿的写法,这一动作把本来该给约瑟长子玛拿西的祝福赐予约瑟的次子以法莲。如此说来，无论《圣经》叙述了何种细节，都可把它视为故事必不可少的组成部分。在对动作细节的叙述中，不仅仅是动作，而且行为展开的节奏、速度都可提供情节展开的特殊线索。如描述利百加的动作时，后面密集地跟着许多动词，这些快速的、连贯的动作向我们提供的信息就是，这些动作具有激烈性、快捷性、专注性等特征，具有提示情节、突出人物的形象的功效。

最后，描述那些对情节发展至关重要的行为细节。《圣经》的许多章节的开场经常简洁地陈述事实资料，目的是确立这一章节的主要人物、说明人物关系、交代地理位置等，有时会简略地叙述主人公道德、社交、身体特征。除了动词"是"，开场叙事中基本不出现其他动词。这些开场白后总要接一个语词转折的部分，才会引入真正的谓语动词。当叙述到特定的时间点时，叙事才会过渡到对话。

另一种提供说明信息的方式是把故事中的某些事件隐藏起来，密而不发，等到时机合适时才展示出来。拉结的美貌起初未被提及，直到雅各爱上她时，《圣经》才告诉我们。与此类似，读者在大卫首次登场时并不知道他外貌俊美。在他第二次在战场上露面时，读者才获得这个信息，显然是在表现他在外表上就压倒非利士人，强化大卫对非利士人的羞辱感。

四 综合解读实例

上文分析《圣经》叙事中的对话、叙事特征、分类与作用等。本章结尾举出一个综合性例证（《旧约·撒母耳记上》第1章），分析在大段叙事中叙述和对话如何相互作用。

这一叙述事件的开场白提供了很多说明性信息，点明了地点、人物关系。很多《圣经》叙事都以"有一个男人"来开场，而这个故事却以哈拿这个女性开始。同时，"哈拿没有儿女"也是一种类型场景，即英雄都是从不能生育的女人中诞生的（如撒拉与夏甲、拉结与利亚等）。第3节用一个常见动作作为过渡句，预示着主要情节即将登场。

在正式情节出现后，插入了一个戏剧性的场景：女主人公哈拿年复一年地因不孕而蒙受痛苦，最终以她的丈夫以利加拿的安慰而结束。以利加拿退场，接下来就是祭司以利和哈拿的对话，这符合《圣经》叙事展开两人对话的要求。还需要注意到的是，直到此时哈拿都一言不发，目的是衬托哈拿与耶和华在下文即将展开的对话，以显出她的尊贵。

在第9—19节的叙事中，宴饮的欢乐与哈拿的痛苦连接在一起讲述，引出后文哈拿单独出现，并开始祷告。祷告之前的第9、10节用来说明时间空间及哈拿的状态。接着哈拿与上帝单向度对话，她的祷告词直率仓促，并以一连串的动词"看""顾念""别忘记"等——就像我们前面提到的动词的连用——突出她的急切心情。

接着，哈拿与祭司以利展开间接对话（我们看到以利在向哈拿提问，而哈拿的回答是冲着上帝说的），人物性格在对话中显现。祭司以利使用诗体的平行句，而哈拿的回答则简单而直率。祭司以利在被哈拿感动后说："愿以色列的上帝允准你向他所求的。"（第114页）这可看作一种预示。在间接的对话结束后是一个快速的叙述。

上例融合了前面讲过的说明性质的开场白、叙述正文、对话等内容。在叙述事件时，《圣经》采用"前后一致"（concerted）的方法，目的在于赋予每一情节以显著的传道式主题，同时又把作者的介入限定在最低限度。也就是说，《圣经》叙述事件时的艺术手法，都会对人物、主题产生意义，并且这种艺术手法同福楼拜小说的艺术手法一样，作者并不出现在文本中，拒不发表评判，仅通过人物的言谈举止来展示性格，不把作者的解释和评价强加于人，而人们又能感觉到作者无处不在。

（执笔：杨婕）

第五章　重复的技巧

本章详尽展示《圣经》叙事艺术中的重复技巧并加以阐释。在简单说明《圣经》叙事前后重复的可能来源之后，本章归纳出《圣经》

《圣经叙事的艺术》(1981)

叙事中包含主导词重复、题旨重复、主题重复、情节次序重复与典型场景五类，重申重复的完整系统以及《圣经》叙事中所独有的"短语重复"。重复并不是简单的复制，重复间的差异性往往在叙事中起到预示、评注、分析、强调与主题判断的作用，重复间的关联性则说明《圣经》叙事在设计上具有整体性。

一 重复叙述特征的来源

现代文学读者阅读《圣经》的最大障碍是明显的逐字重复，因为现代人习惯的叙述方式是尽量减少重复、言简意赅。然而，"重复恰恰是圣经叙事的特色之一"（第120页）。重复的大量出现反映着古代希伯来人与现代人思维的差异性，以及这种探索有序历史的方式与现代人熟知的方式的不同。

那么《圣经》中的叙述重复源于何处呢？从印象主义式的角度讲，重复与近东人的生活方式有关，"古代近东人的生活节奏较为悠闲和单调"（第120页），重复每一条教训、预言和详述的情节都意味着信守、遵行并传达与上帝的约定。如《旧约·民数记》（第7章第12—83节）中12支派的首领向圣所献礼时，各支派所献的礼物完全相同，只有支派与其首领、具体日期被替换。这种重复含有"某种宗教崇拜的历史的功能"（第120页）。从传统研究讲，重复的叙述特征有3类来源：(1) 口头文学；(2)《圣经》所借鉴的民间传说背景；(3) 现存文本的复合性质。其中，第3类来源指《圣经》由"四底本"组成而造成或导致的重复，《圣经叙事的艺术》第七章将对其进行集中介绍分析，本章本节只涉及前两种。

（一）民间传说背景作为重复叙事的来源

民间传说中包含两种重复。第一种情况是题材重复。如谚语"扫罗也列在先知中吗？"（第121页）及其相关扫罗受圣灵感动的故事，重复性地出现在扫罗叙事的开头与结尾。这一体裁的重复是民间传说中确实存在有关扫罗的故事。不过，"即使如此，这两个故事作为彼此对立的支撑之物出现在扫罗叙事的开头和结尾，具有一种令人满意的对称性，这鼓励人们推断这两个相互矛盾的因果关系在编辑过程中被策略性地放置"[①]。第二种情况是情节次序重复。在民间文学当中，故事情节或动作行为往往要重复"三"次，如格林童话中的"金发女郎和三只小熊"与"小矮人"[②]。民间传说的背景能够解释情节或行为动作为何会重复之多。如在《旧约·列王记下》第1章中，亚哈谢王连续3次共派遣了3位五十夫长率领部下去见以利亚，前两位五十夫长的死亡是为了促进叙事走向高潮，第3位五十夫长因一见面就求饶而免于一死，说明神的地位具有绝对性。

（二）口头文学作为叙事重复的源头

《圣经》叙事源于口头文学，这种可能性完全可以成立。《圣经》本身的种种文本迹象表明，早期《圣经》的传播方式并非以书本的形式传阅而是向听众诵读。因此，重复首先是考虑到观众的流动性，观众完全可能无法从头到尾听到全部经文，一遍遍地重复帮助观众补充漏掉的情节；其次，解释一个人疑惑的办法就是让口头传播的物理困难与历史对此故事的影响完全一致，前文上帝的训导可以被后文紧接着发生的相左的事实印证。于是《圣经》文本其实就是上帝的语言怎样变成历史事实的过程。

另外，大多数文化中的诗歌先于散文出现，重复可以追溯到《圣经》的诗歌。但本节并不赞成这种观点，反而认为《圣经》诗歌与散文两种文本恰恰存在着很大差别。所谓《圣经》诗歌，诗句与诗句之

---

① 本段为新版增加的内容。Robert Alter, *The Art of Biblical Narrative*, New York: Basic Books, 2011, p.146: "Even so, there is a satisfying symmetry in the appearance of the two stories as antithetical bookends at the beginning and end of Saul's narrative, encouraging the inference that these two competing etiologies have been strategically placed in the editorial process." 这段话反映出作者的观点在新版本中有所变化，他不再认为这一体裁的重复不存在"任何艺术处理"，而认为重复虽然来自民间传说中的记载，但也在文本层面呈现出艺术性特征。

② 金发女郎在选择熊的椅子、粥、床的时候需要选三次才能选到适合她自己的；《格林童话》中的小矮人要被救三次，才能发现宝藏。

《圣经叙事的艺术》(1981)

间的重复是在创造同义表达,并非真正的重复。诗歌在表面的重复中对每句诗的最初半行诗的内容进行强调、详述、补充、修饰、对比和扩展,并没有实际的同义词,诗歌只是在通过创造同义表达来推进主题。

二 《圣经》重复叙事系统

(一)重申重复

从西方文学的这一更大范围来看,重复并非《圣经》独有的特征,因为只要是有模式的叙述,就一定至少会出现一整套重复性手法的某些部分。《圣经》的重复技巧的某些特点与长篇小说、戏剧和史诗中的艺术手法相似。因此本节以《李尔王》中的重复技巧为例引出了《圣经》中的叙事重复技巧。

一是场面上(情境性)的重复,尤其体现在双重情节的多重平行中。如《李尔王》两条平行的情节中,李尔与葛罗斯特都在荒野上流亡。《圣经》没有采用对称性的双重情节,但它始终坚持情境平行性和主题的重复,并在重复之间制造差异性以提供道德与心理上的评判,在《圣经》中表现为一连串兄弟之争、弟弟取代兄长名分的描述,如雅各在以撒面前骗取以扫的长子名分,雅各赐福给约瑟的次子以法莲而不是长子玛拿西。

二是某个单词不间断地重复。李尔王在抱着考迪利亚尸体时,不断重复说"杀"或"永不",这与大卫面对押沙龙之死在震痛中多次重复"我儿"(《旧约·撒母耳记下》第19章),颇有异曲同工之妙,都是在表达失去心爱的子女之后一位老父亲的悲痛与震惊。

三是某些关键词周期性地反复出现,形成主题概念词。主题概念词是在有限篇幅中展现主题的重要手段。主题概念词能将其在语境获得的意思延伸到过去已经出现与未来将要出现的语境当中,是叙事潜在关联性的标志。运用主题词显示主题的技巧是《圣经》叙事艺术中最普遍的特色之一。《圣经》叙事中频繁出现主题概念词有两个原因。

首先,由于希伯来语言的结构特征,三字母词根既是构成名词也是构成动词的核心，无论是同源词还是变格词，因此一个词根可以转变为含义类似的多个单词，形成主导词重复。近代《圣经》英译本为追求词汇的多样性将同一个单词用不同的单词替换的做法，实际上有损读者对主导词重复的感知。

其次，与西方其他语言相比，希伯来语容忍重复的程度更高。本章在此借用马丁·布伯与弗兰茨·罗森施的概念：主导词（leitwort）。它是一个词或词根，常在一篇经文、几篇经文或整部书卷中复现，重复可以是该词本身，也可以是它的词根。通过重复，人们可以更好地理解和领会文本含义。词汇形式的变化会展现出一定声音与形式的动态感。与文本节奏相匹配的有规则的重复，或者更准确地说，从文本中迸发出的重复，是不用表达就能传达意义的最有力量的手段之一。

在更大的叙述单位中，主题概念词又被用来支撑主题的展开，在表面无联系的情节之间建立有启迪性的联系。《创世记》将各个体裁组织起来的主题概念词是"祝福"（blessing）和"长子继承权"（birthright）。这些词又在一系列附属主题词的支持下，标明主题平行的叙述单元之间的联系。如约瑟故事中的主导词就有"认出""男人""主人""仆人""房子"等，它们相互配合，创造出"一种与内容中的阴谋极具讽刺意味对照的内涵丰富且井井有条的结构形式"（第128页）。在以上明显的主导词这类重复之外，也有隐性重复：重复的是某种隐性的意象题旨，它被阿尔特教授喻为亨利·詹姆斯式的"地毯上的图案"。如用一个书中与"地毯上的图案"[①]类似的比喻（"珍珠串在上面的那根串线"），我们就更容易理解：珍珠由看不到的

---

① 亨利·詹姆斯的短篇小说《地毯上的图案》主要讲述了一位文学批评者尝试寻找隐藏在一位著名小说家作品中的"总意图"，但总在快接触到"总意图"时与之失之交臂的故事。"地毯上的图案"是西方文学中的著名譬喻，它与本文在其后提到的"珍珠串在上面的那根串线"都出自此句话："我猜想，大概就是原始规划中的某种东西吧，如同一条波斯地毯上的一个错综复杂的图案一样。他极为赞成我所采用的这个形象比喻，但他自己又换了另一种说法。'它就是那根生命线，'他说，'我的珍珠就串在那根线上。'"引文见［美］亨利·詹姆斯《亨利·詹姆斯短篇小说精选·2》，吴建国等译，人民文学出版社2021年版，第156页。

《圣经叙事的艺术》(1981)

线串起来,线是串联珍珠的核心;这条线我们看不到,却隐藏在内部以串联叙事单元,以一个核心题旨统辖全篇。正如参孙一生的行动都与"火"息息相关,最后自己也成为火的化身。

综合第三章与第四章的分析,读者可以发现在《圣经》叙事中存在一个对重复进行精心设计的完整系统。将重复的要素由小到大、由简单到复杂排列起来,可将《圣经》中的重复归为5类:(1)主导词重复(leitwort);(2)题旨/主题重复(motif);(3)主题重复(theme)[①];(4)情节次序重复(sequence of actions);(5)典型场景重复(type-scene)。

文本结构设计中主导词和典型场景重复反映了独特的《圣经》文学惯例,题旨、主题和情节次序重复则存在于广泛的叙事作品当中。《圣经》叙述的重复的特性就在于其明确性与正式性,尤其那种占有相当比例的逐字重复。为了能够欣赏这种重复,本章建议现代读者建立在整篇文本中相互补充理解的阅读习惯。读者寻找重复的过程就像揭开伪装,去发现复杂的布局中那些复现的细微线索,读者可以从两个方面去发现重复的含义:一是在表面不同中找到暗示隐含着的相同的灵感线索;二是面对高度的逐字重复则可以在相似中寻找差异,从差异中会得到新的意义。本部分关注的主导词、题旨、主题与情节次序的重复都是重申(reiterative)重复,故事主题通过线性叙事的重复得以突出。在重申重复之外,《圣经》中还有另一种短语重复。

(二)短语重复

短语重复指叙事中只重复一些短语。它有时是整段话的重述,或是由不同的人物、叙述者,或是由一个或多个人物加上叙述者一齐重述,通过策略性地增加、删减或替换一个独立短语,或在重复内容的次序上作策略性变动,便会达到评注、分析、预示、主题判断等意

[①] motif 和 theme 在使用中常常有混淆。阿尔特认为 motif(题旨)是具体的,theme(主题)因含有一定价值观念,是抽象的。由于题旨与主导词之间有理解上的联系,把题旨与有意图的重复联系起来似乎更符合实际。所以题旨与主题的区别应当是题旨更具意图性,强调具有主体意识的人实施的行为。

图，展示叙事中有关心理的、道德的与戏剧性的纠葛。

阿尔特教授进一步举例说明了重复中的变化含有两种意味。一是通过增量重复强调最初描述的行为和态度的展开，使高潮加速到来。在《列王记上》第 1 章中，拿单向拔示巴建议："你进去问大卫王，对他说：'我主我王啊，你不曾向婢女起誓说：你儿子所罗门必接续我做王，坐在我的王位上吗？现在亚多尼雅怎么做了王呢？'"《圣经》在此处有一段巧妙的叙事省略或叙事空白，读者无法知道大卫王是否真的发过誓，这就产生了一个悬念。而后，拔示巴见到大卫王后重复了这一段话，但是她在"你不曾向婢女起誓说"中增加了"指着耶和华你的上帝"这一短语，立刻点出誓言的严肃性与重要性，并在"亚多尼雅做了王"后增加了亚多尼雅这位篡位者宴请宾客的名单，以及未来亚多尼雅做王她与所罗门将面临的危险处境，在增量重复中点出了亚多尼雅自封为王的非法性、以色列人对新王的期待、拔示巴与其子所罗门处境之艰难。这一例子中的重复与增添用意在于用一组整句来逐渐加强说服性，为原初的表述提供了一种累进式强化效果或详尽的细节描绘，也提供了充分的戏剧化和心理上的理由。

而后大卫王召见拿单询问亚多尼雅是否确有其事，在重复拔示巴所讲的宾客名单后，拿单进一步补充："惟独我，就是你的仆人，和祭司撒督，耶何耶大的儿子比拿雅，并王的仆人所罗门，他都没有请。"这一增加立刻摆明了拿单的政治立场，与亚多尼雅划清了界限。因此在重复中，人物性格在语言中也得以全面展示，拿单关注来自亚多尼雅的政治威胁，拔示巴则担忧他们母子的死亡威胁。

二是预示（adumbrate）人物的结局与未来情节将有意想不到的发展或令人不安的揭示。最终的结局往往会通过某些瞬间的动作、形象或叙述者的评断提前透露出来。事件未来的转折被轻微的、令人不安的不协调预示，在重复的模式中，一些模棱两可的短语被一个更明晰的短语取代。它向读者传达的是一种对将要发生的事情的潜意识暗示，而不是一些强调的但模糊的警告。如《撒母耳记下》第 3 章多次重复强调押尼珥"平平安安"（bishalom）地去了，最后"平平安安"被替换为"踪影不见"（halokh），一是指表面的离去，二是预示着人物去世。

《圣经叙事的艺术》(1981)

本章最后部分举出两个例证说明重复叙事的对立、互补关系。第一个例子出自《民数记》第22—34章，建立在重复关键词和情节的基础上，略含某种主题短语和少许的对话逐字重述，展示了重复技巧的反复作用。巴兰是一位异族先知，摩押人的领袖巴勒希望请巴兰为他诅咒以色列人以获得胜利。巴兰的故事在希伯来文版本中开头第一个词就是动词"看见"，和另外几个同义词相应地构成这则故事中关于预见和异象的主导词。在中文和合本中，虽然"看见"并没有被置于句首，但是仍能看出"看"为主导词。《圣经》作者对视觉功能的渲染，反映了巴兰是一个具有超人视力的专业人士或一个出神入化的术士，如此巴兰应当是一位"上帝使其眼目明亮者"。《圣经》十分强调这种将上帝奉为眼力唯一来源的主张，还通过表现针对施予祝福和诅咒的主题短语的重复进行补充。但是，巴兰的驴三次不听使唤却反映出巴兰过去作为先知的"看见"与其后"看不见"神的使者，以及驴子的"看见"与巴兰"看不见"神的使者之间形成讽刺性对照。

这一部分先知巴兰与驴故事中的巴兰、摩押人领袖巴勒与巴兰故事中的巴勒都显示出一种机械化的（mechanical）行事方式，说明《圣经》的一神观也能产生高度的喜剧效果。[①] 民间传说类型的一系列重复情节常常显得机械化，圣经作者早就认识到：这种人类事物的机械化反而是喜剧最基础的源泉，比柏格森系统阐述这一理论早了3000年。（第145页）柏格森认为生命是绵延不断、永远前进的。生命冲动向上就会形成自发的生命运动，生命冲动向下就是机械僵硬的物质。人的物质化或机械化行为与生命的运动相悖就会产生喜剧性，正如《圣经》中的喜剧效果产生于人对神意旨徒劳无功的挑战。

第二个例子来自《旧约·创世记》第39章，显示叙事以逐字重复的手法在相互交织和重新安排下巧妙进行。该例在将各种重复技巧用到极致的同时，又对短语重复进行了说明，表面看来是重新陈述中呈现的差异，值得注意。

[①] "机械化"导致喜剧效果的说法，参见［法］柏格森《笑》，徐继曾译，北京十月出版社2005年版。

波提乏的妻子在两次重复当中表现了极高的语言艺术，面对同一件事，针对不同的听众，她能说出不同的话以达到自己的目的。在约瑟逃走后，她对仆人说："你们看！他带了一个希伯来人，进入我们家里，要戏弄我们。"（第148页）此处有两点值得注意。一是她激化了埃及人和希伯来人的民族矛盾。她说"我们家里"，其实这个家并非仆人的家，所以她通过激化民族矛盾来遮蔽或掩盖社会阶层的矛盾。再看第二个重复：她对丈夫说"你所带到我们这里的希伯来仆人，进来要戏弄我"。此处相比上一句加了一个词——仆人，强调约瑟与他们分属不同阶层，又成功激化了社会矛盾。

综上，重复例证反映出《圣经》叙事的一个潜在设想，语言是叙事能够进行的一个完整和动态的组成部分、一个显著的维度。（第153页）首先，上帝用语言创造了世界，上帝的词语通过重复变成历史事实，读者可以见证词语的力量无所不能；其次，在重复—删除、重复—转化这种减量或增量的变化活动中，隐含着紧要信息或重大含义；再次，语言能成为一种掩饰或欺骗的手段，或一种揭露工具，此时人类可以用语言按照自己的意志或引起错觉的偏见给予重复以新形式；最后，主题词语的不断复现织成了重复的网络，这预示着人物按其自由意志行事，他们常常受到个性、冲动的驱使，但其所作所为最终都落在上帝整体设计的对称和重复之中。

（执笔人：李一苇）

附录

1. 英文版：… since at least some parts of a whole spectrum of repetitive devices are bound to be present wherever there is pattern in narration, from Homer to Günter Grass. (p. 149)

中译本：因为从整个重复方式的范围来看，上至荷马，下至君特·格拉斯，至少有部分样式必定要在其叙述中展现出来。（第124页）

笔者试译：因为从整个重复方式的范围来看，上至荷马，下至君特·格拉斯，但凡有模式的叙述出现的地方，一整套重复性手法的某些部分就必然会

《圣经叙事的艺术》(1981)

出现。

2. 英文版：Variation in repetition is sometimes used to adumbrate not a feature of character but a development of plot。（p. 164）

中译本：重复中的变化有时用来勾画情节的演绎，而不是人物的一种特征。（第137页）

笔者试译：重复中的变化有时用来预示情节发展，而不是人物的一种特性。

第六章　人物塑造和含蓄的艺术

《圣经》叙事在人物性格的刻画方面惜字如金，既缺少对人物细节的描述，又不直接提供给读者分析情节发展的线索，那么它是如何运用"点到即止"的含蓄艺术刻画和激发人物的复杂感受和性格的呢？这是本章重点论述和回答的问题。本章认为，《圣经》含蓄的叙事技巧与其对人性的看法密不可分。虽然人由上帝创造，但人自身并不是道德完善、无懈可击的，因此神的旨意之下人的主观能动以及人性的矛盾就成为《圣经》作者们关注的重点。

一　人物塑造的三种类型

本章以《撒母耳记》中的大卫形象和他与身边人物的关系为中心展开人物形象的多重深度解读。在具体解读之前，本章将塑造人物形象的尺度分为3类：（1）高标准：通过人物内心独白或叙述者对人物态度和意图的陈述来塑造人物；（2）中间区域：通过人物的言谈或别人对他的评论来塑造人物；（3）低标准：通过行为或外貌塑造人物。这3种表现方式分别通过明确说明、对话和推测在《圣经》文本中得到具体表现，但无论哪一种都让读者不同程度地怀疑人物的真正动机和性格，如同"有遮挡的百叶窗"（第158页）一样留给读者猜想和推测的空间。在刻画扫罗之类全面暴露的"透明体"（第159页）人物时，《圣经》作者引入实际言谈和思想意图的连接词、人物间对话

(扫罗对仆从的言论)以及内心独白(扫罗想要置大卫于死地的想法)来塑造其形象,又充分运用全知视角,在描述扫罗与仆从之间的阴谋后,直接透露他的真实意图和其缺乏政治资本的现状。

二 《圣经》人物塑造举例：大卫与米甲

在《圣经》当中,米甲是《圣经》叙事中唯一发表过情感表白的女性个体。直观的心理描述看似是客观陈述的结果,但并不代表着对她的刻画就非常清晰易懂。米甲爱大卫是出于什么原因呢？读者并不知道,甚至米甲是否真的爱大卫都让人质疑或猜测,就如同"被黑暗笼罩着的透明体"(第159页)。

相比之下,大卫作为《撒母耳记上》和《撒母耳记下》的主要人物却始终处于刻画人物尺度的中低区域。由于大卫前期始终没有表达过个人情感,因而一直作为密不透风的"不透明体"存在着。通过人物外交辞令式的对话,我们可以了解他在战场上的精明及受民众敬仰的地位。可以说,直到拔示巴头胎孩子夭折时,他才首次发声。此前的言论基本都是出于政治目的的场面话,没有他个人的声音。即便是面对扫罗的阴谋和刁难,大卫虽然顺利完成扫罗交给他的各类任务,但仍没能告知读者他真实的个人想法。当大卫被上帝拣选时,《圣经》作者们的刻画也点到即止,以"战事顺利""上帝与大卫同在"两点交代出大卫的身份：公众人物和上帝的拣选者。

与此同时,大卫与米甲这一对貌合神离的夫妻在断断续续的关系发展中逐渐透露出二人态度及性格的转变。在《撒母耳记上》第19章中,我们看到米甲两次不透露原因地表明对大卫的爱后,机智果断地帮助大卫逃脱扫罗的谋害,临时把家中的神像当作假人放在床上冒充大卫,一气说出三个动作指令,指挥大卫逃跑。这一系列动作足以说明米甲作为积极行动的女性角色果决冷静、足智多谋的性格。有趣的一点是,"神像"这一共同的道具可能将米甲和拉结两位女性的命运走向联系起来,这映射着米甲将与拉结一样作为妻子把终生托付给丈夫,不再忠诚于她的娘家。在这段关系中,大卫仍然没有表达出情

《圣经叙事的艺术》(1981)

感,丝毫不表露对米甲的态度和私情:他此刻处于生死关头,是个只顾逃跑的普通人。"帮我逃走,不然,我杀了你"(《撒母耳记上》19:17)是这一情节中大卫对米甲说的唯一一句话。之后这句话就变成了米甲为保护自己而编出的谎言。总之,《圣经》文本清楚交代了作为上帝拣选者的大卫为维护政治利益,利用婚姻稳固自己的政治地位,却在个人情感上始终保持沉默和被动。

当情节进展到第25章时,大卫出逃后另娶了两个新妻。大卫对米甲的感受毫不在乎这一点就更显而易见了。上一段婚姻只是政治联姻的产物。与自由的大卫相比,米甲却陷入被动中,对她境况的介绍仅是顺便提及,其命运与大卫的新妇亚比该形成了鲜明的反差。米甲不再是有魄力的行动者。出于政治的考虑,她成了父王摆布的对象。对她的称呼也从"大卫的妻"变为"给了迦琳人拉亿的儿子帕提为妻"。扫罗此举的目的是取消大卫与王族的亲属关系以及对王位的合法继承权,米甲却在这场政治交易中成为不透露个人感情的不透明体和政治牺牲品。

直到《撒母耳记上》第30章,大卫处境艰难,内忧外困,他的个人情感仍然处理得比较模糊。当妻子和家眷们被俘后,大卫甚是焦急和悲伤,但这悲伤也可解读出两重原因——个人情感的失落、身处险境的客观事实以及由此带来的领导地位危机(众人纷纷说要用石头打死他)。在这两重原因中,后者是大卫"悲伤"的主因。他随后为挽回局面采取反击行动大大冲淡了他的私人感情,进一步强调了他的政治和军事领袖地位。

大卫与米甲经历了分离以及各自的嫁娶,又再次复合。大卫以要回他的妻子米甲作为与扫罗王朝交易的先决条件,这只是大卫出于政治考量以及其拥有米甲合法性而采取的举措。米甲的丈夫,象征着大卫作为王族继承者的合法身份,证明他宣称效忠扫罗以及登上王位的合理性。在这段夫妻复婚的剧情中,米甲的第二任丈夫帕提担任起"对照组"的角色:《圣经》两次提及他是米甲的丈夫或男人。他对米甲的夫妻之情证明了这个称呼的合理性和两人之间真实的夫妻关系。这与大卫同样称呼米甲为"我的妻子或女人"形成对比。米甲作为大卫的妻子只是从政治层面被赋予了合法身份，帕提的呼唤却能透露出真挚不舍的私人感情。

大卫与米甲复合的预告早早到来，但实际上他们真正的相见却被一再拖延，相互间态度与言语上的交锋被推迟到最重要的场合。在《撒母耳记下》第6章中，大卫终于将耶和华的约柜迎入大卫城，确认自己君王地位的合法性。此时他的一系列行径引发了他与米甲的交锋。

首先，米甲作为闷闷不乐的旁观者看到大卫在耶和华面前跳舞庆祝，便发自内心地轻视他。作者以全知视角将米甲的态度和确切感受暴露给读者，但不说明原因，再一次留给读者猜测的空间。对于米甲来说，无论什么原因引发她对大卫的不满怨恨，大卫洋洋得意、不合体统的行为都可激怒积怨已久的米甲。夫妻两人的对话满含拉锯式的讥讽。他们的夫妻关系无论从私人上还是政治上都已非常紧张。米甲在这一部分重返有魄力的行动者的角色，掌握这场讥讽对话的主动权。她用第三人称称呼大卫，表明二人关系更加紧张疏离，同时又是在强调他的行为与其身份不符，讽刺大卫忘乎所以地纵情舞蹈，不仅缺乏君王尊严，还让侍女们一饱眼福，大卫外表俊美，这早已交代过。

面对这样的攻讦，大卫冠冕堂皇地搬出他是上帝拣选者的高贵身份，并提到他取代了米甲的父王才得到王位，强调自己作为战胜者，有权力决定哪些行为合乎"礼节"。他出于忠诚、崇拜上帝才在上帝面前跳舞，作为上帝的拣选者他自会卑微地侍奉耶和华，"自己看为轻贱"讽刺了米甲意思中的"轻贱"。婢女们倒要尊敬这个在上帝面前的卑贱之人。《圣经》叙事客观转述了夫妻的对话，成功塑造了大卫的形象：一位以色列的正统国王、一位对妻子无情无义的丈夫。

米甲的言语攻击并没有奏效。她最终受限于女人和战败王之女的身份，被剥夺了回击的权利，在大卫的反击之后无法发声，因为米甲没有夫妻感情作为发声的底气和依靠。米甲是被推翻的国王的公主，这是她身上仅存的政治功能。她只能忍气吞声，言谈受限。《圣经》用这样一句话使米甲的命运就此落幕——"于是，扫罗的女儿米甲，直到死日，没有生养儿女"（《旧约·撒母耳记下》6：23）。这个《圣经》中特有的无连词并列结构句式造成了含混性，暴露了米甲没有生

《圣经叙事的艺术》(1981)

养儿女与二人之间对话的因果关系,但由于作者避免使用连接词和句法符号,就未明确表示出米甲是因为失宠而没有生育。另外,从神学观念来看,米甲的无子也可能由于她无礼指摘上帝拣选的大卫王,受到上帝惩罚。因此,我们不能断定米甲无子是纯粹巧合还是这段言语讽刺导致的结果。

三 《圣经》人物塑造的特征:含蓄的艺术

《圣经》用来解释人类事务间因果关系的叙事技巧是复杂的。一方面,这种因果关系在叙事技巧(重复、对称、主题结构)和人物特征、历史规律、上帝旨意的参与下,具有合理性;另一方面,对于人的复杂性的认知常常会影响这个不确定的因果关系,破坏这种简单直线的因果联系。这种含蓄的、点到即止的叙事艺术比阐述人类本身的人性观更加复杂,引发了读者更多的猜测和遐想。

如将《圣经》与"荷马史诗"进行类比,我们就会发现,在人物塑造方式上"荷马史诗"将人物刻画得细致全面,且每个人物都有自己固定的性格和表述。相比之下,《圣经》在塑造人物时具有极强的选择性,并能依据人物自身的发展因时而变,选用相应的关系表述词,表现人物身份和性格的多面性。如《伊利亚特》中的阿喀琉斯得知挚友帕特洛克勒斯战死的消息后,变得嗜血残暴、冲动易怒,然而一时的非理性行为并不会改变人物本身确定的英雄气概和坚韧勇敢的领袖气质。这是"荷马史诗"中人物始终不变的形象特点。而在《圣经》当中,大卫一生中发生过诸多身份和性格上的转变:他出场时是精明的政治领袖和上帝拣选者,多年后又在儿子们的阴谋中无助挣扎,年老力竭后陷入被欺骗和被摆布的境地,并且一改君王的英雄气概,变得心胸狭隘、睚眦必报。这充分彰显了《圣经》人物不可预知的性格变迁轨迹。

从人物对特定具体事件的反应上来看,《圣经》普遍增加了读者辨认人物情感走向的难度。当老特洛伊王向阿喀琉斯恳求要回儿子赫克托尔的尸首时,他那情真意切的乞求独白感化了阿喀琉斯,从而激发了人类共通的亲情依恋及对所逝之人的眷恋，使阿喀琉斯的态度发生巨大转变。这一过程在人与人之间情感共鸣的情况下来看是合情合理的。相比之下，大卫的某些情感反应则常常不合常理。如在《撒母耳记下》第12章中，大卫的情感反应就很不寻常。大卫在断食7天为儿子祈求上帝后毫无结果，儿子死去，人们都预测这将导致大卫有更为极端激烈的反应。大卫虽像一般人那样表现出痛失爱子的悲痛，但悲痛的表达很独特。大卫出人意料的反应是其内心真实想法的表现。从他对仆从简洁有力的解释中就可看出，大卫虽然悲痛，却对上帝的惩罚以及逝者已逝的现实无可奈何，同时又意识到他本人也终究难逃一死。大卫的命运时时受到摆布，同时私人化的情感和个性又影响着他的命运走向以及未来可能遭受的磨难，因此《圣经》人物塑造比史诗人物更为复杂。

《圣经》叙事的含蓄特征迫使现代读者改变自己的阅读习惯和思维方式。《圣经》塑造的人物属于"半透明形象"，这与现代的创作观念有颇多契合之处。宗教一神论改变了人们的思想意识，重塑并确立了对立法、预言的描述，在《圣经》叙事中体现为某些革新性的文学艺术形式。这表明，《圣经》的叙事成就不仅是审美和艺术上的创新，还涉及其他重要方面。解读这种叙事艺术，可帮助我们回溯《圣经》作者们与众不同的想象结构。[1]

（执笔：陈焱婷）

第七章　复合的艺术

本章列举《圣经》文本中的众多例证来分析其复合性的特征。

---

[1] 本书2011年版在论及大卫与米甲关系时，增加了一句话：Her childlessness may also turn back against David, for it denies him the possibility of uniting the house of Saul with the house of David in his offspring. (p.199) 笔者试译为：她的无子或许会转而对大卫不利，因为这剥夺了他在其后代中联合扫罗家与大卫家的可能性。

《圣经叙事的艺术》(1981)

《圣经》所运用的叙事手法与后世的西方小说截然不同,因此现代读者试图从文学形式上研究《圣经》时,总会遇到很多疑难问题。在这些问题中,最引人注目的是《圣经》文献中的"模糊性",即文本中的部分内容出现被忽视、重复、引用,甚至被全盘复制的现象。这是因为文学研究的对象通常是一部书或一段连贯的文本,因此具有连续性。而原始《圣经》文本却是由早期汇编者不断汇集起来的口传资料,再附加相关评注和情节而来的,具有复合性特征。

复合性特征主要表现在《圣经》首五卷的前四卷中。众所周知,研究者现在基本上可以断定《圣经》文本由3个独立的原始部分拼接而成,包括亚卫本(J本)、艾洛希姆本(E本)、祭司本(P本)。除首五卷外,《圣经》中的其他部分也存在诸多复合要素,通常表现为间断、重复和相互矛盾,在表达的一致性和逻辑连贯性方面也与后代文本完全不同。本章强调,出现这些现象或许是由于原始文本在转达、编辑过程中产生的歧义,或许就《圣经》而言,有时很难判断什么样的文本才是有意义且统一的连贯叙事文本,因为从叙事文字产生到今天,叙事本身就经历了无数的演变。对于以上种种错综复杂的设计,本章列举含有模糊性、原始资料的复制和逻辑矛盾的实例来分析。

一 《旧约·民数记》:两次毁灭情节

本章首先以《旧约·民数记》第16章为例来探讨《圣经》文本的复合性特点。第16章详细讲述了可拉及其党羽的叛变事件。这次叛乱有两个不同的情节描述。在这两个情节中叛乱的性质、目的、双方对质的地点以及叛乱被瓦解的方式都存在明显矛盾。

第16章开头处便写明可拉及其反叛行为的共谋者。这部分用一个垂悬句提及了大坍和亚比兰,垂悬句即前面提及的主句与后面的从句中的逻辑主语不一致,表明句法的混乱,也反映出作者组织不同材料的困难。第23—34节处的矛盾尤为明显。首先,可拉与大坍和亚比兰属于不同支派,因而他们几人的帐篷几乎不会在一处,文本却暗示他们的帐篷是在一处的。其次,大坍和亚比兰的灭亡是大地开口将其吞下去，在末尾处也提到可拉及其所属的人似乎也同样毁于这场灾祸。但在第35节中又提到这些利未人并不是被地吞灭，而是被耶和华降下的火烧死的。其矛盾之处在于这些利未人死了两次。

这种叙事似乎有意把两种情节和毁灭方式相混，仿佛《圣经》作者想让人把这两个背叛群体和两次灾祸看成一个有机整体，或者模糊它们之间的界限。其实，《圣经》文本的矛盾不能直接归因于编辑的粗心大意，因为种种迹象表明，该故事的结构在主题和审美上都进行了细心的编排。比如形式上的对称：可拉一党人叛乱时曾说"你们擅自专权"（第183页），后来摩西反驳时引用了这句话的对句"你们这利未的子孙也太擅自专权了"（第183页）。另外，在讲述大坍和亚比兰想要谋求政治权力时文中一再提到"上去"这个词，而他们最后的结局却是"下去"，即被地吞没，坠落到阴间。

这些安排显示出叙事矛盾很有可能是刻意为之的。对《圣经》作者来说，叙述的重点在于主题而非一致性：大坍等人企图夺取政权和可拉等人想要篡夺祭司职权，这两件事共同构成了一个挑战神授权威的原型模式，因此必须合为一个故事来讲述。虽然在现代读者看来两个毁灭的动因相互矛盾，但对古代希伯来人来说，这两个事件均暗示了政治和宗教王国在本质上的同一性，即它们都在上帝的掌控之下。总之，这些矛盾说明《圣经》原始叙述文本的复合性功能具有多方面因素。

二 《旧约·创世记》：约瑟的兄弟们两次发现银子

本章举出的第2个具有复合性叙述特征的例子是约瑟的兄弟们到埃及籴粮一事（《创世记》第42章）。当约瑟看到他的兄弟们时隐匿身份，假装不认识他们，随即指控他们是奸细并把他们关进监狱，又把西缅扣作人质，还坚持要他们把便雅悯也带来埃及。这是约瑟想让兄弟们回忆起当年他们是如何残忍对待自己的。他为兄弟们设下一个内疚的联想渠道，同时又将籴粮的银子偷偷归还，放到他的兄弟们的口袋里，让他们在发现时感到无比恐慌，疑惑报应是否就要降临到自

《圣经叙事的艺术》(1981)

己身上。这个例子的矛盾之处在于，后文中约瑟的兄弟们回家向他们的老父亲雅各汇报自身遭遇时，发现他们每人的银包都还在口袋里，但是他们和父亲看到银包均感到害怕，这与上文中发现银子带来的恐慌情绪相重复。

本章指出，证明作者或许刻意为之的地方具体体现在以下之处。J 本中，兄弟们发现银子后说："这是上帝向我们作什么呢？"（第 187 页）这是一句富有戏剧性的反话。多年前，当约瑟告知他的兄弟们他梦见太阳、月亮和星星都向他下拜时，他的兄弟们均感震惊和不屑，而如今约瑟却真的在充当上帝的使者，他的兄弟们也由于害怕遭到报应而不由自主地道出了"上帝"这个词，颇具讽刺意味。在 E 本中，作者刻画兄弟们看到银子的反应时只用了"害怕"这一个动词，而没有采用任何对话。这个做法只是想要把他们发现银子的恐慌以及良心发现这两种感觉联系起来。在《圣经》叙事中，他们的愧疚之情不是由叙述者说出的，而是用"害怕"进行提示的，以对话的形式重现在雅各的回忆中。雅各对他们发出谴责，好像把他们发现银子时没说出口的内疚说出来一样。当得知约瑟失踪时，雅各并没有直接谴责约瑟的兄弟们，但在这里他好像突然良心发现，直接表达指责。

由此可见，J 本和 E 本的两种不同说法正体现了约瑟故事的两条主线：前者是神学—历史的主线，重点在于上帝所行的奇迹、约瑟作为履行上帝神圣使命的使者以及认知和无知的最高主题；后者是道德—心理的主线，关键在于约瑟的兄弟们的痛悔过程。不同说法是为了达到一种面面俱到的真实效果，使主题在两种不同的尺度上都能一目了然。这种叙事手法会让人想到电影剪辑里的蒙太奇，它使每一个片段不再是独立的、彼此不相关的内容，而是对某个中心主题的特别展示。这种把两个类似情节放在动态互补的连续镜头中的方法，在《圣经》开篇的创世故事中就使用过。

三 《旧约·创世记》：两种创世情节

本章中提到《圣经·旧约》开篇中出现了两种不同的创世情节，

也就是说神创世了两次。一种说法出自P本，另一种说法取自J本，这两种描述都给出了关于世界形成的不同信息。譬如P本关注的是宇宙的创造计划，而J本更关注人；在P本中上帝创世的序列是植物、动物、人，而在J本中是男人、植物、动物、女人。除此之外，这两种创世说法中最明显的矛盾是J本里提到上帝先创造男人然后创造女人，而P本中却暗示了两性同时而且平等地来到世界上。为什么《圣经》作者要同时运用两种描述呢？本章认为这中间一定存在某些令人信服的文学原因。要探讨这些原因，就要关注两种创世情节之间的文体和主题上的差异。

在P本关于创世的叙述中，一切都是根据数字列序，且每天都以上帝发话开始，这种叙述突出了整齐的序列，也强调了一种居高临下的眼光。相比之下，J本更关注人，描写了人的独立行动。P本的条理性除了显现在文体上，还展现在概念上，它展示了许多创世的实际画面，每个创造时刻都包含一种对立的平衡；J本则对创世活动持有不同观念，不追求文体平衡和行文平稳。除此之外，上帝的语言在J本与P本中的作用也不同：在P本中，"说"是上帝开口的引导词，用以创造万物；而J本中，上帝"说"这个动作往往表示对人的关注。

这种把两种创世说进行合编的做法也是《圣经》作者的刻意编排，因为作者知道他的主题基本上是矛盾的，与一致的线性系统阐述不同，这就要求他必然采用最适当的文学表达方式。

另一处明显的矛盾是《圣经》中女人的创造，特别是夏娃被造的时间不同。虽然出现了相互矛盾的两种说法，但联系到此后伊甸园的创造计划和女人角色描述之间的矛盾，其实也可以自圆其说。一方面，《圣经》作者是族长制社会的一员，社会习俗常把女人看作男人的附属，因此在这样的社会中认为夏娃从属于亚当很正常，因此夏娃是亚当的肋骨造的；另一方面，这位作者或许不是单身汉，也许拥有一个有威胁的女性对手或是一个最佳搭档，从而影响了他对女性角色的塑造——比如那些在夏娃之后出现的让人印象深刻的女性形象。把女人创造两次，先后叙述同一事件的两个截然不同的方面，是《圣

《圣经叙事的艺术》(1981)

经》叙事艺术复合性的表现，也给大多数《圣经》故事带来了深远的影响：首先，女人与男人同享治理权，在和上帝的关系上，女人与男人的地位不相上下（男女同时被造）；其次，女人作为男人的得力助手，其软弱必将把相应的苦难和烦恼也带入这个世界。

分析上述矛盾，可使读者对创世、人和上帝具有更宽广的认知。上帝既是超越宇宙的，也是内在于万物之中的；这个世界既井然有序而又不断变动；人虽被上帝指定为受造世界的主人，但命中注定其仍需要从土里艰难刨食。因此，研究者不能把《圣经》叙事的复杂性简单归因于机缘巧合或只是编辑对上帝潜能的敬畏。

四 《撒母耳记上》：大卫的两次不同出场方式

作为一种叙事技巧，复合性的基本目的是塑造人物，最经典的例子出现在《撒母耳记上》大卫第一次出场之时。本章分析大卫首次登场的两种不同叙事方式：一种是撒母耳被上帝引导选定大卫作为扫罗的继任者，为大卫受膏；一种是大卫在战场上给哥哥们送给养，这时扫罗还不认识他。虽然这两个情节的逻辑看似不通，但对《圣经》作者来说很有必要。

已有学者指出，大卫的两次出场与他作为未来君王的两个方面相一致，暗示在他私下里和在公众场合是两种截然不同的面孔。但本章主要从文体风格和叙述方式上加以分析，如对称、类型、按形式需要确定的结尾方式以及主导词等。这些特征在第一个出场情节里比在第二个出场情节里更为显著。在此前撒母耳与上帝的对话里，"预定"这个词说明上帝直接干预着世俗王的选定，而之所以不直接告知撒母耳应选定耶西的哪一个儿子，是为了突出错认之后的真正拣选和上帝明察秋毫的眼光。

大卫第二次登场相对于第一次来说，篇幅更长，并对大卫适合做国王这个事实进行了首次披露，这也与希伯来文《圣经》[①] 逐渐向

[①] 希伯来《圣经》指《圣经·旧约》。

"史诗化"叙事过渡有关。与前一章只对地理位置做简单交代不同，第 17 章开篇就将两军布阵的全景图展现在读者面前。前一个情节中只有程式化的对话，而在这一章中，大卫与巨人歌利亚作战时的对话却十分生动具体。不同之处还有，在第 16 章大卫一言未发，动作也不多，而在第 17 章时，却突然变成一个善于辞令和雷厉风行的实干家。

那么把两种说法放在一起，对大卫的总体塑造有何益处呢？本章指出，此处的处理与《创世记》中的两个创世故事的互相影响有些类似：一个叙述以人为中心，"从地平线上"进行描述；而另一个以上帝视角进行"垂直的"俯视观察。这两种观察视角展示了公私两方面的大卫形象，即他会成为一个英明的战争之王，也会成为一个多情善感的男人。除了展示大卫的性格特征，这两种说法还明确了大卫被拣选为王这一事实。在第一种出场叙事里，大卫被动接受上帝的拣选；而在第二种登场叙事里，大卫从跨出羊栏登上王座所获得的第一个台阶（射杀巨人歌利亚）就完全是凭借他本人的勇敢行为。两种叙述体现了两种不同的神学观、王权观和历史观，也涉及了对作为一个人的大卫的两种看法。在第一种叙述中，大卫被想象成上帝的工具，而在另一种叙述中更强调大卫自身的主动性。只有将这两种关于大卫早期经历和对王位合法要求的叙述都记录在《圣经》中，作者才能够充分地表达出他所想要传达的主题。

综上，《圣经》叙事这种有意使单一陈述模糊化的手法，并非简单地把许多观点融合在单一的陈述里，而是对许多事实、观点进行剪辑，按次序予以编辑排列，由此形成《圣经》叙事的复合性，其优点在于通过一种固有的矛盾感，体现出事物本性中固有的且无法根除的矛盾混乱来表达一种道德感、历史感、崇高感。本章对《圣经》叙事艺术复合性做出颇有深度的揭示，鼓励后来研究者做出进一步探索。

（执笔：张天仪）

《圣经叙事的艺术》(1981)

第八章 叙述和认知

本章探讨《圣经》的叙述和认知问题。首先,《圣经》作者们承担着表述神圣传统的责任,但与此同时,他们也沉浸在虚构写作的乐趣之中,而虚构即为一种认知方式。其次,《圣经》的叙述者尽管是全知全能的,但在向读者分享这种全知时又是具有高度艺术性的,需要慎重选择把哪些信息透露给读者。最后,本章详细地分析了《圣经》叙事在虚构认识实践方面最杰出的例子,即"约瑟和他的兄弟们"的故事。

一 《圣经》的虚构特征与认知方式

《圣经》的作者们受到崇高的神学理念的激发而进行创作,而他们"通过让各色人物说话,并记述他们的行为和互相牵连的关系"(第210页)来表述上帝的要求是什么。这其中涉及的某种程度的调节(mediation),可能对于道德主义者而言是具有挑战性的。然而,《圣经》作者们享受写作的乐趣是完全可以接受的,因为他们作为创作者,拥有一定的自由来选择特定的媒介以表达他们的主观看法。

本章阐明《圣经》的虚构特征,而虚构即为一种认知方式。我们之所以能从小说中认识到各种半透明形象,是因为这是作者从我们并不陌生的直觉经验基础上设计而来的,但在我们自己的生活中,这些混乱而分散的经验并不如小说中那样精练、有序和有逻辑。虚构可以运用夸张手法或风格化技巧,表现出日常生活中隐藏的真实性。在认识人物上,虚构作品可以更自由地反映人物的绝对个性,反映他们在特定事件中与其他人物之间关系的精准位置,对他们进行情感透视,分析他们的行为动机,等等。

二 全知的《圣经》叙述者对全知叙述的选择

《圣经》叙述者们是全知全能的,"他们被认为知上帝之所知"(第213页),他们有时会直接呈现上帝的看法、旨意乃至自言自语。在《圣经》叙事中,先知常会传递上帝的信息。然而《圣经》叙述者们与这些先知不同,他们有着如上帝般对一切(包括上帝本身)的认知,而放弃了个人历史和身份标志。这样就出现了一个认识论的矛盾:《圣经》的思想预设了人与上帝之间的绝对壁垒,即人不能成为上帝,而上帝也不会变成人(与后来发展的基督教不同),但《圣经》叙述者们根本没有将自己的认知限制在人的认知范围之内。

《圣经》故事中的人物都只有有限的认知,包括被上帝赐予了神秘预言的主角和蒙上帝拣选的领袖,而叙述者又代表着无所不知的上帝,这二者间的对比就成了在道德、精神和历史认知的各种可能范围内进行的叙述实验。尽管叙述者对于人物的动机和情感、品性和精神了如指掌,但他在与读者分享其所知时又是有高度选择性的,因为读者同样也无法逃离人类认知的局限性,只能对《圣经》中的人物进行模糊的推断。这并不意味着叙述者受到了认识论怀疑主义的影响,认为这个世界是难以认知的,相反,《圣经》叙述中存在着完全认知的世界,只是作为凡人的读者仅能以最短暂和零碎的方式瞥见。

《圣经》中的人物和上帝在认知上有着巨大的差异,而不同人物之间的认知也存在着差异,有些人物在认知上也会发生变化——从无知的状态到对自己、他人和上帝有着必要的认知。从这些不同的认知中可以部分推断出人物和事件的稳定意义。

三 约瑟和他的兄弟们"互认"的故事

关于约瑟和他的兄弟们的故事,堪称《圣经》叙述作为在认知上的虚构实验的典范。约瑟在17岁时做了两个美梦,招来兄弟们的嫉妒和恨意,后来他们把约瑟卖到埃及为奴。约瑟却在上帝的赐福下做了埃及的宰相。多年后约瑟的兄弟们来埃及籴粮,见到约瑟,却根本

《圣经叙事的艺术》(1981)

想不到这位埃及高官竟是自己的兄弟。在这个故事中，认知的真假成为贯穿始终的轴心。约瑟是这个故事中权威的知者，但他一开始也并非全知。他少年时并不知晓自己的梦就是命运的预言，更不会想到他的兄弟们对他的梦竟会无比忌妒和愤恨。约瑟的父亲雅各虽然精明过人，此时也一无所知，不知道自己偏爱约瑟会激起其他儿子的嫉恨。约瑟的兄弟们也不了解约瑟的性格和命运，无法预想他们对约瑟的所作所为会导致什么样的后果，甚至在22年后看到面前的约瑟，也认不出那是他们自己的兄弟，直到约瑟揭示真相。这一"互认"故事跌宕起伏，可以分成两个部分来欣赏和分析。

（一）进入高潮的前奏：《创世记》第42章

《创世记》第42章主要讲述兄弟十人在埃及与约瑟初见，以及最终回到迦南的事情，是"整个故事进入高潮的前奏"（第217页）。阿尔特教授首先依据《创世记》第42章前5节分析兄弟们、约瑟、便雅悯和父亲之间的微妙关系：在迦南地闹饥荒时，雅各训斥儿子们，令其去埃及籴粮，兄弟十人一道下到埃及。他们先后被称为"以色列的儿子们"，表明他们是父亲的使者、"约瑟的哥哥们"（第218页），证明他们的手足之情；把便雅悯称作"约瑟的兄弟"则体现出约瑟和便雅悯的关系，以及拉结所出的儿子在雅各家的特殊地位。

在接下来的第6—24节中，《圣经》作者略去兄弟十人从迦南到埃及的路途，飞快地将兄弟们从迦南带到约瑟面前。约瑟做的两个梦现在都成了现实，哥哥们的"无知"（对约瑟身份、命运、自己所作所为的后果的无知）和约瑟的"有知"（也是叙述者的认知）之间相互对立，通过使用主导词（leitwort）表现出来：约瑟认出他们，他们却没有认出约瑟。在第9节里，约瑟想到了早年做过的梦，这与他之前为狱友和法老解梦形成了呼应：前者描述对过去的认知，后者描述对未来的认知。叙述者接下来又采用了《圣经》独特的含蓄叙述艺术，在约瑟想起他的梦和强加在兄弟们头上的奸细罪名之间，未说明因果关系，而让读者去猜想。约瑟在上帝和叙述者眼中是完全透明的，但他又在某些方面保持着不透明，他是一个凡人，而我们作为故事的读者，也是用凡人的眼光来看待他的。（第223页）接下来，约瑟和其兄弟们的对话十分值得玩味。从说话方式看他们完全是在言此意彼，而又引人对其中涉及的道德关系进行深思，尽管哥哥们对此全然不知，甚至约瑟也一知半解。

叙述者在第42章开头强调约瑟的认知和其兄弟们的无知，接下来就隐匿起来不作评述。只靠对话推动故事进展，把约瑟的真正意图留给我们猜想。但我们可以看到约瑟先把兄弟们对他所做的一切都颠倒过来了，然后再重复一次他们做过的事情。随后阿尔特教授通过对比E本和J本来分析约瑟的兄弟们是否认为自己犯下谋杀或绑架罪，得出了他们都承认了自己的行为就是犯罪的结论。

叙述者从第9节退居幕后，在第23—24节又迈向台前，对约瑟进行了描述，并改变了情感布局。此刻读者被告知约瑟和其兄弟们的对话，意识到此处在技术上增加了约瑟的认知和其兄弟们的无知之间的对应关系。此处借助全知叙述者的眼睛，读者才能看到他在私下哭泣与严厉的埃及人这两副面孔之间的转换。约瑟的三次哭泣生动形象地刻画了他的心路历程以及个性特点，不仅呈现出形式上的对称美，也是对他情感历程的精妙探索。

接下来阿尔特教授分析了第25节及以后的情节。约瑟把兄弟们的粮钱私下送回，以及过后不久兄弟们第一次发现钱被退回，着重强调了一种奇异的命运感，再次对比了兄弟们的无知和约瑟的认知。《圣经》再次运用逐字重复的手法，让兄弟们把所有遭遇向雅各重述了一遍。在重述过程中，他们再次在无知的情况下和父亲共同扮演了约瑟梦中的形象；他们为自己的辩护、对埃及宰相威胁的软化等，再次证明了《圣经》在使用逐字重复手法时的精妙构思。

接下来故事立刻进展到兄弟们第二次在马褡裢里发现粮钱的情节，强调兄弟们的害怕以及内疚感。雅各指责他们又让他丧子，冲动的流便站出来出了一个馊主意：要拿自己的两个儿子作担保来换便雅悯去埃及。雅各没有回复流便的提议，只是强调不让便雅悯去埃及，对他的其他儿子采取漠视态度，好像只有自拉结所出的才是他的儿子。

《圣经叙事的艺术》(1981)

至此阿尔特围绕着认知和无知从头至尾细致地分析了《创世记》第42章——"雅各和儿子们的无知,不仅是对约瑟真实命运的无知,而且也是对家庭成员潜在的道德结构的无知"(第232页)。

(二) 高潮和结局:《创世记》第43章第1节至第44章第17节

随着饥荒日益严重,犹大成为兄弟们的代言人,让雅各不得不做出让便雅悯跟随他们下到埃及的决定。雅各让儿子们带上双倍于那些放回他们口袋里的钱和厚礼去埃及,这与之前他们把约瑟卖给以实玛利人获取不义之财形成了对照。约瑟和兄弟们认知和无知的对照还体现在招待众兄弟的宴席上,约瑟准确按照长幼的次序给众兄弟排座位,这一举动让兄弟们大感惊讶。约瑟随后拿出一个银杯指控便雅悯,这是《圣经》作者针对银子主题的一个巧妙融合。兄弟们卖约瑟的钱被他们私下收受、约瑟把籴粮银子暗中放回、兄弟们对约瑟的愧疚等,让银子和认知主题联系了起来。

在故事的高潮部分,犹大对约瑟的最高地位进行了最终的确认,同时也是一种公开的认罪。早年因为忌妒父亲的偏爱要卖掉兄弟的犹大,现在完全接受了自己的父亲对自己没有那么偏爱的事实,并且为了父亲和他偏爱的兄弟,愿意以身代罪。犹大代表其他兄弟完成了认知的整个痛苦过程,只剩下对约瑟的真实身份的无知。此时约瑟再也不用伪装起来考验兄弟们了,于是披露了他所知道的全部内情。随后,约瑟打发兄弟们满载着埃及的礼物返回迦南,让他们把雅各及全部家眷都迁到埃及来,父子最终团聚了。

至此,阿尔特完成了对整个故事的评述,包括"主题关键词的展开;主题的重复;人物及其关系和动机在对话中的确认;含有细微但意义重大的变动的逐字重复的探索;叙述者评说加或不加的策略和启发,以及全知概述的偶尔炫耀;一处处原始资料的综合采用来把握虚构主题的多面性特质等"(第239页)。

综上,《圣经》作者们试图通过虚构来认知人类意识的分裂性,帮助人们洞察在受造状态中持久的困惑,利用一系列复杂而整合的叙事手段,为人们厘清现实中困难的意义提供了一种宝贵的媒介。而读者们通过更好地理解艺术所处的独特条件,更充分地拥有了《圣经》作者们的视野,即更全面的认知。

(执笔:陈雨荷)

附录

英文版:Various of the biblical protagonists are vouchsafed promises, enigmatic predictions, but the future, like the moral reality of their contemporaries, remains for the most part veiled from them。(p. 244)

中译本:许多典型人物都是上帝那高深莫测的预言的体察应验,只是他们的未来,和他们同时代的人所处的道德现实一样,在大多数方面都被罩上了一层面纱,让人无法看清。(第213—214页)

笔者试译:许多《圣经》中的主角都被赐予了许诺和神秘的预言,但和他们同时代人的道德现实一样,未来对他们而言大部分仍然是被遮蔽的。

第九章 结束语

本书前八章依次分析了《圣经》叙事的各种常规手法。"结束语"明确指出,对那些各式各样、富于创造性、结构精妙、寓意深刻的《圣经》故事所作的评析也能让其他文本的读者从中受益。本书分析《圣经》叙事艺术的目的是要打通《圣经》与其他文本的叙事艺术之间的隔阂,在二者之间建立联系,从而使《圣经》叙事艺术的探讨方法具有"广泛适用性"。在前八章分析的基础上,本章将《圣经》叙事艺术总结为四类:措辞、情节、对话和叙述。

一 措辞

《圣经》叙事风格以行文极其简练著称。做到这一点,主要有两种方式:(1)《圣经》叙述中主题词(主导词)的重复;(2)主题词是否出现。首先，关于主题词（主导词）重复的讨论，详见该书第五章《重复的技巧》的研究。"结束语"关于措辞的讨论，重在关注重复的变体，即《圣经》作者为故意避免语词的重复而使用同义词甚至是完全歧义的短语进行替换。在第五章中，阿尔特引用布伯的观点——"重复不仅使用该词本身，还可以用它的同根词"（第126页）。随后，阿尔特对这种情况进行了举例说明。其一是比较抽象的词语，如《创世记》里的祝福（对应重复类型中的第1种类型主导词重复）。在《创世记》中，将各个题材组织起来的最突出的两个词语是"祝福"和"长子继承制"，在希伯来文中，它们是一对同音双关语。其二是具象词语，如雅各故事中的石头（对应重复类型中的第2种类型题旨重复）。石头是伴随雅各一生的主题，我们将场景和用途用表格的形式列出。

表1　　　　雅各叙事中的"石头"：场景与用途对照表

场景	用途
伯特利	做枕头
上帝显现之地	作为纪念
与岳父立约	作为证据
石头堵住水井	拉结最初的不孕

这种重复情况只能通过对上下文的熟读才能间接地与主题词联系起来。其次是特殊语词的出现与否。《圣经》作者对人物形象的描绘较少，每当一个特别的细节被呈现出来时，读者就要从情节或主题层面关注其效果，以下3个故事可为例证。第1个是"以扫的身体发红，浑身有毛"。此处以扫身体发红的特征，可借助近东文学传统而得以理解：身体发红的以扫生下来就"浑身有毛"，很可能是暗指《吉尔伽美什》中的山野粗人恩基多。第2个是"拉结的美貌"。回顾该书第四章可以得知，拉结的美貌在拉结第一次出场时并未提及，在讲述到雅各爱上她时才提到，可见拉结之美被叙述成雅各钦慕她的偶然因素，而且，美貌的因素又成为姐妹两人纠缠不清、相互竞争的筹

码。第 3 个是"伊矶伦王过度肥胖"。回顾该书第二章我们可以想到，伊矶伦王的肥胖既是他行动笨拙的象征，也是以笏成功突袭的关键所在，更是伊矶伦王愚蠢统治的象征。

二 情节

在情节叙述这一环节，《圣经》作者的惯用手法有三种：类推、重述和平行。我们可根据其论述顺序分别加以重新排序。

首先，类推叙述是"故事中的一部分为另一部分提供注解或衬托"（第 244 页），因为《圣经》叙事通常不会明确揭示人物及其行为，所以类推叙述便可以使读者们推测出故事的意蕴，如雅各欺骗父亲，后来雅各又被岳父欺骗，而到雅各年老之后他又被自己的儿子们欺骗——骗人者必被人骗。

其次，重述手法。它通过一长串事件系统地表现出来。读者需要从一种历时性的角度去对这种手法进行辨识。而重述手法的目的是达到一种主题意义，表明重大的历史事件是按照既定模式展开的。重述手法中有时也掺杂了类推，此时类推叙述作为一种因果链条将事件连接起来。

最后，平行叙述。本章并未展开这方面的论述，或许使人困惑。其实，本书第三章《圣经的类型场景和常规手法的运用》已论及罗伯特·卡利的《希伯来叙事结构》中的发现。卡利发现，《圣经》中的情节或多或少有些相似的平行片段，它们发生在不同场景和不同的人物身上，这种手法被称为"类型场景"。

"结束语"关注的是类型场景从一个人过渡到另一个人物时的变化问题，他用"旷野中的死亡试验"为例来进行阐释。在《创世记》第 21 章中，撒拉（亚伯拉罕之妻）让亚伯拉罕将夏甲和他们二人所生的儿子一道赶走，而神也让亚伯拉罕遵循撒拉的要求。亚伯拉罕只好将他们二人赶走。夏甲在旷野中迷路，她的哭泣引来了神，神许诺她之后会让其子的后裔成为大国。这以后神一直保佑其子成长。第二个旷野考验出现在《创世记》第 22 章。神要考验亚伯拉罕，让他带

《圣经叙事的艺术》(1981)

着自己的独子以撒前往摩利亚地并将其献为燔祭。亚伯拉罕按照神的旨意行动，他把燔祭的柴放在他儿子以撒身上，自己带着火与刀与以撒一起上路。到达神指示的地方后，亚伯拉罕筑好坛、摆好柴、捆绑好儿子以撒并将其放在坛的柴上，但是在他伸手用刀杀儿子的那一刻，耶和华的使者从天上呼唤他，及时制止了亚伯拉罕，并告知他通过了耶和华的考验。

三 对话

《圣经》作者们都非常重视言语，只有通过言语表现，人类才可以声明自身是上帝按照自己的形象创造的。《圣经》作者首次述及某个词组或句子时，往往不说明全部意义，而要借助一个或多个人物的直接话语重现该词来组成句子，将其丰富含义渐渐显露出来。而这种形式多在对话中呈现。对话在《圣经》作者手中往往用来表达重大意义。也就是说，如果某件事比较重要，那作者就会用对话来表达。所以从叙述到对话，对话可为重要情节提供不言而喻的衡量尺度，而这一过程本身也是一种暗示，给读者一种将要叙述事件十分之重要的信号。

这在大卫与拔示巴的通奸之事到大卫安排乌利亚回家与妻子同寝两件事中较为典型。回顾该书第四章《在叙述和对话之间》我们可以看到，《圣经》作者写大卫与拔示巴的通奸之事时使用"跳时法"（time-jump），从开始行动一下子就跳到意义重大的结果上，即从大卫与拔示巴肌肤之亲一下子跳到拔示巴怀孕上，叙述快捷而明朗。但后来大卫安排乌利亚回家与妻子同寝这件事在《圣经》作者笔下的叙述明显区别于大卫与拔示巴的通奸之事。大卫对乌利亚的谋杀则改由对话表现，且篇幅较前长得多。这表明在作者看来，较之通奸，谋杀是大卫的主要罪行。

如果进一步研究对话，我们必然涉及以下问题。首先，对话是以哪种方式呈现和展开的？答案非常明显，该书第四章就提到，对话比较"直观"、暗含"话外音"，还可以增添叙述者的可信度。在此基础上，阿尔特又引出了另一个问题，即对话"是如何配合刻画人物以及揭示对话双方之间的关系的"（第247页）。这主要是通过对照显示出来，如《创世记》第25章中雅各与以扫的对话：以扫务农结束，拖着饥饿的身躯回家，看到雅各恰好在熬红汤，就请求雅各将红汤给他喝，但雅各趁机提出交换条件，即用以扫的长子名分来交换红汤，以扫不假思索就同意了。从该片段中，我们可以看出，以扫的不假思索与雅各的工于心计形成了对照。其次，还有一个问题，即对话的中断会产生何种含义呢？对话的中断在《撒母耳记上》第21章中较为典型。在大卫与挪伯祭司亚希米勒的对话中，对话突然中断，《圣经》作者插入说："当日有扫罗的一个臣子留在耶和华面前。他名叫多益、是以东人、作扫罗的司牧长。"在这一中断后，大卫与亚希米勒的对话又继续进行，这一中断在对话中似乎有些突兀，但意义重大，它其实是一种暗示，为此后多益告状，给亚希米勒带来杀身之祸埋下了伏笔。

四 叙述

《圣经》作者的叙述视角可分为两种：其一是无所不知的上帝视角，这一全知视角具有权威性，知识的范围广阔无垠，所述内容全然可靠；其二是隐藏其所知的视角，这一叙述视角使《圣经》作者隐藏他的知识，只做粗略描述，故意让读者揣测，但从来不会误导读者，而且他的工作几乎就是当众"讲述"，直接地叙述情节和演说，很少"解说"。

上帝及其代言人是全知的，而人类的认知的确是有限的，因此有关人物性格、动机和道德状况的许多陈述都被笼罩在模糊的阴影中。这种模式还导致了叙述手法的间接性。一般而言，《圣经》作者陈述事件时几乎不做插叙，大部分内容都通过人物的对话来表达，所以对话以外的信息报道往往非常重要。但在某些情况下，叙述者也会出于特定原因而插叙一段解说式的资料。

本章"结束语"在逐个阐释了措辞、情节、对话和叙述之后，又

《圣经叙事的艺术》(1981)

通过《创世记》第 29 章后半部分的故事,实际演练了如何将上述 4 个方面结合起来研究《圣经》文本,为读者批评《圣经》文本或其他文本提供了借鉴。

"结束语"最后强调读者需对所读文本进行全方位、多维度的鉴赏,而了解《圣经》叙事手法可以帮助读者提高阅读水平。同时,本章认为应以欣赏的态度而非严肃的态度来阅读《圣经》。对圣经文学性做出解读,或许能更清楚地展现"关于上帝、人和危急存亡重大历史时刻的真谛"(第 255 页),这正是对《圣经》文本做出高水平文学阐释的价值所在。

(执笔:韩延景)

帕斯卡尔·卡萨诺瓦

《文学世界共和国》（1999）

《文学世界共和国》(1999) 主要章节

飞毯上的图案

第一部　世界文学

第一章　一部文学世界史的原则
第二章　文学的产生
第三章　世界文学空间
第四章　普世性的建构
第五章　从文学国际主义到商业全球化

第二部　文学反叛与革命

第一章　少数民族文学
第二章　被同化者
第三章　反叛者
第四章　"被翻译者"的悲剧
第五章　爱尔兰范例
第六章　革命者

《文学世界共和国》(1999)

飞毯上的图案

本书该部分的题目来自美国作家亨利·詹姆斯的著名中篇小说《地毯上的图案》。这篇小说以辨识波斯地毯上的复杂图案为主要故事，展现了小说家与批评家之间的激烈争辩，历来被詹姆斯研究者们认为颇有隐喻含义，也引发了众多解读。

该部分的解读既是形式主义的，又是超越形式主义的。一方面，在卡萨诺瓦看来，詹姆斯的理想解决方案是将辨识"图案"的活动局限在"地毯"之内，"这个形象（或这个结构）只是在其形式和一致性突然从一个复杂轮廓里表面的交错和混杂中冒出来时才会显现，这个形象无疑不应该从文本之外去寻找"[①]，这样理解的话，地毯是文本，图案是文本意义，辨识出图案就是找到文本中业已存在的固有意义。

另一方面，观察者也可以不断变化角度，从而获得不同的图案，此即作者所说的"詹姆斯式隐喻的延伸"（第25页）。在这种解读中，图案是文本，在对其意义的探索中，文本本身并非恒定不变。因为观察者的角度不同，就会将不同因素纳入图案之中，此处的文本意义是被人探索、有待发现的目标，其诞生依赖于地毯这个整体。当然，具体吸纳地毯上的哪个线条、哪种色彩、哪种图形会因人而异。无人可预测下一个观察者会将哪些内容纳入图案之中。这就暗示着，文本意义只能到文本之外去寻找。卡萨诺瓦批评那些恪守文本固定意义的批评家：

[①] [法]帕斯卡尔·卡萨诺瓦：《文学世界共和国》，罗国祥、陈新丽、赵妮译，北京大学出版社2015年版，第25页。下文引用此著作，均随正文注明页码。

下册　世界文学

>　　在狂热地探求作家之作的秘密时，詹姆斯的批评家从未想过质疑他向文本所提问题的性质，从未想过重新考虑他的主要预设，而恰恰是他的预设造成了他的盲点：这种未经省察的设想认为每一部文学作品都必须被描述为一个绝对的例外，是艺术创造力的一种突然出现的、不可预知的、孤立的表现。①

在此基础上，卡萨诺瓦将上述隐喻做了进一步的引申：地毯是所有的文学作品，而个别作品则是地毯上的图案。依据上文，既然任何作品的意义都无法在它自身之中找到，那么它就只能依赖于在它身外的所有的文学作品、翻译作品、理论作品、评论等。所有发表的作品构成了"世界文学的整体"，都是"世界文学空间"的一部分。在比喻意义上，这一空间迥异于政治领土，也是一个历史的、地理的空间，最终构建出一个"文学世界共和国"：居民是全体"文人"（men of letters），包括理论家、批评家、翻译家、作家等。共和国的唯一资源是文学，表现形式是一个等级结构："一个有中心的世界，它将会构建它的首都、外省、边疆，在其中，语言将成为权力工具。"（第26页）那么，文学共和国地理上的本初子午线应该划在哪里呢？《文学世界共和国》正文第一章将进行详细论证，这条虚构的本初经线应该划在巴黎。

综上所述，"文学世界共和国"并不奢望考察全部世界文学作品，而是考察"支配这个奇异和庞大共和国的法则"（第26页）。法国著名比较文学专家梵·第根的好友拉尔波曾疾呼破除文学民族主义的局限性。卡萨诺瓦将拉尔波引为异代知己，指出这一共和国的建构将处于詹姆斯和拉尔波的"双重保佑之下"（第28页）。其言外之意是，该书写作既奉行形式主义的文本分析，又奉行"历史的国际的"的分析原则。

（执笔：谭志强、刘林）

---

①　引文依据英译本有所改动，详见本章附录。

《文学世界共和国》(1999)

附录

1. 英译本：In his feverish quest for the secret of the writer's work, it never occurs to James's critic to question the nature of the questions that he puts to texts, to reconsider his chief presupposition, which nevertheless is the very thing that blinds him: the unexamined assumption that every literary work must be described as an absolute exception, a sudden, unpredictable, an isolated expression of artistic creativity.[①]

中译本：这样它就要狂热地研究作品的秘密所在，詹姆斯式批评从来没有打算指责其对文本提出的问题的本质，没有打算改变甚至使它看不清事物的巨大偏见：理念，即未经讨论的那种预批评，那种认为文学作品应该被当作绝对例外来描写的、不可预见的和孤立地出现的理念。（第24页）

笔者试译：在狂热地探求作家之作的秘密时，詹姆斯的批评家从未想过质疑他向文本所提问题的性质，从未想过重新考虑他的主要预设，而恰恰是他的预设造成了他的盲点：这种未经省察的设想认为每一部文学作品都必须被描述为一个绝对的例外，是艺术创造力的一种突然出现的、不可预知的、孤立的表现。

2. 英译本：What is apt to seem most foreign to a work of literature, to its construction, its form, and its aesthetic singularity, is in reality what generates the text itself, what permits its individual character to stand out. (p. 3)

中译本：实际上，对作品、作品的结构、作品的形式和美学新颖性来说最陌生的东西就是生成文本本身，就是使文本本身得以显露的东西。（第25页）

笔者试译：对于一部文学作品及其结构、形式和美学独特性来说，通常看起来最具异质性的东西，实际上是产生文本自身的东西，是让它的个性特征脱颖而出的东西。

第一部　世界文学

第一章　一部文学世界史的原则

本章综合运用歌德的"世界文学"观念、瓦莱里·拉尔波的"文

[①] Pascale Casanova, *The World Republic of Letters*, trans. M. B. DeBevoise, Cambridge and London: Harvard University Press, 2007, p. 2.

学政治学"、费尔南·布罗代尔的"世界体系理论"、皮埃尔·布尔迪厄的"文学社会学"、雅各布森的"文学性"观念、贝奈迪克·安德森的后现代民族主义理论等,阐释文学世界共和国形成和运转的基本原则。依据该书第一部分"飞毯上的图案"的论述思路,世界文学空间可细分为更小的各个空间,其间不断有文学作品的输入输出。那么,哪些作品值得输入输出?向何处输入输出?谁来裁判输入品或输出品的价值?又有哪些因素制约着这一输入输出过程呢?这些问题都需要在思考文学共和国的基本原则时予以全盘考察。

一 文学价值的创造者:"文学中间商"、翻译家、评论家[①]

本章首先引述法国评论家瓦莱里·拉尔波的说法,强调文学是有价值的,有价值当然就可以彼此交换,也可以投资。拉尔波指出,各种各样的商品和资本在各国和国际市场上不断流动,而文学资本不是像黄金、钢铁一样的物质财富,却是"精神资本""精神价值"或"精神黄金":"文学有人欣赏,有判断依据,会有人对这一价值(即精神)予以估价,人们会对这一价值进行投资,会跟踪这一价值,就像股票交易所的人们一样。"(第7页)由此看来,各国的民族文学之间形成文学价值的交换、投资、竞争关系,它们也和股票债券一样,有涨有跌。因此,与传统研究不同,本章强调歌德的"世界文学"也是一个世界市场的概念:歌德描述了一个"所有的民族都可以提供各自商品的市场"(第8页),"歌德一直在强调'民族间思想商业'的具体概念,他提到了'一个全球性世界交易市场'"(第9页)。

如果文学有价值,那么谁是价值的创造者呢?通常情况下,文学价值归功于作家和诗人,正是他们创造了文学价值。但从商品流通、交换的角度来看,如果有了作品却无人批评、无人评判、无人译介,那么这些作品就无法流通,也无法和其他作品交换,更不会在国际上流通或交换,也就无法获得交换价值。因此,赋予文学作品交换价值

[①] 各章小标题均由笔者自拟,下文同。

的人不应是作家和诗人,而应该是"文学中间商"、翻译家、评论家等三类人。其中,中间商"相当于文学股票经纪人,一些'外汇经纪人'负责从一个空间向另一个空间输出文本,他们通过这个来确定文学的价值"(第17页)。这些人形成了一个"艺术贵族阶层","可以决定什么是文学,决定哪些人是大作家"(第18页)。他们无疑拥有"无尽的权力",行使权力的依据是一个超越国界的"文学合法性定义标准"。拉尔波说:"一个对法国文学很熟悉的德国人的观点会很巧合地与法国精英的观点相同,而不是和法国文盲的观点相同。"(第18页)这表明,德国与法国的精英阶层分享了共同评判标准或价值观,文学价值实际上可以超越民族和国家界限,不应以民族、国家为界,"这些著名的中间人,是一群最全身心投入到文学这一最纯粹、最超越历史、'超越国籍'、超越政治的表现形式中的人,他们最坚定相信美学范畴的普遍性;他们就是通过这些标准来对作品予以评估的"(第20页)。

在文学中间商之外,文学评论家与翻译家也发挥了重要作用。诗人保罗·瓦莱里称其为"裁判"并认为:"如果说他们没有创造作品本身,他们却创造了作品的真正价值。"(第19页)文学评论家将詹姆斯·乔伊斯视为现代派文学的奠基人,也就等于树立了该派文学的评价标准或"衡量单位",人们据此可以评价其他作家。与此相仿,翻译家也担负着文学作品的保值增值任务,"在他增加其知识财富的同时,(翻译者)也丰富了民族文学并为他自己的名字带来荣誉。这不是一项卑微的、不重要的事业,他把一种文学的重要作品植入了另一种语言和文学"(第19—20页)。

二 巴黎:文学世界共和国的首都

本章在论及文学价值交易所的经纪人之后,转而讨论这一交易所的地点问题。显而易见,如果纽约、伦敦的股票交易所都有一个具体的地理位置,那么,文学价值的"交易所"应该位于何处呢?本章将文学世界共和国的首都赋予巴黎。众所周知,地球上的本初子午线并不作为实物存在，但测定任何地理位置，都要依据这根零度经线，北斗系统、GPS均不例外；同理，文学证券的"交易所"也不实际存在于巴黎，但巴黎之外的任何地方的文学价值都要依靠它们与巴黎的美学距离来衡量。那么，巴黎这座城市具备哪些条件来成为"文学之都"（第20页）呢？

首先，巴黎象征着革命和自由。自18世纪末开始，巴黎历经"法国大革命、1830年、1848年、1870—1871年"（第21页）等多场革命，"她离奇地集中了自由的所有历史表现形式"（第21页）。19世纪的伟大作家（如司汤达、雨果、欧仁·苏、巴尔扎克、波德莱尔等人）的作品给出巴黎的"人民起义的文学性描述"，"最终成功地把政治世界里的重大事件变成了文学事件"（第23页）。在这个意义上，巴黎从一座革命之城变成了文学之城。"巴黎实际上就是文学，甚至成为了文学本身。"（第23页）换言之，文学是表现自由而不是表现奴役的，自由的原则是文学作品价值判断的潜在标准之一。

其次，巴黎既是法国作家的描述对象，也是全世界作家的描述对象，它具有超越国界和法国历史的普遍意义。达尼罗·金斯、恩德尔·亚丁、胡安·贝奈特等人都将巴黎视为文学圣地。"在巴黎，在法国以及在世界各地逐渐形成了一个共和国首都；这个共和国没有边界，没有限制，是没有了爱国主义的所有人的祖国，它是文学的王国。""这是一个全球文人的共和国。"（第27页）

最后，巴黎是开放包容的城市，各个民族、各个国家、各种流派的艺术家会聚巴黎，"对艺术家生活的宽容是'巴黎生活'的特点之一"（第29页）。捷克、波兰、非洲、拉丁美洲的流亡政治家、文学艺术家在巴黎呼吁政治民族主义。一位秘鲁诗人说："我出发去了欧洲，在那里学会了怎样了解秘鲁。"（第30—31页）

总之，巴黎是"文学世界的去民族化首都"（第34页）。巴黎在政治上是民族主义的避难所。它在艺术上则主张超越民族主义，信仰文学价值或文学本身。这是一个相互对立的两个方面的结合体。这一矛盾关系也表现在文学与政治的对峙之中。

《文学世界共和国》(1999)

三 "一部世界文学史的原则"

本章开篇即指出,"国际文学空间是在16世纪建立起来的"(第5页)。结合此后的论述不难看出,民族国家的创立过程与国际文学空间或文学世界共和国的诞生与运转始终相伴而行。民族语言是民族身份的"标识者"(第35页),语言差异代表着民族的差异。文学是语言的艺术,民族文学无时无刻不在使用民族语言,这表明,文学在表现普遍价值的同时,总会具有民族根基。但民族国家并不只是"民族的",它也是"国际的"。"没有什么比民族国家更国际化的:它只有在和其他国家的相互关系中,或者说往往是在相互对抗中才得以建立。"(第36页)举例来说,如果没有与法国的对抗,作为民族国家的德国就不可能形成,即使形成了也不会是今天这个样子。由此说来,民族国家并不是集聚、表现、培育某种民族性,应该说民族性本身就是竞争和对抗的产物。我们从中不难看出,此处论述深受解构主义思潮的影响,它解构了一个事先存在的抽象本质,而将民族性置于对抗之中去理解,它是一种操演、实践的过程,而不是先天本质的表现。这些说法对民族文学来说同样适用:"世界文学空间也是通过文学和政治不可分割的民族间的对抗而形成的","文学因此不是某个民族身份的流溢,文学往往是在全球文学间的对抗(常常被否认)中逐步建立起来的"(第36页)。

在看到文学与政治密切联系的同时,本章也没有忽略文学自身的自主性、特殊性。文学资源的积累只有经过漫长的历史过程才能实现,其间固然会经历政治风云的变幻,但积累仍在持续,如西班牙小说自从塞万提斯首创之后,其间不知经历了多少政治体制、制度的变迁,但小说传统始终存在。各种文学体裁、审美方式、叙事方式等艺术形式方面的特征往往与现实政治关系不大,却是文学性不可或缺的核心要素,也是民族文学的独特价值之所在。本章提出的"去政治化"过程确保文学不会简单地、不经任何中介地缩减为政治,"文学和知识地图与政治地图是不可叠加的,文学的历史(地理的亦然)不能简化为政治史"(第40页)。

进而言之,如果每个民族文学都追求文学的自主性,那么,由这些民族文学构成的文学世界共和国也会追求自主性。"整个世界文学空间自由的获得,是通过每个民族文学领域的自足化过程来完成的:他们的抗争和赌注脱离政治支配,为的是只服从文学唯一独特的法则。"(第39页)因此,世界文学空间就展示出两个极端:它在一个极端伴随民族国家的诞生与发展,成为政治的工具,在另一个极端又竭尽全力摆脱工具的从属的二流地位,努力追求文学的自主性,"这又是一个独立的运动,也就是说,文学不受政治(或民族)的支配"(第40页)。

本章以有限的篇幅论述了"一部文学世界史的原则"。这些原则实际上是一些集合体,内含相互矛盾的两个对立面:它既具有商品交换的市场价值又具有精神自由的抽象品质,既坚持政治化又主张"去政治化",既难以逃避文学的依附性又坚守文学自主性,既坚持文学的民族性又追求文学的国际性。因此,研究任何作家都意味着"必须要将其定位两次:一次是根据他所处的民族文学空间在世界文学空间中所处的地位来定;另一次是根据他在世界文学空间本身中的地位来定"(第42—43页)。这里提出了评判作家的双向尺度:一是民族文学的国际地位,一是他在国际文学空间本身的地位。任何作家都同时属于这两个系统。巴黎作家先天处于文学世界共和国的首都,而外省、外国的作家必须进入这一中心才能获得世界声誉。巴黎中心的作家并没有意识到自己的中心地位,"他们的世界观本身让他们看不到这个世界,而他们却认为已经看清了这个世界"(第44页)。这话对身居巴黎的法国作家不无讽刺之意。而与之不同的是,很多边缘地区、外省作家不约而同地表现了对巴黎的向往。

那么,如何做到"定位两次"呢?本章最后就给出了具体例证。在研究美国流亡女作家格特鲁德·斯泰因时,女性主义批评家只看到了她是一位女性主义作家,而没有意识到,巴黎和美国在20世纪20年代在世界文学空间中分别占据的位置:巴黎是中心,美国则是边缘。"美国在文学上是备受压迫的,作家们都利用巴黎来尝试积累所

《文学世界共和国》(1999)

缺的文学资源。"(第43页)对斯泰因的女性主义批评固然重要,这一批评可合理地阐释她的颠覆意识和美学追求,但更为重要的是更深层次上的一种结构,即巴黎的文学首都和美国民族文学的不平等关系。斯泰因借助先锋派小说创作来表现美利坚民族文学的形成历程,这一点只有在与文学首都巴黎的对比中才能显现出来。由此可见,作家生平中的某些特点(如性别身份)固然重要,却是次要的,况且这些特点还往往掩盖了文学权力关系或统治结构的特殊形态。事实上,正是这些特殊形态才潜在地规定着作家在世界文学体系中的地位。

(执笔:谭志强、刘林)

附录

1. 英译本:"Literariness, that which makes a given work a literary work."(Note 20, p. 359)

中译本:"文学性"就是使一门语言或一个文本成为或者可以说具有文学性的东西。(第13页注释①)

笔者试译:文学性,就是使一部既定作品成为文学作品的事物。

2. 英译本:the German essayist and critic Ernst Curtius, in *Die Französische Kultur*, preferred Roman。(p. 27)

中译本:德国小说家恩斯特·库尔提乌斯,在其《法兰西随笔》一书中,喜欢把巴黎比作罗马。(第24页)

笔者试译:德国散文作家和批评家恩斯特·库尔提乌斯,在其《法兰西随笔》一书中,更喜欢罗马人。

3. 英译本:This neglect is due also to the primacy always accorded in literary criticism to the "psychology" of a writer。(Note 84, p. 363)

中译本:因为在文学上,首席主教总是能理解作家的"心理"。(第43页注释①)

笔者试译:这一忽略也由于文学批评中总是将作家的心理置于首要地位。

4. 英译本:Any analysis that fails to take into account the world literary structure of the period and of the place occupied in this structure by Paris and the United States, respectively, will be incapable of explaining Stein's permanent con-

cern to develop a modern American national literature (through the creation of an avant-garde) and her interest in both American history and the literary representation of the American people (of which her gigantic enterprise *The Making of Americans* is no doubt the most outstanding proof)。(p. 42)

中译本：为那个时候世界文学结构以及巴黎和美国各自在这一世界里的地位的分析提供了不可替代的工具，用以理解斯泰因对建立美国现代民族文学——通过一部先锋派作品——的无限牵挂，以及她何以对美国历史和美国人的文学——其中她的巨著《美利坚民族的诞生》可能是最具说服力的标志之一。（第43页）

笔者试译：任何不考虑那个时期的世界文学结构以及巴黎和美国在其中所占地位的分析，都无法解释斯泰因对（通过创造一个先锋派来）发展美国现代民族文学的持续关心，也无法解释她既对美国历史也对在文学中再现美国人民所表现的兴趣（这方面，其巨著《美国人的诞生》毫无疑问是最杰出的证明）。

第二章　文学的产生

本章探讨文学世界空间的产生过程，聚焦法国成为世界文学中心的主要原因。世界文学史在本章中被分为三个阶段：通俗语言革命阶段、词典学革命阶段、去殖民化阶段。从反抗拉丁语统治、法语统治地位的确立，到英国、德国的挑战以及赫尔德革命的发生，再到后殖民时代赫尔德革命的延续，世界文学史走过了漫长的发展历程。世界文学的发展不是孤立的，它总是与语言和政治状况密切关联。通过对世界文学发展史的详细论述，本章向读者展现了以法国为中心的文学世界共和国的诞生轨迹。

本章从探讨文学与语言的关系入手展开论述。文学与语言的关系是复杂的，这是因为文学是在缓慢脱离"政治义务"的过程中逐渐产生的，而语言作为文学特殊的原材料则具有明显的政治用途（一个例子是：从17世纪下半叶起，法国只允许使用法语）。文学通过语言，首先服膺于民族计划，而后作家们通过创造独特的文学语言形式，逐

《文学世界共和国》(1999)

步推动着文学自由的实现。每一个创造者的独特性都是一种进步，而只有在经过文学语言的长期整合之后才能实现文学自由的最终胜利。这一过程也就是本书视角下的文学史。这一文学史的确立既不依据民族编年史，也不依据共时性的一系列文学作品的集合，而依据历时的、连续不断的反抗和解放的运动过程。这些斗争使文学能够摆脱政治功能主义。文学财富由此能够产生、积累、流通，这也是被卡萨诺瓦称为"文学资本的原始积累时期"。这一时期最关键的事件就是杜贝莱发表《保卫和发扬法兰西语言》。

将杜贝莱的《保卫和发扬法兰西语言》的发表视作世界文学史的出发点可能看上去比较武断，或带有鲜明的高卢中心主义，但在作者看来，之所以不将其他文学事件（比如贝尔热的《两种语言的协和》的发表，或者意大利文学传统中的但丁的《论俗语》）视作世界文学史的开端，是因为杜贝莱的做法具有开创性。正是基于他的作品，最初的民族文学才建立起与另一民族文学的复杂关系，并且也正是这一最初的民族文学，与占支配地位的拉丁语建立了复杂的关系。这树立了一个在随后的历史中被无限复制的典型。作者认为，巴黎成为文学首都并非高卢中心主义的结果，而是分析这一历史得出的结论。通过这一分析可以看出文学资源向巴黎集中、巴黎逐步被视为文学世界中心的原因。具体说来，法语在欧洲占据主导地位出于以下几个原因。

一　法语吸收拉丁语

这一部分聚焦于第一个阶段，也就是《保卫和发扬法兰西语言》诞生的时代。当时所有通俗语言的问题都与拉丁语相关。在拉丁语以及被人文主义者重新引进的希腊语中积累着当时近乎全部的文学资本，拉丁语还是罗马教廷的垄断语言，因此知识界受到拉丁语的统治和奴役。而人文主义事业尝试与拉丁语的统治作斗争，实现知识界的独立。人文主义者通过引用一些更古老的拉丁文本，与教堂对拉丁语的经院式运用作斗争。然而在这个知识空间内，意大利占据了统治地位。仅有的运用通俗语言写作并被欧洲接受的三个"现代"诗人但丁、薄伽丘以及彼得拉克都是托斯卡纳语诗人。人文主义首先是民族的，而后才是欧洲的，因此人文主义者之间也出现了分歧。法国人文主义者利用法语，不但力图摆脱教堂和拉丁语的控制，而且抵制了意大利的人文主义语言霸权。在北欧，路德翻译的德文版《圣经》为现代德语提供了统一的书面标准，同样推动了通俗语言的发展。除长期分裂的德国，通俗语言的发展还往往与国家结构相关，《圣经》其他语言的译本为芬兰、瑞典等国带来了民族统一。

但在1520—1530年的宗教冲突后，宗教改革的因素逐渐脱离了人文主义运动。天主教掌控信仰和知识的双重权力时，宗教改革对教会的信仰垄断表示了质疑，而人文主义者则挑战了其对知识的垄断。英国的政教不分导致其没有力量挑战教会对学术的垄断。但在法国，政教分离意味着人们不必使世俗者进入神学或用法语（通俗语言）阅读《圣经》。（第53页）1530年以后，尽管法国对教会存在着结构性依赖，但法语取代拉丁语是毫无疑问的。

法国七星诗社建议使用法语。法语也是世俗政权使用的语言（国王的语言）。但是，为了能够使法语同拉丁语竞争，反对罗马和拉丁化人文主义者的霸权，法语必须在文学和政治上确保对方言的统治地位。王家机构的官员事实上形成了国王的作家队伍，他们增加了王家语言的文体、文学及诗歌丰富性。所以在16世纪，法语在政治和文学层面上取得了不容置疑的正统性。

七星诗社的诗人们反对法国强大的地方封建宫廷里承认和使用的诗歌体裁，这有力地反对了地方封建政权。同时也在文学上反对了"第二修辞学"。后者尽管支持通俗语言在诗歌上的使用，但只将通俗语言看成一种诗歌编码的形式。在这一时期法国王朝获得了其对地方封建特权的决定性胜利，在文化领域夺回了统治地位。

法国王朝的政策推动了法国语言和文学资源的原始积累。由此法语才有可能和拉丁语及托斯卡纳语展开竞争。这甚至影响了那个强调法兰西作为罗马帝国权力继承人正统性的宏大计划。《保卫和发扬法兰西语言》是向拉丁语统治发出的一次宣战。而勒梅尔的著作《两种语言的协和》没能引起法语、拉丁语以及托斯卡纳语之间的竞争，反

《文学世界共和国》(1999)

而把法语和托斯卡纳语这两门近亲通俗语言在"幸福平等的基础上联合起来"。

诗歌经常被视作民族目的论的历史依据，诗歌"事件"与跨国历史无关。而《保卫和发扬法兰西语言》则为诗人们提供了与拉丁语、托斯卡纳语抗争的工具。在拉丁文占统治地位的世界里，拉丁语被视为衡量好坏的唯一工具，但杜贝莱提出了"资本转移"的第三条道路。他主张保留拉丁化人文主义的既得成果，但反对无限制地复制希腊文和拉丁文。为了丰富法语，杜贝莱建议从外国语言中借入语言和单词，用法语对大量拉丁语修辞学成果进行置换和改造。他使用了"吞食"这一词语，并将其比作罗马人模仿和消化希腊作家。他甚至提出将法语作为拉丁语和希腊语的继承者。

由上可见，杜贝莱的《保卫和发扬法兰西语言》一书奠定了欧洲文学空间的基础，他引起的国际竞争标志着全球文学空间统一进程的开启。通过这一对抗，杜贝莱创造出跨民族文学领域的草图。他及七星诗社诗人们的斗争颠覆了权力平衡，奠定了法国文学空间在欧洲文学斗争空间里的长期统治地位。而后先是西班牙语，后是英语汇聚到了托斯卡纳语—法语中心内。但西班牙语17世纪中叶开始在文学上缓慢衰落，与法语、英语形成了不断扩大的差距。

二 法语的标准化、系统化

七星诗社长期影响着诗歌的理论和实践。这一影响主要是就题材而言。在打开了与拉丁语竞争的第一道缺口之后，虽然法语还是无法与拉丁语相媲美，但是人们往往将其看作为了同一个目标而进行同一种抗争的连续过程。这一抗争为的是让法语首先取得与拉丁语平起平坐的地位，然后再进一步超越。所谓"古典主义的形成过程"，实际上只是特殊资源组成策略的延续和继承过程。这些资源的积累使法语在不到一个世纪的时间里，就试图与拉丁语言和文化进行对决。到路易十四鼎盛时期，法语以压倒性优势战胜了拉丁语言。

法语取得优势地位的过程与法语标准化、系统化密不可分，具体做法为编纂《法语正确用法》。法语具有特殊意图,也就是取代拉丁语在欧洲的特殊地位。这不是一个代代相传而有明确统一的计划,而是文学界内部既默认又否认的斗争场所。在相当长的一段时间里,法语与其他语言的对抗都是语言文学革新和争论的焦点。(第63页)

从16世纪末开始,几乎所有的精神活动都移至巴黎。长期以来,人们都把整个17世纪的语言系统化运动交给了语法学家们的"审美感觉"。瓦德鲍认为法国必须在混乱无序的年代后建立更加美好的社会,所以必须有独一无二的统一语言。正是基于语法学家和上流社会的人们之间的对抗,才有了法语的系统化、规范化。比如,语法的统治在法国的时间比其他任何国家都长,重要的例证是笛卡儿放弃了拉丁语而使用法语撰写《方法论》。(第70页)法语语言的标准化过程不仅仅是政治集权的必要条件,还是理论、逻辑、美学、修辞等资源形成的独特过程。通过这一过程,文学本身的价值得以形成。语言资本的积累达到很大的程度,人们便庆祝法语的伟大胜利。杜贝莱开创的对于古人的模仿和修改策略,随着17世纪末要求结束古代霸权的现代要求而寿终正寝。此时所有的作家都已经结束了模仿阶段而走向独创。

三 法语的口语化及其灵活使用

在杜贝莱之后,马莱伯是法兰西语言的第二大改造者。他采取不同路径使法兰西语言走出了对拉丁文的模仿。马莱伯主要侧重语言的口语使用和语言的精练。相比于只能书写的语言,"口语散文"更能塑造语言的魅力。他同时改革了文学秩序,反对矫揉造作的诗歌。马莱伯不是放弃了对拉丁文大师的模仿,而是试图去调和由七星诗社引起的革命,把拉丁文技巧引进法兰西语言。通过口语充满活力的、多变的使用方法,表达从拉丁文典范的模仿下解放出来的意志。

上述策略被运用于不同年代、不同背景下的被统治的众多文学空间里,如在19世纪的美洲,马克·吐温把美国小说建立在受欢迎的口头语言之上,以此拒绝了英语的文学规范。通过口头实践,作家可

《文学世界共和国》(1999)

使文学资源得到不断的丰富和更新,使文学远离僵化的模式。沃日拉斯继承了马莱伯开启的事业,在一本名为《法语刍议》的书里建议确定口头语的"正确用法",这一正确用法是与最杰出作家的文学方法和文学实践完全一致的。

四 其他国家的状况

(一) 意大利:一个反面例证

意大利国家的建立与共同语言的形成之间缺乏必要的联系。早在14世纪,但丁的《论俗语》就设想在几种不同的托斯卡纳方言的基础上创建一种卓越俗语。但他的想法过于新颖,以至于很久后才被一些志同道合的作家采纳。乔伊斯和贝克特在20世纪20年代末将但丁视为反对英语统治时期的典范,反对英语在爱尔兰的垄断。(第60页)尽管文艺复兴三杰为意大利积累了巨大的文学财富,但在教会的统治过于强大的前提下,意大利民族文学尚无法构成一个文学空间。意大利宫廷的长期分裂导致其无力实现但丁的倡议,论争双方是"通俗语言使用者"与"拉丁文使用者"。最后彼得罗·本波回归了14世纪托斯卡纳文学和语言传统。这凝固了文学的活力。"在很长一段时间内,诗人们停留在模仿但丁、彼特拉克和薄伽丘的阶段。"[①](第61页)直到19世纪意大利政治统一,其文学空间才较晚地建成了。

(二) 德国仿效法国

法语取得的巨大胜利使其在欧洲获得统治地位。这带来了一种看不出来的民族的统治,而又被承认为一种全球统治。这是一种象征性统治。欧洲文学和政治空间的非宗教化就是这一运动的最终成果。人们对所谓国王语言的"完美性",以及对路易十四时期辉煌的无限信

---

① 据英译本有改动。Pascale Casanova,*The World Repulic of letters*,Cambridge:Harvard University Press,2004,p.56。

605

仰，产生了一个文学—文体学—语言学的呈现体系，时至今日仍发挥着重要影响。

作者认为，要理解这一"完美性"就需要从另一个国家代表的"完美性"及二者之间的相互竞争开始。德国的腓特烈二世效仿法兰西语言，"目的是为了填补德国的'落后'以及促成德国新'古典'的产生"（第78页）。但他同样渴望使德语成为一门世界性语言。里瓦罗尔的著名的《论法语的普遍性》是法语在欧洲高度统治权的证明，但也表明法语开始衰落。但这篇文章也清楚解释了法语统治权为什么可以被整个欧洲接受，同时揭示了一种新的上升力量：英语。英德构筑了整个19世纪的欧洲文学空间。

里瓦罗尔将法语比作罗马帝国。法语不再是法国的语言，而是全人类的语言，这话虽然被用作形容法国的傲慢，但也在表明法语不是法国的，而是服务于全球的一种方式。这种世界性是建立在"民族竞技场之上的"。里瓦罗尔将"清晰"定为法语优越于其他语言的主要优势。

（三）英语的挑战

自18世纪以来，英语一直是法语地位的最大挑战者。英国历史的特殊性在于，它在宗教改革后将所有权力集中于国王一人。因此尽管教会分立，拉丁语很长时间还保持着其强大的文学魅力。语法学家很久后才将"共同语言"从拉丁语模式中解放出来。在斯蒂芬·克里尼看来，英国文学里的民族特色是英国文学的一大特征。正是借助于文学才形成了表达英国民族特征的习语。而习语也是成就法语主导权的重要因素。与法语语言和文学霸权的结构性对立使英国成为对抗法国的第一个文学强国。

五　赫尔德理论与赫尔德革命

赫尔德建立了一套理论模板，可以让所有被统治地区找到摆脱依赖的办法。他强调每个年代、每个民族都拥有自己的独特性，并须用

《文学世界共和国》(1999)

自己的价值标准对其进行批判。他还提出了反对法语普世主义的三种武器:人民、非古希腊、古罗马文学传统以及英国。他将每一个民族比作活的有机体,必须培育自己的禀赋,而德语尚未成熟。他提出的全新的文学积累模式强调"人民传统",将人民的灵魂当作艺术的活力源泉,搅乱了文学等级秩序,促成了民族的和民众的文学正统性的诞生。

赫尔德在德国的作用极为重要,浪漫主义的诞生就来自赫尔德。对于欧洲其他国家,他同样影响深远。赫尔德的思想体系将民族和语言等同起来,促使许多民族语言被发掘出来。从其生成逻辑来看,文学世界空间只有在竞争和对抗的基础上才能形成,由此也就能够理解解赫尔德理论在文学世界共和国里引发的动荡。

后殖民时期是世界文学空间形成的第三大阶段。这是赫尔德式革命的延伸。然而,后殖民状况的复杂性意味着摆脱依附的政策也相对复杂。最渴望独立和解放的民族同时也是政治经济上最受控制的民族,因而后殖民世界的作家要同时从文学和政治上对抗全球统治。

(执笔:王靖原)

附录

英文版:Confronted with a phenomenon that is so poorly known and so generally misunderstood, the historian needs to treat it in broad perspective, keeping in mind the difficulties and the risks inherent in description concerned with the long term (in Braudel's sense) while at the same time being alert to events and mechanisms ordinarily masked by the falsely obvious and misleadingly familiar picture due to academic literary criticism。(p. 47)

中译本:因此,这是一段不太清晰的历史,必须要大力清理,尽管在布罗代尔(Braudel)称之为"长时间"的过程里可能会存在历史描述的困难和描述不一致的风险,但还是要特别注意由经院文学史产生出的假通俗性的不完全证据所掩盖的过程和常见机制。(第49页)

笔者试译:面对一个鲜为人知又总被误解的现象,历史学家需以开阔的视野来处理,时刻记住在描述"长时段"(在布罗代尔意义上)时固有的诸多困难和风险，同时对那些事件和机制保持警惕，它们通常被学院派批评造成的明显虚假和误导性的熟悉图景掩盖。

第三章　世界文学空间

本章主要建构"世界文学空间"的概念。这一空间的形成既与文学自身相关，也与政治经济史相联系，并具有一个衡量文学作品地位的客观指标：文学的格林尼治子午线。它具有两个特征：（1）等级结构的不平等性和相对自主性；（2）多种文学统治形式，如"法语文学""联邦文学""'后殖民'小说"等。在此基础之上，本章对文学空间的运行机制、中心地区与边缘地区的不平等地位、文学现代性与"时间错乱性"（anachronisms）的划分、空间中的多种统治形式以及统治形式下所产生的对抗与竞争等内容都进行了细致的论述。

一　世界文学空间的重要特性：等级结构的不平等性和相对自主性

作者认为世界文学空间中存在着"不平等"结构，历史上较早进入世界文学空间积累资本的地区享有更多更丰富的文学资源，掌握着最初的文学统治权力，相当于国家的"中心"。而那些进入空间较晚、文学资本匮乏的地区则处于较低的地位，类似于一个国家的"外省"部分。美国移民作家亨利·詹姆斯就曾为了更好的文学"出路"而放弃美国国籍，加入英国国籍，他认为："艺术之花只能在厚厚的腐殖土上绽放……很少的文学生产都需要许多的历史沉淀。"（第93页）

文学空间根据两极的相互对立而得以运行，但它们之间并非简单的二元对立关系，在统治形式之下可能产生多种形式的对抗。例如，中东欧国家拥有的文学资源包括：在民族主义的诉求中逐渐积累的文学资产以及通过文化传统所继承的世界文学遗产。依靠这些特殊资

《文学世界共和国》(1999)

源，文学上较为贫瘠的地区也能发动文学革命或创造出颠覆中心地区文化的作品。美洲文学亦是如此。不同于其他殖民地，美洲大陆借助于语言和宗教，已开始融入西方文化。美洲国家在被殖民统治的同时，也吸收了欧洲国家的文学和语言资产，从而产生史无前例的文学变动和文学革命。

世界文学空间显著标志是其相对自主性。民族文学空间的建成和政治空间紧密相连，但也有相对独立性。那些最古老、等级最高的文学空间最具自主性，因为他们具备足够丰富的文学资源，有能力在与民族及政治利益相反的情况下发展自身的逻辑、制定自己的规则。不过，自主性只是相对的。无论是民族文学空间还是世界文学空间，在形成之初都对政治、民族有着强烈的依附关系。文学无法脱离语言而存在，画家和造型艺术家尚且可以借助抽象化革命来摆脱时代的束缚，文学却始终受到传统表达习惯与规范的限制。即使在那些最"自由"的地方，也不存在完全纯粹的、不受历史制约的文学。

世界文学空间的历史是从依附走向相对自主的历史。这个过程是通过"去民族化"与"去特殊化"实现的。以最自主的文学空间——法国文学为例，它之所以能成为文学世界中最具统治力、最不受政治或民族机构约束的区域，是因为"法语"文学资本是世界性的文学遗产，而非民族性的；法国也是文学国家中民族性最薄弱的，所以它能创造出一种普世性的文学，并对那些来自遥远地区的文本进行去民族化和去特殊化处理，使这些文本被文学世界普遍接受。由于法国文学领域的先进性和自主性，许多渴望文学自由与独立的作家都将法国文学当作追随的模式和求助对象。

二 文学的"现代性"与"时间错乱性"（anachronisms）

（一）现代性

根据皮埃尔·布迪厄（Pierre Bourdieu）的说法，文学世界相对独立于政治世界，二者的发展进程并不完全保持同步，文学空间有自己的时间衡量标准。如同地理世界中本初子午线被作为测量经度的起止线和标准那样,世界文学空间也存在着这样一条"文学的格林尼治子午线",即空间的中心,"从这个点出发,人们可以估算文学的时代"(第 98 页)。这条子午线在文学创作中构建了现代性,人们可以根据一部作品与现代标准的美学距离,来判断它是"现代的""前卫的"或是"过时的"。作为文学世界的中心和现代性的首都,巴黎始终引领着各个领域的时尚风向,并影响了其他民族。

那么究竟何为"现代性"呢?文学世界的时间法则认为:"必须是古老的才有机会成为现代的或者被宣布为现代的。"(第 100 页)换言之,足够悠久的民族历史是文学现代性存在的必要条件。但文学世界的默认法则不是固定不变的,而是"文学天赋及文学认可的普遍随意性"(第 101 页),这个不稳定的原则就被称为现代性。现代性在定义上很难归纳,因为"现代"的东西总在不断更新。在文学空间中,想要真正成为"现代"的,就只能将现在当成过去,并用比现在更现在和比未来更未来的东西来对当下进行质疑和反思。

对文学创作来说,作家想获得特殊的"祝圣",即被文学世界中心认可,就需要在美学距离上不断接近现代标准,这也解释了为什么所有想要获得文学创新的文学运动及文学宣言中都反复提及"现代性"一词:从波德莱尔有关现代性的序言,到萨特创办的《现代》杂志,再到各个国家提出的"现代主义""未来主义"等,都体现出作家们对现代性的狂热追逐。

但现代的作品注定要"过时",除非它变成"经典"。"经典"指的是文学作品能够摆脱时间的约束,不受竞争和拍卖的束缚;"经典"作品体现了文学合法性本身,它们在文学市场上作为特殊的衡量尺度而存在。远离格林尼治子午线的作家创作的作品很难被认证为"经典",因为他们出生在一个已经"迟到"的历史时刻,没有丰厚的文学资本,自然也就很难获得人们赋予的"信用"。拉美作家奥克塔维奥·帕斯在 1990 年获得诺贝尔奖的演说中也委婉地提到了世界时间划分的不平等性:他 6 岁时看到一本北美杂志,上面有一幅刚打完仗回来的士兵在纽约大道上行进的照片。由此帕斯意识到这场战争是在

《文学世界共和国》(1999)

另一个时间发生的,而不是他所生活的这个"现在"。真正的时间指的是英法这些中心地区所经历的时间,而非偏远地区的时间。他切身感受到,中心时间的统一划分强加给每个人一种绝对的时间衡量尺度,使其他(民族、家庭、私人……)的时间被弃置到了空间之外。(第104页)想要寻回"现代性",就要参与国际文学空间的竞争并获得文学世界中心的"祝圣"。帕斯成功了。他通过获得诺贝尔奖进入最受文学认可的行列,成为墨西哥民族性的分析家。

还有许多边缘地区的作家也意识到了文学世界的不平等性以及自身民族文学的过时。秘鲁作家略萨曾谈到萨特的作品可以将一个拉丁美洲的青年从外省拯救出来,使他看穿那些肤浅的、善恶二元论的简单文学;南斯拉夫作家丹尼洛·契斯(Danilo Kis)也提到其祖国的文学大多围绕一些在表达和主题上都已过时、实验性极差的地方性做文章。对于这些外省人来说,想要获得现代性并改革民族空间,唯一的方式就是奔赴文学中心巴黎。例如,拉丁美洲和西班牙文学历史中的核心人物鲁文·达里奥(Rubén Dario)通过引进巴黎的现代性文学,改变西班牙语世界的文学实践与文学方法。另一例子是丹麦文学评论家格奥尔格·勃兰兑斯。他运用法国自然主义的原则,将"现代通道"引入斯堪的纳维亚国家,颠覆了这些国家传统的文学和美学观念。

达里奥尔格·勃兰兑斯给自身民族空间带来的变化不只是发动了文学革命,更多的是掀开了新的一页,让偏远地区的作者们能够接触到最新的美学改革并及时地参与到世界文学市场的竞争中去,从而推动文学空间的统一。

(二)"时间错乱性"(anachronisms)

与"现代性"相对,远离格林尼治子午线的文学空间往往具有"时间错乱性"的特点。在拉丁美洲,人们仍将那些美学上早已过时的作品看作充满活力的作品,当自然主义在欧洲成为一种残余时,它可能还是主流文学手法的一个组成部分。不过,所有"远离中心"的作家并不是"注定"一定会落后,所有的中心地区作家也不一定必然是"现代的"(第113页)。世界上任何地区都存在着不断打破文学既有形式、进行文学创新的"先锋派",也存在着固守传统文学模式和美学规范的"保守派"——他们执着地相信着"经典",停留在过去的永恒之中。

三　文学的民族化与国际化

(一) 文学民族化

文学与政治间的结构性依附是通过与民族要素之间错综复杂的关系展现出来的。世界文学空间的形成是以民族文学为基本单位的跨国文学竞争的历史过程。16—18世纪在欧洲出现的最古老的文学空间是对于民族政治结构性依赖的一个例证。文艺复兴时期欧洲思想界出现的各种对抗大多都通过政治竞争来获得支持,从而为自己争取合法性。除了这些中心地区,在偏远区域中,文学的出现与民族的诞生也是分不开的。比如,19世纪末的爱尔兰以及今天的加泰罗尼亚、马提尼克和魁北克,这些发起过政治及民族文学运动的地区在还没有法定政府出现的情况下就已经诞生了民族文学空间。

赫尔德的理论并没有改变文学与民族之间的结构性依附关系,相反,他通过明确的表述加强了二者的联系。这种强化推动了世界文学空间在全球范围内的扩展,因为文学自主首先要建立在民族文学独立的基础上。赫尔德提出的文学产品"民族化"或"大众性"的标准虽然为争取独立提供了思想武器,但也很容易使文学变成政治斗争的工具,因此他所塑造的文学空间都十分依赖民族政治机构。

自赫尔德革命开始,所有文学都被称作民族性的,创作素材逐渐被局限于民族传统中,这导致了民族文学的封闭化,因为各个民族之间的艺术传统尺度不同,历史分期也大相径庭,彼此之间不具备可比性且难以计量。与独立的文学空间相比,封闭的文学空间的最大特点是缺乏对翻译作品的重视,并对国际文学最近的创新和文学现代性标准一无所知。西班牙作家贝奈特就曾如实描述西班牙对战后翻译作品的漠视。他提到:"几乎没有人在此之前听说过卡夫卡、托马斯·曼、福克纳……没有任何一位作家受到过20世纪重要作家的影响……当时几乎不可能了解到来自国外的书籍;这些书没有被禁止,而只是没有这类书籍的输入。"(第121页)

同时,文学传统的民族化还导致了有关文学的"民族再定义"。在封闭的文学空间里,以及在民族的划分和入籍化过程中,产生了一些符合民族需求的文学,通常通过学校的反复教育来传播。这些文学在封闭的环境下循环往复,有助于加强民族信仰,就像日本虽然长期缺席于世界文学空间,却形成了非常强大的文学传统,每一代都在进行着更新。他们的文学都是从同一模板出发的,这些模板被视为必要的参考和民族尊崇的对象。

(二) 文学国际化

自赫尔德革命以来,世界文学空间形成了资源丰富的文学自主性世界的一极和文学资源相对贫乏的、依附于政治民族机构的一极。民族文学空间的内部结构也建立在对立的基础上,即最具文学性的区域与最具政治依附性区域的对立,因此民族文学空间与世界文学空间具有同构关系。这并非一个简单的结构类比,正是参照世界领域的独立性,各个民族空间才得以走向自治;世界领域也通过每个民族空间中独立一极的形成来逐步实现自主地位。

文学世界是一个各种对抗力量竞争的场所,每个民族文学空间内部都存在着寻求文学独立的国际型作家和依附于政治机构的民族作家,二者之间相互对立。例如在西班牙,德拉甘·杰里米对抗(前)南斯拉夫的丹尼洛·契斯;在印度和英国,奈保尔对抗萨尔曼·拉什迪(Salmon Rushdie);等等。同时,还存在形式主义作家和学院派作家、现代作家和古典作家、世界主义作家与地区主义作家、中心作家与外省作家等形式的对立。

对于那些出身于"民族化空间"的国际型作家而言,"流亡"几乎成了争取文学独立自主的代名词。伟大的文学革命家(诸如契斯、米修、乔伊斯等人)都发现自己与本国的文学规范格格不入,想要使文学得到发展，只能在本国之外找到出路。20世纪五六十年代的西班牙和70年代的南斯拉夫就是两个很好的例子。西班牙作家胡安·贝奈特解释道，他之所以拒绝西班牙文学的标准，是因为本国文学的过时和荒芜。西班牙小说家们大都直接照搬自然主义小说传统的方式、体系以及风格，用以描写西班牙的现实。因此，贝奈特坚持要建立一种真正当代的、走出政治樊篱的文学，并去往巴黎，接触到了福克纳的作品。这些跨民族的文本使他学习到了中心地区在美学与小说写作技巧上的创新，于是他从美国小说的模式（特别是福克纳的模式）出发进行创作，与其他几位同人一起改革了西班牙封闭的文学空间。

同样，南斯拉夫作家丹尼洛·契斯（Danilo Kis）也于20世纪70年代发表了一部描述南斯拉夫文学世界的著作《解剖学课程》，这本书起初是为了回应他的小说《达维多维奇之墓》被指控为剽窃而创作的。这种指控只有在一个封闭的、不了解西方文学创新的文学空间中才会被相信。因为这个空间没有接触到20世纪那些伟大的文学、美学和形式革命，所以契斯的一篇包含了国际小说现代性思想的文本才会被看作对其他作品的抄袭。此后，契斯逐渐与自己国家的文学实践相决裂，他呼吁与"国际性""现代性"接轨，并借助国际层面上进行的文学革命成果，成功地建立了一种新的小说美学，且一直致力于以世界文学的标准来制定自主文学的标准。

四　文学统治形式

文学空间相对依附于政治空间，这种依附性不是单一的，而是通过多种形式呈现出来的，特别是政治因素，它通过语言来施加影响。语言早已不是一个中立的文学工具，而是一个政治工具。因为语言，文学空间才服从于政治。文学诞生于语言，而语言又和政治彼此相连，因而语言的依附性本身就意味着文学的依附性。

文学统治形式也可以是特殊的，即只根据文学术语来实现和衡量，巴黎的祝圣效率，评论的影响力，序言的标准化效力或由重要的作家完成的翻译、重要丛书的威望，等等，都是特殊统治形式的例子。这些统治形式都可以相互混同、相互重叠,人们不能将文学统治的问题简单归纳为政治力量的关系。文学统治还具有双重性,作家们既可以处于被统治地位,也可以利用这种统治,将其作为获得文学解放和合法性的工具。

(一)语言统治

语言统治是通过"语言区域"来对其他领域施加控制的。"语言区域"类似世界文学空间的"子集",每个区域都包括一个(或多个)中心,这个中心凭借其文学地位而非政治力量来对周边地区产生影响。例如今天的伦敦,即使它一直在与纽约和多伦多竞争,也仍然是澳大利亚人、新西兰人、爱尔兰人、加拿大人、印度人和讲英语的非洲人的中心;巴塞罗那,西班牙的智识和文化之都,同时也是拉丁美洲的文学中心;巴黎是来自西非和北非的作家以及比利时、瑞士和加拿大法语作家的中心;柏林是奥地利和瑞士作家的主要首都,至今仍是北欧国家和在奥匈帝国解体后崛起的中欧国家的重要文学中心。

这些语言文化区域与其他区域相比具有很强的自主性。每一个区域都是一个同质的、自主的、集中的整体,在这个整体里面,几乎没有任何东西可以质疑作品的流通和祝圣中心权力的合法性。重要的文学之都均建有不同的祝圣体系,执行着建立于文学基础之上的政治权力,因此它们即使在后殖民形式下也能够长久地维持语言和文学的统治地位,也使世界文学领域的政治经济一极得以巩固。

政治经济强国往往会通过对语言中心地位的争夺来强化自身政治权威,争夺有外部对抗和内部对抗两种形式,不同语言之间的外部对抗形式包括伦敦和巴黎之间的斗争。伦敦是除巴黎之外另一个文学之都,它影响的范围覆盖了爱尔兰、印度、非洲、澳大利亚……无疑是世界上最大的领域之一。鉴于其无可争议的政治威力,伦敦往往被其他欧洲国家作为对抗巴黎的武器,比如在"前古典时期"的德国,莱辛等人就提出借鉴英国的典范,重估莎士比亚的作品,以此终止法国文学的主宰地位。作者还指出,虽然伦敦的世界文学中心地位不可否认,但它在语言统治领域和(前)殖民地领土之外很少施加影响。而巴黎的文学祝圣领域却不只局限于法语语言地区内，因此伦敦和巴黎的文学信用不是同一性质的。除了外部对抗，在英语文化领域内部也存在着对抗，如今，伦敦和纽约是两个主要的竞争者。不过，即使美国如今已成为世界经济的霸主，纽约离全球公认的文学祝圣中心也仍然存在距离。

(二)"后殖民"小说

在输出语言的同时，欧洲国家也输出了他们的政治斗争，来自边远地区的作家及其作品成为这些斗争的主要因素。如今，要衡量一个中心民族的文学实力，可以通过其统治范围下偏远地区作家的文学创新来判断。因此中心民族创立了"英联邦文学""法语国家文学"等概念，使人们可以在中心语言文化的旗帜下，回收和吞并外围文学的创新成果。比如，自1981年以来，英国最著名的文学奖项布克奖（Booker Prize）多次颁发给一些"并不完全是英国人"的作家，诸如那些移民、流亡者或者后殖民作家们，包括印度籍作家萨尔曼·拉什迪（Salmon Rushdie）、新西兰籍毛利作家凯里·休姆、尼日利亚籍作家本·奥克利、斯里兰卡籍作家迈克尔·翁达杰、日本籍作家石黑一雄等。

事实上，为了产生团体效应，出版商们大都希望能用同一个标签来将那些完全没有或几乎没有共同点的作家集中起来，这是一种有效的出版营销策略。在获得布克奖的作家中，石黑一雄在其小时候就已移民，因此他并不是来自殖民地的作家；本·奥克利是尼日利亚人，从未被列入新殖民作家的行列；萨尔曼·拉什迪更是在多篇文章中明确拒绝将其作品视为后帝国时代的产物。他写道："充其量，人们所说的'联邦文学'是在'严格意义上的'英国文学之下的……这就让英国文学处在了最中心的位置，而世界上其他的文学就处在边缘的位置。"（第137页）可见将这些作家聚集在大不列颠的旗帜下，主要目的是吸收或消解那些反对英国官方历史的写作，从而强化英国文学的地位。因此，一些国家文学奖（如龚古尔奖和布克奖）的审议如今已丧失了独立性，它们不仅受制于民族规范和商业标准，还要服从新殖

《文学世界共和国》(1999)

民考虑。巴黎和伦敦的情况则有所不同。巴黎从来没有关注过来自其殖民地的作家们,并认为他们的作品极其土气或太过于彼此类同,无法褒扬其特点,因此几乎没有国家文学奖是颁给前法国殖民地或语言领地边缘地带作家的,也正因如此,巴黎的文学奖明显受到新式殖民主义的追捧。

在多中心区域,被统治的作家们可以在不同的语言和政治中心周旋。通常两个中心(如伦敦和纽约、里斯本和圣保罗)之间存在着竞争,边缘文学空间受制于双重统治形式,使作家们可以倚仗一个中心以反抗另一个。在加拿大文学空间中,一些作家选择倚仗伦敦,因为伦敦给他们提供了资历资本,用以对抗"年轻"的美国强权。另一些不受英国语言影响的作家则选择利用纽约的力量来抵制对于伦敦的依附,例如爱尔兰人通过向美国寻求支持和认可,从而反对伦敦的新殖民控制。里斯本和圣保罗之间的竞争也是如此,一些文化资源匮乏的地区如说葡萄牙语的非洲,就选择求助于巴西的文学资源,以便脱离里斯本的制约,实现文学的现代性和独立自主。

但对于法语地区的作家来说,巴黎既是政治之都也是文学之都,人们无法逃离巴黎,也无法利用它来制造一种美学异端。面临此类困境的作家曾设想过一些解决方案,比如一种被称作"两个法兰西"的理论技巧,即法国本身存在一种二元性:它是殖民的、反动的、种族主义的,同时也是高贵的、慷慨的,是艺术与文学之母,是人权的倡导者和发明者。这个二元化的法国让作家们得以保留自由观念以及文学特性,还允许他们反抗政治上的奴役。如今有些作家开始采取更复杂的策略,如安的列斯作家爱德华·格里桑、帕特里克·夏穆瓦佐等人为摆脱法国的控制而借鉴福克纳模式,另外几内亚的提艾诺·莫诺纳波公开表达对拉丁美洲的欣赏并且要求获得创作自由。不过他们的反抗归根结底只是徒劳的,因为福克纳及所有拉丁美洲作家都是在巴黎接受祝圣并得到认可的,对他们的借鉴仍然是对巴黎及其文学统治力的承认。

作者在本章中建构了"世界文学空间"这样一个概念,并从中心、基本特征、客观指标、统治形式等方面揭示空间内部的运行机制。尽管叙述中不免带有种族身份影响下的西方中心主义甚至法国中心主义倾向，但本章建构的"世界文学空间"仍是一项具有创新性的理论成果，它不仅让我们看清了文学世界等级结构不平等的现实，也有助于开阔我们观察"世界文学"的视野。

（执笔：张天仪）

附录

1. 英译版：But in the most endowed literary spaces the age and volume of their capital——together with the prestige and international recognition these things imply——combine to bring about the independence of literary space as a whole。(p. 85)

中译本：但是在最具禀赋的文学空间里，资本的资历——必须以其崇高、威望、规模、世界上的认可为前提——将会带领整个空间逐步走向独立。(第95页)

笔者试译：但在那些最具禀赋的文学空间中，其资本的古老与体量——再加上这些东西所蕴含的声望和国际认可——共同导致了整个文学空间的独立。

2. 英译版：The same argument can be used to analyze two exemplary cases：the Nicaraguan poet Rubén Darío（1867—1916），a central figure in the literary history of Latin America and Spain who，though he was not consecrated by Paris，rearranged the literary landscape of the Hispanic world by importing the latest edition of modernity from Paris。(p. 96)

中译本：依据这一逻辑，我们可以在这里分析两个典型案例：一个是鲁本达里奥——拉丁美洲和西班牙文学历史的中心人物，如果说他没有被巴黎祝圣，但他借助于引进巴黎输出的文学现代性方式，完全打乱了西班牙世界的文学实践及文学方法。(第107页)

笔者试译：同样的论点可用来分析两个典型的案例：尼加拉瓜诗人鲁本·达里奥（1867—1916年）这一拉丁美洲和西班牙文学史上的中心人物，虽然没有被巴黎祝圣，但通过从巴黎引进现代性的最新版本，他重塑了西班牙语世界的文学景观。

3. 英译版：Not only in Ireland at the end of the nineteenth century，but also in Catalonia，Martinique，and Quebec today。(p. 104)

中译本：就好比19世纪末的爱尔兰、加泰罗尼亚、马提尼克或者现在的

《文学世界共和国》(1999)

魁北克。(第117页)

笔者试译：不仅在19世纪末的爱尔兰，而且在今天的加泰罗尼亚、马提尼克和魁北克，也是如此。

4. 英译版：By contrast with autonomous literary worlds, the most closed literary spaces are characterized by an absence of translation and, as a result, an ignorance of recent innovations in international literature and of the criteria of literary modernity。(p. 107)

中译本：这就是为什么和独立文学空间所发生的情况相反，人们能够辨认出最封闭的文学空间，以及那些还没有形成独立一极的、没有翻译过来的、无视世界文学创新及文学现代性标准的文学空间。(第120页)

笔者试译：与自治的文学空间相比，那些最封闭的文学空间的特点是缺乏翻译，因此，它们对国际文学最近创新和文学现代性的标准一无所知。

5. 英译版：Only in a world that was unaware of "Western" literary innovations (an epithet that invariably carried a pejorative sense in Belgrade) could a text composed with the whole of international fictional modernity in mind be seen as simple copy of some other work。(p. 114)

中译本：这一空间同时无视任何"西方的"文学创新（在贝尔格莱德，"西方"一词一直是个贬义词），只有这样，按照世界小说现代性标准写作的简单摹本才可能传播开来。(第129页)

笔者试译：只有在一个不了解"西方"文学创新的世界里（在贝尔格莱德，"西方"一直是一个带有贬义意味的词），一个心怀整个国际小说现代性而创作的文本才会被看作其他作品的简单复制。

6. 英译版：But if New York today is the unchallenged publishing capital of the world in financial terms, still it cannot be said to have become a center of consecration whose legitimacy is universally recognized。(p. 119)

中译本：但是，即使美国中心如今已成为世界毫无争议的经济一极，我们还是可以说美国已经成为一个受全球承认的合法的文学祝圣强权。(第135—136页)

笔者试译：但是，即使从金融角度来说，今日的纽约是无可匹敌的世界出版之都，也仍然不能说它已经成为广泛承认的合法的祝圣中心。

619

第四章　普世性的建构

本章重点论述巴黎如何建构并巩固文学中心审美原则的普世性。这一建构的主要方法是通过接受被统治地区的祝圣，将被统治地区的文学资源转变为文学资本，从而进一步扩张文学世界空间的版图，强化普世性的审美原则。作者随后具体论述了被统治地区向中心祝圣的两种基本机制——翻译与世界奖项，并指出被统治地区既受益于祝圣活动，也被祝圣活动束缚，接受中心的普世性价值意味着作家将承受被吞噬的不平等对待。

一　普世性建构与边缘作家的处境

本章的题目是"普世化的建构"，这一标题的主语显然是巴黎，但是落笔时，卡萨诺瓦却意在重点描述中心之外作家如何在中心打拼，并在受到中心承认后走向世界、走向普世化的过程，论述的重心虽在边缘作家，但实际是为了凸显边缘作家背后的文学中心巴黎。边缘作家为了获得世界范围内的声名而在巴黎祝圣的过程，也正是巴黎拓宽文学世界共和国的疆域，建立并巩固普世性的过程。

巴黎建构普世性的核心步骤是在拥有认证权后，建构一套认证标准，而后根据这一认证标准评定哪些作家作品与民族文学具有文学价值，而赋予被统治空间与文学空间外①被忽视的文本文学价值的方式就是"翻译、述评、颂词及评论"（第145页）。边缘文学接受文学价值认证的过程就是文学化。换句话说，巴黎是发放文学信贷的中央银行，文学化的过程就是向中心"借贷"或"征求信用额度"的过程，是文学作品由文学资源转化为文学资本的过程。

---

① 这一区分是具有必要性的，因为有的民族或国家文学并未参与进世界文学空间或世界文学市场。

《文学世界共和国》(1999)

因此，对于被统治空间的作家而言，"文学化"过程的影响无疑具有双重性。作家在进入文学中心后，其与书籍经过评论、判断与改造，会被去地方化（去国家化或去民族化），而后作者与作品变得普世化。这一过程不是赋予作者普世价值，而是将作者向普世性改造，同时将作家的异质性因素或者异域特色吸纳入普世性当中，进一步强化普世性美学的统治地位。这一过程类似于 T. S. 艾略特所论述的传统与个人之间的关系。因此被去地方化的作家既受益于中心，又被中心的普世性神话限制。

文学化过程为边缘作家带来的积极因素可以从几个方面来论述。首先，文学机构的认证可以给文本的传播与认可带来实际效果，作家在被认证后可以在文学空间中从不存在走向存在，由默默无闻走向赫赫有名，他们的作品销量大增，凡·维尔德兄弟、惠特曼、博尔赫斯、乔伊斯、福克纳……都或是首先被法国评论界发现，或是在法国成名。其次，巴黎也是反抗民族主义审查的最后堡垒，巴黎的美学自由表现为出版审查制度的宽容，使大量的民族作家突破本国在语言、政治、道德与宗教上的限制，因此巴黎成为流亡者的首都。乔伊斯在都柏林曾遭排挤与封禁，《都柏林人》等作品在法国翻译出版使乔伊斯像爱尔兰的所有英雄一样，为爱尔兰赢得了世界各地知识分子的尊重。最后，巴黎的现代性审美使它能够发掘具有现代性与先锋性的作家。福克纳在被巴黎视作 20 世纪最伟大的创新者之一时，在美国尚且默默无闻，创作艰难，巴黎的评论家却能先于美国理解福克纳的先锋性。

从文学化所带来的消极影响看，由于文学中心是文学价值的守护者、保障者以及创造者，因此，巴黎的美学自由始终是相对的、有限的，文学中心的普世标准由文学中心的"评审人"制定，所以普世化的实质就是巴黎化。于是为了迎合文学中心的普世化标准，来自被统治地区的作家需要抛弃自身的差异，搁置理解文本的必要条件，即作者历史、文化、政治与文学背景。所以，为了被巴黎认可，在世界通行，作家都需付出代价。接受文学中心的吞并就意味着承担被误读的风险。

当作家受到巴黎的限制时，有时会前往巴黎影子之下的另一个小中心——布鲁塞尔。当作家遭受巴黎民族主义拒绝或忽视时，会求助于布鲁塞尔。作为政治上的年轻城市，布鲁塞尔能摆脱欧洲民族间的世代斗争，成为代表先锋性与现代性的小中心，也成为削弱巴黎文学中心地位与特殊性、抑制巴黎对审美评价的控制的重要地点。

本章在指出文学化的消极影响后重点评价了普世性，认为"普世性就是那些核心美学范畴最可怕的发明之一"（第178页），普世性否认世界空间的对抗性和等级结构。文学中心既是文学不平等结构的受益者也是维护者，但是他们的普适性神话反而在宣扬所有文学一律平等的同时，让所有人类都屈从于他们的法则。

二 祝圣机制之一：文学翻译

本章在概论之后论述文学世界共和国的祝圣机制——翻译与评奖的祝圣功能。卡萨诺瓦肯定了翻译的重要地位，通过将翻译定义为一种文学化的方式，破除将翻译活动等同于语言与语言之间简单的对等转换的观念，指出翻译是文学世界中重要的祝圣机制，是文学化的重要方式，是世界文学空间内部斗争的特殊形式。

翻译的用途因源语言与目的语的相对地位而确定，因为语言的文学不平等在一定程度上会导致文学竞争参与者的不平等，所以参与者会根据自身的定位采取相应的策略。当目的语地位低于源语言，即将文学中心的作品"译出"到被统治地区，翻译是被统治地区积聚文学资本的方式。只有当文学资源得到文学中心认证时，被统治地区的文学资源才能转化为文学资本，因此将文学中心的文学译出到被统治地区，是转移文学中心的文学资本以丰富自身的方式。当被统治地区的作家不满足于自身文学空间的旧标准，但又需要新标准以加强自身的主导地位时，就会引入格林尼治子午线的现代性以改变本国的审美规范，如19世纪德国浪漫主义翻译经典的计划。这一计划中承担翻译任务的角色往往是被统治地区的操多语种者，其翻译在加强自我统治的同时，也使中心文学资本在全球传播，加强了中心的普世化建构。

《文学世界共和国》(1999)

当源语言的地位低于目的语时，即将边缘地区被忽略的作品"输入"文学中心，这一翻译任务的承担者往往是如瓦莱里这样具有认证权与祝圣权的大翻译家。于是翻译成了对边缘地区文学认证，认证后的文学资源会成为中心积聚的新的文学资本。被统治地区的文学作品被翻译后，会转化为文学资本，由边缘走向中心，由不可见走向可见。因此卡萨诺瓦将被统治地区的作家翻译、自我翻译、转录或用占统治地位的语言进行直接写作的活动看作"文学化"的一种重要方式。

既然被统治地区作家将作品翻译为占统治地位的语言，或直接用占统治地位的语言书写是一种文学化，那么小民族的作家可以利用这一语言—文学策略获得进入中心的资格，或提升作家自身的地位，斯特林堡、纳博科夫和贝克特均是如此。这一语言—文学策略分为3个阶段：（1）自我翻译，如斯特林堡一开始试图通过翻译自己的剧作《父亲》打开市场；（2）参与式翻译，斯特林堡在与翻译者乔治·鲁瓦索合作的基础上用法文转换自己的剧本；（3）直接用法语创作，由于担心受到合作译者的妨碍，斯特林堡决定直接用法语创作，直接用法语创作也可以看作对斯特林堡母语翻译后的书写，他用法语写作显然是为了被法国认证。正是在被祝圣为名作家之后，斯特林堡才放弃法语而改用母语写作。因此作家"一旦被祝圣，也就是说获得文学存在和出了名，翻译重新成为从一门语言到另一门语言的简单翻译行为"（第159页）。纳博科夫和贝克特为了进入法语空间也走了与斯特林堡相似的道路。乔伊斯则另辟蹊径，通过书写一种无法即刻翻译的文本，一种"完全独立的，不依赖任何语言、商业及民族约束的文本"（第164页）来获得文学自主性。

卡萨诺瓦批判文学翻译史长期被遮蔽在传统文学史研究模式之下，并再次强调了翻译者作为中间人的重要性。文学史家往往将自己限制于研究特定作者的特定历史（去历史化）或总体概述某一国家文学的发展，或回顾一段时间内对特定文本不同阐释的历史，而将由评论家授权、由译者执行的祝圣与文学化过程遗忘。这一被人忽视的活动只有在文学世界总体结构或从这种结构中固有的权力平衡中才能看出来：并非所有的作家都具有像斯特林堡、纳博科夫那样的自译能力，当作者不能自译时，作为中间人的译者就会成为作者的代言人、作者的另一个"自我"，而译者对作者的忠实度也构成了翻译研究的张力。

三　祝圣机制之二：文学的世界奖项

本节的标题"世界奖项"，在英文版中为"普世性建构的重要性"，因为普世性的建构确立了世界奖项的合法性地位。文学奖是文学祝圣中最少文学性的形式，它主要负责使文学共和国的祝圣机关的裁决在共和国境外广为人知，因而是祝圣机制中外在的和最表面的部分，代表着对广大公众利益的确认。根据文学世界的法则，诺贝尔文学奖无疑是最具分量的文学认证，对诺贝尔奖的追求也无疑是韩国、葡萄牙等文学世界边缘地区的潮流。

今天几乎已经没有人质疑瑞典科学院与诺贝尔文学奖的合法性地位。但是，在成立之初，文学奖的诞生无疑伴随着公正性的危机，瑞典科学院的任务是挑选并普及优秀文学，那么它的评选标准是否能得到公众的信任无疑是危机解决的关键所在。因此该奖自设立以来的历史可被视作不断尝试发展普世性标准的历史。20世纪初，该奖的历史就是不断诠释普世性标准的历史。诺贝尔评奖委员会强加或颠覆该奖项的固定标准则是在丰富总体的普世性标准。

普世标准的发展历经了五个维度：第一个维度在"一战"前期出现，用来对抗极端民族主义的政治中立立场（政治中立立场指建立在理性和适度基础上的价值），这一选择虽然符合诺贝尔的"理想主义"，但恰恰是政治与民族化选择的结果，证明评委会缺乏自主性；第二个维度出现在20世纪20年代后，为摆脱政治化与民族化，评委会将评判标准修改为，优秀的作品应当是远离民族主义者并没有过度渲染的民族特色，阿纳诺尔·法郎士在1921年获奖，就是因为他积极抵制民族主义；第三个维度与第二个维度相隔不久，作品的公众接受度在这一阶段成为新的衡量标准，这意味着评委会开始注重文学作

《文学世界共和国》(1999)

品的经济一极,因此作家作品的阅读难度会影响作家能否获奖;第四个维度在20世纪中期出现,评委会开始考虑评奖原则的跨民族性,力图剔除评奖标准体现出的欧洲中心主义,美国、日本作家开始进入诺贝尔评奖委员会的视野,但诺贝尔评奖委员会进入非西方世界的探索时间,恰好与文学世界扩张的阶段相吻合,因此诺贝尔评奖委员会评选非西方世界作家是为了扩张普世标准的接受范围,通过将异质性的因素纳入并吞噬进普世标准当中,再用这一普世标准去评价后来的获奖人;第五个维度在1945年后出现,评选标准由注重大众的接受度,走向重视文本的先锋性与评奖的自主性,力图挖掘"未来经典",这一维度意味着瑞典科学院开始用普遍性标准挑战各个民族的国际保守主义和世界文学最权威的观念,T.S.艾略特、福克纳等获奖就是因为他们走在了全球文学的前沿。由上可见,诺贝尔文学奖与巴黎的祝圣权力存在结构上的互补关系。瑞典科学院在一定程度上会肯定或重申文学中心的裁决,使巴黎的裁决权合法化。

四 易卜生在英国与法国

易卜生在法国和英国的评记、翻译和祝圣活动,是发现和吞噬文学文本的经典案例。在英国,萧伯纳将他阐释为现实主义作家,在法国,他则变成了完全与现实主义对立的象征主义作家,这是因为一部作品的认证一直都是民族中心的占有和转移,无论是法国还是英国,他们都是通过翻译、阅读、搬演和阐释易卜生,借用易卜生来为自己在文学空间争得一席之地。

1848年欧洲涌现民族解放运动的浪潮。此时挪威人易卜生也致力于本国的民族解放运动,希望通过戏剧创作与表演唤醒民智。因此他借用赫尔德模式,将民间传统作为美学关注的中心,以挪威本土民间传说、民歌、传奇以及抒情诗为创作素材进行创作,成为挪威民族戏剧的奠基人。但唤醒人民的努力还未见效,易卜生就受到反对恢复民族艺术的政客和善于妥协的自由主义知识分子的攻击,导致他的剧作与文章被禁止表演与刊发。1864年,丹麦被普鲁士击败,挪威统治者袖手旁观，面对生活与政治的双重困境，易卜生先后自我流放于意大利和德国。此外，在祖国言说的窘境迫使易卜生转向用法语进行现实主义戏剧创作，1868年《青年同盟》的发表标志着他的转向，他开始借助法语和现实主义对抗德语对挪威的管制与操控。

在英国，易卜生的流行离不开萧伯纳等先锋派的推介和搬演。萧伯纳为何如此钟爱易卜生？一方面是因为萧伯纳出身都柏林，曾经身处文学中心之外的境遇促使他热衷于关注那些同样处在边缘、来自异国且逐渐获得中心认可的作家；另一方面是他与易卜生拥有相近的美学思想与社会理想，那就是借书写社会问题抨击大不列颠戏剧与英国艺术界陈旧的美学价值。但是1884年以后，易卜生已经开始象征主义创作，萧伯纳忽视了他后期的创作转向，将易卜生形塑为现实主义大师，这样的诠释源于萧伯纳的颠覆性的政治立场。萧伯纳等英国先锋派的目的是借现实主义颠覆英国文学的美学原则，因此他们刻意选择了更利于他们政治目的的易卜生作品，而并非将易卜生作为一个完整的艺术家去欣赏。

在法国，法国先锋派的美学立场结构使他们决定用易卜生的象征主义创作来对抗以自然主义为支撑的自由剧院。艺术剧院的创始人鲁金-坡是促进易卜生的戏剧在法国上演的重要参与者。但他为了推行自身象征主义美学思想，开始通过展演的方式来支配对易卜生戏剧的阐释权。鲁金-坡显然并未在表演中抓住易卜生真正想表达的内核。但本章认为易卜生为了跻身世界文学中心，放弃了对自己作品的象征主义阐释的批评。

英国与法国截然对立的诠释证明"边缘的作品必须要完全满足中心的兴趣"才能获得文学中心的认可。导致易卜生在两国相反形象的原因是两国阐释者对易卜生的发现与研究都服务于各自的美学立场。这意味着边缘作家必须处于合适的"美学距离"才能被看见（符合中心的美学立场），因此边缘获得中心祝圣是在进一步强化中心的普世性神话，强化中心的普世性建构。

（执笔：李一苇）

《文学世界共和国》(1999)

附录

1. 英译版：Yet up to the day of the occupation, Paris had been the Holy Place of our time。(p. 126)

中译本：巴黎曾是我们那个时代的圣地。(第144页)

笔者试译：在占领之日前，巴黎都一直是我们那个时代的圣地。

2. 英译版：… By virtue of the very fact of its connection with the literary present and modernity。(p. 127)

中译本：因为它（价值）和文学的现在与现代性的关系是不断变化的。(第145页)

笔者试译：正是因为它事实上与文学的当下和现代性联系密切。

3. 英译版：… He was an American… But he was not an American because he proclaimed himself the poet of America。(p. 128)

中译本：他是美国人……但又不是美国人，因为他宣称自己是美洲的诗人。(第146页)

笔者试译：他是一个美国人……但他之所以是一个美国人，并非因为他宣称自己是一位美国诗人。

4. 英文版：… Which is to say to give him an existence in the autonomous literary sphere (like Yeats before him, only more broadly, since Joyce was consecrated outside the cultural area of the English language) but also to make him visible, accepted, and acceptable in his own national literary space。(p. 128)

中译本：在自主的文学空间中有一席之地，同时在民族文学空间中被人们发现、接受和提高可接受度。(第147页)

笔者试译：让他在自治文学领域有一席之地（就像他之前的叶芝一样，只是领域更广大，因为乔伊斯是在英语文化圈之外被祝圣的），同时使他在自己的民族文学空间中被人们发现、接受和提高可接受度。

5. 英译版：… Where one sells to the highest bidder everything that the world of culture has produced elsewhere, in other parts of the globe… (p. 129)

中译本：在那里，我们可以向人们兜售来自异地、来自其他子午线……的文化世界的产品。(第148页)

笔者试译：在那里，我们可以向出价最高者兜售来自异地、来自全球其他地方……的文化世界的产品

6. 英译版：*The Sound and the Fury*, *As I Lay Dying* (p. 130)

627

中译本：《愤怒与喧嚣》《弥留之际》（第 150 页）

笔者试译：《喧哗与骚动》《我弥留之际》

7. 英译版：The program of the German Romantics for translating the classics, carried out during the course of the nineteenth century, was an enterprise of this type。(p. 134)

中译本：整个 19 世纪古典派翻译德国浪漫主义的计划就是这一类型的计划。（第 154 页）

笔者试译：德国浪漫主义者在整个 19 世纪实施的翻译经典的计划，就是这一类型的计划。

8. 英译版：By importing to their own countries the modernity decreed at the Greenwich meridian, they played an essential role in the process of unifying literary space。(p. 134)

中译本：他们将现代性引入格林尼治子午线，为的是让其被人们了解；所以他们在文学空间统一过程中扮演了一个重要的角色。（第 155 页）

笔者试译：通过将格林尼治子午线颁布的现代性引入自己的国家，他们在统一文学空间的过程中发挥了至关重要的作用。

9. 英译版：No matter the language in which they are written, these texts must in one fashion or another be translated if they are to obtain a certificate of literariness。(p. 136)

中译本：无论这些文本是用哪一种语言写成，都必须被"翻译出来"，也就是说必须获得一个文学的合格证。（第 157 页）

笔者试译：无论这些文本是用哪一种语言写成，如果想要被认证为具有文学性，就要以这种或那种方式被翻译出来。

10. 英译版：In the careers of many writers, looking at the successive stages of their consecration, it is possible to detect all the ways in which the conditions for achieving visibility laid down by the consecrating authorities cause texts to be transformed。(p. 136)

中译本：人们可以在这一线路上发现众多的作家，找到他们逐步得到认证的每个阶段，以及在认证机构必要的认证透明前提下文本转变的程度。（第 157 页）

笔者试译：在许多作家的职业生涯中，通过观察他们祝圣的连续阶段，可以发现圣职当局规定的实现可见性的条件导致文本转换的所有方式。

11. 英译版：Self-translation represents an intermediate position between the

《文学世界共和国》(1999)

two。(p. 138)

  中译本：中译本漏翻，应位于第 159 页第二段最后一句。

  笔者试译：自我翻译代表了两者之间的中间位置。

 12. 英译版：Russian critics greeted it with hostility. But then，…（p. 138）

  中译本：中译本漏翻此句，应位于第 160 页第 5 行"评论家安德烈·勒维森"之前。

  笔者试译：俄国批评家们对此表示敌意，但是后来……

 13. 英译版：THE IMPORTANCE OF BEING UNIVERSAL。（p. 146）

  中译本：世界奖项。（第 170 页）

  笔者试译：普世化的重要性。

 14. 英译版：Literary prizes, the least literary form of literary consecration, are responsible mainly for making the verdicts of the sanctioning organs of the republic of letters known beyond its borders。(p. 146)

  中译本：文学奖是文学祝圣中最少文学性的形式：他们往往只是负责让人们了解到文学共和国之外的特殊机构的裁决。（第 170 页）

  笔者试译：文学奖是文学祝圣中最少文学性的形式，它们主要负责使文学共和国批准机关的裁决在境外广为人知。

第五章　从文学国际主义到商业全球化

  本章指出过去由巴黎主宰的文学世界如今正转向多中心、多元化，盖在于随着以伦敦和纽约为代表的各个地区加入对文学世界中心的争夺，巴黎已不再是绝对中心，更在于随着商业模式的普及，一种快速流通的、更具商业性的文学形式也正在挤占原来的空间。商业模式冲击了原有的秩序，并对自主创作活动产生了极大的威胁。

一　文学首都巴黎的危机与转机

  本章开篇便提出，自 19 世纪末开始，巴黎的"衰落"已成定局，但这一衰落并不源自巴黎本身，而在于新兴文学大国间对于文学权力的激烈争斗。巴黎的唱衰者打着客观观察的旗号灌输对法国文学中心地位的怀疑，尤其是他们怀疑民族作品合法性的策略取得了很多成效，在几年前不可想象的衰落局面如今已不可避免，甚至出现在法国本土的小说中。（第191页）但本章认为文学首都的权力来自每一个个体对它的信任程度而非所谓客观观察，从这一角度来看，法国依然拥有着强大的影响力。

例如在美国，德里达、福柯、德勒兹、利奥塔等法国哲学家的思想依然被广泛传播，他们经由美国大学的法语系和文学系引入，并极大地深入研究领域。同时，人们对于金斯、昆德拉、马尔克斯、略萨、科塔萨尔等一系列作家的认知，也依然离不开巴黎认证机构对他们的发掘。这既表明了巴黎认证机构的强大实力，也表明了"巴黎一直都是'贫穷者'或者特殊的边缘人……的首都"（第193页），对民族文学产品的发展起到至关重要的作用。在电影领域也是如此，巴黎支持甚至资助世界不同地区的电影艺术家，并在这样的机制中使巴黎成为世界独立电影之都。

同样，我们也可以通过翻译活动进行观察。从翻译的角度看，作品的输入与输出是衡量文学实力的一个重要指标。在法国和德国国内流通的作品中，翻译作品分别占据了14%和18%，同时两国又有着大量的作品输出，彰显其文学实力。西班牙、意大利、荷兰等国也都有着数量占较高比例的翻译作品。出于诺贝尔奖的缘故，瑞典的翻译作品甚至占据了国内作品的60%，全世界的文学作品都极力想被瑞典科学院认可。从这一点来看，瑞典也可以被称为世界文学的中心。反观英国，这个将其文学产品大量输出到整个欧洲的国家，也是最少向外国产品开放的国家，翻译的部分在其本国流通的作品中只占据3.3%。（第193页）这被评论界归结为英国知识分子拒绝接受外国文学所致。而同样使用英语的美国也面临着同样的情况，商业出版商们对翻译作品的出版量正在稳步下降。

由此看来，伦敦和纽约还不足以取代巴黎，只是鉴于商业模式的普及和经济力量的上升，它们在文学世界中正逐渐拥有更高的地位。但我们也并不能因此直接将巴黎与纽约、伦敦对立起来，美国也拥有

《文学世界共和国》(1999)

"大规模流通之外的自主出版"和"先锋派"作品,它们备受法国评论界和出版界的关注。

二 文学的自主性与商业化

根据上文的分析可知,文学世界共和国面临的真正挑战并不是纽约在威胁巴黎的文学首都地位,而是文学自主性一极与文学商业化一极的对立。如今,不论在美国还是在欧洲,自主一极都深受商业一极的威胁,后者试图通过传播那些模仿现代小说风格的作品使自己成为文学合法性的新来源,并在打乱原有发行结构的同时,影响对所出版书籍与书籍内容的选择。

商业发展对文学出版的影响首先表现在出版活动的集约化,各种产品逐步被统一起来,而那些最小的但往往最具创新性的出版商则被淘汰出局;其次,在如今的"传播"工业中出版业的地位已然被削弱,自20世纪以来,它的平均利润率一直在4%左右徘徊,而纸质媒体、有线电视和电影的利润率则在12%—15%,这导致集约化带来的新的出版业所有权人提高了对出版业利润率的要求,短期盈利的目标改变了书籍的性质。

随着集约化和对利润的追求而来的,是科技人员和商人在出版业中发挥越来越重要的作用,于是知识逻辑和出版逻辑的分裂最终导致了创作危机。出版商已经不再是选择者,而是倡导者和设计者。他们更倾向于创作和发行专门为大众市场设计面世的、能够跨国流通的作品。与此同时,一些旨在最大范围内推广、符合可靠美学标准的新型商业产品(如艾柯和洛奇关于学术生活的小说等)成为整个小说现代性的衡量标准。

因而,原本独立于商业路线的文学观念本身,已深深被给人以最自主文学创作表象的商业小说的传播经验威胁。从这一角度来看,人们对巴黎的质疑更多来自其自主文学首都的地位,而非民族文学生产者的身份。同时,拉尔波所倡导的那样一个谢绝民族偏见,能够促进各国先锋派重要作品在全球得到认可和自由流通的社会,也面临着被

631

商业传播规则抛弃的风险。如今，商业模式主导下的作品虽然做到了快速流通和避免误读，但其秉持的目的显然不是文学国际主义，而是商品的进出口及其利润。

（执笔：徐冰傲）

附录

1. 英译版：The same analysis applies to the United States, where the commitment of commercial publishers to translation continues steadily to decline。(p. 168)

中译本：同样的分析也适用于美国，但美国目前还没有任何关于翻译的策略。（第 195 页）

笔者试译：这种分析也适用于美国，美国的商业出版社对翻译的投入继续稳步减少。

2. 英译版：(The commercial pole) seeks to impose itself as a new source of literary legitimacy through the diffusion of writing that mimics the style of the modern novel。(p. 169)

中译本：商业一极试图通过模仿自主文学（在美国和法国都存在）成果的流通方式而让自己变成文学合法性的全新持有人。（第 196 页）

笔者试译：商业一极试图通过传播那些模仿现代小说风格的作品来使自己充当文学合法性的新来源。

第二部　文学反叛与革命

第一章　少数民族文学

《文学世界共和国》第二部题为《文学反叛与革命》，计有 6 章。该部以拉尔菲·艾利松①的一段话开篇，写出了弱小民族被人无视的

---

① 通译为拉尔夫·埃里森，美国作家，以小说《看不见的人》闻名。

《文学世界共和国》(1999)

痛楚与哀鸣,主体部分探讨了民族文学在全球结构的身份化问题,并且以文学共和国中弱势民族的文学创造为关注点,以一种"家族"的分类方式,描摹了它们的文学发展。

一 为了让自己"可见"的少数民族文学

第二部第一章《少数民族文学》的章首引用了卡夫卡的日记,写出了"小民族"的文学是与政治宣传紧密连接在一起的,与正文形成了互相指涉的关系。

本章以变动的观点看待文学空间,认为文学史应该是"特殊的反抗史、实力的对抗史、宣言史、语言和文学形式的创造史,以及文学秩序的颠覆史"。正是作家们反抗文学统治地位,在文学实践中"创造、重新设计和占有有效方法",他们才确立起了其文学地位,如卡夫卡、卡特波·亚辛①、沙尔-费迪南·拉缪②以及克里奥尔语③作家、易卜生、乔伊斯、萧伯纳、亨利·米修④、胡安·贝奈特⑤、达尼罗·金斯等。这些作家都面临着融入或背离大国文学这样两难的问题,但他们最终神奇地找到了文学创造的独特范式,最终确立了自己的文学地位。

这些作家可以罗伯特·瓦尔泽⑥和沙尔-费迪南·拉缪为例,他们虽然看似不同,实则都与自己的传统完全割裂,并用不同于故乡的语言做出了文学实绩。那么,这些作家为何要这么做呢?

由上述可知,文学历史导致了文学资源分配不均,不同的民族文

---

① 此为用法语写作的阿尔及利亚作家,其著名小说《内吉马》暂无中译本。
② 此为用法语写作的瑞士作家,国内通译为夏·费·拉缪,国内引介过其少量散文和短篇小说。
③ 克里奥尔语,泛指世界上那些由葡萄牙语、英语、法语以及非洲语言混合并简化而生的语言,美国南部、加勒比地区以及西非的一些地方所说的语言也被统称为克里奥尔语。
④ 此为法国诗人、画家。
⑤ 此为西班牙作家,贝奈特也译为贝内特,其作品暂无中译本。
⑥ 此为用德语写作的瑞士作家,著有长篇小说《坦纳兄妹》《助手》和《雅各布·冯·贡滕》,均有自传色彩。

学在文学世界的等级上级别不同。处于边缘地区或者弱小国家的作家为使自己的作品在世界层面出名，就必须创作出一些"现身"机会，这可用文学"家族类似性"（维特根斯坦语）的模式来对这些作家进行概括，也就是说这些作家采用同样的"生成模式"来解决自身地区缺乏文学传统的问题。

　　本章认为，驱使这些作家进行民族文学创作的是他们内心的潜意识，"民族的忠诚原则或归属原则已融入作家心中"。同化和差异化是各民族文学中所有争斗的两大策略，也就是说"少数民族"作家要么被某个大的文学流派同化，要么就在国际文学界中坚持自我并用自己的民族语言进行写作。除此之外，别无他法。本章引用安德烈·德·里德、爱德华·格利桑德、奥克塔维奥·帕斯[①]的论著，表明了弱势文学发展的艰难——"要么封闭在有限的特殊之中，要么相反在普遍世界中被稀释"。因此少数作家在面临上述问题之时，要么承认差异，走上民族作家的道路，要么自愿被某个大的文学流派同化。因此，作者将爱尔兰文学史作为范例，用来验证以上理论。

二　文学匮乏的悲剧

　　接下来"文学匮乏"一节提出"少数文学"观念。"少数"是指在文学上处于弱势并面临着文学的匮乏。弱势国家因为经济政治的不平等而造成了文化不平等，进而导致作家在国际文坛上默默无闻。于是作家不得不用鲜为人知的语言写作。因而作家只能创造出特别杰出的文学作品才能蜚声世界文坛。民族性成为作家身上沉重的镣铐。文学世界性所幻想出的虚假的大一统主义，阻碍了主流评论界认识这些作家的创作之难。用拉缪的话来说，"我们这里是非常小的地方，因此需要扩大；我们这里平淡，因此需要深化；我们这里贫瘠，因此需要丰富。我们缺乏传奇故事、缺乏历史、缺乏大事件、缺乏机遇"（第211页）。

[①] 此为墨西哥诗人、散文家，曾获诺贝尔文学奖。

《文学世界共和国》(1999)

本章论述了弱小国家的作家的"出身诅咒"。比如，罗马尼亚裔法国评论家、伦理学家西奥朗虽已被文学之都"祝圣"过，并是一位世界知名的作家，但他还是感觉自身的"自豪感永远带着伤痛"，甚至这种民族情感驱使年轻时候的他加入法西斯主义性质的"铁骑军团"①。这一出身诅咒导致西奥朗后来辗转来到巴黎进行"自救"，在那里他被迫忘记自己的谱系、先前的人生轨迹，甚至自己的母语。本章引用贡布罗维奇的话说明波兰流亡知识分子的"窘迫"，他们对着外国人不厌其烦地颂扬着密茨凯维支和肖邦，因为他们"太想救助波兰了，太想赞美她了"。而克罗地亚小说家、剧作家克尔莱扎也认为他们的民族归属感"像一处被感染的伤口"。这是弱小国家的知识分子共有的悲哀。

出身诅咒表现出语言的不公正。危地马拉作家戈麦兹·卡利洛认为，"西班牙语就如同一座监狱……我们的声音无法穿越自己的牢笼"（第213页）。文学、政治和语言上的贫困者"从未在文学世界中真正自由自在过"，少数民族作家的作品比其他人的机会更小，只有制造出特别的文学手段，颠覆处于中心的文学原则，这些作品才能脱颖而出。

三　民族主义文学的反叛者

萨缪尔·贝克特和亨利·米修虽然来自上文提及的弱势地区，但他们弃绝了民族文学的模式化写作。比如贝克特早期作品之一《新近爱尔兰诗歌》拒绝走民俗学者和凯尔特语言历史研究学者的老路，旗帜鲜明地表示要和爱尔兰诗人叶芝做意见相左的对手。亨利·米修也是如此，他在《比利时文学》一文中不客气地批评了比利时文学的几个重要的名人，并且嘲笑了比利时人的"好孩子、朴实、谦逊"等国民性。

虽然上述作家在写作初期就表示要反叛传统民族主义写作道路，但作家对民族文学领域蔑视的态度恰恰证明他们之间无法分割的内在

---

① Iron Guard，由学生运动领袖科德里亚努建立的极端民族主义的法西斯组织。

的联系，他们的写作也无法摆脱民族的影响。

四　民族的政治化

作者在本节中用爱尔兰文学作为例子，阐释文学对政治的"依附性"。爱尔兰文学复兴运动继政治民主主义运动兴起，其领导人帕奈尔的自杀标志着爱尔兰独立政治行动的失败，因而政治民族主义逐渐过渡到了文化民族主义（尤其是文学民族主义），其中一派是以叶芝为代表的新教徒、文化主义者，另一派是注重政治的天主教知识分子。在某种程度上，文学为政治斗争提供了武器，很多造反者是爱尔兰作家的读者，而且很多动乱的领导者也是知识分子。叶芝反对被政治同化的文学现实主义，认为应在怀旧的探索中寻求一种文化独立的道路。1930年都柏林的文学家虽然在历史和政治方面处于伦敦的统治下，但他们拒绝了伦敦审美与批评的要求，这体现了爱尔兰文学领域的政治化。

由上可见，"少数"文学的特点之一便是"民族的政治化"。生活在弱势文学的国度里，作家注定受到民族主体性的限制，必须在创作中包含民族的大事件和历史。文学论争几乎围绕着一个中心问题，即民族、语言、民众、通俗语言。作家身上担负着为民族和民众写作的责任，因此这种工具性的创造目的，导致了对新的民族大众的依赖，影响表达自主性，比如辛格的戏剧《西方世界的卖艺人》、奥凯西的戏剧《枪手的影子》的上演现场。而乔伊斯反对这种依附性，认为创作者不应该迎合公众口味，"民众的魔鬼比庸俗的魔鬼更危险"。

在新兴国家兴起的民族主义风潮反对帝国主义的强权，具有颠覆性色彩，对于那些缺失文学遗产、被剥夺了民族语言文化和传统的人来说，他们唯一的出路就是政治斗争。弱小国度的作家们必须面临着两种独立——政治独立和严格意义上的文学独立。二者有先后性，只有积累起足够的政治资源和获得政治独立时，才能进行争取文学本身独立的斗争。比如，1940—1944年法国被德国占领，最欣赏形式主义的作家也加入了抵抗运动。但有时候，文学独立的进程会被中断，比如西班牙、葡萄牙的军事独裁政权，使文学沦为政治的工具。作家要么被迫写作为政治服务的文学，要么流亡他国。

本节还厘清了大国的民族主义和新兴民族国家的民族主义的相异之处，前者是学院式刻板的代名词，而后者肩负建立民族形象的重任。在后者的国家中，作家成了大众的发言人，是"这个社会最敏感的力量"。作家的创作也记录了本民族的历史故事和民族史诗，是民族的文化源泉。

五 现实主义，一种文学民族主义

在弱势文学国度，"现实主义"的创作方法有着独特的霸权。尤其是自然主义，它是"唯一能使人产生幻觉的文学"，因而常被用作政治工具。因此将新现实主义美学和所谓"民族化"语言结合起来，就使作家在政治不自由国家中被严格规训了。佛朗哥统治下的西班牙可作为例子。这些国家的主流文学派别是现实主义，作家们无法触及强势国家的形式主义。因此，以政治介入为名创作的现实主义其实是文学民族主义。而文学开始自主的标志则是文学的非政治化，开始"不掺杂任何社会或政治的'功能'"，作家的角色开始从"民族先知"等重担中退场。只有弱势国家或地区的民族特性业已建立，这些地区的作家才能对现实主义开始质疑，并且进行美学革命。

六 卡夫卡，为弱势文学而作

本节分析少数文学写作者的代表卡夫卡，延续但也质疑了德勒兹和瓜塔里[1]的说法。卡夫卡是在布拉格世俗犹太家庭中长大的犹太人，多重身份的裂隙影响了卡夫卡，使其在自身的文学脉络中对弱势文学[2]的处境有着深切的体认。卡夫卡认为，弱势文学都可以用同一种理论来解决问题。出于当时独特的历史背景（奥地利帝国分崩离析

---

[1] 瓜塔里，通译为迦塔利，参见［法］吉尔·德勒兹、菲力克斯·迦塔利《什么是哲学?》，张祖建译，湖南文艺出版社2007年版。

[2] 英译文 small literature，本章译为"弱势文学"。

的前夜），卡夫卡为了宣示在"年轻民族文学的一种机制"才"发现"了意第绪语戏剧的民族特性。

卡夫卡认为，新兴国家的作家应该"与政治连接"，并且坚持民族新闻业和图书出版业应该同时诞生及平行发展。在小国家中，文学作品无法避免与政治的接触，因此所有文学作品都具有政治（集体）色彩，而卡夫卡认为这不是一件危险的事情，新生文学只有借助其政治诉求才能存在，这也是其生命力的来源。卡夫卡提供了一种处理"小"文学的理论观点和实践观点，认为在具有不平等结构的文学世界中，"大"文学也就是积淀深厚的文学与"小"文学（弱势国家的文学）之间存在着斗争，而小国作家与其民族文学之间关系复杂。

由上可见，德勒兹和迦塔利写作的《卡夫卡——为了少数民族文学》一文，将"原始、过时的政治大纲"运用于文学中，改变了卡夫卡日记的原意。然而，卡夫卡是"一位没有实际政治关切的政治作家"，而德勒兹和迦塔利却把自己的政治观强加于他，虽然这和卡夫卡的民族问题不谋而合。另外，虽然德勒兹和迦塔利对于卡夫卡的分析是"回到了最古老的诗学神话"，但是他们创造的"少数文学"（或"次等文学"）这一批评范畴仍然值得肯定。

（执笔：高天瑶）

附录

英译版：The young Beckett took aim, directly or indirectly, at Yeats himself, the greatest Irish poet of the day, then seventy years old, winner of the Nobel Prize more than a decade earlier, a worldwide celebrity, everywhere honored as the greatest living poet of the English language, national hero and grand old man of international letters。(pp. 187 - 188)

中译本：他曾三番五次直接或间接针对十余年前的诺贝尔文学奖得主、闻名世界并受世人敬仰、无论在何地都被尊称为用英语写作的在世最伟大诗人、民族英雄以及公认的国际名人、当时已至古稀之年的爱尔兰最伟大的抒情诗人叶芝。(第217页)

笔者试译：他曾或明或暗地批评了叶芝本人，叶芝是那个时代最伟大的爱

《文学世界共和国》(1999)

尔兰诗人，当时七十岁，是十多年前的诺贝尔奖得主，世界名人，处处被尊崇，为依然健在的最伟大的英语诗人、民族英雄和国际文学界的雄伟老人。

第二章　被同化者

本章提出，如果将中心外作家所面临的两难处境、选择与创意看作相互间紧密相连、不可分割的立场整体，那么我们或许可以重新定义被统治民族文学的性质与范围，例如重新收编那些从自己族群中"消失"，即被流放或者被同化的作家。而且，任何一个文学空间的形成都要从两种可能性之间的对立关系上来理解，即一些作家对祖国的仇恨，以及同时由这种仇恨所激发的对祖国的狂热依恋。

在此基础上，本章聚焦哥伦比亚文学，认为这一文学空间俨然已经变成了一个跨越国界的分裂地带、一个无形的实验室。民族文学在这里被创造出来，且不为民族界限所左右。在统一整体的政治文学实体表象之下隐藏着更为复杂丰富的内容：国际化与民族化、不同文化和语言体系、作为媒介的巴黎和古巴政治中心、文学编辑与文学经纪人，以及各种政治争论。这些复杂繁多的结构性元素共同构成了哥伦比亚文学世界，超越了国土疆域。其内部依作家们之不同立场、见解——为获得"信仰"或"信用"的支配性权力并使自身合法化所制定的革命策略——划分出相对独立又彼此拉锯的多样文学场景。

来自政治和/或文学弱势地区或被统治地区的作家的每一种"选择"都可能令其身处独特的文化语境，这也意味着他们只愿意接纳与其具有相同或相似立场及追求之人，他们共同锻造了弱势文学空间的初始阶段，进而又被统摄至更大的民族文学或被统治文学空间之内。

卡萨诺瓦借由对作家立场与选择的论述引入"同化"概念。在这些"被同化者"中，有的来自文学与民族资源匮乏的殖民地，有的来自被统治但相对拥有特别资源的地区。对前者来说，"同化"代表着一种进入文学与文学存在的道路；对后者而言，除了获得进入场域竞争的机会，这种选择一方面可以将主流文学遗产据为己有，另一方面则帮助他们摆脱成为书写政治文学的民族作家的命运以及强加于己身的"爱国义务"。二者皆要面对文学语言的同化。他们当中一部分人写作时正值本国民族复兴运动之际。文学成为服务于民族意志、参与政治斗争的工具。这种政治依附性所导致的作家表达令他们不由自主地心生不满；他们也由于鲜为人知的语言所形成的天然牢笼以及小地方的他者属性与地位，在国际文坛寂寂无名；他们或从后天教育与文化环境中习得了一种对外来者傲慢、轻视的眼光，也更深刻地受到文化等级秩序的伤害，并力求自保；他们又同时受困于归属感、对民族的忠诚、对同胞的眷恋以及对殖民地或被统治地区所遭受的政治与文化上的羞辱与压抑的深切体会，从而对故土产生极为复杂矛盾的情感态度：批判、冷漠、讽刺、同情、怜悯与不甘之下的自卑和愤怒。在多重情绪之间，他们不知该如何安放自己的位置，正如西奥朗带着一颗救国之心辗转来到巴黎，最终却选择在那里忘记自己的过去。

又如，乔伊斯反对爱尔兰文艺复兴运动，但也同时拒绝任何形式的同化。乔伊斯将文艺复兴运动之前的爱尔兰比作一面普通的镜子，在他看来，爱尔兰艺术家由于自身的依附性，无法抗拒从英国人那里因袭而来的语法规则、审美范式、艺术形式甚至美学追求，因而无可避免地创作出英国主流艺术的复制品，他们也无力拒绝殖民者对他们进行的粗暴定义以及强加给他们的劣等身份，最终沦为为英国人服务的"无所不能的仆人"。乔伊斯的《批评文集》讽刺了爱尔兰戏剧作家的这一"优良传统"，并称那些以王尔德和萧伯纳为代表的老派戏剧作家的继承人为"英国人喜欢的小丑"。他宣告一种几乎绝对的文学自主，以自身写作既实现了与爱尔兰主流文学审美的完全决裂，又嘲弄、破坏了处于统治地位的英语传统。他要以对英语文学标准和形成中的民族主义文学审美标准双重否定的方式为这面镜子留下一道裂痕。（第241页）由此可以看出中心之外的部分作家所面对的两难处境："同化"既是一种积累文学资本、争夺话语权的竞争策略，但同时也是对自身"民族主义者"身份的剥夺与对民族文学事业的"背叛"。本章选取4位作家做出进一步分析论证。

《文学世界共和国》(1999)

一　奈保尔

奈保尔是一位被英国文学价值标准完全同化的作家。他1987年出版的《抵达之谜》(*The Enigma of Arrival*)可以被视作其心路历程的再现。"抵达之谜"意为：旅行者入港下船，历经无数奇遇与幻灭，最终逃回港口，而那只带他前来的船却早已不见踪影。这是对奈保尔个人经历与身份、故土与他乡之间遭遇与渊源的晦涩隐喻。如同实现了阶层跨越的低层阶级的出身者往往挣扎于对原有社会关系的延续与拒斥之间。他对当地风俗与历史的痴迷以及力图融入其中的努力暗示出他所感受到的某种缺失，他对无归属感所招致的孤独的一再自我宽慰最终强化了这种孤独，他对被赋予的英国公民身份的激进捍卫、对大不列颠帝国辉煌过往的怀恋以及对宗主国价值观几近完美的占有与展露，无不传递出其巨大的身份焦虑及内心深处对自身实为双重流亡者的清醒而痛苦的认知。他深知自己是如何闯入中心视野并以自身遭遇可悲地验证了这一路径的合理性与可操作性，或许也清楚那些欧洲批评家会如何借由他的作品以及他本人来窥视嘲弄他的母国和以其母国为代表的第三世界国家、弱势文化空间的人民的"劣根性"，从而获得文化权威与殖民主体的优越感。然而，选择"同化"也是他作为一个出生于没有历史、没有传统、没有文化、没有任何可供支配的文学与民族资源的特立尼达岛的印度移民后裔能够进入文学世界的首选之路，甚至是唯一的道路。

但奈保尔无法改变自己的肤色。肤色时刻提醒着他与祖国无法真正割断的连接以及对前殖民地同族的特殊"背叛"。其作品也时常呈现对故乡的怀旧与惋惜之情，"疏远的亲近"让他更早更深刻地认清了英国遗产对印度的意义。他的《康拉德的黑暗我的黑暗》将殖民地的历史描绘为这个世界从未被照亮的、残败的黑暗角落，"所有的文化都是外来的"[①]。他在《印度：百万叛变的今天》(*India. A Million*

[①] [英] V. S. 奈保尔：《康拉德的黑暗我的黑暗》，张敏译，海南出版社2015年版，第53页。

Mutinies Now）中坦率地指出："古印度历史是其征服者谱写的。"殖民者在塑造历史的同时，也打造了当今印度的方方面面，"甚至随后孕育了印度民族主义运动的国家、民族遗产、文化及文明的概念皆源于英语世界的世界观和历史观"（第244页）。他将一种痛苦且矛盾的目光投向故土，身陷奇异的悖论与困境，即对一种世界观的无条件拥护以及始终无法实现对这种世界观的完全认同的二重性。他的"背叛"与"被同化"背后流露出的是绝望的清醒。

二 亨利·米修

亨利·米修来自语言受统治而非政治受统治的比利时法语区。在面对"异化"与"同化"两条道路时，他为了拒绝成为民族诗人的命运而选择了"同化"。但仅由一点口音问题和举手投足间的些许差别造成的相异性，在他与法国之间形成了微妙的文化距离，令他在外省人与外国人身份之间左右为难。

作为瓦隆人，他一出生便在语言方面受制于法国，长期无法从祖国对法国的附庸关系中解脱出来，身处独立的文学空间。而这种是但不完全是外国人的身份现实又迫使他不断逼视他者在向主体无限接近的过程中那横贯于二者之间的仿佛终究无法跨越的鸿沟。他的比利时出身变成了一个真正的诅咒，正是"他的类同本身却阻碍了他变成'同类'"（第246页），让他在两种相似的文化间漂泊无归宿，挣扎求生。为了"现身"、为了被认可、为了获得真正进入另一种文化与文学传统的机会，他极力否认自己的出身，竭力摆脱与生俱来的一切，厌恶回忆成长经历甚至憎恨自己的姓氏。他自1922年起便往返穿梭于亚洲、美洲与欧洲诸国，直至1955年才加入法国籍。他的流亡实为自我放逐，"以将自己从祖国驱逐出去，断绝所有的联系"（第247页）。

三 西奥朗

西奥朗来自虽极弱势且起步较晚，但无论在政治上还是语言上都不受法国统治的罗马尼亚。他对法语的归依固然有试图摆脱民族归属、

《文学世界共和国》(1999)

追求文学自由的一面，但更是其艺术理想的体现。他不只选择了法语，而且选择了拉辛的语言，后者代表了他高度认可的法国古典主义的伟大风范，可以追溯到18世纪路易十四统治下的辉煌时期，其时法国文化之卓越无可挑战。西奥朗的创作背后暗藏着与先贤对话的野心。

与此同时，我们还要考虑到他相对"落后"的思想。他在三十五六岁时来到巴黎，并认为这样的年龄迫使他不得不以抛弃母语为代价来完成自身"变形"。他不了解同代人，对美学方面的争论与创新知之甚少。西奥朗的写作风格实则是对一种至高美学的追求与保守主义思想结合的产物，但这恰好迎合了当时法国评论界的口味，他的作品被视为展现了对法国民族文学伟大符号的尊敬以及对一种渐趋衰败的知识力量的敬意，使一种亟待恢复的文学艺术之伟大传统得以复兴。他的外国人身份进一步强化了对他的肯定，而这又反过来推动了他的"同化"，"文学艺术之'伟大'的、最传统的形象和法国人的文学幻觉相遇了"（第251页）。西奥朗的创作既在想象层面消除了法国人对自身文学没落的担忧，又满足了他们对自身所拥有的民族文学遗产的自豪与优越感。

四 拉缪

瑞士作家拉缪是一个最初选择被"同化"但未成功，转而选择与"同化"决裂的特殊案例。他曾想复制米修的道路，但与法国人太过接近的相似性阻碍了这一目标的实现，祝圣机构因他过于土气、不够新鲜、不够异国风味为由将其拒于门外。拉缪失望之余，经反思创作出《存在的理由》。该书想要改变巴黎规则、颠覆"价值"秩序，于是他转而成为"沃州口音"的捍卫者，决定夸大自身差异性，公开展示与巴黎迥异的口音与举止，有意制造出可被评论机构"感知"的合适的距离，迂回地得到了巴黎的认可。严格来说，拉缪最终以一个反叛者的姿态达成了被同化者的诉求。

（执笔：宋伊靖）

第三章 反叛者

本章论述文学世界共和国之下的"反叛者"。所谓"反叛者",是指以各种方式与主流文学空间拉开距离、拒绝被主流文学空间同化,并试图取而代之,创造下一个主流文学空间的作家。本章以德国、爱尔兰、拉丁美洲、非洲、都柏林等起步较晚、比较弱势的非主流文学空间为例,分析其民族文学奠基者有意识地采取的各种策略。这些策略虽未成功使其成为主流文学空间,但有些民族保留了本民族的特色民族资源,维持了与主流文学空间的距离。

首先,赫尔德模式为比较弱势的文学空间的发展提供了重要借鉴,即从民间文学中发掘民族文学资源。其次,有些作家借鉴与引用其他文学空间的技术应用于本民族。文学家有意识地制造本民族文学的古老性,其方式包括指定新的文学首都、弱势文学空间的互相承认等,其目的是颠覆主流文学空间的中心地位。可以看出,在以法国巴黎为首都的主流文学空间之下,其他的文学空间并不是完全一致与被同化的,而是以各种各样的方式挣扎求生的。

反过来说,被主流文学空间同化,某种意义上即被主流文学空间吞并,这只会延续主流空间的统治地位,没有任何其他价值。起初,法国对抗拉丁语的统治地位和意大利诗学,采用的主要策略也是制造差异。制造差异可以抵制对主流文学空间的依赖并建立一种竞争,不使本民族的文学资源成为牺牲品。"完全缺乏所需差异性阻碍了一切特殊作品的问世和得到应有的承认。唯有公开宣称特色化和民族化的文学创作才能促使作家结束对占统治地位文学(和政治)空间的依附。"(第255页)由于文学的建立与民族的建立密不可分,所以制造差异、与主流文学空间保持距离有着重要的政治意义。

基于以上理由,许多文学奠基者谴责模仿。杜贝莱提出"模仿型诗人使我感到语言贫乏与空洞",爱默生则更是宣称"模仿等于自杀"。在19世纪直至20世纪40年代,拉丁美洲的作品都属于模仿文学。乌斯拉尔·皮特认为,模仿文学对拉丁美洲的影响之深可从1879年厄瓜多尔作家胡安·雷昂·莫赫放弃对厄瓜多尔民族的看法,反而去虚构夏多布里昂作品中的梦幻的印第安人生活便可见一斑。模仿使弱势文学空间无法与主流文学空间产生差异,没有特色的民族文学资源自然会走向消亡。拉缪用"资产"形容弱势文学空间的"差异"资源,"这些差异才是小国自己的真正资产,只有当这些资产在国际交流中变得举足轻重时,他们才可加以利用"(第257页)。

一 赫尔德理论

独特的文学表达就是具有特色的民族文学资源,保持差异与特色是文学空间的生存途径。但弱势文学空间由于缺乏主流文学遗产,难以快速聚集文学资产或形成自身的特殊表达。对于这一情形,赫尔德理论对弱势民族的特色文学资源积累起到了极大的帮助作用,他将"人民"与"民族"等同起来,于是通俗故事可以转变为民族叙事和传奇;以通俗材料创作民族和大众的戏剧,不仅可以传播民族语言,还可以生产一批民族观众,促使文学遗产的恢复(如希腊或墨西哥)或质疑文学的时代标准。

自赫尔德之后,民族、语言、文学与人民就可以等同地互换使用。这些词语意义一致,改变了弱势作家的创作策略与可能性,提供了一种新的创作方式来宣示弱势文学空间与强势文学空间的差异。自19世纪末开始,民族的定义之上加上了"人民的",使人民不再是民族团体的别称,其中最佳体现是农民神话,如叶芝编写的《爱尔兰农民的神话和民间故事》帮助爱尔兰文艺复兴以抵制英格兰文化的入侵。农民神话既是民族的,又是人民的。

由于赫尔德理论,"人民文学"成为一个含混不清的概念,"这个概念在世界文学的政治兴奋点中建立了文学合法性"(第258页),帮助那些缺乏文学遗产的弱势文学空间积累文学资源,使弱势文学空间得以生存和扩张。于是,作家在各种政治、文学背景下不断重构这一概念。如 20 世纪初的共产主义思想在为政治解放而斗争的民族主义积极分子中传播，形成了新的政治、美学和文学标准。人们也借助这一概念宣示文学的"人民"特征。另外，这一概念是含混性的，导致了"无产阶级才是人民"的争论。爱尔兰的文学空间形成就展现了这一过程。在爱尔兰文学从"浪漫主义"向"现实主义"过渡的过程中，人民即民族的概念被重构为人民是一个"阶级"的概念。叶芝首倡乡村现实主义反对唯心主义美学，剧作家肖恩·奥凯西又提出城市现实主义、工人现实主义以及无产阶级现实主义。

如第二部第一章《少数民族文学》所述，小文学也往往借助现实主义工具来完成政治斗争再争取文学自主性，这一变化名为美学转变，实为政治转变。弱势文学作家以赫尔德理论为依据，重新解释并收集出版民族故事、诗歌和传奇，使它们成为重要的第一手文学资料。"民族"文学缔造者千方百计地将口头文学转化为文学创作，使其成为民族的文学资产，这就像是一次艰难的"炼金"过程：将约定俗成的表达、民间文学作品转化为"金子"，以期望能得到世界文学的承认。在这个过程中，产生了两种方式，一是像爱尔兰的"文艺复兴"者那样收集民间故事，二是民族—民间戏剧的建立。

（一）收集民间故事

在欧洲的民俗学发展成熟之后，那些去殖民化地区的知识分子也开始以赫尔德理论为依据，从人种学的角度去重构这一概念以建设民族文学资产。许多阿尔及利亚小说家在写作时还进行人种学研究。如穆鲁德·马默利既是小说家和剧作家，又是人类学家。在这类作家眼里，自然主义小说几乎具有文献价值。此外还有尼埃尔·奥罗鲁菲米·法君瓦写的约鲁巴语故事。他是第一位用约鲁巴语将民族口头流传的故事改写为文字的作家。阿摩斯·图图欧拉则使用洋泾浜英语讲述奇幻故事，自发性地使用蹩脚的英语，以此拒绝被主流欧洲标准同化。

《文学世界共和国》(1999)

（二）民族—民间戏剧的建立

在文盲数量占比较大且缺乏文学资源的地区，戏剧作为从口头表达到书面书写的过渡文学形式，有助于民间文学转化为民族文学资产。戏剧是一门具有最直接的政治功能的艺术，不仅可将一般民间受众转化为新兴民族文学所需的民族受众，还能质疑、颠覆现有政治体制。因此，戏剧与建立新的民族语言之间具有重要的直接关联。

在这方面，卡夫卡发现意第绪语和意第绪文化的载体就是意第绪语戏剧和剧团。通过这些载体，他接触到了犹太民间文学，体察了犹太民族的政治斗争。而在其他不同的历史和政治背景下，戏剧仍是民族危机时文学创建者的普遍选择。阿尔及利亚作家卡特波·亚辛曾在巴黎热心追求成为一位现代作家，探索形式问题。阿尔及利亚独立后，他放弃先前的文学活动，开始创作戏剧、组织剧团，由使用法语转为使用阿拉伯语，参与创建阿尔及利亚新文学。他说："如何消除文盲？如何成为与那些……不得不通过法国才能出名的作家有所不同的作家？这就是一个政治问题……人民喜欢在戏剧舞台表演时互相认识和理解。几个世纪以来第一次用自己的嘴巴说话，无疑就能理解自己了。"（第266页）肯尼亚作家恩古吉·瓦·迪翁戈与卡特波·亚辛的经历也极为相似。

二　文学资本的输入与输出

通过引进技术和文学技巧也能输入那些不能被创造与收集的文学资源。拉丁美洲文学和艺术资源的奠基者卡彭铁尔在其文章中说："美洲的年轻人要深入了解欧洲现代艺术和文学的代表性价值；这不是为了像很多人一样抄袭大洋彼岸某个模板……而是为了努力通过分析掌握一些技巧，并找到能够更有力地传达我们拉丁美洲思想和感性的结构方法。"（第269页）引进与借鉴他国的文学技巧与资源并不是被他国同化。卡彭铁尔对于本民族的从属地位有着清晰的认知，并坚定创建文学自主性。拉丁美洲60年后完成了这场文化革命，获得了4个诺贝尔文学奖。

上述表明，借用他人技巧才能积累早期文学资源，才能诞生真正独特和自主的文学。（第270页）"魔幻现实主义"是成功借鉴他国技巧创建文学自主性的有力例证，但并非适用于所有民族与国家。拉丁美洲文学体现了整个大洲的而非单个民族的特征。拉丁美洲的知识分子因政治流亡而跨国家跨民族地在整个大洲内保持对话与辩论。而在更加弱势的文学空间内，由于自身资源匮乏，仅仅依靠文学技巧的借鉴与引用，无法建立文学自主性。

除了赫尔德理论，浪漫主义时期的德国还模仿了3个世纪前杜贝莱的做法，通过翻译将古罗马和古希腊的遗产转化为本民族的文学资产。德国知识分子翻译古代经典、兼并文学遗产，将全世界的文学作品进口到德语区，不断与法语的统治地位相抗衡。他们的共同使命是：将德语变成"世界交流"的首选工具，并使其成为一种文学语言。歌德说："语言的力量并非在于排斥陌生者，而是要将其吞食。"（第272页）。

德国的翻译理论因而是德国对抗法语统治的武器，促使德国历史文献学的进步。同一时期的法国译者按照盲目的种族中心主义使古典作品适应他们的审美观，德国译者却反其道而行之，贯彻忠实原文的翻译原则，借助历史文献学的成绩帮助德语对抗法语。此外，德国语言学家和文献学家对印欧语言的比较语法做出了开创性研究，使日耳曼语言被提升到与拉丁语和希腊语同等古老和高贵的地位。奥古斯特·施莱歇尔的《印欧语言比较语法手册》，用翔实的例证阐释了原始印欧语到梵语、古希腊语、拉丁语再到德语的音系演变和形态演变。处于印欧语系中的德语，显示出其相对于其他语言的优越地位，成为德国语言学家对抗法语的武器。

历史文献学与语言学成为德语的两大武器，使德国迅速跃居欧洲新文学强国。而那些只拥有古老文明被掠夺后的残渣的弱势文学空间，同样也可以采取翻译的策略来夺回文学遗产。通过输出由现代性语言翻译的文学资产，找到属于自己的话语权，文学遗产就会转变

《文学世界共和国》(1999)

为本民族的文学资产，赢回文化与语言的延续性，如为实现古老民族语言向现代民族语言转变，可以将古希腊语翻译成现代希腊语。这些国家有大量知识分子从事翻译工作。道格拉斯·海德将盖尔语的民间传说译成英语，既丰富了爱尔兰的文学资产，也增加了英语的文学资产。南非作家玛兹兹·库尼尼将祖鲁人史诗译成英文，以收集文学资源。

三　制造古老性

文学的高贵性紧紧依靠其古老性，因而"资历之战"是夺取文学资源的最常见形式。（第277页）无论是新兴文学国家还是古老高贵的文学国家，都需要不断地宣称自身文化根基的古老性与持续性，确保自身地位不被怀疑，并成为文学合法性主导者或参与者。而相对偏离中心的国家（如墨西哥和希腊）则需要超越不连续性与历史断层，依靠古老的辉煌寻求在世界文学空间的一席之地，虽然这样做事实上难度很大。

宣称文学的古老性是一种快速有效的策略，"最年轻"的文学民族也可以借鉴。格特鲁德·斯泰因的《爱丽丝·托克拉斯自传》宣布，"格特鲁德·斯泰因一直认为美国是世界上最古老的国家，因为是美国的南北战争及之后的商业重组带来的变化，使得美国开创了20世纪。然而其他国家才刚刚开始体验20世纪或者准备开始进入20世纪的生活，因此1860年开始创造20世纪的美国便当之无愧的成了世界上最古老的国家"。乔伊斯谈到爱尔兰文化的高贵性与英国文化平民性之间的天壤之别。而对于"古老性"的时间上的困难，这些追求文学合法性的作家则会努力回避。美国作家长期以先锋自居，宣称欧洲已过时，以未来贬低当代，降低欧洲的地位。在美国人看来，美国是超前的新世界，欧洲是过时狭隘的旧世界，只有将"美国派"与"欧洲派"的文学传统的趋势对立起来，美国的民族文学才能形成。沃尔特·惠特曼写道："我歌颂的是现代人类……我所策划的是未来史。"（第282页）

此外，拉缪在面对缺乏文化历史遗产的沃州时，提出了另一种回避时间的策略，以永恒反衬历史，寻求超越时间、保持永恒。他以农民静止的时间、农业习俗惯例和山川河流的永恒性来反衬文学的现代性，认为巴黎的现代性价值不过是昙花一现，将沃州的落后归结为罗马持久永恒的高贵，尽管它不能与现代性的巴黎相抗衡。

四　文学首都的创建

民族文学资源积累的重要阶段之一就是文学首都的创建。文学首都聚集文学信贷，宛如象征性的中央银行。它一般具有两个特征：拥有政治自由的声望和聚集伟大文学的资本。如巴塞罗那作为加泰罗尼亚地区的文学首都就是如此。政治上，巴塞罗那在内战时期是共产主义的熔炉和抵抗政治独裁的根据地。自六七十年代起，由于政治压迫，大量出版社搬迁至巴塞罗那，大量作家、建筑师、画家和诗人也移居至此。巴塞罗那的政治民主，使其超越马德里，成为西班牙的文学首都。拉美文学作品也可通过巴塞罗那进入欧洲。盖布列·加西亚·马尔克斯的著作版权便是从巴塞罗那开始被出售的。

巴塞罗那的作家千方百计地将巴塞罗那打造成文学首都，其主要手段就是花费大量笔墨描写熟悉的地点和街区的回忆。乔伊斯对都柏林也采取了同样的手段。他在《都柏林人》和《尤利西斯》中用文学赋予爱尔兰首都高贵的形象和它并不具备的声望。同时，他提出了"都柏林人"这一概念，就像"伦敦人"和"巴黎人"一样。在他眼里，都柏林是一个特殊而独立的文学空间。在乔伊斯之前，叶芝首倡回归乡村田园、抵制英国殖民文化的民族主义；乔伊斯则从殖民城市出发（都柏林是爱尔兰最大的殖民城市），选择都柏林作为爱尔兰的文学首都，宣示他与当时农民民族主义决裂。

在某些民族文学空间内，往往存在两个文学首都。其中一个往往以最古老著称，聚集权力政治资源，造就保守与传统的文学；另一个则靠近港口，更加现代化与对外开放，追求现代文学和外国模式，如华沙和克拉科夫、雅典与萨洛尼卡、马德里与巴塞罗那等。

《文学世界共和国》(1999)

五 "小"文学联盟

处于同样的文学资产匮乏与政治弱势之下的"小"民族文学国家，面对强大的主流文学空间，不得不互相学习以抗衡主流文学空间的侵占，于是形成了"小"民族文学联盟。20世纪初的比利时被爱尔兰引为榜样。比利时处于法国文化的统治之下，比利时诗人梅特林克的诗歌虽得到了法国巴黎的承认，但他并不认为自己是法国诗人。法国之于比利时，就像英国之于爱尔兰。

爱尔兰还学习了挪威的模式。挪威摆脱了丹麦的殖民统治，创立了自己的语言。这为爱尔兰盖尔语的复兴提供了借鉴。同时，挪威的剧作家被欧洲接受使乔伊斯和以叶芝为首的爱尔兰知识分子都意识到要想被欧洲主流认可，就必须摆脱宗教道德和民间经典的束缚。以此种标准来判断，乔伊斯认为易卜生的戏剧远胜莎士比亚，否定了英国长期以来奉行的经典标准。易卜生的戏剧创作还为乔伊斯反对叶芝倡导的农村民间民族主义审美提供了工具。"大众的魔鬼比庸俗的魔鬼更危险"，易卜生宣扬的天才和现代性推动了乔伊斯反驳政治及文学方面崇古和保守的立场。(第288页)因此，"小"民族作家对彼此的相互兴趣同时具有文学和直接的政治性，或者说，进行文学比较更是对政治同源性的含蓄肯定。(第289页)

"小"民族文学的艺术家联合起来反对主流文学标准的单义性，还可以实现一种去中心的目的。以"眼镜蛇"艺术运动的线路和历史为例。战后时期，当艺术首都巴黎想要驱逐比利时的超现实主义画家时，一些来自比利时、丹麦和荷兰的艺术家联合起来发表宣言与巴黎决裂，并且构成了新的艺术共同体，即"眼镜蛇"。"眼镜蛇"拒绝承认巴黎的首都地位，抗议巴黎艺术标准的合法性，追求艺术自由。"眼镜蛇"的联合使他们对巴黎强权抗议与不满合理化，最终得到巴黎评论界的承认。

(执笔：刘双双)

附录

1. 英文版: The principal task pioneering writers face is to manufacture difference, for no specifically national resource can be accumulated so long as literary works are entirely assimilable to the dominant space。(p. 220)

中译本:从某种意义上讲,文学的主要任务就是"制造差异"。(第 254 页)

笔者试译:先锋作家面临的主要任务是制造差异,因为只要文学作品完全同化于主流空间,就不可能积累特殊的民族资源。

2. 英文版: Thus in 1817, almost three quarters of a century before the Irish Revival was formally launched, Sammel Burdy observed that… (p. 221)

中译本:因此,1817 年爱尔兰先于文艺复兴学者的最早作品写道:……(第 254 页)

笔者试译:1817 年,在爱尔兰复兴运动正式启动的差不多 75 年前,萨尔梅·伯迪观察到……

3. 英文版: Calling imitation a "fatal disservice" … (p. 222)

中译本:他宣称"模仿等于自杀"。(第 255 页)

笔者试译:他宣称模仿等于"致命的伤害"。

4. 英文版: "Each age, it is found, must write its own books; or rather, each generation for the next succeeding." (p. 222)

中译本:每个时代,或者更确切地说,每代人,都应该写出具有自己特色的书。(第 255 页)

笔者试译:人们发现,每个时代都必须写自己的书,或者更确切地说,每一代都必须为下一代写自己的书。

5. 英文版: This identity added a fourth term to a long-standing equation that had been fixed since du Bellay, substantially modifying the set of strategies and possibilities, particularly linguistic ones, available to deprived writers everywhere。(p. 224)

中译本:它们的一致性为杜贝莱以来所定义的历史方程式增加了第三项:"人民大众"这个类别将会显著改变所有弱势作家的全部策略和可能性,尤其在语言方面。(第 258 页)

笔者试译:这种一致性为杜贝莱以来一直固定不变长期使用的方程式增加了第四个术语,极大地改变了可供各地贫困作家使用的策略和可能性,尤其在语言方面。

6. 英文版：The effects of the Herderian revolution were so powerful and so durable that appeal to the spirit of the people has remained an effective method, despite changes in political context, of achieving access to literary space。(p. 224)

中译本：但在赫尔德式革命强大和持久影响下"人民"一词的确认仍然停留在要求进入文学世界的阶段。(第 258 页)

笔者试译：赫尔德式革命的影响是如此强大和持久，尽管政治环境发生了变化，但诉诸人民精神一直都是进入文学空间的有效方法。

7. 英文版：Other Irish intellectuals, however, who advocated opening up the country to European culture—Joyce foremost among them, but also Yeats in a different way-were to use Ibsen's work as a model for introducing the idea of literary autonomy in Ireland; for them, the recognition of the Norwegian playwright in Europe was proof that a national literature worthy of the name, in order to have a chance of being recognized on the international level, must cease to bow down before the canons imposed by religious morality and popular prejudice。(p. 248)

中译本：以乔伊斯和另一"登记簿"上的叶芝为首的爱尔兰知识分子，他们都主张自己的国家向欧洲主流文化开放，以易卜生的作品为范本，将文学自主的思想引入爱尔兰；对于他们而言，挪威剧作家得到欧洲的承认证明，为了获取国际认可的机会，配得上这一民族称号的民族文学应该摆脱宗教道德和民间规范的约束。(第 287 页)

笔者试译：然而，主张向欧洲文化开放自己国家的其他爱尔兰知识分子——乔伊斯是其中最重要的，叶芝也以不同的方式——将要以易卜生的作品为榜样把文学自律性引入爱尔兰；对他们来说，这位挪威剧作家在欧洲获得认可，证明了一种名副其实的民族文学要想获得国际层面上的承认，就必须停止膜拜由宗教道德和大众偏见所强加的准则。

第四章 "被翻译者"的悲剧

本章聚焦文学语言的翻译问题，具体分析边缘地区与中间地带等非文学中心空间的作家所面临的诸多问题或矛盾，分析他们如何以语言为武器制造差异并彰显独特性、如何调和文学需求与民族义务间的矛盾。本章认为，非文学中心空间作家采用各种翻译策略，包括使用殖民者的语言、自我翻译、复式表达、双重翻译、双语现象、口语文学化等。本章从翻译这一角度出发重新审视卡夫卡、巴西现代主义教父马里奥·德·安德拉德，还将此前在时空上相距甚远的国家与地区——如索马里和爱尔兰、沃州和马提尼克岛等——视为一个整体加以考察比较。

语言对于文学研究的重要性不言而喻。一方面，它是作家创作的"原料"，是文学资本的重要构成因素，是文学世界内部进行斗争和对抗的关键因素，语言的文学性决定着使用此种语言写作的作家能否得到国际文学市场的认可；另一方面，在赫尔德的影响下，大众语言的独特性渐渐与小国存在的合法性挂钩，语言与民族、文学、身份、人民大众密不可分。上述因素间的复杂关系将小国作家置于最富戏剧色彩的结构性矛盾中：要么被翻译为别国语言，虽会由此而隔绝本国民众，甚至被视为"叛徒"，却能获得文学存在；要么固守本国（或本民族）的小语言，却注定不为人知而仅存在于本民族的文学中。面对这一两难抉择，许多作家"千方百计找寻美学与语言相结合的解决办法"（第296页），试图调和文学需求与民族义务之间的矛盾。对于这些作家而言，翻译问题不可回避。

何为"翻译"呢？非中心作家总是做出各种尝试，试图处理与中心的距离以及去中心化的问题，本章将这些尝试都归入"翻译"概念下，其中包括"采用主流语言、自我翻译、双语作品和对称的双语翻译、创造和推动民族语言或者大众化语言的发展、创造新的文学形式、两种语言共生现象"（第297页）。这里有两点需要特别强调：第一，不同作家的不同尝试不应被看作孤立现象，而应被视为连续的统一体，这就拉近了此前互相隔绝的作家与地区的时空距离；第二，同一位作家可能同时或相继采取其中几种策略，本章特别以殖民地作家为例阐述了自己的观点。

殖民地作家与欧洲小语言作家相比，要面对政治、语言、文学三重压迫。被殖民者若想立足，就必须首先屈从于使用殖民者的语言，对他们而言，双语要求是"政治统治抹不去的首要标志"（第298

《文学世界共和国》(1999)

页)。突尼斯作家阿尔贝特·曼米曾描述过"双语要求下两种语言之间的象征性价值差异"(第298页),在被殖民者所面对的语言冲突中,"其母语属于被羞辱、被压迫的一方,他最终会接受客观形成的这种轻视"(第298页)。对于这类被殖民作家而言,在选择相应策略时会考虑到"他们民族语言的文学性、自身的政治处境、参与民族斗争的程度、在文学中心成名的意愿、这些中心的民族优越感和盲目以及彰显'与众不同'的需求等"(第298页)。详细考察这些奇特的对立关系,一方面能帮助我们从情感、主观、个体、集体、政治等方面理解被统治地区的语言问题,另一方面也能让我们看清不同地区之间的差异及其成因。

一 只有被翻译才能被看见

本节主要分析那些只有在成为"被翻译者"后才能存在的作家所采取的策略。他们为了被看见,不得不使用殖民者的语言,但他们并未被同化,而是使用被强加的殖民者的语言来宣扬本国和本民族精神,正如卡波特·亚辛所说:"我用法语写作是为了告诉法国人我不是法国人。"(第299页)

索马里作家努鲁丁·法拉赫也曾面对多种语言——索马里语、阿拉伯语、阿姆哈拉语、英语——的夹击,直至20世纪60年代他才选择以英语写作,成为"第一位"索马里作家。他写作的目的是让索马里的孩子们明白其充满矛盾性和不一致性的他者身份。虽然爱尔兰和索马里拥有不同的历史与政治背景,但盖尔语在19世纪的爱尔兰也陷入了同样的窘境。与此类似的还有南非作家恩加布洛·恩德贝勒。他将意识流手法引入祖鲁语中,致使这门新兴文学语言具有现代性并获得文学信用,可他发现,在缺乏现代传统、缺乏受众、缺乏受到认可的文学环境的情况下,此举必定徒劳无功,最终他选择以英语探索南非黑人叙事,并成为用英语写作的最著名的南非黑人作家之一。

还有一种情况,作家并非主动选择殖民者的语言,而是由于长期处于殖民统治下,语言和文化皆被占领,无法熟练运用母语,故不得不自我翻译。比如20世纪初，一部分用英语写作的爱尔兰作家其实并不通晓盖尔语，这时，英语就成了他们唯一的选择。

对于肩负文学使命与政治义务双重重担的作家而言，采用殖民语言写作并非易事。在莎士比亚的《暴风雨》中，普洛斯帕罗和卡列班有一段经典对话，其中卡列班说："你教我讲话，我从这上面得到的益处只是知道怎样骂人。但愿血瘟病瘟死了你，因为你要教我说你的那种话！"① 这段话生动展现了殖民与奴役的机制，以及根植于统治结构中的矛盾性，显示出语言问题的重要性。对于被统治作家而言，殖民语言就像"糖衣炮弹"，既是一种异化，又是一种解放。在赫尔德理论观念的影响下，非母语被视为非法。罪恶感、背叛、偷窃语言的主题频繁出现在作家笔下。即使已被伦敦祝圣的萨曼·拉什迪也不能幸免。他自称在重新审视印度时，"罪恶感油然而生"（第302页）。正如阿尔及利亚作家让·昂鲁什所说，他们使用的语言是借来的，他们"不是受宠的继承者，而是窃取火种的人"（第302页）。但使用统治者的语言写作，确实会使作家们更快被看见、更快融入世界文学空间。叶芝选择英语后，迅速得到伦敦的认可；拉什迪也明确表示，在印度用非英语写的作品出了印度国境后便无人问津了。于是，尽管存在诸多模糊用法，"只要不可继承性的诅咒能被颠倒"（第304页），中心语言就能为被统治作家所拥有。这正是乔伊斯、拉什迪等作家的策略。

二 复式表达和双重翻译

"一旦某种边缘语言拥有（几种）特殊资源"（第305页），就会出现尝试创造"双重"作品的作家，他们"同时用两种语言写作，即用作家的母语和殖民者的语言写作"（第305页）。这种复式记号构成了作品的基础、动力，甚至作品的主题。马达加斯加诗人哈波尔里韦罗写过《从夜间翻译》，该作品的副标题是"由作者从霍瓦语转录而来"，其标题"Traduit de la nuit"是对不可能翻译性的绝妙隐喻。

---

① ［英］威廉·莎士比亚：《暴风雨》，朱生豪译，译林出版社2018年版，第19页。

《文学世界共和国》(1999)

哈波尔里韦罗是所有讲法语的人中最早使用"复式"表达模式者之一，他拒绝遵从法语的"正确"用法，用法语书写马达加斯加语，在两种语言之间不断摆渡。通过这种策略，他既不用抛弃自己的母语，也不必放弃自己的文学语言（也是殖民者的语言）。

各种选择之间的关系有时极为微妙，难以截然分开，应被视为一个整体加以分析。作家宛如走钢索的人，受政治、文学、作家事业（国内或国际知名度）等因素的影响，在各选项间摇摆犹豫。当被统治语言获得了独立的文学存在时，同一个作家可能会连续尝试通往文学的不同路径。比如阿尔及利亚作家阿什德·布杰德拉最初为了出版，用法语写作，后来阿拉伯语时代兴起，学校不再讲法语，他又转投阿拉伯语的怀抱。他将自己的法语小说译为阿拉伯语，也将阿拉伯语小说译为法语，在两种语言间转换。但两国的文学标准与社会标准大相径庭，他必须万分谨慎，小心操作。毫无疑问，这是一种建构性翻译。两种语言必须不断重新相互适应，"小说的构思就处于并形成于这一双重的语言归属之中"（第308页）。

同理，南非诗人玛兹兹·库尼尼以祖鲁语写作遵循南非口头文化传统的作品，再自译为英语，因此在参与民族斗争的同时也获得了国际认可。南非另一位作家安德尔·布兰克以南非荷兰语写作，被南非当局封禁后，将作品自译为英语，并得到国际认可。语言的转变成了一张走出国界、走上国际舞台的通行证。

三　卡夫卡，意第绪语的译者

很多读者和文学评论将卡夫卡视为纯粹的艺术家，本章却将卡夫卡放入民族—世界的关系中加以考察，认为卡夫卡与上述作家的处境相同，同时面对文学、语言、政治三重统治。

卡夫卡的尴尬处境与他的身份有关。作为布拉格人、犹太人、知识分子，他不得不同时面对捷克民族主义运动、犹太复国主义运动、唯美主义运动，此三者既互相矛盾又不可分割。卡夫卡在同代人中显得格格不入：其他犹太人是犹太复国主义者、民族主义者、亲德分子、希伯来语支持者；卡夫卡却是反犹太复国主义者、社会主义者、意第绪语支持者。他身处的犹太人团体已在相当程度上"被德国化"，早已忘记自己的历史、语言、文化，并未察觉到用德语写作是自己被统治的标志。而卡夫卡在1911年末观看了意第绪语剧团的演出后，便一直视自己为民族作家，决心为本民族而战。

卡夫卡的矛盾性与悲剧性在于：他想为本民族写作，却不懂意第绪语，只能用德语这种被同化的语言为自己被同化的犹太同胞讲述他们被同化的故事。与前文提到的作家一样，卡夫卡在使用德语时也充满了羞愧与矛盾。偷窃语言的主题也同样出现在他笔下。卡夫卡在《日记》中提到，德语妨碍了自己表达对母亲的爱，导致自己对母亲的爱不完整，他的德语是"可耻地以忘却自己、背叛犹太文化为代价而偷窃来的语言"（第314页），可他不得不如此，此即他所说的"用德语写作的不可能"，"以别的方式写作的不可能"，"不写作的不可能"。从这一角度重新审视《一只狗的研究》《中国长城建造时》别有深意，尤其是卡夫卡曾将前者取名为《被遗忘者》。卡夫卡用德语写作的目的在于"以文学的方式提出在他之前不为人知的文学、政治和社会问题，并试图用德语重新找到新兴犹太文学的范畴"（第312页），因此卡夫卡的作品可被视为对意第绪语的改造性"翻译"。

四 双语现象

从统治语言中独立出来的民族语言大多是政治的产物，主要以地方方言为基础。这种语言缺乏文学性，在文学市场上缺乏价值，以地方语言写作的作家将面临双重不存在和双重不可见——"越是缺乏文学威信，作家们越是依赖民族和政治秩序，就越是采用不被英国重视的文学形式"（第317页）。这就导致被统治的文学空间尽管建立了自己的民族语言，却仍在文学上保持双语，这与16、17世纪法语与拉丁语之间的竞争如出一辙。我们通过考察一个文学空间内的双语现象，可以识别出其依赖程度。换言之，通过考察一个文学空间内双语现象的消失过程，可以识别出该文学空间内语言与文学的解放程度，

《文学世界共和国》(1999)

以及对民族财富的占有程度。

处于中间状态的文学空间，即那些既非主流也非完全偏离中心的文学空间，也会出现双语现象，因为语言—文学的不平等阻碍了"小"语种作家得到认可。比如巴西作家埃撒·德·克罗兹和马查多·德·阿西斯，二人虽与当时最伟大的作家的水平不相上下，却因语言问题而被边缘化。但与真正的边缘地区不同的是，在中间状态的文学空间内，双语现象已不再给用单一语言写作的作家增添烦恼，民族和国际两极逐渐分化。

概括来说，中间地带文学空间建立的基础是民族主义作家和国际化、现代化作家之间的对立。选择民族一极的作家"拒绝对外开放，专注于文学保守主义、审美和政治封闭"（第320页），他们从不试图得到国际的认可，只专注于民族事业与民族市场，他们的作品最传统、过时，却也最符合商业标准，与世界文学空间的向心力背道而驰，加强了文学与政治和民族的相关性。而选择国际一极的作家则拒绝遵循民族标准，反对保守、封闭，追求自身国际化和被文学中心认可的审美创新，如博尔赫斯等。

此外，在中间地带的另外一些作家并非出于经济考虑或受政治胁迫，而是主动归依某个大语言，以摆脱母语强加给他们的制度性、边缘化的折磨。这绝非殖民统治的结果，而是"文学世界不平等的结构分量造成的"（第322页）。西奥朗、保罗·策兰和米兰·昆德拉均属此类。

五　口语文学化

在殖民统治的内部，由于文化和政治传统，语言处于依附地位。只拥有一种大的文学语言的作家往往会改变文学用法和语法规则，将大众语言引入文学，创造出一种"新"语言。比如约翰·米林顿·辛格将爱尔兰农民的质朴语言搬上戏剧舞台，与标准英语决裂，彰显民族语言的表现力；魁北克人以"若阿尔语"（joual）抵制英语和标准法语。这种方法表面看来不像创造新语言那般激进，但实际上，它在同一语言内部"制造与各政治中心之间的最远距离"（第323页）。通

659

过制造差异，同样清晰地表达了决裂立场。而且，与那些使用完全缺乏信用度的新民族语言的作家相比，这些继承主流语言的作家有着天然的优势。主流语言中蕴含着大量文学财富，使用这种语言的作家仿佛站在巨人的肩膀上，继承了其文学资产、文学审美、文学价值、文学信用等，因此更具创新性，更容易得到认可。

巴西的民族文学之路始自与葡萄牙和法国的决裂。巴西现代主义教父马里奥·德·安德拉德的《无个性的英雄》就生动地体现了巴西作家的策略——在语言上反对葡萄牙语的统治、在文学上反对巴黎的统治，将巴西巴西化。

首先在语言上，安德拉德提倡打破僵化死板的书面标准，将与标准葡语相左的口语、外来词纳入艺术中，通过改变葡语的用法重新占有葡语。对语言标准的打破实则暗指对文学统治等级制度的颠覆。其次，安德拉德试图寻找、收集、汇聚巴西的故事、传说、民间神话等，以便将其转变为文化和文学资源。可矛盾之处在于，他试图从文化和文学上摆脱欧洲，却不得不使用欧洲人种学研究方法。安德拉德在《无个性的英雄》中展示了大量神话传说与巴西各地动植物，还使用了巴西特有的"狂想曲"叙述方式，使它们"获得了民族和文学的双重存在"（第331页）。但安德拉德并不是狂妄自大的民族主义者，我们或许可称他为"矛盾的民族主义者"，一个具有批判和反思精神的民族主义者。他笔下的"无个性的英雄"有各种缺点和民族劣根性，这是他针对本民族的卑微软弱发出的尖锐嘲讽。

这种口语文学化的策略往往能达到一石三鸟的效果：（1）宣告自己的独特性；（2）质疑所谓语言与文学标准，这种标准是文学、语言、政治统治强加的；（3）"造成政治（民族语言）、社会（阶级语言）和文学的严重决裂"（第335页），惠特曼、马克·吐温和苏格兰的"格拉斯哥学派"都走在这条路上。

语言问题也成为文学空间形成的动力。几代巴西作家围绕语言用法、词汇、规范等问题展开的辩论是巴西民族文学空间形成的第一动力和催化剂，比如豪尔赫·阿马多和安德拉德针对是否选择巴西现代主义的问题所展开的论战。这种对立与论战，"包括同一语言内部的分化，能够通往真正的文学（和民族）独立"（第338页），也为后来拉美文学取得巨大成就奠定了基础。

从将口语作为文学解放的特殊工具的角度出发，拉缪发表于1914年的《沃州人笔记》和克里奥尔语作家让·贝纳布、帕特里克·夏穆瓦佐和拉斐尔·龚飞扬发表于1989年的《克里奥尔语宣言》，虽然相隔75年，且处于不同的统治机制之下，却具有可比性。其共同之处在于：奥弗涅方言和克里奥尔语处境相似，长期被嘲笑、轻视，前者被蔑称为"沃州方言"，后者被称为"蹩脚法语"。首先，拉缪与克里奥尔语作家们都为各自的民间用语去污名化，将此前被认为是充满乡土气和不正确的民间口语变为正面特色。其次，赋予口头流传的民间用语以书面语形式，为其制定语法规则。重新占有口语也就是重新占有民间文化，口语中有大量故事、谚语、儿歌、歌曲，是民族智慧的原始表达，也是一个民族对世界的解读，重操这门语言，也是"重建文化的连续性"（第340页）。再次，拉缪与克里奥尔语作家都看到了自己地区的"卑微"（littleness），但他们依然肯定了本地区的内在价值，"这也是反对文学中心规定标准的一种方式，一种要求文学存在与平等权利的方式"（第341页）。复次，他们都反对经院主义，批评经院主义割断口语传统，提倡打破经院主义的枷锁，回归自然，拥抱感性与激情。最后，他们都反对地方主义与自我封闭。拉缪提出，特殊性只是起点，"我们正是出于对'一般'的热爱才走向'特殊'"（第342页）；同样，克里奥尔语作家也强调，应摒弃地区主义，建立多样化，以多样性来反对普遍性。

如果同时阅读《沃州人笔记》和《克里奥尔语宣言》，我们就会发现，双方虽然处于不同历史条件下，看似无从比较，却用了相同词汇和相同方式来表述同一问题，呼吁打破现行的美学标准。尽管如此，二者之间的差异也不容忽略。

首先，它们受到的统治方式不同。沃州在文学（非政治）上受法语文学空间统治，马提尼克岛在政治和文学上受到双重统治。所受统治的差异导致二者诉求不同。其次，二者所拥有的文学资源不同，克里奥尔语作家拥有塞泽尔留下的文学遗产，这就使"克里奥尔性"运动具备了可靠的文学和政治史,拉缪却是白手起家,没有任何资源,也没有可靠的内在文学史。

他们二人宣布独立的本意是与巴黎规范决裂,讽刺的是,这反而促使他们被巴黎承认。拉缪的作品在法国出版,得到法国和世界的认可;克里奥尔语作家们也被巴黎认可和"吸收"。他们的反叛程度由于他们本人被列入"法国文学"范畴而受到削弱。颇为讽刺的是,龚飞扬和夏穆瓦佐在得到巴黎认可后并未履行自己在宣言中的承诺,反而放弃了西印度群岛的出版商,而选择了巴黎最负盛名的出版商;在写作时,他们放弃了克里奥尔语,而选择了所有讲法语的读者都能读懂的克里奥尔式法语。但无论如何,这些小插曲都无法改变这样一个事实:在一个大语言内部建立民族语言的尝试是极具颠覆性的,它打破了文学秩序,试图解决殖民时代遗留的美学、语法、政治和社会问题。

(执笔:王旭)

附录

1. 英文版:… and subsequently devoted himself to developing a specific and unmediated style of black South African narration in English。(pp. 261-262)

中译本:……致力于从英语中探索,而不需要特殊的南非黑人叙述方法作为中介的原因。(第 301 页)

笔者试译:随后致力于开发英语黑人南非叙事的一种独特而无中介的风格。

2. 英文版:…nonnative languages。(p. 262)

中译本:非专门语言。(第 302 页)

笔者试译:非本土语言。

3. 英文版:He explicitly recognizes that "major work is being done in India in many languages other than English; yet outside India there is just about no interest in any of this work"。(p. 264)

中译本:他明确承认,"绝大部分在印度用英语写的作品确实很受欢迎,在印度国境以外,却无人问津"。(第 304 页)

笔者试译:他明确承认,"在印度用英语之外的许多语言写出了主要作

《文学世界共和国》(1999)

品；但出了印度无人问津"。

4. 英文版：… seventy-five years apart。(p. 296)

中译本：相隔 70 年。(第 338 页)

笔者试译：相隔 75 年。

5. 英文版：… instead they abandoned West Indian publishers for the most prestigious houses in Paris and adopted a creolized French that all Francophone readers could understand。(p. 302)

中译本：从加勒比海出版社到巴黎最负盛名的出版商中，他们最后选用了所有讲法语人都能读懂的克里奥尔式法语。(第 344 页)

笔者试译：他们放弃了西印度群岛的出版商，而选择了巴黎最负盛名的出版商；在写作时，他们选择了所有讲法语的读者都能读懂的克里奥尔式法语。

6. 英文版：… to challenge all at once the aesthetic, grammatical, political, and social legacies of a colonial past。(p. 302)

中译本：也就是说全面质疑了美学、语法、政治、社会和殖民秩序。(第 344 页)

笔者试译：也就是说全面挑战了一个殖民时代遗留的美学、语法、政治和社会遗产。

第五章　爱尔兰范例

本书的前面几章已描绘了"文学状况大家族"的基本轮廓，但作者认为这仍然无法淋漓尽致地描绘现实的复杂面貌。因此，本章以爱尔兰为范例，分析爱尔兰文学运动推翻世界文学的等级秩序，实现独立自主，形成都柏林、伦敦、巴黎三个文学首都的历程。对这一范例的分析，旨在揭示偏离中心的文学上升为主流文学过程的共通结构，并强化文学与政治之间不可分割的联系。

一　为何爱尔兰文学能成为范例？

本章认为"或许应该从同时性和延续性方面来列举每一个例证"，

而爱尔兰文学运动的特殊性就在于它的文学复兴仅在大约40年的较短时间内就完成了。正是这种短时间的集中运动使我们能够同时从时间和空间两个维度出发,"从整体性和结构性对抗方面指出作家们试图推翻统治秩序构想的所有出路"(第346页)。并且,爱尔兰的文学独立具有相当的典范性,因为爱尔兰在不具备特色文学资源的情况下,在短时间内完成了文学遗产的建构,从依附主流文学的状态一跃上升为世界文学的典范。爱尔兰文学兴起的道路上出现了"所有的可能性、所有的语言和政治解决方法、所有处境"(第346页)。爱尔兰作为一种典范和模板,不但可以帮助我们理解前后所有的文学反叛,并且可以帮助我们理解这些"小"文学附属于政治的历史必要性。

本章认为爱尔兰文学最终形成了都柏林—伦敦—巴黎3个文学首都。它们各有不同的代表作家、不同的审美取向,并对爱尔兰民族文学与世界文学的关系持不同态度。爱尔兰文学在世界文学空间中的独立和崛起,也就是这3个文学首都的形成过程。

二 第一个首都:都柏林

爱尔兰文艺复兴运动中,一批知识分子致力于挖掘大众和民族文化遗产,通过搜集整理和翻译编写凯尔特神话,"制造"民族文学。通过诗歌、戏剧的形式将民间传说文学化和崇高化,并由此来唤醒民族精神,(第348页)代表人物有叶芝等。作者在这里验证了自己的假设,也就是将赫尔德的理论传播作为出发点,对文学进行民族定义,把文学转化为民间神话、传说和民族传统的收藏馆。

叶芝很快将他的创作转向戏剧。他与其他爱尔兰知识分子一道,将戏剧视作表现民族特征、教育爱尔兰民众的工具。因此目的而成立的爱尔兰文学剧团集结叶芝、爱德华·马丁及乔治·莫尔等人。他们集体创作的意图非常明显,就是建立大众化的爱尔兰文学。而在这个集体创作过程过去之后,叶芝很快就成了"民族诗歌的某种化身"(第350页)、爱尔兰文艺复兴运动的领袖和倡导者。但是政治上的温

《文学世界共和国》(1999)

和与犹疑使他最终投向了先前还保持距离的伦敦文学中心。

在语言方面，一批饱学之士致力于创造民族语言，以结束来自英语的殖民文化束缚。新教徒语言学家道格拉斯·海德和天主教语言学家麦克尼尔建立了盖尔语联盟，力图使人们"重新使用自18世纪末以来严重衰落的盖尔语"（第350页）。这种语言上的诉求在当时是全新的，是一种政治化了的文化解放运动。早在17世纪初，爱尔兰语就不再是爱尔兰知识分子创作和交流的语言，在1847年的大饥荒之后更是成为边缘化的、贫民使用的语言。盖尔语的重新使用也就成为一种价值观和文化上的革命。

盖尔语联盟的成功使叶芝和乔伊斯等大人物也不得不为之侧目。但是用这一语言写作的作家面临着不得不用英语翻译他们的作品的窘境。例如，道格拉斯·海德便因此在某种程度上成为"英语爱尔兰复兴的奠基人，也就是说在英语中复兴的爱尔兰文学的奠基人"（第352页）。爱尔兰出现的盖尔语联盟的斗争极具代表性，反映了所有殖民地作家反抗殖民语言统治的真实状况。"小语言"的建立与民族政治斗争息息相关。由此看来，盖尔语联盟的斗争具有重要意义，它改变了文化和政治斗争的联系，要求文化独立，拒绝殖民者垄断文学的评判标准。

尽管盖尔语与英语的割裂和对立使爱尔兰作家面对二选一的窘境，但辛格拒绝二选其一。他通过引入爱尔兰农民、乞丐和流浪汉的语言，创造出了混合英语和爱尔兰语的混合语言，（第354页）并在戏剧上崇尚现实主义原则。肖恩·奥凯西也是现实主义戏剧的推崇者，他在爱尔兰倡导通俗现实主义戏剧。在这一历史时期，"人民"这一概念正在从赫尔德式的向"无产阶级"这一概念转变。（第356页）奥凯西的戏剧表明了他对革命的态度，尽管争议很大，但他的城市和政治现实主义仍然受到很多戏剧家的青睐。

综上，都柏林文学首都的建立，首先有赖于叶芝等一批爱尔兰文艺复兴运动者对于民族文化遗产的发掘与构建。盖尔语联盟试图复兴民族语言，这一尝试虽然不太成功，却明确提出了民族文化独立的要求，并在盖尔语与英语的冲突中实现了爱尔兰民族文学在英语中的复

665

兴，产生了富有活力的混合语。后辈戏剧家在与叶芝代表的浪漫主义对抗的同时，实现了现实主义从农民现实主义向城市现实主义的发展深化。正是这些本土作家的争论与冲突，才使爱尔兰民族文学能够在缺乏根基的情况下，在较短的历史时期内发展起来。

三 第二个首都：伦敦

与此同时，并非所有爱尔兰作家都试图疏远伦敦文学中心。作为其中的佼佼者，萧伯纳明确反对叶芝民间创作的唯灵论和非理性主义、乔伊斯背离传统小说的事业。（第357页）萧伯纳并非不承认爱尔兰民族主义诉求的合法合理性，只是拒绝以民族差异为旗帜，受限于"小"文学的美学指令，屈服于民族主义的审美价值和审美原则的束缚。他一再强调爱尔兰的精神匮乏和落后，拒绝出于民族主义的目的将文学乡土化。他在拒绝民族主义的同时也反对英帝国殖民统治，只是将民族主义文学诉求上升为颠覆性的社会主义运动。在他看来，以伦敦为首都是他融入主流文学界的方式而非对民族的背叛，这为他提供了一个中立的、可以自由从事文学评论的空间。（第358页）

四 第三个首都：巴黎

乔伊斯和贝克特等人创造的文学自主性标志着爱尔兰文学空间形成的最后阶段。乔伊斯与爱尔兰文艺复兴者目的一致，都力图将爱尔兰描绘为文学的风水宝地，以提高爱尔兰文学的地位。但他坚决反对叶芝等人乡土化和浪漫主义的创作风格，强调文学上的现实主义。他用一种"极其严格的平庸风格写作"（第360页），力图使爱尔兰文学走出过于华丽的传奇英雄主义，进入现代欧洲。在语言方面，他破坏了标准英语，在其中加入所有欧洲语言，借助语言混杂嘲弄英语，将其从伦敦的控制中摆脱出来，几乎变成另一种语言。他的反抗拒绝让文学服膺于政治计划，拒绝在都柏林和伦敦之间二择其一，"发明并宣告了一种几乎绝对的文学自主"（第359页）。乔伊斯正是在巴黎这个开放性的国际大都市里实现了都柏林和伦敦的糅合，使巴黎成为爱

《文学世界共和国》(1999)

尔兰文学的又一个首都。

使巴黎成为爱尔兰文学首都的还有贝克特。他创造了最纯粹的文学自主。他继承了爱尔兰文学界的三级结构，在三个首都之间游历。他是乔伊斯的追随者和模仿者，同时也试图超越乔伊斯而创造更加独立的新地位。要理解贝克特创作的纯粹性，就必须理解他摆脱外部限定获得形式和风格自由的历史性道路，也就是在三个文学首都中游历、寻找自己的文学空间的过程。(第363页)

五 文学空间的起源和结构

本章的最后部分重申本章的核心观点，即我们不能对边缘民族的文学试图推翻文学等级秩序的尝试作分段描述，而只能从同一文学界内部类似或相互竞争的规划整体出发，将这种尝试的历程还原至某个文学空间的特有历史中，并将其置于世界性的文学年表里。

作者此处提及以赛义德为代表的后殖民主义批评家。她赞成赛义德将文学论战国际化、将文学与政治之间联系起来的做法。通过"对位法"阅读，赛义德揭示了那些被殖民者掩盖的文学的政治现实。但卡萨诺瓦并不赞同那些排除文学特征的理论捷径，不同意赛义德将文学本身的问题定性为政治变革和社会结构。与之相反，本章主张研究者更应看到文学作品的叙述技巧与各种政治力量间巧妙的同构关系，这一主张在下章论述中体现得更为明显。

(执笔：王靖原)

附录

英文版：As against the commonly held view that each national particularism, each literary event, each work of literature is reducible to nothing other than itself, and remains incomparable to any other event in the world, the Irish case furnishes a paradigm that covers virtually the entire range of literary solutions to the problem of domination-and these in almost perfectly distilled form. (p.320)

中译本：与最具一致性的历史呈现——在其中，每个民族的特殊主义、每一个文学事件、每一部杰出作品的出现都只能还原成本身，世界上任何其他事件都无法与之相比——相反，爱尔兰完成了一个"范例"，它在某种"纯净"的状态下几乎完整地走过了被统治文学之出路必经的一般阶段。（第365页）

笔者试译：一般认为，每个民族的特殊性、每个文学事件、每部文学作品都只能简化为自身，且与世界上任何其他事件都不可比拟。与上述观点完全相反，爱尔兰范例提供了一种范式，实际提供了解决统治问题的全部文学答案，而且是以一种几乎完美纯净的形式提供出来的。

第六章 革命者

本章围绕乔伊斯、阿尔诺·施密特、亨利·罗斯[1]、略萨、福克纳、贝克特等作家，评述他们"用特殊武器，为改变既定文学秩序而斗争"（第371页）的历程，并且展示他们创立的美学方法和艺术实验。

一 民族作家的美学革命

本章认为，当民族文学世界初步形成之后，作家将"摆脱文学的民族模式和民族主义模式并制造自主即自由的条件"（第370页）。以博尔赫斯、阿斯图里亚斯[2]、卡彭铁尔[3]、鲁尔福[4]、欧内堤[5]为首的

---

[1] 亨利·罗斯为奥地利嘉里西亚人，犹太族，18个月大时父母移居美国。其成名作为《就说是睡着了》（*Call it sleep*），晚年作品为4卷本 *Mercy of a Rude Stream*（《哈德孙四部曲》）。

[2] 米格尔·安赫尔·阿斯图里亚斯，危地马拉作家，代表作为《总统先生》《玉米人》。

[3] 阿莱霍·卡彭铁尔（1904—1980年），古巴著名小说家，拉丁美洲文坛巨匠，"拉美文学爆炸"的先驱。他在《人间王国》"序言"中首次提出"神奇现实"的概念，将超现实主义和本地化融为一体，全面地反映了拉美大陆的现状，对拉美文学的发展起到了巨大的推动作用。

[4] 胡安·鲁尔福，墨西哥作家，代表作为《燃烧的原野》《佩德罗·巴拉莫》。他与诺奥克塔维奥·帕斯和卡洛斯·富恩特斯并称为20世纪后半叶墨西哥文学的"三驾马车"。

[5] 胡安·卡洛斯·欧内堤，乌拉圭小说家，翻译过福克纳和乔伊斯的作品，代表作为《当一切已无关紧要》。

《文学世界共和国》(1999)

拉美作家,拒绝将文学视为工具,追求文学的自主进程。本章引用科塔萨尔的言论,认为这些作家的创作受到了美学自由的引导,超越了时间和历史空间。这些国际性作家为反抗文化不平等的宰制,去主流世界寻找文学财富和机会。弱势文学国家的作家通过翻译或引进别国作品促进本国文学现代性的创新。这些作家一旦有了国际性的声望,就会成为一种"跨民族资源",被其他想摆脱文学依附的民族借用,比如易卜生、乔伊斯和福克纳。

乔伊斯和福克纳被很多偏离中心的小说家奉为大师,因为他们的形式和文体创新给一些苦于寻求突破的作家提供了工具,促使这些作家"加速"了自己创作的"现代化"。(第373页)譬如在中国,福克纳的"约克纳帕塔法世系"就给予了莫言营造自己"高粱地"的诸多灵感。

二 爱尔兰作家对但丁作品的利用

但丁在其著作《论俗语》中论证了意大利人民语言的优越,批判了那种只推崇拉丁文、轻视人民语言的偏见。因此,乔伊斯、贝克特、希尼[①]等爱尔兰作家把但丁指认为一种可以服务于爱尔兰反民族主义诗人事业的斗争楷模。

乔伊斯自青年时期伊始,就痴迷但丁,而他的小说《芬尼根的守灵夜》运用了自造词(最有名的是他用100个字母拼成的"雷击"一词,模拟雷声不断,由十多种不同语言中的"雷"字组成,每一种雷声都有其时代背景),这被贝克特认为"拒绝屈服于英语"。而在贝克特自己的作品中,也保留着但丁式的人物贝拉夸。(第375页)通过上述文学实践,但丁成为爱尔兰文学的"同代人",被"列入所有不愿屈从民族现实主义狭隘界限的异教徒、极左分子和爱尔兰人的合法遗产"(第375页)。乔伊斯和贝克特对于但丁作品的借用,相当于回到了原点,给予了但丁一种"颠覆性使命",他们的行动虽然在历史角度上看显得不同,但是在结构上极为相似。(第375—376页)

[①] 谢默斯·希尼,当代爱尔兰著名诗人,曾获1995年诺贝尔文学奖。

三 阿尔诺·施密特与亨利·罗斯——与乔伊斯相似的作家

本章以 3 节的篇幅详论德国作家阿尔诺·施密特、美国作家亨利·罗斯如何整合乔伊斯的艺术方法，更新文学语言并进行文学革命。此外，南非作家恩德贝勒、英国作家萨曼·拉什迪在文学创作中也使用了同样的结构。

具体说来，阿尔诺·施密特以乔伊斯为榜样，否认民族美学模式，并且更新德语的标点法则和简化拼写，宣称不信任所谓最伟大的民族作家。这两位作家在"民族性"这一基点上有着结构的相似性——他们推翻了既定文学价值观、更新了文学语言，以讽刺性作品成为本国文学史上大放异彩的一部分。

美国作家亨利·罗斯发现，乔伊斯在《尤利西斯》中浓墨重彩地描绘了都柏林杂乱多样、色彩斑斓的现实生活。美国文学可借用同样方法书写哈莱姆。罗斯由此积累起他独有的"文学资源"，将"自己的经济和特殊贫乏变成文学计划"，步入文学的前沿阵线。虽然其代表作《就说是睡着了》当时反响不佳，但 30 年后这本小说被重新发现，创下了销售超过 100 万册的纪录。

四 贝奈特、布拉杰德与略萨——受福克纳影响的作家

同乔伊斯一样，福克纳也是作家发起文学革命的资源之一。在偏离中心地区的作家群体中，福克纳成为可资效仿的典范。福克纳出色地描绘了美国南方乡村，其方法成为边缘世界可以效仿的美学形式。如果将巴黎看作世界文学的中心，所有的"南部"（巴黎之南）似乎都可笼罩在福克纳的影响下，无论是西班牙、阿尔及利亚还是拉丁美洲。将之前似乎只能用现实主义描写的衰败世界用现代性的方法表达出来，是福克纳给予贝奈特、布拉杰德与略萨的意外惊喜。

福克纳通过自己的创作方法，消解了那些弱势文学地区作家的不足，填补了落后文学的空白。在西班牙，作家胡安·贝奈特阅读了福克纳作品的法语译本，发现美国南部和西班牙莱昂地区同样落后、贫

《文学世界共和国》(1999)

穷。与福克纳将神话融入作品中一样，贝奈特也在小说里填入了民间神话、信仰和习俗。用阿拉伯语创作的小说家拉什德·布拉杰德在访谈中提及福克纳和克劳德·西蒙①的创作，并认为福克纳创造的小说现代性是颠覆社会和宗教规则、质疑宗教经典"神圣性"的主要武器。(第390页)在拉丁美洲，福克纳的影响力波及马尔克斯和略萨，他们都具有同样的结构，(第392页)使最现代的美学和最古老的社会结构协调一致。

五 语言革命

本章认为，语言同时是作家的政治工具、民族旗帜和创作材料，因此也可能成为民族的、民族主义的或者民粹主义的工具。在不欢迎民族主义的具有文学独立地位的空间里，作家也经常坚持自己的民族立场，并且宣称"语言就是我的祖国"(第393页)。因此，最终的文学独立是创造一门专门的纯文学的语言，比如乔伊斯在《芬灵根的守灵夜》中的多语言创作，阿尔诺·施密特的活版印刷式颠覆，等等。而贝克特在语言革命方面走得最远。在贝克特对亚拉伯罕·凡·维尔德的绘画的爱好中，他将文学惯用的形象表现转变为抽象表现。贝克特在创作中否定了时空真实性的假设，也否定了作品的人物甚至人称代词，使"意义尽可能消失"，甚至放弃通用语言的理念，用这种方式，他完成了第一次真正的自主文学革命。(第395页)

六 成为时间对象的世界文学

本章最后一节"世界与文学长裤"引用了贝克特的《世界与长裤》一文，认为应当"恢复世界和文学长裤之间失落的关系"，耐心地建立起文学和历史之间的联系。虽然罗兰·巴特在《历史或者文学》一文中认为文学和历史应当分离，但本章认为，我们应该将文学置于时间的长河之中进行评价，展示出文学发展与历史不同的轨迹，

---

① 西蒙，20世纪法国著名小说家，代表作为《弗兰德公路》。

并最终构成文学独有的实践性。但是首先我们应该展现文学在草创阶段与历史的原始联系，也就是文学与政治及民族秩序的联系，只有这样我们才能在下一阶段还原出文学通过自主化摆脱历史法则的进程。

由此，作者建立起了一种"时间—空间"二元坐标系来界定作家，一个作家不仅属于他自己的民族文学，也应在整个"国际的"文学界占据一席之地。其中，时间这个坐标尤其被作者关注。文学时间的出现取决于具备自身规律的文学空间构成，它的形成与各民族之间的斗争和对立息息相关。每一个作家都存在于文学时间里，他不是孤立的，而是存在于彼此的关系当中。

对于边缘世界的作家，卡萨诺瓦表现出极大的"理解之同情"。她认为，文学世界存在等级结构，如果无视贫乏文学地区的作家为民族独立和兴盛所做的努力，而单纯指认这些作品不是"纯文学"或者非文学，是很不公平的。而这种指认的背后其实是一种种族主义。比如，卡夫卡在1945年被世界文学界接受时，他身上的标签是"自主""形式主义""一词多义"以及"现代性"，但这些其实都掩盖了卡夫卡作为"被统治民族的作家"的特质。卡夫卡"希望通过自己的作品为本民族的解放做出贡献"，却被推崇纯文学的文学等级制度排斥。

卡夫卡的例子启示我们，通过构建起跨民族和历史的模式，以及对16世纪以来的民族和文学之间的历史联系的了解，读者可以明了作家创作的缘由，研究者可通过区分"强势文学民族"和"弱势文学民族"的方法，来理解卡夫卡、易卜生等作家如何确立他们在世界文学中的地位。因此，卡萨诺瓦呼吁应该正确理解卡特波·亚辛、叶芝、丹尼洛·金斯和贝克特等人，理解他们文学创作的特殊性及其"政治—民族"忧虑。他们当时处于文学世界共和国的边缘，发动了激动人心、彪炳史册的文学革命，"颠覆了所有文学实践、改变了文学时间和文学现代性的衡量尺度"（第401页）。

如果说卡特波·亚辛、叶芝、乔伊斯、卡夫卡等人都在不同时期、不同国度、不同领域展现过去400年文学世界共和国发展演变的历史形态，那么，卡萨诺瓦《文学世界共和国》一书则通过解读和阐释上述作家重塑了文学的世界性；如果说卡萨诺瓦从文学共和国的角

《文学世界共和国》(1999)

度重读了上述作家,那么,她也热切期待着《文学世界共和国》的读者能像她本人那样阅读和阐释这些作家作品。因此,本书对读者的期待是规范性的、指导性的。但同时它也是未完成式的、开放性的,充满了多种理解和建构的可能性,因为任何读者的阅读都是"阅读他们自己"——卡萨诺瓦以普鲁斯特《追忆似水年华》的最后一句结束《文学世界共和国》。

(执笔:高天瑶)

大卫·丹穆若什

《什么是世界文学？》（2003）

《什么是世界文学？》（2003）主要章节

导论　歌德创造了一个新词

第一部分　流通

第一章　吉尔伽美什之旅
第二章　教皇的吹箭筒
第三章　从旧世界到全世界

第二部分　翻译

第四章　墓地之爱
第五章　麦赫蒂尔德·冯·马格德堡的来世
第六章　卡夫卡归来

第三部分　生产

第七章　世界范围内的英语
第八章　出版物中的丽格伯塔·门楚
第九章　带毒之书

结语　如果有足够大的世界和足够长的时间

《什么是世界文学?》(2003)

导论　歌德创造了一个新词

丹穆若什（现通译"达姆罗什"）《什么是世界文学?》一书的"导论"从追溯"世界文学"的起源着笔。"世界文学"这一术语的提出者是18—19世纪德国文豪歌德，记录者与传播者是歌德晚年的秘书爱克曼。爱克曼出身贫寒，酷爱文学与艺术，对歌德尤为崇拜，曾致信歌德以求赏识擢拔。从歌德74岁起至其83岁去世，爱克曼随侍左右，执笔记录了歌德晚年的多次谈话记录。他1835年出版的《歌德谈话录》影响深远。歌德对"世界文学"的表述是："民族文学在现代算不了很大的一回事，世界文学的时代已快来临了。"[①] 然而，歌德仅仅提出了这一术语，从未加以详细阐述。19世纪思想家中，继承这一思想遗产的是马克思恩格斯。《共产党宣言》指出：

> 过去那种地方的和民族的自给自足和闭关自守状态，被各民族的各方面的互相往来和各方面的互相依赖所代替了。物质的生产是如此，精神的生产也是如此。各民族的精神产品成了公共的财产。民族的片面性和局限性日益成为不可能，于是由许多民族的和地方的文学形成了一种世界的文学。[②]

这一论述首先坚持唯物史观的基本立场，认为任何社会的物质生产都内在地决定着精神生产。随着封闭的、自足的地方或民族的物质生产方式被民族间或地方间的相互交往、彼此依赖代替，那么，在精神生产领域，也必然会发生同样的情形。其次，据中译本注释，《共

[①] 参见［美］大卫·丹穆若什《什么是世界文学?》，查明建、宋明炜等译，北京大学出版社2014年版，第1页。下文引用此著作均随正文注明页码。
[②] 《马克思恩格斯文集》（第2卷）(1848—1859年)，中共中央马克思恩格斯列宁斯大林著作编译局编译，人民出版社2009年版，第35页。

产党宣言》的"世界的文学"之中的"文学""泛指科学、艺术、哲学、政治等等方面的著作"[①],这与歌德"世界文学"中的文学主要指想象性、虚构性的文学有所不同。马克思恩格斯说的"世界的文学"泛指各种形式、各个学科、各个领域的人类精神劳动及其成果,可用来指代狭义的文学作品,但又并不局限于此。马克思恩格斯都是伟大的思想家,他们的历史眼光绝不限于文学理论或批评这一狭小范围。最后,为什么马克思恩格斯提到的是"世界的文学"而不是"世界的科学""世界的哲学""世界的艺术"呢?为什么是"文学"这一形式而不是其他任何形式的精神生产呢?这是因为,文学创作必然要运用民族语言、民族形式、民族风格,它最具民族特色。如果文学尚且可能变成"世界的文学",那么其他形式自不待言。正如在物质生产已打破"闭关自守和自给自足状态",物质成果成为全人类的财富,文学作品也只有成为"世界的"文学作品才有望成为全人类的共同财富。由此可见,这一论述展现了马克思主义关于人类发展——既包括物质生产层面也包括精神生产层面——的共同理想与宏阔前景。但也正因为这是一个理想化的未来设计,引发很多争论也就不足为奇了,甚至有研究者认为"世界的文学"根本无法实现。

丹穆若什的"导论"并没有过多评述这些争议。他指出,"我用世界文学来包容所有在其原来的文化之外流通的文学作品"(第5页)。"在最宽泛的意义上,世界文学可以包括任何影响力超出本土的文学作品。"(第5页)因此,"世界文学"意味着作品脱离了原来的文学系统进入了另一个文学系统、从一个文化语境进入另一个文化语境、从原作者的世界进入另外的广阔世界。可见,他笔下的"世界文学"是进入"在其原来的文化"之外的其他世界的文学,是指原作进入其语境之外的另外世界。一部作品无论多么卓越精彩,只要没有进入其他地区、文化、社会等,也就很难算得上"世界文学"。

进而言之,当一部作品进入其他世界时,接受语境总会发生变

[①] 《马克思恩格斯文集》(第2卷)(1848—1859年),中共中央马克思恩格斯列宁斯大林著作编译局编译,人民出版社2009年版,第35页注释①。

化。丹穆若什将"变异性"(the variability①)确认为"世界文学"的主要特征之一。鉴于进入的主要途径是翻译或流通,"变异性"在翻译、流通、评价等方面也就表现得最为突出。由此可见,"世界文学"并非一个固定标签,一旦作品获得就会永远拥有。实际上,任何作品的评价总是随时变动的,"在任何一个时间点上,一部作品可能对某些读者算得上是世界文学,对其他读者则不是,在某些阅读中属于世界文学,在其他的阅读中则不属于"(第7页)。如歌德有时将塞尔维亚诗歌当成艺术杰作,有时将其"视作野蛮残忍时代的表征"(第15页)。他既高度评价中国清代小说《风月好逑传》,又认为东方文学并不是德国文学的模范——"如果需要模范,我们就要经常回到古希腊人那里去找"(第14页)。丹穆若什指出,这些评价表明,塞尔维亚或中国小说对于歌德来说,时常游移于"杰作""窗口"之间。以此为依据,"世界文学"可被视为"经典""杰作""窗口"中的一种或几种。

其中,"经典"具有"超验性和文化奠基性",专指古希腊罗马作品;"杰作"包括古代和现代的作品,但更多指涉现代的优秀作品,它与"经典"构成对话关系;"窗口"则是通向外部的陌生世界的一个途径。但需要注意的是,世界文学的这三种表现形式之间并非截然对立的、排他式的关系。维吉尔的《埃涅阿斯纪》既是古代经典,也是文人创作的杰作,联结起从古代文学到乔伊斯的发展链条。但对欧洲文化系统之外的读者来说,它主要是一个窗口,"通向罗马帝国的世界"(第18页)。因此,"世界文学"既是"多种文化的"(multicultural),又是"多种历史时期的"(multitemporal,中译本译为"多元时序的")的同时并置。

既然"世界文学"的"变异性"主要发生在作品从一个文化系统转入另一个系统的时候,那么,"转入"的方式就格外值得关注。这些方式主要表现为"流通"和"翻译"。正是由于聚焦"转入"方式,

---

① David Damrosch, *What is World Literature?*, Princeton: Princeton University Press, 2003, p. 5.

下册　世界文学

《什么是世界文学?》一书才将"世界文学"从一种目标设定转变为路径设定,从一种本质研究转向方法探讨,从研究"世界文学"的抽象形态转变为研究其具体实现的方式。本章指出:"我认为,世界文学不是一个无边无际、让人无从把握的经典系列,而是一种流通和阅读的模式,这个模式既适用于单独的作品,也适用于物质实体,可同样服务于经典名著与新发现作品的阅读。"(第6页)"导论"以歌德接受中国小说的影响为例,详述了歌德的阅读反应及其获得的创作启发,指出了文学读者阅读翻译作品都会经历的三个阶段,"一种强烈的'相异性',我们乐意在其中发现纯粹的创新之处;一种令人高兴的'相似性',它或为文本具有,或是我们投射进去的;一种被称为'同而有异'的中间区域,这类同与异的关系最容易在我们的认识和实践中产生创造性的变化"[1]。

在上述背景下,"导论"主要讨论了中国当代诗人北岛诗歌的英译问题。他指出:"所有作品一经翻译,便不再是其原初文化的独特产物;它们都变成了仅仅'始自'其母语的作品。"(第26页)这就意味着,译文的重要性绝不亚于原作,原初文化的产物借助译文而获得崭新的生命力,需要在新的文化语境中获得新阐释,而且这一阐释必然不会完全重复它在母语中的阐释,"我们都没有必要像在母语文化传统内部完整理解其语境那样,需要如此繁复的地域性知识"(第25页)。"荷马史诗"的读者可能对古希腊社会生活、历史文化、风俗习惯等了解不多,但这并没有妨碍全世界的读者都欣赏"荷马史诗",并从中获得永恒教益。

美国著名汉学家宇文所安曾指责北岛用英语写作诗歌,产出的是"美国现代主义的二手货"(第23页)。依照"导论"的逻辑,这似乎很难成立。丹穆若什认为,文学作品离开故乡进入世界,翻译是途经

---

[1] David Damrosch, *What is World Literature?*, Princeton: Princeton University Press, 2003, p.12: "…a sharp difference we enjoy for its sheer novelty; a gratifying similarity that we find in the text or project onto it; and a middle range of what is like-but-unlike—the sort of relation most likely to make a productive change in our own perceptions and practices."

之路，但并非必经之路。古代维吉尔的作品流布于全欧洲，他用拉丁语写作，全欧知识阶层都是其读者，因为欧洲有学识的人士基本都通晓拉丁语。"很长时间里，维吉尔以拉丁文形式被欧洲人阅读。"（第5页）英语是当今世界普遍使用的语言，也是全球知识界的通用语。中国作家用英语写作，也就相当于维吉尔当年用拉丁语写作，如果维吉尔的作品是世界文学，那为何中国作家的英语作品就不是世界文学呢？这里的区别或许在于：维吉尔本人以拉丁语为母语，而中国作家的母语不是英语。但创作语言的娴熟程度是否重要到足以取消一个中国作家进入世界文学的行列呢？这至少是颇令人怀疑的。

"导论"的最后一部分重返爱克曼及其代表作《歌德谈话录》，意在表明"世界文学"具有回馈性。进入"世界文学"的作品往往拥有数量庞大的读者群，有助于提高作家的文学声誉。歌德赏识爱克曼，原因在于他"看出爱克曼是个合适的中间人，可以为他的文学贸易服务"（第7页）。歌德的远见卓识很快得到了回报。19世纪中叶之后，革命浪潮席卷欧洲，"崇高、保守"的歌德声誉有所衰落。此时，爱克曼出版其日记与《歌德谈话录》，它们很快就被翻译成"所有的欧洲语言"（第37页），极大地影响了德国读者。歌德重新回到了德国公众的视野，《歌德谈话录》也成为"世界文学"的不朽杰作。

"导论"通过阐释爱克曼与歌德的交往史，追溯《歌德谈话录》的出版流通、翻译评论的复杂过程，复盘该书从一部通俗性的作品转变为世界文学杰作的曲折历程，其中涉及众多因素。这些因素在"导论"结尾处被罗列出来："我将观察一个作品从原初文化转至一个新的文化空间时可能引发的语言、时代、地区、宗教、社会地位、文学语境诸方面错综复杂的变化。"（第41页）但无论一部作品的变化多么错综复杂，《什么是世界文学？》都将其概括为"世界文学"的流通、翻译、生产三个主要环节，而这三部分也就构成了《什么是世界文学？》一书的主要章节。

（执笔：谭志强、刘林）

第一部分 流通

第一章 吉尔伽美什之旅

本章概述了史诗《吉尔伽美什》19世纪考古材料的发掘过程及其文本在西方读者的解读中被挪用与同化的过程。这一著名史诗的发现归功于奥斯丁·亨利·莱亚德与霍姆兹德对尼尼微城持续的考古发掘。史诗的早期解读则主要由乔治·史密斯完成，但史密斯的读解带有较强的西方中心论色彩，将史诗同化为《圣经》的注解。丹穆若什反对史密斯与桑达斯欧洲中心论式解读，认为应当注意这一东方史诗与西方传统的根本区别以及其中神人关系体现出的现代人文主义内涵。吉尔伽美什史诗内容是由150多年间不同的地点出土的泥板残片拼合而成的，学界对于吉尔伽美什史诗的翻译和研究随着考古材料的不断丰富而日渐深入。中国学者赵乐甡翻译的《吉尔伽美什》史诗的中译本《世界第一部史诗——吉尔伽美什》于1981年首次出版。

苏美尔文明大约形成于公元前四千年前后，其发源地位于美索不达米亚和两河流域，即今日伊拉克和科威特等地。公元前五千年前后，由于这片地区有肥沃的土地、充沛的雨水和良好的天气状况，第一批居民在此处定居。随着人口繁盛，简单粗放的狩猎已经不能满足人们的基本温饱需求了，原住民第一次学会了耕种，当时最常见的农作物有小麦、大麦、黄瓜和其他农作物。苏美尔人为了提高农作物的成活率和耕种效率，学会了如何控制水流来灌溉农作物，还发明了耕地犁，学会了如何驯服动物。随着耕种效率和产量的不断提高，大家手头上就有了一些闲置的农产品，于是苏美尔人内部出现了贸易的雏形。

标准版的《吉尔伽美什》史诗从内容上可分为两部分。史诗上半部分描写乌鲁克国王吉尔伽美什（Gilgamesh）和恩奇都化敌为友后的历险经历。吉尔伽美什强悍聪慧，姿容秀逸，武艺高强，却是乌鲁克（Uruk）城的残暴统治者。苦难的人们祈求诸神拯救，大神阿鲁

《什么是世界文学?》(2003)

鲁创造了半人半兽的英雄恩奇都与他搏斗,结果不分胜负,最后互相敬佩,结成亲密的朋友。他们共同远征雪杉森林,杀死守护怪兽洪巴巴(Humbaba),获得人民的赞誉;他们合作杀死威胁乌鲁克城存亡的神兽天牛。史诗下半部分讲述吉尔伽美什和恩奇都的行为触怒了天神,天神夺走恩奇都的生命以示惩罚。面对挚友的死亡,吉尔伽美什在痛苦悼念中对死亡产生了莫大的恐惧。他离开乌鲁克城历尽艰险去探索死和生的奥秘,但无功而返。最终吉尔伽美什和恩奇都的灵魂相见,留下无尽的伤心和感叹。吉尔伽美什史诗情节曲折、结构紧凑,刻画的人物形象鲜明,句式工整、语言流畅,堪称阿卡德语文学作品的史诗典范。它涉及的内容广泛,其中蕴含了丰富的历史和文化信息。

一 《吉尔伽美什》的发现[①]

本章首先梳理了尼尼微城和《吉尔伽美什》被发现的简史,这一文明的发掘起因于爱德华·米特福德和奥斯丁·亨利·莱亚德的旅行,中间获得了莱亚德朋友兼助手霍姆兹德·拉萨姆与乔治·史密斯的助力。

《吉尔伽美什》(又译为《基尔麦什史诗》)(*The Epic of Gilgamesh*)是目前已知的世界最古老的英雄史诗。早在四千多年前就已在苏美尔人中流传,经过千百年的加工提炼,终于在古巴比伦王国时期(前19—前16世纪)用文字形式流传下来。这是一部对统治着古代美索不达米亚(Mesopotamia)地区苏美尔王朝的都市国家乌鲁克的英雄吉尔伽美什的赞歌,虽残缺了近三分之一,但从余下的2000多行诗歌中,我们还是能够感受到苏美尔人对他们伟大英雄的崇拜赞美之情。其中记载大洪水章节的一块泥板出现过很多版本,包括了4种语言:阿卡德语、古巴比伦语、胡里安语和赫梯语。

《吉尔伽美什》属于19世纪对古埃及与美索不达米亚的两大现代发现之一,史诗所述的历史时期据信在公元前2700年至公元前2500年之间,比已知最早的写成文字的文学作品早200—400年。这一发

[①] 各章小节标题由笔者自拟,下文同。

681

现极大地扩展了世界文学的范围，打破了原有的认为《圣经·旧约》是最古老文化渊源的看法，将人类文明扩展到更久以前，并且扩大了对世界古老文明的认知范围，具有打破西方中心论的功效。

二 《吉尔伽美什》的解读

本章认为史密斯对《吉尔伽美什》的解读方式偏离了作品本身。史密斯一是将史诗同化接受为《圣经》的注解，如他将迦勒底人记录的大洪水故事视作对《圣经》中大洪水记载的历史印证，却忽略不计史诗文本内部的文学主题；二是依照现代民族主义阐释史诗，将吉尔伽美什与恩奇都前往雪山森林打败魔怪洪巴巴的故事视作史诗的核心情节，吉尔伽美什被等同于巴比伦民族英雄尼德罗姆（Nimrod），洪巴巴被等同于压迫巴比伦人的暴政者，于是《吉尔伽美什》的主题被建构为英雄反抗暴政，解放人民带来自由这一19世纪欧洲民族理想的映照。实际上吉尔伽美什从始至终都是其城市的统治者，洪巴巴只是独居雪杉森林的巨人，但史密斯对史诗错误但聪明的解读为当代人论证《圣经·创世记》第1—11章是不是古巴比伦史诗的一神论改写做好了准备。

在当今语境下，应当将这部史诗作为一部世界文学作品阅读。史诗创作与流传的时代无疑与史密斯和当下读者的时代有巨大的时空距离，阅读过程中"新的延续与断裂同时在涌现"（第73页），如何克服时空距离带来的不协调感是解读的难点，因此丹穆若什认为读者应当将史诗还原到其产生的古代语境。

首先，这可帮助读者缩短与史诗的审美距离。为了阐明这一点，本章以"吉尔伽美什之死"中诗人对陪葬场景的描述为例，读者初读时会将这描述看作君主统治下疯狂与残暴的行为，但还原到诗歌产生的语境则能意识到诗人意在体现伟大英雄的崇高死亡。

其次，这有助于读者明晰现代人与古代作家间的价值观差异。一是巴比伦诗人对史诗中的不连贯更宽容，比起个体人物他们更关注史诗的整体主题。二是古代诗人与现代人对诸神的描写、神人关系的理解存在根本性的不同。现代批评者在对史诗的批评中，往往以人作为自身的意义为核心，众神则退隐为背景，如桑达斯认为诗歌的核心寓意是巴比伦人与众神因未建立牢固的约定而产生的焦虑感。但将史诗返回到历史语境可以发现，史诗的根本主题是主人公对死亡的焦虑与对生命永恒的追求，史诗中吉尔伽美什行为的驱动力源自对死亡的担忧与焦虑。神人之间的关系并不是对立关系。相对于以色列的神，苏美尔文化的神更具有人性，而吉尔伽美什更是神之子。当史诗的结尾吉尔伽美什因失去仙草而不能永生时，史诗的悲剧感便油然而生。

三 《吉尔伽美什》的研究历程

对《吉尔伽美什》史诗的研究说明"要理解一部真正的外国作品所需付出的诸多努力"（第46页）。不同文化体系的学者的研究方式和解读结果各不相同，但本章认为，原始研究对于当下研究仍有借鉴意义。

史诗的发现者自然成为史诗最早的一批阐释者，但在西方世界对史诗的早期接受中，《吉尔伽美什》史诗首先被同化为《圣经》的注脚而存在，而并非作为独立的苏美尔文明的珍贵文献而存在。

对《吉尔伽美什》史诗的记录与研究大体分为三个阶段。第一阶段的代表是奥斯丁·亨利·莱亚德，这一阶段史诗与尼尼微古城的发现成为海外旅行故事的资料库。英国政府并不支持由他主持的考古行动。由于缺乏经费，莱亚德利用《圣经》渲染和描写自己的旅行和发现，获得了政府认可，支持了自己在政界的地位。《吉尔伽美什》是他的同伴拉萨姆在1853年挖掘出的大量泥板中发现的。史诗对研究《圣经》提供了很大的帮助。第二阶段的代表是乔治·史密斯，但他的研究陷入了西方人的固有思维，他把史诗看作对《圣经》的佐证，而忽略了史诗本身更多的文学内涵。第三个阶段才进入史诗的文学研究阶段，本章认为应当从保存在史诗中的神话所反映的神与人关系中发掘具有现代人文意义的文本内涵。

（执笔：庞越、李一苇）

附录

1. 英文版：…idols are so repugnant to his beliefs。(p. 46)

    中译本：这些偶像令人生厌。(第52页)

    笔者试译：这些偶像与他的信仰格格不入。

2. 英文版：…and indeed in his drive to associate the epic to historical events Smith takes it almost entirely out of the realm of literature as such。(p. 57)

    中译本：他的动机是把史诗引向历史事件，这一动机几乎贯穿他对整个文学领域的态度。(第64页)

    笔者试译：的确，史密斯竭力把史诗与历史事件联系起来，这种做法几乎完全把史诗排斥在真正文学的领域之外。

3. 英文版：…disfigured by the poetical adornments deemed necessary to give interest to the narrative。(p. 57)

    中译本：因为诗歌的形式面目全非，即使后者对叙述有必不可少的意义。(第64页)

    笔者试译：被那些诗意的装饰弄得面目全非，而这些装饰据说在给叙述增加兴趣方面颇为必要。

4. 英文版：…and the gods' wrath over these events becomes the motivation for Enkidu's early death…(p. 68)

    中译本：上帝对这些事的愤怒则导致了恩奇都的早死。(第76页)

    笔者试译：众神对这些事的愤怒则导致了恩奇都的早死。

第二章 教皇的吹箭筒

19世纪的研究学者侧重于关注古代近东和中美洲土著文化的早期文献，随着世界文学研究模式由"选择性的关注和普遍的忽视"转向对"杂合性"的关注，殖民晚期的文学研究也开始由边缘走向中心。本章以"教皇的吹箭筒"为题，其中吹箭筒（或吹箭管）为亚马孙河流域及中南美洲热带雨林地区美洲原住民最常使用的狩猎工具。本章涉及的阿兹特克（Aztec，或译为阿兹台克、阿兹提克）帝国是

《什么是世界文学?》(2003)

公元14—16世纪的墨西哥古文明，其传承的阿兹特克文明与印加文明、玛雅文明并称为南美三大文明。

一　古印第安文明

　　阿兹特克帝国的主体民族是阿兹特克人，语言是纳瓦特语。阿兹特克文明是世界历史上一个独特的古文明，于15世纪在墨西哥中部建立帝国，拥有较精确的历法系统；农业方面，灌溉技术发达；经济方面，已经出现了原始阶段的"货币"；宗教神话特色鲜明，且对后世影响深远；阿兹特克人的建筑技术也非常出色，能够建造出十分雄伟的建筑，特诺奇提特兰古城便是最好的证明；此外，阿兹特克社会阶级划分森严，并拥有完备的法律系统。15世纪，特诺奇提特兰和另外两个城邦——德斯科科和特拉科潘结成三国同盟，由此建立了阿兹特克帝国。阿兹特克三国同盟是三个城邦在打败阿兹特克人的旧主人特帕尼克斯国后建立的。最初，三个城邦的实力相当，但特诺奇提特兰逐渐成为三方中的主导者。1520年，西班牙人来到阿兹特克帝国时，德斯科科和特拉科潘已完全成为特诺奇提特兰的附庸国。这一帝国是前哥伦布时期中美洲地区最大的帝国，形成了独特而发达的阿兹特克文明。

　　印加文明是古代南美印第安人（克丘亚人）的文明。印加为其最高统治者的尊号，意为"太阳之子"。这一文明从15世纪起势力强盛，鼎盛时期的疆界以今秘鲁和玻利维亚为中心，北抵哥伦比亚和厄瓜多尔，南达智利中部和阿根廷北部，首都在秘鲁南部的库斯科。16世纪初由于内乱日趋衰落，1532年被西班牙殖民者灭亡。

　　印加人已有一定的天文知识和历法，医学也达到一定水平。他们主要崇拜太阳，自称太阳的后代，也崇拜月亮、土地及其他星宿，仍保持图腾崇拜和祖先崇拜。各氏族公社以动物命名，视祖先为公社保护神。印加人已确立国家信仰及祭司教阶制度，宗教中心是位于库斯科城中的太阳神庙（金宫）。印加人有一首长诗《奥扬泰》，记述了英雄奥扬泰爱上了印加王的女儿，请求印加王赐婚却被阻挠的故事。此诗在15世纪被改编成戏剧，1770—1780年被西班牙传教士用拉丁文记载了下来。

古代印第安人文明的另一支玛雅文明分布于今天墨西哥东南部、危地马拉、洪都拉斯、萨尔瓦多和伯利兹等地的丛林地区。虽然处于新石器时代，却在天文学、数学、农业、艺术及文字等方面取得了极高成就。玛雅文明是拉丁美洲古代印第安人文明的杰出代表，以印第安玛雅人而得名。他们笃信宗教，文化生活富于宗教色彩；崇拜太阳神、雨神、五谷神、死神、战神、风神、玉米神等。国家兼管宗教事务，首都即为宗教中心。玛雅的文字比现在任何已知的象形文字都更为复杂，阅读顺序是先左后右、先上后下、先近后远。

依据中美洲编年史，玛雅的历史分成前古典期、古典期及后古典期。前古典期（前1500—300年）也称形成期，历法及文字的发明、纪念碑的设立及建筑的兴建均在此时期；古典期是全盛期（约4—9世纪），文字的使用、纪念碑的设立、建筑的兴建及艺术的发挥均在此时期达于极盛；后古典期（约9—16世纪），北部兴起奇琴·伊察及乌斯马尔等城邦，文化也逐渐式微。古典玛雅文明的各个城邦突然在公元9世纪同时走向衰败，其中原因至今仍是未解之谜，历史学家猜测或许与内战、大屠杀、干旱有关。至公元10世纪，曾经繁盛一时的玛雅城市被遗弃在丛林之中。玛雅从来不像中国、埃及等文明拥有一个统一的强大帝国，全盛期的玛雅地区分成数以百计的城邦，然而玛雅各邦在语言、文字、宗教信仰及习俗传统上却属于同一个文化圈。16世纪时，玛雅文化的传承者阿兹特克帝国亡于西班牙帝国之手。

本章以西班牙殖民时期墨西哥的三种杂合文献（《新西班牙王者之歌》《墨西哥歌谣》《基督教赞美诗》）为参考，结合文本的社会语境，阐明殖民后西班牙人的到来并没有在一夜之间消灭墨西哥本土文化，相反阿兹特克产生了本土文化与殖民文化相杂合的文学样态。这一现象说明当今世界文学的研究模式应当发生改变，打破选择性关注与普遍的忽视的旧格局，生成使杂合性研究由边缘走向中心的新格局。因此我们阅读世界文学的方法也需要改变，以便重新理解文化认同与跨文化互动。理解世界文学应当放在两个焦点之间，即主体文化与作品的源文化之间。

二　19世纪中美洲土著文化史的研究范式

在对古代近东和中美洲土著文化的研究中，19世纪的研究学者偏重早期文献，即殖民征服之前的诗歌。他们认为脱离了殖民语境的文本更准确地表现了本土文化，是更纯洁的文化。研究者热衷于中美洲文化的古典时期，往往把阿兹特克以后的历史作为对于古典时期的模仿。

本章援引威廉·桑德斯论证这一观念上的转变：古典与后古典的分期只是使西方学者便于研究和分析，并非文化优势的区分。（第92页）借助桑德斯的观点，本章指出这一人为性分类方式的缺点，本土文化被简单地切割，导致研究者忽视了本土文化在当地民族中的延续性发展，忽略了本土文化即使在殖民者入侵后也从未消失的事实。随着新移民涌入，民族意识的普遍上升形成了新的推动力，使研究者的视野扩大，学者的关注重点由中心走向边缘、二元走向多元，之前被认为腐朽的、附属的文本须被重新审视。新材料的加入要求我们改变之前的阅读模式，转向一种双重审视的模式，即源语文化与译入语文化的相互对照。

三　《赞美诗》《王者之歌》《歌谣》的多重意义

早期西班牙修道士出版诗集的初衷是传教，对墨西哥原住民进行宗教同化。通过布道，基督教使原住民放弃其原先信奉的诸神；文化融合的目的在于沟通西班牙与阿兹特克的世界；文化征服的目的即通过利用杂糅本地文化与欧洲文化消减本地传统文化对原住民的控制和影响。萨阿贡利用传统的纳瓦特诗歌中的资源，使用纳瓦特语将《圣经》和教义融合在诗行里，编纂了《赞美诗》。《赞美诗》具有的混杂性形成了一种不同文化杂糅下的美感，这种审美效果来源于混杂性给《赞美诗》带来的陌生感。

在《王者之歌》《歌谣》中，传统神灵的名字被改成各种别称，在意义上慢慢靠近基督教中的上帝。《王者之歌》的抄写员在诗集中给出这些别称（epithet）的注释；《歌谣》抄本里会在一个诗行中出现两个表示上帝的命名。在歌谣中，某些神灵消失，某些新的神灵进入神庙。基督教的神灵走进歌谣里成为重要的角色，如圣母玛利亚等诸神……（第101页）在某些诗行中，羽蛇神的形象被圣灵的形象取代。神灵命名的混杂性和模糊性可能是文化发生转移时治理者所使用的策略。如在征服之后的赞颂战争的诗歌里，基督被加入了神灵之列，鼓舞墨西哥人战斗。战争和英雄之死的意义在抄写本中也发生了改变。诗歌中的战争荣耀不再是诗歌赞颂的唯一中心，诗歌所传达的战争之美得到了延伸。又如《泼水歌》中的"水"的意象是墨西哥文化的隐喻，或者说，《歌谣》本身即文化的载体。

以上分析表明，这三部诗集表现了文化混杂性和文化转移。阐释作品需要与事件发生的语境相联系，而阅读世界文学需要看到文化的传承性，但同一文本在历史的演变中也会发生理解上的嬗变，彼时的征服工具可能会被理解为此时的反抗手段。事实上，无论是征服前还是征服后，民众的困难并不会因为统治者的变换而发生彻底改变，宗教上的同化手段也不能彻底改变墨西哥传统文化对于本土民众的控制。本章举出埃尔南多·鲁伊斯·德·阿拉尔孔的例子。17世纪中叶，阿拉尔孔撰写了长篇双语专著《新西班牙的土著印第安人中留存至今的迷信和异族习俗》。20世纪80年代，科伊和惠特克对阿拉尔孔的著作进行了研究并分析了其中的咒语。咒语反映了原住民对于传统信仰的坚持，这种坚持也有意识地混合了新旧元素。宗教信仰发生了双向调和，原住民对于基督教的接受和西班牙人对于本土文化的接受，双方在文化上的观念都发生了改变。

综上所述，本章以中美洲的三部诗集为例，指出世界文学的阅读模式应采用多重视角，世界文学是民族文学之间的椭圆形折射。任何一种文化都有其存在的延续性，也能在他者文化中找到一个相应的位置。

（执笔：王秀香、李一苇）

《什么是世界文学？》(2003)

附录

1. 英文版：Had Sahagún not wished to overwrite the native traditions by beating the court poets at their own game… （p. 89）

　　中译本：假如萨阿贡不希望改写当地的传统，效法他们并超越他们，……（第 99 页）

　　笔者试译：假如萨阿贡不希望通过在宫廷诗人擅长的作诗领域击败他们来改写当地的传统。

2. 英文版：As the poem continues, the poet reverses the traditional image of the song as the bearer of immortality for mortal heroes。(p. 98)

　　中译本：诗歌继续，诗人又返回到诗歌的传统形象，诗歌是终有一死的英雄的不朽执绋者。（第 110 页）

　　笔者试译：诗歌继续，诗人逆转了歌曲能让凡人英雄永传不朽的传统形象。

3. 英文版：… and announces himself more modestly as only a lady-killer…(p. 104)

　　中译本：……而是颇为谦逊地宣告自己仅仅是位"师奶杀手"……（第 118 页）

　　笔者试译：……而是颇为谦逊地宣告自己仅仅是位"女性杀手"……

第三章　从旧世界到全世界

本章围绕以下三个基本观点展开：（1）世界文学传播的双焦点椭圆形折射；（2）世界文学的范围始终处于一种不断被界定的动态过程之中；（3）评判世界文学并不存在固定标准，而与阅读模式相关。丹穆若什重点阐明了自己对以下 3 个问题的解答：（1）世界文学的范围与世界文学应当怎样传播和发展；（2）世界文学是如何流通传播的；（3）如何评价世界文学的优劣。

一　早期世界文学的范围

丹穆若什首先探讨了以往的世界文学范围，以及"世界"范围在全球化进程中由旧世界向全世界拓展的趋势。一直以来，北美所定义的世界文学就是指西欧文学。也就是说，在以往的实践中，对世界文学的经验往往是西方读者以自身文化为出发点的阅读经验。但随着全球化的进程，包括文学在内的一切都进入了全球范围内的流通之中，世界文学逐步从传统的欧美范围中扩展出去，但这种范围的扩展是非常困难的。这是因为，一方面，西方国家对待非西方传统的文学，仍像殖民宗主国对待其殖民地那样，态度傲慢；另一方面，"二战"后出现的"新殖民主义"采取了更隐蔽的、间接的殖民侵略手段。它们充分利用其经济优势，对非西方国家进行政治、经济、文化侵略，把已取得政治独立的国家置于其控制之下，最大限度地榨取其财富。他们以自身文化为核心和参照物来诠释非西方传统的作品，要么把外国传统压缩为自身传统的异域版本，比如苏美尔民族的《吉尔伽美什》就曾被西方片面地认为是对《圣经》所记载历史的确证；要么利用了不平等的文学贸易，传播西方文化、赚取财富，强化对外来文化的理解并把它们作为廉价的文学原材料供欧美的学术研究使用。

在上述语境下，本章以小说《詹巴蒂斯塔·维柯；或非洲话语的蹂躏》为例说明这种全球化的文化政治现状。该小说讲述了一名非洲知识分子维柯试图把非洲的口头形式与欧洲文化结合创作出一部作品，当时维柯所属的研究院分裂为两派，一派是崇尚欧洲的世界主义者，一派是"非洲至上"的民族主义者，两派经过斗争之后，"非洲至上"派占了上风。当地一位有权威的老人对维柯的行为进行了暴力的审判，维柯和他的伙伴被判处终身流放非洲村落，重建口头形态和遗失的精神价值的联系。但值得一提的是这位老人的话语中也体现了强烈的西方文化特质，这极具讽刺意味。而这部书在出版过程中屡遭冷遇。这个例子正体现了强国政治等同于强国文化的逻辑，亚非拉的伟大文明被忽视，成为西方文明的"文化他者"而遭到冷遇。

二　世界文学范围的再界定

本章随后考察了几种各国通用的世界文学选集，探讨了随着全球

《什么是世界文学?》(2003)

化的进程,世界文学的范围在被界定的过程中的两种发展走向,其分界线是20世纪90年代。在90年代之前,第一个选集是,参议员洛奇主编的《世界经典中的精华》,其内容主体是古代希腊罗马和欧洲大陆的作品,但他在引言中着重强调了选集中的英语作品。洛奇旨在提升一种本土主义("本土主义"是指认为本国国民比外来移民重要、敌视"新来者"的观念和态度)的公众话语,认为英文的高雅风格可以用来表征统一的种族和文化传统。第二个选集是,哈佛大学校长查尔斯·爱略特主编的《哈佛经典》。他认为世界文学的目的是通过与不同文化的接触来拓宽读者的眼界,激励对世界文化多样性的关注。但爱略特的世界主义中也容纳了他对本土主义的强调。所以爱略特和洛奇的观点看似不同,但在本质上都是把世界主义当作一种更高形式的本土主义。第三个选集是弗兰克·马吉尔的《世界文学名著书摘》。这个选集从一开始就把"世界"定义为西方世界,但与爱略特和洛奇聚焦于公认的经典作家不同,马吉尔的选集把古典作品和通俗作品自由地混在了一起,比如柯南·道尔这样的侦探小说家会和荷马、莎士比亚先后出现在选集中。马吉尔针对的是过去和未来的普通读者,想要拓宽读者的视野。不仅如此,马吉尔还在后面几卷进行了扩展。他一方面扩展了文学的类别,从小说、戏剧、叙事诗到回忆录、传记,再到非虚构作品,最后甚至引入了心理学和人类学的作品;另一方面在空间上对一些所谓"主要的"非西方作品作了少量的扩展,例如在第3卷中加入了《一千零一夜》《沙恭达罗》《源氏物语》。马吉尔第一次涉足了非西方文学的领域,但并未产生什么影响,80年代欧美的世界文学课程依然专注于欧美文学。1956年诞生的诺顿主编的《诺顿文选》则从一开始就聚焦名著,所选的作家皆来自希腊、英、美、法、德、意等传统文学强国,而且诺顿的经典仅局限于男性作家的作品,直到第3版才增加了萨福,但只占两页的篇幅。所以,在90年代之前,世界文学的选集基本上都是以强国的经典为核心内容,即便有对非西方的尝试性的选录,也并没有掀起波澜,世界文学呈现出一种以西方为核心的同化状态。

但是,20世纪晚期正在形成的全球化进程打破了上述局面,自

90年代初，世界文学选集在地理空间和文学类型上都得到了极大扩展，不仅选入大量非西方文学，还抛弃了"名著"，从更广范围的作家中进行选择。这一时期的代表有《哈珀柯林斯世界读本》。从空间上来看，它收录了不少于475位作家的作品，尝试对世界主要文学传统作比例平衡的描述。以往占据大量篇幅的荷马、但丁为非西方作家的作品让出了空间；从文学类型上来看，它收录了一些非洲口头诗和美洲原住民的口头文学。在这一时期，《诺顿文选》也有了"扩展版"，1995年，它在4000页西方材料的基础上增加了2000页的非西方材料，在后来的版本中，其标题也变成了《诺顿世界文学选集》，去掉了"名著"一词，拓展了作品的范围。

从90年代初开始的这一变化，说明世界文学的范畴真正开始从旧世界扩展到了全世界，世界文学的同化模式被打破。但新变化也带来了新问题。如《哈珀柯林斯世界读本》虽然采取了全球化模式，让西方与非西方的文学比例均衡，使世界文学成为对所有民族文学的全面折射，但它并未能建立起这些文学之间的联系。以《吉尔伽美什》史诗为例，诺顿的编辑错误地把史诗的时间定在"约公元前2500—1500年"，声称它是"无比古老的诗歌"，"希腊、罗马、希伯来文明刚刚走过初始阶段，《吉尔伽美什》就从记忆中消失了"（第149页）。这一行为切断了史诗与西方其他文明在时间上的联系，也切断了史诗与不同的民族在文化上的联系，这是编辑们无法处理如此古老的材料而造成的后果。

因此，世界文学选集的编选原则往往在两个极端之间摆动：要么把来自其他时代和地区反映了与"西方相同的意识"的文学作品汇聚在一起，要么强调它们完全是外来的"异类"，而这种异质性最终只会增强西方文化对自己的认识。本章实际上通过世界文学选集编选的不同状况说明世界文学的范围界定始终处在不断变化之中。但他对这两种发展趋势都表示了反对，无论是同化还是断裂，都不符合世界文学的发展规律。

《什么是世界文学?》(2003)

三 世界文学流通理论

本章从文学传播的维度来探讨世界文学的流通问题。无论是以往西方那种以自我为中心建构的同化的世界，还是极端去中心化的断裂的世界都不合理。他提出一种双焦点"椭圆形折射"的世界文学流通理论。"椭圆反射"和"焦点"意在说明：其一，世界文学是一个公共空间，它具有物理世界椭圆形空间的"反射"特性，能把一个焦点（源文化）的光源聚焦到另一个焦点（接受文化）上，从而形成双焦点，即双重关注；其二，世界文学空间跨越了民族、国家界限，充斥着各种"介质"，如语言、文化、时间、空间等，第一个焦点的光源（作品传播）在聚焦到第二个焦点时，要穿过这些介质，因而会出现折射现象，呈现出不同于原作本来的面目。民族文学作品犹如从第一个焦点（源文化）上发出的光源，进入具有椭圆特性、充满各种介质的世界文学空间后，聚焦到第二个焦点（接受文化）上，变身为世界文学作品。作为世界文学而存在的文学作品，由两种文化共同决定，既不仅仅受制于一方，又与两者息息相关。换言之，椭圆折射理论证明，原本属于民族文学的作品，其传播途径和影响范围是如何在"世界文学"这一概念下发生的：作品跨越语言、民族、文化、国别等边界，在其他时空、其他读者群中产生影响。同时，这种影响反过来也会对源文化产生作用。而且这种世界文学的界定始终处在动态的变化之中。就拿歌德来说，他是19世纪第一位在现代世界文学中流通并获益的作家。歌德晚年在渐趋保守的德国失势。他去世后，他的作品在国外享有盛誉，随后又反过来提高了他在德国的声誉，这很大程度上得益于歌德作品在国外的流通。但现在歌德的全部作品在跨越时间的介质进入新的时代和新的地域之后不再为人们所知，只有《浮士德》留存了下来，还保持着影响力。

使文学作品成为世界文学的普世性并非文学的本质，它只是作品效果的一个重要方面。丹穆若什指出世界文学之所以为世界文学，很大程度上在于它的普世性和世界视域。文学所探讨的大多是人类生活中所共同面临的问题，因此才具有了世界视域。这种世界视域也决定了文学作品的流通范围，比如在第一章中，他就通过分析《吉尔伽美什》史诗的文化意义和文学价值证明了这一点。有学者打着普世的幌子又返回了拿自己的价值观同化外来作品的怪圈，例如桑达斯翻译的《吉尔伽美什》史诗，采用了普世化的视角，填补了史诗中的空缺。这么一来，史诗就失去了原有场景中的诗意、碎片性的特点，这就等同于摒除了它原有的特性，彻底屈从于当下的需求。

四 世界文学作品优劣的判定

如何评判世界文学作品的优劣呢？本章对此没有采取一种标准化的评价模式，而是从"文学阅读模式"的维度来对此进行阐释。从文学研究的角度来看，当今的读者主体是文学批评家，但是批评家们往往把世界文学直接指向精英文学，甚至片面地阅读经典文学，就像布鲁姆认为《哈姆雷特》仅仅是"死神派给我们的大使"（第158页）。丹穆若什反对这种建立在批评家阅读经验上的狭隘的世界文学观，他所谈到的"阅读模式"并非一个文学研究术语，而是一个文学作品优胜劣汰的原则，它建立在普通大众的阅读经验的基础上。由于个体的阅读经验不同，每个人对特定的文学作品的理解也不同，所以大家的审美情趣也有着很大的区别，就像布鲁姆认为《紫色》没有太多的阅读价值，但其他读者可能并不这么认为，（第161页）这一现象的原因有三。一是普罗大众可能并非在阅读中寻找审美快感，而是把世界文学作品作为一个窗口去了解异域文化传统，而在经济全球化的时代，一些时代感很强的作品，能够反映全球化时代民族文化的发展状况和文化传统，因此把世界文学当作了解世界的一个窗口在当今是非常具有时代意义的。本章认为："作品的真正价值仍在于它联系着与我们自己的世界不同的时间或地域。"（第158页）因此，把这种阅读模式当作评价世界文学的一个标准的意义是很符合世界文学的发展规律的。二是从更广泛的意义上来说，尚未受到一些文学选集的认可，也未受到广泛的批评性反应的文学作品，以及带有浓郁的民族色彩的

《什么是世界文学？》(2003)

文学作品，由于在读者之间广泛流通和阅读，受到欢迎，也将得到认同的机会，换言之，很多第三世界以及区域的文学作品将有机会获得与欧洲文学经典相等同的地位。三是本章还进一步强调了世界文学阅读的语境问题，因为文学阅读实际上是一个文学接受的过程，无论是批评家还是普通读者，都应该了解作品原有的社会文化语境，但不能把原有的文化语境当作阐释作品的唯一语境，但具体需要多少语境，差异是很大的，它取决于作品本身和读者的阅读目的。例如布鲁姆片面化地把《哈姆雷特》的主题仅认为与"死亡"相关，而忽视了《哈姆雷特》本身的文化语境。

最后，丹穆若什又回到了在第一部分中提到的恩加的小说《詹巴蒂斯塔·维柯；或非洲话语的蹂躏》，认为只有当这部小说被人们"同时从非洲文学、法国文学、世界文学以及文学等多种框架"（第162页）来看时，真正的世界文学才会诞生。丹穆若什以此为例，再次强调自己的观点，无论是对世界文学的流通还是阅读的探讨，他关注的都不是世界文学是什么，而是世界文学应该怎样阅读和阐释的问题。只有《詹巴蒂斯塔·维柯；或非洲话语的蹂躏》在世界范围内流通、在不同框架下解读、被不同读者阅读与接受的时候，世界文学才能获得发展契机。

综上所述，丹穆若什的世界文学观其实是对欧洲文化中心论和一直以来存在的"中西二元论"的研究模式的反动，他强调一种跨文化、跨民族的世界文学的研究方式。

（执笔：王允诺、李一苇）

附录

1. 英文版：The Occidentals are terribly afraid of the yellow peril。(p. 114)
   中译本：西方害怕黄色危机怕得要命。（第128页）
   笔者试译：西方人害怕黄祸怕得要命。

2. 英文版：… and thinking it over, he sat [down *weeping*.] (p. 138)
   中译本：深思熟虑中，他坐［下哭泣。］（第156页）

笔者试译：仔细想了想，他坐［下哭泣。］

第二部分 翻译

第四章 墓地之爱

本章讨论了一首古埃及情诗的翻译问题。该诗大概创作于埃及国王拉美西斯五世时期，为世界上现存最古老的诗篇之一。全诗仅4行，以简洁、质朴及强烈的直观性著称。本章通过讨论这首诗的4种译本，以小见大，说明世界文学在翻译、语法、词语、文化构架等方面面临的最基本问题。译者对这些问题的处理，向我们展示了一部作品从其源发时空进入我们当前社会这一过程中所做的诸多抉择。文中提及的拉美西斯五世为拉美西斯四世之子，于公元前1149年开始统治埃及，在其统治时期，埃及第二十王朝开始衰落。公元前1145年，拉美西斯五世突然死亡，可能被拉美西斯六世谋杀。

本章的标题"墓地之爱"指的是"纳赫特-索贝克墓地的抄写员创作的古卷中发现的情诗"（第165页），此标题为后人所加。实际上，该诗大概创作于拉美西斯五世时期，作者未知。丹穆若什看中了这首诗的简洁、质朴及强烈的直观性，认为可以更加清楚地看到翻译面临的最基本的问题。如此简单且在流传过程中几乎未受到干扰的一首诗，也会涉及翻译、语法、词语、文化构架等诸多问题，如何处理这些问题呢？答案就在本章讨论的该诗的4个译本之中。

一 古卷情诗的4种译本

第1个译本出自英国的埃及古物学家阿兰·加德纳之手。这一翻译在两种很不相同的参照框架中摆动：历史的和超越历史的。一方面，他对这部古埃及文学作品集做了大量的文献学注释，将其视作记

《什么是世界文学?》(2003)

载拉美西斯时代的历史和文化文献;另一方面,他又认为这部作品集中的诗歌"与所有时代和地域的恋人绝没有什么不同"(第167页),甚至认为它们与现代欧洲诗歌有相似之处,具有世界性。加德纳在翻译时,将这首诗的叙述人当作一位女士,将这首诗的意思理解为"女士告诉她的爱人,追求是多余的,她是位心甘情愿的猎物"(第168页)。为了让这首诗被欧洲人理解,他在翻译时变动了前两行的语法结构,将第一句的疑问改成陈述,将第二句的不定式改成祈使句式。译本与原文存在较大差异。

第2个译本由美国加利福尼亚大学的米里亚姆·利希海姆教授完成。他结合这部纸莎草卷中其他诗歌的语境,将这首诗理解为一个微型对话,意思是"朋友责备恋人太过犹豫,敦促他继续;恋人向阿蒙起誓来增强信心,走向那位女士"(第170页)。第一行语法问题得到解决,被译为疑问句;但第二行依旧延续了加德纳的祈使句式。这个译本看似通顺,但因为现存的埃及诗歌中没有突然转换叙述者的现象,因此在更大的语境中看似乎不合常规。目前能够掌握的语境证据还是指向了本诗只有一个叙述者。

美国耶鲁大学的辛普森教授完成了第3个译本。他动用了更广泛的语境信息,结合埃及人常使用的"人与灵魂争辩"(《亡灵书》中也有)的主题,认为第一句展现了人与自己内心的对话;他又结合了其他诗歌中有说话人转述他人话语的例子,将第二句看作一位女士正在转述她那犹豫不决的恋人可能说出的话,全诗的意思或许是"这位女士嘲笑恋人的优柔寡断,而她自己则会采取直接的行动,向他走去"。最后一句运用了强调性的表达"向你走来的是我"(第172页),且结合了其他诗歌的例子,表现了诗中的女性叙述人衣服尚未穿戴整齐就急于奔向恋人的情态。

根据以上3种译本,该诗记录的或是一位男士内心的斗争,或是一位女士的果敢行动。要确定叙述者的性别,一来可以从原本的象形文字对"我"这一代词的选取来确定,然而原本象形文字中抄写员将男性和女性的象形文字写得几乎分辨不清;二来可以从最后一句叙述者的服饰来确定,然而"mss"这种宽松服饰男女都可以穿,因此叙述者的性别最终仍然难以确定。本章指出：确定叙述者的性别其实并无必要，"最好的翻译就是给出开放性的选择，使我们对场景的想象不受约束，在特定时刻让我们的喜好来起主要作用"（第175页）。最后一句的重点不在服饰具体是什么，而在"这位叙述人并未穿戴好服饰"这一状态。

随后，本章插入纳博科夫翻译《叶甫盖尼·奥涅金》的例子来表现翻译家只考虑民族文学语境时出现的一种极端情况：纳博科夫过于忠实原作，拘泥于字义的翻译，增加过多的脚注，使译本失去可读性，"过于强调民族文学特征，失去了世界性"。丹穆若什表明自己的观点："我这样说绝不意味着译文应该彻底把诗歌扭转为我们自己的社会和自己的语言；我的意思是原文的语境不应该使我们无法忍受，妨碍我们与诗歌所创造的那个虚拟世界的接触。"（第177页）

约翰·福斯特和斯托克两人的合译本是第4个译本，它走向另一极端，只追求"世界性"而舍弃了"民族文学特征"。福斯特的译本将最具原文文化特征的因素"阿蒙"去除，直接译为"神"，斯托克甚至将祈求神的庇佑改为诅咒"该死，哥们"。本章对这类译本的评价是"令人遗憾"，因为这一举措等同于舍弃了"阿蒙"在诗中具有的多方面意义。诗歌的第一句表现出来的质问："你为何要与心交谈？"只有结合古埃及文化，才更富有深意。"阿蒙"是永恒的力量，恋人呼唤他是为了确证自己选择的正确性；"阿蒙"是温暖的日神，用仁慈的阳光来温暖恋人。

古埃及的这首爱情诗关注诸神对世俗生活的影响。福斯特的译本直接弱化，甚至删除了和特定文化相关联的词语。译者受到他所处时代（20世纪60年代的美越战争）的影响，越战的暴乱使他想要通过翻译诗歌来安抚当时人们痛苦的心灵，表明人类之爱依然长存，试图让读者重新看到人类堕落之前耽于声色的纯真。为此他甚至曲解了原文的时代语境，从所谓"现代视角"出发，将当时的时代定性为开始衰亡的时代、"神灵早已离去"（第183页）的时代，然而事实并非如此。

由此，本章指出世界文学作品同时存在于两个方面：一为我们当

《什么是世界文学?》(2003)

下的世界;一为引领我们走向的不同于当下的我们的世界。世界文学的影响力来自我们对这两个世界的双重体验,因此翻译应平衡这两个世界的关系。但要注意的是,这并不是说诗歌就直接反映了那个世界的经验,它具有虚构性,但也与其源文化有密切的联系。

最后,丹穆若什讨论了翻译标准的问题。他引用了安德烈·勒菲弗尔的观点:"'好的'翻译只能是特定时间、特定空间、特定情境下的翻译。""翻译从未真正'反射'原文,它们'折射'原文,每一个翻译都是源语文化和目标语文化的一种协商,因此,所有的翻译都体现了文学价值观的转移。"乔治·斯坦纳强调"翻译总是对原文的一种阐释,因此翻译并不是原文的一个褪色的复制品,而是一种更广范围的转化"(第187页)。这说明判定翻译好坏的标准是相对的,会随着时间地点的变化而发生变化。从这里可以看出,丹穆若什认为世界文学研究对待翻译的态度应当更为包容。

那么,如此说来,是否我们就不可能整理出一套明确的判断翻译好坏的标准呢?本章也否定纯粹的相对主义,而归纳了一个大致、笼统的标准。"不好"的翻译主要体现在两个基本的方面:要么是直截了当的错误,要么是没有传达出原作的力与美。"好的"翻译则是"公正地对待原文"。另外,在当代多元文化主义思潮兴起的时代背景下,以韦蒂努为代表的学者提出了"异化翻译"的理论,反对同化翻译,强调作品的差异,主张突出民族文学的特色。第一位译者加德纳也反对这种同化,他不满纳赫特·索贝克"篡夺"了实际创作者的作品,将文本挪移到自己名下的行为,然而讽刺的是,他自己最后也无意中成了"篡夺"行为的一员。

二 世界文学与翻译的再探讨

世界文学与翻译的关系是这些年来与世界文学相关探讨中的热点问题之一。从源头上看,翻译对于世界文学观念的构建意义重大。歌德之所以提出"世界文学"的概念,与他对翻译的重视和实践密不可分。他不但亲自翻译过许多欧洲国家的文学著作,而且对翻译做过深入思考与探索。歌德的许多作品在他有生之年也被翻译成其他语言，这使他能深切地感受到翻译在建构世界文学方面所起到的重要作用。

美国学者理查德·莫尔顿（Richard Moulton）在其影响深远的《世界文学及其在总体文化中的位置》（1911）一书中为译本的价值进行了充分辩护。在该书导言中，莫尔顿认为把文学作为一个整体加以研究，所面临的最大困难是来自语言崇拜的偏见。他认为，"显而易见，把文学作为一个整体加以研究，不依赖译本是不可能进行的。现在，有一种普遍的感觉，即阅读翻译文学是一种权宜之计，有二手学问的味道。但这一想法本身是对文学进行分科研究的产物，这种分科研究迄今仍然流行，它不能摆脱语言和文学紧密纠缠，以致很难想象将二者分隔开来。这种想法经不住理性的检验。如果一个人，不通过希腊文，而是通过英文读荷马，他毫无疑问会失掉一些东西。但问题出来了，他失去了什么？他失去了文学吗？很清楚，相当大比例构成文学的东西没有丧失：古老生活的描写，史诗叙事的节奏，英雄形象的观念和事件，情节技巧，美妙的比喻——'荷马史诗'中的所有这些元素对于译本的读者仍然敞开着"。一句话，伟大文学作品中所反映的生活、情感并不曾失去。

德国哲学家、文学批评家本雅明在其发表于1923年的论文《译者的任务》中，讨论了作品的可译性以及原作与译作之关系等诸问题。莫尔顿为译本辩护的出发点是认为译本能够忠实地复现原作的面貌，本雅明的辩护正好相反。他认为译本的价值不在于从字面和句法上忠实地复制原作，而在于忠实原作的意向，在于挖掘和传递原作的本质属性。由于译作晚于原作，同时也因为重要的世界文学作品从来不可能在其诞生之日就觅见所有选定的译者，因此它们的翻译往往标志着其延续了的生命。从这个意义上说，译作是原作生命的延续与发展，"翻译也将迈过原作而前行"，成为一个独立的生命体。20世纪70年代以后，随着霍米·巴巴的后殖民主义翻译理论、伊塔马·埃文-佐哈尔（Itamar Even-Zo-har）的多元系统翻译理论、安德烈·勒菲弗尔（Andre Lefevere）的改写理论、巴巴拉·戈达尔德（Barbara Godard）与雪莉·西蒙（Sherry Simon）等人的女性主义翻译

《什么是世界文学？》(2003)

理论大行其道，本雅明的翻译观受到国际学术界的广泛关注和引述。事实上，70年代之后兴起的各种翻译理论，与本雅明的翻译观一脉相承，都是从不同角度和领域，对译本之于原本的独立性及其价值进行研究。而这些研究，都给予了世界文学理论极大的启发。

正是受到这些翻译理论的启发，丹穆若什在重新定义世界文学时，才会宣称"世界文学是从翻译中获益的文学"（第316页）。这一定义把"世界文学"作为一个公共空间看待；民族文学无论写得多么出色都不会天然成为世界文学，它要穿越诸多介质，进入这个椭圆的公共空间，才能成为世界文学。而翻译是民族文学进入世界文学空间时必须穿越的诸多介质中最重要的一项。

丹穆若什高度重视翻译对世界文学的意义，认为翻译是帮助民族文学跨越语言樊篱，在一个更广阔的领域流通并获得广大读者认可的必要途径。没有翻译，就没有世界文学。一部文学作品，在其本民族当中，哪怕地位再高再优秀，如果没有其他语言的译本，就很难为其他民族所熟知，也就不能成为世界文学。从这个意义上说，世界文学作品是由译本构成的，是融合了源语国文化与译语国文化的混杂、共生的作品。

由上可见，本章将世界文学定义为离开起源地，穿越时空，以源语言或通过翻译在世界范围流通的文学作品。翻译是"流通"的主要手段。有些文学作品与其源语言和文化联系紧密，它们的内容不可能有效地翻译成一种新语言。这些作品伴随着翻译过程中某些因素的丧失，主要在本地区或本民族中流传，没有成为世界文学的一部分。丹穆若什表示，获得与失去在文学语言的翻译中是并存的，而衡量得与失则是区分民族文学与世界文学的重要尺度。文学作品如果在翻译中受损，那它就只能停留在民族文学的层面上；相反，从翻译中获益的文学可以进入世界文学的范畴，像《吉尔伽美什》和本章的古埃及诗歌就是如此。

（执笔：姜思佳、李一苇）

附录

英文版：... though he ends his essay by invoking interlinear Bible translations as a radical alternative to always-incomplete adaptive translations... (p. 157)

中译本：……但他在结尾时还是恳求把隔行的《圣经》翻译看作是那些一贯不完整的改编性翻译之外的另一种极为不同的选择……（第 176 页）

笔者试译：……尽管文章结束时，他援引《圣经》的行间翻译为例，说明在一贯不完整的改编性翻译之外另有极为不同的译法……

第五章　麦赫蒂尔德·冯·马格德堡的来世

本章主要讲述中世纪神秘主义女性作家麦赫蒂尔德的作品《一缕上帝的流动之光》在欧洲的翻译传播过程。该作品涉及大量麦赫蒂尔德本人对上帝的渴望、爱恋及对教会的批评，在传播与翻译中受其内容与作者女性身份的双重制约，作者形象经过各种编辑加工与特定翻译选择后被多次更新与重构。本章主要介绍《一缕上帝的流动之光》从古至今的 5 个译本，呈现作者在翻译中的形象转变历程。

一　女性神秘主义与"贝居因修会"

欧洲人的信仰方式在 13 世纪晚期发生了重大转变。人们试图在官方教会之外表达自己的信仰。新神秘主义兴盛一时，把人与神的关系定义为一种积极的、极具主体间性的互动关系，倾向于用与神合一的方式来表达对人神关系的认知和理解，并试图在这种交互式的人神关系中追问和确立人的自身价值和定位。

这一思潮的兴起为女性大量介入宗教领域的思考和写作创造了条件，"贝居因修会"就是这一时期女性神秘主义运动的代表。始于 13 世纪初叶的"贝居因运动"被视为欧洲宗教史上唯一由女性发动且以女性为参与主体的宗教运动，主要兴盛于 13—14 世纪，15 世纪时由于教会的镇压而趋于衰微，余波一直延伸至现代。这一运动对于中世纪晚期欧洲社会的最大贡献在于，为女性提供了一种全新的宗教信仰方式。贝居因修会游走于圣俗之间的半宗教性质为其女性参与者提供了一种更为灵活的修行模式，她们的生活方式既不属于世俗生活又并未完全脱离尘世。贝居因修会所主张的在尘世生活中修行的理念要求将信仰从官方教会的控制中解放出来，使信仰不再仅仅是一种外在的形式，而成为一种与信徒的生命体验直接相关的生活模式，亦即要求把上帝归还给大众。

贝居因修会独特的宗教修行方式和官方教会对于贝居因运动的质疑和否定使从事写作的贝居因女作家具有一种边缘人的身份，从而使其能够自由地游走于世俗生活和宗教修行这两个彼此独立的领域之间。对这两种生活方式的深刻体验促使她们在神秘主义写作中对中世纪晚期的社会生活与宗教信仰做出批判性反思。另外，受官方教会质疑的身份使贝居因女作家的神秘主义写作立足于女性的宗教情感，以优美且充满灵性的诗意话语追问人神关系之真谛，并经由人神之间双向情感的互动关系，为长期以来被官方教会有意识边缘化的女性信徒建构在宗教信仰领域中的身份、地位和权威。

欧洲神秘主义的重要源头可以追溯到克莱尔沃的圣伯纳德（St. Bernard of Clairvaux，也译为圣贝尔纳，1090—1153年）。他是法国教士、学者，出生于法国勃艮第贵族家庭，22岁时曾与25个朋友集体皈依天主教。他每天早晨都会问自己："我为什么要来这里？"然后提醒自己，他的主要职责是"要过圣洁的生活"。他于1115年创立克莱尔沃的西多会隐修院。随后在他的指导下，法国相继建立160多座隐修院，而他也因此成为政治上有影响力的人物。他在神学上是神秘主义者，反对阿伯拉尔和布里西亚的阿诺德的唯理论；在政治上积极组织第二次十字军东征，后于1170年封圣。

二 《一缕上帝的流动之光》的翻译

本章主要论述中世纪神秘主义女性作家麦赫蒂尔德的作品《一缕上帝的流动之光》在欧洲的翻译传播过程。从本章标题中的"来世"

就可看出，本章重点讲的是麦赫蒂尔德作品完成之后被翻译的经历。

麦赫蒂尔德是贝居因修会女性神秘主义的杰出代表，她的作品《一缕上帝的流动之光》是现存最早的德语女性神秘主义作品，记录了她经历的有关朋友、地狱、圣母、上帝等异象，其中很多内容是关于她的爱恋和对上帝的渴望，也包括对教会的批评。她试图通过自己的神秘主义写作来回答时代的困惑与迷思。作者的女性身份使作品的创作和翻译都颇为坎坷。本章主要介绍了麦赫蒂尔德作品的5个译本。它们在时间上由远及近，呈现出不同的翻译面貌。

第1位翻译麦赫蒂尔德作品的是她的告解神父海因里希·冯·哈勒。译本的修改之处在于：首先，修改书名，从《一缕上帝的流动之光》变成了《神圣之光》，修改后的书名显得规整且雅致；其次，修改作品主题，海因里希在译序中说他"剪裁、精练、弱化"了原文，重新安排了原有的材料，弱化了其中的情色和对教会权威的批评；最后，海因里希在翻译的时候，对该书的开场白中有关作者权威的讨论做出定性，确定作品的权威为上帝。总之，这一弱化了的译本广泛传播，原作却失传了。

第2位翻译这部作品的是瑞士一位名叫海因里希·冯·诺德林根的教士。他把麦赫蒂尔德的低地德语方言翻译为更加标准的中古高地德语。这个译本在语言和内容上相对接近丢失的原文。在作者权威的认定上，该译者的处理与第一位海因里希恰恰相反，也就是把麦赫蒂尔德置于一个正统的位置。但是，这位海因里希把麦赫蒂尔德描述成了一个保有童贞、受恩于主、顺从男性的谦卑女性。

这两位海因里希成功地把麦赫蒂尔德的作品变成了可以接受的译文。在这两个译本出现五百多年后，英裔美国学者伊芙琳·昂德希尔（Evelyn Underhill）的学生露西·孟席斯（Lucy Menzies）首次把该书译成英语，取名为《马德格堡的麦赫蒂尔德的启示（1210—1297）：或上帝的流动之光》。这一译本同样低调处理了麦赫蒂尔德书中的情色，也把她融入了男性神学的主流传统之中。它通过联系麦赫蒂尔德与男性哲学传统，系统弱化了原作语言中赤裸裸的肉体描写。译者还以"印刷成本高昂"为借口彻底删去了一些描写亲密关系的段落。

《什么是世界文学?》(2003)

第4位译者弗兰克·托宾是这部作品最近也是最好的译者,她对于书中情色描写的处理没有前人那么保守,而是更加直接。

第5个译本是布鲁姆和比加尔的选集。这一译本塑造出了一个更为开放的诗人形象,对书中的性行为翻译也少了很多从前的保守处理。这一译本选取特定的章节做出特意安排,建构出了一位被疏离的现代女英雄的形象,表现出了这位女主角与上帝之间互相矛盾又无法分离的复杂关系。

(执笔:张亦芹、李一苇)

第六章 卡夫卡归来

本章通过比较卡夫卡译作与原作的修订本,反映出文学研究从文本研究向文化语境研究的转变历程。在译本与修订本的更新换代中,译者与研究者逐渐清除了卡夫卡批评中的形式主义,将世界性的卡夫卡转变成民族性的卡夫卡。K 的欺骗性与卡夫卡语词的模糊性逐渐在译本与批评中得以呈现。这些变化表明,研究者更为关注世界文学中的特定种族身份或文化差异。

一 卡夫卡生活时代的布拉格

"一战"前后的布拉格作为奥匈帝国首都,是一个典型的多民族混居的城市。不同的民族体现出不同的文化特征。捷克民族在布拉格占绝大多数,他们强调自由和民主,富于强烈的反抗精神;布拉格的德意志民族擅长思辨,且思想深刻;奥地利民族则肆意奔放、姿态张扬;犹太民族永远怀有浓厚忧患意识和独立精神,特别重视自尊、自立和自强。上述四个民族在布拉格占据主导地位,意味着捷克、德意志、奥地利和犹太文化共同构成了布拉格的主要城市文化,对卡夫卡产生了重要影响。以卡夫卡所属的犹太民族为例，其出于历史传统、宗教和经济等原因，很早就受到了其他民族的歧视和排挤，从整个中世纪一直到18世纪，犹太人就一直在欧洲忍受着被隔离的屈辱。文化和语言冲突是布拉格犹太民族与其他民族产生矛盾的重要原因。

这一时期的布拉格，涌现了数位用德语写作的文学巨匠：卡夫卡、里尔克、布罗德等。"布拉格德语文学"被视为19—20世纪之交最值得注意的文化现象之一。这些作家的相同点在于他们都是犹太籍，祖父辈尚是布拉格郊区的犹太贫民，但到了父亲一代便都已成为殷实的中产阶级，因此都受到了良好的教育。他们都说日耳曼语，但同时又生活在捷克人的社会环境之中。他们身上体现了布拉格相当特殊的多元文化结构：犹太文化、日耳曼文化和捷克文化。这三种文化既相互吸收、融合，又时常发生矛盾和冲突。

二　卡夫卡的翻译与重译

本章首先指出，随着文学制度的变迁，译本处于不断变动之中，因此我们处于一个翻译的时代，也是一个重译的时代。（第209页）卡夫卡作品的重大转变在于，不仅它的译本在不断修订，德语原著也在不断修订。这些修订本反映了文学研究向文化研究的转向，显示出世界文学作品转而更加注重民族特性和文化差异。

其次，本章对卡夫卡德语原著和译本的不断变动过程做出了阐述。卡夫卡去世后，其文学代理人马克斯·布诺德最初将卡夫卡的手稿整理出版，并且将其用词、拼写、标点规范化。这些修改使卡夫卡作品变得单纯、清晰，丧失地方风格。在20世纪30年代，译者维拉·穆尔、埃德文·穆尔等据此完成了英译本。他们力图打造一个世界主义的卡夫卡，而非一个必须在世纪之交的布拉格或者德国文化语境下才能读懂的作家。与此相对应，这一时期对卡夫卡的批评方法倾向于忽略作品中的历史维度，将卡夫卡塑造成高度排他的个人主义者，与社会关系完全是疏离和对抗的模式，如美国评论家弗莱德里克·卡尔的《弗兰茨·卡夫卡》强调"卡夫卡的代表性在于他与家庭以及整个社会联系的断裂"(第214页),又如布诺德、穆尔夫妇等人忽略了K的欺骗性,将其看作一个典型的存在主义英雄,与现代世俗、官僚化的生活的荒谬性作斗争。

60年代以后,索科尔等人对K提出了不同的观点。随着文本的不断修订,帕里斯等人推出了卡夫卡的德语新版本,其保留了作品的地方色彩和标点特殊用法。而马克·哈曼在此基础上推出了新的英译本。紧接着,作者比较了穆尔夫妇的英译本与哈曼的新英译本之间的差异。相较于穆尔夫妇译本中友善、有同情心的K,马克·哈曼尽可能将K塑造得和原著一样自私自利、精于算计;哈曼还把布诺德为将卡夫卡句法规范化而添加的标点去掉,也没有像穆尔夫妇那样在文中加入连词和解释性短语以帮助理解;他保留了卡夫卡作品中某些阴暗晦涩之处;他对卡夫卡自我解构句式的变调很敏感,并将不符合规范的标点保留了下来。

本章结尾部分提出了翻译面临的问题和解决模式。翻译家在面对早于他们年代的作品时,常常困惑于采用"同化"还是"异化"策略,这一困惑类似于我们今天应当如何在卡夫卡修正前与修正后的文风之间寻求平衡。本章认为翻译或许可以考虑采用折中的办法,但本章并未提出具体的解决措施,而是将这一困惑留待读者继续思考。

(执笔:刘姝、李一苇)

第三部分 生产

第七章 世界范围内的英语

本章为《什么是世界文学?》第三部分"生产"的第一章。作者立足于20世纪的文学实践，探讨了当代文学作品成为世界文学的可能性与途径。本章以英语小说家伍德豪斯爵士的生活和创作经历为素材，说明在当代资本主义全球化背景下，英语的广泛传播和全球市场的建立使作家的创作可以超越本土市场的局限，作家直接面向世界市场进行创作成为可能，文学作品可以不经翻译过程而直接进入世界文学，如英国小说家伍德豪斯直接面向英国、美国市场创作小说。

一　伍德豪斯爵士的创作

佩勒姆·G. 伍德豪斯爵士（Sir Pelham Grenville Wodehouse，1881—1975年）是英国幽默小说家。他幼时曾因父亲工作的原因在香港短期生活过，后回到英国。成年后的伍德豪斯在父亲的安排下进入"香港上海银行"（即今"汇丰银行"）工作，但他对银行工作无多大兴趣，反倒是对写作一直有很大热情，在银行上班时他就利用空余时间写作。1902年，他成为《环球》杂志记者，后来接管该杂志的幽默小品专栏。这一时期，虽然伍德豪斯在创作上小有所成，但经济上依然困窘，所以他将目光投向了美国的好莱坞市场。1914年以后，他奔波于英美两国，1934年在英美两国对他双重征税的压力下，伍德豪斯选择定居法国。很显然，伍德豪斯对国际局势极为漠视。1939年"二战"爆发后，他仍留在法国，随后遭受德国监禁，后因为德国政府写作宣传材料而受到英国民众误解，饱受种种批评。在重重压力下，伍德豪斯战后定居美国纽约，1955年正式成为美国公民，余生再也没有返回英国。

本章分析了英国小说家伍德豪斯面向美国市场创作的《新玩意》和面向英国市场创作的《记者史密斯》两部小说，认为这种在单一语言区域的不同文化族群中产生的世界文学作品具有两个特点：一是作品聚焦跨洋旅行和语言不一致性；二是作品直接面向世界市场，以诙谐的笔调发掘一国关于另一国的传说。而伍德豪斯能创作出这样的作品，得益于他所经历的语言环境和他自身作为外来观察者的特殊地位。

本章随后进一步分析了伍德豪斯取得国际成功的原因，主要在于

《什么是世界文学?》(2003)

两点：一是双重文化视野，二是伍德豪斯在小说中将现实与虚构相结合的手法。首先，丹穆若什指出伍德豪斯在"美—英"两国之间的双重文化视野是其成功的重要原因，并强调伍德豪斯在他所处的每一种环境中都是异类，他的作品"与现代英美两国生活的具体现实紧紧相连，却假装以一个'外来者'的角度来看待这些文化"（第237页），正是这种与作品中主体世界保持疏离态度所产生的陌生化效果使他获得了特定读者的欢迎。其次，伍德豪斯作品中现实与虚构的关系，有批评家认为伍德豪斯的作品是完全虚构的；丹穆若什认为伍德豪斯的作品既描写现实也包含幻想，他在现实与虚构的世界之间游走，将现实的细枝末节整合进虚构的世界，把现实与虚构的人物和事件并置。正是这种现实与虚构结合的手法使伍德豪斯的小说可以从民族性与世界性两个角度进行解读。

二　国际文学市场流通的利与弊

伍德豪斯在流通中收益，也会被流通中不可控的因素中伤。本章主要围绕伍德豪斯在战时为德国制作向美国播放的谈话节目最终在英国遭到非议这一事件展开。丹穆若什通过对伍德豪斯作品进行分析，判断伍德豪斯并非一位法西斯主义者，虽然他直到生命的终点也没能得到英国人民的原谅。这一案例对于读者与作者都有一定的意义：从读者角度而言，它涉及读者阅读世界文学作品时，应如何平衡产生作品的文化语境与移入的文化语境的关系；对于世界文学作家而言，它揭示出一部世界文学作品一旦进入流通环节，其过程就具备了一定的不可控性，在不同的文化视野下对作品也会有多种解读，那么作为一个世界文学作家，为避免招致损毁也为了赢得更大的市场，在创作作品时便应当尽可能地考虑到多元文化语境。

伍德豪斯在流通中争得上游与他选用的媒介密不可分。因此，本章最后将目光聚集到英语语言上。一方面，英语在世界范围内的传播使作家直接面向世界市场进行世界文学的创作成为可能；另一方面，英语在这一过程中也面临着表达能力的挑战。本章借大卫·克里斯托的观点表达了对"统一的全球英语"的否定态度，主张以地区化的英语来丰富正统英语，并以 G. V. 德萨尼创作的《关于赫·哈特的一切》来说明一位受过多语文化影响的作家如何以自己风格化的英语使其创作取得成功，改造的过程实际上也是对正统英语保持疏离态度的审视过程。（第 253 页）同理，在文学创作的过程中也是如此。作者在本章的最后以石黑一雄和伍德豪斯作品的相关性及石黑一雄对伍德豪斯的改造来说明文学创作中个人化、风格化的价值。英语文学既是民族现象，也是全球现象，只有在地方的、国际的和个人的三个维度都取得成功，英语文学的语言和主题性资源才能得到全面的开发。（第 255 页）最后，丹穆若什还借用石黑一雄的话，强调在阅读世界文学作品时应采取的方法——以一种超然的态度进入与自己不同的世界时空。

综上所述，伍德豪斯的创作表明，文学作品可能不经翻译过程就会成为世界文学，但在世界文学的市场流通中也面临着许多不确定的因素。由此启发各国作家在进行文学创作时要尽可能地兼顾多种文化语境，对外界环境有所观照。就创作语言来说，在当今全球市场日益发达的情况下，外国作家用英语直接进行世界文学的创作时，要注意英语的表达能力问题。本章提倡以"多样的全球英语"取代"统一的全球英语"，这样创作出的文学作品才能在面向世界市场的时候不失其独特的民族色彩。

（执笔：丁柯欣、李一苇）

第八章　出版物中的丽格伯塔·门楚

本章聚焦于丽格伯塔·门楚的两本著作《我，丽格伯塔·门楚》《丽格伯塔：玛雅的孙女》，讨论世界文学读物在生产出版过程中的某些重要特点。门楚的"实录证言"为作品提供了巨大的感染力，也因

《什么是世界文学?》(2003)

其虚构性质而备受争议;支持者则强调玛雅人的集体叙事传统、作品的国际影响力及其带来的人道主义价值。毋庸置疑的是,门楚的两部作品具有清晰的政治倾向,并且从一开始就面向国际读者。而这种国际化的出版流通方式,却也可能会对人们真正理解门楚形成阻碍。

从公元4世纪到11世纪,中美洲国家危地马拉的佩滕低地地区是古代印第安人玛雅文化的中心,今天仍然可见古代残留的众多金字塔和城市废墟。在11世纪末危地马拉佩滕低地地区的玛雅文化被消灭后,在中央高地地区仍然保存着玛雅文化。1523年,西班牙人来到危地马拉,他们摧毁了当地的玛雅文化,并开始在危地马拉进行殖民统治。由于西班牙殖民者的殖民政策,所有此前的玛雅书籍几乎都被销毁了,只有很少的书籍得以保留。危地马拉1524年彻底沦为西班牙的殖民地。1821年9月15日,危地马拉摆脱了西班牙的殖民统治,宣布独立。1822—1823年,危地马拉成为墨西哥帝国的一部分。1823年,危地马拉加入中美洲联邦。1838年,中美洲联邦解体。危地马拉1840年获得完全独立。1847年3月21日,危地马拉宣布建立共和国。

危地马拉内战是该国历史上时间最长、伤亡最多的内战,自1960年11月13日至1996年12月29日,历时36年,冲突双方是当时的危地马拉当局以及大量左翼反叛组织,这些反叛组织主要受到玛雅人以及拉丁裔农民等穷苦民众的支持。政府当局被控在内战中犯下针对玛雅民族的屠杀罪以及各种针对平民的反人权行动。内战之前,危地马拉各社会阶层分为三部分。(1)土生白人后裔阶层,该阶层来自早前从西班牙来到中美洲的殖民者的后代,尽管大部分其实已有混血。作为当时的上层阶级,他们掌握着政治经济和文化生活,是接受教育的阶层。(2)混血人种,这个阶层由土生白人与原住民、外国移民等混合而来,属于社会的中产阶级,经营小商店、小企业,或是做下层官吏。(3)原住民,即占全国人口将近一半的玛雅人。

一 《我,丽格伯塔·门楚》

本章讨论的第一部著作《我,丽格伯塔·门楚》的西班牙语标题是"我的名字是丽格伯塔·门楚，以及我的意识是如何诞生的"。"诞生"一词充满传奇色彩和女性英雄的浪漫主义味道。该作被视为一部实录性作品，门楚的"证言实录"采用了流传几百年的口述传统来重现她亲身经历。最成功的口述证言辞藻考究却饱含深情，叙述稳健而丝丝入扣，阅读起来有如"非虚构体小说"。这种亲眼所见与亲身经历使文本产生了巨大的震撼力量，最具戏剧性的则是对种种骇人听闻的事件的生动描述。这也是它的编者布尔格为该书设计的重要卖点。但这也成为这本书遭到质疑的关键所在。比如，人类学家戴维·斯托尔对本书的纪实性特征颇多怀疑，他甚至把自己发现的某些与事实有出入的地方汇集成册，起名《丽格伯塔·门楚和所有贫困危地马拉人的故事》，于1999年出版。而早在1991年，蒂内什·德苏萨的《非文雅教育》就把《我，丽格伯塔·门楚》视为"在美国校园中假借同情受害者的多元文化外衣大肆宣扬马克思主义的典型"（第257页）。门楚的"证言实录"带来的震撼毫无疑问带有强烈的政治倾向性，而她本人在后来的人生中也确实成了一名重要的社会活动家、政治家，获得了1992年诺贝尔和平奖。（第256页）

另外，门楚的支持者们并没有否定这些不实之处。他们强调"证言实录"文体是一种经过加工之后的再现。阿尔图罗·阿里亚斯说："证言实录并不是自传，也不是法院宣誓书，它是对个人生活集体性的、公有化的叙述。对玛雅人来说，个体和集体、存在和归属之间的界限是模糊的。她并没有宣称自己写的是历史，如果她的文本已经起到了结束大屠杀，提高玛雅文化知名度的作用，那么，跟西方纪录史实的方式有点出入，这一点真的那么重要么？"（第261页）阿里亚斯和塔拉塞纳反复申辩，任何人只要了解集体记忆是印第安民族的特点就不会去指责门楚书中的虚构成分。因此，门楚的目标不是去书写关于危地马拉原住民遭受压迫和杀戮的一段信史，而是想通过这一形式来引起国际关注，她也确实做到了。这也就是为什么本章认为她的书具有如此高的世界性——门楚的基切族身份，该书用西班牙语写就，法语版首次出版后不到一年即被翻译成英语和其他十几种语言，畅销全球，从生产、翻译到流通，门楚的书都是世界文学的典型例证。

《什么是世界文学？》(2003)

如果我们深入考察该书的生产环节就会发现，门楚是《我，丽格伯塔·门楚》的主题而非作者。事实上，门楚的故事成为编者布尔格的书的内容。作为一位人类学家，布尔格将门楚的故事置于人种志的结构之中，一方面冲淡了门楚故事中过于强烈的血腥味道，另一方面也使门楚显得不那么激进。通过"混搭"这一方式，该书获得了巨大的文学成功。但如此书写也带来了很多问题，比如，对文化差异的自我强化，夸大玛雅人与拉地诺人的不和，否认《圣经》在门楚所代表的文化中的重要地位，等等，同时执笔者布尔格也在其中带入了自己的认知和感情色彩。

二 《丽格伯塔：玛雅的孙女》

门楚的第二部出版物《丽格伯塔：玛雅的孙女》的英译本标题译为"跨越边界"。在其首部作品大获成功后，门楚已不是人们在脑海中勾画出的瑟瑟发抖的年轻女孩了：她充满力量、经验，被国际认可，此时的她为自己的著作组建起了一个豪华班底——从大纲，到录制，再到润笔，这支豪华版的跨国团队无疑将这本书定位为面向国际读者。门楚希望这一次她可以控制自己的故事、控制自己的书，当然这里不仅仅指版权。

然而，门楚这次仍然不能得偿所愿。问题出在翻译环节上。第一部著作的英译者莱特在这一本书中大显身手，在内容和风格上比布尔格更有控制力。与前者强调门楚土著文化背景和异域风情不同，莱特作为资深的出版行业从业者，显然十分清楚读者的口味转向——英译本将门楚置于更加广阔的国际背景之中，把门楚的种族、民族身份以及她的越界做了前置处理，从书名到莱特添加的关于个人和社会现实的身份主题的诗意段落，都使这本书更加迎合新的预想读者的兴趣。

虽然本章讨论的两部著作的主人公都是门楚，且都以她的亲身经历为原型，都是带有自传性质的作品，但独特之处在于，它们的撰写和翻译都受到了出版方的影响。除了图书的版权归属问题，我们还可以看到由于编者的不同考虑和市场导向，作品从内容到风格都会受到不同程度的影响。在出版物中与全球读者见面的丽格伯塔·门楚和任何一位被划进世界文学范围内的作家一样，无法把握自己将会以何种面目出现在读者面前，也许门楚能够清晰有力地表达出自己的政治观点，但当她的故事被人讲述，其书稿一旦付梓，她的掌控力将会被愈加削弱。但不能否定的是，世界文学的运作方式也给门楚带来了很大帮助，使她在最需要发声的时候找到了一个逃生出口。不过，戈尔丁在《纽约时报》的书评文章中写道："门楚在《跨越边界》的前言里说：'自从我获得诺贝尔奖，我的许多事情都改变了。'没有改变的，似乎是读者在理解这象征背后的这位女人会遇到的困难。"（第283页）这个困难可以说一直没有消失。

（执笔：张豆豆、王靖原）

第九章　带毒之书

本章聚焦于米洛拉德·帕维奇的小说《哈扎尔辞典》在不同文化背景下的接受与理解情况，及其在世界文学中的地位和影响。本章首先介绍了《哈扎尔辞典》的独特结构和创新性。该作采用词典形式，分为3个部分，从基督教、伊斯兰教和犹太教的视角分别讲述哈扎尔民族的历史。这种非线性叙事方式打破了传统小说的结构，使读者可按自己的兴趣和方式阅读。该书出版后产生了广泛影响。

本章继而着重分析了《哈扎尔辞典》在南斯拉夫和国际上的不同接受方式。这部作品在南斯拉夫被视为对塞尔维亚民族主义的支持，这与当时的政治环境紧密相关。帕维奇通过这部作品表达了对塞尔维亚历史和文化的强烈认同。但在国际上，尤其是在西方国家，读者多将其视为一部后现代主义小说，较少关注其政治寓意。由此，本章讨论了《哈扎尔辞典》进入世界文学的复杂性。这部作品展示了世界文学在跨文化传播时可能出现的误解和挑战。在不同的文化和语言环境

《什么是世界文学?》(2003)

中,读者对同一部作品的解读可能大相径庭,其差异不仅源于文化背景的不同,而且在于翻译过程中的变化和适应。因此,虽然《哈扎尔辞典》在全球范围内获得了广泛的读者,但这些读者所理解的内容可能与原作意图存在较大差异。《哈扎尔辞典》将民族主义的主题和后现代的叙事技巧结合在一起,反映了世界文学的复杂性和多样性。本章聚焦不同读者对小说创新结构和政治含义的关注,也涉及地方文化差异与全球文学现象之间的相互作用。

一 结构创新:《哈扎尔辞典》的文化叙事

本章首先介绍《哈扎尔辞典》的独特结构和艺术创新,进而论及其对文化叙事的深刻影响。《哈扎尔辞典》重现了一部在历史上失传的百科全书,它详细记载了一直生活在黑海周围,直到10世纪才在历史舞台上消失的哈扎尔族。

《哈扎尔辞典》开篇便明确存在"阳本"与"阴本"两种形式,并通过互相交错的词条,引领读者放弃常规小说的叙事方式,转而尝试全新的阅读方法。比如,《哈扎尔辞典》不同于传统小说的线性叙事方式,采用类似词典的形式,分为3个部分,分别代表基督教、伊斯兰教和犹太教对哈扎尔人历史的不同解读,从而构成了一种非线性、多视角的叙事结构。这种独特的结构安排不仅是文学形式上的创新,也在内容上展现了文化多样性和宗教的多维视角。小说的结构创新被描述为,它是一面镜子:读者读到的内容取决于他/她在阅读时的心理状态。这种多重叙事角度不仅体现了帕维奇对历史、文化和宗教等主题的深刻理解,而且反映了他对这些主题的创新性探索。如此独特的构思使其在全球范围内迅速获得巨大成功。

但小说的国际性成功往往伴随着全球读者相对忽略甚至完全误解其政治蕴含。在南斯拉夫面临解体之际,帕维奇借助小说为塞尔维亚民族主义张目,其国际声望为其在国内发声提供了支撑。《哈扎尔辞典》看似简单,实则蕴含了极强的政治争议。国际读者未能察觉此点,反而基于其形式上的创新热情接受了这部小说。正如美国版的封底所述，这是"一部《一千零一夜》式的传奇""一个淘气逗人的智慧游戏""'一次沉浸在关于爱与死的故事中'的机会"（第288页）。在国外，帕维奇作品中的民族主义潜流仍然颇具隐晦性，这不仅因为外部世界对南斯拉夫当地情况知之不多，也因为这部作品在很多方面仿佛在讽刺任何片面的看法。书中的三部百科全书分别代表基督教、伊斯兰教和犹太教的狭隘且相互冲突的观点：每一部分都在讲述哈扎尔人如何转向编撰者所信仰的宗教。

二　比较解读：南斯拉夫与国际视角

《哈扎尔辞典》在南斯拉夫与国际读者中分别引起哪些不同反响呢？在前南斯拉夫尤其是塞尔维亚，它被广泛解读为支持塞尔维亚民族主义，这与当时的政治环境紧密相关。这部作品传达了作者对塞尔维亚历史和文化的强烈认同感，同时探讨了民族主义的主题。相比之下，在国际舞台上尤其是在西方国家，读者更多地将其视为一部后现代主义的文学作品，而非政治声明，忽略了其深层的政治和文化含义。

对于国际读者来说，帕维奇作品的国际化的框架与其实验性相互强化，致使外国读者更倾向于忽略书中的地方性暗示，转而重视它在元小说领域的贡献。即便在南斯拉夫陷入内部冲突期间，非斯拉夫语系的学者们仍主要从非政治性角度解读这部作品。帕维奇本人在他关于阅读的文章中几乎从不提及政治话题，仅专注小说的形式和未来发展。在一次希腊记者的采访中，他主要讨论了自己的祖先和对元小说的关注，仅简略提及"一段时间我不能把我的作品在我自己的国家出版，因为有政治原因"（第294页）。当被直接问及塞尔维亚的情况时，帕维奇几乎不表露个人观点，甚至用"他们"而非"我们"来提及塞尔维亚人。但在20世纪80年代末，帕维奇的立场有了显著变化。那时米洛舍维奇上台，誓言以他为主导的统一力量将重现塞尔维亚的辉煌。帕维奇在一系列面对国内的文章和采访中明确表示了对新政府目标的强烈支持，并强化了"塞尔维亚祖先多么伟大"（第295页）这一由米洛舍维奇所倡导的民族主义主题。

《什么是世界文学?》(2003)

　　《哈扎尔辞典》通过使用犹太文献使这一主题变得更加复杂。帕维奇以深刻的洞察力和同情心来看待犹太人的神秘主义，并将其视为一个被永久逐出家园的民族的乌托邦理想。小说中的犹太部分是《哈扎尔辞典》篇幅最长的一章，许多线索在此汇聚。与轻蔑或敌视犹太教的作品不同，小说暗示塞尔维亚人与犹太人具有共同的身份认同。被基督教和伊斯兰教夹在中间的犹大·哈列维成为帕维奇的榜样。在南斯拉夫陷入内战之前，这些段落自然被解读为一个民族国家对帝国主义侵略者的英勇抗争。当帕维奇被认为是"南斯拉夫人"时，《哈扎尔辞典》就被视为"翻译自塞尔维亚—克罗地亚语"（第299页）的小说，它便被解释为在苏联压迫下的南斯拉夫争取自主的呼声，同时吸引着西方的自由主义者和保守主义者。但这并非帕维奇的初衷。他不是要保卫南斯拉夫，而是希望看到其解体。一旦掌权，米洛舍维奇和他的民族主义盟友便开始拆解南斯拉夫，甚至将塞尔维亚和克罗地亚分裂成不同的种族和语言。帕维奇抓住这个机遇，将他的书"翻译"成塞尔维亚语，新版本中的条目顺序也发生了变化。我们通常见到的是从一种语言翻译成另一种语言的不同版本，而在这里，同一英文译本被标榜为源自两种不同的语言，因为塞尔维亚和克罗地亚业已分裂。帕维奇对犹大·哈列维的对话进行了修改，将犹太人描述为典型的受苦民族，在暗示哈扎尔人在他们多元文化的土地上遭受压迫的同时，也隐喻了塞尔维亚民族主义者对铁托努力创造统一南斯拉夫的敌意。

　　这些细节和变化揭示了帕维奇作品中复杂的政治观点和文化身份认同。这部小说不仅是文学上的创新，也是对其时代政治和文化背景的深刻反思。在南斯拉夫，帕维奇的作品被看作民族主义文学的例证，而在国际上它则被视为后现代主义的象征。这种解读上的差异不仅揭示了跨文化交流中的挑战，也反映了文学作品在不同文化背景下的多样性解读。一部在国际读者眼中看似纯粹的文学作品实则蕴含着丰富的政治隐喻和文化批评，这些在帕维奇的祖国——分崩离析的南斯拉夫，以及更广泛的塞尔维亚和克罗地亚社会中具有特别的意义和影响。因此，《哈扎尔辞典》不仅是一部文学作品，更是一部揭示和反思历史、文化和政治交织影响的重要文献。

三　探索与挑战：世界文学的复杂性

作为"爱与死的小说"，《哈扎尔辞典》在世界范围内获得了成功，但它涉及的死亡主题比爱的主题更为突出，甚至可以说它促成了它所暗示的那种死亡——由多民族构成的南斯拉夫的崩溃。帕维奇的作品展示了世界文学在跨文化传播时可能遭遇的误解和挑战，也启发了人们反思在世界文学领域中如何保持和传播文化特色。

《哈扎尔辞典》让人不安的地方在于，它所包含的历史元素远大于其想象成分。这部小说与现实紧密相扣。它产生于南斯拉夫激烈内战的动荡时期，介入当时正如火如荼展开的文化辩论。它实际上是伪装成国际后现代主义风格的民族主义宣传，而外国读者并未意识到他们被误导了。小说展现了一种双重性，即一部作品在民族语境和全球化语境中的差异。《哈扎尔辞典》的国际成功同时揭示了一个问题，即世界文学的接受常常倾向于忽略作品的地方特色和政治背景，而更多强调其普遍性和艺术性。这引发人们思考如何在保持作品的原有文化特色和政治意义的同时，实现其在全球范围内的传播和接受，以及这一过程中的困难和挑战。

当《哈扎尔辞典》传播到国外时，本土语境的影响自然减弱。将世界文学作品置于一种无根基的空间是无益的。单纯的普遍主义，无论从美学还是从道德角度看，都会削减作品的真实性和复杂性，这与另一种观点——认为只有阅读原文才能进行有效阅读，因为作品内容与本土语境紧密相关，不能够进行翻译——同样极端。对一部世界文学作品的深刻阅读应该综合这两个方面，既认识到它带来的不同于我们自己时空背景的元素，又意识到这些元素随着作品离开其祖国而发生不可避免的变化。这一观点的详尽阐释出现在本章之后的"结语"部分。

（执笔：范予柔）

《什么是世界文学?》(2003)

附录

英文版：If *I, Rigoberta Menchú* aroused controversy when it proved to be partly fictional, *Dictionary of the Khazars* becomes unsettling when it proves to be far more historical than it seemed, far less fantastic in character. (p.274)

中译本：如果说《我，丽格伯塔·门楚》的争议性在于它的半小说性质，那么《哈扎尔辞典》的令人不安之处在于它的历史性大于想象性。（第302页）

笔者试译：如果说《我，丽格伯塔·门楚》在被证明它部分是虚构时引起了争议，那么《哈扎尔辞典》令人不安之处则在于它事实上远比看起来更有历史性，就其性质而言它远没有那么奇幻。

结语　如果有足够大的世界和足够长的时间

"结语"开篇首先简略总结全书主要观点，即通过论述在流通、翻译和生产上具有启发性的作品，向读者展示一个具有代表性的世界文学的横切面。同时，它还指出当代世界文学的突出特征——可变性，即不同的读者会被不同种类的文本吸引。在世界文学可变性背景下，"结语"依据世界文学的"家族相似性"提出以世界、文本和读者为中心的三重文学定义："世界文学是民族文学间的椭圆形折射。世界文学是从翻译中获益的文学。世界文学不是指一套经典文本，而是指一种阅读模式——一种以超然的态度进入与我们自身时空不同的世界的形式。"（第309页）

一　"结语"的结构

"结语"部分的标题是"如果有足够大的世界和足够长的时间"，此句是一个条件状语，后面理应呈现作者的诸多假想，至于他假想的具体内容是什么，我们留待下文分析和猜想。

这部分的结构相对清晰。开篇第一段是对全书主体（共3部分9章）内容的简略总结：此书通过论述在流通、翻译和创作上具有启发性的文本，向读者展示了此书视野中的世界文学，或者说是一个具有代表性的世界文学的横切面。（第309页）因此，以往在某些单一体系里占据中心地位的经典作品会被不同文学团体关注到其中的个性化素材，因而这些经典作品便不再只是某个单一体系的中心，而是起到了联结不同文学共同体的作用。

"结语"随后尝试对世界文学做出定义。在世界文学可变性背景下，作者总结世界文学的家族相似性，并根据这些相似性给出"世界文学"的定义：首先，以世界为中心提出的定义是"世界文学是民族文学间的椭圆形折射"（第311页）；其次，以文本为中心提出的定义是"世界文学是从翻译中获益的文学"（第316页）；再次，以读者为中心提出的定义是"世界文学不是指一套经典文本，而是指一种阅读模式——一种以超然的态度进入与我们自身时空不同的世界的形式"（第326页）。之后，"结语"就上面三种世界文学的定义进行了阐述。

二 以"世界"为中心的世界文学定义

首先，作者对以"世界"为中心的定义进行解释。问题在于，为什么是"椭圆"而不是"圆"呢？本书上文已对这个问题做出了初步探讨，其结论是圆只有一个圆心，而椭圆则有两个圆心，这意味着在作者看来，世界文学是非单一圆心或者说是非单一焦点的。这一认识是对过去半个世纪以来世界文学传统定义的批判。长期以来，世界文学因为没有明确的研究对象、研究范围而模糊不清。这就导致"世界文学课程"因为"世界文学"概念的模糊性而无法进行深入研究。作者举出奥尔巴赫《摹仿论——西方文学中现实的再现》的例子，认为这本书虽然是当时最有影响力的世界文学研究书目，但它在各个专业领域都因为不够准确深入而遭受专家的非议。由此可见，世界文学与民族文学的关系不应是非此即彼的对立状态，两者具有某种必然联系。

作者指出世界文学的文化或政治意义在于，其能够减轻甚至治愈民族主义性质的分离主义、沙文主义。结语引用基亚在《比较文学与总体文学年鉴》中的说法，比较文学应极大地纠正"民族主义的异端

《什么是世界文学?》(2003)

邪说"(第310页),只要民族主义一天不被消除,就会需要比较文学。但事实上,民族主义的异端在当下世界依然存在。反映在文学研究领域,它表现为民族文学传统依然不断发展,绝大多数文学研究仍然立足于民族文学研究。作者在此点明,民族文学与世界文学之间具有重要联系,但不是直接关系,这就与他的第一种"椭圆形"的定义相吻合,即我们可以"将世界文学理解为民族文学间的一个椭圆形的折射"(第309页)。民族文学都带有自身的民族文化特色,只有经过传播折射,才能扩散到他国的文化空间,才有可能成为世界文学。

然而,这个折射绝非单一的、单向的折射,而是具有双重性质的。第一重性质就是前面说到的文学作品从其所在的源文化折射到他国的文化之中,这一重折射为椭圆提供了一个焦点。第二重性质指文学作品的接受一方拥有各种方式来使用这一外来文学作品,很大程度上不是原封不动地被动接受,这就改变了文学作品的原貌。任何一部世界文学作品,既生存在源文化中,也生存在主体文化中,这就构成了两个圆心或焦点:"世界文学总是既与主体文化的价值取向和需求相关,又与作品的源文化相关,因而是一个双重折射的过程,可通过椭圆这一形状来描述。"(第311页)当然,椭圆形只是作者采用的比较形象的图案形状,以此来表述他所认为的民族文学与世界文学的关系。除了椭圆,他还试图通过其他的例子为我们解释民族和世界之间的关系,如休·洛夫廷"怪医杜立德书系"中的双头羚羊和迪士尼的水雾投影,比喻分裂的民族文学走向统一的世界文学。作者指出,世界文学的流通不是单向传播的文学外贸,不会导向一种普遍性,文化差异不会消亡。

作者进而指出,当今比较文学研究存在的一个问题是"非专业性",表现为比较文学学者或局限在有限的材料范围内,或缺乏对多种文化的深入了解。这在研究过程中表现为热衷于将作品置于自身文化背景中加以理解,而很少对跨地域哪怕是相同地域的文学作品进行比较。所以就出现了研究专家们一边试图在理论上解构民族主义,一边又在实践中屈从于民族主义。如何解决这一问题呢?作者设想的方案是通过团队合作来研究大量材料,协作分工能帮助人们搭建从业余到专业的桥梁。作者举例论证这一方法的有效性，如国际比较文学协会发起的多卷本比较文学史编写项目，每一卷的编写就是由该民族或地区的专家们合作完成，并认为世界文学的研究生教学可采用团队教学的方式。

但无论个体研究还是协作研究，我们都不能忽略"专门性"。作者为此区分了"专家"和"通才"："通才"需要向"专家"学习，并以"专家"的理解为基础；"通才"又反过来启发"专家"修正自己的理解。这里提到的"专家"和"通才"，既指实体的人，也指研究方法。世界文学的研究者在综合研究的同时，有选择性地探究专门性知识，才能获益良多。

三 以"文本"为中心的世界文学定义

结语指出："世界文学是从翻译中获益的文学。"（第309页）文学语言区别于普通日常语言，后者主要用于传达信息，而当我们对作品语言、形式、主题进行审美时，那就是文学阅读了。如果只试图挖掘作品的信息，就会导致文学审美功能的中止。翻译是文本传递的媒介，通常有被各方理解的条约，如果违反就会造成读者的误解。单纯传达信息的文本通过翻译，其含义被简单传递，改变不多。但文学作品不一定如此，如时代久远的作品，它的语言就很难被有效地翻译出来。诗歌这一文学体裁也很难在翻译后保留原貌。

在翻译中，可译性与翻译价值是两个不同的问题。有的作品在自己的文化中地位突出，但在其他地方可能无人问津。原因或许在于该作品的文化假定不能传播，如《挪威列王传》之类的作品，只有熟稔挪威和冰岛的政治历史才能感到它的引人入胜，这说明有的作品会出于文化假定的原因而可译性不高。其他原因可能在于该作品的翻译难度大，如《芬尼根的守灵夜》，因它本身微妙复杂，故而很难翻译。作品的可译性与作品本身的翻译价值不能简单地画上等号。

前文业已提及，翻译既会获得又会失去文学语言。在翻译中受损的文学，通常只能局限在本民族，只有在翻译中获益的文学才能进入

《什么是世界文学?》(2003)

世界文学的范畴,其风格损失会与范围扩大后的异域扩张相抵消。因此,世界文学研究应该更积极地包容翻译。

如果不了解原文语言,在世界文学研究中就很容易忽视作品本身的文化语境,因此,作者指出,世界文学研究者应当学习更多语言去避免这一问题,或者说,应当学习自身文化以外的文化。随着语言能力的改进,可以积极利用翻译。把世界文学理解为在翻译中受益的文学,也有助于我们以积极的批判态度使用译本。

由上可见,翻译是世界文学不可或缺的重要因素。但文学作品很难翻译,原因在于文学不像电影直接呈现形象,文学要求读者去想象情境,由读者填补具有暗示性的空白,不同的读者会有不同的创造性填补。同理,当文学作品通过翻译走出国门,就再度进入了读者和文本的创造性互动过程。如本书提到的埃及诗歌中的"束腰外衣",即便译者统一它的名称,读者仍会想象出不同的具体形象。因此,作者总结道:"文学作品完成后,其意义有赖于读者的个人想象和环境因素才能获得全面的共鸣。"(第321页)译者通常只能尽可能传达文学作品的各种因素,包括声音、意象等,但有的要素不能直接再现。比如卡夫卡自我解构的句子在翻译中无法保留其讽刺效果。在无法用语言直接传达的情况下,译者可以在段落和场景中传达。在这方面,翻译理论家斯坦纳也论述过翻译之难。

"结语"随后评述了近年出现的"译作毕竟是译作"的观点,认为其积极影响使原作的语境信息得到更为公开的呈现。以往译者为了读者阅读流畅,往往无法提供这类信息,只有学者型读者才会获得有详细注解的版本。作者举出《源氏物语》的翻译历程作为例子,说明这种非此即彼的现象正趋于瓦解。《源氏物语》首先有亚瑟·韦力的版本,采用意译的方法,删除大部分诗歌,将剩余部分译成散文;其次是50年后爱德华·赛登斯迪克的版本,直译程度超过亚瑟·韦力,以诗译诗,引言和脚注都更加全面;再次是罗耶尔·泰勒的最近版本,虽然意向读者还是普通大众,但脚注数量是前者的三倍,还增加了附录、示意图、专业名词词汇表等,突出了作品的异域特色,缩短了译作语言和原作文化之间的距离。

四 以"读者"为中心定义世界文学

"结语"指出:"世界文学不是一套文本的经典,而指一种阅读的方式——一种以超然的态度进入与我们自身时空不同的世界的形式。"(第309页)世界文学的文本之间联系多样,研究者会记录这些关联,也会沉浸在单个文本的吸引力中。世界文学的对话性体现在作家之间的了解和回应、读者阅读不同作品时所能意识到的作品之间的互动。读者阅读《追忆似水年华》和《源氏物语》时会发现二者在深度和广度上的共鸣。这同时为上文提到的比较文学学者担忧自身接触材料的局限性提供了解决方案,那就是采取通过少量作品深入体验发现共鸣的阅读方式。同样,在研究世界文学经典时,虽然追求世界文学的全球视野,但是经典永远无法被有限的研究能力和精力穷尽或囊括。我们可以将几部作品放在一起进行研究,从而定义一个文学领域。比如将《安提戈涅》《沙恭达罗》《第十二夜》放在一起研究,可以打开一个悲剧世界。当讨论故事讲述时,又可以将《源氏物语》《一千零一夜》《十日谈》放在一起研究。

综上所述,"世界文学"就其传播方式而言与民族文学关联甚密,民族文学经过多重折射,最终共同构成世界文学,这一过程的形象化展现类似于椭圆形;就其文本而言,在翻译中获益的民族文学才能进入他国文化空间成为世界文学;就读者或研究者的阅读方式而言,"结语"提倡读者开阔视野,以全球性的眼光去阅读和比较。另外,在这三种定义的阐释上,丹穆若什都提到并强调了世界文学研究者之间的沟通与协作。

(执笔:赵严、李一苇)

后　　记

经过120多个周末的不懈阅读和研讨，山东大学文学院比较文学与世界文学读书会终于完成本专业10部学术名作的系统梳理。在本书出版之际，衷心感谢50余位读书会成员和撰稿人的积极参与、热烈讨论和撰写文稿。

四位执行主编王秀香、王允诺、谭志强、韩云霞负责全书统稿和润色工作；秦楣媛、姚心怡、史晨、黎苑如、陈希捷、范予柔等负责核对引文。他们都出色地完成了各自的任务，提高了书稿质量。在此，谨对他们深表谢意。

本书出版得到山东大学文学院的大力支持，感谢张帅书记、杜泽逊院长、郭春晓书记、黄发有院长、马兵副院长、樊庆彦副院长为本书顺利出版所做的工作。

本书在出版过程中有幸得到中国社会科学出版社王小溪同志的大力帮助。感谢她的专业建议、宝贵意见和辛勤付出。

需要说明的是，十部学术名作的中译本译笔规范流畅，信达雅兼备。对中译本智者一失之处，本书依照译无定文、实事求是的原则，不揣冒昧地坦陈管见，附于各章导读文末，不敢以"后起转精"自诩，仅希望借此机会向各位专家和读者请教。

本书不足之处，尚祈各位学者专家和广大读者不吝赐教。

刘　林

2024年9月